Dante en France

par

Albert Counson,

docteur en philosophie et lettres
lecteur à l'Université de Halle.

Erlangen, Fr. Junge.
Paris, Fontemoing, 4, rue Le Goff (5e).
1906.

Dante en France

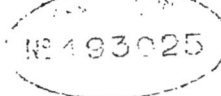

par

Albert Counson,

docteur en philosophie et lettres
lecteur à l'Université de Halle.

Erlangen, Fr. Junge.
Paris, Fontemoing, 4, rue Le Goff (5e).
1906.

K. b. Hof- und Univ.-Buchdruckerei von Junge & Sohn, Erlangen.

À mon savant maître

Monsieur **Godefroid Kurth**

professeur à l'Université de Liège

en souvenir de ses leçons sur Dante.

Introduction.

„Ce serait, dit M. Anatole France, un ouvrage bien intéressant que l'histoire des variations de la critique sur une des œuvres dont l'humanité s'est le plus occupée: ‚Hamlet‘, la ‚Divine Comédie‘ ou l',Iliade‘[1])“. La ‚Divine Comédie‘ est peut-être la plus curieuse à ce point de vue, et elle a plus de droits qu'aucune autre à notre attention, puisque, selon une observation faite récemment encore, Dante est le seul nom que nous puissions opposer, comme Latins, à Shakespeare, et, comme modernes, à Homère[2]). Ce nom est du nombre de ceux qui ont passé, à travers les siècles et les modes littéraires, par des alternatives surprenantes d'oubli, de dédain et d'admiration exaltée. Le poète florentin a eu l'étonnante fortune d'exprimer, avec le prestige d'un art encore jeune, un monde qui allait mourir, et, dans une civilisation aussi hétérogène que la moderne, de mettre dans un poème universel tout ce que son temps avait de croyances, de savoir et de beauté. Dépassé bientôt presque en chaque sens, par des philosophes mieux nourris de Platon, par des savants mieux informés, par des écrivains plus ornés et plus fleuris, il restait l'ancêtre inimitable dont la grandeur devait mieux apparaître grâce au recul des siècles. De là, après une gloire plus vive que longue, et purement nationale, l'indifférence ou le blâme de l'Europe classique, et enfin une réhabilitation glorieuse et un culte universel. L'histoire de ces fortunes diverses était bien faite pour étonner le public et pour tenter les érudits. Aussi la plupart des écrivains, depuis un siècle, — ceux de France, du moins — n'ont guère été plus frappés de la ‚Divine Comédie‘ elle-même que du sort que lui avaient fait les générations successives. „Il y a, s'écriait

---

1) **A. France**, Le jardin d'Epicure, p. 224.
2) **F. Brunetière**, Histoire de la littérature française classique, I, p. 11.

Lamartine, des anniversaires d'idées dans la vie des siècles, comme il
y a des anniversaires de naissance et d'événements dans la vie des
individus. Dante a été oublié pendant trois siècles, et puis tout à coup
l'Europe s'est aperçue qu'elle avait une grande épopée originale enfouie
dans les traditions littéraires de la Toscane[1]." De même, avant et
après cette observation somptueuse, Fauriel, Ampère, Ozanam, Saint-
René Taillandier, Sainte-Beuve, Marc Monnier, et j'oublie Lamartine
lui-même en d'autres endroits, n'ont su parler de Dante sans s'étonner
d'abord du retour de faveur qui succédait au long délaissement.
Comment les érudits ne seraient-ils pas accourus à un si beau sujet?
Un poète qui est un peu de leur troupe, Carducci, a entrepris jadis de
retracer la gloire de Dante dans son éclat et ses éclipses: il s'est
arrêté au XIVe siècle, et depuis lors, les travaux de Scartazzini, de
MM. Mich. Barbi, Marchesi, Micocci, Zacchetti, Œlsner, Sanvisenti,
Savj-Lopez, Koch, Hauvette, Camus, Farinelli, Kuhns et d'autres estimables érudits, ont éclairé différents points de ce vaste domaine, qu'il
serait encore difficile d'embrasser d'un coup d'œil. Au moins peut-on
essayer, dans les limites d'un pays autre que l'Italie, de mesurer et
d'expliquer la vogue de Dante suivant les temps et les hommes.

Cette France qu'il n'avait guère aimée ne lui a pas gardé rancune;
si elle fut lente à le connaître, à le comprendre et surtout à le goûter, elle a du
moins tourné vers lui sa pensée curieuse et vive; elle l'a parfois salué
de ses paroles sonores; elle l'a couronné de fleurs, et ce n'a pas été
pour le bannir de la cité poétique; elle s'est même à certains moments
penchée sur le sombre poème, y mettant un grand amour, à défaut de
longue étude. Il est temps maintenant de raconter ces revirements en
en cherchant les causes, et des critiques ont fait naguère des récits
analogues sur Shakespeare, sur Gœthe et sur Milton[2]); un initiateur
de la littérature comparée regrettait „qu'il n'existât aucune histoire
vraiment satisfaisante de l'influence de Dante, de l'Arioste, de Boccace,
de Cervantes en France'[3]).

Les mots „Dante en France' pourraient faire songer à la vieille
question de savoir si Dante est venu à Paris; mais ceux même qui,
non sans quelques raisons, répondent affirmativement, n'ont pas encore

---

1) Lamartine, Recueillements poétiques, Entretien avec le lecteur (éd.
Hachette, p. 29).

2) Jusserand, Shakespeare en France sous l'ancien régime (Paris,
Colin 1897); F. Baldensperger, Gœthe en France (Hachette, 1904). Teleen,
Milton dans la littérature française (Paris, thèse, 1904). — „Dante en France'
a déjà occupé plusieurs critiques, dont nous avons cité quelques-uns, et dont on
trouvera la liste dans la Bibliographie.

3) Joseph Texte, Introduction à Louis-P. Betz; La littérature comparée, essai bibliographique, p. XXVII (2e éd., Strasbourg, Trübner, 1904).

dit ni imaginé ce que les Français du temps avaient pensé de leur hôte[1]); et comme c'est de l'avis des Français qu'il s'agit, nous n'examinerons pas ce point de la biographie de Dante. Il n'est plus besoin de faire justice de cette plaisante légende d'érudits qui montrait le Florentin lisant ses poèmes au roi de France: née d'une faute de grammaire, elle a disparu depuis longtemps du monde très restreint où elle avait eu cours[2]). Il n'est question ici que des appréciations, réminiscences et imitations d'une certaine œuvre par certains hommes, d'une étude de littérature comparée, comme on dit aujourd'hui. Autrefois on composait des livres; naguère on écrivait des jugements de livres; maintenant on écrit l'histoire des jugements des livres: c'est ainsi que la critique se complaît à dresser la liste de ses anciens caprices, de ses préjugés et de ses illusions. Une pareille tâche n'est peut-être pas plus vaine qu'une autre, quand il s'agit de la plus spirituelle des nations jugeant le plus grand des poètes.

L'histoire de la vogue d'un écrivain étranger en France se répartit naturellement en périodes qui correspondent à celles de la littérature française elle-même. Aux livres comme aux hommes on s'attache dans la mesure où l'on se retrouve en eux; et le public pense, lit et juge selon son âge et son humeur. Les Français connaissaient peu Dante avant que la Renaissance eût introduit chez eux le goût des écrivains italiens; le XVIe siècle leur a fourni l'occasion de rencontrer le nom du vieux poète parmi d'autres qui, moins grands, eurent plus de bonheur; le classicisme les empêcha longtemps d'admirer le poème bizarre; enfin la rénovation romantique fit adorer ce qu'on avait brûlé presque unanimement, puis l'érudition française accorda à Dante une part des soins qu'elle réserve maintenant à tout écrivain étranger. Voilà donc toutes tracées les divisions de notre travail; et, comme toute classification, elles ont peut-être quelque chose de trop arrêté; la Renaissance ne commence pas juste à la date de 1547; Rivarol est bien ingénieux pour un classique de l'époque de La Harpe; Victor Hugo, un siècle plus tard, a encore les préoccupations romantiques alors que l'histoire de Dante en France en est à la période d'érudition; mais ces exceptions, et d'autres, n'empêchent pas de réduire à cinq — ne fût-ce que pour la commodité du discours — les phases de la dantographie française, et de faire ici cinq chapitres qui y correspondent: I. Avant la Renaissance

---

1) A. de Margerie (Introduction à sa traduction de la „Divine Comédie, p. LXXVI) trouverait tout naturel que Dante eût été „privatdocent" à Paris! Que ne peut-on pas imaginer à cet égard dans le domaine des choses possibles?

2) Voyez A. d'Ancona, Studi sulla letteratura dei primi secoli, p. 5. Voyez aussi là-dessus J. Pacheu, De Dante à Verlaine (Plon et Nourrit 1897), p. 26 et note 1; l'équivoque est dans Crescimbeni, III, 113 (le texte mal compris était une lettre de Guillaume Postel à Corbinelli).

(1321—1547); II. La Renaissance (1547—1623); III. Le classicisme
(1623—1822); IV. Le romantisme (1822—1857); V. La période d'érudition
(1857—1905). L'édition de Dante publiée à Lyon en 1547, la publication
de l',Adonis' du cavalier Marin (1623), l'exposition de la ,Barque de
Dante' de Delacroix (1822), l'achèvement de la traduction Mesnard
(1854—1857), contemporaine de celle de Ratisbonne, et de l'étude de
Lamartine (1856), sembleront en la matière des événements assez
notables pour marquer — puisqu'il faut des dates précises — les
termes des diverses époques. Il peut paraître étrange que cette division
range dans le chapitre ,Avant la Renaissance' Marguerite de Navarre,
qui est la Renaissance en personne: mais comme le premier sentiment
de cette princesse sur la ,Divine Comédie' est antérieur de treize ans
à 1547, il était d'autant moins nécessaire de scinder sa carrière littéraire
que sa production dantesque, ignorée de son siècle, est tout aussi isolée
dans la Renaissance qu'elle l'eût été dans l'âge précédent.

Dans cette étude, la période qui va des origines à la fin du dix-
huitième siècle aura la moindre part: c'est celle qui a été déjà examinée
avec le plus de soin par les érudits, et bientôt encore, de façon
supérieure, par M. Farinelli, et c'est de beaucoup la moins importante,
l'âge d'or de l'influence et des études dantesques étant, comme chacun
sait, le dix-neuvième siècle. J'ai toutefois relevé, dans cette longue
période, quelques faits négligés jusqu'ici, et qui m'ont paru présenter un
intérêt caractéristique.

Pour ce qui est de la méthode, pas n'est besoin de définir les règles
et l'objet de la littérature comparée à propos d'un travail qui doit avoir
surtout pour but de préparer quelques matériaux en vue d'une œuvre
d'ensemble. Toutefois, dans la moindre monographie, entre la sèche
énumération des textes et les généralités creuses, il y a place pour une
manière de noter et de grouper les faits en marquant leur rapport à
l'histoire littéraire; il y a une façon de laisser parler les critiques et les
imitateurs selon leur importance relative.

Chapitre premier.

Avant la Renaissance.

Les gloires poétiques n'allaient pas vite au commencement du
XIVe siècle, et la ,Divine Comédie' était infiniment moins connue en
deçà des Alpes que tel roman italien de nos jours. Le premier
Français qui se soit occupé activement des œuvres de Dante, est sans
doute ce cardinal Bertrand de Poyet que son oncle, le pape d'Avignon
Jean XXII, avait envoyé comme légat en Italie: le séjour des papes à
Avignon, arrachant l'Eglise à son siège séculaire, contribuait à créer,
entre l'ancienne patrie pontificale et la nouvelle, des rapports presque

toujours tendus et hostiles, qui avaient un contre-coup dans l'histoire littéraire. De là viennent bien des imprécations de Pétrarque; de là est venue la première manifestation, la première attaque, d'un Français à l'égard de Dante; car Bertrand de Poyet, cardinal, gouverneur de la Romagne et légat pontifical, qui au demeurant avait, dit-on, de l'esprit et des lettres [1]), en voulait mortellement à l'auteur du ‚De Monarchia'. Etait-ce, comme on l'a supposé [2]), parce que, né dans le diocèse de Cahors, il était révolté des flétrissures du ‚Paradis' [3]) et de l'‚Enfer' [4]) contre ses concitoyens, ou parce que, neveu de Jean XXII, il n'avait pas oublié les attaques contre les cardinaux français dans la lettre au conclave de Carpentras? Ou plutôt ne voyait-il, en homme d'Eglise, que les tendances hétérodoxes du théoricien impérialiste? Toujours est-il que, du témoignage de Boccace, il condamna le ‚De Monarchia' et en défendit la lecture à tous les fidèles, ‚siccome contenente cose eretiche'. Il voulut même, en 1322, faire ouvrir le tombeau de Dante et disperser ses cendres; et il fallut les démarches de Pino della Tosa et d'Ostasio da Polenta pour que le cadavre de Dante ne fût pas brûlé comme son livre le fut publiquement à Bologne. La destinée de Dante chez les Français commençait donc sous de fâcheux auspices. Quant à cet autre enfant de Cahors qui fut le pape Jean XXII, ayant vécu chez les Italiens, étant resté en rapports avec eux, et mêlé aux querelles des pouvoirs spirituel et temporel, il a très vraisemblablement connu le nom de Dante, et le ‚De Monarchia' n'était pas fait pour lui plaire. Mais on n'a pu trouver trace d'une lettre qu'il aurait adressée à Philippe le Long pour défendre à l'Université de Paris „des discussions sur les doctrines de Jean Scott, de Dante Alighieri, d'Arnaud de Villeneuve et d'autres docteurs qui ont essayé de détruire la théocratie romaine" [5]). Les témoignages font lamentablement défaut durant tout le XIVe siècle, en dépit de la complaisance avec laquelle les érudits ont pu s'imaginer tel écrivain rencontrant Dante à Paris [6]), ou bien l'Italie prenant, avec Dante, l'hégémonie des littératures romanes [7]), en dépit aussi de l'étonne-

---

1) Voyez notamment Gaet. Moroni, Dizionario d'erudizione storico-ecclesiastica, vol. LIV (Venise 1852), p. 8.

2) E. Moore, The tomb of Dante (English historical review, oct. 1888, vol. III, p. 637).

3) Paradiso, XXVII, 53.

4) Inferno, XI, 50.

5) Sébastien Rhéal, Moyen âge dévoilé, p. 114; Oelsner, Dante in Frankreich, p. 3 et 55.

6) Kervyn de Lettenhove, éd. de Gille le Muisi (Louvain 1882): cf. Oelsner, p. 8.

7) Programme de la ‚Gesellschaft für romanische Litteratur' (fondée par M. Vollmöller).

ment où l'on pourrait être, de voir la littérature française, déjà déclinante, ne pas se rénover immédiatement aux sources abondantes du trécentisme. Mais Jean de Meung lui suffisait toujours, et nul ne s'était mis encore à lire les vers italiens. Si l'on avait cultivé Dante alors, c'eût été probablement pour son ‚De Monarchia' plutôt que pour sa poésie: le latin restait la langue internationale des choses de l'esprit, Boccace était l'auteur du ‚De Casibus illustrium virorum' et non celui du ‚Décaméron'; Nicolas Oresme traduisait, de Pétrarque, les ‚Remèdes de l'une et l'autre fortune', et non le ‚Canzoniere', et la première leçon qu'Estienne Dolet, Geofroy Tory et d'autres demanderont aux Italiens, c'est qu'il faut écrire en sa langue — car la chose aura encore grand besoin d'être démontrée au XVIᵉ siècle.

Dante trouva enfin le secours qu'aucun siècle ne lui a refusé depuis: un de ses compatriotes pour se faire à l'étranger le colporteur de sa gloire. À bien des égards Christine de Pisan fut une sorte de Madame de Staël anticipée exactement de quatre siècles. Etrangère introduite dès son enfance dans la plus haute société française, instruite de tout le peu qu'on savait en son temps, elle gardait assez d'originalité pour juger de haut la littérature en vogue depuis cent cinquante ans, et pour admirer et préférer les poèmes italiens. Enfin il ne lui manqua même pas la consécration de la douleur, qui devait initier plus d'un esprit au sentiment de la poésie dantesque. Christine ne paraît pas avoir été dès le début et toujours, aussi enthousiaste de la ‚Divine Comédie': dans ‚le Livre des fais et bonnes meurs du sage roy Charles', elle dit „de poésie", „assavoir que comme en general le nom de poesie soit pris pour ficcion quelconque, c'est-à-dire pour toute narracion ou introduccion signifiant un sens, et occultement pluseurs, combien que plus proprement dire celle soit poesie, dont la fin est verité, et le procès doctrine revestue en parolles d'ornemens delictables et par propres couleurs, lesquelz revestemens soyent d'estranges guises au propoz dont on veult, et les couleurs selon propres figures[1]." On croirait retrouver là l'esthétique de Dante; et pourtant la docte discoureuse n'a pas même songé à le citer entre Virgile et saint Thomas; tant il est vrai que ces conceptions symbolistes de la poésie, lot commun de l'Europe d'alors, se rencontraient partout, indépendamment du poète qui les incarne à nos yeux. Mais, quand Christine osa déclarer la guerre au ‚Roman de la Rose' et à ses admirateurs, elle songea naturellement à invoquer son illustre compatriote, et elle écrivit en 1407: „se mieulx veulx ouir descripre paradis et enfer et plus haultement parler de theologie plus

_____

1) Le Livre des fais, 3ᵉ partie, chap. LXVII (Choix de chroniques et mémoires sur l'histoire de France, par Buchon, Paris, 1841, p. 317).

proffitablement, plus poetiquement et de plus grant efficace, lis le livre
que on appelle le Dant, ou te le fais exposer pour ce que il est en
langue florentine souverainement ditte. Là orras aultre propos, mieulx
fondé plus soubtilement, ne te desplaise, et où plus tu pourras profiter
que en ton romant de la rose"[1]). Elle s'était déjà auparavant souvenue
des malheurs de Dante et de ses imprécations contre Florence, en
écrivant le „Livre de Mutacion de Fortune", où elle parle des discordes
des Guelfes et des Gibelins:

> Dant de Florence, le vaillant
> Pouete qui tout son vaillant
> Perdy pour cel estrif grevable,
> En son bel livre tres notable
> En parla moult en les blasmant.
>
> . . . .
>
> Et Dant en parlant à Flourance,
> Où il avoit sa demourance,
> En manière de moquerie
> Lui dit que „s'esjoisse et rie
> Car sur terre et sur mer s'ebatent.
> Les elles et mesmes s'embatent
> Jusqu'en enfer, en quel maison
> A de ses citoiens foison"[2]).

Elle avait même imité l'auteur qu'elle cite si bien, et à l'instar de
Dante elle a eu, le 5 octobre 1402, une vision où „une dame de grant
corsage"[3]), Almethea, sibylle de Cumes, vient lui parler de l'antique
Italie, d'Enée et de Virgile en femme qui se souvient de l',Inferno'.
Comme Dante sa Béatrice, Christine avait perdu son cher époux, et
elle vivait dans le deuil et l'affliction; pour achever la ressemblance,
elle lisait sans cesse Boèce, et pouvait se réclamer auprès des anciens
et des modernes du ,lungo studio' dont parle le disciple de Virgile[4]).
Aussi elle intitule son poème racontant sa vision le ,Livre du Chemin
de long estude', et elle nous y fait voir, comme le chant IV de l',Inferno',

> Omer, le poete souvrain,
> Qui es arbres cueilli maint rain

---

1) Epistres sur le Roman de la Rose, ms. Bibl. nat. no 835; Fr. Beck,
dans ,l'Alighieri', II, 1890—91, pp. 381—384; C. del Balzo, Poesie di mille
autori intorno a Dante Alighieri, III, 220—223; Oelsner, Dante in Frankreich,
p. 8 et 56.

2) Allusion à l'Inferno', chant XXVI, voir le' Livre du chemin de long estude'
par Christine de Pizan, publié pour la première fois par Rob. Püschel (Berlin,
Damköhler; Paris, Le Soudier); et l'étude de Torraca sur Christine de Pisan réimprimée
à la suite de Hauvette, Dante nella poesia francese del Rinascimento, traduzione
di A. Agresta (Biblioteca critica della lett. ital. dir. da F. Torraca, 36) Florence, 1901.

3) Chemin de long estude v. 459.

4) Inferno I, 83.

> Dont il fist flajolz gracieux,
> Dont yssoit chant melodieux,
> O v i d e et O r a c e s s a t i r e,
> O r p h e u s [1]).

„La philosophique gent[2])“ qu'elle nous présente est bien la „filosofica famiglia“[3]) du modèle italien, Aristote en tête, puis Socrate et Platon, Démocrite et Diogène, Anaxagore, Empédocle, Héraclite, Sénèque, Hippocrate et Gallien; ils y sont à peu près tous, et Dioscoride n'a pas même traduit en français le titre d'accoglitor que lui donnait Dante[4]). La Sibylle qui a amené Christine à l'endroit où se réunit cette docte bande, lui apprend que „le passage“ „a nom long estude“; et à ce mot une lumière traverse l'esprit de la poétesse, qui se rappelle

> Que Dant de Florence el recorde
> En son livre qu'il composa
> Ou il moult biau stile posa:
> Quant en la silve fut entrez
> Ou tout de paour yert oultrez,
> Lors que Virgille s'apparu
> A lui dont il fu secouru
> Adont lui dist par grant estude
> Ce mot: Vaille moy long estude
> Qui m'a fait cherchier tes volumes
> Par qui ensemble acointance eusmes.
> Or congnois a celle parole
> Qui ne fu nice ne frivole
> Que le vaillant poete Dant,
> Qui a long estude et la dent,
> Estoit en ce chemin entrez,
> Quant Virgille y fu encontrez
> Qui le mena parmy enfer,
> Ou plus durs liens vit que fer[5]).

Christine retient précieusement cette parole pour la dire dans les passages périlleux, et elle continue son voyage; la Sibylle la fait monter au ciel de façon plus prosaïque que Dante, car il faut aux deux dames une échelle pour arriver à l'éther. Là se voient naturellement les merveilles du firmament, et

---

1) Chemin de long estude, v. 1061—1066. Inferno, IV, 88—90, et 140.

2) Chemin, v. 1024, et 1018—1048; Inferno, IV, 130—144.

3) Inferno, IV, 132.

4) „Accoglitor Dioscoride „(Chemin, 1035); cet italianisme est dû, évidemment, non à l'origine italienne de Christine, mais au texte qu'elle avait sous les yeux (il buono accoglitor del quale, Dioscoride dico); Püschel (Glossaire, p. 3) l'a lui-même remarqué.

5) Chemin, 1128-1146.

Une roue qui tousdis tourne[1])

ferait peut-être songer au paradis de Dante, si toutes ces planètes et
cet „orizonte"[1]) et ce „galace"[2]) ou „cercle de lait", ne rappelaient
surtout l'astrologie de Thomas Pisani et la science enfantine du XVe
siècle naissant. Comme tous les théoriciens du temps, la voyageuse
céleste trouve dans l'harmonie et le „doulz son" des sphères en mouvement la souveraine musique et les parfaits accords[4]). Elle n'insiste
guère sur „Dieu, souvraine poesté", qu'environnent les séraphins et les
chérubins, et elle poursuit infatigablement l'étalage de son érudition:
„les merveilles que Cristine vit ou ciel", „les quatres roynes qui gou-
vernent le monde", „la requeste que la terre envoia ou ciel a la royne
Raison", „les condicions que bon chevalier doit avoir selon les dis des
aucteurs", „les vertus de sagece selon les dis des aucteurs", „les meurs
que bon prince doit avoir selon les dis des aucteurs", bref la plus
grande partie des six mille vers du ‚Chemin de long estude' rappelle
les allégories de Jean de Meung et le naïf pédantisme du temps plutôt
que la poésie dantesque.

Celle-ci n'a pu suppléer chez Christine au manque de génie; la savante
traductrice et compilatrice aimait surtout à recueillir „les dits des auteurs"
et les doctes sentences, et c'est ainsi qu'elle a traité non seulement
Sénèque, Boèce et tant d'autres, mais encore Dante lui-même: „et, dit-
elle dans le glossaire de sa traduction du „Livre de prudence", pour
ce dit un tres bel notable en moult beaulx vers en son langage Dant
de Florence ad ce propos, qui dit: „A vérité qui face a de mençonge,
l'omme doit esteindre les lèvres, pour ce que sans coulpe fait ver-
goigne[5])". Il y a un art dont le secret résiste parfois à la plus longue
étude, et malgré le goût de Christine de Pisan pour l'allégorie, malgré
sa bonne volonté, ses connaissances et ses heureuses dispositions, elle
n'a pas donné à la littérature française de son temps le chef-d'œuvre
dantesque qu'on voudrait y trouver. Son laborieux essai, qui, pour
avoir été répandu en manuscrits assez nombreux, a pourtant dû attendre
presque quatre siècles pour être imprimé par un érudit allemand, ouvre,
dans l'histoire de l'influence de Dante en France, la série des épopées

---

1) Vers 1897.

2) Vers 1904.

3) Vers 1917.

4) Vers 1994—2003. Cf. Hermann Abert, Die Musikästhetik der Échecs
Amoureux (Romanische Forschungen, 1904).

5) Ms. Bibl. nat. franç. 605 (fol. 97° col. 1), Oelsner, p. 7, 56. — Cf. Inferno, XVI, 124—126:

> Sempre a quel ver ch'ha faccia di menzogna
> De' l'uom chiuder le labbra quant'ei puote,
> Però che senza colpa fa vergogna.

manquées auxquelles le trop illustre modèle n'a donné qu'un titre, une vision, quelques vers et une ambition trop haute. La critique de cette Italienne valut peut-être mieux que son œuvre, et ce n'est certes pas sa faute si les Français ne se sont pas appliqués plus tôt à l'étude de la ‚Divine Comédie'.

Soit grâce à sa propagande, soit par d'autres intermédiaires, les apostrophes vengeresses de Dante sont assez connues en France pour que le plus célèbre écrivain de la première moitié du XVe siècle, „le très noble orateur" Alain Chartier, en 1429, s'écrie, en parlant des malheurs de l'Eglise: „Et tu Dante poëte de Florence, se tu viuoies ades, eusses bien matiere de crier contre Constantin, quant ou temps de plus obseruee religion le osas reprendre, et luy reprouchas en ton Livre qu'il auoit ietté en l'Eglise le venin, et la poison dont elle seroit desolee, et destruicte, pource qu'il donna premier a l'Eglise les possessions terriennes, que aucuns autres auctorisez docteurs luy tournent a louange, et en merite. Qui te mouvoit a si Catholique Empereur enuoir et blasmer, for les scismes, les discords, les desordonnances et iniquitez que tu veoyes naistre en l'Eglise par l'abondance des richesses du clergié? qui sont nourriture d'ambition, et d'enuie; ainsi que la gresse est nourissement de feu, et l'uille de la flamme. Je ne t'accorde pas que par l'abus des receuans soit frustree la charite du donneur[1]." L'auteur de la „Consolation des trois vertus" connaissait donc soit le chant XIX de l',Inferno', soit le ‚De Monarchia' que ses raisonnements rappellent fort[2]), et — dans cet ouvrage même où il interpelle ainsi le poëte de Florence[3]), — les trois vertus et leur personnification, l'allégorie continuelle, l'image du navire en péril, feraient songer à une influence de Dante si cela ne rappelait mieux encore le ‚Roman de la Rose'[4]).

---

1) L'Espérance ou consolation des trois vertus (Oeuvres d'Alain Chartier, éd. Duchesne, Paris 1617, p. 305—6), passage découvert par M. E. Bouvy, Revue des lettres françaises et étrangères, Bordeaux 1899, t. I, p. 35 — Ce passage fait sans doute allusion aux vers de l'Inferno, XIX, 115—117:

> Ahi, Constantin, di quanto mal fu matre,
> Non la tua conversion, ma quella dote
> Che da te prese il primo ricco patre.

2) De Monarchia, III, 10, 12: les arguments développés là sur la donation de Constantin feraient croire que c'est le ‚De Monarchia' qu'Alain entend par „le Livre", n'était le titre de „poëte de Florence".

3) Dans le même ouvrage (éd. A. Duchesne, p. 315) il mentionne, parmi les formes de gouvernement, la façon dont „les Florentins instituerent leurs Prieurs des arts, et Conseil des Anciens."

4) L'influence d'Alain Chartier est parallèle à celle du ‚Roman de la Rose'

C'est à celui-ci que la plupart des Français eussent sans doute
pensé en lisant la „Divine Comédie‘, que le président de Brosses, trois
siècles et demi plus tard, rapprochera encore de l'œuvre de Jean de
Meung. En effet, avant Alain Chartier, un écrivain français avait déjà
parlé de Dante, et il en parle comme d'un auteur inspiré par ce qu'il
a vu à Paris et par la lecture du „Roman de la Rose‘. Le livre de
Boccace „De Casibus virorum illustrium‘ ,fut translaté de latin en fran-
chois par Laurent, famillier et clerc de noble et saige homme Jehan
Chanteprime, consillier du roy de France nostre sire, le samedi XIIIᵉ
jour de novembre de l'an mit IIIIᶜ¹)‘, et une seconde fois, le XVᵉ jour
d'avril mil CCCCIX, c'est assavoir le lundi apres Pasques‘, et dans cette
traduction de 1400 et de 1409, le dit Laurent de Premierfait avait
rencontré, parmi les hommes illustres, Dante Alighieri, qui apparaît
à Boccace, flétrit Gautier duc d'Athènes, et disparaît aussitôt. Laurent
avait jugé qu'il importerait à ses lecteurs d'en savoir davantage sur le
compte de „cestuy Dant‘, ,noble poete florentin‘, et il avait raconté, de
son propre cru, le voyage de Dante en France, ses études à Paris et
les belles choses qu'il avait pu y contempler pour les rendre dans son
triple poème. ,Entre plusieurs nobles et anciennes citez il sercha Paris,
en laquelle lors estoient et encore sont trois choses les plus resplendis-
sans et notables qui soient en quelconque aultre partie du monde, c'est
assavoir le general estude de toutes sciences divines et humaines qui
sont figure de paradis terrestre; secondement les nobles eglises et autres
lieux sacrez et dediez, garniz d'hommes et femmes servans jour et
nuyct a Dieu, qui sont figure de paradis celeste; tiercement les deux
cours judiciaires qui aux hommes distribuent la vertu de justice, c'est
assavoir Parlement et Chastelet, qui portent figures par moitié de
paradis et d'enfer ... Estant lors a Paris rencontra le noble livre de
la Rose au quoi Jehan Clopinel de Meung homme d'esprit celeste,
peigny une vraye mappemonde de toutes choses celestes et terriennes.
Dante doncques ... voult ... contrefaire au vif le beau livre de la Rose,
en ensuyvant tel ordre, comme fist le divin poete Virgile au sixiesme
libre que l'on nomme Eneide. Et pource que le poete ... dampnoit
et reprenoit les vices et les hommes vicieux en les nommant mesmement

---

dans la littérature espagnole du XVᵉ siècle (P. Savj-Lopez, Dantes Einfluss
auf spanische Dichter des XV. Jahrhunderts, Naples, Tessitore s. d. p. 7).

   1) H. Hauvette, De Laurentio de Primofacto (Laurent de Premierfait) qui
primus Joannis Boccacii opera quaedam gallice transtulit ineunte saeculo XV
(thèse, Paris, Hachette 1903) p. 4. et n. 2, p. 11, 55. (ms. Bibl. Mazarine 3880,
f. 133; ms. Arsenal, 5193, Bibl. nat. fr. 226, 227); id., Dante nella poesia francese
del Rinascimento, traduzione di Agresta (Biblioteca critica della letteratura
italiana di Torraca, 36).

par leurs noms . . . il fut dechaciez de Florence et fors bannis d'illeuc, et mourut en estrange contree[1]).

Laurent de Premierfait exposait évidemment là, en y mettant peut-être un peu du sien, ce qu'il avait entendu dire à Paris: en un temps où les étudiants passaient de pays en pays et affluaient surtout à la Sorbonne, et où les discussions théologiques procuraient une réputation internationale, où enfin les Italiens ne manquaient pas à Paris, et notamment à la cour, il ne pouvait sans doute s'écouler un siècle sans que des écoliers venus d'outre-monts fussent venus parler de leur plus grand auteur ,nel vico degli strami'[2]): et n'était-on pas plus tenté encore qu'aujourd'hui, de se représenter Dante lui-même étudiant à la même place, quelques générations plus tôt? Les théologiens de la Sorbonne ne devaient pas être moins curieux qu'en 1416 les évêques du concile de Constance.

Mais nul encore, en ce commencement du XVe siècle, n'avait, semble-t-il, songé à faciliter par une traduction française la tâche de ceux qui auraient voulu ,se faire exposer', suivant le conseil de Christine de Pisan, le poème florentin, qui devait être traduit en catalan, en espagnol, en latin, avant de l'être en français. Un écrivain du XIXe siècle qui a essayé de réparer l'erreur du XIVe, Littré, disait du vieux poème: „Il aurait pu être traduit dans les années qui précédèrent nos effroyables désastres sous Philippe de Valois et Jean, son fils, et je regrette (que ne regrette pas un érudit?) que Pétrarque ou Boccace, qui vinrent plus d'une fois à Paris, n'aient pas suggéré l'idée de ce travail éminent à quelqu'un de nos versificateurs. Mais quoi! Pétrarque, qui déjà prenait conscience de la commençante supériorité littéraire de son pays, ne note-t-il pas, non sans quelque impatience, que les Français opposent à toute la poésie étrangère le Roman de la Rose[3])"? Littré ajoutait, après avoir cité de beaux vers de Garnier de Pont-Sainte-Maxence: „Mon ambition serait (ambition exorbitante, j'en conviens) de donner à mon Dante un parler aussi correct que celui du trouvère normand et une versification aussi ferme et aussi libre, en un mot de faire naître par moments l'illusion que ma traduction a été écrite par quelque Garnier du quatorzième siècle. Je dirais alors avec plus de confiance: lisez le grand Florentin à travers notre vieil idiome[4])". Hélas! ce présent posthume du vieux français n'a pas même été accueilli avec transport par les arrière-neveux de Laurent de Premierfait; et des

---

1) Hortis, Studi sulle opere latine del Boccaccio, p. 626 n.; Hauvette, o. c., p. 10, n.

2) Paradiso, X, 137.

3) L'enfer mis en vieux langage françois par E. Littré (2e éd., Paris, Hachette 1879), Préface, p. V—VI.

4) Ibid. p. X.

critiques récents ne voient dans l'essai de Littré, l'un qu'un amusement inoffensif[1]), l'autre, plus sévère, qu'une des pires erreurs où la philologie ait induit l'histoire littéraire[2]). Le fait est qu'une traduction française de la ,Divine Comédie' écrite dans le siècle de l'original aurait certaine- ment partagé la défaveur et l'oubli d'une langue surannée et d'une littérature rejetée avec dédain par la Renaissance. Même les premières traductions qu'on en ait essayées, ont dormi jusqu'à ces dernières années dans les manuscrits de Vienne, de Turin et de Paris. Avant la Re- naissance, c'est le français qui se répand en Italie[3]), et l'on s'est même demandé si la première traduction française de Dante ne serait pas d'un Italien, tel qu'Alione d'Asti.

Les Français avaient d'ailleurs quelque chose d'analogue aux fictions dantesques dans leur littérature du XIVe et du XVe siècle. Ainsi les poèmes de Guillaume de Deguilleville — dont l'influence s'exercera en Angleterre dans le même sens que celle de Dante —, le ,Pèlerinage de la vie humaine', le ,Pèlerinage de l'âme', le ,Pèlerinage de Jésus- Christ', par la manière de concevoir les poètes latins (ici Ovide, au lieu du Virgile de Dante), par la visite de l'enfer, du purgatoire et du paradis, rappellent à quiconque les lit aujourd'hui le poème italien composé un peu plus tôt. Mais on pourrait en dire autant du ,Songe d'Enfer' de Raoul de Houdan, qui écrivait bien avant Dante[4]), et de la ,Voie de Paradis', et rien ne prouve que Guillaume ait utilisé ni même connu son prédécesseur: moine cistercien qui avait lu le ,Roman de la Rose' et l'appelait ,le roman de luxure', Guillaume de Deguilleville[5]), écrivant entre 1330 et 1335, a simplement suivi le goût allégorique et chrétien de son temps. On n'a pas réussi davantage à établir une influence quelconque de Dante dans le ,Champ Vertueux' de Jean du Pin (1340), dans le ,Somnium Viridarii' de Philippe de Maizières (1376), ni dans ,le Doctrinal de Court' de Pierre Michault, malgré sa ,forêt' et la dame ,Vertu' qui fait voir à l'auteur qu'elle conduit, bien des choses de nature à rappeler le guide Virgile.

---

1) Lebreton, Rivarol, sa vie, ses idées, son talent.

2) Brunetière, Histoire de la littérature française classique, I, p. 7.

3) Voir Paul Meyer, De l'expansion de la langue française en Italie pendant le moyen âge (Atti del congresso internazionale di scienze storiche, vol. IV, Rome 1904).

4) De même que Ch. Labitte a étudié autrefois ,la Divine Comédie avant Dante' M. V. Cian a étudié ,una satira dantesca prima di Dante' (Nuova Anto- logia, 1er mars 1900, vol. CLXX, pp. 43—64); cet ouvrage satirique, édité successivement par Du Méril, par Huillard-Bréholles, par Castets, se trouve dans un manuscrit parisien de 1384, qui indique comme auteur Pierre des Vignes.

5) G. Paris, La littérature française au moyen âge, 2e éd., § 115 et 156. Oelsner, Dante in Frankreich, p. 9.

Mais dans le français écrit en Angleterre, un contemporain de
Chaucer, le moral Gower, rappelle Dante par les allégories qu'il emploie
dans son ‚Miroir de l'homme‘ et surtout par ses attaques contre le
pouvoir temporel des papes[1]): et pour lui Dante n'est pas un inconnu, puisqu'on lit à la marge d'un des manuscrits de son principal
ouvrage (Confessio amantis, l. VII, éd. de Londres, 1857, t. III, p. 163):
Nota exemplum cujusdam poete de Italia, qui Dantes vocabatur[2]).

Dante n'est pas non plus, bien entendu, un inconnu pour les Français cultivés du XVe siècle. En 1442, Martin Lefranc — qui eut d'ailleurs l'occasion, comme prévôt de l'église de Lausanne, de vivre plus
près de l'Italie, et qui devait mourir à Rome —, écrivait dans son
‚Champion des dames‘:

> Le florentin poete dante
> A escript merveilleusement
> La peine de la vie meschante
> Des espris dampnez justement
> Mais mortel homme plainement
> Onc n'entendit ne entendra
> La grandeur de celluy torment
> Qui ja aux dampnez ne fauldra[3]).

Les discussions de Franc Vouloir et de Malebouche n'ont d'ailleurs
rien de particulièrement dantesque, et ce passage ne prouve pas que
le voyage infernal du ‚florentin poete‘ fût autre chose qu'une curiosité
pour l'apologiste des dames; celui-ci pourrait même s'être simplement
souvenu de Christine de Pisan qu'il révérait, et il n'y a pas plus de
raison de voir en lui un précurseur de l'italianisme, qu'il n'y en aurait
à conclure que l'un ou l'autre lecteur romantique de Madame de Staël
a découvert l'Allemagne. Parce que Villon parle d'une Bietris[4]) il ne
faudrait pas chercher en lui la moindre trace du poète de Béatrice:
le pauvre ‚escolier‘ comprenait trop mal les grands noms de l'histoire
et de la poésie pour que l'œuvre de Dante entrât dans son rudimentaire
bagage de lettres. Son contemporain Charles d'Orléans, fils d'une
Italienne, et prince souvent entouré de poètes et de lettrés, avait eu

---

1) Le rapprochement a été fait notamment par M. Suchier (Suchier et
Birch-Hirschfeld, Geschichte der französischen Literatur, p. 245).

2) V. Leclerc et E. Renan, Histoire littéraire de la France au XIVe
siècle, II, p. 16.

3) Ed. de Paris, 1530, fo XXV; Ph. Aug. Becker, Jean Lemaire de
Belges; p. 298, n. 1; Oelsner, p. 10.

4) H. Oelsner, Dante's Beatrice and Villon's Bietris (‚Literature‘, New-York,
24. sept. 1898, p. 283). — Si Villon parle de ‚Capet qui fut extrait de boucherie‘,
il n'a sans doute pas non plus connaissance des vers de Dante à ce suje
(v. Paget Toynbee, dans l'‚Academy‘, 24 juin 1893).

plus d'occasions d'entendre parler de Dante: mais sa mignonne et frêle poésie n'avait rien de commun avec le terrible poète, et quand l'italianisme naît en France, on s'adresse non pas au rude aïeul, mais aux pétrarquistes du jour. Quant au bon roi René d'Anjou, qui était en relations avec les lettrés d'Italie, il avait un exemplaire de Dante[1]): seulement son „Livre du cœur d'amour épris‘, et son „Abusé en court‘, romans allégoriques en prose et en vers, se rattachent bien mieux aux descendants de Guillaume de Lorris qu'à la „Vita nuova‘ et à la „Commedia‘. Mais le XVᵉ siècle ne devait pas finir sans que Dante fût traduit, et sans que la vie du grand Florentin entrât dans la somme de connaissances d'un homme instruit, c'est-à-dire eût, si l'on peut ainsi parler, son article dans la Grande Encyclopédie de l'époque: l'édition de Venise de 1494 du „Speculum historiale‘ de Vincent de Beauvais[2]) consacre une notice biographique à Dante: „Dantes Aligerius patria florentinus vates et poeta conspicuus ac theologorum precipuus tempestate ista claruit. Vir in cives suos egregia nobilitate venerandus; qui, licet ex longo exilio damnatus tenues illi fuissent substantie, semper tamen physicis atque theologicis doctrinis imbutus vacavit studiis, unde cum Florentia a factione nigra pulsus fuisset Parisiense gymnasium accessit, et circa poeticam scientiam eruditissimus esset opus inclytum atque divinum lingua vernacula sub titulo comedie edidit‘ ... Sans doute c'est là une œuvre italienne: mais les livres de Venise commencent alors à passer les Alpes, et après plus de deux siècles on accordait encore de l'attention au Larousse du moyen âge, dont on reprend et dont on complète l'ouvrage[3]).

1) Lecoy de la Marche, Comptes et mémoriaux du roi René, p. 261—2, cité dans Le Manuscrit (revue de Labitte) II, p. 2, Lecoy de la Marche, Le roi René, II, p. 190: c'est le seul livre italien du catalogue.

2) P. Toynbee, Ricerche e note dantesche, traduzione dall' inglese, con aggiunte dell'autore, série II. Bologne, Zanichelli 1904, 8o, n° 6 (Biblioteca storico-critica della letteratura dantesca, diretta da G. L. Passerini e P. Papa, II), traduction des „Dante Studies and Researches‘, Londres, 1902. — L'article en question avait paru d'abord dans l'„English historical Review‘, avril 1895, t. X, p. 297—304, et il a été discuté par Herm. Grauert, Neue Dante-Forschungen (Historisches Jahrbuch im Auftrage der Görresgesellschaft, 1897, t. XVIII, pp. 58—87). Voir aussi Bullettino della società dantesca italiana, n. s., II, 213, surtout V, 186—192, et encore IX, 193. — L'article de M. P. Toynbee (mentionné dans la Revue Critique, 1895, p. 300, par L. Auvray, et dans le Giorn. storico della lett. it., 1895, t. 26, p. 298) avait été complété par une note de l'auteur, Modern quarterly of language and litterature, mars 1898, p. 51.

3) Sur le commentaire de la „Divine Comédie‘ (éd. par Promis et Negroni, 1886), attribué à Stefano Calice, et qui serait le résultat de lectures sur Dante faites à Lagnasco (province de Saluces), voir Paul Meyer, De l'expansion de la langue française en Italie pendant le moyen âge (Atti del congresso inter-

En cette fin du XVe siècle, où un Génois découvrait un nouveau monde, les Français découvraient l'Italie, et la pensée humaine allait s'élancer vers des horizons nouveaux, séduite par un sentiment de la beauté que les Toscans avaient les premiers fait passer dans leur langue.

Dans ce temps-là, ,Séraphin, natif d'Italie', avait, à la cour de Ludovic le More à Milan, chanté des vers devant le roi de France, Charles VIII, qui l'avait comblé de présents; les guerres de trois rois successifs allaient faire passer les Alpes aux Français, et, les deux peuples échangeant autant d'idées que de coups, l'italianisme allait se développer rapidement sous Louis XII et sous François I. Les mariages de princesses créeront de nouvelles relations entre les deux pays, et les Italiens vont affluer plus que jamais à cette cour de France où on les a déjà vus sous le premier roi qui ait favorisé les lettrés et les érudits au XIVe siècle, Charles V. Dante eut naturellement sa petite part de la vogue dont jouissaient ses compatriotes, et il est possible que l'un ou l'autre guerrier, rentrant dans ses foyers, ait rapporté en France ou reçu d'un roi conquérant — comme fit probablement le maréchal Caraccioli[1]) — un manuscrit de la ,Commedia'; plus d'un Italien sans doute, comme ce ,Franceschino di Giovanni di Siena, speziere in Parigi'[2]), conservait un exemplaire du chef-d'œuvre national, et plus d'un aussi allait tenter de faire partager son admiration à ses hôtes royaux ou lettrés. Les manuscrits du poème italien n'avaient pas tous attendu ces événements pour prendre le chemin de la France: outre René d'Anjou, Jean II de Bourbon, comte de Clermont, en possédait déjà un, dont il avait fait présent, en 1454, à Louis de la Vernade, gentilhomme forésien, et qui même avait vraisemblablement appartenu, dans le second quart du XVe siècle, à la famille de Villequier[3]). Un autre exemplaire se trouvait en France dès la seconde moitié du XVe siècle, appartenant alors à Charles de Guyenne, auparavant duc de Berry, frère cadet de Louis XI, et on le retrouve en 1518, dans le catalogue de l'ancienne bibliothèque de Blois: ,Dante, l'Enfer, Purgatoire et Paradis, couvert de velours tanné'[4]). Mais les princes ne lisent pas toujours les manuscrits qu'ils possèdent, et il fallait sans doute le contact de l'Italie ou des Italiens pour attirer l'attention sur le divin poème.

---

nazionale di scienze storiche, vol. IV, p. 100, n. 7) et travaux cités dans le Giorn. stor. d. lett. it., XXI, 462.

1) L. Auvray, Les manuscrits de Dante dans les bibliothèques de France (ms. ital. 2017); C. Morel, Une illustration de l'Enfer de Dante, p. 14—15.

2) Ibid., p. 28 (ms. ital. 528).

3) Ibid. p. 39—40 (ms. ital. 1470).

4) L. Auvray, o. c., p. 24 (ms. ital. 72); L. Delisle, Cabinet des mss., I, 85; éd. du catalogue par Michelant, Revue des Sociétés savantes, t. VIII (1862), p. 641.

En 1511, Jean Lemaire de Belges, qui avait été à Venise et deux fois à Rome, compare, dans la ‚Concorde des deux langages‘, l'italien et le français, et fait dire à l',Esprit familier‘: „que maistre Jean de Mehun orateur François, homme de grand valeur et literature, donna premierement estimation à nostre langue: ainsi que feït le poëte Dante au langage Toscan, ou Florentin‘; et l'auteur répond ‚que puis que (comme iay autrefois ouy dire) le bon maistre Jean de Mehun estoit contemporain, cestadire dun mesme temps et faculté à Dante: qui preceda Petrarque, et Boccace: et que lun estoit emulateur (et nonobstant amy) des estudes de lautre: et que des ce temps mesme, tout se portoit bien dun costé et dautre: C'est asauoir que France, et Florence, qui se intitulent de mesme lettre, estoient franches, fleurissantes, et coniointes. Toutes ces choses attendues et considerees, il estoit bien seant, que le semblable aduinst en nostre temps [1]." C'est-à-dire que la France ayant eu jadis son Dante peut bien ambitionner maintenant d'avoir ses Philelphe et ses Séraphin: grand initiateur à jamais surpassé, Dante est un nom qui appartient à l'histoire littéraire. Déjà dans son ‚Temple d'honneur‘ (1503), le même Jean Lemaire, qui alors n'avait encore vu que le Sud de la France, plaçait le vieil auteur parmi les poètes [2], ‚ministres et secrétaires d'honneur et de vertu‘, et dans le prologue même de la ‚Concorde des deux langages‘ il le mentionne avec Pétrarque et Boccace. Ce n'est point la ‚Divine Comédie‘ que Jean Lemaire traduira, mais bien un conte ‚intitulé de Cupido et d'Atropos, inventé par Séraphin poëte italien‘; et s'il se vante dans le Prologue de la ‚Concorde‘, d'avoir, le premier de ‚nostre langue Gallicane‘ employé les ‚vers tiercets à la façon Italienne ou Toscane, et Florentine‘ (la terza rima), il l'a fait à l'imitation de Pétrarque et de ses disciples, plutôt que d'après Dante [3]. Ce n'est pas qu'on ne puisse établir des rapprochements assez nombreux entre l',Inferno‘ et certains passages de la ‚Seconde Epistre de l'Amant Verd‘, certains détails de la description de l'enfer, la voix tonnante de Cerbère dans la vallée obscure et la frayeur du poète [4], le Mercure qui conduit l'auteur par une voie étroite et escarpée, le bruit de grande ondée et de flots murmurants qui rappelle le deuxième cercle de l'Enfer,

---

1) Oeuvres de Jean Lemaire, éd. Stecher, III, 132, 133; Oelsner, p. 18, 66; Ph. Aug. Becker, Jean Lemaire, der erste humanistische Dichter Frankreichs, p. 297.

2) Oeuvres, IV, 231.

✕ 3) A. Farinelli, Dante et Margherita di Navarra (Rivista d'Italia, février 1902); sur l'histoire de la terza rima en français voir Kastner, dans la Zeitschrift für franz. Spr. und Lit., 1903; pour la traduction de l'Enfer en terza rima, M. Kastner a négligé de tenir compte de l'étude de M. Camus (v. plus bas), qui rajeunit fort cet ouvrage.

4) Oeuvres de Jean Lemaire, III, 19, 20; Oelsner, p. 19, 68.

puis le temps clair et ‚saphirin‘ qui fait songer au début du Purgatoire et au XXIIIᵉ chant du Paradis[1]. Mais les peintres de l'Enfer s'inspirent désormais de Virgile plus que de Dante, et ce n'est que par hasard que ce dernier est mêlé, en France, aux premiers symptômes de la Renaissance; à mesure que grandit la vogue des poètes anciens et italiens, on sentira aussi que Dante appartient au passé dont on s'éloigne, aux débuts d'un art qu'on croit perfectionner, à un mysticisme dont on se dégage. Octavien de Saint-Gelais, qui dans sa médiocrité représente bien l'époque de transition, place Dante parmi les poètes qu'il rencontre au milieu d'une forêt, au troisième livre de son ‚Séjour d'honneur‘ (1519), et il le place, encore une fois, entre Jean de Meung et ‚François petrarc et le gentil bocasse‘[2]:

> Apres luy [Jean de Meung] vy ung noble florentin
> Quon appeloit en commune voix dente
> Qui maintz œuvres en tres aorne latin
> A compille par raison evidente
> Il declaira de la vie presente
> Soulz sainct langaige et poethiques vers
> Les accidens et tourbillons divers
> Et fit descript de linfernal repaire
> Le cas piteux et la grande misere.

Ce ne sont là que des banalités qu'on aurait pu trouver dans Christine de Pisan. Mais vers la même époque les admirateurs de Dante vont essayer de le faire mieux connaître, et surtout de le faire apprécier en plus haut lieu. En 1519, un Milanais devenu président aux parlements de Bordeaux et de Toulouse, Jacopo Minuti, en français Jacques Minut, fit don à François I d'un exemplaire de Dante avec commentaire de Guiniforte delli Bargigi, exemplaire qu'il avait apporté de son pays comme le dit l'inscription reconnaissante:

> *Ad regem christianissimum*
> *Ja. Minutius.*
> *Tres Dantes. Tu clara mihi, rex, munera, prestas,*
> *Atque aliquem ex nihilo me facis esse virum.*
> *Ipse sed Ethruscum, cum claro interprete, Dantem,*
> *Adlatum ex Italis, in tua jura fero.*

---

1) Paradiso, XXIII, 101 et 102:

> Onde si coronava il bel zaffiro,
> Del quale il ciel più chiaro s'inzaffira.

2) Oelsner, p. 19.

Quant à son fils Mellin de Saint-Gelais, ce n'est pas Dante, mais Pétrarque et le Trissin, qu'on trouve dans son italianisme (E. W. Wagner, Mellin de Saint Gelais, dissert. de Heidelberg, 1893, p. 119 et suiv).

Sic quoque munificus fueris; *nam sumere partem,*
A quo debentur omnia dona, dare est[1]).

Les livres ont leurs destins, et les destins des livres ont leur ironie: le moins efféminé des poètes eut pour principaux adeptes en France, au XVe et au XVIe siècle, deux femmes savantes (dont nous avons vu une), et depuis François I jusqu'à Louis XVIII, la flatterie et l'érudition offriront aux rois de France le poème qui maudissait leur race. Le ,père des lettres' eut assez d'occasions de connaître Dante. Son historiographe et poète, René Macé[2]), bénédictin du monastère de la Trinité de Vendôme, de ce Vendômois dont sortira Ronsard, connaissait assez le poème italien pour rappeler la mention d'Arnaud Daniel, et c'est sans doute lui aussi qui a vanté à Geofroy Tory l'excellence du style de Dante à l'égal de celui d'Homère et de Virgile: car telle est bien l'explication la plus vraisemblable de ce passage du ,Champ Fleury'[3]) de Geofroy Tory (1529): „On pourroit en oultre user des œuvres de Arnoul Graban, et de Simon Graban son frere. Dantes Aligerius Florentin, comme dict mon susdict bon amy frere Rene Masse, faict honorable mention dudict Arnoul Graban ... on pourroit semblablement bien user des belles Chroniques de France que mon seigneur Cretin nagueres Chroniqueur du Roy a si bien faictes, que Homere, ne Virgile, ne Dantes, neurent onques plus dexcellence en leur stile, quil a au sien". De plus, les Italiens étaient en nombre à la cour de François I, et l'un d'eux, Alamanni, d'après une anecdote célèbre[4]), lisait au roi la ,Divine Comédie' et lui lut même le XXe chant du Purgatoire, qui fait, comme tant d'autres textes, descendre les Capets d'un boucher: „le passage de Dante leu et expliqué par Louys Alleman,

---

1) Auvray, o. c., p. 112—114, (ms. ital. 1469); Léon Dorez, Le manuscrit de Dante offert au roi François I en 1519 par Jacques Minut, Revue des Bibliothèques, 13e année, juillet-août 1903, pp. 207—223, et compte rendu dans le Bullettino della Società dantesca italiana, mars 1904, t. XI, p. 111; — C. Morel, Une illustration de l'Enfer de Dante, p. 7.

2) Les Bibliothèques françaises de La Croix du Maine et de du Verdier, nouvelle éd., 1772, t. II., p. 370. — Voir Aug. Bernard, Geofroy Tory, peintre et graveur (Paris, Tross, 1857), p. 15: ,Loin de se laisser absorber par le souvenir des richesses littéraires de l'Italie, Geofroy Tory se mit à étudier avec amour les monuments de sa langue maternelle.'

3) Champ-Fleury, le premier Livre, feuil IIII[a]; Paget Toynbee, dans The Academy, 24 juin 1893, Oelsner, p. 14. C'est d'ailleurs Crétin et René Macé que Geofroy Tory égale ou préfère à Homère, Virgile et Dante (ces passages ont déjà été cités dans l'éd. Génin de Palsgrave (1852) Introd., p. 9—11).

4) Sur Alamanni, voyez H. Hauvette, Luigi Alamanni, un exilé florentin à la cour de France, p. 446 et n. 2, qui considère l'anecdote comme admissible. Un sonnet d'Alamanni à Dante (1532) est reproduit par C. del Balzo, Poesie di mille autori intorno a Dante t. V (1897), p. 42. — Le mot de François I est encore rappelé par Melle Cenzatti, A. de Lamartine e l'Italia, Livourne 1903, p. 109.

Italien, devant le Roy François premier de ce nom, il fut indigné de
cette imposture, et commanda qu'on le luy ostast, voire fut en esmoy
d'en interdire la lecture dans son Royaume"[1]). Enfin, le père de
François I, le comte d'Angoulême, possédait un exemplaire de Dante
en français et en italien, et c'est à la femme de François I, à la
reine Claude, que fut dédiée la traduction du „Paradis' par François
Bergaigne.

Car les traducteurs étaient enfin venus, et Bergaigne n'était pas le
premier. Un inventaire, dressé le 20 novembre 1496, „des biens meubles'
du comte d'Angoulême mentionne, entre „Jehan Boucasse' (Boccace) et „les Problesmes de l'Aristote', „le libvre de Dante
escript en parchemin et à la main, et en italien et en françois, couvert
de drap de soye broché d'or, au quel il y a deux fermoers d'argent,
aux armes de feu mon dict seigneur; le quel libvre est historié"[2]). On
ne sait par qui ni comment Dante fut ainsi traduit et historié avant 1496;
on ne sait pas non plus au juste quel rapport plus ou moins étroit il
peut y avoir entre le Dante broché d'or du comte d'Angoulême et la
première version française de Dante qui nous soit conservée, celle du
manuscrit de Turin. Le manuscrit L, III, 17 de la Bibliothèque nationale
de Turin[3]) contient une version en vers français de l'„Inferno'; le texte
primitif, qui a été rédigé d'après l'édition de Cremonese de 1491 (d'après
Cristoforo Landino), „ne peut guère remonter au-delà des premières
années du règne de François I; la technique du vers semble indiquer
que l'auteur était un disciple de Jean Lemaire, car, exception faite
pour trois ou quatre vers, il observe constamment la fameuse règle
des coupes féminines, que ce poète avait enseignée à Clément
Marot'; d'après M. Camus, les remaniements seraient postérieurs à
l'année 1528, le traducteur aurait été berrichon, et les quatre ou cinq
copistes méridionaux, „probablement des scribes de quelque chancellerie
du Midi'. Les alexandrins de la traduction française sont disposés en
terza rima, de sorte que Dante est mêlé au moins à l'introduction

---

1) Estienne Pasquier, Recherches de la France, VI, 1. Sur la célébrité
de ce récit de Pasquier, notamment au XVIIIe siècle, voir Oelsner, p. 60 et 61.

2) L'Heptaméron des nouvelles de la reine de Navarre, éd. de la Société
des bibliophiles françois, t. III (1854), p. 217; relevé par K. Vossler dans
les „Studien zur vergl. Literaturgeschichte' de M. Koch, I, p. 265—266.

3) Voyez Jules Camus, La première version de l'Enfer de Dante (Giornale storico della letteratura italiana, 1900, vol. XXXVII, pp. 70—93, compte
rendu dans le Moyen Age, 1903; le texte des premières traductions a été publié
par C. Morel; celui du ms. de Turin a été déjà commenté par E. Stengel.
— M. K. Vossler a supposé, et pense encore, que ce manuscrit et l'exemplaire
de luxe du comte d'Angoulême pourraient être dans le rapport de brouillon à
copie: la traduction se placerait donc entre 1491 et 1496.—Les conclusions de la savante
étude de M. Camus (m'écrit M. Vossler) ne sont toutefois pas admises par M. Farinelli.

de cette nouvelle forme dans la métrique française. On ne sait au
juste ni quand, ni par qui, ni pourquoi cette traduction fut faite. Faut-il
supposer, avec M. Camus, qu'elle aurait été recopiée dans la chancellerie
de Nérac, où se tenait Marguerite de Navarre, et qu'elle aurait fini par
tomber aux mains de Clément Marot? Celui-ci ne paraît guère connaître
Dante, on va le voir. Mais si l'on ne peut rattacher de façon sûre la
première traduction de l',Enfer' à Marguerite et à son groupe littéraire,
c'est à sa belle-sœur Claude, reine de France, princesse disgraciée de
la nature, et ainsi sage, vertueuse et bonne, que François Bergaigne
dédia, entre 1515 et 1524 (puisque ce sont les termes du règne et de
la vie de la reine), sa traduction du ,Paradis', écrite également en
,terza rima', mais en décasyllabes, ce qui la fait ressembler fort à
l'original, dont elle garde souvent les rimes en les traduisant, et les
termes au point de tomber dans des contresens à force d'être littérale.
Elle commence ainsi:

> La gloire a cil qui tout meut et repose,
> Par l'univers cler penetre et resplend,
> L'une part plus et l'autre moins dispose.
> Ou ciel qui plus de sa lumière prend
> Je fuz, et veiz chose que pour redire
> Ne scait, ne peut, qui la dessus descend.

L'auteur ajoute des ,déclarations' empruntées au commentaire de
Jacopo della Lana[1]). Pourquoi Bergaigne a-t-il précisément choisi la
,cantica' qui devait être de beaucoup la moins populaire en France?
Est-ce parce que sa pieuse souveraine préférait le plus mystique des
poèmes, et Dante se trouverait-il ici, comme chez Marguerite de
Navarre, côte à côte avec Platon et les mystiques du XVe et du
XVIe siècle, parmi les inspirateurs de l'idéalisme métaphysique de la
Renaissance[2])? On ne peut jusqu'ici se livrer qu'à des conjectures
sur les causes immédiates qui firent traduire, pour la première fois,
l',Enfer' et le ,Paradis'. On n'est pas mieux renseigné sur l'auteur et
l'origine de la traduction complète de la ,Divine Comédie', composée
vers 1550, en alexandrins et en décasyllabes, à rimes plates, et
aujourd'hui conservée dans un manuscrit de Vienne, publié en 1897
avec les précédentes traductions par M. Morel[3]). L'auteur dit seulement

---

1) L. Auvray, Les manuscrits de Dante, p. 12 et p. 132; voir C. del
Balzo, Poesie di mille autori intorno a Dante, vol. V (1897), p. 5—19; la
traduction est conservée dans les manuscrits 4119 et 4530 de la Bibliothèque
nationale, nouv. acquis. franç.

2) Abel Lefranc, Marguerite de Navarre et le platonisme de la Renaissance (Bibliothèque de l'Ecole des chartes, t. LVIII (1897), p. 282, t. LIX, p. 751);
E. Pasturier, Les sources du mysticisme de Marguerite de Navarre (Revue
de la Renaissance, V, p. 1—16, 108—114, VI, 1—62).

3) Camille Morel, Les plus anciennes traductions françaises de la
Divine Comédie (Paris, Welter 1897); comptes rendus dans le ,Giornale dantesco',

que pour revoir sa dame, illustre, belle et savante, il désire passer
,Alverne au pays de fer'. Mais on sait aujourd'hui quelle influence
Dante a eue sur la plus grande femme de la Renaissance, Marguerite
de Navarre.

Disons tout de suite que Marguerite est une exception à cet égard,
et que dans son entourage on ne trouve guère d'influence dantesque
chez les poètes et les érudits, chez un Marot, chez un Dolet. Malgré
le titre de son poème, maître Clément, dans son ,Enfer', ne s'est guère
servi de l',Inferno', si tant est qu'il l'ait jamais étudié: tout au plus
a-t-il, au début, une réflexion sur l'amertume des souvenirs qui rappelle
le ,Nessun maggior dolore'. Il est fort douteux aussi que l'exemple
de Dante ait guidé ceux ,qui, tout en craignant le bûcher, combattaient
les dogmes catholiques'[1]), et surtout on se représente mal ,Marot à
Chambéry répétant avec amertume les vers du (sic) Dante[2]):

> come sa di sale
> Lo pane altrui e com' è duro calle
> Lo scendere e il salir per l'altrui scale'.

Bien plus, Etienne Dolet, qui a été en Italie, qui aimait tant le
séjour de Lyon, la grande ville la plus italianisée de France, Etienne
Dolet qui a aussi écrit un ,Enfer'[3]), n'imite jamais Dante; car ce n'est
sans doute pas l'imiter que de parler de

> celluy qui les hault cieulx regist[4]),

ou bien du

> reconfort que nos peres antiques
> Avoient jadis aux gouffres plutoniques[5]),

et Dolet n'avait pas besoin de se souvenir des paroles de Dante pour
écrire son cantique dans la prison de la Conciergerie, et s'adresser ainsi
à son esprit:

> Or, dictes donc, faictes sa volunté [de Dieu]:
> Sa volunté est que (ce corps dompté)
> Laissant la chair, soyez au ciel monté
> Et jour et nuict[6]).

L'Epitaphe d'Etienne Dolet n'est sans doute pas davantage une
paraphrase des vers italiens quand elle dit:

1897, V, 556—563; ,Literaturblatt für germ. u. rom. Philologie', août-sept. 1898;
,Bullettino della Società dantesca italiana', 1899, VI. 78—79.

1) C'est ce que prétend O. Douen, Clément Marot et le psautier huguenot,
I (1878), p. 62.

2) Affirmation, ou imagination, du même auteur, ibid., p. 391.

3) Le Second Enfer d'Etienne Dolet, suivi de sa traduction des deux
dialogues platoniciens l'Aniochus et l'Hipparchus, notice bio-bibliographique par
un bibliophile (Paris, Bruxelles, 1868).

4) Ibid., p. 41, (à la royne de Navarre, la seule Minerve de France).

5) P. 40.

6) P. 103.

„Bref, mourir faut, car l'esprit ne demande
„Qu'issir du corps et tost estre deslivre,
„Pour en repos ailleurs s'en aller vivre."
C'est ce qu'il dist sur le point de brusler[1]).

On peut même s'étonner de ne pas voir invoquer Dante dans ‚La maniere de bien traduire d'une langue en autre', où Dolet se justifie d'avoir écrit en langue vulgaire:' Quant aux modernes, semblable chose que moy a faict Leonard Aretin, Sannazare, Petrarque, Bembe (ceulx la Italiens) et en France Budée, Fabri, Bouille, et maistre Jacques Silvius'[2]). Dante n'est pas même admis à faire le cinquième parmi ces modèles italiens! Mais un noble cœur allait enfin le comprendre et l'admirer. Marguerite de Navarre, fille de Louise de Savoie, amie de Vittoria Colonna, connaissant plusieurs langues et notamment l'italien, entourée de poètes et de savants, rencontrant à la cour de François I des lettrés italiens, avait eu assez d'occasions d'entendre parler de Dante et de lire son poème, soit dans les exemplaires d'Italie, puis de Lyon, soit dans la traduction de la bibliothèque paternelle. La soif de vérité qui la dévorait, ses aspirations néo-platoniciennes, son christianisme idéal devaient lui faire goûter particulièrement bien des passages du ‚Paradis' qu'on a pu rapprocher de ses propres réflexions[3]). Mais elle ne paraît pas avoir vu d'abord tout cela en Dante, et la première fois qu'elle en parle, c'est en femme de la Renaissance, en élève des Italiens plus récents: elle commence par condamner nettement la ‚Divine Comédie', en écrivant en 1534 à son frère François I:

O! que je voy d'erreur la teste ceindre
A ce Dante qui nous vient ici peindre
Son triste enfer et vieille passion
    D'un ennuy pris!

A quarante ans vouloir encore faindre
D'avoir le mal que l'âge doit refraindre,
Puis par despit courre a devocion,
Prenant le tan pour ferme ficsion:
C'est une fin plus qu'à ensuivre à craindre
    D'un ennuy pris[4]).

„Elle ne se doutait guère alors que la même „fin" lui serait ménagée un jour, et que, contraste piquant, elle en accueillerait la perspective

1) Ibid. p. 105.
2) ‚La maniere, etc. D'avantage. De la punctuation de la langue Francoyse. Plus, Des accents d'ycelle. A Caen. On les vend chez Robert Macé, libraire de l'Université. 1550.'
3) A. Farinelli, Dante e Margherita di Navarra (Rivista d'Italia, anno V (1902), fasc. II (février).
4) Nouvelles Lettres de la Reine de Navarre adressées au roi François I, son frère, éd. Génin (1842), p. 122—123; Oelsner et Farinelli, l. c.

avec transport": [1]) suivant l'esprit de la Renaissance, elle trouvait alors
bien ennuyeux le triste enfer et la dévotion du vieux poète, et, loin de
répéter les paroles de Francesca, elle trouvait indiscret d'exprimer le
regret

> Du temps passé qui ne se peut ratteindre.

Frappée par le malheur, et désespérée de la mort de François I,
„navire loin du vray port assablée", comme elle s'appelle, en se souvenant
peut-être de Dante, dans un poème en tercets[2]), elle se tourne vers
la contemplation des vérités éternelles, et elle reconnaît la profondeur
des grandes pensées et des beaux vers qu'elle rencontra jadis:

> Douleur n'y a qu'au temps de la misère
> Se recorder de l'heureux et prospère,
> Comme autrefois en Dante[3]) j'ay trouvé;
> Mais le scay mieulx pour avoir esprouvé
> Félicité et infortune austère[3]).

Elle n'oubliera jamais plus cette amertume des souvenirs heureux.

> Et le regret qui plus que tout le blesse.
> Des grans plaisirs passez[4])

revient dans les paroles du vieillard qu'elle rencontre au second livre
de ses ‚Prisons'. En effet, elle a épanché en tout un poème les sentiments
dans lesquels sa vie achevait de se consumer, sa philosophie qui se
détachait de la terre endeuillée, et le souvenir des grands auteurs qu'elle
aimait en les comprenant mieux, et parmi lesquels ‚Platon, saint Paul
et Dante paraissent les préférés'[5]). Dans ce poème, ‚les Prisons',
l'auteur se donne comme un homme parlant à une amie (l'amie représente,
d'après M. Lefranc, Henri d'Albret, l'époux de Marguerite), et raconte
comment, échappé de la prison de l'amour, il parcourt le monde et
s'aventure dans les voies de l'ambition et de la cupidité, jusqu'à ce
qu'il rencontre un mystérieux vieillard qui lui prêche la sagesse et
l'étude; l'auteur ne suit que trop ces conseils, car le troisième et dernier

---

1) Abel Lefranc, Les dernières poésies de Marguerite de Navarre (Paris,
Colin, 1896), Introduction, p. LVII.

2) Ibidem, p. 385.

3) Lettre à Frotté (H. de la Ferrière-Percy, Marguerite d'Angoulême,
son livre de dépenses, etc., Paris, 1862, p. 105). A propos de cette mention,
remarquons ici que Champollion-Figeac (Poésies du roi François I, de Louise
de Savoie, de Marguerite reine de Navarre, Paris 1847, 4°, p. 124, rondeau 31)
imprime le troisième vers: Comme aultrefois, en d'aultre j'ay trouvé.

4) Les dernières poésies, p. 174; Farinelli, l. c.; le vieillard dit:

> Croyez qu'il sent ung cruel purgatoire,
> Quant il n'auroit douleur que la memoyre
> Du temps passé, sans les maulx de present.

5) Abel Lefranc, Les dernières poésies, Introduction. p. LXIV.

livre de son poème, de beaucoup le plus long, est un étalage de savoir et d'exaltation mystique:

> Je desiroys le plaisant fruict manger
> De tout sçavoir, sans craindre le danger,
> Pour parvenir a cestuy là de vie
> Où l'âme en Dieu sans mourir est ravie[1]).

Amour, ambition, science, ce sont les trois motifs que développait, trois siècles plus tard, un autre pastiche de Dante, la ,Comédie de la mort‘; et rien que cette triple division, ce symbolisme, ce mysticisme, ce vieillard qui, comme Virgile, harangue l'auteur au sortir d'une période d'égarement, suffiraient amplement à indiquer le souvenir de la ,Divine Comédie‘, si Marguerite n'avait elle-même signalé l'un de ses principaux modèles en rappelant à ,l'amie‘ comment elle lui a expliqué Dante jadis:

> Soyez, Amye, ung petit souvenante
> Qu'en vous comptant de Beatrix et de Dente[2]),
> Je n'oubliay de vous dire que troys bestes
> Mettoit au lieu des tyrantz deshonnestes,
> C'est assavoir l'ourse, lyonne et louve,
> Lisez ses chantz, où tant de bien on trouve,
> Et vous verrez que ces troys bestes sont
> L'empeschement d'aller à ce beau mont,
> Dont avoit veu l'espaulle verte et nette,
> Vestue jà du ray de la planette,
> Qui meyne droit par le royal chemin
> L'homme fidelle et saige pelerin.
> Je m'en tairay de peur d'estre reprins,
> Comme j'estoys lorsque je vous aprins
> Tout le discours de Dante et son histoire:
> Impossible est que n'en ayez memoyre[3]).

On ne sait comment Marguerite fut ,reprise‘ en expliquant la ,Divine Comédie‘, mais il est impossible qu'on n'ait pas mémoire du poème de Dante en lisant les ,Prisons‘; et dès la fin du premier livre, dans la joie du prisonnier échappé on sent comme le frémissement de l',Enfer‘:

---

1) Les dernières poésies, p. 198.

2) Ne faut-il pas lire ici: ,de Beatrix et Dante‘, ou bien ,Beatrix‘ serait-il dissyllabique? Avec la prononciation actuelle, ce vers aurait une syllabe de trop. — Quant au nom de Dante lui-même, il est écrit ici ,Dente‘, et, quelques vers plus bas, ,Dante‘: c'est la troisième forme qu'il avait en français, où pour la première fois Christine de Pisan, en bonne Italienne francisante, l'écrivit Dant‘, forme employée aussi par Laurent de Premierfait. Le traducteur du manuscrit de Vienne dit ,Danthe‘ et ,le Danthe‘.

3) Les dernières poésies, p. 181—182. Sur l'influence dantesque chez Marguerite, dans ses derniers poèmes, voir A. Lefranc, Introduction, p. LV; G. Paris dans le Journal des savants, mai 1896. p. 280—282.

Adieu l'abisme où j'estois englouty,
Adieu le feu où souvent fuz rosty,
Adieu la glace où maincte nuict tremblay,
Adieu le lac de larmes assemblé,
Adieu le mont pour moy inaccessible[1]).

Il est seulement regrettable que l'auteur n'ait pu prendre à son modèle la sobriété et la concision plastique: bavarde comme une femme qu'elle était, prolixe comme Christine de Pisan, Marguerite a, elle aussi, fabriqué un immense poème où les détails dantesques sont noyés comme à plaisir, et se font d'ailleurs de plus en plus rares à mesure qu'on avance dans ce voyage des „Prisons‘, qui est, comme celui du poète italien, une ascension de l'âme humaine vers le bien et vers les éternelles vérités. Elle avait été plus naturelle, plus brève et partant plus heureuse, en écrivant, après la mort de François I, „le Navire‘, poème qui se rapproche plus nettement de la „Vita nuova‘ et de la „Commedia‘. Elle y raconte que son frère tant pleuré est apparu et lui a dit de sécher ses larmes, et de songer à la vanité des choses terrestres et de notre corps mortel, dont l'âme s'échappe pour goûter au sein de Dieu le bonheur des élus. L'entretien entre le mort et la vivante, l'émotion dont celle-ci a été frappée d'abord, est dans le genre des émotions dantesques:

Ce que devins quand ceste voix j'ouys:
Je ne le scays, car soubdain de mon corps
Furent mes sens d'estonnement fouys.
O quelle voix! qui par sus tous accordz
Me fust plaisante [et] douce et agreable,
Qui des vivans sembloit et non des mors[2]).

Comme on le voit aussi par ces vers, Marguerite a exactement suivi ici la métrique dantesque, et elle l'a fait avec d'autant plus de succès qu'elle mettait dans ses tercets une histoire, des pensées et jusqu'à des images analogues à celles de la „Divine Comédie‘; l'entretien entre Marguerite et François rappelle celui de Dante et de Béatrice; d'un côté comme de l'autre,

Parfaict amour, c'est le Dieu eternel
Qui dans les cueurs sa charité respand,
Rendant du tout l'homme spirituel[3]).

Des deux côtés. aussi, l'un de ceux qui s'aimaient de cet amour idéal et mystique, parle du bienheureux séjour à celui qui est resté sur terre dans les entraves de la chair, et Marguerite sait maintenant ce qu'elle n'avait pas compris jadis en lisant Dante:

1) P. 143.
2) Les dernières poésies, p. 386.
3) P. 390.

> Je n'avois sceu ne bien penser ne croire
> Qu'amour eust peu par mort prandre accroissance,
> Mais maintenant la chose m'est notoire[1]).

François lui dit, en des termes qui, dans leur brutalité, rappellent pourtant l'image des ‚vermi nati a formar l'angelica farfalla‘:

> Separe ung peu hors de chair ton ancelle;
> Vois que le corps n'est rien qu'une charogne,
> Et prens ton vol à la vie eternelle[2]).

Les conseils que donne à la pauvre éplorée ‚l'esprit d'un de ceste chair delivre‘ se ressentent du pèlerinage surnaturel du poète théologien, et même peut-être d'une image du ‚Purgatoire‘ qui devait, beaucoup plus tard, vivement frapper le cardinal de Polignac, et même probablement Lamartine:

> Du pied de foy il faut que tu chemines
> Pour saillir hors des tenebres espesses,
> Et que la foy ton amour examine,
> Dessoubz la main très puissante t'abaisses.
> Et par icelle ainsy qu'enfant au lict
> De tous costez fault que torner te laisses[3]).

Les splendeurs dont François jouit là-haut sont comme un reflet du paradis de Dante:

> Je gouste icy la haulte sapience,
> Je voy icy la puissance infinie
> Et la voute me monstre ici sa science.
> Mon ame icy de lumiere est garnie[4]) . . . .

et Marguerite aspire au jour heureux où elle ira contempler la gloire de son frère et où elle verra en enfer ses ennemis: trois siècles plus tard ce dernier point eût semblé de trop, et Soumet chantera la rédemption des damnés eux-mêmes; Marguerite restait plus près de Dante. Elle finit comme le ‚Paradis‘, par la louange de Dieu,

> Dieu tout en tout, ung seul en Trinité.

Une pareille poésie est rare en France, et il faudrait, pour en retrouver la veine, descendre jusqu'à Du Bartas, chez lequel il n'est

---

1) P. 393.

2) P. 397 De même elle dit déjà dans ‚La Coche‘:

> Jusques à ce que l'Ame pour partir
> Aura reprins ses aelles immortelles

(voir Lefranc, dans la Bibliothèque de l'Ecole des chartes, t. LIX. p. 740.

3) P. 411. Cf. Purgatorio, VI, 149—151:

> Vedrai te simigliante a quella inferma,
> Che non può trovar posa in sulle piume,
> Ma con dar volta suo dolore scherma.

4) P. 400.

pas possible de déterminer de façon certaine une influence dantesque
parmi tout le fatras biblique.

Cette poésie de Marguerite était d'ailleurs aussi inconnue du public
qu'étrangère au goût du temps. Les Français d'alors ne prennent pas
le mysticisme dans la ‚Commedia‘: tout au plus s'amuse-t-on à Lyon
d'une ‚subtille response de Dante‘: telle est en effet le titre de la
Nouvelle XV du ‚Parangon des nouvelles honnestes et delectables‘
(Lyon, 1531), racontant la réponse adressée par Dante, d'après la
tradition, à Can grande della Scala qui lui faisait remarquer qu'un
bouffon était mieux récompensé qu'un grand poète. Il était plus
simple de citer un mo tque de lire et de comprendre des œuvres. — Un
grand mouvement allait traverser les lettres françaises, inspirant l'ambition
des grands poèmes et l'admiration des vers italiens. Les Français
auront le désir de donner à leur langue la gloire des œuvres classiques,
et à la hardiesse nouvelle d'écrire en langue vulgaire des choses
graves, les prédécesseurs toscans servent d'excuse et de garants: „J'ai
mesmement pour mes auteurs, dit Peletier du Mans, Petrarque et Bocace,
deux hommes jadis de grande erudition et savoir, lesquelz ont voulu
faire temoignage de leur doctrine en ecrivant en leur Touscan. Autant
en est des souverains poetes Dante, Sannazar, aussi Italiens[1]).“ La
Renaissance aura aussi pour auteurs Pétrarque et Boccace, mais Dante
leur cédera de plus en plus la place, et on ne se donnera guère la
peine de remonter jusqu'à lui. „Il avait créé la littérature italienne
dans la ‚Divine Comédie‘, faisant du toscan la vraie langue nationale;
il s'était mis tout entier dans son poème, avec ses ardeurs généreuses
et ses colères implacables, peintre énergique d'une rude époque; mais
par sa raideur scolastique, par son abus des allégories et des symboles,
par ce qu'il y avait de tourmenté dans son inspiration, il tenait encore
trop à l'ancienne barbarie pour avoir réalisé pleinement l'œuvre d'art
idéale, toute lumineuse de beauté sereine. Pétrarque et Boccace étaient
venus ensuite, qui l'avaient accomplie, cette œuvre d'art, en se mettant
à l'école de l'Antiquité[2]).“ C'est ainsi que raisonne aujourd'hui le
biographe de du Bellay: et c'est à peu près là, sans doute, ce
qu'auraient senti les hommes de la Renaissance si on leur avait demandé de lire et de juger les trécentistes.

Quant à Rabelais, que l'imagination d'un Labitte ou de Michelet
aimait à rapprocher du grand Toscan ou à considérer comme une

---

1) L'Art Poetique d'Horace, traduit en vers françois par Jacques Peletier
du Mans, recongnu par l'auteur depuis la première impression. Moins et meilleur.
Paris, Michel de Vascovan, 1545 (Bibliothèque nationale, Rés. p. Ye 612). — La
Croix du Maine (I, 426) place la 1e édition en 1544 (voy. Chamard, J. du
Bellay, p. 33 et 34).

2) H. Chamard, J. du Bellay, p. 65.

gigantesque parodie du poète théologien, il ne parle pas de Dante, mais il est plus que probable qu'il l'a connu, lui qui connaissait tant de langues et tant d'auteurs, et qui avait vu l'Italie. Il a rencontré Dante et sa Comédie, ne fût-ce que dans Merlin Coccaie [1]); il n'est pas impossible qu'il s'en souvienne dans les nouvelles des diables et des damnés [2]), dans l'inscription de la porte de l'abbaye de Thélème [3]), ni même que Folengo, qui a fourni la matière de l'épisode des moutons de Panurge, se soit inspiré d'un passage du „Convivio‘. Mais le brutal interprète de la raillerie gauloise n'était pas fait pour sentir l'art mystique et la poésie toscane [4]), encore moins pour les imiter dans les livres burlesques qu'il publiait à Lyon.

Les idées d'humanisme et d'italianisme allaient bientôt prendre corps, et exercer leur action sur la poésie française, que la toscane avait devancée de beaucoup dans la voie nouvelle: „Dante, dit M. Jeanroy [5]), le premier à cette époque de science aride et pédantesque, a éprouvé la fascination exercée par la nature sur l'âme enfantine et poétique des anciens; si la poésie italienne a eu dès le XIVe siècle ce sentiment de la beauté extérieure, que la nôtre ne retrouvera que deux cents ans plus tard, au contact de l'antiquité, c'est certainement à Dante qu'elle le doit, et Dante compris, étudié chez nous, eût pu y provoquer à lui seul une renaissance“. Ce n'est pas à Dante qu'échut ce rôle, et la Renaissance‘ française se fera sans lui, pour ne pas dire contre lui.

Chapitre II.
La Renaissance.
1547—1623.

C'est déjà l'esprit de la Renaissance qui animait Marguerite de Navarre, et l'auteur des „Prisons‘ et du „Navire‘ restera pour la postérité l'auteur de l'„Heptaméron‘ (qui|d'ailleurs, pour s'inspirer de Boccace, ne laisse pas de citer le mot de Virgile à Dante [6]). L'esprit nouveau passait d'Italie en France, faisait halte à Lyon, qui sembla un moment

---

1) Voy. C. del Balzo, Poesie di mille autori intorno a Dante, t. V, p. 20 et sv. Dante est appelé „Omer toscano‘, et grandement loué au commencement du 3e chant de l'Orlandino (voir aussi Mich. Barbi, Della fortuna di Dante nel secolo XVI, Pise 1890, p. 19 et suiv.).

2) V. Oelsner, o. c.

3) Dans la triple répétition, qui est d'ailleurs un procédé de style assez simple.

4) E. Gebhart, Rabelais, la Renaissance et la Réforme (Paris 1877), p. 31, a déjà dit que Rabelais était un schismatique en cette matière.

5) Grande Encyclopédie, article Dante.

6) Sixième journée, 55e nouvelle, fin: „Je le veulx bien, dist Hircan, combien qu'il me fasche de parler de ces gens là, car il me semble qu'ilz sont du rang de ceulx que Virgille dict à Dante: Passe oultre, et n'en tiens compte‘.

une Florence gauloise[1]), et se répandait bientôt jusqu'à Paris et en
Vendômois. Au fond des trésors toscans qui s'étalaient aux yeux du
monde réveillé, les curieux du temps pouvaient découvrir Dante, et
certains critiques s'étonnent aujourd'hui qu'on ne l'ait pas remarqué
davantage[2]). N'avons-nous pas trop entendu dire que Dante était un
précurseur (c'est un titre facilement prodigué à tous les grands hommes), et
que l'Italie avait été l'institutrice des nations? Il s'en faut pourtant
de beaucoup que les Français du XVIe siècle aient vu dans la „Divine
Comédie‘ tout ce qu'on a cru y voir depuis. En l'année 1547, où la mort de
François I donnait aux pensées de Marguerite une orientation nouvelle,
paraissait à Lyon, chez le célèbre de Tournes, une édition de la „Commedia‘.
Il faut en conclure surtout que Lyon avait en ce temps-là des imprimeries
importantes, — dont la réputation sera encore grande chez les Espagnols au
XVIIe siècle[3]). L'épître à Maurice Scève, mise en tête de l'édition[4]), n'a nulle
portée historique, et l'auteur de „Délie‘, malgré son „sens ténébreux et
obscur‘, comme disait Pasquier, n'est pas précisément un disciple de Dante.
Les imprimeurs de Lyon rendaient donc des services à tous les auteurs
et occasionnellement à Dante; en 1505 ils imprimaient des sermons de
Gabriel de Barletta avec traduction latine de poésies de Pétrarque et
de Dante; et c'est probablement déjà chez eux que vers 1502 ou 1503
avait été fabriquée une édition de la „Commedia‘, imitée de celle des
Alde[5]); c'est à Lyon encore que parut l'édition de Dante de Guillaume
Rouille, en 1551, 1552, en 1571 et en 1575. Outre ces imprimeurs, la
docte Lyon de la Renaissance possédait une belle cordière chère aux
poètes d'alors, Louise Labé, et celle-ci avait au moins lu l'histoire de
Francesca[6]): dans le „Débat de la Folie et de l'Amour‘, qu'on rattache
à la littérature de la génération précédente, à l'école de Marot, et que
Robert Greene traduisit[7]), elle cite parmi les exemples d'amour l'héroïne

---

1) Voir, entre bien d'autres, Jasinsky, Histoire du sonnet en France
(thèse de Paris), Douai, 1903, pag. 32 et suiv.

2) Ainsi M. Brunetière (Revue des deux mondes, 1ier janvier 1901, p. 159)
s'étonne que du Bellay n'ait pas invoqué l'autorité de Dante pour le sonnet
(cf. Hauvette, Luigi Alamanni, p. 448 n. 1.): Sainte-Beuve et Autran (Préface
des „Sonnets capricieux‘) y ont songé depuis.

3) Voir, à se sujet, une visite à Escobar racontée dans Morel-Fatio,
Etudes sur l'Espagne, t. I.

4) Voir Farinelli, l. c., sur cette „edizione della Commedia munita di una
epistola a Maurice Scève, il poeta della „Délie‘ che mancò il suo scopo.‘

5) Oelsner, o. c., p. 50; Th. W. Koch, Catalogue of the Dante collection, I, 8 et 9.

6) Farinelli, o. c.

7) Remarquons aussi que la fille de Henri VIII, Elisabeth, avait traduit
dans sa jeunesse le „Miroir de l'âme pécheresse‘ de Marguerite de Navarre
(Jusserand, Shakespare en France, p. 21).

qui est donc, dès cette époque, l',ange de gloire' de Dante. C'est à
Lyon aussi que se seraient rencontrés — s'il y avait là autre chose
qu'une fiction — un Florentin et un Lyonnais dont l'entretien est
conservé dans le ,Ragionamento hauuto in Lione da Claudio de Herbere
gentil'huomo lionese et da Alessandro degli Uberti sopra la dichiarazione
d'alcuni luoghi di Dante, del Petrarca e del Boccaccio, non stati infino
a qui dagli spositori ben intesi': ce n'est que la quatrième[1]) édition
(1560) qui parle de Dante.   Enfin les ,Facecies et motz subtilz d'aucuns
excellens espritz' (Lyon, Granjou, 1559) rapportent[2]) la réponse
que Giotto aurait adressée à Dante à propos de la laideur
de ses enfants et de la beauté de ses tableaux, réponse qui d'ailleurs
est un mot vieux comme les ,Saturnales' de Macrobe et sans doute
plus ancien encore: Dante et Giotto ne sont là que des noms quel-
conques. Il en est de même de la réponse de Dante à un ,contadin' de
Florence à propos de l'heure où les bêtes vont boire, réponse également
rapportée dans les ,Facecies'. Ces anecdotes prouvent tout au plus
la diffusion des récits de Benvenuto da Imola ou de Guichardin. Mais,
sauf le rôle joué par Lyon dans le développement de l'italianisme, et
où Dante a, comme on vient de voir, sa petite part, la Provence n'a
pas été entre le poème italien et le public français l'intermédiaire qu'on
a pu imaginer[3]): à l'époque où s'éveille la curiosité des étrangers
pour la ,Commedia', le provençal est déchu de son prestige littéraire
et de son importance européenne; et il faut attendre le XIXᵉ siècle
pour que le pays des félibres adresse à Dante et à Béatrice un
hommage qui sente son terroir. Tout au plus un érudit comme Jean
de Nostradamus, écrivant ,Les vies des plus celebres et anciens poètes
provensaux'[4]), rappellera-t-il à l'occasion que ,le Poète Dante faict
mention bien amplement de ce Poete'; ou bien, plus tard, César de
Nostradamus, mieux informé que son oncle, citera longuement, dans
son ,Histoire et Chronique de Provence'[5]), l'épisode de Romeo, ,ce que
l'admirable Dante en recite et chante vers le sizieme chant de son
Paradis, où il déplore l'exil et le bannissement de Romieu en ces
vers'; et après avoir donné le texte italien, Nostradamus le traduit en

---

1) Cet ouvrage avait eu des éditions en 1550, 1555 et 1557. Il a été publié
à Lyon.

X 2) Papanti, Dante secondo la tradizione e i novellatori, p. 39 et p. 155.

⋋ 3) Scartazzini, Dante-Handbuch, p. 449; et ,Dante' (Berlin 1896) p. 224;
F. X. Kraus, Dante, p. 498; Grauert, dans Histor. Lehrbuch, XVI, 511;
voir A. Farinelli, dans le Giorn. stor. d. lett. ital., t. 29, p. 142, n. 1.

4) Lyon 1575, p. 105.

5) Lyon 1614; Oelsner, p. 15 et 64, Nostradamus (p. 135, 169, 193—94)
cite encore Dante à propos de Guiraut de Bornelh, d'Arnaud Daniel, de Folquet
de Marseille, de Sordello.

alexandrins français à rimes plates, en ajoutant en manière d'excuse qu',il est malaisé d'habiller proprement ce grand Poëte en François'. „Le haut, profond et inimitable Dante' est souvent allégué par l'historien de la Provence, mais il ne fournit en ce temps-là qu'une source historique[1]), et on cherche ailleurs les modèles littéraires. — Qui donc, au milieu du XVIe siècle, aurait songé à des traductions en dialecte? N'est-ce pas le temps où la langue française s'anime d'une vie nouvelle, et où de jeunes écrivains rêvent de lui donner la gloire des chefs-d'œuvre poétiques? En faisant le compte des modèles enviés, anciens et modernes, les théoriciens de la Pléiade s'arrêteront surtout aux Grecs et aux Latins, et, parmi les Italiens, à Pétrarque et aux auteurs plus récents. Nul ne songe à prendre pour modèle la „Commedia'. Ce n'est pas que, dans la rapide histoire littéraire que comporte tout manifeste d'école, on n'ait eu l'occasion de rencontrer le nom de l'ancêtre de la littérature italienne; et avant la Pléiade et en dehors d'elle, Thomas Sibilet, dans son „Art Poëtique François' (1548) notait qu'après la ruine des lettres romaines „la Poësie se releva entre les Italiens retenans encor quelque vestige de ce florissant empire par le moien d'un Danthe et d'un Pétrarque'. Arrive „la Deffense et Illustration de la Langue Françoise' de du Bellay, et les Italiens sont signalés comme modèles; mais les Italiens, c'est Pétrarque, ce sont les pétrarquistes, c'est même un Louis Alleman, mais Dante n'est pas même nommé! Ailleurs du Bellay sait pourtant que le vieux poète est au nombre des gloires nationales, mais quelle idée s'en fait-il pour le mettre au même rang que le Bembe, après Boccace et Pétrarque, avec le „pasteur napolitain'? Parlant de la gloire des premiers, il ajoute (dans la quatrième ode à madame Marguerite: D'escrire en sa langue):

> Qui verra la vostre muette
> Dante et Bembe, à l'esprit humain[2]?

Sans doute on pourrait rapprocher certains traits des „Antiquitez de Rome', des „Regrets' et des „Songes', des allégories et des pensées dantesques[3]): mais n'a-t-on pas trouvé à du Bellay des sources immédiates, et toutes postérieures à Dante? Ce n'est pas même celui-ci qu'il faut reconnaître dans „le triste Florentin' du „Songe VIII', auquel

---

1) C'est à ce titre qu'il est aussi allégué dans l'Histoire de la vie et faits d'Ezzelin III surnommé Da Romano, sous la tyrannie duquel perirent de mort violente plus de douze mil Padoüans; composée en italien par Pietro Gerardo [pseud., Fausto], nouvellement mise en françois (par Cortaud), Paris 1644.

2) Oeuvres de du Bellay, I, 240; cf. Chamard, J. du Bellay, p. 230.

3) Rathery, Influence de l'Italie (1853), p. 108; Ampère, La Grèce, Rome et Dante, éd. de 1859, p. 157; Chamard, o. c., p. 294, n. 2 et p. 296.

apparaît une nacelle: il s'agit là de Pétrarque[1]). Ronsard n'est pas plus dantophile que son émule, et ce n'est que dans l'imagination de Boccalini que ,le grand Ronsard français' a pu venir au secours de Dante Alighieri[2]): les Italiens d'aujourd'hui ne trouvent même pas de raison suffisante au choix d'un pareil défenseur[3]). Certes le chef de la Pléiade

> sçavoit bien que la belle Florence
> Que l'Arne baigne, estoit une cité
> Qui noble et riche en sa fertilité
> Avoit produit tant d'hommes d'excellence[4]).

Mais il ne songe à rien moins qu'à mettre Dante parmi ces hommes d'excellence, et même la littérature toscane ne lui paraît estimable que

> Depuis que son Pétrarque eut surmonté la nuit
> De Dante et Cavalcant[5]).

Refoulé dans l'ombre des origines littéraires, dans la nuit gothique que la Renaissance veut dissiper, Dante n'en sort guère que lorsqu'un Italien vient solliciter pour son vieil auteur l'attention des écrivains français. On a déjà vu Alamanni lire Dante à la cour de François I; un autre exilé florentin vivant à Paris sous Henri III y publia le ,De Vulgari Eloquentia' de Dante (en 1577), qu'il dédia au roi de France, et qui est flanqué de deux morceaux de Dorat et de Baïf, le premier en vers latins, le second en vers français. C'est

---

1) Koeppel, Dante in der englischen Litteratur des 16. Jahrhunderts, Zeitschrift für vergleichende Litteraturgeschichte, III, p. 451; A. S. Cook, The ,sad Florentine' of du Bellay and Spenser (Academy, 10 mars 1888); Palgrave, Dean Plumptre's ,Dante' (Academy, 28 janvier 1888) contrairement à Plumptre; à Del Balzo, Poesie di mille autori intorno a Dante, vol. V, p. 294; à H. Chamard, Joachim du Bellay, p. 65 et p. 296, n. 8. — Le sonnet contenant l'allusion au triste Florentin est dans les Oeuvres de du Bellay, éd. Marty-Laveaux, t. II, p. 286.

2) Trajano Boccalini, Dante Alligieri da alcuni vertuosi travestiti di notte essendo assaltato nella sua villa, e maltrattato, dal gran Ronzardo francese vien soccorso e liberato (dans ses ,De' ragguagli di Parnaso. Centuria prima Venise 1618, p. 325—327; id., Venise, 1644); Del Balzo, Poesie di mille autori, V, 405—406.

3) Marchesi, Della fortuna di Dante nel secolo XVII (1898) p. 11: ,la satira del Boccalini non è molto chiara; nè si capisce perchè egli abbia scelto ad invasori della casa di Dante, proprio due di quei grammatici che in difesa di Dante avevano scritto; nè l'essere stato il Ronsard capo di quella Pléiade che, tra l'altro, si propose di prendere a modello i nostri trecentisti, parrebbe ragione sufficiente a spiegare la scelta del poeta francese a difensore del nostro.'

4) Ronsard, Oeuvres, éd. Marty-Laveaux, II, 29 (Au sieur Ludovico Daiaceto Florentin).

5) Ibid., VI, 314. (Au sieur Barthelemi Del Bene).

un simple hasard que le précepteur du fils de Catherine de Médicis[1])
se soit trouvé en même temps être le premier éditeur du ‚De vulgari
eloquentia‘; mais cela du moins amena deux lettrés distingués de l'époque
à exprimer leur opinion sur Dante[2]). Le vieux Dorat oppose les
modernes à ces anciens qu'il avait si bien expliqués aux jeunes gens;
il oppose Pétrarque à Tibulle, l'Arioste à Virgile et Dante à Lucrèce.
Ce dernier parallèle n'est pas sans ingéniosité, et chez Polignac et le
président de Brosses nous verrons encore opposés ou associés le chantre
du matérialisme antique et celui de la foi chrétienne. Archaïques tous
deux dans leur langage, les deux poètes ont des sujets diamétralement
opposés, puisque l'un déclare la guerre à tous les dieux, et que l'autre
décrit le triple royaume de la puissance divine:

> *Aligerum certe Lucretius ipse vetusta*
> *Nec sibi voce neget, nec gravitate parem.*
> *Quin et eo tanto sese ferat ille minorem,*
> *Quanto ipsa impietas est pietate minor.*

Dorat propose en passant une étymologie fantaisiste du nom d'Alighieri[3]),
puis il ajoute que celui-ci eût pu écrire en grec (ce qui est vraiment
hasardé) ou en latin, s'il n'avait préféré la gloire littéraire de son
étrusque et ingrate patrie: car Florence, aussi injuste qu'Athènes et
Rome pour leurs illustres enfants, a exilé le poète. Dorat connaissait
donc Dante: mais le contraire eût été fort étonnant, tant Dorat était
savant. Il n'avait pas, en tous cas, inspiré à ses anciens disciples l'admiration de la ‚Divine Comédie‘. Le témoignage de Baïf est plus
intéressant, et Nisard l'a déjà abondamment cité en parlant des origines
du classicisme français et de la précocité de la littérature italienne[4]):

> Dante, premier Tuscan (que lon peult dire Pere
> Partout où elle court de sa langue vulgaire)
> Qui aimant sa Patrie, non ingrat escrivit,
> Rechercha le chemin, que depuis on suivit,
> Pour venir arrester certaines regles fermes
> Qui par toute l'Itale ordonnassent les termes

---

1) Sur Corbinelli et l'italianisme, voir entre autres **Louis Clément**,
Henri Estienne et son œuvre française (Paris, Picard, 1899), p. 125.

2) Voir l'introduction de **Pio Rajna** à l'édition que ce savant a donnée
du ‚De Vulgari Eloquentia‘ (1896), et qui est un modèle de science, un ouvrage
définitif. Le titre de l'édition de Corbinelli était: ‚Dantis Aligerii, Praecellentiss.
Poetae De Vulgari Eloquentia Libri Duo. Nunc primum ad vetusti, & unici
scripti Codicis exemplar editi. Ex libris Corbinelli: Eiusdemque Adnotationibus
illustrati. Ad Henricum, Franciae, Poloniaeque Regem Christianiss. Parisiis,
Apud. Jo. Corbon, ... 1577‘. — Voir **Oelsner**, p. 70 et 71.

3) *Forsan et Aligeri nomen sibi traxit ab illo,*
Quo duce carpebat per tria regna viam.

4) D. **Nisard**, Histoire de la littérature française, 17e éd., t. I, 149.

> D'un beau parler commun, y travaillant expres
> Affin qu'il fust receu de tous peuples apres.

Et non seulement Baïf marque la place de Dante en ces termes qu'on ne trouve pas avant lui dans la critique française, mais il indique l'importance des études italiennes à la cour de France en disant à Henri III:

> Si la langue Françoise est vostre paternelle,
> La Toscane, ô Grand Prince, est vostre maternelle.
> Les François escrivant bien vous remunerez,
> Ni les Toscans Autheurs Vous ne dedaignerez.

Malheureusement il semble bien que Corbinelli et Dorat et Baïf furent autant de voix dans le désert, et les observations que le savant Florentin adressait à Piero Forget sur Dante et sur Pétrarque, ne paraissent guère avoir trouvé d'écho dans la critique et la poésie du temps. Sans doute, sous Catherine de Médicis, comme avant et après le règne de son fils, des Italiens ont pu lire à la cour des vers de Dante; Catherine avait dans sa bibliothèque deux éditions de la ‚Commedia‘, dont une de Lyon de 1571[1]). Mais que n'ont pas les princesses? et de ce que Marguerite de Valois, Anne de Bavière, Marie, comtesse de Provence, et jusqu'à la Pompadour, ont possédé aussi, en des siècles divers, un exemplaire de Dante, il ne faudrait pas conclure à la vogue de la ‚Divine Comédie‘ dans le monde royal: pour un Philalethes sur le trône de Saxe, combien de princesses qui n'ont sans doute jamais lu le poème qu'elles possédaient!

A côté des érudits italiens qui, comme Corbinelli, renseignaient les Français (car l'édition du ‚De vulgari eloquentia‘ sera remarquée au temps de Colletet et de Baillet encore), il faut placer des lettrés que leur vocation ou leur caprice conduisait en Italie et qui apprirent à connaître Dante. Le très savant Jean-Papyre Masson (1544—1611) avait, par exemple, voulu entrer dans la Compagnie de Jésus, il avait pris l'habit à Rome et avait enseigné deux ans à Naples: il donna en 1587 une biographie de Dante, de Pétrarque et de Boccace, et sa vie de l'Alighieri, puisée aux meilleures sources, et composée intelligemment, avec une connaissance exacte des œuvres, restera pour les érudits du XVIIe siècle (elle fut reproduite en 1638 dans les ‚Elogia varia‘ de Masson) un ouvrage utile et abondamment mis à profit[2]). — Peut-être

---

1) Bauchart, Les femmes bibliophiles; Oelsner, p. 22 et 71.

2) Ajoutons que Masson a rencontré les accusations de Dante contre Hugues Capet fils de boucher et contre Philippe le Bel, en écrivant l'histoire de ces rois: ‚Papirii Massoni annalium libri quatuor, quibus res gestae Francorum explicantur‘, ed. secunda, Paris 1578, p. 197 (Dantis locus de Hugòne refellitur: Dantes poëta illum Parisiensis beccaï filium fuisse canit, quae vox lanium sonat. Is Florentia a Carolo Valesio pulsus, Philippum Pulchrum et Francos oderat, ut

faut-il aussi rappeler que le remuant jésuite italien Ant. Possevin (1534—1611), qui dirigea le collège d'Avignon et celui de Lyon[1]), et qui eut saint François de Sales pour disciple, était aussi l'auteur de la ‚Bibliotheca selecta‘ (Rome 1593), ouvrage où tous les auteurs possibles étaient mentionnés, et qu'en 1686 les ‚Jugements des savants‘ citeront encore, à propos de l'orthodoxie de Dante, ‚Ant. Possevin Apparat. Sacr. p. 413 in Dante‘. L'auteur de la ‚Commedia‘ et du ‚De Monarchia‘ devait être assez souvent invoqué dans les querelles religieuses d'alors: il n'est pas impossible que Possevin en ait parlé à ses auditeurs.

Avant de quitter Corbinelli, et la portée de son édition, il n'est peut-être pas inutile de rappeler un poète débutant qu'il a connu de près: il rencontrait tous les jours dans la bibliothèque du roi le jeune Jean Bertaut[2]), et on se demande s'il ne lui a jamais fait lire la ‚Divine Comédie‘, et si la strophe célèbre:

> Félicité passée
> Qui ne peut revenir . . .

ne se ressent pas du ‚*Nessun maggior dolore*‘: car Bertaut a insisté plus d'une fois sur la douleur des ‚contentements passés‘, et il serait curieux que de Bertaut à Musset, les vers français les plus célèbres sur les souvenirs fussent inspirés par Dante. Mais si Corbinelli a édité le ‚De vulgari eloquentia‘, il a aussi traduit le ‚Canzoniere‘ de Pétrarque à la demande du roi; ce n'est pas à Dante que s'adressaient les poètes de 1579, et l'on a découvert une strophe de Molino qui ressemble plus que nulle autre à celle de Bertaut[3]).

Un homme fort instruit du temps, Montaigne, cite beaucoup moins Dante que les autres écrivains italiens. Le philosophe pour qui le doute était un mol oreiller, a distingué dans l'‚Inferno‘ un vers qui ressemblait à son: Que sais-je? — et il cite:

> Che, non men che saper, dubbiar m'aggrata[4]).

---

recte in mentem venerit Volaterano, Dantis opinionem refellere), p. 343 (in exulum numero Dantes Aligerius fuit propterea Philippo et Valesio infensus, ut poëmata ejus indicant . . . Dantes detestatus Valesii in Hetruria factum, pacem Siculam probro illi vertit), p. 380 (mort de Dante, qui avait étudié à Paris, et Sigerii excellentis Philosophi meminit).

1) Gabriel Naudé, dans son ‚Advis pour dresser une bibliothèque‘ (2e éd., Paris, 1644), chap. II, recommande encore ‚le livre de Possevin, ‚*De cultura ingeniorum*‘.

2) G. Grente, Jean Bertaut (Paris, Lecoffre, 1903, thèse) p. 93, et p. 207.

3) J. Vianey, compte rendu du livre ci-dessus dans la ‚Revue d'histoire littéraire de la France‘, 1904, p. 160.

4) Inferno, XI, 93; cité par Montaigne, Essais, I, XXV.

Ailleurs il cite encore un passage du ‚Purgatorio‘[1]), et c'est tout.
De cela, s'il est excessif de conclure qu'il admira Dante[2]), il serait
moins juste encore d'inférer qu'il ne le connaissait que de seconde
main[3]). Pour un homme qui possédait une si belle ‚librairie‘, qui a
visité l'Italie et qui sait fort bien l'italien, c'est, à notre point de vue,
faire à Dante une part bien mince; mais Montaigne, raisonneur, enjoué,
curieux sans être docte, et ami des lectures faciles, n'était pas fait pour
se passionner pour le divin poème, et il l'aurait vite laissé pour retourner
à Sénèque et à Plutarque. — Un humaniste dont il aimait l'entretien,
Marc-Antoine Muret[4]), a marqué un sentiment peu admiratif pour le
disciple de Virgile, d'après ce que rapporte le prélat Nores, alors à la
cour du pape Clément VIII, dans une lettre du 15 mars 1595, adressée
à Vincenzo Pinelli: „Un jour que le père Biondo, célèbre prédicateur,
confesseur du cardinal, était avec nous dans l'antichambre, en attendant
son tour d'être reçu, et que nous parlions du Dante, il le blâma d'avoir
parlé de lui-même en termes trop présomptueux. Il ajouta qu'il avait
vu un Dante avec des annotations par Muretus, et qu'à propos de
ce vers:

Si ch'io fui sesto tra cotanto senno
‚Et je fus la sixième de ces grandes intelligences‘,

Muretus avait écrit en marge: ‚Diable, vraiment?‘ Là-dessus le
Tasse se mit en colère, et s'écria que Muretus était un pédant, qu'il
admirait l'audace d'un si mince compagnon. Il ajouta que le poète a
quelque chose de divin; que les Grecs le nommaient d'après un attribut
de la divinité, voulant dire par là que rien dans l'univers ne mérite le
nom de créateur, si ce n'est Dieu et le poète. Il est juste alors, continua-t-il, qu'il connaisse sa propre valeur . . . Quelques jours après,
le Tasse m'ayant fait le plaisir de me venir voir, comme cela lui arrive
souvent, je lui montrai cette note, dont il fut ravi, et ayant pris la
plume il écrivit dessous: Divin[5])!" Ainsi l'admiration des Italiens
répondait fièrement au dédain de l'humanisme français.

Mais l'humanisme triomphait avec Ronsard et ses disciples, et ce
Muret qui n'avait que raillerie pour Dante, commentait avec un soin
pieux les Amours de Cassandre et de Marie, et les Odes du nouveau

---

1) Purgat., XXVI, 34—36; Essais II, XII.

2) P. Bonnefon, Montaigne, l'homme et l'œuvre (1893), p. 157.

3) Hauvette, o. c.

4) Ch. Dejob, M.-A. Muret, p. 138; id., De l'influence du concile de
Trente, p. 378—379; —XFerrazzi, Manuale dantesco, II, 396, est seul à parler
d'un commentaire de Muret sur Dante.

5) La lettre en question est reproduite dans ‚Trois poètes italiens‘, de
Lamartine (extraits du ‚Cours familier de littérature‘), p. 362—363, à propos
de l'‚Entretien‘ que Lamartine consacre au Tasse; sur Lamartine et son ‚Cours
familier de littérature‘ (Entretien consacré à Dante), voir plus loin.

Pindare. Si en même temps l'italianisme se développe en France au point d'exaspérer Henri Estienne, si les règnes de François I, puis de Henri III, si l'entourage de Catherine de Médicis, et plus tard celui de Marie du même nom, reforment et agrandissent sans cesse ‚la petite Italie‘ du Louvre, les modes importées d'outre-monts ne sont rien moins que favorables à l'intelligence de la poésie dantesque. On les accuse précisément d'efféminer les hommes et les vers, et de dégénérer en une afféterie de poètes courtisans. Ceux qui, pourtant, ‚s'étaient italianisés jusqu'à écrire en la langue de leurs modèles, ne pouvaient manquer de rencontrer le nom de Dante et de se souvenir de leur lointain et rude devancier. Odet de la Noue, dans les dernières années du XVIᵉ siècle, composait, comme tant d'autres, des vers italiens[1]); dans l'un de ces vers il cite à la file

> Petrarca, Sannazaro, il Tasso e Dante[2]);

ou bien, s'excusant de la rudesse et de l'obscurité de son style, il dit:

> Quel primo onor della toscana musa,
> Che nel sermone è stimato il più puro,
> Si vede spesso difficile ed oscuro,
> E voci poco usate assai volte usa.

Mais en supposant même qu'un maître italien ait enseigné à Odet de la Noue que le premier honneur de la muse toscane était Dante, et que Dante était le plus pur dans son langage, rien dans tout cela ne montre la poésie française s'inspirant de la ‚Divine Comédie‘. — Si l'on voulait absolument trouver dans notre XVIᵉ siècle de grands poèmes d'accent dantesque, il faudrait chercher loin du Louvre et des poètes à la mode, au fond de la province, ce que pouvait inspirer la ferveur protestante chargée d'indignation vengeresse. On s'est étonné souvent au XIXᵉ siècle, et on a regretté, de n'avoir pas vu sortir des troubles de la Ligue la ‚Commedia‘ née des querelles de Florence, ou le ‚Paradis perdu‘ suscité par le puritanisme anglais[3]). En réalité, la France a eu du moins la menue monnaie de ces épopées dans lesquelles une époque tragique amène un poète de génie à peindre et à juger la terre et le ciel: seulement rien n'atteste chez les écrivains français le sentiment de leur parenté avec le vieux Gibelin poète et théologien. Guillaume

---

1) Les Français qui ont écrit en italien ont été étudiés par M. Emile Picot dans le Bulletin italien. On en retrouve encore au XVIIᵉ siècle, et Ménage est l'un des plus célèbres.

2) Sur Odet de la Noue, voir notamment F. Flamini, Studi di storia letteraria italiana e straniera (Livourne 1895); le passage cité est dans le ms. ital. 1640 de la Bibliothèque nationale. (Oelsner p. 26 et 76). Voir aussi F. Flamini, Varia, Livourne 1905, p. 193.

3) Voir notamment F. Guizot, Corneille et son temps (nouvelle éd. 1889; écrit en 1813); cf. plus loin, chap. III. Le même regret, à propos de la même époque, est dans de Broglie, Malherbe (Grands écrivains), p. 74, 75, 81.

de Saluste du Bartas, seigneur réformé, raconta dans la ‚Semaine‘ la
création du monde, et son poème, admiré des calvinistes, resta longtemps
dans la mémoire des étrangers et put s'y trouver, chez un Milton, par
exemple, ou même chez Goethe, à côté de celui de Dante; mais il ne
dérive nullement de celui-ci. Bien plutôt pourrait-on rapprocher de
l'‚Enfer‘ les ‚Tragiques‘ de d'Aubigné, où le huguenot vengeur, qui avait
appris à faire des vers dans le goût de Ronsard, écrit maintenant pour
flétrir ses ennemis; dans la septième et dernière partie surtout, le
‚Jugement‘, il mêle à ses colères le ciel et l'enfer, et aujourd'hui sa
description du jugement dernier nous fait songer à la fois à la ‚Divine
Comédie‘[1]) et à la ‚Vision de Dante‘ de la ‚Légende des siècles‘: et
comme Victor Hugo avait lu d'Aubigné, on se plaît à imaginer le même
souffle d'épopée satirique repassant, de trois en trois siècles, dans l'âme
d'un grand poète, pour flétrir, au nom d'un même Dieu vengeur, Florence,
les Valois dégénérés, et le coup d'état du 2 décembre. Qu'en est-il
dans la réalité? Agrippa d'Aubigné, né juste au milieu du XVIe siècle,
lisait à six ans ‚aux quatre langues‘, il étudia à Genève et fut au
courant des polémiques protestantes où le nom de Dante était parfois
invoqué, nous le verrons; il fut de l'Académie de Charles IX, et poète
de cour en un temps d'italianisme, et il serait invraisemblable qu'il
eût tout à fait ignoré la ‚Divine Comédie‘. Plus d'une fois déjà on a
remarqué que le *Lasciate ogni speranza* avait son équivalent dans le
vers du ‚Jugement‘:

> Mais n'espérez-vous point fin à votre souffrance?
> Poinct n'éclaire aux Enfers l'aube de l'espérance[2]).

---

1) M. Lanson a dit dans son ‚Histoire de la littérature française‘ (8e éd.,
1903, p. 367): ‚Ces scènes d'épopée lyrique placent d'Aubigné entre Dante et
Milton, celle où la Justice et la Paix portent leurs plaintes à Dieu, celle surtout
qu'a dictée à la fin le désespoir de l'irrémédiable défaite, quand, à la trompette
de l'Ange, les morts s'éveillent, les éléments de la nature viennent témoigner
de l'infâme abus qui a tourné entre les mains des hommes les excellentes
œuvres de Dieu en instruments d'injustice; et Dieu, appelant les élus, qui ont
souffert pour lui, aux délices éternelles, envoie les maudits aux gouffres ténébreux d'où il ne sort

> ‚Que l'éternelle soif de l'impossible mort.‘

D'ailleurs, dès 1593, du Bartas a été rapproché de Dante pour l'élévation de
son sujet et la majesté de ses vers, et cela par un Anglais, Gabriel Harvey
(Koeppel l. c., Oelsner, p. 72). Voir encore Petit de Julleville, Histoire
de la langue et de la littérature française, III, p. 235.

2) Réaume et de Caussade, édition de Oeuvres d'Aubigné, t. IV,
p. 299; Réaume, Etude historique et littéraire; Darmesteter et Hatzfeld, Morceaux choisis des auteurs du XVIe siècle, p. 257, note 8: ‚C'est le
vers de Dante: *Lasciate* . . . (Enfer, III, vers 9.)‘ Oelsner, o. c., p. 22.

De même, dans ce poème, les âmes venues à l'appel de l'ange, et qui

> Font leurs sieges en rond en la voûte des nuës,

les Chérubins, le trône rayonnant dont ,il ne sort que merveille et qu'ardente lumière', et, de l'autre côté,

> Le gouffre ténébreux des peines éternelles,

ressemblent aux mondes décrits par Dante; et pareils aux damnés qu'annonce Virgile à son disciple,

> Che la seconda morte ciascun grida[1]),

ceux de d'Aubigné désirent la mort et ne peuvent la trouver:

> Transis, desesperez, il n'y a plus de mort
> Qui soit pour votre mer des orages le port.
> . . . .
> . . . . de l'Enfer il ne sort
> Que l'éternelle soif de l'impossible mort[2]).

Mais de ces traits, parfois sublimes, qui pourraient sembler dantesques, peut-on conclure que d'Aubigné s'est inspiré de Dante? Ce serait un exemple d'une discrétion géniale que n'avaient pas les imitateurs d'alors; les idées de jugement dernier, de punition infernale, les imprécations surnaturelles, étaient choses familières aux protestants nourris de lectures bibliques et édifiantes; et, ne fût-ce que dans ses classiques, le jeune Agrippa n'avait-il pas lu des descriptions des enfers? Les ,Tragiques' ne furent publiés qu'en 1616: à ce moment le grand poète italien, c'était, pour l'hôtel de Rambouillet, le cavalier Marin, c'était, pour Malherbe, l'auteur de l',Aminte'. Mais, avant cela, ce qui est vrai de du Bartas et de d'Aubigné l'est de plusieurs écrivains de la seconde moitié du XVIe siècle et du commencement du XVIIe, qui, grands liseurs de la Bible, ont eu parfois des trouvailles dignes du vieux poète chrétien. Ainsi dans ,l'Escossoise ou le Desastre, tragedie' de Montchrestien (1601), Marie Stuart marchant au supplice dit que

> Les Esprits bienheureux sont des celestes Roses,
> Au Soleil eternel incessamment escloses[3]),

---

1) Inferno I, 117.

2) Oeuvres, t. IV, p. 302. Il y aurait encore bien d'autres rapprochements à faire: ne songe-t-on pas naturellement à Dante en lisant le livre I des ,Tragiques', (des fers):

> Dieu retira ses yeux de la terre ennemie:
> La justice et la foi, la lumière et la vie
> S'envolèrent au ciel . . .

Dans le même chant, les Séraphins ravis, les Chérubins exilés, „la porque Italie" (éd. elzév., t. I, p. 255) rappellent les extases et les allocutions dantesques.

3) Acte V (le Messager).

et l'on songe' d'autant plus volontiers aux vers du ‚Paradis‘[1]) que le même Montchrestien, dans un tout autre ouvrage et à un tout autre sujet, a cité Dante.

D'autres que les poètes, en effet, se préoccupaient en France des théories du ‚De Monarchia‘ et même de la ‚Divine Comédie‘. A côté de la Renaissance, il y avait la Réforme, et cette dernière aimait aussi à se chercher des ancêtres: ainsi Dante fut parfois salué comme un précurseur par les gens de Bâle et de Genève et par leurs amis. ‚Toutes ces particularitez mises ensemble, — disait, en parlant du moyen âge, Etienne Pasquier dans ses ‚Recherches de la France‘[2]), — furent de tel effect et vertu, que non seulement le Pape fut jugé avoir toute puissance sur les Evesques, mais aussi sur tous les Princes et Potentats de la Chrestienté. Et de fait, Dante et Occan furent déclarez heretiques, parce qu'ils avoient soustenu que l'Empire, pour le temporel, ne dépendoit de la Papauté.‘ N'était-ce pas une belle occasion pour les hérétiques nouveaux de remonter à Dante? Tandis qu'à Bâle on traduisait et on réimprimait le ‚De Monarchia‘[3]), François Perrot, dans son ‚Avviso piacevole dato alla bella Italia da un nobile giovane Francese‘ (1586), exhortait l'Italie contre les papes, rassemblait les attaques de Dante, de Pétrarque et de Boccace contre la curie romaine, et commettait cinquante-et-un sonnets dans le même sens. Aussi enfantin que ces commentateurs qui reconnaissaient dans le veltro du premier chant de l'Enfer l'anagramme prophétique de Luther (Lutero), le jeune Perrot voit dans le DUX du XXXIIIᵉ chant du ‚Purgatoire‘ le chronogramme de 1515, année des débuts de Luther. Son opuscule, à la vérité, ne paraît guère avoir ému que des amateurs de controverses comme le jésuite Bellarmine[4]), qui se donna la peine de le réfuter, ou un historien comme de Thou, qui en parle en ces termes: ‚ . . . declaratio accessit ad pulchram Italiam, Italice scripta, et typis excusa nomine nobilis cujusdam Galli cum plerisque versibus Italicis contra Pontificem ejusque censuram, quibus Sixtum mentitum esse confirmatur, collectis etiam ex Fr. Petrarcha, Dante Aligerio, Jo. Bocacio locis, quibus

---

1) Nel giallo della rosa sempiterna,
   Che si dilata, rigrada e redole
   Odor di lode al sol che sempre verna . . .
                    Paradiso, XXX, 125—127.

2) Recherches de la France, III, 14.

3) Oelsner, o. c. ✕ Scartazzini, Dante in Germania, I. M. Oelsner suppose que l'ouvrage de Perrot parut à Genève, malgré l'indication du titre: ‚Giovanni Schwarz a Monaco‘.

4) Appendix ad libros de summo Pontifice; quae continet responsionem ad librum quemdam anonymum, cujus titulus est ‚Avviso‘ etc., dans ‚De controversiis Christianae fidei adversus hujus temporis haereticos‘, Coloniae 1615, t. II, p. 371—385; Oelsner, o. c.

concessa illo saeculo libertate Curiae Romanae mores ac
libidines amarulente carpuntur. Scripti auctor putatur Fran-
ciscus Perrotus olim in adolescentia Persicae cum Gabriele Aramantio
regis apud Solimanum oratore, prefectionis comes, et diu in Italia
postea hospes, ubi talem linguae peritiam assiduo usu loquendi ac
scriptione contraxit, ut scripta ejus Italica ab Italicis pro geminis
Italicis agnoscantur[1]). Une trentaine de vers de la „Divine Comédie‘,
qu'alléguait Perrot, d'après la réfutation de Bellarmine[2]), ou même plus,
ce n'était pas de quoi répandre la poésie dantesque, et l'art poétique
était le moindre souci des polémistes. C'est au point qu'un peu plus tard
un de ces polémistes, Coëffeteau, fera à l'auteur de „De Monarchia‘ un
grief de sa qualité de poète[3]). Car, après Perrot, les calvinistes con-
tinuèrent à chercher des armes dans les auteurs du moyen âge, et soit
par l'intermédiaire des premiers citateurs, soit directement, Philippe
Duplessis-Mornay, l'un des publicistes les plus en vue de son parti, et
même de la France, et qui avait voyagé et étudié en Italie, invoqua
les opinions de Dante dans „le Mystère d'iniquité c'est-à-dire l'histoire
de la Papauté‘[4]) (Saumur 1611); il faisait notamment état du passage
du „De Monarchia‘ (III, 10) sur Constantin[5]), auquel, on l'a vu plus
haut, Alain Chartier avait peut-être déjà songé deux siècles plus tôt.
Duplessis-Mornay trouvait pour adversaires les meilleurs écrivains
catholiques du temps, qui auraient sans doute tiré un bien meilleur
parti de Dante s'ils l'avaient mieux connu. Duperron avait répondu
au traité „de l'Eucharistie‘ (1598); cette fois ce fut Coëffeteau qui répliqua
à Duplessis-Mornay et aux passages de Dante allégués contre les
Papes[6]). Il récuse le témoignage du vieil auteur, celui-ci étant gibelin,
et il ajoute, à propos des attaques contre la donation de Constantin,

---

1) Historiarum lib. LXXXII.

2) Le livre de Perrot a si bien disparu de la circulation, qu'on est réduit
à en parler d'après Bellarmine, ou d'après ce qu'en a dit l'abbé Pinciani,
à propos d'un vague héritier de l'esprit de Perrot, à savoir Rossetti (Annali
delle scienze religiose di Roma, X, 265—267, 1840): v. Oelsner, p. 73.

3) Voir l'abbé Urbain, Nic. Coëffeteau (Paris in-8, 1893, thèse), p. 233, n. 1.

4) P. 419 (mentionné par Oelsner). — Eug. Bouvy, Voltaire et l'Italie,
p. 38 (Graeser fut aussi parmi les polémistes).

5) Le „De Monarchia‘ est encore à l'étranger, au XVIe siècle, presque
aussi important pour la gloire de Dante que la „Divine Comédie‘: en 1574 la
„Bibliotheca instituta et collecta primum a Conrado Gesnero, deinde in Epitomen
redacta et novorum Librorum accessione locupleta, jam vero postremo recognita,
et in duplum post priores editiones aucta, per Josiam Simlerum Tigurinum‘
(Zurich, 1574), consacre (p. 155—156) une notice à „Dantes Aligerus‘, qui
„scripsit comœdiarum lib. I. De monarchia mundi lib. I. epistolas plures. Dis-
putationem de aqua et terra‘.

6) „Response‘ de N. Coeffeteau (Paris 1614), p. 1032 (Oelsner, p. 74).

qu',un poète n'est pas juge de cette matière d'Etat'; et à Duplessis qui qualifiait Dante de personnage ,recommandé par les écrivains de son temps de piété et de doctrine', le prêtre répond qu',il avait autant de piété qu'un poète peut en avoir'[1]); enfin il comprend — plus intelligent, en ce point, que ne sera Louis Racine — que Dante, en flétrissant tel ou tel pape de ses ennemis, n'entend pas condamner la papauté. A quoi André Rivet répondit avec âpreté que Dante était bien qualifié pour traiter des questions d'Etat, qu'il était impertinent de faire de l'auteur du ,Paradis' un défenseur des indulgences, et qu'au surplus Coëffeteau avait simplement puisé dans Bellarmine; Rivet conclut que Dante a trouvé l'Antéchrist sur le siège pontifical qu'il révérait[2]). Quelque pamphlet de Genève ou de Saumur, la réplique d'un jésuite ou d'un évêque, comme Sponde, qui se mêla aussi de Dante, c'est bien peu de place pour le poète du christianisme dans tout le mouvement religieux du XVIe siècle; c'est étonnamment peu si l'on compare à cela l'enthousiasme des croyants du XIXe siècle, et particulièrement de bien des ecclésiastiques français de nos jours. C'est sans doute que, la foi étant restée plus vive et plus forte au temps de la Réforme, on n'éprouvait pas encore le besoin d'y retourner par le chemin de l'art, par le sentiment du beau et l'émotion de la vieille poésie chrétienne; au reste la Bible était là, source toujours fraîche pour les inspirations lyriques et religieuses. Un pieux rimailleur s'est pourtant rencontré, en 1578, pour mettre en alexandrins français, et en ,terza rima', ce XXXIIIe chant du ,Paradis' qu'un prêtre du XIXe siècle considérait comme le chef-d'œuvre de la poésie humaine: et cet auteur obscur rentre dans la série clairsemée de ceux qui, de Marguerite de Navarre à Ozanam, en passant par quelque solitaire de Port-Royal, aimèrent de retrouver dans les vers italiens l'écho harmonieux de la pensée chrétienne. Guy le Fèvre de la Boderie (tel était le nom, bien oublié aujourd'hui, de cet ennemi des calvinistes et de Duplessis-Mornay) introduisit dans ses ,Hymnes Ecclésiastiques' (1578)[3]) la traduction, à peu près complète, du XXXIIIe chant, à laquelle il donne pour titre: ,A la Vierge Mere de Dieu (de Dante Poëte Toscan)':

---

1) A ce propos M. l'abbé Ch. Urbain (Coëffeteau, p. 233, n. 1) remarque: ,Il semble avoir eu les poètes en assez médiocre estime. Il croit leur profession incompatible avec la piété, et chose curieuse, c'est à propos de Dante qu'il fait cette réflexion.'

2) Partie II, p. 494: La ,Response' de Rivet à Coëffeteau parut en 1617, et, comme le traité de Duplessis-Mornay, à Saumur. — Duplessis-Mornay, d'ailleurs, invoquait aussi bien Averroès que Dante (v. E. Renan, Averroès et l'averroïsme, 3e éd., 1866, p. 431—432).

3) Une 2e éd. parut en 1582. — Colomb de Batines, Giunte, p. 93; Oelsner, p. 75.

> O Vierge unique mere, et fille de ton Filz
> Humble et haute trop plus qu'aucune créature,
> Du conseil Eternel terme stable et prefix!

> C'est toy, Vierge, qui as nostre humaine nature
> Tellement annobly, que le propre facteur
> N'a desdaigné se faire, et d'estre sa facture.

Si les Français ne se sont pas trop souciés de retremper leur foi dans la lecture de la ‚Commedia‘, ils ne pouvaient oublier tout à fait le mal que Dante avait dit de leurs rois, et les tercets indignés que Michelet rappellera en commençant l'histoire de Philippe le Bel, n'avaient pas été remarqués seulement d'Alamanni et de François I. Il ne faudrait pas dire, avec un Allemand du siècle dernier, que les attaques de Dante lui avaient nui auprès des Français: les nations ont même souvent de la curiosité pour les livres où l'on parle d'elles, si mal que ce soit. Etienne Pasquier[1]) semble considérer le ‚Purgatoire‘ comme l'unique source de la légende de Capet boucher; et il explique longuement ‚combien Dante Poëte Italien fut ignorant, quand au livre par luy intitulé le Purgatoire, il dit que nostre Hugues Capet avoit esté fils d'un Boucher. Laquelle parole, ores que par luy écrite à la traverse, et comme faisant autre chose, si est-elle tellement insinuée en la teste de quelques sots, que plusieurs qui ne sonderent jamais les anciennetez de nostre France, sont tombez en cette mesme heresie‘. Pasquier cite alors Villon et Cornelius Agrippa, qui certes n'avaient pas eu besoin de lire le ‚Purgatoire‘ pour rencontrer la légende qu'ils répètent, puis il conjecture que Dante a dit par métaphore: boucher, pour: grand et vaillant guerrier. Le passage de Dante occupera encore bien des érudits à propos des Capets, et des traducteurs embarrassés dans leur dédicace à un membre de la famille royale: Grangier explique à Henri IV (qui sans doute s'en souciait fort peu) que ‚telles choses sont dictes par Metafore‘, et deux siècles plus tard, Moutonnet de Clairfons s'explique de même dans sa dédicace à Madame. Dans l'intervalle, Moréri avait traité les propos de Dante de ‚calomnie malicieuse et impertinente‘ amenée par l'animosité contre Charles de Valois, Bullart avait cru à une métaphore, dom Vaissette à une licence poétique[2]), et Gaillard, dans son ‚Histoire de François I[3]), se réjouit de ce que ce monarque n'a pas, à la suite de la lecture d'Alamanni, interdit la ‚Commedia‘ dans son royaume, ‚ce qui eût peut-être été le seul moyen d'accréditer l'imposture‘. Le loyalisme le plus étonnant en cette matière a peut-être été celui de Bayle, qui dans son article:

---

1) Recherches de la France, VI, 1.
2) Mercure de France, mars 1751, p. 58; Oelsner, p. 60—61.
3) Histoire de François I, (1769) VIII, 198 (cité ibid.).

Capet, s'éleva vivement contre le poète Dante. On ne voit guère qu'un historien qui ait pris nettement la défense de Dante en expliquant la prétendue métaphore: c'est César de Nostradamus, déjà nommé, qui s'écrie: ‚Bien est vray que je ne puis assez admirer l'oubli et l'endormissement de ceux qui croyent que l'inimitable Dante l'aye voulu esciemment et à la bonne foy appeller ou croire fils d'un boucher, ne se prenants garde qu'outre que c'est une façon de parler commune et poëtique, pour dire que le pere de Capet estoit cruel et felon, et qu'il se bandoit contre son Roy naturel pour en happer la couronne, ils tachent Dante l'un des plus grands et doctes hommes de son temps d'une vilaine et lourde ignorance des histoires, et des choses dont il étoit peu esloigné, lui qui sçavoit toutes les plus belles et anciennes au doigt, comme assez tesmoignent sa divine Comedie de l'Enfer, du Purgatoire, et du Paradis. Si qu'il faut croire qu'il n'a point esté si hebeté, que d'avoir parlé que par figure, ni en autre sens que celuy-là, comme ceux qui communement escrivent en vers. Cela suffise a sauver la calomnie de ce Poëte, que les Muses, les Dieux et les Roys ont honoré, pour ne nous destourner trop'[1]). Si l'on ne craignait aussi de se détourner trop, on se demanderait à quels dieux et surtout á quels rois César de Nostradamus pouvait bien songer. Ce qui est plus digne de remarque, c'est que l'un des plus célèbres pamphlets de l'histoire de France, à savoir la Satire Ménippée, à propos des troubles de la Ligue et des injures lancées contre les Bourbons, avait rappelé les troubles de Florence et les allégations de Dante contre Capet. La ‚Harangue de Monsieur le Legat' dit en effet: ‚mi truovo molto sbigottito di sentir tante opinioni balorde fra voi altri Ligouri Catholici, e mi pare che quella antiqua fattione di Neri et Bianchi, rinasce'[2]); et aux sottises qu'on fait dire en latin au Cardinal de Pelvé il a semblé que l'histoire de Capet boucher ne devait pas manquer: ‚Iste vero (il s'agit de Henri IV) est infamis propter haeresim, et tota familia Borboniorum descendit de becario, sive mavultis de lanio, qui carnem vendebat in laniena Parisina, ut asserit quidam poeta valde amicus Sanctae Sedis Apostolicae, et ideo qui noluisset mentiri'[3]). Dans cette amitié de Dante pour le Saint Siège, y a-t-il une double ironie, ou bien les politiques enveloppaient-ils Pelvé, la sincérité des papistes et la légende de Capet boucher dans un même ridicule? En tout cas cette légende est connue en 1594, et Dante passe pour en être la source. Les lettrés de l'époque

---

1) L'histoire et chronique de Provence, p. 75—76; Oelsner, p. 60.

2) La Satyre Ménippée, éd. Joseph Frank (Oppeln, 1884), p. 64.

3) Satyre Ménippée, éd. Frank, p. 73 et note 2; éd. Read, p. 107; P. Toynbee, Academy, 24 juin 1893. — Plus loin, dans le discours de de Rieux (éd. Frank, p. 132), ‚les Parisiens qui prennent pour roi un écorcheur' sont évidemment une allusion à Caboche, et non à Capet.

sont curieux de lire les attaques du poète italien contre les rois de France, et plus d'un sans doute, comme Pierre de l'Etoile, a dans sa bibliothèque un Dante qu'il éprouvera parfois le désir de feuilleter: ‚Un conseiller de la Cour, de mes amis, qui me vint voir le lendemain, comme nous fusmes tombés sur ce propos — raconte P. de l'Etoile en parlant de la question des monnaies —, me dit qu'il y avoit un passage dans Dante, qu'il me monstreroit quand je voudrois, où il appelle Philippe le Bel auguste Roi de France, qui affoiblist les monnoies (comme cestui-ci veult faire par son édit) ‚falsificatore di moneta'[1]), qui est un passage notable que je veulx voir dans mon Dante'[2]). Le passage en question (peut-être grâce au récit de P. de l'Etoile) était assez notoire pour que Montchrestien, économiste en même temps que poète, écrivît dans son ‚Traicté de l'Oeconomie politique' (1615): ‚Pour le regard de la substance des metaux, on la doit laisser pure autant que l'on peut; car toute alteration sent la corruption de l'integrité d'un pays. Jamais prince qui s'en soit voulu servir, ne s'en trouva bien à la fin. Nostre roy Philippe le Bel, qui le premier affoiblit la monnoye d'argent en ce royaume de la moitié d'aloy, en fut taxé par Dante poëte italien'[3]).

Avoir précédé les poètes italiens qu'on admirait, avoir écrit en sa langue vulgaire, avoir conté une touchante histoire d'amour, occuper quelque érudit exilé ou les typographes de Lyon, avoir flétri des papes et des rois, ce n'était pas assez pour influer sur la littérature française ou pour être apprécié du grand public: et les poèmes dantesques de Marguerite de Navarre dormaient, pour plus de trois siècles, ignorés, dans les manuscrits. Le nom de Dante a frôlé de grandes œuvres, il n'y a point pénétré. Son poème n'a pas eu les honneurs d'une traduction un peu populaire, car la version anonyme de l'Enfer, le Paradis de Bergaigne, et la version complète, également anonyme, ne furent pas imprimés, on l'a déjà vu. Pour la dernière, qu'on place vers 1550, on ne sait pas même si le vœu exprimé dans la dédicace fut exaucé, ni quelle pouvait être la Dame du poète inconnu:

> De voir sa dame optint par son Virgil le Dante,
> Et par Dante je tens de la mienne revoir,
> Qui pourra envers elle avoir pareil pouvoir,
> Les Muses chérissant comme elle est excelante[4]).

---

1) C'est le passage du Paradis, XIX, 118—120:
> Lì si vedrà il duol che sopra Senna
> Induce, falseggiando la moneta,
> Quei che morrà di colpo di cotenna.

2) Mémoires-journaux, septembre 1609, éd. Brunet (1881), X, p. 4; Oelsner, note 67.

3) Ed. Funck-Brentano (1889), p. 176—177; Oelsner, note 68.

4) C. Morel, Les plus anciennes traductions fr. de la D. C., p. 193.

Sans être des chefs-d'œuvre, ces traductions pouvaient au moins donner une idée de l'original, et la première, dans la gaucherie de sa langue, avait, grâce à la terza rima, une certaine allure dantesque:

> Au millieu du chemin de la vie presente
> Me retrouvay parmy une forest obscure,
> Ou m'estoye esgaré hors de la droicte sente.

Francesca y disait (c'est ce passage qui fut le plus souvent traduit en français, et qui est donc le meilleur terme de comparaison):

> Et elle a moy: ‚Nesung plus grant douleur peult estre,
> Que le temps bienheureux recorder en misere,
> Et cela tres bien sçait le tien docteur et maistre.'

La version du manuscrit de Vienne débute en ces termes:

> Sur le milieu du cours de ceste errante vie
> Dans la sombre forest mon âme fut ravie;
> Car le plus droit sentier ell' avoit escarté.

Le mot de Françoise était ainsi rendu:

> Lors elle a moy: La plus grande douleur
> Est de penser, alors de son maleur,
> Au temps heureux! — Tu le scais bien, grand Maistre! —

Chose curieuse, le traducteur inconnu, obéissant à l'on ne sait quelle préoccupation, a changé le vers 52 du chant XX du Purgatoire, où il est question du ‚beccaio di Parigi':

> Mon pere en ce temps là fut de Paris le comte.

Ces traductions ne pouvaient guère avoir d'influence que sur leurs propres auteurs, et de fait la traduction du chant X du Paradis a inspiré à Bergaigne un ‚triple rondeau sur le dit chappitre en l'honneur de sainct Dominicque'[1]). C'était bien peu, et l'on souhaiterait à Dante d'avoir trouvé en ce temps-là de plus illustres traducteurs. Il en vint un enfin, qui, sans avoir plus de talent que les autres, trouva au moins un éditeur. Balthasar Grangier, conseiller et aumônier du roi et abbé de Saint-Barthélemy de Noyon, publia en 1596 à Paris, avec privilège de Sa Majesté, chez la veuve Drolet, ‚La Comédie de Dante, De l'Enfer, du Purgatoire et Paradis, mise en ryme françoise et commentee', en deux volumes, dont le second, contenant le Paradis, parut en 1597. Le frontispice, par Thomas de Jou, représentait, en haut, Dante, couronné de laurier. Le brave Grangier a cru devoir adopter la stance de six vers, qui se répandait alors en France, ‚et bien, dit-il, que je ne sois ignorant que la beauté de nos stances françoises est lors entretenue quand le point finit toujours au bout de chaque stance, si

---

1) M o r e l, p. 603.

est-ce qu'en ceste version je ne garde tousjours une telle propriété'.
Il n'est, en effet, ni un grand poète, ni un rimeur sévère, ni un écrivain
châtié, et il écrit une langue que Malherbe n'a pas encore émondée.
Il explique d'ailleurs de son mieux son auteur, et voici ce qu'il fait du
passage déjà mentionné:

> Lors elle me respond: Nulle plus triste peine
> Que de se souvenir du temps qui fut heureux
> En misère, et cecy sçait celuy qui te mene [1]).

„Belle sentence, imitée de Boèce en sa Consolation, *In omni
adversitate* . . . Et prent tesmoing de cecy Virgile docteur ou conducteur de Dante, qu'il imite au 2. de l'Enéide: *Infandum regina jubes* . . .
puis: *Sed si tantus amor* . . .' [2]). Grangier suit fidèlement le texte:
„ma version, dit-il au lecteur, est serrée et non libre, n'ayant imité
ceux qui parafrasent en traduisant". Sans doute un traducteur aussi
modeste que Grangier n'était pas fait pour changer le goût des Français; mais — sans se demander ce qu'aurait pu produire le caprice
dantesque d'un poète de génie — il faut reconnaître que ce premier
traducteur a compris la valeur et la difficulté de son modèle, et qu'il
a assez bien déduit les raisons du peu de goût des contemporains pour
Dante. „Sire, dit-il dans l'Epistre au roy très chrestien Henri IV, je
ne craindray point de dire que ce Poëme sublime ne doibt aucunement
estre au nombre de plusieurs compositions que le divin Platon compa-
roit avec les parterres et jardins mignards du bel Adonis, qui tout
à coup et en un jour venuz se seichent et meurent incontinent, car
estant laborieusement hanté nous luy attribuerons ces parolles d'Horace:

> Ainsi qu'un arbre avec l'esloignement
> Des ans cachez, il prent accroissement".

Et au lecteur il donnait ces avertissements judicieux: „Amy Lecteur,
considérant qu'en ceste mienne traduction il m'a fallu accommoder à un
Poëte le plus difficile, obscur et conciz qui soit non seulement entre
les Italiens, mais encore entre les Latins . . . j'ay pensé te debvoir
advertir des choses qui de premiere face se trouveroient estranges,
n'estoit la nécessité pour laquelle n'ay sceu les éviter. Premièrement
tu ne trouveras une Poesie delicate, mignarde, coulante et
bien aysée, comme est celle quasi de tous nos Poëtes
Françoys". En effet, c'était le temps de la poésie mignarde de Desportes, le traducteur de l'Arioste, l'imitateur de tous les Italiens peut-être,
sauf de Dante; et le „Roland furieux' passait alors en France pour la
plus belle des épopées, le plus élégant et le plus enjoué des poèmes, et
la source la plus abondante des plagiaires et des imitateurs. La

---

1) P. 43.
2) P. 50.

traduction de Grangier ne changea rien aux choses, et elle ne paraît
pas avoir fait grande impression: c'était une trop faible voix pour
plaider une cause abandonnée.

Au moment où paraissait le second volume de Grangier, Dante
était l'objet d'une mention nouvelle: l'édition de 1597 des „Icones‘[1]) de
Boissard (cet antiquaire, poète et dessinateur, avait été en Italie),
consacre au poète un article élogieux, et donne de lui un portrait peu
traditionnel, gravé par Théodore de Bry. Le poète est jugé „nulli
secundus‘ en son siècle, et comme chez Dorat il est habile en langue
grecque et latine, et fécond en son idiome étrusque; il ne faut pas
taxer Boissard d'ignorance parce qu'il appelle le chef-d'œuvre de Dante
„Comœdiarum libr. I‘: le même titre est employé en 1574 dans la
„Bibliotheca‘ de Gesner, qui savait sans doute qu'il s'agissait de l'Enfer,
du Purgatoire et du Paradis. Mais la gravure vaut mieux que le
texte, et les artistes ont servi souvent mieux que les poètes la cause de
la „Commedia‘.

Il ne faut guère chercher toutefois une influence de Dante sur
l'art français du temps. Sans doute tant d'artistes français qui firent,
comme les poètes et les étudiants, le voyage d'Italie, avaient eu
l'occasion de trouver chez les vieux peintres la trace de la „Divine
Comédie‘, et les plus grands artistes de la Renaissance avaient eu pour
Dante une admiration incomparable. Mais de tout cela rien ne passait
chez les étrangers: les naïves illustrations de l'Enfer du manuscrit de
Turin, dans le style de la Renaissance, et celles de la traduction du
Paradis, qui dérivent des modèles italiens et indirectement de Botticelli
restaient isolées et ignorées. Quel est l'auteur du portrait de Dante
qu'on voit au Louvre[2]), sous le n° 1630? Le catalogue l'attribue à une
école italienne du XVe siècle; mais l'inscription peinte sur le tableau:
DANTI ANTIGERIO semble, par la forme du dernier mot, trahir une
main étrangère, peut-être flamande ou française. „Ce portrait, — m'écrit
M. Georges Lafenestre, le meilleur juge en cette matière —, faisait
partie de la série des vingt-huit portraits garnissant la Bibliothèque de
Federigo da Montefeltro au Palais d'Urbin (voir Vespasiano de' Bisticci). Attribués d'abord à Melozzo de Forli, ils semblent plutôt, même
par documents, être de la main de Justus de Gand ou de quelque autre
Flamand sous l'influence de Melozzo.‘ Quelque Français du XVe ou
du XVIe siècle aurait-il pris en Italie les principes de son art et le

---

1) Icones virorum illustrium, doctrina et eruditione praestantium (Francfort, 1597—99, 4 part. in-4).

2) Ce panneau est entré, avec douze autres, au Louvre en 1862, avec la
collection Campana (je remercie ici M. Georges Lafenestre, l'éminent professeur
parisien, des renseignements qu'il a bien voulu me fournir sur ce point).

souvenir de celui que devaient célébrer Michel-Ange et Raphaël[1])? Un
Philippe Thomassin, par exemple, vivant à Rome et travaillant
d'après Salimbeni et Zuccaro, dut bien s'apercevoir de l'influence
dantesque chez les compatriotes du grand poète: Stradan, venu de
Bruges à Rome, n'a-t-il pas fait un portrait de Dante[2])? Et si cette
influence va déclinant avec l'époque classique, un élève de Thomassin,
le célèbre Jacques Callot, a encore pu la rencontrer au début du XVIIe
siècle. Ayant vécu à Florence, pensionnaire de Côme de Médicis, il
devait bien retrouver quelque chose de la ‚Divine Comédie‘ dans tout
ce qui l'entourait, dans les églises, au Bargello, et jusque dans l'atelier
de Giulio Parigi. Il grava même les illustrations des trois royaumes
de la ‚Commedia‘ faites par Bernardo Poccetti, et dédia ses gravures, le
20 mai 1612, au grand-duc de Toscane: et, d'après un bon juge, le
burin du brave Lorrain aura fait le principal mérite de la seule illustration de Dante qu'ait produite le XVIIe siècle[3]). Ainsi, cette unique
exception dans l'art de la France classique associait les noms de Dante
et de Callot, que les romantiques uniront si volontiers dans leur mélange
du sublime et du grotesque. Cela ne paraît guère, du reste, avoir servi
la gloire du vieux poète chez les compatriotes du graveur: et si le
collectionneur de La Bruyère prétend avoir tout Callot, on ne trouve
ni dans les ‚Caractères‘, ni ailleurs, le portrait d'un dantophile. On n'a
pas même conservé les compositions de deux musiciens, Josquin Desprez,
de Condé († 1521), et Adrian Villaert, qui jadis avaient pris pour texte
des vers de Dante. Qu'une facétie de Dante fût encore une fois rapportée en 1605 dans le ‚Thrésor des récréations‘ (Douai) ou en 1620 dans
les ‚Plaisantes journées‘ de Favoral (Paris)[4]), cela ne doit être mentionné
que pour mémoire, et l'on a déjà vu le peu d'importance de ces anecdotes.

Cependant l'italianisme trouvait à chaque génération un regain de
vitalité, et en 1615 Naples envoyait aux Parisiens une nouvelle idole,
un nouveau maître en la personne du cavalier Marin, qui éblouit tout
le monde, sauf le grincheux Malherbe, de ses images merveilleuses et
de l'éclatante folie de son art. Nul moins que l'auteur de la ‚Lira‘ et
de la ‚Sampogna‘ n'était fait pour préparer à l'intelligence de Dante
un public encore novice dans sa préciosité. Mais à celui qu'on révérait
comme le plus grand poète d'Italie, il arrivait naturellement de jeter
un coup d'œil sur ses devanciers, et parmi ceux-ci l'Alighieri ne pou-

1) Voir Eugène Müntz, Histoire de l'art pendant la Renaissance, II
Italie (Hachette, 1891), p. 65 et passim, III, p. 490 (489 n. 2) et passim.

2) On a même attribué une Béatrice à Van der Goes.

3) F. X. Kraus, Dante, p. 624; Ludwig Volkmann, Bildliche Dar-
stellungen zu Dantes Divina Commedia bis zum Ausgang der Renaissance,
Leipzig 1892.

4) Papanti, Dante secondo la tradizione e i novellatori, p. 155.

vait être oublié. Dans ,La Galleria' publiée à Venise en 1618, Marino
fait parler Dante, qui a parcouru trois mondes, se vante de son vol
léger, de l'éclat éternel de son nom, éclat qu'il a puisé aux ténèbres
infernales, de son chant et de son style pris aux séraphins, des guides
de son génie et de son cœur, Virgile et Béatrice[1]). Quand l'illustre Napolitain publia enfin à Paris son épopée, on vit au chant neuvième
d',Adonis' (1623), intitulé ,Fontana d'Apollo', rivaliser les cygnes italiens,
Pétrarque, Dante, Boccace, le Bembe, Casa, Sannazar, le Tansille,
l'Arioste, le Tasse et le Guarini. Après avoir célébré le chantre de
Laure, le poète disait:

> Altro, il cui volo pareggiar non lice,
> Ben sù l'ALI LIGGIER, trè mondi canta,
> E la beltà beata, e BEATRICE,
> Che da terra il rapisce, essalta e vanta[2]).
> Un suo vicin con stil non men felice,
> Seco s'accorda in una istessa pianta,
> Perche Certaldo ammiri, e 'l mondo scerna
> La sua FIAMMA . . .

Ainsi Marino avait hâte de passer à Boccace après avoir consacré
au poète des trois mondes un rapide éloge avec jeu de mots. Son
poème, célèbre et admiré en France, et qui fut retouché et vanté par
un non moindre que Chapelain, est à la fois le dernier exemple et le
symbole de ce que la Renaissance italienne a fait, dans la littérature
française, en faveur de Dante. On se souvient du vieux poète toscan
qui le premier rendit sa langue glorieuse[3]), on le loue du bout des
lèvres, quelque réformé se rappelle les paroles amères du Gibelin: mais
les cœurs sont loin de lui. Il est d'un autre temps; maintenant, la
langue qu'il créa chante tout autre chose, et quand l'esprit français se
dégagera de la mignardise italienne, ce sera en faveur d'une raison et
d'un goût qui s'éloigneront tout autant de la poésie mystique et de
l'art dantesque.

---

1) Passage reproduit par C. del Balzo, Poesie di mille autori intorno a
Dante, V (1897), p. 492.

2) L'Adone poema del cavalier Marino, canto nono, st. 178. — A. Counson,
Malherbe et ses sources (Liège, 1904) p. 188. — Le passage de l'Adonis est
également reproduit par C. del Balzo, t. V, p. 515.

3) Ce mérite est celui qu'on a le plus volontiers et le plus souvent
accordé à Dante, depuis Baïf jusqu'à Voltaire même; et il était si notoire, qu'en
1739 un prêtre belge, J.-F. Foppens, dans sa ,Bibliotheca belgica' (Bruxelles,
1739, t. I, p. 240) dit de Denis Coppée (poète wallon du commencement du
XVIIe siècle): ,Dionysius Coppee, Condrusius, Poëta vernaculus, cui non minus
honoris suis ab Hujensibus debitum, quam Danti Aligero a Florentinis tributum
fuit.'

Chapitre III.
L'époque classique
1623—1822.

Parmi les artisans du classicisme français, plus d'un a eu l'occasion
de rencontrer le nom et les œuvres de Dante, et, même si Chapelain
n'avait pas été l'adaptateur et l'introducteur de Marino, son attention
aurait été attirée par d'autres raisons sur la ,Divine Comédie'. Un des
premiers académiciens, Colletet, parle de Dante dans son ,Art Poétique'
(1658), et, sans doute grâce au travail de Corbinelli, il a pu réparer
dans une certaine mesure la lacune qu'on trouve aujourd'hui à la
,Défense et illustration de la langue fançaise', où du Bellay n'avait pas,
à propos du sonnet, invoqué l'auteur de la ,Vita nova'. ,Ce n'est pas,
dit Colletet dans son ,Discours du Sonnet'[1]), que cet aulique et excellent
Poëte Italien, le renommé Dante, dans sa dissertation latine de l'éloquence
vulgaire, n'ait employé un autre mot qu'épigramme pour désigner le
sonnet, puisqu'il l'appelle ,sonitum', et au nominatif pluriel ,sonitus'.
Après avoir cité des passages de ,De vulgari eloquentia', ,un livre qui
est assez rare', dit-il, il ajoute: ,Aussi le cardinal Bembo dans ses
Proses diverses rapporte que Dante en son Traitté de la nouvelle vie
appelle une de ses chansons ,sonnet'. Enfin Colletet sait aussi ,que
les Italiens sont redevables de leur Poësie, et de leur rime, à nos
anciens Poëtes Provençaux, ainsi que le reconnoist le cardinal Bembo
dans ses Proses . . . et comme l'advouent encore Dante et Pétrarque,
dans leurs œuvres, où ils citent quantité de nos Poëtes Provençaux'.
Colletet a même lu la traduction de la ,Divine Comédie' de Grangier,
dont il a trouvé le style dur ,presque ferré', à ce que rapporte Sainte-
Beuve[2]). Mais il n'a sans doute jamais songé à faire de Dante un
modèle du classicisme français, et le grand dispensateur des titres et
des dignités en cette matière, le célèbre Chapelain, qui connaissait bien
l'épisode de Francesca[3]), n'aurait pas accordé à l'auteur de la ,Commedia'

---

1) Discours du sonnet, p. 4 et p. 9; Oelsner, p. 77. — Le peu de place
que Dante prend dans le grand siècle est d'autant plus remarquable, que
l'italianisme est florissant, et que les voyages en Italie sont à la mode (Gaetano
Imbert, Gl' italiani e i fiorentini del seicento giudicati da' viaggiatori francesi,
Nuova Antologia, 1er mars 1905, pp. 126 et suiv.).

2) Sainte-Beuve avait sans doute lu une notice sur Grangier dans le manuscrit de Colletet détruit par l'incendie du Louvre (Oelsner, p. 72).

3) Dans son entretien avec Sarasin et Ménage sur la lecture des vieux
romans, Chapelain dit, pour montrer l'ancienneté du roman de Lancelot: ,Plus
de trente ans avant lui [Pétrarque], le Dante allègue Lancelot, comme ayant donné
sujet à un événement tragique qui, selon son compte, ne devoit pas être arrivé
trop fraîchement. Par là vous voyez clair comme le jour, que ce roman est
écrit du moins au-dessus du quatrième siècle' (De la lecture des vieux romans,
éd. Feillet, 1870, p. 7).

le *dignus es intrare*. Il écrivait en effet au Père Rapin, qui l'avait sans doute questionné en préparant ses ,Réflexions sur la poésie d'Aristote': ,Il ne m'a point paru par mes lectures des sçavans italiens que j'ay assez feuilletés qu'Aristote, pour le regard de sa ,Poëtique', fust connu par les poëtes fameux de delà les monts avant le siècle précédent . . . Pour le Pétrarque, encore qu'il ait fait, il y a plus de trois cents ans, un poème épique latin qu'il appelle ,*Africa*', il l'a fait néanmoins sans avoir jamais connu les règles, et beaucoup moins le Dante, il y a près de quatre cents ans, dans son poème si estimé à Florence bizarrement intitulé Comédie . . . le Dante n'a pas seulement le soupçon du poëme épique qui consiste tout dans l'action. Son ouvrage est un voyage en songe plein de satyre et de matière morale et chrestienne avec beaucoup de doctrine et de beaux vers'[1]). Ainsi pensait l'auteur de la ,Pucelle'; et Rapin, l'année suivante, se rangeait apparemment à cette opinion dans ses ,Réflexions sur la poësie d'Aristote' (1674). Le théoricien français, grand partisan de la raison, de la vraisemblance, du juste milieu, des règles, ne pouvait goûter Dante: ,Arioste a trop de feu, Dante n'en a pas assez . . . les pensées du Dante sont si profondes, qu'il y a de l'art à les pénétrer. La Poësie demande un air plus uni et moins incompréhensible.' En outre, le P. Rapin, comme jadis Muret, a été choqué du manque de modestie de Dante, qui ,invoque son propre esprit pour sa divinité'[2]). Il formule enfin ce jugement que n'auraient désavoué ni Chapelain ni les juges classiques: ,Le Poëme de Dante, que les Italiens de ce tems là apellerent une Comedie, passe pour un Poëme épique au sentiment de Castelvetro: mais il est d'une ordonnance triste et morne, et généralement parlant, Dante a l'air trop vaste, Bocace trop trivial et trop familier, pour mériter le nom de Poëtes heroïques, quoy qu'ils aient écrit fort purement dans leur langue, sur tout Pétrarque et Bocace'[3]). Tel était le jugement des critiques érudits, curieux d'histoire littéraire et fureteurs de vieux livres: que devait-ce être des grands législateurs du Parnasse, dédaigneux des recherches pédantesques, ennemis des ,siècles grossiers', et adversaires convaincus du merveilleux chrétién! On connaît assez les vers de Boileau à ce sujet: ils parurent l'année même où le Père Rapin disait

---

1) Lettres de Jean Chapelain, éd. Tamizey de Larroque (Documents inédits pour servir à l'histoire de France), t. II, p. 816: lettre du 20 mars 1673. — Oelsner, p. 29.

2) Réflexions sur la Poëtique d'Aristote, II, XXVII, XXXIX; Oelsner p. 29 et 30. ,L'esprit invoqué pour divinité' est sans doute, comme le suppose M. Oelsner, une allusion au passage de l'Inferno, II, 7:

O Muse, o alto ingegno, or m'aiutate.

3) Ibid., ,En particulier', XVI.

son fait à Dante, et ils ont fait loi pour bien des générations d'écoliers et d'écrivains[1]). Quand Chateaubriand développe sa théorie de l'art chrétien, il reconnaît qu'il a contre lui l'opinion:

De la foi d'un chrétien les mystères terribles
D'ornements égayés ne sont point susceptibles.

On a assez reproché à Boileau son incompréhension, son ignorance des littératures étrangères et de nos anciens poètes: si même il avait lu la „Divine Comédie‘, il n'aurait rien changé à son jugement, et il aurait certainement tenu Dante en fort médiocre estime. Il ne faut pas songer à trouver trace d'influence dantesque chez les grands auteurs du siècle de Louis XIV. Le seul peut-être qui se soit occupé, si peu que ce soit, du vieux poète italien, c'est Corneille. En 1652, Pierre Corneille achète, à la vente de la bibliothèque d'un commis au greffe du parlement de Normandie, à Rouen, un Dante italien[2]) in-folio au prix de douze livres, en même temps qu'un Biondi „De Roma triumphante‘, et neuf volumes in-octavo contre les Jésuites. C'était justement le temps où Corneille traduisait l'„Imitation de Jésus-Christ‘ en vers français[3]), et l'on songe involontairement à ce qu'eût pu devenir, en des mains si puissantes, la „Divine Comédie‘. Un Anglais a expliqué un jour le peu de vogue de Dante en France par la difficulté, pour une langue aussi féminine que la nôtre, de rendre le plus mâle des poètes . . . Cet Anglais songeait sans doute à Musset et aux „Secrètes pensées de Rafaël‘: mais la langue de Corneille et de Bossuet n'aurait-elle pas rendu toute l'énergie des tercets toscans? D'autres raisons, apparemment, auraient arrêté le traducteur de l'„Imitation‘, de cette œuvre que Lamartine comparera encore et préférera à la „Commedia‘. L'avocat normand, l'interprète de la grandeur romaine, le dramaturge de la raison, était fort différent du poète florentin, et peut-être l'allégorie continuelle et les vers étranges n'étaient-ils pas tout à fait de son goût. En 1857, un Italien, Prati, répliquant à l'„Entretien‘ sur „Dante‘ de Lamartine,

1) Delaporte, Du merveilleux dans la littérature française sous le règne de Louis XIV (Paris, thèse, 1891), p. 420; J. Rocafort, Les doctrines littéraires de l'Encyclopédie (Bordeaux, thèse, 1890), p. 149; Brunetière, Evolution des genres, p. 181.

2) Voyez Oeuvres de Corneille, éd. elzév. (Taschereau), t. I (1857), p. XXIV et XXV; id., éd. des Grands écrivains, t. I, p. XL et n. 5, p. XLI, Jusserand, Shakespeare en France, p. 91, n. 1. En 1620, le jeune Corneille avait reçu en prix (ibid., p. XIX) l'ouvrage de Panciroli, Notitia utraque . . ., portant les armes d'Ornano, lieutenant général au gouvernement de Normandie: cet Ornano n'a-t-il peut-être pas fait quelque chose pour les auteurs italiens?

3) Corneille aurait-il songé à Dante et aux Italiens du moyen âge en examinant l'„Imitation‘? Il dit de l'auteur de celle-ci: „j'y trouve aussi quelque répugnance à le croire Italien‘ (éd. des Grands écrivains, t. VIII, p. 13—14; Imitation, Au lecteur, I).

imaginait que les ombres de Corneille et de Bossuet pourraient bien se dresser devant l'auteur du „Cours familier de littérature‘ pour lui dire de jeter au feu des pages qui n'étaient ni chrétiennes ni françaises ¹). En réalité, les idées et les goûts avaient fort changé de 1652 à 1857, comme de 1300 à 1652: et il n'est pas sûr que Dante eût paru bon poète à Corneille, ni parfait chrétien à Bossuet. A l'époque de l'adaptation de l'„Imitation de Jésus-Christ‘ en vers français, on songerait aussi à retrouver quelque trace d'esprit dantesque chez les solitaires de Port-Royal et chez un Pascal: ce dernier nom, depuis Rivarol et Sainte-Beuve, a été rapproché plus d'une fois de celui de Dante²), et l'on concevrait facilement quelque solitaire studieux approfondissant le poème théologique. Effectivement, la Grammaire italienne de Port-Royal signale le père de la littérature italienne et son épopée chrétienne, pure de mœurs et de langage: mais on ne voit pas que cette notice ait exercé une action, même sur les habitués de la maison, et pour en retrouver la trace il faut descendre jusqu'aux „Jugements des savants‘ de Baillet³) et jusqu'à Louis Racine. De même telle mention de Shakespeare est nichée dans une méthode de langue anglaise, et les deux plus grands poètes modernes ne passent dans le grand siècle français que comme des curiosités de polyglotte, de bibliothécaire ou d'érudit. Rivarol était tenté de croire que la „Divine Comédie‘ aurait produit de l'effet sous Louis XIV, en ce siècle où Pascal avoue que la sévérité de Dieu envers les damnés le surprend moins que sa miséricorde envers les élus⁴), et Sainte-Beuve ajoute que si une poésie eût pu convenir à Pascal, c'est bien celle de Dante. Mais Pascal lisait Montaigne, Racine lisait les Grecs, et des grands poètes qui pratiquent les Italiens, l'un, La Fontaine, „chérit

---

1) Rivista Euganea, 15 janvier 1857. Remarquons que cet Italien plaçait au moins Corneille au nombre des grands poètes de tous les temps, tandis qu'un Allemand, Schack (Perspektiven, 1894, p. 87) s'indignera qu'Ingres ait mis Corneille à ce rang dans son Apothéose d'Homère.

2) Voir, par exemple, Brunetière, Evolution de la poésie lyrique en France au XIXᵉ siècle, 3ᵉ éd., I, p. 162: „Pour ma part, ni en anglais ni en allemand, je ne connais de prosateur ou de poète qui le puisse emporter sur Pascal, par exemple, ou sur Dante.‘

3) Jugemens des sçavans, Paris 1686, t. IV, p. 4: „Dante a esté un des premiers qui, selon Messieurs du Port-Royal, a eu la gloire d'entreprendre en en ces derniers siecles de faire des Poëmes heroïques: et il y a si bien réussi qu'il est encore aujourd'huy admiré des Sçavans pour ce sujet . . . Mais une dès choses les plus estimables dans ce Poëte, au jugement de ces Messieurs, est que son Ouvrage est aussi pur pour les mœurs que pour le langage‘ (Auteur anonyme de la Grammaire italienne, préface [Lancelot?], pag. 4, 5).

4) L'Enfer (1783), p. XXXIII, n. 7. — Peut-être Rivarol avait-il lu et retenu la notice de la Grammaire de Port-Royal quand il appelait Dante (note 9 du chant V) „le créateur d'une langue et le restaurateur de l'épopée en Europe‘.

l'Arioste‘ et est „entêté de Boccace‘, et l'autre, Molière, y cherche surtout des farces. — Que dans ce même siècle Mazarin[1]), ou Séguier, ou Colbert, ou quelque chanoine français à Rome, aient possédé des manuscrits de Dante, ou que des éditions de Lyon ou d'autres se soient rencontrées au fond de quelque bibliothèque, cela n'entre pas dans l'histoire des idées du temps: Dante ne relève vraiment alors, en France, que de l'érudition.

Il ne manquait certes pas d'érudits au temps de Vadius: et en dépit de la défaveur des temps, les auteurs de dictionnaires réservent un modeste coin au poète oublié. D'abord le fruit des études du XVIe siècle n'est pas perdu, et Corbinelli, Papyre Masson, les polémistes comme Bellarmine et Possevin, et aussi le brave Grangier, ont aidé à perpétuer jusqu'à Bayle la préoccupation de Dante. Puis, dans cette Italie avec laquelle on est toujours en rapports[2]), les critiques et les apologistes ont fait un tel bruit autour de la „Commedia‘, que les étrangers un peu curieux ont bien dû s'en apercevoir: ces querelles prennent plus de place que l'œuvre même de Dante dans les „Jugements des savants‘ de Baillet. Enfin, depuis deux siècles que l'imprimerie fonctionne activement, les livres italiens d'histoire ou de critique ont trop répandu le nom de Dante pour qu'on puisse encore le négliger en faisant le dénombrement des écrivains illustres, anciens et modernes. C'est ainsi qu'il apparaît dans quatre grands recueils où le XVIIe siècle finissant a déposé ses connaissances historiques, littéraires et critiques: Moréri, Bullart, Baillet et Bayle ont parlé de l'auteur de la „Commedia‘, et les trois premiers de ces hommes sont assez insignifiants pour que leurs remarques représentent l'état moyen de l'esprit du temps. Mais avant d'en venir à ces vastes répertoires, remarquons bien que dans la première moitié du XVIIe siècle la tradition érudite, pour être moins marquante, ne s'est pas perdue, et entre les humanistes et les femmes savantes, entre la génération de Papyre Masson et celle de Gilles Ménage, plus d'un bibliophile avisé a connu Dante. Gabriel Naudé, notamment, (1600—1653), l'ami intime de Guy Patin, avait étudié à Padoue, et avait organisé la bibliothèque de cardinaux romains avant de créer celle de Mazarin, qui devint, grâce à lui, la première bibliothèque publique; il avait acheté tant de livres dans tous les pays, et notamment en Italie, qu'il avait dû rencontrer plus d'une fois la „Commedia‘. Aussi, quand il donne son „Advis pour dresser une bibliothèque‘[3]) (1e édition, Paris, Targa 1627, et 2e chez Rolet le Duc, 1644), il recommande „d'y mettre tous les vieux et nouveaux Autheurs dignes de considération, en

---

1) L. Auvray, o. c., p. 73, 38, 27 et passim.
2) Voir Gaet. Imbert, dans la „Nuova Antologia‘, 1er mars 1905.
3) 2e édition, Paris 1644; réimpression par Alc. Bonneau, Paris, Liseux, 1876.

leur propre langue et en l'idiome duquel ils se sont servis, les Bibles et Rabins en Hébreu, les Pères en Grec et en Latin, Avicenne en Arabe, Bocace, Dante, Pétrarque, en Italien; et aussi leurs meilleures versions Latines, Françoises, ou telles qu'on les pourra trouver: ce dernier pour l'usage de plusieurs qui n'ont pas la cognoissance des langues estrangères, et le premier d'autant qu'il est bien à propos d'avoir les sources d'où tant de ruisseaux coulent en leur propre nature sans art ni desguisement, et que, de plus, certaine efficace et richesse de conceptions se rencontrent d'ordinaire en iceux qui ne peut retenir et conserver son lustre que dans sa propre langue, comme les peintures en leur propre jour[1]). Naudé ne veut pas qu'on méprise les modernes, ce serait une grande faute de ne pas mettre Montaigne auprès de Sénèque, Erasme auprès de Varron, et Corneille, Tacite, l'Arioste, Tasso, du Bartas, auprès Homère et Virgile, et ainsi consécutivement de tous les modernes plus fameux et renommez: veu que si le capricieux Boccalini avoit entrepris de les balancer avec les anciens, peut-estre en trouveroit-il de plus foibles, et fort peu qui les surpassent[2]). Le docte bibliothécaire ne met donc pas tout à fait Dante à la place qu'on lui assignerait aujourd'hui; mais au moins il l'installe dans ses cadres, et il a peut-être appris à son ami Guy Patin ce que cet illustre médecin dit de Dante: ‚Dante Poëte Italien a fait trois Livres, du Paradis, du Purgatoire et de l'Enfer; qui sont une Satyre universelle, où il drape tout le monde: il avoit commencé ces Livres en Latin par ces vers:

Pallida regna canam fluido contermina mundo.

Puis il changea d'avis et les fit en italien. Ils sont traduits en françois et commentez. Il y a inséré des histoires qui sont assez difficiles à entendre. Il étoit né à Florence l'an 1265, il fut chassé de cette ville l'an 1301. Durant cet exil il étudia à Bologne et vint aussi à Paris. Il a écrit plusieurs autres traitez qui sont denombrez dans les Eloges de Papyre Masson p. 19. Dante eut trois femmes successivement, et n'a eu qu'un fils[3]). Cette rapide et inexacte notice, dans sa sobriété, indique ce qu'un savant médecin du siècle de Molière, homme d'esprit d'ailleurs, pouvait penser du poème ‚difficile à entendre': il sait seulement, vaguement, qu'il est traduit par Grangier; mais on sent bien que jamais un bourgeois de Paris ne passera son temps à étudier les trois livres. C'était bon pour un bibliothécaire comme Naudé, de recommander les vieux auteurs, d'utiliser Dante en parlant de Hugues Capet et de Charles de Valois et de Philippe le Bel, de mentionner

---

1) Réimpr. de 1876, p. 29 et 30 (chapitre II).

2) P. 49 (chap. IV).

3) Patiniana, ou les bons mots de Mr. Patin, p. 87 et 88. (Naudaeana et Patiniana, ou singularitez remarquables prises des conversations de Mess. Naudé et Patin, 2e éd., Amsterdam 1703).

l'année de la mort du Florentin, ou de rappeler encore le passage de
Dante à Paris, d'après Boccace et le ,Paradis', dans l',Addition à l'histoire de Louis XI'[1]). Les historiens du comte Romieu et de la Provence, comme Michel Baudier (1635), ou A. de Ruffi (1654) ou Bouché
(1664), et des érudits ou des critiques qui se sont occupés de ces
sujets, depuis Peiresc jusqu'à Fontenelle, Dom Vaissette et Raynouard,
ne pouvaient se dispenser de mentionner le Romeo du VIe chant du
,Paradis' ou tout au moins le nom de Dante, qui ne se trouvait pas
toujours écrit correctement[2]).

Est-il vrai que le long poème anonyme ,Le Songe', qu'on trouve en
1656 dans les ,Poésies choisies' de Sercy, présente des traces du
,Somnium Scipionis' et de la ,Divine Comédie'[3])? On ne peut pas conclure d'une forme allégorique du songe à une imitation de Dante, pas
plus qu'on ne devrait s'étonner de l'ignorance de Dante chez Sarasin[4]),
au cas où ce dernier n'aurait pas retenu ce que Chapelain lui a dit de
Dante et de Lancelot à propos de la ,lecture des vieux romans'[5]).

Arrivons à ces recueils encyclopédiques de la fin du XVIIe siècle,
dont les auteurs ont pour mission de ne rien ignorer.

,Le Grand dictionnaire historique ou le mélange curieux de l'histoire
sacrée et profane', de Louis Moréri, prêtre, docteur en théologie, en
1674, consacre un article à ,Dante Aligeri, un des rares esprits de son
tems, grand Poëte Toscan, et bon Philosophe'. Après avoir raconté les
troubles de Florence et l'exil de Dante, le compilateur ajoute: ,Il s'en
prit au Comte de Valois, comme à l'Auteur de cette injustice, et essaya
de s'en venger sur toute la maison de France, en parlant très-mal de
son origine dans ses Ouvrages: ce qui auroit fait sans doute impression
dans les esprits, si des preuves très-claires ne dissipoient cette calomnie.
Cette animosité n'est pas la seule qui défigure les Ouvrages de Dante:
ses emportemens contre le saint Siége, l'ont fait mettre au nombre des
Auteurs censurez. A cela près, il avoit beaucoup de génie. Pétrarque
dit que son langage étoit délicat; mais que la pureté de ses mœurs ne
répondoit pas à celle de son style . . . Dante a composé divers Poëmes,
que nous avons avec les explications de Christophe Landini, et
d'Alexandre Vellutelli. Il a aussi laissé des Epîtres, De Monarchia
mundi, etc.'[6]). Puis Moréri rapporte les épitaphes de Dante, qu'il

---

1) Addition à l'histoire de Louis XI contenant plusieurs recherches
curieuses sur diverses matieres (Paris, François Targa, 1630).

2) Oelsner, p. 64—65.

3) A. Mennung, J.-Fr. Sarasins Leben und Werke (Halle, Niemeyer 1902),
I, p. 216; Poésies choisies par Sercy, t. III (1656), p. 28—56.

4) C'est ce que fait M. Mennung, o. c., t. II.

5) De la lecture des vieux romans (éd. Feillet, 1870), p. 7.

6) Le grand dictionnaire historique, 18e éd., 1740, t. III.

paraît connaître infiniment mieux que la „Commedia‘. Voilà ce que
savait un docteur en théologie qui passait pour grand clerc en son
siècle! — Quelques années plus tard, paraissait, dix ans après la mort
de l'auteur (Isaac Bullart, un Hollandais qui avait étudié à Bordeaux
et s'était fixé en Artois) l'Académie des sciences et des arts‘[1]), avec
une vie de Dante flanquée, en tête, d'un portrait par Esme de Boulonoir,
et, au milieu, de dessins de l'enfer, du purgatoire et du paradis, d'un
médaillon représentant „Virgile et Stace‘, et d'un autre de „Beatrix
Portinaria‘. Dante est représenté coiffé du chaperon, et couronné de
laurier; il a les traits tirés et l'air stupide[2]), car l'artiste est malhabile,
et Pétrarque, qui suit dans le livre, grimace atrocement. La
science étalée dans le texte est malheureusement à l'avenant. Le banni
de Florence, cité marâtre, est un nouvel Hippolyte victime de Phèdre
(Bullart se souvient du XVIIe chant du „Paradis‘) ou, plus loin, il est
comparé à Pythagore et à Solon. Puis Bullart, l'un des premiers sans
doute en France, exprime en phrases ronflantes l'amertume satirique
et vengeresse du poète gibelin. „Il choisit sa première retraite à Bologne; puis il passa à Paris pour y apprendre la philosophie, et les principes de la théologie. Estant retourné en Italie autant riche de ces
sciences, qu'appauvry par l'inhumanité de ses ennemis, il médita de
prendre des autheurs de son exil cette vengeance signalée, que l'on voit
éclater dans son triple poëme du Paradis, du Purgatoire et de l'Enfer.
Il détrempa sa plume dans le fiel de sa colére, autant que dans les
sources vives de l'Hélicon: il joignit l'aigreur de son âme à la douceur
de sa poësie: il fut animé en un mesme temps de sa docte Muse, et
de son ressentiment. Les partialitez des grands, avec la corruption
des mœurs fournissans à son esprit toute la matière qu'il pouvoit désirer
pour un semblable sujet; il déploya aux yeux de toute l'Italie cette
satyre merveilleuse; qui portant ses traits jusqu'aux throsnes des Souverains
Pontifes, des Empereurs et des Roys de la terre, découvre léurs actions
privées avec une licence qui semble ne redouter ny leur puissance, ny
leur indignation. Il noircit particulierement la réputation du Pape
Boniface VIII, parce qu'il avoit appuyé le party de ses persécuteurs.
Il déshonore par ses vers la mémoire et la race de Charles de Valois,
le principal instrument de son exil; disant que Hugues Capet estoit fils
d'un boucher‘. A ce propos, Bullart rapporte l'anecdote de François I
et l'interprétation d'Etienne Pasquier. Il parle des attaques du poète
contre Florence, et ajoute: „Quoy que cette pièce soit une production de
sa colère, et un ouvrage de sa vengeance, elle est neantmoins remplie

---

1) T. II (Paris, 1682), p. 305—310. Isaac Bullart, né à Rotterdam en 1599,
était mort en 1672.

2) „Das Gesicht hat etwas Kuhhaftes‘, dit même M. Oelsner (p. 80).

de tant d'ornemens; elle est si éclatante des lumières de la doctrine
de Platon, que, comme a très bien dit Paul Jove, elle a rendu son
autheur plus grand, et plus illustre dans son exil, que s'il eust esté
le Prince des lieux d'où on l'avoit exilé.' Après quelques mots sur
l'amour de Gentucca et de Béatrice, et sur l'imitation de Virgile et de
Stace, dont Dante aurait ,tiré l'argument de cet admirable Poëme, dont
je ne sçaurois donner une plus parfaite idée, que celle que l'on peut
se former par ces figures emblématiques' (viennent alors les dessins
dont il a été question), Bullart poursuit la biographie de l'exilé, trace
son portrait, ,taille médiocre, face longue, nez aquilin, lèvre d'en bas
grosse, et poussant en dehors, cheveux noirs et crespus', et arrive enfin
à une analyse des œuvres de Dante, qui à la vérité ne décèle pas de
bien grandes connaissances: ,Il avoit composé avant son exil quelque
Traitté touchant l'Amour: il en donna après au public vingt cantiques
en langue toscane, qui firent connoistre la beauté de son esprit. Il
écrivit aussi trois lettres élégantes . . . deux livres de l'Eloquence
vulgaire; un autre intitulé la Monarchie, où il s'efforce de prouver
que le Pape n'est point au dessus de l'Empereur, et n'a aucun droit
sur l'Empire, directement contre la Clementine Pastorale; qui prétend
l'un et l'autre, aussi ce livre est condamné par plusieurs, particulièrement par Barthole, *super lege primâ C. Praesules. lib. digest. de inqui-
rendis reis.'* Dans l'article suivant (François Pétrarque), Bullart dit
encore: ,La renommée de Dante remplissoit en ce temps-là toute
l'Italie. Pétrarque n'eut pas plutost leu ses vers qu'il fut épris du
désir de l'imiter; mesme de luy disputer le prix de l'Eloquence, et de
la poësie'[1]). En somme, sans être, à beaucoup près, aussi bien informé
que jadis Papyre Masson, par exemple, lequel avait vécu en Italie, le
brave Bullart, sous la lourdeur batave de son style, représente assez
bien ce que pouvait penser et dire de Dante un esprit médiocre qui,
après avoir fait ses classes chez les Jésuites, et avoir lu, dans sa
jeunesse, les vers de Malherbe avec plaisir et attendrissement[2]), com-
pilait les connaissances de ses contemporains sur ,les vies des hommes
illustres qui ont excellé en ces professions (les sciences et les arts)
depuis environ quatre siècles parmy diverses nations de l'Europe'.
Dante est un nom qu'on n'ignore pas tout à fait, ce n'est pas un auteur
qu'on lit; si on le lisait, on ne trouverait peut-être pas d'autre éloge
que de le louer, comme Bullart, d'avoir choisi d'aussi excellents guides
que Virgile et Stace; on aurait, en tous cas, à lui faire, avec Chapelain
et Rapin, de graves reproches. On sait au moins qu'il a flétri ses
ennemis, qu'il a ,trempé sa plume dans le fiel de sa colère', et la

---

1) P. 312.
2) Académie, t. II, p. 370.

phraséologie de Bullart nous fait songer à tel mot de Ducis ou de Lamartine: les notions vagues et les idées incomplètes ne sont pas toujours les moins sonores ni les moins populaires.

L'article MCCXV des „Jugements des savants'[1]) de Baillet est consacré à ‚Dante Alighieri, ou Alghieri, Florentin, que nos auteurs appellent quelquefois d'Audiguier'. On se demande où l'on a pu découvrir ou imaginer cette forme, et La Monnoye se l'est déjà demandé: Baillet aurait-il eu un vague et malencontreux souvenir d'Audigier, personnage grotesque de certains récits en ancien français? L'article cite plusieurs autorités, depuis Villani jusqu'à Papyre Masson et au Père Rapin. Constatant d'abord qu',on a coutume de mettre Dante à la teste de tous les Ecrivains italiens', il expose ensuite, non sans gaucherie, l'œuvre du vieil auteur: ‚ses Ouvrages sont recueillis ensemble et imprimez à Venise plus d'une fois avec les Commentaires de Christofle Landini. Avant son exil il fit son premier Traité sur l'Amour, durant son exil il fit un autre Ouvrage sur le mesme sujet en XX. chants. Voulant ensuite profiter de sa disgrace, il s'en alla de Boulogne à Paris, où il devint habile Theologien dans les Ecoles de la ruë au Foarre, et il en voulut donner des marques en publiant la fameuse Comedie de l'Enfer, du Purgatoire, et du Paradis divisée en cent chants: sans parler de sa Monarchie que nous avons en Latin; de quelques Traitez de Physique que nous avons aussi; de son livre de l'Office, et des devoirs du Pape et de l'Empereur, que l'on retient supprimé quelque part avec grand soin; et de ses quatre livres de l'Eloquence vulgaire dont il n'acheva que les deux premiers, parce qu'il fut surpris par la mort' ‚(le sieur Corbinelli, — ajoute une note en marge —, les donna à Paris vers le commencement du siècle'). Voilà qui ne vaut guère mieux que Bullart, et rien que cette dernière note indique que l'auteur connaît Dante et ses éditeurs surtout de seconde main et par ouï-dire. Au témoignage de Villani il oppose une réflexion vraiment délicieuse: „Jean Villani qui estoit de son pays et presque son contemporain, assure que personne jusqu'alors n'avoit écrit avec plus de noblesse et de majesté ni en vers ni en prose: mais comme il y avoit peu de gens qui eussent écrit avant lui, cette réputation n'a pas dû lui coûter beaucoup.' Les éloges de Pétrarque et de Boccace, ceux de Messieurs de Port-Royal, le titre de poème épique donné par Castelvetro à la ‚Commedia' et les reproches du Père Rapin, les querelles des dantophiles, les censures de Bellarmine et l'hétérodoxie du ‚De Monarchia', c'est à peu près tout ce qui remplit cet article, qui se termine gravement par dix-sept références.

Que savaient de Dante les savants à la mode, et Vadius lui-même[2])?

---

1) Paris, 1686, t. IV, p. 2—11.
2) Oelsner, p. 80.

Car les bénédictins ne pouvaient sans doute remuer l'histoire du moyen âge sans en rencontrer le plus grand nom poétique. Toutefois il a fallu que Mabillon fît le voyage d'Italie pour qu'il vînt à parler de Dante[1]); c'est à cette occasion aussi qu'il a recueilli, parmi d'autres manuscrits, celui qui est aujourd'hui à la Bibliothèque nationale, sous la rubrique: Latin 8702, et qui contient le commentaire de Benvenuto sur l',Inferno'[2]).

Quant à Ménage lui-même, il est bien évident que l'auteur des ,Mescolanze' et des ,Origini della lingua italiana' (1669) ne pouvait se dispenser de connaître Dante; sans doute son ouvrage n'est qu'une compilation, mais il cite abondamment et commente le ,gran padre', et il serait invraisemblable que la lecture de tant de commentaires, et des relations continuelles avec tant de savants italiens, n'eussent pas amené le docte italianisant à se procurer et à lire une édition du ,poema sacro'. Ménage est, en effet, en correspondance avec Carlo Dati, Francesco Redi, Magliabecchi, et il se procure, par le cardinal de Médicis, tous les nouveaux livres italiens[3]). Le savant bibliothécaire Magliabecchi écrit, le 22 avril 1687, à Mabillon, que le très érudit et révéré abbé Ménage sera certainement heureux d'apprendre l'impression de la seconde partie de la ,Difesa di Dante' de Mazzoni[4]). Bien avant cela, Ménage avait discuté Dante en vers latins, et, loin de l'idolâtrie de certain académicien de la Crusca auquel il s'adresse, il trouverait bien naturel qu'on réprouvât, non pas les poésies amoureuses des Toscans, mais le rude et vieux poète: ,Tusci quod carmina Vatis Romanis sordent (proh pudor) ingeniis Carmina: quae Veneres, etc. . . .

Grandia si vestri damnarent carmina Dantis,
(Ille quidem docto, sed canit ore rudi)
Ferre lubens possem dominae fastidia Romae:
Pace mihi liceat dicere, Petre, tuâ:
Petre, cothurnatum qui tollis ad aethera Dantem,
Et facili versas nocte dieque manu[5]).

Dédaigner Boccace et l'Arioste, ce serait autrement grave aux yeux de

---

1) Ravenne, juin 1685 (Museum italicum, seu collectio veterum scriptorum ex bibliothecis italicis eruta a Johanne Mabillon et Michaele Germain, 1687, t. I, pars I, p. 41); Oelsner, p. 78.

2) L. Auvray, o. c., p. 97, n. 3.

3) E. Samfiresco, Ménage polémiste, poète (Paris, thèse, 1902), p. 24.

4) Correspondance inédite de Mabillon et de Montfaucon avec l'Italie, éd. Valery, t. II, p. 33. Magliabecchi dit ibid.: ,Io ho scritto a chi me ne ha dato avviso che sarebbe benissimo fatto che procurassero di trovare le lezioni manoscritte che l'istesso Mazzoni fece su Dante, sì dove il detto Dante descrive l'immaginativa potenza della nostra anima; come anche sopra 'l seguente suo verso: La gloria di colui che tutto muove.

5) Aegidii Menagii Poemata, 7ª ed. (1680), p. 47 (Elegiarum liber, Ad Carolum Datium, VIII); passage déjà remarqué, à ce que je vois, par A. Torre,

Ménage, qui a les goûts des salons du temps, et qui, se faisant commentateur et éditeur, choisit, parmi les Français, Malherbe, et, parmi
les Italiens, le Tasse (il écrit des Observations sur l'Aminte). Il serait superflu
de s'indigner de l'inintelligence d'un pareil critique — comme il est excessif
de vouloir le réhabiliter aujourd'hui. Ménage a le goût de la préciosité, et on lui trouverait assez d'excuses chez ces Italiens qu'il singeait.
Au moins connaît-il Dante et les anecdotes célèbres à son sujet: les
‚Menagiana‘ rapportent le mot célèbre: Si je vais, qui reste? — et l'attribuent à ‚Dante secrétaire de la république de Florence‘[1]), montrant au
moins une connaissance plus précise que, plus tard, Stendhal, qui attribuera ce mot à Machiavel[2]). Le même recueil, il est vrai, blâme
Michel-Ange (comme fera aussi Louis Racine) d'avoir si mal peint le
Jugement dernier, qui a un aspect payen, et ajoute: ‚Dante, dont pour
le justifier on dit qu'il avoit emprunté ces idées, et qui au chant
3 de son Enfer a fait une semblable description, s'est rendu en cela
fort ridicule[3]).‘ Que pourrait-on exiger de plus du pédant abbé? On ne
peut pas s'attendre à ce qu'il sache goûter Dante. Celui-ci reste au
moins un nom qu'on ne passe pas sous silence quand on a consacré sa
vie à l'étude, il reste un auteur dont les curieux pourront acheter les
manuscrits: le manuscrit italien 527 de la Bibliothèque nationale (la
Divine Comédie) porte cette note, écrite de la main de l'abbé de Targny
au commencement du XVIIIᵉ siècle: Achepté à Rome en 1715[4]). Le
nom même de Dante est assez connu pour être placé dans le ‚Dictionnaire de rimes‘ de Richelet, parmi les mots dont un versificateur peut
user à la fin d'un vers qui doit rimer à un adjectif féminin en -ante[5])

Il s'était trouvé, dans la seconde moitié du XVII siècle, un curieux
pour traduire l'Enfer‘ en prose française, et pour écrire une pompeuse
et vide biographie de Dante; cette traduction, la première en prose
qu'on connaisse jusqu'ici, est beaucoup plus isolée en ce temps classique
qu'au siècle précédent les traducteurs en partie inconnus, qui sont au
moins quatre, et dont l'un se vit imprimer. Elle est conservée dans
un manuscrit de la Bibliothèque de Toulouse[6]), et porte la mention:

Giorn. stor. d. lett. it., XXVIII, p. 217, n. 2, et par Oelsner, o. c. — Remarquons que Passeroni (il Cicerone, 1755), rappellera, à l'époque de l'influence
française en Italie, et du dédain de Dante, ‚Egidio Menagio, uom erudito,
E l'abate Regnier, e altri diversi‘ qui écrivaient en italien (del Balzo, Poesie
di mille autori, VII, p. 67).

1) Menagiana (Paris, 1715), IV, 124.
2) Ed. Rod, Stendhal, p. 93.
3) Menagiana (Amsterdam 1716) III, 259.
4) L. Auvray, o. c., p. 27.
5) Dictionnaire de rimes dans un nouvel ordre, par P. Richelet, nouvelle
éd., Paris 1702, p. 90: ANTE et ENTE Dante-*tus*, poët. Italien.
6) Ibid., p. 136.

‚De la bibliothèque du château de Vareilles. Sommières, 1746. — Donné à l'abbé de Layrat, chanoine régulier de la Chancelade, par moy Vareilles. — Cette traduction est de M. Philippe Le Hardy, marquis de la Trousse'. Qu'est-ce qui pouvait avoir porté le vieux guerrier, soit dans son commandement en Languedoc, soit dans sa vieillesse infirme, à se distraire par la traduction d'un poète si peu à la mode? L'explication la moins invraisemblable est sans doute dans les relations du marquis de La Trousse, parent de Mme de Sévigné, avec Jean Corbinelli, lecteur de cette dernière, et très apprécié du beau monde d'alors, vanté par Somaize et par Bussy Rabutin, commensal de Boileau en une occasion célèbre, et présidant chez madame le Maigre les beaux esprits mystiques[1]). Petit-fils de ce Corbinelli qui avait édité le ‚De Vulgari Eloquentia', Jean Corbinelli tenait toujours, sans doute, de ses origines florentines; Mme de Sévigné paraît lui devoir une bonne partie de ce qu'elle sait d'italien[2]), et il lui arrive de parler italien dans les lettres où elle parle de son ami. A la vérité, Corbinelli, malgré sa vaste érudition et même son pédantisme, malgré le mysticisme dans lequel il tomba, ne paraît pas avoir voulu réhabiliter le poème dédaigné: et ce n'est pas Dante qu'il oppose aux anciens quand ce serait le moment: ‚Je dînai hier chez Monsieur de Lamoignon, raconte-t-il le 6 janvier 1690, avec Despréaux, Racine, et deux fameux jésuites. On y parla des ouvrages anciens et modernes; on opposa le seul Pascal à Cicéron, à Sénèque et au divin Platon. Pour moi j'opposai Frà Paolo à tous ces gens-là, et je n'en veux rien rabattre'[3]). Evidemment Corbinelli manquait de goût ce jour-là: mais pourquoi n'aurait-il pas parlé une fois ou l'autre de Dante aux beaux esprits et aux grands seigneurs qui l'écoutaient si volontiers? Qui sait si ce n'est pas ainsi que Dante a trouvé un traducteur français sous Louis XIV?

Le XVIIIe siècle allait s'ouvrir, et sa pensée allait éclore, quand Pierre Bayle, à Rotterdam, composait son ‚Dictionnaire historique et critique', et passait ainsi en revue tous les grands noms de l'histoire et des lettres: il ne crut pas devoir s'arrêter à celui de Dante, et on cherche en vain cet article dans la première édition, de 1697, entre Dandini et Darius. Il n'eût donc pas été question du vieux

---

1) Voir la Notice biographique sur Madame de Sévigné, en tête des Lettres de Madame de Sévigné, éd. Monmerqué (Grands écrivains de la France), t. I, p. 146—149.

2) Citons, entre autres, la lettre du 17 août 1654 (t. I, p. 385): ‚*Guarda la gamba.* Voilà qui est de mon cru, Madame. Corbinelli est à dix lieues d'ici. Il faut avouer que j'ai un beau naturel de savoir cela sans jamais avoir eu de maître.' Voir aussi, t. VII, p. 38, lettre du 25 août 1680.

3) Lettres de Mme de Sévigné, t. IX, p. 398—399 (lettre de Corbinelli à Bussy Rabutin). On connaît le célèbre récit de Mme de Sévigné sur ce dîner de Lamoignon. Fra Paolo est Pietro Sarpi, l'historien du concile de Trente.

poëte, dans ce livre nouveau appelé à tant de succès, si Monsieur Bayle[1]), à l'article Capet (Hugues), n'avait rencontré le ,mensonge bien ridicule que le poëte Dante débita lorsqu'il dit que le pere de Hugues Capet estoit un boucher'. Une note ajoute superbement: ,Ce seroit abuser de son loisir et de la patience des lecteurs que de réfuter cet homme'; mais le témoignage de tant d'auteurs, d'Etienne Pasquier, d'un chanoine de Paris, nommé Balthasar Grangier, dans sa traduction, de Papyre Masson dans ses Annales, et même les observations d'un gentilhomme à Bayle, obligent celui-ci à s'expliquer là-dessus, et à condamner l'explication métaphorique si souvent alléguée. Six ans après, la seconde édition, augmentée, du ,Dictionnaire' (1702) consacrait enfin un article de quatre pages à Dante. Bayle allègue abondamment, dans ses notes beaucoup plus copieuses que le texte, une foule de commentateurs[2]), et notamment la plupart de ses prédécesseurs français; il cite les vers de Dante et ceux de Grangier, les critiques italiens et les polémistes du XVIe siècle, réformés et jésuites. Mais on ne dirait pas qu'on est entré dans le siècle de Rivarol quand on lit le texte sommaire de l'article: ,Le plus considérable de ses ouvrages est le poëme que l'on nomme Comédie de l'Enfer, du Purgatoire et du Paradis. Il a servi de texte à quelques commentateurs, et il a fourni une matière de guerre à plusieurs critiques. Il contient certaines choses qui ne plaisent point aux amis des papes, et qui semblent signifier que Rome est le siège de l'Antechrist. Un autre livre de Dante a fort déplu à la Cour de Rome, et l'a fait passer pour hérétique'. Voilà le grand point pour Bayle, qui juge les poèmes comme il ferait un pamphlet quelconque, et qui disserte avec complaisance sur les arguments philosophiques et politiques qu'on a pu y trouver. Il cite très longuement Duplessis-Mornay, et il se plaint de ce que ,Mons . de Sponde, évêque français' se soit ,montré tout à fait ultramontain' dans sa façon de juger Dante: ,quem (Dantem) egregias animi dotes ac scientiae laudem et praeclara scripta, tum aliis erroribus maculasse observavit sanctus Antoninus; tum eo maxime, quo tertia parte tractatus sui de Monarchia conatus est deprimere auctoritatem Romani Pontificis supra Imperatores seu Reges Romanorum in temporalibus, quem idem Antoninus pluribus confutat'. ,Un véritable disciple de la Sorbonne, dit Bayle là-dessus, et un vrai enfant de l'Eglise gallicane n'auroient point parlé de la sorte'. Bayle ne s'élève pas au-dessus des préjugés et des préoccupations de son temps en cette matière; et si l'on a pu dire que les Allemands de l'époque tiennent de lui le plus

---

1) Dictionnaire historique et critique par Monsieur Bayle, à Rotterdam, chez Reinier Leers, 1697.

2) Il rapporte notamment, d'après ,Philippus Carolus, Animadv. in Aul. Gellium, p. 592', l'anecdote montrant l'attention de Dante à la lecture.

clair de leurs connaissances sur ce point, il faut pourtant remarquer
que son article: Dante, n'est pas des plus importants du ‚Dictionnaire‘,
et même il n'est pas reproduit dans l'‚Extrait du Dictionnaire historique
et critique‘ qui parut à Berlin en 1765.

L'art dantesque n'a pas eu prise sur les classiques, et les causes
de cette indifférence, ou de cette ignorance, ont bien été marquées, on
le verra, par les classiques du XVIIIe siècle amenés à s'expliquer sur
ce sujet.   Au temps où écrit Bayle, les étrangers les plus en vogue en
France sont encore les Espagnols, en attendant la prochaine anglomanie: Linguet[1]) remarquera qu'ils ont été plus heureux que Dante et
les auteurs italiens, qui n'ont pas fait école de ce côté des Alpes. Les
drames castillans et les romans picaresques et autres étaient certes plus
utilisables et plus amusants que la ‚Divine Comédie‘.   En l'année 1904,
à propos des fêtes qu'on préparait à ‚Don Quichotte‘, un journaliste
espagnol[2]) imaginait quatre dépêches de l'autre monde, signées de
Victor Hugo, Shakespeare, Gœthe et Dante, faisant toutes l'éloge de
Sancho.   Dante trouvait plus de vie dans une bonne réplique de Sancho
que dans le meilleur chant de l'Enéide.   On ne serait pas loin du jugement de l'an 1704 si dans cette hâblerie on remplaçait ‚l'Enéide‘ par
la ‚Divine Comédie‘.   Qui donc alors se souciait de Dante? Un Polignac
peut-être, qui, passant par la Hollande à son retour de Pologne, en
1697, avait eu des entretiens philosophiques avec Bayle et s'était
décidé à combattre Lucrèce, chef et oracle des athées.   Eu 1706 à
Rome, le docte cardinal lisait son *Anti-Lucretius* au pape Clément XI;
il l'y lira encore à Montesquieu en 1729.   Il prend, à la vérité, peu
de chose à Dante: il met en vers latins la comparaison du malade
qui se retourne en vain sur son lit de douleur[3]), et lui-même, sur son
lit de mort, il répétera cette pensée du VIe chant du Purgatoire:

> Vedrai te simigliante a quella inferma,
> Che non può trovar posa in sulle piume,
> Ma con dar volta suo dolore scherma.

Mais il écrit son poème latin en parfait cartésien, en admirateur
de Malebranche, et il n'a pas songé à opposer le poète du christia-

---

1) ‚Le Dante, l'Arioste, le Tasse même [ceci est une erreur], n'ont point
fait d'élèves parmi nous‘ (Epître aux membres de l'Académie espagnole, voyez
Huszar, Corneille et le théâtre espagnol, p. 13).

2) Dans ‚El Imparcial‘ (Despaches de otro mundo), 5 janvier 1904; Journal
des Débats, 7 janvier 1904.

3) Anti-Lucretius, I, 1047; Praefatio, XIX; Dante, Purgat., VI, 149. —
A. Counson, Lucrèce en France; l'Anti-Lucrèce (Musée belge, VI, 1902,
p. 414). — ‚Hos scilicet versus (dit Rothelin), et omnis litteraturae peritus, et
in Italica versatissimus, imitatus erat ex his egregii Poëtae Dantis Alighieri
versibus . . .‘

nisme à celui de l'athéisme antique: ces deux noms de Lucrèce et de
Dante, qui se sont rencontrés tant de fois, sous la plume de Dorat, du
président de Brosses et de Victor Hugo, auraient dû mieux inspirer les
poètes, au temps où les „parallèles‘ étaient presque un genre littéraire,
en ce XVIIIᵉ siècle qui verra grandir à la fois la gloire du vieux Romain et celle du vieux Toscan. C'est dans un même éloignement que
les voyait le conseiller (depuis président) de Brosses, qui voyageait en
1739 et en 1740 en Italie: au moins ne fait-il plus ce voyage, comme
le faisait Montaigne, sans un mot pour Dante. Sans en être encore
au Baedeker de nos jours, qui ne décrit pas le baptistère de Florence
sans rappeler le „bel San Giovanni‘ de l',Inferno‘, un homme d'esprit
et de lettres de 1740 ne peut du moins discuter les Italiens et leurs
poètes épiques sans mentionner le premier de tous. Les beaux esprits,
surtout les Florentins, remarque avec surprise de Brosses, mettent
Dante au premier rang, avant l'Arioste. „J'ai lu, ajoute-t-il, quelque
chose du Dante à grand'peine: il est difficile à entendre, tant par son
style que par ses allégories,

car un sublime dur
S'y trouve enveloppé dans un langage obscur.

Il me paraît plein de gravité, d'énergie et d'images fortes, mais
profondément triste; aussi je n'en lis guère, car il me rend l'âme toute
sombre‘. Comme on n'a pas encore découvert la poésie de la tristesse,
l'aimable voyageur ne trouve guère au poète triste qu'un intérêt d'antiquité: „Cependant je sens que je commence à le goûter, et je l'admire
comme un rare génie, surtout pour le temps où il a vécu (sur la fin
du XIIIᵉ siècle), et comme le premier homme de l'Europe qui, dans
les siècles modernes, ait vraiment mérité le nom de poëte; mais je ne
puis comprendre avec cela qu'on le mette au-dessus du Tasse ou de
l'Arioste, à qui je reviens toujours avec plus d'empressement, ou même
à quelques autres qui ne valent peut-être pas le Dante; comme, malgré
tout le mérite de Lucrèce, le meilleur des poëtes latins après Virgile,
on se met plus volontiers à en lire d'autres inférieurs à celui-là; et
cependant Lucrèce est bien un autre poëte que le Dante, qui n'a que
de la force, étant tout à fait sec et sans aménité‘. On voit que, depuis
Dorat, Dante a perdu du terrain, ou plutôt que Lucrèce en a gagné,
— et aussi que de Brosses a bien mal lu même l'épisode de Francesca,
si tant est qu'il l'ait remarqué. „Je ne puis m'empêcher d'ajouter
encore ici — dit-il —, que plus je lis le Dante, plus je reste surpris
de cette préférence que je lui ai vu donner sur l'Arioste par de bons
connaisseurs. Il me semble que c'est comme si on mettait le Roman
de la Rose au-dessus de La Fontaine. J'avoue que le Dante ne me
plaît qu'en peu d'endroits, et me fatigue partout‘ ²). Voilà donc la

---

1) Lettres familières écrites d'Italie en 1739 et 1740 par Charles de Brosses,

‚Divine Comédie‘ reléguée parmi ce fatras d'érudition auquel le
magistrat lettré ne s'arrêtait pas, et dont il s'étonnait même en se
trouvant en face d'un Muratori ou d'un Sainte-Palaye; lui qui trouvait
Michel-Ange ‚rude et sans goût‘, il ne pouvait, malgré tout ce que les
Italiens disaient, admirer Dante. Son époque est comme lui, et se
serait sans doute détournée à jamais du vieux poète, sans les préoccupations historiques, puis philologiques, qui pénètrent peu à peu dans
la critique littéraire.

Le XVIIIᵉ siècle fut un temps d'immense curiosité, et depuis les
infiniment petits jusqu'aux auteurs oubliés, ses investigations s'épar-
pillèrent sur toutes les choses et sur toutes les œuvres. Sans doute il
garde les traditions classiques, la méthode cartésienne et tous les préjugés de l'‚Art poétique‘: mais en littérature comme en science, il a
remué tous les éléments qui devaient ruiner plus tard ses conceptions
philosophiques et esthétiques. Ce retour s'accomplit même plus rapidement et plus tôt dans la critique que dans les sciences positives, et
déjà Voltaire a assez vécu pour voir se tourner contre son classicisme
les Anglais qu'il avait introduits. Le mouvement prit bien d'autres
proportions par la suite: le romantisme devait se réclamer des étrangers,
de Shakespeare et de Dante, contre l'esthétique chère à Voltaire et à
Rivarol; et les poètes obscurs devaient être l'objet d'une érudition que
l'auteur du ‚Dictionnaire philosophique‘ eût certainement méprisée.
Mais les critiques classiques sont loin de deviner tout cela au sujet de
Dante durant la première moitié du XVIIIᵉ siècle.

Si d'abord on cherche la trace de la ‚Divine Comédie‘ dans la
poésie religieuse du temps, on s'aperçoit que Louis Racine[1]), l'auteur
de ‚la Religion‘, n'est rien moins qu'un admirateur de Dante. Lui qui
fait tant d'honneur à Milton, il n'approuve ni la théologie ni la satire
ni le style de ‚ce Dante qui, abusant d'une manière étrange de l'autorité qu'il se donne de distribuer les places dans l'enfer, écrit avec
une plume trempée dans le fiel le plus amer‘ (Louis Racine parle ici
comme Bullart), ‚qui, étant dans le Purgatoire et même dans le Paradis,
oublie, au milieu des saints, que la religion qu'il chante ordonne le
pardon des injures; qui oublie, en nommant les papes de son temps,

lettre 46, à M. de Neuilly (2ᵉ éd. par R. Colomb, Paris 1858); Oelsner, p. 40
et 84; Sainte-Beuve, Causeries du lundi, 1854.

Sur les voyages en Italie, v. Ch. Dejob, Mᵐᵉ de Staël et l'Italie (Paris,
1890), et d'Ancona, éd. du Journal du voyage de Montaigne. A Florence,
parmi les tableaux et les tombeaux, de Brosses mentionne Dante et Giotto.

1) Discours sur le poème épique (1747), écrit à l'occasion des Remarques
d'Addison sur Milton; Discours sur le Paradis perdu, en tête de le traduction,
(1755), et remarques à la suite de celle-ci; v. Oelsner, p. 42—43 et 85—86;
J. Telleen, Milton dans la littérature française, p. 100.

que l'enfant qui va avertir ses frères du déshonneur de leur père,
mérite d'être maudit'.   Louis Racine constate à regret que ,Milton a
malheureusement imité le Dante, en se jetant dans les questions théologiques et philosophiques, mais avec bien plus de ménagement.   Le
Dante, dont la science consistoit dans la dialectique des écoles, les
subtilités péripatéticiennes, et dans un platonisme mal entendu, avoit
pris sa théologie dans Pierre Lombard.   Pourquoi donc perdre son temps
à approfondir ses allégories mystiques?'   En vrai disciple de Boileau,
Louis Racine blâme Dante d'avoir fait Virgile ,tout ensemble payen et
chrétien', d'être obscur, peu naturel, d'arrêter presque à chaque pas
le lecteur; il lui reproche le mauvais goût de ses métaphores con-
tournées, ,l'arc des années qui commence à se courber,' ,le fourreau
de nos membres,' ,le miroir de Narcisse,' ,le char des regards,' ,les
œuvres que la nature n'a point forgées sur son enclume,' ,se mettre
du plomb au pied pour aller lentement du oui au non,' ,la crainte qui
remplit le lac de son cœur'.   Il ne laisse pas, bien entendu, de remarquer que la ,Divine Comédie,' ,renferme de grandes beautés'; seulement ces perles n'excusent pas une œuvre qui pêche contre toutes les
règles, qui n'est ,ni épique, ni héroïque', et, après avoir parlé notamment de l'épisode de Casella du IIe chant du ,Purgatoire', le commentateur
ajoute: ,Voilà des fictions ridicules dans un poète appelé le divin
Dante!'   Puis il répond, le fait mérite d'être relevé, à la note de la
Grammaire italienne de Port-Royal, dans laquelle il avait peut-être
commencé à étudier la langue de Dante: ,Quoi qu'on ait dit du Dante,
qu'il est aussi pur pour les mœurs que pour le langage, sa Muse chrétienne et profane n'inspire pas pour les grands sujets qu'elle traite, le
respect qu'ils doivent imprimer.   Je comparerai sa plume au pinceau
de Michel-Ange dans son tableau du Jugement dernier.   Ce n'est pas
ainsi que Raphaël traite les grands sujets.' — L'exemple de Louis
Racine montre assez la distance qu'il y avait entre la foi exaltée et
visionnaire du vieux Toscan, et le christianisme policé, raisonneur et
rangé, des Français, jansénistes ou cartésiens ou jésuites, et tous également imbus des règles classiques.   A ceux qui cherchent dans les
littératures modernes la poésie chrétienne, Milton suffit amplement, et
Dante doit s'estimer trop heureux si sur sa ,Commedia' tombe un rayon
de la gloire du poète anglais.   Celui-ci est plus récent, plus classique,
mieux éduqué que son prédécesseur italien; Louis Racine estime même
qu'il est bien plus sage, puisqu'il épargne les papes et qu'il blâme le
suicide, alors que le ,Purgatoire' est confié au coupable Caton d'Utique.
De Louis Racine à Chateaubriand, Milton a les honneurs que les
écrivains renommés n'accordent pas à Dante.   Addison n'avait-il pas dit,
dans ses ,Remarques' si appréciées en France: ,Plusieurs Poëtes François,
Italiens et Anglois ont donné carrière à leur imagination pour peindre

les Anges: Milton a mieux réussi que tous ceux que j'ai lus, et ce qu'il
nous dit est conforme aux idées que l'Ecriture nous en donne[1]).'
Addison, quoiqu'il rapporte une histoire tirée de Boccalini, compare
tout le temps Milton à Homère et à Virgile, jamais à Dante, dont
Constantin de Magny et autres dissertateurs ne se soucient pas davantage. Toutefois, à force de parler de Milton, on a bien l'occasion de
remarquer de temps en temps son précurseur, et notamment l'édition
augmentée du ,Dictionnaire historique et critique' de Bayle donnait la
célèbre stance de Dryden sur Milton:

> Three poets in three distant ages born,
> Greece, Italy, and England, did aborn,
> The first in loftiness of thought surpassed;
> The next, in majesty, in both the last[2]) . . .

Dans cette époque où Dante se glissait timidement à la faveur d'une
gloire étrangère, il y eut pourtant, comme au XVIe siècle Guy Lefèvre
de la Boderie, un obscur et pieux auteur pour mettre en prose française les trois ,canzoni' du ,Convivio': J. J. de La Touche-Loisi publia
en 1744 à Paris ses ,Consolations chrétiennes, avec des réflexions
sur les huit béatitudes, et la paraphrase de trois cantiques du Dante'[3]).

> Voi che, intendendo, il terzo ciel movete, . . .

est devenu: ,Je vous invoque, sublimes intelligences, qui donnez le
mouvement au troisième Ciel, ne dédaignez pas de faire attention à ce
qui se passe dans mon cœur' ,et ainsi une prose plus élégante que
littérale rend ces ,canzoni' qui devaient être en tous temps, et à plus
forte raison alors, l'une des parties de l'œuvre de Dante les plus négligées
en France.

A défaut de poètes religieux, le vieil auteur occupe les curieux,
les compilateurs et les sots. Un ami du cardinal de Polignac, Charles
Lebeau (1701—1775), traduisit l'épisode d'Ugolin en des vers latins
qui ne furent imprimés qu'en 1782, mais qui, connus beaucoup plus tôt,
avaient fait dire à Louis Racine: ,Ces vers sont encore plus beaux que
ceux du Dante, qui dans cet endroit sont très beaux.' Eloge excessif
et peut-être de politesse, et dont il ne faut pas s'étonner en un siècle

---

1) Traduction en tête du t. II du ,Paradis perdu, poëme héroïque de
Milton, traduit de l'anglois avec les remarques de Mr. Addisson, une dissertation
critique de Mr. Constantyn de Magny et la Chute de l'homme, poème françois
par Mr. Durand' (La Haye, 1730), t. II, p. LXXXVIII.

2) Cf. Telleen, o. c., p. 6. — On a pu connaître en France aussi le sonnet
de Milton qui parle de Dante et de cet épisode de Casella qui déplut à Louis
Racine (v. del Balzo, t. V, p. 738; sonnet de 1631), et aussi la satire de Pope
(reproduite ibid., t. VI, p. 513).

3) P. 293—336; Oelsner, p. 42 et 85.

où la parodie d'un chant de la ‚Commedia‘ par Voltaire sera estimée plus intéressante que l'original. — Parmi les compilateurs se place l'abbé Goujet, qui au tome VII de sa ‚Bibliothèque française‘ (1744) parle de Dante, Pétrarque et Boccace; tout en remarquant que ces premiers poètes de la Renaissance ‚se ressentent toujours un peu du mauvais goût de leur siècle‘, le docte abbé, en des termes qui font déjà songer au Dante de Rivarol ‚s'élevant dans l'interrègne des beaux arts‘, s'étonne avec une aimable indulgence ‚que des hommes nés au milieu d'une barbarie presque universelle, aient pu, guidés par leur seul génie, se frayer la route du beau, et composer des ouvrages que les siècles les plus éclairés ne feront point difficulté de mettre au nombre des chefs-d'œuvre‘. Sur l'inexactitude du titre de ‚Comédie‘, sur les vengeances exercées par l'auteur de l'Enfer, Goujet en sait autant qu'un bon écolier qui aurait entendu parler des érudits. Le plus curieux de ses souvenirs est celui-ci: ‚Dante a fait d'autres poésies que sa Comédie: mais nous n'en avons vu aucune traduction, excepté une de son hymne à la louange de la Sainte Vierge‘: cela prouve d'abord que Goujet n'avait pas lu le XXXIIIe chant du Paradis, et ensuite que la paraphrase da Guy Lefèvre de la Boderie, au bout de plus d'un siècle et demi, se retrouvait dans la mémoire d'un docte abbé, qui l'avait peut-être rencontrée dans la bibliothèque d'un amateur de poésie pieuse. — Vers le même temps, l'édition des ‚poésies du roi de Navarre‘ (Thibaut de Champagne), remarquait que, Dante, De vulgari eloquentia, liv. 2, chap. 5, a prétendu que les vers d'une chanson de Thibaut étaient hendécasyllabes‘[1]). — Enfin un sot notoire, le Père Hardouin, avait dépassé, à propos de Dante, toutes les niaiseries que trouvera un Aroux au XIXe siècle. Ce P. Hardouin, qui, pour s'être levé toute sa vie à quatre heures du matin, se croyait le droit de soutenir tous les paradoxes, avait démontré non seulement que la plupart des poèmes antiques étaient des apocryphes fabriqués par des moines du XIIIe siècle, mais encore et surtout il avait exposé, en 1727, dans ses ‚Doutes proposés sur l'âge du Dante‘[2]), comme quoi la ‚Commedia‘ était l'œuvre d'un disciple de Wyclef, du commencement du XVe siècle‘ ‚qui avait mis son ouvrage sur la tête d'un homme mort 90 ans auparavant, afin de donner plus de vogue au poème, et pour éviter d'être responsable en justice de la mauvaise doctrine qu'il renferme‘. C'étaient les ‚Mémoires

---

1) Les poésies du roi de Navarre, Paris, 1742, t. II, p. 13. L'éditeur parle de ‚feu M. Lancelot‘: il a pu connaître la Grammaire italienne de Port-Royal, et l'édition de Corbinelli.

2) Mémoires pour l'histoire des sciences et des beaux arts, Trévoux, août 1727 (art. LXXVI); réimpression de l'art. par Charles Lyell, Paris 1847. Oelsner, p. 83; Eug. Bouvy, Voltaire et l'Italie, p. 39, n. 3.

de Trévoux' qui publiaient ces divagations, de sorte que ce célèbre recueil, peu favorable, comme on sait, aux influences étrangères, a pris sa part de la pire des éruditions auxquelles les étrangers pouvaient pousser les Français. Comme plus tard Aroux, le P. Hardouin trouva des critiques qui s'attardèrent à le réfuter. Il ne trouva personne pour le suivre dans ses opinions, ni même dans les études dantesques. ,S'il a eu quelque autre vue, disait-il de l'auteur de la ,Commedia', je la laisse à deviner aux critiques savants et catholiques.' Les critiques savants s'occupaient presque aussi peu de Dante que du P. Hardouin.

En 1727, précisément, Voltaire, dans son ,Essai sur la poésie épique' (réuni depuis à la ,Henriade'), examinait les poètes épiques depuis Homère jusqu'à Milton : Virgile, Lucain, le Trissin, le Camoëns, le Tasse, don Alonzo d'Ercilla eurent tous un honneur dont Dante ne fut pas jugé digne[1]. La plupart des théoriciens en cette matière auraient sans doute dit, comme Formey dans ses ,Conseils pour former une bibliothèque peu nombreuse mais choisie' (1736), qu'ils ne mentionnaient pas certains poètes épiques qui ne sont pas dignes de ce nom. Dante avait le tort immense de ne rentrer dans aucune catégorie définie, de ne ressembler à rien, et en nul point peut-être l'accès d'un poète irrégulier n'était plus difficile que dans la poésie épique. Là, semble-t-il, la division des genres est impitoyable, et l'on dirait que les Français du XVIIIᵉ siècle, convaincus de n'avoir pas la tête épique, veulent au moins suivre toutes les règles qu'ils croient être celles des Homère et des Virgile. Ils se donnent toutes les peines du monde pour définir ces règles épiques, le merveilleux nécessaire, les machines permises, et jamais un tel amoncellement de théories et de dissertations n'a échappé au ridicule dans ce siècle frondeur. Ces études et ces règles ont bien produit le poème héroïque qu'on cherche comme autrefois la pierre philosophale : la ,Henriade' est née, et les contemporains croient tenir enfin leur épopée. Une époque si préoccupée de formules didactiques et de créations artificielles, et qui croyait si facilement, en matière littéraire comme ailleurs, à la génération spontanée, n'était pas faite pour goûter une poésie originale, rude et irrégulière. Rivarol, qui

---

1) Dans cet ,Essai' (chap. V), Voltaire dit seulement de Dante et de Pétrarque qu'ils ,ont écrit en vers dans un temps où l'on n'avait pas encore un ouvrage de prose supportable' (cf. Eug. Bouvy, Voltaire et l'Italie, p. 40). — De bonne heure on a vu l'insuffisance du traité de Voltaire : ,M. de Voltaire, selon M. Thomas, a fait un traité très incomplet sur le poème épique. Par exemple, pour bien parler d'Homère, il ne fallait pas seulement le considérer comme poète, mais juger par son ouvrage des mœurs du temps, . . . démêler, par le caractère de sa poésie, quelles étaient les idées reçues alors. On voit, par exemple, que Milton avoit servi dans l'armée de Cromwel' . . . (Nouveaux mélanges extraits des manuscrits de Mme Necker, Paris, an X, 1801, t. I, p. 240).

goûtera Dante, saura au moins dire tout d'abord que la „Henriade‘ n'est qu'un squelette épique. En attendant Rivarol, la critique en est au jugement d'exclusion porté par Chapelain, appliqué aussi par Louis Racine, formulé encore par Voltaire: „Tout cela est-il dans le style comique? non. Dans quel goût est donc ce poème? Dans un goût bizarre [1]).‘

Car Voltaire, en ce point comme en d'autres, eut plus que personne l'esprit, les préjugés et le goût de tout le monde, et son attitude à l'égard de Dante est un spectacle aussi suggestif qu'important pour l'histoire de la critique. Voltaire et Dante! Quel titre évocateur [2]), et quel dommage que Renan n'y ait pas songé quand il fit parler les grands poètes français dans les Champs Elysées! C'est Gavroche devant le Moïse de Michel-Ange, c'est l'ironie impertinente et incrédule devant le plus grand monument de l'art chrétien et symboliste, c'est aussi l'écolier des maîtres classiques français devant un chef-d'œuvre étranger, irrégulier et barbare [3]).

Elève des Jésuites (comme plus tard Lamartine), et formé dès son enfance au goût de l'élégance humaniste, Voltaire n'était guère prédisposé à transgresser aux admirations et aux réprobations de Boileau, et il a fallu la secousse d'un voyage forcé en Angleterre, et la rage d'opposition, pour qu'il devînt l'initiateur de l'anglomanie. Peut-être à Londres, si pas à Paris, a-t-il eu l'occasion d'entendre parler de Dante; il ne paraît guère en faire cas, d'après le mot rapide et insignifiant de l',Essai sur la poésie épique‘ [4]), et même d'après la vingt-deuxième

---

1) Cet article, souvent cité, qui précède la parodie des paroles de Guido de Montefeltro (Inferno, XXVII), est reproduit dans C. del Balzo, Poesie di mille autori intorno a Dante Aligieri, vol. VII (1901), p. 35 et sv.; il a été placé dans le „Dictionnaire philosophique‘ de Voltaire dans l'édition de Kehl.

2) C'est ce que M. Gebhart a exposé dans un spirituel feuilleton du „Journal des Débats‘, 15 février 1899.

3) Cela explique le soin avec lequel on a étudié ce point de la dantographie française: Eug. Bouvy, Voltaire et les polémiques italiennes sur Dante (Revue des Universités du Midi, juillet 1895), article repris dans Eug. Bouvy, Voltaire et l'Italie (Hachette, 1898); A. Torre, Giornale storico della letteratura italiana, XXVIII (1896), p. 216—224; P. T. Mattiucci, Giornale dantesco, VII (1899), p. 401—410; E. Gebhart, article cité; Rassegna bibliografica della letteratura italiana, III, 292 et 293 (Zacchetti), VI, 293—308 (M. Barbi et L. Ferrari); Giornale storico, XXXIII (1899), 403—421 (E. Bertana); Bullettino della società dantesca italiana, n. s., III, 122; et IX, fasc. 1—2, oct.-nov. 1902; L. M. Capelli, Dante e Voltaire (Giornale dantesco, VIII, année 1900); Oelsner, o. c.

4) Chapitre V (Le Trissin). — Il arrivait aussi, à l'époque des „Lettres anglaises‘, que quelque curieux mentionnât Dante dans des réflexions sur les poètes italiens, publiées en français à Londres.

des ‚Lettres anglaises‘, où Dante est mis à côté d'‚Hudibras‘:
‚On ne lit plus le Dante dans l'Europe, parce que tout y est allusion
à des faits ignorés.‘ En ce temps de ‚réduction à l'universel‘ et de
mépris du moyen âge, ce reproche est d'autant moins étonnant qu'on
le retrouvera sous la plume de Lamartine et sous celle de Flaubert
— pour ne pas rappeler La Harpe —. L'auteur de la Henriade et des
‚Lettres philosophiques‘ a parfois su dire d'excellentes choses sur la
vanité des chicanes des théoriciens, comme sur les préjugés de l'homme
qui ne connaît que sa propre langue et sa littérature nationale, et sur
les végétations sauvages et puissantes de la poésie étrangère, qu'il ne
faut pas vouloir tailler et aligner à la façon des arbres de Marly.
Peut-être n'avait-il pas encore tout à fait oublié ces sages réflexions
quand (vers 1738?) à Cirey, de concert avec la savante marquise du
Châtelet, il a lu la ‚Divine Comédie‘ et en a même traduit certains
passages: il formule ses observations dans la lettre à ‚M. de... professeur en histoire,‘ imprimée en 1753 dans les ‚Annales de l'Empire‘[1]),
et elles ont enfin trouvé place en 1756 dans le chapitre LXXXII de
l'‚Essai sur les mœurs‘, intitulé alors ‚Essai sur l'histoire générale‘[2]) et
offert, sous ce titre, à Bettinelli (en 1758). Là Voltaire prend encore
Dante au sérieux, quoiqu'il juge Pétrarque meilleur écrivain, et le
sujet de la ‚Divine Comédie‘ de mauvais goût: ‚le Dante, Florentin,
avait illustré la langue toscane par son poëme bizarre, mais brillant
de beautés naturelles, intitulé ‚Comédie‘; ouvrage dans lequel l'auteur
s'éleva dans les détails au-dessus du mauvais goût de son sujet, et
rempli de morceaux écrits aussi purement que s'ils étaient du temps
de l'Arioste et du Tasse. On ne doit pas s'étonner que l'auteur, l'un
des principaux de la faction ‚gibeline‘, persécuté par Boniface VIII et
par Charles de Valois, ait dans son poëme exhalé sa douleur sur les
querelles de l'empire et du sacerdoce. Qu'il soit permis d'insérer ici
une faible traduction d'un des passages du Dante, concernant ces dis-.
sensions. Ces monuments de l'esprit humain délassent de la longue
attention aux malheurs qui ont troublé la terre:

> Jadis on vit dans une paix profonde
> De deux soleils les flambeaux luire au monde,

---

1) Cette lettre (de décembre 1753) figure dans les mélanges littéraires de
Voltaire (éd. Beuchot, t. XLVII, p. 147—154); Eug. Bouvy, Voltaire et l'Italie,
p. 40, n. 2. — A. Zaccaria répliqua à Voltaire en 1754 (Bertana, p. 409).

2) Essai sur l'histoire générale et sur les mœurs et l'esprit des nations
depuis Charlemagne jusqu'à nos jours, éd. de 1757, t. II, p. 171—172; il est
encore question (ibid., t. III, p. 185) de Dante et de ce qu'il dit par hasard des
quatre étoiles du pôle austral; les éditeurs de Hollande disent: ‚L'auteur nous
a donné son manuscrit, commencé en 1740 et fini en 1749‘.

> Qui sans se nuire éclairant les humains,
> Du vrai devoir enseignaient les chemins,
> Et nous montraient de l'aigle impériale
> Et de l'agneau les droits et l'intervalle . . .‘[1]).

Voltaire continue sur le même ton élégant et digne la paraphrase de l'allocution de Marc Lombard (du XVIe chant du Purgatoire), et il trouve dans Dante et surtout dans Pétrarque ‚un grand nombre de ces traits semblables à ces beaux ouvrages des anciens, qui ont à la fois la force de l'antiquité et la fraîcheur du moderne‘. Il montrait donc là tout le sens poétique qu'on pouvait attendre d'un philosophe sceptique et d'un écrivain formé par les règles de l'‚Art poétique‘; et son éloignement pour la ‚bizarrerie‘ et le ‚mauvais goût‘ n'est que la conception de son temps et de ses précurseurs. C'est dans ces dispositions à demi favorables qu'il se trouvait sans doute en parlant, dans son discours de réception à l'Académie française (9 mai 1746), des traductions, de la diffusion internationale qui est le signe des bons ouvrages[2]), et de la situation de la littérature française par rapport aux autres. Il eut ainsi l'occasion de parler de Dante, comme devaient l'avoir et la saisir, en entrant aussi à l'Académie française, Lamartine en 1830 et Victor Hugo, à peu près un siècle après Voltaire (1841). L'académicien de 1746 remarque la timidité de la poésie française: ‚Nous nous sommes interdit, nous-mêmes insensiblement, presque tous les autres objets que d'autres nations ont osé peindre. Il n'est rien que le Dante n'exprimât, à l'exemple des Anciens. Il accoutuma les Italiens à tout dire; mais nous, comment pourrions-nous aujourd'hui imiter l'auteur des ‚Géorgiques‘, qui nomme, sans détour, tous les instruments de l'agriculture?[3])‘ Psychologique ou galante, généralement dramatique, la poésie française avait tellement rétréci son domaine et son vocabulaire, qu'elle se prêtait mal à subir l'action d'un Dante ou d'un Shakespeare: et déjà le vieux Grangier n'avait-il pas reconnu que son auteur répondait peu à l'aimable frivolité des poètes de 1596? Qu'on n'aille pas, surtout, insister auprès des écrivains classiques pour les désabuser, et pour faire admirer malgré tout les génies trop rudes! Ce serait le moyen d'irriter à jamais Voltaire, et d'en faire l'ennemi juré de ceux auxquels il a bien voulu reconnaître quelque mérite, mais dont il n'admet point l'idolâtrie. Périssent les poètes étrangers plutôt

---

1) Oeuvres de Voltaire, éd. Beuchot, XIII, 358; XVI, 424.

2) ‚Il n'y a de véritablement bons ouvrages que ceux qui passent chez les nations étrangères, qu'on y apprend, qu'on y traduit.‘ (Voltariana, Paris 1748, p. 280).

3) Voltariana, p. 279. Dans le même discours il dit (comme déjà dans ce qui précède, et en d'autres endroits): ‚C'est Pétrarque qui, après le Dante, donna à la langue italienne cette aménité et cette grâce qu'elle a toujours conservées‘ (p. 279).

qu'un principe de goût! Cependant la connaissance et l'étude de Dante
faisaient lentement leur chemin, Louis Racine en parlait comme on a
vu en traduisant Milton (1755), le vieux Colbert d'Estouteville travaillait ferme à sa traduction de Dante avec préface, et Montesquieu lui-
même, le grand ennemi des poètes, priait, en 1749, l'abbé de Guasco
d'aider l'inoffensif traducteur, dont le travail circula en nombreux manuscrits. Un cardinal écrivait même de Rome, en 1751, à d'Estouteville:
‚Vous ne devez point priver vos concitoyens de la connaissance d'un
poëte aussi célèbre que Dante.‘ En 1757, le tome VII de l'Encyclopédie, à l'article ‚Gibelin‘, signé D. J. (le chevalier De Jaucourt), disait: ‚Les gens de goût liront toujours le Dante: cet homme de génie,
si longtemps persécuté par Boniface VIII pour avoir été gibelin, a exhalé dans ses vers toute sa douleur sur les querelles de l'Empire et
du Sacerdoce.‘ Dante victime, martyr des papes! C'était faux, comme
remarquait le Supplément en alléguant Bayle, mais n'était-ce pas de
quoi rendre sympathique le poëte si judicieusement paraphrasé dans
l'‚Essai sur les mœurs‘! Pour un peu, il aurait pu devenir un allié
rétrospectif, comme il le sera pour les républicains de 1830, comme il
devait l'être de bonne heure pour les Italiens opprimés. Mais l'heure
était à la littérature française, au goût policé, aux modèles classiques,
et à la fin de 1757 les ‚Lettere virgiliane‘[1]) du jésuite italien Bettinelli,
faisant parler aux Champs Elysées les poètes anciens, mettaient dans
la bouche de Virgile une longue et violente critique de Dante. Ces
‚Lettres de Virgile‘, qui déchaînèrent en Italie un ouragan de polémiques, furent traduites en français dès 1759 par Langlard[2]), elles
devaient l'être encore, en 1766 ou 1767, par Pommereul, et elles étaient
mentionnées ou vantées dans les ‚Mémoires de Trévoux‘ de juillet 1758,
dans le ‚Journal étranger‘ en septembre, et, sous la plume de Fréron,
dans l'‚Année littéraire‘ de 1759[3]). L'auteur, Bettinelli, n'avait-il pas
visité Paris, ses philosophes et ses beaux esprits, n'était-il pas dans le
goût du jour et dans la bonne tradition classique? Quand il rendit
visite à Voltaire, aux Délices, en novembre 1758, il fut fort bien reçu,
le grincheux philosophe accueillit volontiers les flatteries d'un Italien
si bien élevé, et il ne fut pas en reste de politesse envers son admira-

---

1) Imprimées à Venise à la suite d'un recueil de poésies: ‚Versi sciolti di
tre eccellenti autori con alcune lettere non più stampate‘ (les trois excellents
auteurs étaient le modeste Bettinelli, Algarotti et Frugoni). — B o u v y, p. 53;
Giornale storico, XXVIII, p. 219 et p. 224 (article de A. Torre); Giorn.
dantesco, VII, p. 404.

2) Paris, Pissot, 1759, in-8; la traduction de Pommereul (Florence et Paris,
Caillau, s. d., in-8) contient, avec les ‚Lettres de Virgile‘, la traduction des
‚Lettres anglaises‘ que Bettinelli y avait ajoutées en 1766.

3) Vol. I, p. 73.

teur et les poésies choisies et les lettres virgiliennes, qu'il avait reçues de l'auteur: en décembre 1758, Bettinelli reçut à Genève [1]) l'épigramme célèbre de Voltaire:

Compatriote de Virgile
Et son successeur aujourd'hui,
C'est à vous d'écrire sur lui:
Vous avez son âme et son style.

Puis en 1759, de plus en plus indigné, sans doute, contre les étrangers et les barbares (Shakespeare faisait des progrès inquiétants, et les dantophiles italiens s'agitaient), le patriarche écrit à Bettinelli: „Je fais grand cas du courage avec lequel vous avez osé dire que le Dante était un fou, et son ouvrage un monstre. J'aime encore mieux pourtant dans ce monstre une cinquantaine de vers supérieurs à son siècle, que tous les vermisseaux appelés ‚sonetti‘, qui naissent et meurent à milliers aujourd'hui dans l'Italie, de Milan à Otrante. Algarotti a donc abandonné le triumvirat comme Lépidus: je crois que, dans le fond, il pense comme vous sur le Dante. Il est plaisant que, même sur ces bagatelles, un homme qui pense n'ose dire son sentiment qu'à l'oreille de son ami.‘ Voltaire dit ce qu'il pense et montre bien ce que ni lui ni son siècle ne pouvaient comprendre: il ne peut s'intéresser à un poème dont la pensée et la forme sont trop loin, il ne veut pas s'attacher, comme ferait un critique du XIXe siècle, à reconstituer la vie du moyen âge et à replacer dans son milieu la ‚Divine Comédie‘. Outre une lecture trop rapide et trop incomplète, et une ignorance dont ne manquèrent pas de le taxer certains Italiens, et, plus tard, Lamennais, Voltaire est arrêté tout d'abord par l'idée qu'il se fait de l'art et de la critique littéraire. Il s'en venge bien par les plaisanteries dont il remplit sa ‚Lettre sur le Dante‘, réunie dans l'édition de Kehl au ‚Dictionnaire philosophique‘, et qui nous dit ce qu'on savait alors, et ce qu'on voulait savoir, de Dante [2]): ‚Les Italiens l'appellent *divin*,

---

1) A. Torre (Giorn. stor., XXVIII, 224), qui donne cette indication, s'est mépris sur la lettre inédite du 20 mars 1763, qu'il publie, et qu'il croit être de Voltaire à Bettinelli; il est évident qu'elle est de Bettinelli à Voltaire, ne fût-ce que par cette phrase: ‚Nous attendons impatiemment le grand Corneille de votre main. Ce sera Turenne rendu à la France par le grand Condé. Mais n'oubliez pas l'histoire générale pour l'honneur de l'Italie, de l'Europe et de l'humanité. Je serais trop glorieux d'avoir fourni quelques matériaux informes pour le Panthéon des arts et des génies bâti par vous.‘ — Le Corneille de la main de Voltaire, c'est l'édition que celui-ci préparait, et qui parut en 1764. Cette lettre montre aussi que Bettinelli avait remis à Voltaire (à qui il les réclame) de petits essais sur la littérature italienne.

2) Cette lettre sur Dante est reproduite par C. del Balzo, (Poesie di mille autori, t. VII, p. 35), qui la place en 1751—1753: d'après l'édition Beuchot, elle aurait paru pour la première fois en 1765 dans la Suite des Mélanges, 4e partie (Rassegna bibliografica, VI, p. 295; éd. Beuchot, t. 28, p. 288, n. 2).

mais c'est une divinité cachée; peu de gens entendent ses oracles; il a
des commentateurs, c'est peut-être encore une raison de plus pour
n'être pas compris. Sa réputation s'affermira toujours, parce qu'on ne
le lit guère. Il y a de lui une vingtaine de traits qu'on sait par cœur:
cela suffit pour s'épargner la peine d'examiner le reste.' Voltaire sera
certainement le dernier à se donner cette peine; il trace une biographie
aussi brève qu'ironique de Dante, et une analyse de la ,Commedia' sur
le même ton; il n'estime Bayle ni plus ni moins pour s'être trompé de
cinq ans sur la date de la naissance de Dante (1265, dit Bayle; 1260,
disent les compatriotes de Dante?!): la grande affaire est de ne se
tromper ni en fait de goût ni en fait de raisonnement', et de ne pas,
par exemple, en lisant la comédie de l'enfer, du purgatoire et du paradis, ,regarder ce salmigondis comme un beau poëme épique'. ,Virgile
dit qu'il est né lombard; c'est précisément comme si Homère disait
qu'il est né turc': boutade que goûtera Rivarol. Tout l'enfer n'étant
ni comique ni héroïque, mais d'un goût bizarre, Voltaire n'en ferait
nul cas s'il n'y avait par ci par là un beau vers et surtout si l'on n'y
voyait mettre à mal des papes et des cardinaux: ,il y a des vers si
heureux et si naïfs, qu'ils n'ont point vieilli depuis quatre cents ans,
et qu'ils ne vieilliront jamais. Un poëme d'ailleurs où l'on met des
papes en enfer réveille beaucoup d'attention; et les commentateurs
épuisent toute la sagacité de leur esprit à déterminer au juste qui sont
ceux que le Dante a damnés, et à ne pas se tromper dans une matière
si grave.' Ces pauvres commentateurs! C'est à eux que s'en prendra
encore Lamartine, et ils l'ont bien rendu d'ailleurs à Voltaire et à
Lamartine: car chacun de ces profanes fut en son temps couvert d'ana-
thèmes de l'autre côté des Alpes. Voltaire finit sa ,Lettre sur le Dante'
en parlant vaguement de la chaire fondée pour l'explication de la ,Com-
media', puis de l'inquisition, et en parodiant l'épisode de Guido da
Montefeltro en une traduction de Polichinelle, dira Martinelli (1768),
d'Arlequin, dira Baretti (1777): ,On a fondé une chaire, une lecture
pour expliquer cet auteur classique. Vous me demanderez comment
l'Inquisition ne s'y oppose pas? Je vous répondrai que l'Inquisition
entend raillerie en Italie; elle sait bien que des plaisanteries en vers
ne peuvent faire de mal; vous en allez juger par cette petite traduction tres libre d'un morceau du chant vingt-troisième [Voltaire veut
dire XXVIIe]; il s'agit d'un damné de la connaissance de l'auteur. Le
damné parle ainsi:

> Je m'appelais le comte de Guidon;
> Je fus sur terre et soldat et poltron;
> Puis m'enrôlai sous saint François d'Assise,
> Afin qu'un jour le bout de son cordon

---

1) Oeuvres de Voltaire, éd. Beuchot, XIII, 359; XXVIII, 291. C. del
Balzo, o. c.

Me donnât place en la céleste église;
Et j'y serais sans ce pape félon,
Qui m'ordonna de servir sa feintise,
Et me rendit aux griffes du démon.
Voici le fait . . .'[1]).

Le nouveau Scarron fait parler jusqu'au bout Guido sur ce ton:
,ce poëme ainsi traduit, disait Chabanon, aurait plus de lecteurs qu'il
n'en trouve aujourd'hui'; et comme Chabanon n'était pas plus sot que
ses contemporains, on peut juger quel était le goût du temps.

Au moins il y a, de l'aveu de Voltaire, ,une vingtaine de traits
qu'on sait par cœur'. Il ne serait peut-être pas impossible de les
désigner, et ils ne doivent pas différer sensiblement de ceux qui ont ce
privilège au XIXe siècle. Le plus célèbre de tous est sans doute celui
du XXXIIIe chant de l'Enfer, et à juger d'après Lebeau, Watelet, Vinezac[1]),
Chabanon, Ducis, Laharpe, Esménard et Delille, Talairat, Sismondi,
l',ange de gloire' de Dante au XVIIIe siècle n'est pas Francesca, mais
Ugolin; car ce petit auteur, Watelet, traduisit en prose élégante l'épisode d'Ugolin, qui fut admiré vivement sous cette forme par Marmontel,
dans la ,Poétique Française' (1767, I, 396): ,Je me roulais — ainsi finit
Watelet — sur leurs corps que j'embrassais, et trois jours après leur
mort, je les appelais encore. La faim eut plus de puissance que la
douleur. J'expirai.' A côté de la mort d'Ugolin, et à juger d'après
Voltaire lui-même, il faudrait placer, quoique moins célèbres, les trois
bêtes fauves du début, le guide Virgile et la dame Béatrice, les châtiments les plus cruels de l'enfer, les attaques contre les papes et les
rois de France, et peut-être, quoique Voltaire l'ait bien mal retenu et
le déflore singulièrement par un contresens, l'épisode de Francesca et
Paolo; Diderot, qui reprendra la belle métaphore ,che noi siam vermi . . .'
(Purg., X, 124), a peut-être une connaissance exceptionnelle des littératures étrangères, et du reste il va nous dire bientôt ce qu'il sait. Les
éditeurs et les Italiens ne relâchaient pas, malgré la mauvaise volonté
du prince des lettres, et si ceux qui restent dans leur Toscane ou dans
leur Rome subissent les modes et les goûts et les vers de Paris, ou
s'en plaignent timidement, des érudits et des commentateurs intrépides
ne craignent pas d'étaler leur idole nationale au milieu de la France
classique si fort réglementée. En 1768 parut à Paris, chez Marcel
Prault[2]), une édition de la ,Commedia' en deux volumes, avec une vie

---

1) Julien de Vinezac, Pièces fugitives (Amsterdam, 1878), pp. 75—82:
Héroïde; Montaigu à l'archevêque Roger son tyran.

2) La même année, cet éditeur (que Voltaire, d'ailleurs, estimait fort)
publiait un ,Vocabolario portatile per agevolare la lettura degli autori italiani
ed in specie di Dante', ornée d'un portrait du Guarini. Après des observations
sur les archaïsmes des ,immortels Dante, Pétrarque et Boccace', la Préface dit
en italien: ,Les Français d'aujourd'hui ne regrettent-ils pas aussi une infinité

de Dante par Marini, et deux lettres de Martinelli au comte d'Oxford, qui disent son fait au contempteur de Dante et de Guido da Montefeltro, accusé de n'avoir lu que l'article de Bayle, et d'avoir commis une traduction stupide en style de Polichinelle. Voltaire bondit sous l'outrage, et il ajouta à sa lettre de mars 1761 un paragraphe acerbe, où Dante pâtit des querelles des commentateurs et des éditeurs: ‚Pour le polisson nommé Marini, qui vient de faire imprimer le Dante à Paris, dans la collection des poëtes italiens, c'est un marchand qui vient établir sa boutique, et qui vante sa marchandise; il dit des injures à Bayle et à moi [Voltaire confond, dans sa colère, Marini avec Martinelli], et nous reproche comme un crime de préférer Virgile à son Dante. Ce pauvre homme a beau dire, le Dante pourra entrer dans la bibliothèque des curieux, mais il ne sera jamais lu. On me vole toujours un tome de l'Arioste, on ne m'a jamais volé un Dante. Je vous prie de donner au diable il signor Marini, et tout son enfer avec la panthère que le Dante rencontre d'abord dans son chemin, sa lionne et sa louve.‘ Les attaques de Martinelli retombent sur la tête du ‚gran padre‘, et Voltaire se montre plus dur que jamais: ‚Demandez bien pardon à Virgile qu'un poëte de son pays l'ait mis en si mauvaise compagnie. Ceux qui ont quelque étincelle de bon sens, doivent rougir de cet étrange assemblage en enfer, du Dante, de Virgile, de St. Pierre et de madona Béatrice. On trouve chez nous, dans le dix-huitième siècle, des gens qui s'efforcent d'admirer des imaginations aussi stupidement extravagantes et aussi barbares; on a la brutalité de les opposer aux chefs-d'œuvre de génie, de sagesse et d'éloquence que nous avons dans notre langue, etc. *O tempora! o judicium!*‘ A mesure que la poésie étrangère et irrégulière fait des progrès en France, grâce peut-être à l'affaiblissement des préjugés nationaux, à l'amoindrissement du classicisme qui vieillit, à la curiosité scientifique, Voltaire se sent plus français, plus classique, plus intolérant; et le 17 septembre 1759 il écrivait à la marquise du Deffant: ‚Non, Madame, je n'aime des Anglais que leurs livres de philosophie, quelques-unes de leurs poésies hardies; et, à l'égard du genre dont vous me parlez, je vous avouerai que je ne lis que l'Ancien Testament, trois ou quatre chants de Virgile, tout l'Arioste, une partie des Mille et une nuits; et, en fait de prose française, je relis sans cesse les Lettres provinciales‘. Il n'avait ni le temps ni le désir de s'occuper de Dante, et peut-être en aurait-il moins parlé, sans une rancune personnelle. Il est tout entier à la philosophie et au bon goût, et en matière d'épopée

---

d'anciens mots, dont la perte a appauvri leur langue . . .?‘ C'est peut-être là un signe que toutes les éruditions se tiennent et progressent en même temps, et le siècle de Lacurne de Sainte-Palaye devait être celui des discussions dantesques.

il croit avoir fait plus que nul autre, puisqu'il a été dès 1723 l'Homère français, comme Marmontel l'assure, et comme certains Italiens le croient volontiers: Antoine Cocchi, lecteur de Pise, n'avait-il pas écrit à Rinuccini, secrétaire d'Etat de Florence: ‚Selon moi, Monsieur, il y a peu d'ouvrages plus beaux que le poëme de la Henriade, que vous avez eu la bonté de me prêter . . . En voyant que ce poëme soutient toujours sa beauté, sans être farci comme tous les autres d'une infinité d'agents surnaturels, cela m'a confirmé dans l'idée que j'ai toujours eue, que, si l'on retranchait de la poésie épique ces personnages imaginaires, invisibles et tout-puissants, et qu'on les remplaçât comme dans les tragédies par des personnages réels, le poëme n'en deviendrait que plus beau. Ce qui m'a d'abord fait venir cette pensée, c'est d'avoir observé que dans Homère, Virgile, le Dante, l'Arioste, le Tasse, Milton, et en un mot, dans tous ceux que j'ai lus, les plus beaux endroits de leurs poëmes ne sont pas ceux où ils font agir ou parler les dieux, le diable, le destin et les esprits; au contraire, tout cela fait rire, sans jamais produire dans le cœur ces sentiments touchants qui naissent de la représentation de quelque action insigne, proportionnée à la capacité de l'homme notre égal, et qui ne passe point la sphère ordinaire des passions de notre âme‘[1]). Voltaire avait donc plus de raison et d'habileté que Dante, la ‚Henriade‘ était plus sensée que la ‚Divine Comédie‘ (de laquelle, quoi qu'on ait dit, elle n'avait eu nul besoin de s'inspirer[2]), et le vieux philosophe n'aurait guère songé à cet

---

1) Cette lettre, traduite en français, est reproduite en tête de la Henriade, notamment dans l'édition de Gotha, t. X (1785).

2) M. Prato (Tre passi della ‚Divina Comedia‘ nell' Henriade e nella ‚Pucelle d'Orleans‘ del Voltaire, Giornale dantesco, I, 1894, p. 566—576) a bien établi divers rapprochements entre les deux auteurs; mais on pourrait trouver les pensées en question dans plus d'œuvres que Voltaire n'en avait lu; ainsi M. Prato allègue le passage du ‚Paradis‘, IV, 1—6, jusqu'où Voltaire n'est sans doute jamais allé dans sa lecture, mais dont il a pu trouver la pensée dans vingt auteurs français. Déjà Cocchi, cité plus haut, disait de l'épisode de la mort du jeune d'Ailly, dans la Henriade, qu'il avait lu une aventure un peu semblable dans le Tasse‘, et la ‚Jérusalem‘, que Voltaire connaissant si parfaitement et appréciait fort, l'Italie délivrée des Goths‘, du Trissin, l'‚Enéide‘ et d'autres œuvres pouvaient lui fournir des matériaux qu'il n'a sans doute pas demandés à la ‚Divine Comédie‘. — M. L. M. Capelli (Dante e Voltaire, Giornale dantesco, VIII, 1900, p. 436) prétend que tout le chant VII de la ‚Henriade‘ est une imitation dantesque: mais n'y avait-il que Dante qui eût conduit un héros dans l'autre monde, qui eût parlé de la justice divine et se fût étonné de la prédestination? Peut-être la sagesse de l'Etre infini rappelle-t-elle un peu celle de Minos et les ombres qui attendent leur jugement:

Eclairés à l'instant, ces morts dans le silence
Attendent en tremblant l'éternelle sentence.

obscur poème toscan si le goût dépravé des commentateurs, leurs
éditions ou traductions et leurs attaques n'avaient réveillé son attention [1]).
Dans la douzième des ‚Lettres chinoises‘, en 1776, il revint encore sur
ce ‚divin Dante‘ qu'il avait lu autrefois. Il lui accorde un intérêt d'antiquité pour l'histoire des littératures modernes, et ‚une trentaine de vers
qui ne dépareraient pas l'Arioste‘. Mais il s'agit là d'événements de
la Toscane (c'est ce que déplorera aussi Lamartine), bien oubliés dans
le reste de l'Europe. ‚Je ne sais comment il est arrivé qu'Agamemnon
fils d'Atrée, Achille aux pieds légers, le pieux Hector, le beau Paris,
ont toujours plus de réputation que le Comte de Montefeltro, Guido da
Polenta, et Paolo Lancilotto (sic)‘. Voilà en effet Paolo bien méconnu,
puisqu'on le confond avec Lancelot (Chapelain savait mieux lire
l'‚Inferno‘ et les vieux romans). Voltaire ne sait comment cela est
arrivé: c'est qu'il a fait ses classes depuis le temps où

On vit renaître Hector, Andromaque, Ilion:

il ne pouvait pas deviner qu'un demi-siècle après lui on verrait renaître
Paul et Françoise, Dante et Béatrice. En attendant, ‚cet assemblage
et cette comparaison de nos damnés avec ceux de l'antiquité pourrait
avoir quelque chose de piquant, si cette bigarrure était amenée avec
art, s'il était possible de mettre de la vraisemblance dans ce mélange
bizarre de christianisme et de paganisme, et surtout si l'auteur avait
su ourdir la trame d'une fable, et y introduire des héros intéressants,
comme ont fait depuis l'Arioste et le Tasse. Mais Virgile doit être si
étonné de se trouver entre Cerbère et Belzébuth, et de voir passer en
revue une foule de gens inconnus, qu'il peut en être fatigué, et le
lecteur encore davantage‘. Voltaire ne s'est pas fatigué à suivre Dante
jusqu'au bout de son voyage dans l'autre monde, et il ne fait nul cas
des vieux poèmes difficiles ni de la peine qu'on prend à leur sujet;
tout comme Frédéric traitait les ‚Nibelungen‘ et leur éditeur, Voltaire
renverrait volontiers toutes les œuvres du moyen âge, italiennes ou

---

Dieu qui voit à la fois, entend et connaît tout,
D'un coup d'œil les punit, d'un coup d'œil les absout . . .

Les clameurs, les cris épouvantables, les torrents de fumée, les feux effroyables,
s'ils ressemblent à l'enfer de Dante, occupent bien peu de place dans le rêve
de Henri; les astres et leur course sont inspirés de Newton et non de Dante,
‚les portes de l'abîme creusé par la justice, habité par le crime‘ (M. Capelli,
p. 437, fait, à tort, se rapporter ‚creusé‘ à ‚portes‘) ne portent nulle inscription.

1) Les jugements de Voltaire furent vivement attaqués par les Italiens, et on
se souvient encore aujourd'hui, en parlant de ‚Dante e la Puglia‘, ‚dei colpi del
Voltaire e del Bettinelli‘ (N. Zingarelli, dans le Giornale dantesco, anno VIII,
n. s. V, 1900, p. 402). — Le dédain de Dante et celui de Shakespeare étaient
naturellement connexes, comme on l'a vu de bonne heure (G. Baretti, Discours
sur Shakespeare et sur monsieur de Voltaire, 1777).

françaises, et les érudits qui s'attachent à les étudier: ‚M. Gervais sentit la vérité de ce que je lui disais, et renvoya M. Martinelli avec ses commentaires. Nous nous avouâmes l'un à l'autre que ce qui peut convenir à une nation est souvent fort insipide pour le reste des hommes. Il faut même être très réservé à reproduire les anciens ouvrages de son pays. On croit rendre service aux lettres en commentant Coquillart et le roman de la Rose. C'est un travail aussi ingrat que bizarre de rechercher curieusement des cailloux dans de vieilles ruines, quand on a des palais modernes‘. Il niait donc l'érudition au sens où l'entendra le XIXe siècle, et l'auteur satisfait de la ‚Henriade‘ n'en est pas encore à étudier le passé pour lui-même, à révérer dans un poème la relique d'un âge reculé, disparu avec sa pensée, son art et sa foi. Le vulgarisateur de Newton pourra seulement s'amuser des quatre étoiles australes du début du ‚Purgatoire‘[1]); ou bien le contempteur sénile de Shakespeare, rassemblant contre celui qu'il avait jadis fait connaître, et dont il est maintenant offusqué, tous les arguments et toutes les injures, voudra ôter au dramaturge anglais le titre de fondateur du théâtre moderne, et alléguera cette étrange explication, dans sa ‚Lettre à l'Académie‘ lue le 25 août 1776: ‚On représenta de vraies comédies du temps même du Dante; et c'est pourquoi le Dante intitula comédie son Enfer, son Purgatoire, et son Paradis‘[2]). Mais de ces mentions occasionnelles il ne faut augurer ni intérêt ni sympathie pour l'auteur de l'Enfer: Voltaire mourut dans l'impénitence finale, après avoir défié Rivarol de jamais traduire Dante en style soutenu, disant qu'il changerait trois fois de peau avant de se tirer des pattes de ce diable-là.

Voltaire avait beau dire, la réputation de Dante et de son poème allait grandissant; et si ce ne sont pas encore les écrivains en renom qui le traduisent d'abord, ils ornent parfois leurs œuvres d'un épisode célèbre ou d'une métaphore heureuse que fournissent l'Enfer et le Purgatoire. En 1772, Ducis, qui était le prudent apôtre de Shakespeare, et qui devait, quelques années plus tard, remplacer Voltaire à l'Académie, introduisait dans son adaptation de ‚Roméo et Juliette‘, l'épisode d'Ugolin[3]):

---

1) Il en parle dans l'‚Essai sur les mœurs‘ (comme on l'a remarqué plus haut), chap. CXLI, dans le ‚Commentaire sur Corneille‘ (Médée, acte V, scène VII), dans le ‚Dictionnaire philosophique‘ (au mot Cyrus) (Oelsner, p. 83).

2) De même que Voltaire contre Shakespeare, on verra Victor Hugo, un demi-siècle plus tard (Préface de Cromwell, 1827), alléguer aussi faussement contre les adversaires du théâtre moderne, shakespearien et romantique, le prétendu caractère dramatique de la ‚Commedia‘.

3) Lanson, Histoire de la littérature française (7e éd., 1902), p. 830: ‚Et Roméo! Plus de frère Laurent, plus d'alouette aussi: en revanche Dante est appelé à corser Shakespeare: Montaigu en prison dévore ses quatre fils!‘

le vieux Montaigu racontait à Roméo ce que l'ennemi de l'archevêque
Roger conte à Dante au XXXIII⁰ chant de l'Enfer: la tour fatale où
l'on vient l'enfermer avec ses enfants, et ,d'un songe effrayant la prophétique horreur‘, le père et les fils affamés, Raymond, Dolcé, Sévère,
,offrant à genoux leur sang pour le nourrir‘, chacun mourant enfin,
sauf Montaigu lui-même, qui devait rester pour réciter Dante.
Dans le travail de l'adaptateur les deux grands poètes étrangers
mêlaient leurs fortunes si souvent semblables, et par là se
révélait avant Rossini et Musset, la parenté de deux génies que les
arts, au XIXᵉ siècle, amalgamèrent parfois, en associant Francesca et
Desdémone, comme ici Ugolin et Montaigu. Peu après, Julien de
Vinezac, dans ses ,Pièces fugitives‘ (Amsterdam, 1778), compose une
,héroïde: Montaigu, à l'archevêque Roger son tyran‘. Ou bien, sur un
mode plus léger et plus gai, Beaumarchais se souvenait du *Lasciate
ogni speranza*, en faisant dire à son héros, dans ,Le mariage de Figaro‘:
,sitôt je vois, du fond d'un fiacre, baisser pour moi le pont d'un château
fort, à l'entrée duquel je laissais l'espérance et la liberté‘[1]). Le
,Mariage de Figaro‘ ne fut d'ailleurs joué qu'en 1784, et ce n'est certes
pas ce parallèle que le public fiévreux remarqua ni découvrit. Un
autre ouvrage célèbre, qui, écrit en 1773, ne fut publié qu'en 1796,
empruntait un trait heureux à Dante, dont l'œuvre était mentionnée tout
au long: il s'agit de ,Jacques le Fataliste‘, et des vers, tant admirés
depuis, du Xᵉ chant du ,Purgatoire‘:

Non v' accorgete voi, che noi siam vermi . . .

Diderot, dans ce ,Jacques le Fataliste‘ inspiré d'une page de Sterne
et mêlé de tant de souvenirs incohérents, a tiré de là un curieux
dialogue:

Le Maître. — A propos, Jacques, crois-tu à la vie à venir?

Jacques. — Je n'y crois ni décrois: je n'y pense pas. Je jouis de mon
mieux de celle qui nous a été accordée en avancement d'hoirie.

Le Maître. — Pour moi, je me regarde comme en chrysalide; et j'aime à
me persuader que le papillon, ou mon âme, venant un jour à percer sa coque,
s'envolera à la justice divine.

Jacques. — Votre image est charmante.

Le Maître. — Elle n'est pas de moi; je l'ai lue, je crois, dans un poète
italien appelé Dante, qui a fait un ouvrage intitulé: la Comédie de l'Enfer,
du Purgatoire et du Paradis.

Jacques. — Voilà un singulier sujet de comédie!

Le Maître. — Il y a, pardieu, de belles choses, surtout dans son enfer.
Il enferme les hérésiarques dans des tombeaux de feu, dont la flamme s'échappe
et porte le ravage au loin; les ingrats, dans des niches où ils versent des
larmes qui se glacent sur leurs visages; et les paresseux, dans d'autres niches;
et il dit de ces derniers que le sang s'échappe de leurs veines, et qu'il est
recueilli par des vers dédaigneux.

---

1) Le mariage de Figaro, acte V, scène 3.

Voilà enfin Dante sorti des dictionnaires ou des chicanes épistolaires pour entrer, bien timidement encore, il est vrai, et bien incidemment, dans la grande littérature. Les érudits et les amateurs augmentent en nombre, en activité et en importance, et Dante n'est plus étudié seulement dans des recueils comme les ‚Vies des écrivains étrangers‘ de Prévost d'Exmes (1775), qui lui consacre une notice reprise plus tard par l'éditeur de d'Estouteville: il devient l'objet d'une attention spéciale et intelligente.

Dès 1773, Michel de Chabanon, le mystique musicien plein de sentiment et d'érudition, qui avait jadis exhorté Voltaire à quitter la métaphysique pour la poésie[1]), faisait paraître à Amsterdam et à Paris une ‚Vie du Dante, avec une notice détaillée de ses ouvrages‘ (131 p. in -8), où il exposait surtout le contenu de l'Enfer, traduisait l'inscription de la porte de l'enfer, l'épisode de Francesca, celui d'Ugolin, la troisième canzone de la ‚Vita nova‘, reproduisait la paraphrase de Voltaire, et disait du bien de ces poèmes dont il avait mis des fragments en alexandrins français, corrects et fluides. Il nous fait voir en même temps où en était l'admiration de Dante et quels reproches elle avait encore à faire taire: ‚Nous souscrivons, dit-il, à l'avis de ceux qui ont avancé que plusieurs morceaux aussi beaux que celui d'Ugolin, mériteroient au Dante une place entre Homère et Milton‘ (c'est la place qui lui donneront bientôt Rivarol, puis Chênedollé), ‚mais malheureusement les beautés de l'ouvrage ne sont pas en assez grand nombre pour en compenser les défauts‘[2]). En dépit de ces préventions l'âme sensible du biographe se laissait aisément pénétrer de ce ‚ton de mélancolie‘ naïve et profonde qu'il trouvait à la canzone sur la mort de Béatrice: et la paraphrase qu'il en donne est bien digne d'un contemporain de Gilbert:

> Allez, mes vers, enfants de mes longs déplaisirs,
> Cherchez de Béatrix les compagnes fidèles:
> De mes chants autrefois j'égayais leurs loisirs;
> Je ne veux aujourd'hui que pleurer avec elles[3]).

La poésie mignarde et la sentimentalité de l'époque se seraient mieux prêtées au ton de la ‚Vita nova‘[4]) (si l'on avait mieux connu les opera minora de Dante) qu'à celui de la ‚Divine Comédie‘; et même les

---

1) Voltaire, Epître du 27 août 1766 à M. de Chabanon (Oeuvres complètes, Paris, Garnier, t. 10, 1877, p. 391).

2) P. 81.

3) P. 106.

4) C'est ce que sentait vaguement Chabanon en disant (p. 6): ‚Un des écrivains de la vie du Dante a retranché de son récit toute la jeunesse de notre poëte, sous prétexte que l'amour en fut la principale occupation. Nous n'imiterons point cette réticence trop sévère: eh! pourquoi dédaigner les premiers mouvement d'une âme doucement attirée vers l'objet qui lui plaît?‘

paroles de Francesca sont singulièrement affadies et déflorées par Chabanon:

> Françoise répondit: ‚Quand on est misérable,
> D'un bonheur qui n'est plus le souvenir accable;
> C'est le plus grand des maux que l'on puisse éprouver:
> Mais mon récit vous touche: il le faut achever‘[1]).

Le tendre paraphraste trouve, et semble regretter, que ‚le récit du comte Ugolin attriste plus qu'il n'attendrit, effraye plus qu'il ne touche: s'il coûte quelques larmes, elles sont rares et pénibles‘[2]). La traduction fait donc dire élégamment aux fils du captif:

> Mon père, arrête, arrête, et suspens ta furie,
> Immole à tes besoins ma languissante vie;
> Nourris-toi de ce sang que tu nous as donné[3]).

’Si l'on applique à ce morceau du Dante, ajoute Chabanon, ce que nous avons dit plus haut du style inculte et des effets qu'il produit, on approuvera, je pense, mes observations‘. On opprouva même ses adaptations, en cette époque qui n'était pas encore mûre pour les traductions brutalement littérales, et qui voulait bien goûter Shakespeare, mais à travers Ducis, et comprenait Dante interprété par Chabanon. Le Journal des Savants, en juin 1774, vantait grandement cette production d'un homme instruit et d'un homme de goût, qui ‚contient des idées neuves, des traits de sentiment, et de beaux vers de tous les tons‘. La renommée et la connaissance de Dante ne marchaient pas d'un pas égal, d'après ce que dit cet article élogieux: ‚Parmi ces restaurateurs des lettres, il en est peu d'aussi célèbres que le Dante; mais son nom était beaucoup plus connu que sa personne et que ses ouvrages; nous aurons à M. de Chabanon l'obligation de connaître le Dante tout entier‘. C'était beaucoup dire, car Artaud de Montor reprochera plus tard à Chabanon de n'avoir pas même lu le ‚Paradis‘, et trois ans ne s'étaient pas écoulés, qu'une traduction, des notes et une biographie de Dante paraissaient à leur tour une révélation de beautés inconnues: en 1776, Moutonnet de Clairfons[4]), professeur de grec et traducteur de poètes grecs, donnait une version en prose de l'Enfer, qu'il se vantait d'être la première en son genre. Effectivement, il a soigneusement lu les livres que lui avait fournis ‚M. Capperonier‘, et il a éprouvé à la lecture du triple poème des frissons d'horreur, un charme triste et consolant, et des torrents de délices. Quant à son texte, voici le début

---

1) P. 65.

2) P. 80.

3) P. 78.

4) La divine comédie, l'enfer, traduction française accompagnée du texte, de notes historiques, critiques, et de la vie du poëte, par Moutonnet de Clairfons (Florence et Paris, Le Clerc, Le Boucher, 1776, 8º, 577 p.).

et voici les paroles de Françoise: ‚Au milieu de la course de nos jours je me trouvai dans une forêt obscure, où j'errois au hasard, après avoir quitté le sentier battu'. ‚La douleur la plus amère, me répondit Françoise, c'est de se rappeler, dans l'infortune, un bonheur qui n'est plus'. — Dans la ‚Vie de Dante Alighieri' mise en tête de sa traduction, Moutonnet décernait à son auteur des éloges, d'ailleurs intelligents et compétents, qui devaient indigner Laharpe. Non pas que le traducteur fût un hérétique littéraire: grand amateur d'élégance classique, partisan du goût traditionnel, éloigné des ‚siècles de barbarie' tout comme l'auteur des ‚Lettres chinoises', publiées à la même date, il se défendait d'être aveuglé sur les défauts du modèle par un enthousiasme de traducteur. Lui qui écrivait, dix ans plus tard, ‚de l'influence de Boileau sur la littérature', il n'a pas oublié ce qu'il a appris en classe, et plus tard enseigné, qu'il faut éviter ‚le mélange de la Fable et de l'Histoire sacrée'; mais ‚il y aurait de l'injustice à reprocher cela à Dante', car ‚les poètes qui sont venus depuis sont tombés dans le même défaut'. Au demeurant le meilleur dantologue du moment, Moutonnet a déjà formulé la comparaison — si souvent reprise au siècle de Philalethes — de la ‚Divine Comédie' et de la cathédrale gothique: ‚Cette triple Comédie ressemble à ces temples majestueux, augustes et gothiques; ils étonnent et surprennent par leur vaste étendue, par leur prodigieuse élévation, et par leur structure hardie et solide, légère et durable, mais trop surchargée d'éléments superflus, grotesques et puérils'[1]). Ce n'était pas si mal dire, et si tous les critiques avaient eu des notions aussi précises, il aurait suffi, en 1802, d'un Chateaubriand balayant les préjugés antigothiques, pour installer définitivement Dante en France. Mais les critiques veillaient, et la traduction de Moutonnet, à moitié correcte, estimée même de certains Italiens, trop timide seulement au gré de l'âge suivant, n'eut pas grand succès auprès du public ni auprès des juges autorisés. Elle reçut bien, en février 1777, les éloges du ‚Journal encyclopédique de Bouillon', qui après une vaine phrase sur la gloire de Dante, ‚moins lu qu'admiré, et plus célèbre que connu', regrette le manque de goût et les défauts grossiers de ce génie né avant le perfectionnement des arts. Mais le traducteur ne trouva pas l'encouragement attendu et espéré: ‚Si l'on paraît content de cette traduction, je ferai imprimer dans la suite celle du Purgatoire et du Paradis' (Moutonnet avait senti fort bien la ‚délicieuse mélancolie' et l'‚éblouissement' de ces *cantiche*). ‚J'ai voulu d'abord sonder le goût du public par l'Enfer, auquel on peut appliquer ces beaux vers de Boileau:

Il n'est point de serpent, ni de monstre odieux' . . .'[2]).

---

1) P. 23.
2) P. 45.

Hélas! il ne se trouva personne d'importance pour dire à l'auteur: ‚C'est bien, continuez'. Bien plus, l'Aristarque du temps, La Harpe, exprima ‚sur une traduction de la Divina Commedia du Dante par M. Moutonnet' (Littérature et critique. 1778), toute l'incompréhension et tous les préjugés du classicisme le plus étroit. Le titre seul du poème (il est vrai que Victor Hugo et Lamartine s'y méprendront encore en croyant que Dante a appelé lui-même son œuvre ‚Divina Commedia'), le titre prouve, aux yeux de Laharpe, ‚l'ignorance grossière du siècle où vivait le Dante'. Qu'est-ce du texte lui-même! ‚Une rapsodie informe, sans aucun plan, sans aucun intérêt, de la plus ennuyeuse monotonie, enfin qui n'a mérité d'échapper à l'oubli que par deux ou trois morceaux de poésie énergique, (La Harpe trouve dans l'épisode d'Ugolin des coups de pinceau sublimes), ‚une longue amplification de rhétorique, digne d'un moine déclamateur du XIIIᵉ siècle', bref un assemblage de grotesques, ‚de monstrueuses extravagances'[1]): voilà ce qu'on vante, ce qu'on veut appeler (La Harpe suffoque d'indignation en rapportant ces paroles de Moutonnet) ‚une des plus belles productions de l'esprit humain'! ‚On opposera, s'écrie-t-il, Callot à Raphaël et à Michel-Ange'! Tout comme Voltaire, dont il cite d'ailleurs la lettre à Bettinelli avec complaisance et approbation, il s'étonne et s'indigne qu'après tant de chefs-d'œuvre classiques, et dans un siècle si éclairé, si lettré, si fécond en grands ouvrages, on ose exhumer les productions informes de la barbarie et les opposer aux modèles réguliers de l'école: ‚Que sert-il que de pareils hommes aient élevé si haut l'honneur de l'esprit humain, si l'on vient aujourd'hui nous dire au milieu des lumières qui nous environnent: Fermez les yeux aux clartés de l'astre du jour, et venez admirer quelques éclairs qui brillent par intervalles dans une nuit épaisse et infecte? Nous pourrons peut-être parler ailleurs de ce projet aussi inconcevable, et aussi révoltant qu'il est réel et manifeste, de nous ramener à la barbarie, et de l'ériger en système et en principe. La conspiration est nombreuse; mais heureusement les noms des chefs ne sont pas fort imposants, et quoique merveilleusement servis par l'ignorance, l'envie et l'esprit de parti, probablement ils ne seront pas les plus forts'. La Harpe s'excusait de la longueur de sa diatribe en disant: ‚On s'est étendu dans cet article un peu au-delà des bornes ordinaires, parce qu'il s'agissait d'un écrivain étranger, dont le nom est aussi célèbre que ses écrits sont peu connus'. En réalité, il s'agissait aussi bien de tous les écrivains étrangers, et la cause de Dante, de Shakespeare et de bien d'autres est comprise dans la même ‚conspiration'. Ce La Harpe, dont l'article sur Dante fut

---

1) ‚La mostruosità era un luogo comune della critica dantofoba' (Detrattori di Dante nel settocento, par Tito Allievo (Levi), Gazzetta letteraria, 12 juillet 1890, Turin).

attaqué vivement en Italie, et dont la critique sera discréditée par le romantisme, était l'ennemi de tous les barbares et le défenseur jaloux de tous les classiques: parlant de Shakespeare et de ses ordures, il s'écriait: ,Dans l'impossibilité de me répondre, je ne doute pas que mes adversaires n'aient recours à cette étrange imputation qu'eux seuls étaient capables d'inventer contre moi, celle d'être l'ennemi des grands hommes, parce que j'ai préféré Homère et Virgile à Camoëns et au Dante, le Tasse à Milton, et Racine à Shakespeare. Ceux qui ont injurié grossièrement les Corneille, les Racine, les Voltaire, ont accusé le défenseur de ces grands hommes d'être l'ennemi des grands hommes!'[1]) La cause de Dante est donc désormais — nous le verrons encore dans ce que La Harpe enseigna depuis — la cause de la poésie étrangère, irrégulière et barbare, contre les classiques français, et bientôt contre toutes les règles suivies et révérées depuis deux siècles. Que des Italiens reconnaissants portent aux nues l'ancêtre de leur littérature, c'est excusable; mais qu'une nation qui a eu Racine et Voltaire se tourne vers ce monstre, c'est ce que ne peut concevoir un La Harpe.

Tandis que ce critique sévissait, le jeune Rivarol, arrivé du Midi, commençait à se distinguer par son esprit et ses connaissances, et à porter sur l'étude du langage et des écrivains sa vive et universelle curiosité, qui allait de Shakespeare à l'astronomie[2]). La question la plus brûlante de la philologie d'alors est de savoir comment se fait une bonne traduction: nous avons vu Voltaire lui-même en entretenir les académiciens dès 1746, il y revient en 1749 dans la ,Connaissance des beautés et des défauts de la poésie et de l'éloquence dans la langue française[3]), et les discussions sont bien plus vives encore à l'époque de Bitaubé et de Ducis, où le classicisme décrépit essaie de se rajeunir à toutes les sources anciennes et modernes, et ne sait trop comment il faut y puiser. Les partisans de la traduction en vers et ceux de la prose, les amateurs de versions littérales et ceux d'adaptations libres, se disputent maintenant aussi gravement que jadis les admirateurs du sonnet de Job et du sonnet d'Uranie: Rivarol fut du parti de la prose, mais opposé aux sectateurs du mot à mot. Pour ceux-ci il a une ironie féroce, leur donnant ,à digérer' telle expression scatologique, et aux amis de la versification il dit[4]): ,un poème national, hérissé de notes, et tout en dialogues, n'aurait pu se faire

---

1) ,De Shakespéar', étude reproduite dans les Oeuvres de Laharpe (Paris, Pissot, 1778), t. I, p. 482—483.

2) Voir A. Lebreton, Rivarol, sa vie, ses idées, son talent (Paris, Hachette, 1895), surtout le chapitre III.

3) Oeuvres de Voltaire, éd. Beuchot, t. XXXIX, pp. 269—274.

4) L'Enfer, poème du Dante, traduction nouvelle (Londres et Paris, 1783), p. 391.

lire en vers d'un bout à l'autre, soit qu'on gardât les ,dit-il' et les
,répondit-il', soit qu'on les supprimât'. Si l'entreprise d'une traduction
de Dante est assez originale pour que l'auteur prenne cette épigraphe:

> Qui mi scusi
> La novità, se fior la lingua abhorra,

il reconnaît pourtant, en commençant, qu',il n'est guère dans la littérature de nom plus imposant que celui du Dante. Le génie d'invention,
la beauté des détails, la grandeur et la bizarrerie des conceptions, lui
ont mérité, je ne dis pas la première ou la seconde place entre Homère et Milton, le Tasse et Virgile, mais une place à part'[1]). Rivarol,
en critique intelligent, reconstitue autour de l'œuvre le temps et le
milieu où vécut le poète: ,Quoique le génie n'attende pas des époques
pour éclore; supposons cependant que dans un siècle effrayé par tant de
catastrophes, et dans le pays même théâtre de tant de discordes, il se
rencontre un homme de génie, qui, s'élevant au milieu des orages,
parvienne au gouvernement de sa patrie; qu'ensuite exilé par des
citoyens ingrats, il soit réduit à traîner une vie errante, et à mendier
les secours de quelques petits souverains: il est évident que les malheurs de son siècle et ses propres infortunes feront sur lui des impressions profondes, et le disposeront à des conceptions mélancoliques
ou terribles. Tel fut le Dante, qui conçut dans l'exil son poëme de
l'Enfer, du Purgatoire et du Paradis, embrassant dans son plan les
trois règnes de la vie future, et s'attirant toute l'attention d'un siècle
où on ne parloit que du jugement dernier, de la fin de ce monde, et
de l'avénement d'un autre'[2]). Rivarol admire l'intelligence et l'écono-
mie avec lesquelles est construit le triple théâtre du poëme; et comme
il admire, parmi les auteurs français, Montesquieu au plus haut point[3]),
il trouve ,une telle suite dans la gradation des crimes et des peines
(de l'Enfer), que Montesquieu n'a pas trouvé d'autres divisions pour
son Esprit des lois'[4]). C'est sans doute cette phrase qui a fait dire
à Victor Hugo: ,Dante fait loi pour Montesquieu; les divisions pénales
de l',Esprit des lois' sont calquées sur les classifications infernales de
la ,Divine Comédie'[5]): et comme c'est d'après la version de Rivarol
que le ,Génie du christianisme' citera Dante, on peut déjà voir qu'un
traducteur qui révélera Dante à Chateaubriand et à Hugo n'est vraiment
pas le premier venu dans la série des dantophiles français. Il n'est

---

1) L'Avis de l'éditeur (p. XLIV) dit que ,la grande réputation, ou pour
mieux dire, le culte dont l'Enfer de Dante jouit, est un problème qui a toujours
fatigué les gens de lettres'.

2) P. XVIII.

3) Voir A. Lebreton, o. c.

4) P. XX.

5) V. Hugo, William Shakespeare, 1. II, § 11.

point ordinaire non plus comme critique, même auprès de tous ceux qui l'ont suivi: ‚Au reste ce poème ne pouvait paraître dans des circonstances plus malheuresuses: nous sommes trop près ou trop loin de son sujet. Le Dante parlait à des esprits religieux, pour qui ses paroles étaient des paroles de vie, et qui l'entendaient à demi-mot: mais il semble qu'aujourd'hui on ne puisse plus traiter les grands sujets mystiques d'une manière sérieuse'. C'est ainsi qu'un demi-siècle plus tard Théophile Gautier et Victor Hugo seront frappés de la difficulté, ‚pour nos yeux obscurcis, sans idéal, sans foi', de rêver et de décrire l'extase des ‚divins paradis'. ‚Si jamais—poursuivait Rivarol —, ce qu'il n'est pas permis de croire, notre théologie devenait une langue morte, et s'il arrivait qu'elle obtînt, comme la mythologie, les honneurs de l'antique; alors le Dante inspirerait une autre espèce d'intérêt: son poème s'élèverait comme un grand monument au milieu des ruines des littératures et des religions: il serait plus facile à cette postérité reculée, de s'accommoder des peintures sérieuses du poète, et de se pénétrer de la véritable terreur de son Enfer; on se ferait chrétien avec le Dante, comme on se fait payen avec Homère'[1]). Voilà ce que Chateaubriand eût pu mieux comprendre et faire valoir, voilà ce qu'on se rappelle en rencontrant les doutes et les tourments d'un Antony Deschamps ou d'un Brizeux, ou telle réflexion de Taine, ou même la studieuse ironie de l'auteur de ‚l'Humaine Tragédie'. Et tout en jugeant avec une étonnante largeur de vue, Rivarol éprouve un poétique enthousiasme: ‚Étrange et admirable entreprise! Remonter du dernier gouffre des Enfers, jusqu'au sublime sanctuaire des Cieux; embrasser la double hiérarchie des vices et des vertus, l'extrême misère et la suprême félicité, le temps et l'éternité; peindre à la fois l'ange et l'homme, l'auteur de tout mal, et le saint des saints! Aussi on ne peut se figurer la sensation prodigieuse que fit sur toute l'Italie ce poème national, rempli de hardiesses contre les papes; d'allusions aux événemens récens et aux questions qui agitaient les esprits; écrit d'ailleurs dans une langue au berceau, qui prenait entre les mains du Dante une fierté qu'elle n'eut plus après lui, et qu'on ne lui connaissait pas avant. L'effet qu'il produisit fut tel, que lorsque son langage rude et original ne fut presque plus entendu, et qu'on eut perdu la clef des allusions, sa grande réputation ne laissa pas de s'étendre dans un espace de cinq cents ans, comme ces fortes commotions dont l'ébranlement se propage à d'immenses distances[2])'. Rivarol à qui cette grande réputation est parvenue, songe à ce que sa propre langue peut tirer de l'antique chef-d'œuvre, et comme le traducteur de Dante est en même temps l'auteur — bientôt couronné — du ‚Discours sur l'universalité de la langue française,' il

---

1) P. XXXIII.
2) P. XXIV.

n'a point oublié dans ce ‚Discours' l'état de la langue italienne ‚quand le Dante entreprit d'illustrer ses malheurs et ses vengeances', il dit que ‚les poëmes du Dante et de Pétrarque, brillans de beautés antiques et modernes, ayant fixé l'admiration de l'Europe, la langue toscane acquit de l'empire'[1]), et surtout il pense à ce que lui-même et les jeunes écrivains doivent demander au vieux Toscan: ‚Il traduisit le Dante, écrivain bizarre et sublime, dont les beautés et les défauts offrent au traducteur un exercice également utile. Il comparait ce travail aux études que ferait un jeune peintre sur les cartons de Michel-Ange'[2]). Rivarol avait lui-même, en présentant sa version, exprimé des idées par lesquelles il semble presque devancer Mme de Staël: ‚J'ai pensé que les traductions devraient servir également à la gloire du poète qu'on traduit, et au progrès de la langue dans laquelle on traduit; et ce n'est pourtant point là qu'il faut lire un poète, car les traductions éclairent les défauts et éteignent les beautés; mais on peut assurer qu'elles perfectionnent le langage. En effet, la langue française ne recevra toute sa perfection, qu'en allant chez ses voisins pour commencer et pour reconnaître ses vraies richesses; en fouillant dans l'antiquité à qui elle doit son premier levain, et en cherchant les limites qui la séparent des autres langues. La traduction seule lui rendra de tels services[3])'. Dante est à cet égard, pense-t-il, un modèle supérieur, avec son style brusque, plastique, ‚affamé de poésie', et on peut donc pardonner à Rivarol d'avoir été, en homme du monde, en élégant lettré du XVIIIe siècle, offusqué de certaines grossièretés et bizarreries, de s'être amusé, comme Voltaire, de Virgile lombard, d'avoir voulu policer son auteur en le traduisant. Il a au moins prévu que les écrivains français lui devraient beaucoup. Quand Chênedollé, l'ami de Chateaubriand, que nous retrouverons bientôt, prit congé de Rivarol à Hambourg, le spirituel exilé lui remit sa traduction de Dante en lui disant: ‚Lisez cela! Il y a des études de style qui formeront le vôtre et qui vous mettront des formes poétiques dans la tête. C'est u n e m i n e d' e x p r e s s i o n s, où les jeunes poètes peuvent puiser avec avan-

---

1) Discours, etc. (sujet proposé en 1783 par l'Académie de Berlin).

2) B e r v i l l e, Notice en tête des ‚Mémoires du comte de Rivarol' (Collection des mémoires relatifs à la révolution française, Paris 1824), p. II. — R i v a r o l dit dans sa traduction (p. XXXI): ‚La plupart de ces peintures ont encore aujourd'hui la force de l'antique et la fraîcheur du moderne, et peuvent être comparées à ces tableaux d'un coloris sombre et effrayant, qui sortaient des ateliers des Michel-Ange et des Carraches, et donnaient à des sujets empruntés de la Religion, une sublimité qui parlait à tous les yeux'. — La note 14 du ch. XX (p. 287) dit du travail de traducteur: ‚C'est ainsi que les jeunes peintres font leurs cartons d'après les maîtres'.

3) P. XXXV.

tage' [1]). On peut s'apitoyer aujourd'hui sur la décadence classique qui en était
à „la chasse aux expressions' [2]), on peut même dédaigner, après Sallior,
Despois, Lamartine et bien d'autres, cet habillement de Dante à la
mode du XVIIIe siècle, il n'en est pas moins vrai que Rivarol fit faire
un grand pas à la connaissance de Dante, et il ne faut pas perdre de
vue que cette mine d'expressions, ces études de style, ces formes
poétiques, constituent aux yeux de bien des écrivains le tout de la
poésie, et qu'à certains égards, et même pour des chefs illustres, le
romantisme sera avant tout une révolution dans le vocabulaire. Le
triple aperçu, ou, si l'on ose ainsi dire, la triple promesse de Rivarol,
il appartenait au romantisme de la tenir: 1. le poète exilé, mélancolique et terrible; 2. le chantre du christianisme; 3. l'auteur d'expressions et de formes poétiques originales, tout cela sera chanté, senti ou
utilisé par les poètes délivrés de toutes les entraves classiques, et
rénovés par le romantisme.

Dès son apparition, la traduction de Rivarol fut vivement discutée.
Elle l'avait été même avant d'être publiée, puisque Rivarol raconte
que la boutade de Voltaire avait achevé de le décider. Voltaire mort
depuis cinq ans, il restait les revues où, suivant Voltaire lui-même,
ceux qui ne savaient pas faire de livres disaient du mal de ceux des
autres. Elles n'épargnèrent pas Rivarol, qui défendit son élégante
traduction avec sa verve ordinaire. Il avait fait dire à Francesca:
„Tu as appris d'un sage, (me répondit-elle), que le souvenir de la
félicité passée aigrit encore la douleur présente; et cependant si tu
aimes à contempler nos infortunes dans leur source, je vais, comme les
malheureux, pleurer et te les raconter. Nous lisions un jour, dans un
doux loisir, comment l'amour vainquit Lancelot. J'étais seule avec mon
amant et nous étions sans défiance: plus d'une fois nos visages pâlirent,
et nos yeux troublés se rencontrèrent; mais un seul instant nous perdit
tous deux. Lorsqu'enfin l'heureux Lancelot cueille le baiser désiré,
alors celui qui ne me sera plus ravi, colla sur ma bouche ses lèvres
tremblantes; et nous laissâmes échapper ce livre par qui nous fut révélé
le mystère d'amour'. Cette page, qui sera reproduite dans le „Génie
du christianisme', sacrifiait la finale célèbre avec une timidité que ne
rachète pas la note judicieuse du commentaire de Rivarol. Aussi
Framery, dans le „Mercure' du 25 juin 1785, et Cubières, ont jeté les
hauts cris; eux-mêmes, malheureusement, étaient peu capables de faire
mieux, et l'auteur critiqué eut beau jeu de railler les méprises grossières

---

1) Chênedollé, Ma première visite à Rivarol, cité par Sainte-Beuve,
Chateaubriand et son groupe littéraire, II, 167.

2) Louis Bertrand, La fin du classicisme (thèse, Paris, Hachette, 1897),
p. 221.

de Framery, qui ne savait pas l'italien. Moutonnet de Clairfons n'avait
pas tout à fait réussi non plus: ‚Ce livre et son auteur furent pour
nous un nouveau Gallehaut; et nous quittâmes aussitôt cette lecture'.
Bientôt Sallior dira beaucoup de mal de Rivarol sans le faire oublier,
sans le remplacer surtout par la publication d'une version qui datait
d'un demi-siècle. En somme, la traduction si contestée et si connue
était une œuvre d'art, qui se ressent nécessairement de la timidité et des
préjugés littéraires déclinants, mais qui attira l'attention à l'égal d'une
œuvre originale. ‚Avec Dante, disait Rivarol dans sa lettre du
29 juillet 1785 aux auteurs du ‚Journal de Paris', l'extrême fidélité
serait une infidélité extrême'; et déjà dans la note 14 du chant XX,
il avait expliqué sa méthode: ‚Virgile et Racine ayant donné, je ne dis
pas aux langues française et romaine, mais au langage humain, les
plus belles formes connues, il faudrait se jeter dans tous les moules
qu'ils présentent, et les serrer de très près en traduisant, *vestigia semper
adornans*. Mais le Dante, à cause de ses défauts, exigeait plus de
goût que d'exactitude: il fallait s'élever avec lui jusqu'à une sorte de
création; ce qui forçait le traducteur à un peu de rivalité'[1]). Cette
sorte de création que l'adaptateur jugeait nécessaire, et cette rivalité
pour laquelle il n'était pas, à la vérité, assez grand, étaient bien les
conditions idéales de ce travail aux yeux des contemporains. ‚Buffon,
qui, depuis la mort de Voltaire et de Rousseau, occupait la première
place dans la littérature française, écrivit à l'auteur que cet ouvrage
était moins une traduction qu'u n e s u i t e d e c r é a t i o n s. Des critiques
d'un goût sévère, et qui trouvaient, non sans raison, le traducteur plus
fidèle aux lois de l'élégance qu'au génie sombre et sévère de l'original,
ont voulu voir, dans ces paroles de Buffon, une critique déguisée sous
la forme d'un éloge. Cette interprétation est trop subtile pour être
vraisemblable'[2]). Sans doute: les éloges, d'ailleurs, qu'on pouvait alors
accorder à Rivarol ne sembleraient plus des éloges cinquante ans plus
tard, où l'on n'aura plus les scrupules d'élégance, ni la crainte des
mots rudes, grotesques et violents, et où la langue française se sera
accoutumée à plus de tournures étranges et à plus de choses que n'en
prévoyait même l'auteur du ‚Discours sur l'universalité de la langue
française' dans son académique subtilité.

‚L'Enfer, poème du Dante, traduction nouvelle' (de Rivarol) ayant
été réimprimé dès 1785 chez Didot le jeune, la ‚Correspondance Grimm',
en août de la même année, disait: ‚Quoique le ton de cette nouvelle
traduction ne soit pas également soutenu, quoiqu'elle nous ait paru
manquer souvent tout à la fois d'élégance et de fidélité, nous y avons

---

1) P. 287.
2) B e r v i l l e, Notice en tête des Mémoires de Rivarol (Paris, 1824), p. III.

trouvé de grandes difficultés heureusement vaincues; et, n'en déplaise
à l'ineptie ou à la sévérité de ceux qui l'ont critiquée avec tant
d'acharnement[1]), nous osons penser qu'elle est bien supérieure à toutes
celles que nous connaissions. La physionomie du Dante, l'odeur de
son siècle y transpirent du moins à chaque page; ce sont les expressions de l'auteur de l'avertissement, hasardées à la vérité comme le
sont quelquefois celles du traducteur, mais pleines cependant de justesse
et d'énergie'. A côté de cela, il faut remarquer que les ennemis de
Rivarol (et Dieu sait s'il en avait) ne pouvaient être les amis de sa
traduction, et que celle-ci, comme autrefois l'édition de l'abbé Marini,
pâtit parfois des querelles et des railleries des hommes d'esprit.

Rivarol est le premier nom marquant de traducteur qui se soit
associé au nom de Dante dans l'esprit du public français et de la
plupart des critiques: et Sainte-Beuve — pour ne pas en citer bien
d'autres — l'a salué sur le mode lyrique: ‚Honneur à Rivarol! on dira
de sa traduction tout le mal qu'on voudra, on ne lui enlèvera pas le
mérite d'avoir le premier chez nous apprécié avec élévation la nature
et la qualité du génie de Dante . . .'[2]). C'est à lui encore, comme au
seuil d'un âge nouveau, que le dernier historien de l'influence
dantesque en France arrêtait son étude il y a quelques années[3]). Et
avec Rivarol commence bien quelque chose de neuf, puisque nous
retrouverons des traces de son ouvrage par la suite. Mais six ans
après cet ouvrage, s'ouvrait la Révolution, qui allait arracher le public
à tout autre souci, et dans laquelle on ne songe guère à écouter le
bruit des querelles d'auteurs et de traducteurs. Quelle fut l'attitude
de la Révolution à l'égard de Dante? En vérité, elle n'en eut pas du
tout, et il serait même risible de poser cette question, si bien des gens
n'avaient assuré qu'avec la transformation de la société coïncida une rénovation de la littérature, de la critique, et des goûts poétiques, et une libéra-
tion des préjugés classiques contre le moyen âge, contre les étrangers en général et Dante en particulier. Cette dernière erreur s'explique peut-être dans un

---

1) La note de Meister ajoute ici: Voyez ·l'analyse qu'en a faite l'illustre
M. Framery dans le ‚Mercure de France'. Il veut absolument qu'on applique
à Virgile ce vers:
                Risposi lui con vergognosa fronte,
et qu'on traduise *risposi lui* par me répondit-il. Avant de faire le métier
de régent, ne conviendrait-il pas d'apprendre à conjuguer un peu mieux?'

2) Causeries du lundi, 11 décembre 1854. — Le dernier biographe de Rivarol dit encore: ‚Il a donné Dante à la France, et il est bon de ne pas l'oublier'
(A. Lebreton, Rivarol, sa vie, ses idées, son talent, p. 114). M. A. Farinelli
(Giorn. stor. d. lett-ital., t. 29, p. 142) a reproché vivement à M. Oelsner
d'avoir (The influence of Dante on modern thought) fait dater de Rivarol la
vogue de Dante en France.

3) Oelsner, Dante in Frankreich.

article phraseur de Saint-René Taillandier: ‚La révolution française a réveillé les âmes engourdies; une école s'organise, qui ranime les souvenirs littéraires du passé pour y puiser des encouragements et des forces. Dante sera le chef, le seigneur, le maître' . . . La poésie romantique avait si souvent associé Dante aux événements tragiques du siècle, que cela pouvait faire illusion au critique de la ‚Revue des deux Mondes', et excuser cette tirade de 1856. Mais on doit s'étonner que cette explication — inexplicable aux yeux d'un érudit italien d'aujourd' hui — se retrouve à la finale de l'étude de M. Oelsner. On sait fort bien que la révolution française a renversé à peu près tout, sauf tous les préjugés classiques, le respect servile des règles, l'idolâtrie des Grecs, des Romains et de leurs grands imitateurs français, et la proscription des auteurs étrangers, archaïques et barbares. Elle est même une véritable crise d'humanisme, et depuis Marie-Joseph Chénier jusqu'à Napoléon Bonaparte ses meneurs ont combattu les influences anticlas- siques comme autant d'offenses personnelles: les noms de Rivarol, Chateaubriand, Mme de Staël, disent assez que les initiateurs et réno- vateurs en ces choses de lettres furent le plus souvent des adversaires de la révolution ou de l'empire. Il ne faut donc pas chercher dans la révolution de 1789 ce nom de Dante qui retentira lors de celle de 1830: c'est à Brutus qu'on remonte, et c'est Plutarque qu'on lit. George Sand, dans ‚Mauprat', imagine, à la veille de la révolution de 1789, une jeune fille et un abbé apprenant à un vieil illettré à goûter Homère et Dante, et même à reproduire tous les épisodes de la ‚Divine Comédie': c'est une fantaisie assez peu justifiée. La ‚Bibliothèque des romans' avait seulement publié, en 1788, la deuxième édition de l'Enfer de Rivarol, dont elle avait donné des fragments dès 1780, et dont la première édition, de 1783, avait été reproduite en 1785 sans change- ment, chez Didot le jeune. L'édition de l'Inferno, du Purgatorio et du Paradiso, qui paraît en 1787 en trois volumes à Paris, chez Jacob, est une œuvre italienne, flanquée de la lettre de Dolce à l'évêque Corio- lano Martirano, d'un sonnet de Boccace et de la ‚Vita di Dante' de Dolce: et elle ne paraît pas avoir frappé le public français, qui s'apprêtait à de bien autres événements. — Quand on voit Sainte-Beuve attribuer le sens dantesque de Rivarol ‚à quelque chose de fier et de hardi que ce dilettante avait dans l'imagination, et qui tenait sans doute à ses origines méridionales', on songe volontiers à ce qu'aurait pu penser de Dante le fougueux et méridional Mirabeau Riquetti; ou, quand, depuis le ‚Cours familier de littérature' de Lamartine jusqu'au ‚Napoléon Bonaparte' de Taine, on voit rapprocher les origines toscanes de Dante et de Bonaparte, on serait curieux de savoir comment le second a parlé du premier. Mais les hommes d'action d'alors n'étaient pas, comme les Italiens qui allaient venir, des admirateurs fervents du

vieux poète: et si Napoléon [1]) a pu lire le Dante d'Arrivabene, après,
sans doute, d'autres éditions, ce n'était pour lui qu'une distraction et
une curiosité: ses guerres ont fait plus pour le rapprochement de la France et
de l'Italie. Dante a passé presque inaperçu pendant les années révolutionnaires. Louis XVI, dans sa prison, attendant la mort, a envoyé
demander à la Bibliothèque nationale le ‚Paradis' traduit par Grangier
(d'après ce que Van Praet a raconté à Artaud de Montor): il voulait
sans doute y voir la peinture de l'autre monde dans lequel il allait
entrer, et cette curiosité des peines et des récompenses éternelles avait
déjà attiré à Dante l'un de ses plaisants traducteurs, d'Estouteville [2]). Un
siècle plus tard, un abbé français s'extasiera sur la magnanimité du roi
déchu, pardonnant au poète qui maudissait les Capets [3]). Mais cet in-
cident est si isolé en 1793 qu'on ne peut pas conclure à une vogue de
Dante en cette année tragique. Il est bien arrivé alors qu'en voulant
retracer les fastes de cet esprit humain si souvent invoqué, on ait
remarqué les débuts de l'art dans l'Italie moderne: Condorcet proscrit,
traçant une ‚Esquisse d'un tableau historique des progrès de l'esprit
humain', remarquait qu', en Italie la langue était parvenue presque
à sa perfection vers le XIVᵉ siècle, et que le Dante est souvent noble,
précis, énergique': mais toutes les idées fondamentales de la ‚Divine
Comédie' ne sont-elles pas, aux yeux de Condorcet et de ses pareils,
les ténèbres de l'humanité? On se souciait bien peu en France des querelles d'un Venturi et d'un Lombardi sur l'orthodoxie de Dante!

La première, Mᵐᵉ de Staël associa, dès 1796, la lecture de l'Enfer
au souvenir des événements tragiques de la Révolution, avec un sentiment lyrique qui semble une première et fugitive étincelle de romantisme: dans son ‚Essai sur les fictions' elle dit: ‚J'aime enfin qu'en
s'adressant à l'homme, on tire tous les grands effets du caractère de
l'homme; c'est là qu'est la source inépuisable dont le talent doit faire
sortir les émotions profondes ou terribles; et les enfers du Dante ont
été moins (?) avant (?) les crimes sanguinaires dont nous venons d'être

---

1) Je crois me rappeler un passage où Napoléon parle de la mise en prose
de la ‚Divina Commedia' dont les Italiens étaient si mécontents; mais je n'ai pu
le retrouver dans le Mémorial de Sainte-Hélène.

2) Voici la plaisanterie de d'Estouteville: ‚Les premiers mots que me dit
feuë ma nourrice furent: l'Enfer, le Purgatoire et le Paradis. Je luy en demanday
l'explication; mais elle etoit trop vraye pour m'expliquer ce qu'elle ne sçavoit
pas. Elle m'adressa à son directeur, qui n'en sçavoit guere davantage, mais
qui, avec une sainte morgue, éluda de répondre à mes questions. Un sçavant
plus charitable m'a appris depuis que Dante Alighiery, noble florentin, le plus
infortuné des mortels, avoit donné, il y a 482 ans (?), une ample description
des lieux que je voulois connaître'.

3) E. Daniel, Essai sur la Divine Comédie (1873); Pacheu, De Dante
à Verlaine (1897).

les témoins⁽¹⁾). Corinne devait parler plus éloquemment et avec plus de connaissance; ses disciples de 1830 parleront avec plus de passion: la révolution elle-même n'avait pas vu naître ce lyrisme qu'elle devait plus tard inspirer plus d'une fois. Tout au plus, en Angleterre, dans le monde que fréquentaient les émigrés, entendait-on appliquer à la France la flétrissure que le chantre d'Ugolin avait adressée à Pise:

O Francia, Francia, vituperio della gente²).

Mais quand la tourmente passée permit aux Français de respirer et aux érudits d'écrire, Dante retrouva ses amateurs et ses critiques, et tout d'abord on vit paraître des ouvrages restés jusque là manuscrits. Car la „Divine Comédie‘ semble avoir occupé au XVIIIᵉ siècle certaines bonnes volontés qui n'allaient pas toujours jusqu'aux imprimeries. La traduction et l'étude de Dante étaient exceptionnellement le passe-temps d'un vieux général désœuvré comme Colbert d'Estouteville, ou de curieux intelligents, amateurs de littératures étrangères et de nouveautés: ces travaux étaient assez rares pour que dans „le Voyageur‘ de Madame de Genlis, un original, le vicomte de Melville, place au nombre des bizarreries qu'on lui attribue le fait d'avoir traduit en français un passage de Dante³). Les honnêtes gens avaient un grand empire sur les démangeaisons de traduire Dante ou d'en parler: l'abbé de Sade n'a jamais mis à exécution le projet qu'il forma d'être le biographe de l'Alighieri comme celui de Pétrarque⁴) (il savait dire à un critique que celui-ci n'était pas le premier poète de son pays); et Colbert d'Estouteville était mort depuis quarante ans quand sa traduction fut publiée par Sallior, en l'année 1796 (au IV de la République), où paraissait aussi „Jacques le Fataliste‘, écrit vingt-trois ans plus tôt. Sallior, en bon éditeur, dit bien du mal des précédentes traductions, et prétend notamment, avec une comparaison aussi maladroite que

---

1) Oeuvres complètes, Paris 1820, t. II, p. 182. Il y a évidemment une faute d'impression, ou une omission: „avant que‘, du texte imprimé, semble annoncer une phrase qui est peut-être oubliée par l'imprimeur. — Lady Blennerhassett semble avoir compris ce passage différemment, si c'est à lui qu'elle songe en disant (Frau von Staël, II, p. 255): „Die Verfasserin steht unter dem Eindruck von Ereignissen, die ihr, einer furchtbaren Wirklichkeit gegenüber, selbst die Höllenkreise des grossen Florentiners wie verblasste Schemen erscheinen lassen‘.

2) Inferno, XXXIII, 79; Journal and Correspondance of Miss Berry, I, 134, Forneron, Histoire des Emigrés, I, 214; Lady Blennerhassett, Frau von Staël, II, p. 165.

3) A. Lebreton, Rivarol p. 114.

4) Mémoires pour servir à l'histoire de la vie de Pétrarque, 1764, II, p. XXIV, et aussi p. VI.

sévère, que celle de Rivarol est ‚un chef-d'œuvre de Raphaël mal copié
par Boucher‘. Les dantophiles, d'ailleurs, paraissent n'être rien moins
qu'amis; déjà Moutonnet de Clairfons avait mis en garde contre les
manuscrits qui circulaient de l'ouvrage de Colbert d'Estouteville, et il
avait même avancé que Montesquieu parlait d'une manière désavanta-
geuse de cette traduction. Un éditeur inintelligent, qui reproduisait
en même temps la notice de Bullart et l'analyse du poème par Prévost
d'Exmes, un public indifférent, ou satisfait dans sa courte curiosité par
Rivarol, des critiques classiques impénitents, il n'en fallait pas tant
pour perdre la pauvre version, ‚plate et infidèle‘, disait Moutonnet,
‚inexacte et sans notes‘, dira Beuchot[1]). Il eût mieux valu pour la
gloire de Colbert d'Estouteville de ne pas sortir des manuscrits et des
bibliothèques des curieux amis. ‚Cette traduction, avouait Sallior, est
pour ainsi dire la préface d'une traduction plus digne de l'original‘.
Mais nul n'entendra se donner une pareille préface, et Artaud de
Montor et V. de Saint-Mauris ne rappelleront leur devancier Colbert
qu'avec dureté. Il était pourtant inutile de combattre un rival si complètement disparu, car l'éditeur de 1796, fâché du peu de succès de la
traduction, ‚prit le parti extrême d'anéantir tous les exemplaires qui lui
restaient; c'était presque toute l'édition‘[2]).

En ce temps-là, le critique déjà rencontré, Laharpe, faisait un
cours de littérature qu'il publia et qui est resté célèbre, et où il se
flattait d'embrasser toutes les productions de l'humanité éclairée.
Attentif surtout à son temps, il s'inquiète vivement du goût étrange et
paradoxal dont ses compatriotes sont pris pour les poètes barbares et
incultes, et du discrédit où menacent de tomber toutes les règles de
l'art. Et tout d'abord il entend bien montrer que l'art a ses règles
certaines, et confondre les impertinents qui exaltent le génie et le
prétendent indépendant de l'art. ‚Il n'y a point de sophismes[3]) que
l'on n'ait accumulés de nos jours à l'appui de ce paradoxe insensé.
On a cité des écrivains qui ont réussi, dit-on, sans connaître ou sans
observer les règles de l'art, tels que le Dante, Shakespeare, Milton, et
autres. C'est s'exprimer d'une manière très fausse. Le Dante et Milton
connaissaient les anciens, et s'ils se sont fait un nom avec des ouvrages
monstrueux, c'est parce qu'il y a dans ces monstres quelques belles
parties exécutées selon les principes‘. Le critique en est donc encore,
après Rivarol, au point de vue de 1759. Il ne peut toutefois, après
tous ces traducteurs et commentateurs dont il condamne la manie et
l'enthousiasme, ignorer l'intérêt des vieux auteurs au point de vue de

---

1) Biographie universelle, 1813 (Oelsner, p. 88).
2) Beuchot, ibid.
3) C'est ainsi qu'un dantologue italien de nos jours parle des ‚sophismes
de Voltaire et de Laharpe‘ (Giornale dantesco, I, 1894, p. 91).

l'histoire de la langue et de la littérature, et dans un discours prononcé en 1797 sur les lettres depuis la décadence romaine jusqu'à Louis XIV, il concède ceci[1]): „Deux hommes pourtant, avant que l'impression fût connue, furent assez heureux pour produire dans leur idiome naturel des ouvrages qui contribuèrent à le fixer, et que leur mérite réel a même transmis jusqu'à nous. Ce fut l'Italie qui eut cette gloire; ce qui prouve que sa langue est celle des langues modernes qui a été perfectionnée la première, et que ce fut le pays de l'Europe où, dans les temps de barbarie, il se conservait encore le plus d'esprit et de goût pour les arts. Ces deux hommes furent [le] Dante et Pétrarque: l'un dans un poème d'ailleurs monstrueux, et rempli d'extravagances que la manie paradoxale de notre siècle a seule pu justifier et préconiser, a répandu une foule de beautés de style et d'expression, qui devaient être vivement senties par ses compatriotes, et même quelques morceaux assez généralement beaux pour être admirés par toutes les nations'. Laharpe ne démordait pas de son horreur des monstruosités, et en 1799, où parurent, après cinquante ans, les „Lettres familières écrites d'Italie'[2]) du président de Brosses, l'opinion du vieux magistrat ne devait nullement sembler démodée: Dupaty, en 1785, visite l'Italie sans s'occuper de Dante, et on pourrait croire que la connaissance du vieux poète n'avait pas fait un pas en ce demi-siècle, sans tout ce qui se passa depuis, et sans la réédition de Rivarol en 1785 et en 1788: une traduction française de Dante avait été imprimée à plusieurs reprises!

La révolution et les guerres de l'empire, secouant la France et l'Europe, mêlent les hommes et les littératures; les Français exilés ou envahisseurs apprennent les langues étrangères, et bientôt sauront goûter autre chose que leurs chefs-d'œuvre classiques[3]). Parmi tant de découvertes faites au cours de ces aventures, et dont l'action devait apparaître sous la Restauration, la littérature italienne n'a pas eu autant de place que celles du Nord, mais Dante trouve pourtant accès auprès de plus d'un Français errant. C'est à Hambourg que Rivarol recommande l'Enfer à Chênedollé, qui s'en souviendra dans une ode enthousiaste en 1813; Ginguené, en 1797, est envoyé par le Directoire comme ministre à Turin; c'est à Florence que le chargé d'affaires de France, Artaud de Montor, en 1805, commence à lire en italien la

---

1) Lycée, (éd. de l'an VII, Paris, Agasse), t. IV, p. 33; „Les notions sur l'art d'écrire', où il attaque les „sophismes', sont au t. I, p. 6.

2) Les „Lettres' ont été rééditées plusieurs fois depuis; l'édition de 1799 fut désavouée par les héritiers du président.

3) M. Faguet (Petit de Julleville, VII, p. 656) dit de Fauriel: „Personne ne connut mieux les littératures étrangères que cet officier des armées de la République, et ce secrétaire de Fouché'.

‚Commedia' avec le secours d'habiles Florentins, c'est à la suite de son voyage en Italie et de ses relations avec Monti que Mme de Staël célébrera l'Homère des temps modernes. La guerre, disait Joubert, est aussi un commerce qui rapproche les peuples: et dans le temps où Monti lui-même chantait dans la même déclamation l'Italie, Dante et Napoléon, les Français devaient bien témoigner un intérêt nouveau à la langue de *si* et à son plus illustre auteur. Puis, à mesure qu'augmentent les connaissances étrangères, les plus grands champions du classicisme vieillissent et disparaissent. Si Rivarol est mort trop tôt (1801), Laharpe ne lui a guère survécu (1803), et déjà Chateaubriand, qui prononce l'éloge funèbre de Laharpe, a ouvert une phase nouvelle de la littérature française. On peut suivre d'année en année les progrès de Dante et la décrépitude du classicisme.

En l'an VIII de la République (1800), Mme de Staël[1]) écrivait ‚De la littérature considérée dans ses rapports avec les institutions sociales', et consacrait à peine quelques lignes rapides à Dante: ‚Le Dante ayant joué, comme Machiavel, un rôle au milieu des troubles civils de son pays, a montré, dans quelques morceaux de son poème, une énergie qui n'a rien d'analogue avec la littérature de son temps; mais les défauts sans nombre qu'on peut lui reprocher sont, sans doute, le tort de son siècle'[2]). Mme de Staël croit encore que ce n'est que sous Léon X qu'on a commencé à|bien écrire. C'était, de sa part, ignorance plutôt que prévention. Il est peut-être inutile de rappeler que pareille opinion avait des excuses dans l'âge précédent, et même chez des Italiens du XVIIIe siècle, ou de remarquer que ‚Mme de Staël, un peu gênée peut-être par son protestantisme, a à peine osé entreprendre la réintégration de l'idéal chrétien dans ses droits sur le sentiment et sur l'imagination'[3]). Mme de Staël, dès cette époque (mais surtout plus tard), en sait autant qu'homme de France sur l'importance des littératures étrangères: elle vient de cette Suisse qui a si souvent initié la France à la connaissance des étrangers, et notamment de Dante, depuis l'auteur de ‚l'Allemagne' et Louis Bridel jusqu'à Marc Monnier et M. Ed. Rod. Mais Dante est le point faible de son information jusqu'en 1805.

En 1801, l'italien entrait dans l'enseignement universitaire[4]), et bientôt, à sa suite, Dante avec Ginguené. Les campagnes d'Italie avaient, semble-t-il, excité l'intérêt des vainqueurs pour le passé et les

---

1) Voir Ch. Dejob, Mme de Staël et l'Italie (Paris, Colin, 1890), p. VI, p. 26, 56, 58, 81—84,

2) De la littérature, I, 10.

3) F. Brunetière, Evolution des genres, p. 181.

4) H. Topin, Dante en France, ses éditeurs et ses traducteurs (Il bibliofilo, 1882, p. 117—120).

chefs-d'œuvre de la péninsule. En 1802 et 1803, Fantin des Odoards
publie à Paris sa volumineuse et insignifiante ‚Histoire d'Italie depuis
la chute de la république romaine jusqu'aux premières années du XIXe
siècle‘, et de 1802 à 1806, Ginguené fait à l'Athénée de Paris un cours
très suivi de littérature italienne; en 1806 il lira les premiers chapitres
de son ‚Histoire littéraire d'Italie‘ à l'Institut. Comme il a étudié les
choses qu'il enseigne, ce descendant de Boileau et de Voltaire, malgré
tous ses préjugés, sait la place immense que le ‚gran padre‘ occupe
dans l'histoire de sa patrie et des littératures en général, il sait que
c'est ‚un de ces hommes qui suffisent pour illustrer un siècle, une
nation et toute une littérature‘. ‚Il est temps, dit-il, de le montrer lui-
même, et de nous élever avec lui jusqu'aux hauteurs du Parnasse
italien, dont les poètes qui l'ont précédé n'occupèrent que les avenues.
Il y marcha quelque temps avec eux; mais au milieu de sa carrière il
prit un vol inattendu, et s'élança jusqu'au sommet, où aucun de ses
rivaux n'a pu l'atteindre‘[1]). Bien informé de tout ce qu'on savait alors,
et notamment des travaux italiens, Ginguené expose consciencieusement
la vie et les ouvrages de Dante, et son cas montre tout ce que pouvait
en cette matière un voltairien classique et instruit: ‚L'idée générale
d'un poème dont toute l'action se borne à une espèce de voyage dans
l'Enfer, dans le Purgatoire et dans le Paradis, est nécessairement triste,
et paraît au premier coup d'œil trop différente des sujets traités par
tous les autres grands poètes; mais en convenant de cette tristesse et
de cette différence, le judicieux Denina soutient que cette idée ne
pouvait être plus heureuse si l'on considère les temps où Dante écrivait.
J'en suis fâché pour les admirateurs de ces temps et pour ceux qui,
dès que l'on exprime ou son indignation ou son mépris pour les opinions
et les pratiques superstitieuses, crient que c'est la religion qu'on attaque;
mais voici les propres expressions de ce très religieux et très sage
écrivain. ‚Alors, dit-il, à la crédulité la plus universelle et la plus
profonde se joignaient toutes sortes de vices et de crimes publics et
particuliers. Dante ne pouvait donc manquer de sujets célèbres
à représenter dans les scènes de son poème. La superstition dominante
donnait à ses fictions la plus grande probabilité‘. Après avoir, en
parlant de l'invention, rapproché et comparé Homère et Dante, Ginguené
est frappé des difficultés nombreuses qui se présentèrent au poète

---

1) Histoire littéraire d'Italie, 1e partie, chap. VII. La partie consacrée
à Dante fut publiée en 1811 (1811 à 1819, première éd. à Paris; reproduite
à Milan, 1820). C'est aussi à Ginguené qu'est dû l'article ‚Dante‘ de la Biographie universelle, ancienne et moderne, t. X. — Les réflexions de Ginguené
sur le chant VI de l'Enfer, ‚épisode si dégoûtant et si commun‘, (chap. VIII,
section II), ont été relevées par un Allemand (Abeken, Urteil eines französischen
Kritikers über Inf. VI, dans ses Beiträge, 1826).

moderne: ‚Des croyances abstraites, et peu ˌfaites pour frapper l'imagination et les sens; tristes, et qui, selon l'expression très juste de Boileau,

D'ornements égayés ne sont point susceptibles;

terribles, comme il le dit encore, et qui tenaient les esprits fixés presque toujours sur des images de supplices, d'épouvante et de désespoir, avaient pris la place des ingénieuses et poétiques fictions de la mythologie. Ces croyances étaient devenues l'objet d'une science subtile et compliquée, où notre poète avait le malheur d'être si habile, qu'il y avait obtenu la palme dans l'université même qui l'emportait sur toutes les autres. La morale des premiers siècles de la philosophie, ni celle des premiers siècles du christianisme, la morale d'Homère, ni celle de l'Evangile n'existaient plus; des pratiques superstitieuses, de vétilleuses momeries, qui ne pouvaient être ni la source ni l'expression d'aucune vertu grande et utile, et qui, par l'abus des pardons et des indulgences, s'accordaient avec tous les vices, tenaient lieu de toutes les vertus. C'est dans ces circonstances, c'est avec ces matériaux si différents de ceux qu'avait employés le prince des poètes, que Dante conçut le dessein d'élever un monument qui frappe l'imagination par sa hardiesse, et l'étonne par sa grandeur‘. Ginguené apprit beaucoup de choses aux gens du monde; cité avec respect par Sismondi, il est vraiment, pour les premières années du siècle, le révélateur de l'ancienne poésie italienne, et c'est peut-être son influence qu'on retrouvera chez un classique enthousiaste de Dante, Népomucène Lemercier.

Mais un bien autre homme avait paru à l'horizon du siècle, et, secouant tout le philosophisme, avait réhabilité le moyen âge, l'art gothique, et la poésie chrétienne, en même temps qu'il créait une mélancolie passionnée qu'on aimera de retrouver, à tort ou à raison, chez les grands poètes d'autrefois. En 1802, alors que ‚Delphine‘, de Mme de Staël, se souvenait seulement du *Lasciate ogni speranza* pour l'appliquer au mariage malheureux, le ‚Génie du christianisme‘, dont Rivarol avait encore eu le temps de voir et d'admirer les premières pages, exposait dans sa seconde partie ‚la poétique du christianisme‘. Voilà, semble-t-il, un domaine où Dante devait être le poète souverain. Mais Chateaubriand[1]) n'a pu se dégager de son éducation classique, de ses préjugés de goût, et ses lectures sont trop incomplètes. Il citera plus tard Dante avec plus de complaisance, et, sans doute, après l'avoir mieux lu. Ici, il n'est guère que l'élève de Rivarol et de Voltaire, quand, dans son livre I, au chapitre II (Vue générale des poèmes où

---

1) Voir U. Mengin, l'Italie des romantiques, p. 3 et passim; Petit de Julleville, Hist. de la l. et de la litt. fr., VII, 24 et 26; Ch. de Beaurepaire, o. c., p. 8; Pacheu, De Dante à Verlaine; L. Bertrand, La fin du classicisme (Paris, Hachette, 1897, thèse), p. 350 et n. 4.

le merveilleux du christianisme remplace la mythologie), il examine
„l'Enfer du Dante; la „Jérusalem délivrée': „Sans rechercher quelques
poèmes écrits dans un latin barbare, le premier ouvrage qui s'offre
à nous est la „Divina Commedia' du Dante. Les beautés de cette
production bizarre découlent presque entièrement du christianisme; ses
défauts tiennent au siècle et au mauvais goût de l'auteur. Dans le
pathétique et dans le terrible, le Dante a peut-être égalé les plus grands
poètes. Nous reviendrons sur les détails'. Il est pitoyable de voir
l'apôtre du poético-christianisme ne voir la poésie et notamment l'épopée qu'à travers des classifications et des préceptes dignes du Père
Bouhours. Après ce chapitre que nous venons de citer (et où il
regrette la mort de Malfilâtre avec autant de componction que le
mauvais goût de Dante), il est revenu, comme il l'annonçait, sur les
détails. Le chapitre III, consacré au „Paradis perdu', commence ainsi:
„On peut reprocher au Paradis perdu de Milton, ainsi qu'à l'Enfer du
Dante, le défaut dont nous avons parlé: le merveilleux est le sujet
et non la machine de l'ouvrage; mais on y trouve des beautés
supérieures, qui tiennent essentiellement à notre religion'. Dante a de
ci de là un petit coin dans les catégories, divisions et subdivisions
du dissertateur, qui essaie de raccrocher le christianisme aux „machines',
au „merveilleux', aux „êtres surnaturels', que Chapelain et Laharpe
ont recommandés comme ingrédients de l'épopée. Au chapitre IX du
livre quatrième, „le caractère de Satan' est étudié au point de vue des
ressources qu'il offre aux braves poètes chrétiens; c'est naturellement
du Satan de Milton qu'il s'agit: „Avant le poète anglais, le Dante et
le Tasse avaient peint le monarque de l'Enfer. L'imagination du
Dante, épuisée par neuf cercles de tortures, n'a fait de Satan enclavé
au centre de la terre qu'un monstre odieux; le Tasse, en lui donnant
des cornes, l'a presque rendu ridicule. Entraîné par ces autorités,
Milton a eu un moment le mauvais goût de mesurer son Satan; mais
il se relève bientôt d'une manière sublime'. Chateaubriand admire au
moins l'inscription de la porte de l'enfer, ces vers harmonieux que „leur
beauté mille fois citée, dit Ginguené, a rendus en quelque sorte com-
muns à toutes les langues'. Le chapitre XIV du livre quatrième, dans
le „Génie', est consacré à un parallèle de l'Enfer et du Tartare, de
Dante et de Virgile: „Le Dante, comme Enée, erre d'abord dans une
forêt qui cache l'entrée de son enfer; rien n'est plus effrayant que
cette solitude. Bientôt il arrive à la porte, où se lit la fameuse
inscription:

> Per me si va nella città dolente,
> Per me si va nell' eterno dolore:
> Per me si va tra la perduta gente.
>
> . . . .
>
> Lasciate ogni speranza, voi ch' entrate.

Voilà précisément la même sorte de beautés que dans le poète latin.
Toute oreille sera frappée de la cadence monotone de ces rimes re-
doublées, où semble retentir et expirer cet éternel cri de douleur qui
remonte du fond de l'abîme. Dans les trois *per me si va* on croit
entendre le glas de l'agonie du chrétien. Le *lasciate ogni speranza* est
comparable au plus grand trait de l'Enfer de Virgile'. Outre ce trait
célèbre, l'apologiste connaît, comme tout le monde, l'épisode de Francesca (il regrette sans doute, comme Rivarol, que de pareils épisodes
ne soient pas plus nombreux), et il éprouve pour l'histoire d'Ugolin un
intérêt qu'il exprimera encore ailleurs. Après avoir suivi Enée au
champ des larmes, *lugentes campi*, où est Didon, Chateaubriand reprend:
Ce morceau est d'un goût exquis; mais le Dante est peut-être aussi
touchant dans la peinture des c a m p a g n e s d e s p l e u r s. Virgile
a placé les amants au milieu des bois de myrtes et dans des allées
solitaires; le Dante a jeté les siens dans un air vague et parmi des
tempêtes qui les entraînent éternellement: l'un a donné pour punition
à l'amour ses propres rêveries, l'autre en a cherché le supplice dans
l'image des désordres que cette passion fait naître. Le Dante arrête
un couple malheureux au milieu d'un tourbillon: Françoise de Rimini,
interrogée par le poète, lui raconte ses malheurs et son amour':

Noi leggevamo, etc.

Nous lisions un jour . . .' — Chateaubriand emprunte la traduction de
Rivarol non sans ajouter en note: ,Si toutefois nous osions proposer
nos doutes, peut-être que ce tour élégant, n o u s l a i s s â m e s é c h a p p e r
l e l i v r e p a r q u i n o u s f u t r é v é l é l e m y s t è r e d e l'a m o u r, ne
rend pas tout à fait la naïveté de ce vers:

Quel giorno piu non vi leggemmo avante'. —

,Quelle simplicité admirable dans le récit de Françoise! quelle délicatesse dans le trait qui le termine! Virgile n'est pas plus chaste dans
le quatrième livre de l'Enéide, lorsque Junon donne le signal, *dant
signum*. C'est encore au christianisme que ce morceau doit une partie
de son pathétique; Françoise est punie pour n'avoir pas su résister
à son amour, et pour avoir trompé la foi conjugale: la justice inflexible de la religion contraste avec la pitié que l'on ressent pour une
faible femme'. Le parallèle continuant entre Virgile et Dante, Chateaubriand oppose Ugolin à Déiphobe: ,Son histoire est intéressante, mais
le seul nom d'Ugolin rappelle un morceau fort supérieur. On conçoit
que Voltaire n'ait vu dans les feux d'un enfer chrétien que des objets
burlesques; cependant ne vaut-il pas mieux pour le poète y trouver
le comte Ugolin, et matière à des vers aussi beaux, à des épisodes
aussi tragiques?' Quoique, dans le chapitre précédent (chapitre XIII,
L'enfer chrétien), il trouve que ,ni le Dante, ni le Tasse, ni Milton,
ne sont parfaits dans la peinture des lieux de douleur', et qu'il regrette,

devant ‚quelques morceaux excellents échappés à ces grands maîtres‘,
que ‚toutes les parties du tableau n'aient pas été retouchées avec le
même soin‘, il termine son parallèle de l'Enfer et du Tartare en célé-
brant dignement l'horreur dantesque: ‚Voulez-vous être remué; voulez-
vous savoir jusqu'où l'imagination de la douleur peut s'étendre: voulez-
vous connaître la poésie des tortures et les hymnes de la chair et du
sang, descendez dans l'Enfer du Dante. Ici, des ombres sont ballottées
par les tourbillons d'une tempête; là, des sépulcres embrasés renferment
les fauteurs de l'hérésie. Les tyrans sont plongés dans un fleuve de
sang tiède; les suicides, qui ont dédaigné la noble nature de l'homme,
ont rétrogradé vers la plante: ils sont transformés en arbres rachitiques
qui croissent dans un sable brûlant, et dont les harpies arrachent sans
cesse des rameaux. Ces âmes ne reprendront point leurs corps au
jour de la résurrection; elles les traîneront dans l'affreuse forêt pour
les suspendre aux branches de arbres auxquelles elles sont attachées.
Si l'on dit qu'un auteur grec ou romain eût pu faire un Tartare aussi
formidable que l'Enfer du Dante, cela d'abord ne conclurait rien contre
les moyens poétiques de la religion chrétienne; mais il suffit d'ailleurs
d'avoir quelque connaissance du génie de l'antiquité pour convenir que
le ton sombre de l'Enfer du Dante ne se trouve point dans la théologie
païenne, et qu'il appartient aux dogmes menaçants de notre foi‘. Le
ton sombre de l'Enfer, c'est ce que les romantiques admireront surtout
dans la ‚Divine Comédie‘, et c'est par là seulement que celle-ci sera
populaire en France: Rivarol, dont la traduction a eu, en cent vingt
ans, une centaine de milliers d'exemplaires, semble avoir trouvé la
mesure moyenne des facultés dantesques de ses compatriotes. Il paraît
faire toute la science du ‚Génie du christianisme‘, où le chapitre (XV)
du Purgatoire ne souffle mot du ‚Purgatorio‘, et où celui du Paradis
(XVI) constate avec déception l'impuissance qu'on avait sentie déjà, et
dont souffriront encore les romantiques: ‚Il est pourtant extraordinaire
qu'avec tant d'avantages les poètes chrétiens aient échoué dans la
peinture du ciel. Les uns ont péché par timidité, comme le Tasse et
Milton; les autres par fatigue comme le Dante; par philosophie, comme Voltaire; ou par abondance, comme Klopstock‘.
Par fatigue! c'est par là sans doute que Chateaubriand
péchait, si tant est qu'il eût essayé de déchiffrer le ‚Paradiso‘, et qu'il
eût jamais feuilleté autre chose que l'Enfer de Rivarol. Mais son
péché fut celui de bien d'autres, et il en a cherché les causes à peu
près dans le même sens que plus tard Théophile Gautier: ‚Il est de
la nature de l'homme de ne sympathiser qu'avec les choses qui ont
des rapports avec lui, et qui le saisissent par un certain côté, tel, par
exemple, que le malheur. Le ciel, où règne une félicité sans bornes,
est trop au-dessus de la condition humaine pour que l'âme soit fort

touchée du bonheur des élus: on ne s'intéresse guère à des êtres parfaitement heureux. C'est pourquoi les poètes ont mieux réussi dans la description des enfers'. Et Chateaubriand est pressé de passer à l'examen de l'Ecriture, ,la source où Milton, le Dante, le Tasse et Racine ont puisé une partie de leurs merveilles'. — L'auteur du ,Génie' devait être dépassé par tous les mouvements auxquels il avait donné l'impulsion, et ses disciples rompront les cadres et les règles où lui-même était entravé. Mais en son temps un éloge de l'Enfer de Dante au nom de l'art chrétien, n'était pas un appoint méprisable, car les parallèles qu'on faisait alors entre le poète mantouan et le toscan n'étaient pas toujours à l'avantage de ce dernier. Delille, en traduisant l',Enéide', avait dit dans une note du chant VI: ,Dante imite à sa manière dans son Enfer les belles fictions de Virgile; il place aussi les amants dans une plaine où l'on n'entend que des soupirs, et qui est toujours agitée par l'orage. Il est bon d'observer qu'un des poètes les plus originaux de l'Italie moderne, n'est le plus souvent qu'un imitateur bizarre de ce même Virgile, à qui certains critiques refusent le titre de poète original'. Ces paroles prouvent sans doute que Delille ne connaissait la ,Divine Comédie' que vaguement, mais elles montrent aussi le fétichisme classique qui s'opposait à tous les poètes modernes. Le même Delille connaissait bien, comme tout le monde, l'épisode d'Ugolin, et il s'en est inspiré à deux reprises dans son poème ,l'Imagination'[1]), commencé en 1785, fini en 1794, et publié en 1806. Dans le chant V (Les arts), parlant de l'épopée, et faisant défiler Homère, Virgile, Dante, Milton, l'Arioste, le Tasse, Ovide, Voltaire, il dit que l'imagination aime les temps de trouble, comme ceux où parut Dante:

> Cette divinité, vive et tumultueuse,
> Se plaît aux temps de trouble; ils animent ses jeux;
> Et, comme un feu brûlant part d'un ciel orageux,
> C'est du choc des partis qu'elle sort plus ardente:
> Ainsi naquit Milton, ainsi parut le Dante;
> Le Dante, qui mêla, dans sa vie et ses vers,
> Les beautés, les défauts, les succès, les revers;
> Qui monte, qui descend, inégal, mais sublime,
> Du noir abîme aux cieux, des cieux au noir abîme.
> D'une affreuse beauté son style étincelant
> Est comme son enfer, profond, sombre et brûlant[2]).

---

1) Un poète milanais, un peu plus tôt, avait aussi parlé de Dante dans un poème sur l'imagination (C. del Balzo, Poesie di mille autori, VII, 261). Il est d'ailleurs invraisemblable que Delille ait connu cette poésie en patois: le sujet évoquait naturellement Dante.

2) Ces deux derniers vers servent d'épigraphe à l'Ode que Chênedollé (1813) consacre à Dante.

Soit qu'aux portes du gouffre où règne la vengeance,
Il écrive ces mots: ICI PLUS D'ESPERANCE:
Soit que du noir cachot où rugit Ugolin,
Au milieu de ses fils qui demandent du pain,
Et dont un feu cruel dévore les entrailles,
Il ferme sans retour les fatales murailles
Où l'affreux désespoir se renferme avec eux:
Ah! de quels traits il peint ce père malheureux,
Ses soupirs étouffés, son horrible constance,
Cette douleur sans larme et ce morne silence,
Tandis que l'un sur l'autre il voit tomber ses fils!
O murs! écroulez-vous à ces affreux récits!
Non, Oreste fuyant les déesses sévères,
Ces scènes qui hâtaient l'enfantement des mères,
N'effrayaient point autant l'oreille ni les yeux[1]).

La citation est un peu longue, mais on ne pourrait dire mieux ce qu'un
grand poète (car Delille passait pour tel) savait et pensait de la
‚Divine Comédie‘ en cette fin du classicisme. Les notes historiques et
littéraires qu'Esménard ajoute au poème de ‚l'Imagination‘ complètent
le tableau des connaissances dantesques en 1806: à propos de ‚la fameuse inscription de la porte d'enfer‘ (qui est en effet généralement
connue, et qui fut traduite notamment par L. Carnot[2]) il reproduit le
texte original et l'adaptation de Rivarol:

C'est moi qui vis tomber les légions rebelles . . .,

en remarquant: ‚Cette imitation rend très faiblement l'harmonie sourde,
et conserve à peine les formes pittoresques de l'original, elle est bien
loin de satisfaire l'oreille et le goût de ceux qui connaissent la
poésie italienne, ce qui est beaucoup plus rare que d'entendre et
de parler la langue vulgaire de l'Italie; mais elle suffit pour donner
une idée de ce passage du Dante, regardé partout comme le modèle
d'une précision effrayante et d'un sublime profond et ténébreux, comme
le sujet de son poème‘. Pour Delille comme pour Esménard, et bientôt
pour Talairat, Dante est surtout le chantre d'Ugolin et de l'horreur, et
déjà dans le chant IV (Impression des lieux), l'auteur de ‚l'Imagination‘,
décrivant les tourments d'un jeune homme égaré dans les catacombes, s'écrie:

O toi qui d'Ugolin traças l'affreux tableau,
Terrible Dante, viens, prête-moi ton pinceau,
Prête-moi tes couleurs; peins, dans ces noirs dédales,
Dans la profonde horreur des ombres sépulcrales,
Ce malheureux qui compte un siècle par instants . . .[3]).

A quoi le scholiaste, racontant l'épisode du XXXIIIe chant de l'Enfer,
ajoute, se ressentant toujours de Rivarol: ‚C'est un des plus beaux

1) L'Imagination, poème en huit chants, t. II (1806), p. 37—38.
2) Teza, Dantiana, dans ‚Il propugnatore‘, 1890, t. III, p. 232.
3) Ibid., t. I, p. 238.

morceaux de la poésie italienne, et peut-être celui qui a fixé le rang
de ce grand poète; il est du moins vraisemblable qu'il serait peu lu,
quoiqu'il soit le créateur d'une langue, si son poème n'était consacré
par deux ou trois épisodes, tels que ceux du comte Ugolin et de Françoise de Rimini'. Le même Esménard, en 1805, dans son poème 'La
Navigation', au chant V, racontait le malheur de Souza naufragé, avec
sa femme et ses enfants, et mourant chez les Cafres impitoyables, et il
avait invoqué, comme Delille, le poète de l'horreur:

> O toi qui fis parler le spectre d'Ugolin,
> Qui nous montras ses fils, épuisés par la faim,
> Collant leur bouche avide à ses mains paternelles,
> Et voulant de leurs corps nourrir ses dents cruelles,
> Lui-même de ses bras leur offrant les lambeaux,
> O peintre de l'Enfer, prête-moi tes pinceaux!
> Du moins, dans les accès de sa faim dévorante,
> Ugolin sous ses yeux n'avait pas son amante.

Non seulement Dante est avant tout l'auteur d'Ugolin, mais les histoires
horribles et tragiques paraissent, aux yeux de Delille et d'Esménard,
la caractéristique de l'Italie; et le pays qui deux siècles plus tôt avait
révélé la grâce, la beauté, le charme de la vie cultivée et élégante et
des formes harmonieuses, est pour l'auteur de 'l'Imagination' la patrie
des fureurs implacables:

> La mémoire nourrit les passions terribles,
> Surtout dans ces climats, dont les âpres chaleurs,
> Ainsi que les poisons, exaltent les fureurs.
> Là, par l'homme superbe une injure endurée
> Descend profondément dans son âme ulcérée . . . '[1]).

La note d'Esménard commente ce passage comme suit: 'L'histoire
moderne de l'Italie offre une foule d'exemples de ces vengeances implacables. Les querelles des Guelfes et des Gibelins, les discordes
entre les villes voisines, les haines héréditaires de familles y remplissent les annales du moyen âge de crimes atroces, enfantés par des
passions ardentes qu'exaltait encore la chaleur du climat. Quelques-
unes de ces aventures funestes ont fourni à la poésie des tableaux
d'une effrayante beauté: telle est celle du comte Ugolin, au trente-
troisième chant du Dante, et celle des Capulet et des Montaigu, qui
a produit la tragédie de Roméo et Juliette'. Voilà donc que dans
la mémoire des rimailleurs Dante et Shakespeare ont jeté leur ombre
sur la patrie de Virgile et de Pétrarque; le traducteur des 'Géorgiques'
et de l''Enéide' a vécu à Londres et est devenu le traducteur de
Milton, et il se souvient d'une inscription formidable ou d'un épisode

---

1) Ibid., t. I, p. 81, et note, p. 113—114.

terrible de la ‚Commedia‘. Celle-ci avait parfois un autre ton, et déjà
la note d'Esménard plaçait, après Rivarol, l'histoire de Francesca parmi
les traits les plus connus.

Les traducteurs commençaient à sentir, après Chateaubriand, le
charme touchant et mélancolique du Ve chant de l'Enfer, et Carion
de Nizas en donne une adaptation dans le ‚Moniteur universel‘[1]) du
6 mai 1805. Malheureusement, Louis Bridel n'a que trop raison de lui
dire, fort poliment: ‚Votre style fleuri et léger dénature votre original,
au point que sa physionomie vénérable, antique, j'allais presque dire
patriarcale, en est devenue entièrement méconnaissable. C'est l'Albane
imitant une esquisse de Michel-Ange‘[2]) (Bridel est trop aimable, mais
il touche plus juste que Sallior). On ne s'explique pas que Bridel
admire le style de Carion, à défaut de son talent de traducteur,
quand on voit ce Carion défigurer lamentablement les paroles de
Francesca:

> Les pleurs qu'on donne aux maux d'un misérable
> Semblent peut-être en alléger le poids;
> Et cependant c'est rouvrir la blessure
> D'un tendre cœur; les regrets superflus,
> Les souvenirs d'un bonheur qui n'est plus,
> Ne font qu'aigrir la peine qu'on endure.

Le classicisme soit loué d'avoir épargné à Dante beaucoup de pareils
paraphrastes! Bridel, qui vit les défauts de Carion, mais qui ne savait
pas écrire, vante fort dans sa lettre ‚la douceur et la mélancolie de
l'anecdote de Françoise de Rimini‘, de même que ‚l'art de trouver la
fibre la plus secrète du cœur‘ que possède ‚Mr. de Chateau-Briant‘
à l'égal de ‚l'auteur de Clarisse Harlowe‘; doué d'une mémoire confuse et
incohérente, ce pauvre Bridel regrette seulement que Dante ait si peu
d'épisodes de Francesca et d'Ugolin, qu'il soit si obscur, et qu',il ait
oublié qu'il écrivait pour la postérité‘! Voici comment Bridel, joignant
l'exemple au précepte, et traduisant à son tour le chant V, met à mal
le célèbre passage:

> Françoise a répondu: Quand on est malheureux,
> Il n'est pas de tourment, crois-moi, plus douloureux,
> Que de renouveler la mémoire effacée
> D'une félicité trop promptement passée!
> Un sage te l'apprit.

Bridel estimait qu'un poète comme Dante devrait être mieux connu
en France. Pour en traduire les morceaux terribles (et notamment le

---

1) Gazette nationale, ou le Moniteur universel.

2) ‚Ou de Salvator Rosa‘, ajoute Bridel, p. 11 (Lettre de L. Bridel à Carion
de Nizas sur la manière de traduire Dante, avec la traduction du chant V de
l'Enfer de Bridel, et celle de Carion de Nizas, Bâle 1805).

XXXIII° chant), ,il faut, disait-il, une touche fière et terrible, un pinceau sombre, hardi, vigoureux'. Selon lui, l'homme tout désigné était, en vers, Delille; en prose, Chateaubriand. Mais ni l'un ni l'autre n'entreprirent cette besogne; et c'est Milton, plus moderne et plus raisonnable, que tous deux traduiront à trente ans d'intervalle.

Mais le voyage d'Italie, qui fut tant de fois la révélation de la poésie pour les Français, depuis du Bellay jusqu'à Lamartine, avait, de façons diverses, sollicité et entraîné les deux initiateurs du romantisme[1]). Chateaubriand faisant l'ascension du Vésuve se rappelait les sables brûlants décrits au quatorzième chant de l'Enfer, ,où des flammes éternelles descendent lentement et en silence, *come di neve in Alpe senza vento*[2]). Mme de Staël, moins paysagiste que l'auteur d',Atala', s'initiait à la connaissance de Dante avec plus de passion. Elle trouvait dans l'amitié de Monti l'avantage d'entendre lire l'épisode de Francesca et celui d'Ugolin de façon dramatique[3]), et elle commençait à sentir le poème sacré avec un cœur italien plein de tous les grands poètes. Le 23 juin 1805, elle écrit à son grandiloquent ami: 'J'étudie le Dante avec ardeur, pour qu'à votre arrivée à Coppet vous me trouviez plus avancée encore dans l'italien; je vais commencer aussi cet ouvrage sur l'Italie, qui doit me mériter votre pardon'. Cet ouvrage fut un chef-d'œuvre, ,Corinne' (1807), où, mêlant l'histoire de l'improvisatrice Corilla'), ses propres sentiments et tous ses souvenirs, Mme de Staël exprima avec le plus de force ses passions, ses rêves littéraires et l'admiration de Dante. Jamais un roman français n'a si éloquem-

---

1) Le fils de Mme de Staël (Oeuvres de Mme de Staël, Paris 1821, t. XV, p. 128 dira du voyage de sa mère: ,Le beau ciel de Naples, les souvenirs de l'antiquité, les chefs-d'œuvre de l'art lui ouvrirent des sources de jouissances qui lui étaient restées inconnues jusqu'alors; son âme, accablée par la tristesse, sembla revivre à ces impressions nouvelles, et elle retrouva la force de penser et d'écrire. Elle revint d'Italie dans l'été de 1805, et passa une année, soit à Coppet, soit à Genève, où plusieurs de ses amis se trouvaient réunis. Pendant ce temps elle commença à écrire Corinne'.

2) Il cite longuement les vers 7—13: arrivammo ad una landa . . . (U. Mengin, o. c., p. 15); Chateaubriand, Voyage en Italie; Le Vésuve, 5 janvier 1804 (Oeuvres, 1840, t. IV, p. 298); le 2 janvier (à Naples) Dante est cité parmi les gloires de l'Italie.

3) Corinne, t. I (1807), p. 423, note (3): ,Le célèbre Monti dit les vers comme il les fait. C'est véritablement un des plus grands plaisirs dramatiques que l'on puisse éprouver, que de l'entendre réciter l'épisode d'Ugolin, de Francesca di Rimini, la mort de Clorinde, etc.' On connaît le mot fameux d'après lequel Mme de Staël n'aurait aimé en Italie que la mer et Monti.

4) Dupaty (Lettres sur l'Italie en 1785, Rome et Paris 1788, t. I, p. 141: lettre XXIX) raconte la visite qu'il fit à ,cette célèbre improvisatrice, qui a été couronnée, il y a quelques années, au Capitole'.

ment célébré le vieux poète. Orso et miss Nevil, Philippe Dechartre
et la comtesse Martin, en 1840 dans ‚Colomba‘, en 1894 dans le ‚Lys
rouge‘, liront et commenteront encore la ‚Divine Comédie‘: nul héros
de roman n'est comparable sous ce rapport à Corinne, qui chante
l'hymne à Dante du romantisme à son premier éveil. Quel hymne,
quel auditoire, et quel décor! Corinne triomphante[1]), au Capitole,
improvise la louange de ‚la terre où les orangers fleurissent‘ et de ses
gloires poétiques, et elle parle du premier des poètes avec des accents
vibrants où elle s'est mise elle-même tout entière: ‚Le Dante, l'Homère
des temps modernes, poète sacré de nos mystères religieux, héros de
la pensée, plongea son génie dans le Styx pour aborder à l'enfer, et
son âme fut profonde comme les abîmes qu'il a décrits. L'Italie, aux
jours de sa puissance, revit tout entière dans le Dante. Animé par
l'esprit des républiques, guerrier aussi bien que poète, il souffle la
flamme des actions parmi les morts, et ses ombres ont une vie plus
forte que les vivants d'ici bas‘. Les ombres, ce sont surtout les deux
qui vont ensemble et qui paraissent si légères au vent: ‚Les souvenirs
de la terre les poursuivent encore; leurs passions sans but s'acharnent
à leur cœur; elles s'agitent sur le passé qui leur semble encore moins
irrévocable que leur éternel avenir‘. Et c'est la poésie elle-même que
l'héroïne admire en Dante, une poésie qui est déjà, comme plus tard
pour le chef du romantisme, l'écho sonore mis au centre de tout: ‚Les
magiques paroles de notre plus grand poète sont le prisme de l'univers;
toutes ses merveilles s'y réfléchissent‘. ‚A sa voix tout sur la terre se
change en poésie‘. En même temps qu'elle interprète habilement le
triple poème, et spécialement l'enfer, en même temps qu'elle définit et
découvre la couleur toscane des régions de l'au delà et l'âme souffrante
du Florentin exilé, on dirait que déjà, comme feront ses disciples vers
1830, Mme de Staël cherche à se retrouver et à se mirer dans le portrait de Dante: elle aussi est exilée, elle aussi espère en sa gloire
littéraire[2]): ‚On dirait que le Dante, banni de son pays, a transporté
dans les régions imaginaires les peines qui le dévoraient. Ses ombres

---

1) Corinne, II, 3. — Dejob, Mme de Staël et l'Italie, p. 82—84; A. Wahl,
compte rendu de P. Gautier, Mme de Staël et Napoléon, dans la Deutsche
Literaturzeitung, 6 juin 1903, col. 1421; H. Topin, dans ‚Il bibliofilo‘ 1882,
p. 117, n. 2; Paul Gautier, Mme de Staël et Napoléon, (Paris, Plon, 1902,
thèse) chap. XII et XIII; Blennerhassett (lady), Frau von Stael, t. III
(Berlin, 1889), p. 127.

2) Elle espère, quelques jours après la publication de ‚Corinne‘, que le
gouvernement impérial va ‚adoucir sa triste situation‘ (lettre du 5 mai 1807
à Mme Récamier): P. Gautier, Mme de Staël et Napoléon (Paris, Plon 1902,
thèse), p. 193. Dans sa lettre du 10 avril 1807 à Camille Jordan, elle rapproche
sa douleur de celle de Dante et de Cicéron (Sainte-Beuve, Nouveaux lundis,
XII; Blennerhassett, III, 173).

demandent sans cesse des nouvelles de l'existence, comme le poète lui-même s'informe de sa patrie, et l'enfer s'offre à lui sous les couleurs de l'exil. Tout à ses yeux se revêt du costume de Florence. Les morts antiques qu'il évoque semblent renaître aussi toscans que lui; ce ne sont point les bornes de son esprit, c'est la force de son âme qui fait entrer l'univers dans le cercle de ses pensées'. Voici enfin les paroles en lesquelles Mme de Staël mêle ses sentiments à ceux de Dante par la bouche de Corinne: ,Le Dante espérait de son poëme la fin de son exil; il comptait sur la renommée pour médiateur; mais il mourut trop tôt pour recueillir les palmes de la patrie. Souvent la vie passagère de l'homme s'use dans les revers; et si la gloire triomphe, si l'on aborde enfin sur une plage plus heureuse, la tombe s'ouvre derrière le port'. Ces paroles où la grande initiatrice entoure la gloire de Dante de la mélancolie passionnée du siècle nouveau, ne sont pas les seules consacrées au vieux poète dans le célèbre roman: elle rencontre à Florence, dans l'église de Santa Croce, ,un tableau en l'honneur du Dante, comme si les Florentins, qui l'ont laissé périr dans le supplice de l'exil, pouvaient encore se vanter de sa gloire'[1]). Et n'est-ce pas Dante que la romanesque voyageuse croyait retrouver en Monti? Son illusion est d'autant plus excusable qu'elle était celle des Italiens eux-mêmes[2]), et que Manzoni, dans un quatrain fameux, conférait au poète ampoulé

,Di Dante il core e del suo duce il canto'.

,L'Aristodème de Monti, dit Corinne, a quelque chose du terrible pathé-tique du Dante . . . Le Dante, ce grand maître en tant de genres, possédait le génie tragique qui aurait produit le plus d'effet en Italie, si, de quelque manière, on pouvait l'adapter à la scène: car ce poëte sait peindre aux yeux ce qui se passe au fond de l'âme, et son imagi-nation fait sentir et voir la douleur. Si Le Dante avait écrit des tragédies, elles auraient frappé les enfants comme les hommes, la foule comme les esprits distingués'. Et comme Oswald est pénétré de l'idée de l'influence de la société sur la littérature, il réplique: ,Lorsque Le Dante vivait, les Italiens jouaient en Europe et chez eux un grand rôle politique . . .'[3]).

Mme de Staël a si bien lu Dante qu'elle se sert de la métaphore

1) Corinne, XVIII, 3. — Elle rappelle aussi l'épisode de Casella à propos du goût des Italiens pour la musique.

2) Blennerhassett, t. III, p. 101 et suiv.

3) Corinne, VII, 2. Dans le même chapitre, elle dit, un peu plus haut: ,La Mérope de Maffei, le Saül d'Alfieri, l'Aristodème de Monti, et surtout le poëme du Dante, bien que cet auteur n'ait point composé de tragédie, me semblent faits pour donner l'idée de ce que pourrait être l'art dramatique en Italie'. — Voir encore ,Corinne', IV, 4, X, 1 et 7.

des, manteaux de plomb‘ ¹). De plus, tout en peignant les splendeurs de l'Italie
antique et moderne, ‚Corinne‘ ne perd pas de vue la critique de la littérature française, l'étroitesse condamnable des préjugés classiques et
nationaux, ‚l'importance des poètes étrangers: l'entretien du comte
d'Erfeuil et des Anglais, c'est déjà la cause de Shakespeare contre
Racine, des barbares contre les classiques, c'est presque le programme
de ce que ‚l'Allemagne‘ recommandera de façon plus circonstanciée:
‚Il nous serait impossible, dit le comte d'Erfeuil, de supporter sur la
scène les inconséquences des Grecs, ni les monstruosités de Shakespeare; les Français ont un goût trop pur pour cela. Notre théâtre
est le modèle de la délicatesse et de l'élégance, c'est là ce qui le
distingue; et ce serait nous plonger dans la barbarie, que de vouloir
introduire rien d'étranger parmi nous. — Autant vaudrait, dit Corinne
en souriant, élever autour de vous la grande muraille de la Chine . . .
Nous qui sommes Italiens, notre génie dramatique perdrait beaucoup
à s'astreindre à des règles dont nous n'aurions pas l'honneur, et dont
nous souffririons la contrainte . . .‘ Ce qui se dit du drame se dira
bientôt de toute poésie, et la cause des Italiens, ce sera bientôt celle
des romantiques, c'est déjà celle des Anglais, et notamment de Shakespeare: et cela d'autant plus, ici, que ‚c'est un sujet italien que Roméo
et Juliette‘, et que ‚Shakespeare a écrit cette pièce avec cette imagination du midi tout à la fois si passionnée et si riante; cette imagination qui triomphe dans le bonheur, et qui passe si facilement, néanmoins, de ce bonheur au désespoir, et du désespoir à la mort‘ ²).

Enfin Mme de Staël a auprès d'elle Sismondi et Schlegel à l'époque où elle écrit ‚Corinne‘, qui parut dès 1807 à Berlin dans la traduction allemande de Friedrich Schlegel: et on sait que les Schlegel et
leur école, qui rempliront de leurs idées le livre ‚De l'Allemagne‘,
réclament, au nom de Dante et de Calderon, la première place pour
l'Italie et l'Espagne dans l'histoire des littératures modernes ³): c'est
encore Schlegel qui, dans les années de gloire du romantisme, parlera
des trécentistes aux lecteurs de la ‚Revue des deux mondes‘.

Le salon de Mme de Staël, où se rencontrèrent, outre tant d'étrangers,
Chênedollé, Fauriel, et bien d'autres, eût pu, pour un peu, devenir
pour le culte de Dante la chapelle que sera le Cénacle romantique.

---

1) Corinne, XIV, 1: ‚Non, mon cher Oswald, vous ne pouvez vous faire
une idée de la peine que j'éprouvai en entendant mon père parler ainsi. Je me
le rappelai plein de grâce et de vivacité, tel que je l'avais vu dans mon enfance, et je le voyais courbé maintenant sous ce manteau de plomb, que Le
Dante décrit dans l'enfer, et que la médiocrité jette sur les épaules de ceux
qui passent sous son joug‘.

2) Corinne, VII, 3.

3) Blennerhassett, Frau von Staël, III, p. 78.

‚Corinne' eut un grand succès, et une longue portée: plus d'un romantique préférera, comme Jules Lefèvre,

les pleurs de Corinne aux raisons de Platon[1]).

Corinne incarne Mme de Staël aux yeux de Lamartine enthousiaste, et le jeune poète de Mâcon a aspiré, de son propre aveu, le souffle de l'Italie dans ‚Corinne' avant de faire son voyage à Naples; Napoléon lui-même reprochera au fameux roman de ravaler les Français. Mais dans toutes les discussions qu'il soulève dès 1807, ce n'est pas l'éloge de Dante qu'on remarque le plus, et ce n'est pas la leçon que la critique en tire: même c'est un Français qu'on reconnaît aujourd'hui dans l'auteur d'un article hostile du ‚Giornale enciclopedico di Napoli', grâce en partie à ses gallicismes et à son jugement sur Dante, qu'il appelle ‚il Dante'[2]).

L'admiration grandissante de Mme de Staël pour les étrangers déplaisait fort au maître d'alors et aux puristes du classicisme irréductible. Dans le bon goût qui règne encore, Dante semble le poète de l'horreur sans frein, et Ducis, voulant refaire son Shakespeare de façon plus hardie, annonce à Talma qu'il va tremper sa plume dans ‚l'encrier de Dante'[3]).

Chateaubriand ayant à peindre l'Enfer dans ses ‚Martyrs' (1809), se souvient à peine de l'Enfer italien dont il avait parlé en phrases harmonieuses: ‚Au centre de l'abîme, au milieu d'un océan qui roule du sang et des larmes, s'élève parmi des rochers un noir château, ouvrage du désespoir et de la Mort. Une tempête éternelle gronde autour de ses créneaux menaçants, un arbre stérile est planté devant sa porte, et sur le donjon de ses tristes murs, repliés neuf fois sur eux-mêmes, flotte l'étendard de l'Orgueil à demi consumé par la foudre. Les démons, que les païens appellent les Parques, veillent à la barrière de ce palais ténébreux'[4]). A la fin du complot des démons, ‚on voit passer la troupe immonde à la lueur des fournaises ardentes, comme, dans une grotte souterraine, voltigent à la lumière d'un flambeau ces oiseaux douteux dont un insecte impur semble avoir tissu les ailes. Sous le vestibule du palais des enfers, devant un lit de fer où repose l'Eternité des douleurs, est suspendue une lampe: là brûle la flamme primitive de la colère céleste, qui alluma les brasiers éternels'. Mais les démons de Chateaubriand sont bien élevés, se comportent en gentlemen, et raisonnent comme des encyclopédistes. Quant

---

1) Jules Lefèvre-Deumier, Poésies (éd. 1844), p. 546. — Cf. déjà Chateaubriand, Mémoires d'outre-tombe, éd. Biré, t. V, p. 53.
2) Dejob, o. c., p. 120.
3) Lettre du 24 juin 1807 (Jusserand, Shakespeare en France, p. 351).
4) Les Martyrs, liv. VIII.

à son paradis, il se ressent encore moins de celui de Dante, puisque
l'auteur du ‚Génie‘ et des ‚Martyrs‘ le connaissait beaucoup moins que
l'‚Enfer‘ de Rivarol: ‚Au centre des mondes créés, au milieu des astres
innombrables qui lui servent de remparts, d'avenues et de chemins,
flotte cette immense cité de Dieu, dont la langue d'un mortel ne saurait
raconter les merveilles. L'Eternel en posa lui-même les douze fonde-
ments[1]. . . L'astre humide et tremblant qui précède les pas du matin;
cette autre planète qui paraît comme un diamant dans la chevelure
d'or du soleil; ce globe à la longue année qui ne marche qu'à la lueur
de quatre torches pâlissantes; cette terre en deuil qui, loin des rayons
du jour, porte un anneau ainsi qu'une veuve inconsolable; tous ces
flambeaux errants de la maison de l'homme, attirent les méditations des
élus. Enfin, les âmes prédestinées volent jusqu'à ces mondes dont les
étoiles sont les soleils, et elles entendent les concerts inconnus de la
Lyre et du Cygne célestes . . . Par delà le sanctuaire du Verbe
s'étendent sans fin des espaces de feu et de lumière. Le Père habite
au fond de ces abîmes de vie . . . L'esprit qui remonte et descend
sans cesse du Fils au Père, et du Père au Fils, s'unit avec eux dans
ces profondeurs impénétrables. Un triangle de feu paraît alors
à l'entrée du Saint des saints . . . O parole divine! quelle longue et
faible succession de temps et d'idées la parole humaine est obligée
d'employer pour te rendre! Tu fais tout voir, tout comprendre aux
élus dans un moment; et moi, ton indigne interprète, je développe
péniblement dans un langage de mort les mystères contenus dans un
langage de vie![2]. C'est de l'Ecriture sainte, du Tasse et de Milton
que s'inspirait l'auteur dans ce livre III des ‚Martyrs‘, qui fut le plus
critiqué[3], et que Chateaubriand mettait au premier rang de ses pages
heureuses. Quant au livre VIII et à l'enfer qu'il dépeint, ‚s'il

---

1) La paraphrase de l'inscription de la porte de l'enfer, par Rivarol, disait:
       La main qui fit les cieux posa mes fondements.
Chateaubriand, dans la remarque 3 du IIIe livre, se réclame d'ailleurs de l'Ecriture pour ce passage.

2) Les Martyrs, liv. III. Sur l'influence de cette peinture sur V. Hugo,
v. Fr. Ganser, Beiträge zur Beurteilung des Verhältnisses von V. Hugo zu
Chateaubriand (Dissert. Heidelberg, 1900), p. 68. Voici quel était le paradis
de Dante dans l'improvisation de Corinne, que Chateaubriand avait lue: ‚Un
enchaînement mystique de cercles et de sphères le conduit de l'enfer au purgatoire, du purgatoire au paradis; historien fidèle de sa vision, il inonde de clarté les
régions les plus obscures, et le monde qu'il crée dans son triple poëme est complet,
animé, brillant comme une planète nouvelle aperçue dans le firmament . . .
Cette mythologie de l'imagination s'anéantit, comme le paganisme, à l'aspect du
paradis, de cet océan de lumières, étincelant de rayons et d'étoiles, de vertus
et d'amour‘.

3) Remarques sur le livre III (par Chateaubriand).

étoit difficile, dit l'auteur, de représenter un ciel chrétien parce que tous les poëtes ont échoué dans cette peinture, il étoit difficile de décrire un enfer, parce que tous les poëtes ont réussi dans ce sujet. Il a donc fallu essayer de trouver quelque chose de nouveau après Homère, Virgile, Fénelon, le Dante, le Tasse et Milton. Je méritais l'indulgence de la critique; je l'ai en effet obtenue pour ce livre[1]. La critique ne pouvait, en effet, trouver à redire au bon goût de l'auteur: l'enfer et le paradis de 1809 sont bien loin de ceux de 1300, et sont bien plus proches de la ‚Henriade‘ que de la ‚Commedia‘. Quant à la critique d'aujourd'hui, elle ne se fait plus d'illusion romantique sur les épopées mystiques, et elle comprend parfaitement que M. de Chateaubriand, converti récent, ne soit pas devenu le Dante français[2].

La littérature de l'Empire, qui se ressent si fort d'Ossian et qui connaît le genre troubadour, n'a pas encore pris un seul caractère dantesque, malgré tout ce qu'elle a pu savoir du grand poète du moyen âge. La critique du temps a eu l'occasion de discuter ce poète et l'admiration naissante qu'il inspirait à quelques-uns: c'est Geoffroy, le feuilletoniste connu du ‚Journal des débats‘, qui était alors le pontife du goût classique et le contempteur des ‚farces‘ de Shakespeare. Quiconque a vécu à Paris à l'époque napoléonienne, — écrivait en 1838 un Allemand d'une science assez douteuse — se rappellera un débat littéraire suscité par Geoffroy, au sujet de Dante, et où le grand poète fut fort maltraité; on lui refusa (comme autrefois Voltaire à Shakespeare) non seulement toute grâce, mais aussi tout génie; il n'était rien qu'un des ‚barbares du moyen âge‘[3].

Son plus grand mérite aux yeux même de ses admirateurs, c'est l'horrible, et G. de Talairat, dans le ‚Nouvel almanach des Muses‘ de 1811, donne une ‚Imitation de l'épisode d'Ugolin, de l'Enfer du Dante‘, sujet qui en 1778 déjà avait inspiré à J. de Vinezac une ‚héroïde: Montaigu à l'archevêque Roger son tyran‘[4].

Dès 1811—1813[5]), tandis que Mme Chomel (Giacomelli), publiait

---

1) Rem. sur le livre VIII.

2) E. Faguet, Dix-neuvième siècle (article Chateaubriand), p. 40.

3) Article signé Mr. (à propos de la traduction de la ‚Divine Comédie‘ par Ledreuille), dans les ‚Blätter zur Kunde der Litteratur des Auslands‘, 30 mai 1838 (Stuttgart et Augsbourg, Cotta).

4) ‚Pièces fugitives‘ (Amsterdam, 1778).

5) Artaud dit dans l'Introduction de sa traduction (3e éd., Didot 1866, p. V): ‚Nous avons publié une traduction de la Divine Comédie, 3 v. in-8.‘, Paris 1811—1813‘. Il s'appelait d'abord ‚un membre de la Société Colombaire de Florence‘. Quant aux dessins de Giacomelli, le catalogue de la ‚Dante collection‘ de Fiske (Cornell University) mentionne une édition de Paris

une collection de cent figures dessinées et gravées par elle, „pour orner la Divine Comédie du Dante traduite en français par M. Artaud‘, ce traducteur français, Artaud de Montor, avait publié une version qui devait être la source principale des connaissances de Lamartine en cette matière, et de bien des traducteurs en vers si l'on en croit un méchant critique[1]). „J'ai commencé — raconta Artaud — à lire la Divine Comédie avec le secours d'habiles Florentins, vers l'an 1805; depuis, elle est devenue, dans mes loisirs, une constante étude. Chacun de ces vers a été comme manié par moi, pendant plus de quarante années. Ma première intelligence de ce texte, bornée d'abord dans ses aperçus, balbutiait devant mon maître, le bon et savant abbé Fontani, quelques paroles d'applaudissements et d'actions de grâces. Revenu de Toscane, j'ai donné au public mes premiers tâtonnements qui partaient d'une main mal assurée . . . Le public de 1812 se montrait peut-être trop encourageant; celui de 1830, plus difficile, a encore été trop bienveillant‘[2]). Ces paroles ne sont pas une simple vantardise de traducteur satisfait: malgré tous ses défauts, l'ouvrage d'Artaud avait eu un long succès, comme en témoignent les rééditions nombreuses, et l'auteur pouvait, sans ridicule, s'imaginer qu'il avait ouvert une ère nouvelle dans la dantographie française. „Les premières traductions qu'on donne de la „Divine Comédie‘ en France, à la fin du siècle dernier — dira plus tard Lamartine —, ne sont que des paraphrases enluminées ou affadies; il est impossible d'y trouver trace de l'original [il est fort douteux que Lamartine les ait lues]: „ce sont des dentelles sur le corps d'Hercule. La première traduction sérieuse et les premiers commentaires compétents sont la traduction et les notes explicatives du chevalier Artaud. M. Artaud était un diplomate et un savant français, résidant tantôt à Florence, tantôt à Rome. Je l'ai beaucoup connu

---

1813, „précédée d'une explication de chaque sujet, et de renvois aux pages avec lesquelles ils correspondent dans les trois volumes, avec un portrait du Dante d'après J. Stradan‘. J'ai sous les yeux (Bibliothèque de l'Université de Liège, XVIII, 165, 38) un exemplaire sans date, où chaque dessin porte seulement les vers italiens auxquels il se rapporte: „La Divina Commedia di Dante Alighieri, cioè l'Inferno, il Purgatorio, ed il Paradiso composta ed incisa da Sofia Giacomelli‘ (à Paris, chez Salmon, Md d'Estampes Boulevard Montmartre Nr. 1, près le Théâtre des Variétés-Panorama).

1) G. C. (Granier de Cassagnac), dans la „Revue des deux mondes‘, 1840, 4e série, t. XXIV, p. 458: „M. Artaud est le père d'une famille de traducteurs qu'il a nourris de sa substance comme de petits pélicans. Ils auraient pu avoir une meilleure table‘.

2) La Divine Comédie de Dante Alighieri, traduite en français par M. le chevalier Artaud de Montor, 3e éd., Paris, Didot, 1866, Introduction, p. XXV et XXVI.

dans ma jeunesse; j'ai été son disciple en diplomatie italienne et
en intelligence des poètes de cette terre de toute poésie. C'est lui qui m'a
fait épeler le Dante [1]), c'est à lui que je dois le droit de le comprendre
et d'en parler aujourd'hui' (c'est un droit qui fut singulièrement
contesté à Lamartine, comme nous verrons). ,Il avait transfusé son
sang dans l'ombre du poète toscan. La figure même de M. Artaud
avait pris quelque chose de la physionomie anguleuse, plombée, ascétique,
que les peintres donnent au visage de Dante, allongé et amaigri sous
son laurier ... Ce souvenir m'a peut-être rendu partial pour sa traduction
et pour ses commentaires; mais j'avoue que jusqu'ici je n'ai pu lire
avec une complète sécurité de sens le poème du Dante que dans l'édition
en deux langues de M. Artaud, et en contrôlant à chaque instant le
texte par le commentaire. M. Artaud n'était pas poète, j'en conviens;
mais il était savant. Dante était assez poète pour deux'[2]). Il le parut
du moins aux lecteurs français, et nous retrouverons la traduction
d'Artaud, nous rencontrerons son ,Histoire de Dante' (1841). Ce qu'on
en remarqua surtout, c'est le volume qui contient l'Enfer, et pour
combattre cet exclusivisme, le brave Artaud imagina plus tard de donner
toute la traduction en un seul volume: ,Des libraires, dit-il en 1846, avaient
remarqué, dans des ventes publiques, que les héritiers possesseurs de
mes deux premières éditions, retenaient comme b o n et d e q u e l q u e v a l e u r
le poëme de l'E n f e r, et se défaisaient avec affectation du P u r g a t o i r e
et du P a r a d i s, réputés, selon eux, livres sans intérêt, sans poésie,
et é c a i l l e s d'h u î t r e s (je dis le propre nom dont on se servait)'[3]).
Ainsi, dans la naïve et gauche traduction d'Artaud comme dans la
belle infidèle de Rivarol, le public français en reste à son idée, de ne
chercher en Dante que le poète infernal. Au moins celui-ci fait des
progrès, et les injures d'un Geoffroy étant moins redoutables que celles
de Voltaire ou même de La Harpe, le classicisme perd du terrain, et
les barbares avancent.

Dante est si connu, qu'un chirurgien français ne visite pas la
Toscane sans rappeler qu',au commencement du quatorzième siècle
Le Dante parut, bientôt suivi de Pétrarque, de Boccace', et ce chirurgien,
P. Petit-Radel (qui voyage en Italie en 1811 et 1812) s'attendrit naïvement
à l'idée de la Renaissance et de la civilisation des Médicis: ,Heureux temps
où le prince, cessant de recevoir les hommages d'un chacun, venait

---

1) C'est peut-être à lui aussi, autant qu'à une tradition française fau-
tive, que Lamartine doit l'habitude de dire ,le Dante', au lieu de ,Dante'; cette
mauvaise habitude a été reprochée à Artaud dans l'article cité de Granier de
Cassagnac, Revue des deux mondes, 1840, t. 24 (n. s.), p. 461.

2) L a m a r t i n e, Traducteurs et commentateurs de Dante (Souvenirs et
portraits, chap. XXX; Hachette, 1872, t. III, p. 164—165).

3) Ed. citée, p. VII.

ainsi oublier le poids du suprême pouvoir au milieu des philosophes occupés de la subtile doctrine de Platon, où à une table frugale succédaient des discussions sur plusieurs passages du Dante, que chacun expliquait à sa manière'[1]). Le même voyageur dit de Florence: ‚La poésie fut toujours cultivée d'une manière particulière à Florence. Le père de cette poésie, Le Dante, y prit naissance, et son invention fait voir ce que peut le terroir chez ceux que regarde favorablement le dieu de l'harmonie'[2]). C'est ainsi qu'un siècle plus tôt on se souvenait de Dante, poète de terroir, à propos d'un poète wallon, Denis Coppée.

L'année 1813 vit s'ébranler l'hégémonie française en Europe, et l'exclusivisme classique en France: car en cette année où le convoi funèbre de Delille semble mener le deuil de la poésie traditionnelle, réapparaît à Londres ‚l'Allemagne' de Mme de Staël, où ce ‚Blücher littéraire' ouvre l'invasion germanique et romantique; et en même temps, comme si ‚la muraille de Chine' dont parlait ‚Corinne', devait être attaquée au Midi comme au Nord, Sismondi publiait sa ‚Littérature du Midi de l'Europe'. La muraille ne résistera pas longtemps aux assauts, et Dante sera des premiers, avec Shakespeare, à passer sur la brèche. Dès 1813, tandis qu'Artaud de Montor continuait ses modestes travaux par ‚Le purgatoire, traduit de l'italien, suivi de notes, par un membre de la Société Colombaire de Florence'[3]), un jeune professeur d'histoire à la Sorbonne, qui avait été élevé à Genève et avait fréquenté Mme de Staël, François Guizot, donnait ses ‚Vies des poètes français du siècle de Louis XIV', qui devinrent en 1852 ‚Corneille et son temps', où il s'étonnait que la France n'eût ni Dante ni Milton, et où il s'émerveillait de la sombre et sublime énergie du grand Toscan. Car parmi les chefs-d'œuvre inconnus que ‚l'Allemagne', la ‚Littérature du Midi de l'Europe', et bientôt le ‚Cours de littérature dramatique' de Schlegel (traduit en 1814 par Mme Necker de Saussure) proposaient à l'admiration des Français désabusés, la ‚Divine Comédie' tient dès le début un rang très distingué. L'auteur de ‚l'Allemagne', par exemple, reste toujours l'auteur de ‚Corinne', et il lui arrive de comparer à l'Ossian de Gérard une tête de Dante remarquée dans la galerie de Dresde[4]), ou bien de rappeler, à propos de la tragédie de Gerstenberg, qu'il n'y a rien de plus sublime dans le Dante que la peinture du malheureux père (Ugolin)[5]), ou d'opposer

---

1) Voyage historique, chorographique et philosophique dans les principales villes de l'Italie en 1811 et 1812, par P. Petit-Radel (Paris, Didot, 1815), t. III, p. 365. — Encore aujourd'hui, le culte de Dante est donné comme caractéristique de la Renaissance dans l'article ‚Renaissance' de la Grande Encyclopédie !

2) Ibid., p. 368.

3) Paris, J. J. Blaise, 8o, pp. XXIV, 405.

4) De l'Allemagne (éd. Didot), p. 376.

5) P. 310.

le Satan de Michel-Ange et de Dante à Méphistophélès. Puis
Simonde de Sismondi, après Ginguené, a bien dit l'admiration qu'on
devait au triple poème, édifice imposant comme l'univers dont il était
l'image, et au puissant génie, le plus grand des Italiens, le père de
leur poésie[1]), qui traitait un sujet „par son immensité, le plus hautement
sublime que jamais l'esprit de l'homme ait conçu"[2]). „Peu de chefs-
d'œuvre ont mieux manifesté la force de l'esprit humain que le poème
du Dante: complètement nouveau dans sa composition comme dans ses
parties, sans modèle dans aucune langue, il était le premier monument
des temps modernes, le premier grand ouvrage qu'on eût osé composer
dans aucune des littératures nouvellement nées. Il était conforme aux
règles essentielles de l'art, à celles qui sont invariables: l'unité de dessein,
l'unité de marche, l'empreinte d'un génie puissant qui voit en même temps
le tout et ses parties, qui dispose avec facilité des plus grandes masses,
et qui est assez fort pour observer la symétrie sans en ressentir jamais
de gêne. A tout autre égard, le poème du Dante était en dehors
des anciennes règles de l'art poétique; il n'appartenait
proprement à aucun genre, et le Dante ne pouvait être jugé
que par les lois qu'il s'était données"[3]). Cette poésie en
dehors des genres, et au dessus des règles, c'est celle que rêveront
bientôt les novateurs romantiques, et Dante sera l'un des grands noms
invoqués pour justifier toutes les audaces: ainsi peu à peu se dégage
des études dantesques ce qui s'accordait aux futurs mouvements poétiques. L'historien, déjà, ne peut s'empêcher de rapprocher du séjour
des sages et des poètes anciens du IVe chant de l'Enfer une œuvre
récente: „On sait que M. de Châteaubriand, après avoir voulu épargner
les tourmens éternels aux justes du paganisme, en a ressenti du scru-
pule, et s'est lui-même reproché comme une faute, dans la troisième
édition de ses Martyrs, un sentiment si pur, si doux et si conforme
à la croyance en un Dieu de bonté"[4]). Sismondi n'avait plus tout
à révéler au public de 1813; il reconnaît lui-même en plus d'un endroit
que Ginguené l'a devancé, et certains fragments de la „Divine Comédie"
sont tellement connus déjà, qu'il n'est plus besoin d'y insister: ainsi
l'épisode de Francesca „est un de ceux dont la réputation a passé dans
toutes les langues"[5]), et l'épisode d'Ugolin, qui est traduit en terza
rima à la fin du chapitre IX, est reproduit dans l'„Histoire des répu-

---

1) De la littérature du Midi de l'Europe, Paris, 1813, t. I, p. 350 (Chapitre IX. Langue Italienne, le Dante).

2) P. 352. C'est en 1813 aussi qu'Ozanam naît à Milan.

3) De la littérature du Midi de l'Europe, t. I, p. 386 (chap. X: Influence
de Dante sur son siècle).

4) P. 356.

5) Ibid.

bliques italiennes' (1815) avec cette mention‐): „quelque connu que soit ce
superbe morceau de poésie, je ne puis me refuser à l'insérer ici; il
appartient à l'histoire de Pise: il appartient aussi à celle de la littérature du treizième siècle comme donnant la mesure du sublime génie
du Dante'. La précision picturale, l'énergie terrible du récit, l'intérêt
supérieur de l',Enfer', Sismondi a dit tout cela au cours de son analyse, et en somme ce chapitre IX consacré a Dante renseigna les
apprentis romantiques sur l'Italien avec autant de vérité, sinon de
talent, que Mme de Staël sur les Allemands. Le critique constatait en
même temps la difficulté d'une traduction française dans le mètre original, à laquelle il s'essayait pour l'inscription de la porte de l'Enfer
et pour l'épisode d'Ugolin: „La nécessité de trouver toujours, dans une
langue infiniment plus pauvre en rimes, trois vers pour rimer sur la
même désinence, et de les placer à cette distance régulière, et invari-
able; la gêne nouvelle du retour alterne des rimes féminines, qui
n'existe point dans l'italien, peut-être même une certaine habitude de
la langue française qui se divise naturellement par couplets, et qui
semble repousser un enchaînement continuel . . . m'ont opposé des
difficultés excessives, et que je crois presque insurmontables; aussi la
magnificence du chant célèbre que j'ai essayé de traduire, se fera-t-elle
à peine sentir sous les entraves que cette forme de versification m'a
données . . .

      — Ce pêcheur, soulevant une bouche altérée,
    Essuya le sang noir dont il était trempé,
    A la tête de mort qu'il avait dévorée.
    — Si je dois raconter le sort qui m'a frappé . . .'[2]),

En 1813 aussi, Chênedollé écrivait son Ode: Le Dante, qui est placée
dans les ,Etudes poétiques' (1820) entre celles qu'il consacre à Isaïe,
à Homère et à Michel-Ange; il raconte l'apparition où Virgile vient
annoncer à Dante exilé et malheureux la gloire poétique et l'immor-
talité:

    ,O Dante! éveille-toi. Ressaisis ta pensée,
    Sous le poids du malheur trop longtemps oppressée:
    Du fond de ta grande âme évoque ton talent!
    Perce de tes douleurs le voile funéraire;
        Du monde littéraire
    Sois l'étoile féconde et l'astre étincelant'[3]).

Dante se réveille et compose son triple poème; pour le louer Chênedollé
paraphrase Rivarol:

---

1) Histoire des républiques italiennes du moyen âge, t. IV (2ᵉ éd., 1818),
p. 37—40.
2) De la littérature du Midi de l'Europe, t. I (1813), p. 382—383.
3) Etudes poétiques, livre II, ode III.

Conception profonde! entreprise sublime!
Où du monde idéal sondant le double abîme,
Le Dante parcourut sa double immensité;
Et sut peindre à la fois le bonheur, les supplices,
     Les vertus et les vices.
L'Homme, l'Archange, Dieu, le Temps, l'Eternité!

Triomphe, homme divin! ta gloire est infinie.
Pour ce haut monument fondé par ton génie,
De vingt siècles ligués, Dante, que craindrais-tu?
Contre ton monument, colonne littéraire,
     Trop fragile adversaire
Le Temps se heurte, et tombe, à tes pieds abattu.

On n'avait pas encore rimé en français de panégyrique de Dante aussi assuré: André Chénier n'avait pas plus chaudement parlé d'Homère — si ce n'est qu'il l'avait fait en meilleurs vers.

En même temps le nombre des curieux augmente, qui s'amusent à traduire l'un ou l'autre épisode. Artaud, faisant l'histoire de ses prédécesseurs, a l'occasion de saluer des confrères. Il reproduit à la suite de son ,Enfer' (1812), une adaptation en alexandrins français de l'épisode d'Ugolin, par P. Gassendi (Lettres sur la littérature et la poésie italiennes, traduites de M. de P.[ommereul]), et plus tard il eut à mentionner la traduction du même épisode par Etienne Masse (183.), un Provençal auquel il trouve ,un grand et remarquable talent'. Artaud eut même bientôt des émules; et — pour ne pas parler de l'édition d'Avignon (1816)[1], qui est peut-être une affaire exclusivement italienne — en 1817 H. Terrasson, un Provençal poëte, publiait à Paris ,L'enfer, poëme traduit en vers françois, avec des notes, suivi de traductions, imitations et poésies diverses'. Les fleurs et les grâces dont il essayait de revêtir son modèle, l'élégance que lui reconnaissait Artaud de Montor, semblent avoir été généralement peu goûtées, puisque cette adaptation n'a jamais été rééditée. Terrasson reproduisait la lettre de Martinelli au comte d'Oxford, où le ,pauvre homme' attaquait Voltaire et ses jugements sur Dante. Lui-même parlait, comme jadis Rivarol (sauf le talent), ,de l'enfer chez les différents peuples, et d'après les poëtes anciens et modernes'. Il fallait d'autres considérations, et d'autres hommes, pour conquérir la faveur du public et pour changer ses goûts; l'ouvrage de Terrasson fut toutefois discuté par Tissot dans la ,Minerve française' (1818).

Peut-être remarqua-t-on davantage l'édition de la ,Divina Commedia'

---

1) La divina commedia, con argomenti ed annotazioni scelte da' migliori commentatori. Nuova ed. coll'accento di prosodia. Avignone, F. Seguin aîné, 1816. Cet imprimeur d'Avignon, et ces deux paraphrastes provençaux, semblent indiquer qu'à cette époque encore la Provence s'intéressait particulièrement à la littérature italienne.

que Biagioli, non sans de grandes prétentions de commentateur, publia
en ·1818—1819, en trois volumes, à Paris, et qu'il dédiait à Louis XVIII.
Raynouard, qui était alors dans sa double gloire de poète et de savant,
consacra à cette édition un long article dans le „Journal des savants' de
novembre 1818, tandis qu'Ugo Foscolo lui-même en parlait dans l'„Edin-
burgh Review'. Et c'est Biagioli que suivra le traducteur Delamathe,
en 1823.

Les Italiens à Paris honoraient donc le grand poète, dans ce temps
où se préparait à Florence le monument de Dante: et la „Revue encyclopédique' ne laissait pas ignorer ce dernier événement à ses lecteurs. — Dante est le seul écrivain italien que mentionne, en 1819—1820,
dans le „Conservateur littéraire', un jeune auteur du nom de Victor
Hugo. Les travaux de Ginguené et de Sismondi avaient assez fait
connaître la „Divine Comédie' pour lui susciter un imitateur dans les
rangs mêmes du classicisme. En 1819, Népomucène Lemercier [1]), qui
après avoir essayé de s'inspirer de Shakespeare dans le drame, s'était
mis vaillamment à l'étude du poème italien, et l'avait examiné dans son
„Cours analytique de littérature', dédiait à Dante, en termes enthousiastes, sa „Panhypocrisiade', dont les seize chants essaient de peindre
le XVIe siècle dans le décor surnaturel de la „Commedia'. Mais Lemercier avait le double tort de manquer de génie, et d'être, malgré
son goût des littératures étrangères, de la tragédie historique et des
poèmes monstrueux, l'adversaire de ce romantisme qui allait consacrer
la gloire de Dante. Victor Hugo, succédant à l'Académie à l'auteur
de la „Panhypocrisiade', ne manqua pas de rapprocher du poème toscan
cette „Chimère littéraire, monstre à trois têtes qui chante, qui rit et qui
aboie'. Mais, sans le connaître mieux, les grands romantiques inter-
préteront Dante autrement que Lemercier, ils l'imiteront de façon
plus fragmentaire, et nul d'entre eux ne se rattache à la „Panhypocrisiade'[2]).

La même année, le chantre de Francesca avait inspiré plus
heureusement un peintre français: Ingres, en 1819 à Rome, faisait sa
„Francesca de Rimini' (Paolo et Francesca surpris par le Sciancato),

---

1) Michiels, Histoire des idées littéraires (3e éd., I, 391, 402); Jullien,
Littérature de l'empire, I, 392.

2) Emile Deschamps, qui a loué ce poème dans la préface des „Etudes
françaises et étrangères', reconnaît que son admiration n'est guère partagée:
„nous dirons avec peu de personnes que la Panhypocrisiade de M. Lemercier est un poème non seulement très original et très philosophique, mais
encore plein de beautés de style, et tout empreint de cette poésie mâle et naïve
dont le type s'était presqu'effacé en France; nous dirons avec beaucoup plus
de monde, que l'Académie française a oublié M. de Chennedollé, mais que les beaux
et grands vers du Génie de l'homme sont restés dans la mémoire des gens
de goût'. (Poésies d'Em. Deschamps, éd. Bruxelles 1836, p. 78.)

après avoir peint Oger délivrant Angélique: dans l'élégance du peintre classique, les souvenirs italiens mettaient les histoires d'amour, en attendant que des artistes d'un goût plus rude et moins régulier demandassent à Dante les tableaux tragiques et horribles. Le tableau d'Ingres, appartenant à Turpin de Crissé[1], eut un vif succès à l'exposition universelle de Paris, en 1855, et les dessins qui en forment les variantes sont l'une des plus curieuses parties du livre consacré par M. Yriarte à l',ange de gloire'[2]. Quand, pour son ,Apothéose d'Homère' (1827), Ingres eut à faire le compte des génies universels, il songea à celui dont il s'était inspiré, et un fervent de Dante lui en a su gré. Antony Deschamps dit en effet ,A M. Ingres':

> Combien de fois j'ai vu surgir en ma pensée
> Ton Iliade armée et sa sœur l'Odyssée!
> Belles filles de Grèce à l'œil calme et serein,
> Assises aux genoux de leur père divin;
> Appelle Alighieri, Virgile, cour sublime,
> Demi-dieux du passé que ta palette anime,
> Convives du nectar au splendide festin[3].

Il était aussi arrivé à Joseph de Maistre (Du Pape, 1819), de se souvenir d'un vers de Dante: ,Lorsqu'un de ces prédicateurs prend la parole, quels moyens a-t-il de prouver qu'en bas on ne se moque pas de lui? Il me semble entendre chacun de ses auditeurs lui dire avec un sourire sceptique: En vérité, je crois qu'il croit que je le crois'[4]. Mais Joseph de Maistre n'est pas de ceux qui cherchent la foi dans la contemplation de l'art, et l'on n'en est pas encore à observer avec curiosité et détachement la poésie visionnaire d'un âge à jamais révolu. Les lecteurs du ,Pape' ne seront pas précisément ceux de Dante, et c'est une coïncidence fortuite qui rapproche, dans le temps, ce livre de l'édition de Biagioli et de la Francesca d'Ingres. Ce n'est que plus tard, et dans un temps de romantisme, qu'il arrivera à Lamennais, dans ,la Religion considérée dans ses rapports avec l'ordre politique et civil'[5], de mêler au spectacle des malheurs présents l'inscription de l'Enfer: ,une froide incrédulité, un mépris extrême

---

1) F. X. Kraus, Dante, p. 637.

2) Charles Yriarte, Françoise de Rimini dans la légende et dans l'histoire avec vignettes et dessins inédits d'Ingres et d'Ary Scheffer, Paris, Rothschild, 1883, p. 45, 69, 85.

3) A. Deschamps, Etudes sur l'Italie, VI (p. 177).

4) III, III, 2; Inferno, XIII, 25 (que Joseph de Maistre cite en note, en indiquant ,Dante, infern. XII, IX' (?), le Pape, éd. de 1819, t. 2, p. 486):
Io credo ch'ei credette ch'io credesse.
Par son origine savoyarde, Joseph de Maistre avait eu plus d'occasions de connaître les auteurs italiens; il avait eu un précepteur italien, l'abbé Roncolotti.

5) Chap. V (Oeuvres complètes, Bruxelles, 1839, t. II, p. 39).

des siècles antérieurs, une présomption sans bornes, surtout un esprit
d'indépendance universelle, absolue, tel est, en général, le caractère
de la génération nouvelle. On lui a dit qu'elle était appelée à tout
refaire, religion, politique, morale, et elle l'a cru. Elle passe en souriant
sur des débris: où va-t-elle? elle l'ignore. Elle va où sont allés tous
ceux qui se sont perdus!

> Per me si va tra la perduta gente'.

La Francesca d'Ingres dans la peinture, la ,Panhypocrisiade' dans
la poésie, c'est tout ce que pouvait en faveur de Dante le classicisme
expirant. Francesca et Ugolin sont au moins entrés dans la gloire: en
1820 le ,Lycée français' contenait une traduction en vers des deux
épisodes par le grave Joseph Victor Le Clerc.

La poésie française entrait vers 1820 dans une phase nouvelle.
Les ,Méditations', qui ne ressemblaient à rien, suivant un mot célèbre,
ouvrent l'âge du lyrisme. Il ne faut pas y chercher encore l'influence
dantesque: bien que Lamartine, dans sa Préface, ait parlé de la Béatrice de sa jeunesse, et ait mis Dante parmi les génies immortels[1]),
c'est de Pétrarque qu'il relève avant tout. Il se souviendra toutefois
des collines de Florence où M. Antoir lui récitait des vers de Dante,
et il a parfois la nostalgie des doux horizons où la poésie lui fut
révélée, et que hantent les grands noms d'autrefois:

> Oh! qui m'emportera vers les tièdes rivages
> Où l'Arno, couronné de ses pâles ombrages,
> Aux murs de Médicis en sa course arrêté,
> Réfléchit le palais par un sage habité,
> Et semble, au bruit flatteur de son onde plus lente,
> Murmurer les grands noms de Pétrarque et de Dante[2])?

Mais à côté de la poésie personnelle et de la mélancolie, il y avait dans
le mouvement poétique une curiosité de formes nouvelles, étranges,
irrégulières, un goût très vif du moyen âge et des étrangers, et un
sens tout nouveau des beautés sauvages, sublimes et grotesques à la
fois. Dès 1817 les théories de Hegel faisaient sur Victor Cousin l'effet
des ,ténèbres visibles' de Dante, et ces ,ténèbres visibles', qui gênaient

---

1) ,Le retour à mes instincts naturellement religieux cultivés de nouveau
en moi par la Béatrice de ma jeunesse, . . . puis enfin la mort de ce que
j'avais aimé, qui mit un sceau de deuil sur ma physionomie comme sur mes
lèvres; tout cela, sans éteindre en moi la poésie, la refoula bien loin et longtemps dans mes pensées. Je passai huit ans sans écrire un vers ,(Préf. des
Méditations, éd. Hachette, p. XVI); ,des poètes souverains, infatigables,
immortels ou toujours rajeunis par leur génie, comme Homère, Virgile, Racine,
Voltaire, Dante, Pétrarque, Byron' (Lamartine se souvient du poeta sovrano).

2) Lamartine, Méditations poétiques, XXIII (Philosophie; au marquis
de la Maisonfort). Il parlera encore des Béatrice et des Laure dans ,Raphaël' (1849).

autrefois les classiques français admirateurs de Milton, et d'autres expressions aussi neuves et aussi contradictoires, indiquent les aspirations confuses d'une littérature qui veut se régénérer. Dans l'émancipation des règles et des cadres classiques, dans la destruction de toutes les formes reçues, les novateurs allèrent jusqu'à mêler non seulement les tons les plus opposés, mais aussi les arts différents, et l'on vit la littérature, la peinture, la musique, empiéter les unes sur les autres, et la poésie prétendit parfois les résorber toutes. Ce mélange des arts, qui caractérise le romantisme[1]), se manifeste dans une inspiration dantesque fort remarquée en 1822.

Chapitre IV.
L'époque romantique.
1822—1857.

,En ce temps-là, dit Théophile Gautier, la peinture et la poésie fraternisaient. Les artistes lisaient les poètes, et les poètes visitaient les artistes. On trouvait Shakespeare, *Dante*, Gœthe, lord Byron et Walter Scott dans l'atelier comme dans le cabinet d'étude[2]). C'est dans l'atelier des peintres que Dante fut souvent le mieux honoré, et même c'est en peintres que l'ont goûté beaucoup Français: Chateaubriand, qui en parcourant l'Italie se rappelle les descriptions de l'Enfer, a vu la ,Divine Comédie' en paysagiste[3]); Ingres, Ary Scheffer et Gustave Doré ont peut-être illustré Dante plus heureusement que les écrivains, et le Philippe Dechartre du ,Lys rouge' admire encore en Dante le plus sculpteur des poètes. Dès 1822, c'est Eugène Delacroix qui est le grand interprète du royaume des ombres décrit par l'élève de Virgile. L'illustrateur de ,Faust' dont Gœthe vanta le grand talent et la rudesse sauvage, avait été aussi l'admirateur de l',Inferno', et en 1822 il exposait le tableau que Thiers apprécia en ces termes: ,Aucun tableau ne révèle mieux, à mon avis, l'avenir d'un grand peintre que celui de M. Delacroix représentant le *Dante et Virgile aux enfers*. C'est là surtout qu'on peut remarquer ce jet du talent, cet élan de la supériorité naissante qui ranime les espérances un peu découragées par le mérite trop modéré de tout le reste. Le Dante et Virgile, conduits par Caron, traversent le fleuve infernal, et fendent avec peine la foule

---

1) Voir notamment G. Brandes, Die romantische Schule in Frankreich.

2) Histoire du romantisme, 3e éd., p. 205; Ch. Louandre, Statistique littéraire, Revue des deux mondes, 1847, t. IV, p. 515. — George Sand (Histoire de ma vie) dit de Delacroix: ,Il s'est inspiré du Dante, de Shakespeare et de Gœthe, et les romantiques, ayant trouvé en lui leur plus haute expression, ont cru qu'il appartenait à leur école'.

3) U. Mengin, L'Italie des romantiques.

qui se presse autour de la barque pour y pénétrer. Le Dante,
supposé vivant, a l'horrible teinte des lieux; Virgile, couronné d'un
sombre laurier, a les couleurs de la mort. Les malheureux condamnés
à désirer éternellement la rive opposée s'attachent à la barque. L'un
la saisit en vain, et renversé par son mouvement trop rapide, est
replongé dans les eaux; un autre l'embrasse et repousse avec les pieds
ceux qui veulent aborder comme lui; deux autres serrent avec les dents
ce bois qui leur échappe. Il y a là l'égoïsme et le désespoir de l'enfer.
Dans ce sujet si voisin de l'exagération, on trouve cependant une sévérité de goût, une convenance locale en quelque sorte, qui relève le
dessin, auquel des juges sévères mais peu avisés ici, pourraient reprocher
de manquer de noblesse. Le pinceau est large et ferme, la couleur
simple et vigoureuse, quoique un peu crue. L'auteur a, outre cette
imagination poétique qui est commune au peintre comme à l'écrivain,
cette imagination de l'art, qu'on pourrait en quelque sorte appeler
l'imagination du dessin et qui est tout autre que la précédente. Il jette
ses figures, les groupe, les plie à volonté avec la hardiesse de Michel-
Ange et la fécondité de Rubens. Je ne sais quel souvenir des grands
artistes me saisit à l'aspect de ce tableau; j'y retrouve cette puissance
sauvage, ardente mais naturelle, qui cède sans effort à son propre
entraînement[1]). Ainsi parlait Thiers, dont Gérard avait attiré l'attention sur un peintre nouveau appelé Delacroix, auteur d'un tableau, *Dante
passant l'Achéron, ou le Styx, avec Virgile'*, si l'on en croit une anecdote
contée par Dumas père[2]). Ce tableau avait naturellement suscité
autant de critiques que d'éloges, chez les artistes eux-mêmes. ,Le dernier coup de pinceau donné au sombre passage des enfers, on montra
le tableau à M. Guérin. M. Guérin se pinça les lèvres, fronça le
sourcil, fit entendre un petit grognement désapprobateur, accompagné
d'un signe négatif. Il reconnut que les figures de Dante et de Virgile
étaient assez bonnes, quoiqu'elles manquassent de noblesse, mais il
trouva que les damnés avaient les bras luxés, et les yeux mal d'ensemble. Delacroix répondit que c'étaient des damnés qui faisaient rage
pour monter dans une barque, et qu'il ne fallait pas y regarder de si
près avec des damnés. Que M. Guérin, par exemple, n'avait qu'à lire
le 20e chant de *l'Enfer*, et qu'il y verrait bien d'autres dislocations.
La chose ne parut pas concluante à M. Guérin. Il répondit que Dante
était un poète, et non dessinateur'. Mais l'estime de Gros, qui fit

---

1) Salon de 1822, ou Collection des articles insérés au Constitutionnel sur
l'exposition de cette année, par A. Thiers (Paris, Maradan 1822), p. 56—57;
Th. Gautier, Histoire du romantisme, p. 209—210.

2) Causerie sur Eug. Delacroix et ses œuvres faite par M. Alex. Dumas
le 10 décembre 1864.

mettre un cadre au tableau, et le succès remporté au Salon, réconfor-
tèrent le jeune auteur de la *Barque de Dante* (car tel fut le nom,
désormais fameux, que prit bientôt le chef-d'œuvre nouveau[1]). Delacroix revint plus d'une fois au poème qui l'avait si heureusement inspiré, soit pour peindre Trajan d'après le ‚Purgatoire‘ (1840), soit pour
représenter (1845) Dante et Virgile dans les ‚Limbes‘, c'est-à-dire
d'après le chant IV de l'‚Enfer‘, dans les fresques ornant la coupole
de la Bibliothèque du Palais du Luxembourg, soit encore pour illustrer
(en 1852) l'épisode de Philippe Argenti, du VIIIe chant de l'Enfer[2]).
Dante en était revenu à inspirer les artistes, comme aux beaux jours
de la peinture italienne: nous le retrouverons dans ce rôle.

L'année de la ‚Barque de Dante‘, Séroux d'Agincourt, dans son
‚Histoire de l'art par les monuments depuis sa décadence au IVe siècle
jusqu'à son renouvellement au XVIe‘, publiait des ‚miniatures et dessins
tirés de deux manuscrits du Dante, des XIVe et XVe siècles‘: l'érudition suivait le mouvement de l'art; et les vieilles illustrations sortaient de l'ombre des bibliothèques après les poétiques récits dont elles
s'inspiraient.

Les traducteurs et les écrivains restent un peu en retard sur les
artistes, et ils ne vont pas souvent, comme Delacroix, jusqu'au ‚Purgatoire‘. En 1823, Brait Delamathe publiait à Paris une ‚Traduction nouvelle
en vers de l'Enfer, d'après le nouveau commentaire de Biagioli, avec
le texte en regard, et enrichie d'un discours sur le Dante, de notes
littéraires et historiques et d'un plan géométral de l'Enfer‘ (la Revue
Encyclopédique en informa ses lecteurs), et l'année suivante (1824),
un Anglais, J. C. Tarver[3]), publiait à Londres ‚L'enfer, traduit en
français, accompagné de notes explicatives, raisonnées et historiques,
suivies de remarques générales sur la vie de Dante et sur les factions

---

1) ‚Ah! vous êtes le jeune homme du **Bateau**‘, lui aurait déjà dit Gros
qu'il remerciait d'avoir mis un cadre ‚à son **Dante**‘ (A. Dumas, o. c.); Maxime Ducamp, Souvenirs littéraires, II, 216, Kraus, Dante, p. 637; article
‚La Barque du Dante‘ dans Larousse. Alfred de Vigny dit encore (De
Mademoiselle Sedaine et de la propriété littéraire, à la suite de Stello, 5e éd.,
1841, p. 331) du poëte élégiaque: ‚partout et toujours il se regarde et se peint
et jusques en enfer, quand il ira, il se regardera encore dans l'eau en passant
la barque d'Homère ou celle de Dante‘.

2) Illustration, 1852, 206; Kraus, l. c.; il représente Dante et Philippe
Argenti. — Dumas (l. c.) raconte aussi comment Cicéri, peignant la muraille
de l'appartement où l'auteur de ‚Henri III et sa cour‘ voulait donner un bal
costumé, fit les ciels de deux tableaux: ‚l'un, calme, serein, tout d'azur, laissant apercevoir les splendeurs du paradis de Dante; l'autre, bas, nuageux, tout
chargé d'électricité, et près de se déchirer sous la flamme d'un éclair‘.

3) Voir l'article de P. Toynbee dans l'Athenaeum, 2 janvier 1904, p. 17.

des Guelfes et des Gibelins' (ouvrage réimprimé en 1826). Tandis que
l'Enfer de Delamathe est en alexandrins, celui de Tarver est en prose;
il est dédié à la princesse Augusta, et est destiné aussi bien à des
Anglais qui savent mieux le français que l'italien; comme Terrasson
en 1817, Tarver remplit cinq pages de la liste des souscripteurs. Il
unit à la vie de Dante l'histoire des Guelfes et des Gibelins, et depuis
Sismondi les historiens et les poètes associent volontiers à cette histoire le souvenir du grand proscrit qui en est la meilleure illustration;
Alfred de Vigny dira qu'entre les deux partis, c'est peut-être la „Divine Comédie' qui a raison[1]) (ce qui prouve l'importance des gens de
lettres); Dumas père, racontant, non sans fantaisie, les guerres des
„Guelfes et gibelins' aux lecteurs de la „Revue des deux mondes' (1836),
terminera son article par une paraphrase en vers du chant I de
l'Enfer[2]); il parlera aussi très longuement de Dante en racontant son
séjour à Florence[3]). Enfin avec le romantisme, les goûts dramatiques
nouveaux et les préoccupations historiques, les „Guelfes et gibelins'
seront assez fameux pour fournir la matière d'un drame à un classique de la dernière heure comme Arnault (1828). Si le nom de ces partis
(connus en France dès le temps de Christine de Pisan et de la Satire
Ménippée) est devenu presque proverbial dans notre langue, les
études dantesques ne sont peut-être pas étrangères à cette popularité.

Mais derrière l'homme et le nom si célèbre, on commence à apercevoir l'œuvre, et des poètes sont nés qui se sentent l'ambition des épopées
mystiques et des chefs-d'œuvre nés depuis si longtemps à l'étranger,
et toujours refusés à la France. Alfred de Vigny s'étonnera plus tard
de l'ambition des titres employés par les auteurs, „Divine Epopée',
„Comédie humaine'[4]); lui-même avait rêvé plus que le titre, et en 1824
„Eloa' paraissait une révélation de la vraie poésie et du monde surnaturel aux yeux des jeunes enthousiastes et de Victor Hugo tout le
premier. Sans doute, c'est surtout de Milton, peut-être de Chateaubriand, que s'inspirait le poète nouveau[5]). Mais il connaissait trop la

---

1) Stello, chap. XXXIX: „Qui eut raison des Guelfes ou des Gibelins
à votre sens? ne serait-ce pas la Divina Commedia?'

2) Revue des deux mondes, V, 539—544 (avec notes).

3) Une année à Florence (nouvelle éd., Calmann Lévy, 1894, 192—204). Par
contre il ne paraît pas qu'on ait remarqué, en 1825, dans la traduction de
Machiavel faite par Périès (t. XI) le „Discours, ou plutôt dialogue, dans lequel
on examine si la langue dans laquelle ont écrit le Dante, Boccace et Pétrarque,
doit s'appeler italienne, toscane ou florentine' — quoique la vogue de Dante et
la traduction de Machiavel puissent, au fond, avoir quelque chose de connexe.

4) Journal d'un poète (éd. Calmann Lévy, 1882, p. 166).

5) Lanson, Histoire de la litt. fr., 7e éd., p. 892, indique le „Génie du
christianisme', II, VI, 10; voir les articles de E. Dupuy (Revue d'histoire litté-

„Divine Comédie") et en· parlait trop volontiers pour ne pas s'en ressentir un peu; et Sainte-Beuve, qui s'y entendait, songea à Dante en cherchant des ancêtres au chantre d'Eloa[2]).

> Les Chérubins brûlants qu'enveloppent six ailes[3]
> . . . .
> Et tout ce que le Ciel renferme d'habitants,
> Tous, de leurs ailes d'or voilés en même temps,

ou bien

> . . . l'azur illimité,
> Coupole de saphirs qu'emplit la Trinité,

ou encóre

> . . .. une pure harmonie
> Sortant de chaque flamme à l'autre flamme unie,

font vaguement songer à Dante, bien que l'auteur parle un peu plus loin d'Ossian[4]); de même la comparaison de ‚la neige en hiver sur les coteaux obscurs‘, et peut-être aussi cette allégorie de l'aigle qui réapparaîtra en un symbole nouveau dans le sonnet d'Heredia. Au moins, dans le récit d'A. de Vigny, le vers tant admiré:

> Monte aussi vite au ciel que l'éclair en descend[5]),

rappelle fortement les paroles de Béatrice dans le chant I du Paradis‘:

> Ma folgore, fuggendo il proprio sito,
> Non corse come tu ch'ad esso riedi.

Le caractère dantesque est moins dans les détails que dans l'entreprise de chanter l'au delà, dans la triple division du poème, et sans doute dans cet Enfer que de Vigny se proposait de donner comme suite à ‚Eloa‘, en imaginant pour finale une rédemption de Satan et des

---

raire de la France, 1903), et de Schulz-Gora (Zeitschrift für französische Sprache und Literatur, 1904).

1) M. Paléologue, Alfred de Vigny; Journal d'un poète, p. 205, 274, 275, 302, 303; Servitude et grandeur militaires, p. 1.

2) Portraits contemporains, · II, 62, (nouvelle éd. 1870): ‚dans cette muse si neuve je crois voir, à la Restauration, un orphelin de bonne famille qui a des oncles et des grands-oncles à l'étranger (Dante, Shakespeare, Klopstock, Byron) . . . Les sources antérieures du talent poétique de M. de Vigny, si on les recherche bien, furent la Bible, Homère, du moins Homère vu par le miroir d'André Chénier, Dante peut-être, Milton, Klopstock, Ossian, Thomas Moore lui-même‘.

3) Eloa, I (Poésies complètes, nouv. éd., Calmann Lévy, 1899, p. 14, p. 21.

4) Eloa II (p. 27).

5) Eloa, III, (p. 41). Ce vers fut particulièrement admiré par Sainte-Beuve. — Cf. Paradiso, I, 92 et 93; rapprochement indiqué par G. Kurth, La Divine Comédie (Durendal, Bruxelles, 1902).

damnés, comme fit Soumet. Voici ce qu'aurait dit le chœur des
réprouvés, qui fait songer aux ombres de Dante dont parlait Corinne:

> Rendez-nous, rendez-nous nos faibles corps d'argile,
> Le cœur qui souffrit tant et tout l'être fragile,
> Frappez le corps, blessez le cœur, versez le sang,
> Et nous souffrirons moins qu'au séjour languissant
> Où l'âme en face d'elle est seule et délaissée;
>   Car le malheur, c'est la pensée[1])!

Le poème projeté, ‚Satan sauvé‘, aurait aussi eu trois chants, l'Enfer,
la Fin du monde, et le Ciel: il eût pris place entre la ‚Divine Comédie‘
et la ‚Divine Epopée‘: nul ne sait de laquelle il eût été le plus
proche.

Alfred de Vigny, ami d'Antony Deschamps et plus tard de Ratisbonne, commence et finit sa carrière parmi de fidèles admirateurs
de Dante, qui est avec Milton, désormais, le parraine des épopées
mystiques.

Le grand poète italien est, dans les préoccupations romantiques,
le voisin et l'allié de tous les étrangers, en province comme à Paris;
en Belgique, par exemple, où Gœthe et Ossian avaient aussi leurs admirateurs et paraphrastes, de Reiffenberg traduisait en vers des épisodes
de la ‚Divine Comédie‘[2]).

Toute l'Europe faisait invasion dans la poésie française, et Jules
Lefèvre s'écriera:

> Il faut bien, quand on veut célébrer l'univers,
> Avoir du monde entier les échos dans ses vers.

Dante, ‚voix de dix siècles muets‘, incarnant à la fois le moyen âge
qu'on restaure et l'Italie dont on s'éprend, embrassant tout le domaine
métaphysique qui rentre enfin dans la poésie, tentant comme une immense énigme, Dante présentait une œuvre faite pour séduire les romantiques, quand sa vie tourmentée n'aurait pas été là pour exercer les
imaginations.

L'horreur désordonnée qui avait déjà fait frémir Ducis et ses contemporains s'accordait à merveille aux tendances les plus violentes de
la nouvelle école: déjà Stendhal, voulant traduire en vers français
l'épisode d'Ugolin, songeait à se laisser souffrir de la faim après s'être
échauffé avec du café[3]). Dante abondait en sensations, en scènes

---

1) Journal d'un poète, p. 275. Sur l'influence de Mme de Staël sur Alfred
de Vigny, voir Dorison, A. de Vigny poète philosophe (1891).

2) Fr. Masoin, Histoire de la littérature française en Belgique de 1815
à 1830 (Bruxelles, 1902), p. 87. Reiffenberg écrivait dans les ‚Annales belgi-
ques‘ (1817—23); il publia ‚les Harpes, (1823), puis ‚Poésies diverses, (1825).

3) Ed. Rod, Stendhal (Les grands écrivains français, 1892), p. 74. —
Lorsqu'il était enfant, il avait feuilleté dans la bibliothèque de sa mère un
exemplaire de Dante, et il fait un grand éloge du poète. Il assure qu'il le sait

terriblement vécues; et les Français voulaient enfin être remués fortement par leurs lectures.

Puis le premier Cénacle s'est formé, et autour de Charles Nodier
se réunissent, avec Alfred de Vigny, Emile et Antony Deschamps,
Chênedollé, Alexandre Soumet („le grand Alexandre‘), Jules Lefèvre.
On a vu ou l'on va voir ce que les premiers avaient fait pour Dante;
c'est le dernier qui dira, en se demandant, comme la Muse de la Nuit
de mai, ce qu'un poète romantique peut chanter parmi tous les souvenirs du passé:

> Faut-il chanter d'Yseult la tendresse imprudente,
> Evoquer Francesca des tourbillons du Dante,
> Ou des pleurs d'Héloïse affliger nos concerts[1])?

Charles Nodier, le Daurat de la nouvelle Pléiade, avait une telle érudition que Dante y tenait une place relativement fort mince; mais il a
des exemplaires de la „Commedia‘ dans sa bibliothéque[2]), et, en 1824
comme en 1829, il en entend assez parler par ses jeunes amis. Ceux-ci
se remuent fort, ils parlent très haut des règles à détruire, des étrangers
à admirer, du romantisme à défendre (Deschamps, notamment, bataille
dans la „Muse française‘, et le „Globe‘ se montre très hardi, de l'avis
de Gœthe lui-même). Parmi les beautés rudes et sauvages préférées
à l'élégance traditionnelle, Dante a sa place toute indiquée; même il

---

par cœur, et qu'en lisant un vers, il se remémore celui qui suit. Mais il ne
cite guère que des morceaux connus, l'histoire d'Ugolin, „la plus terrible poésie
qui existe", l'endroit du „Purgatoire‘ où parle Pia Tolomei de Sienne, et cette
pensée, qu'il n'est pire misère que de se rappeler les temps heureux dans les
jours de douleur. Stendhal prétendait toutefois que Dante avait tort (A. Chuquet, Stendhal-Beyle, Paris 1902, p. 309). — Déjà en apercevant Florence, le
22 janvier 1817, Stendhal s'écriait: „C'est là qu'ont vécu le Dante, Michel-Ange,
Léonard de Vinci! Voilà cette noble ville, la reine du moyen âge‘! (Rome,
Naples et Florence (éd. Lévy, 1865), p. 205).

1) Les Confidences (1832); Gabrielle de Vergy (Poésies de Jules Lefèvre-
Deumier, éd. de 1844, p. 501); Les vers: „Derniers anneaux d'une chaîne brisée,
VII‘ (p. 546) ont une épigraphe de Dante:

> Senza speme vivemo in desio.

Dans ses „Projets d'études‘ (septembre 1819, ibid., p. 94) il dit déjà:

> J'emprunterai parfois, dans mes jours de mollesse,
> Faible et sourd tintement du langage latin,
> Ces soupirs cadencés du parler florentin . . .

et dans „Le Découragement‘ (ibid., p. 570) il écrira:

> A quoi bon voyager par le chagrin blanchi,
> Des jardins de Pétrarque aux trois mondes du Dante?
> Pourquoi ferais-je encor vibrer leur lyre ardente?

2) Catalogue de la bibliothèque de Ch. Nodier.

semble presque l'opprobre de la nouvelle école, caractérisée par Morel
dans le ‚Temple du romantisme' (1825):

> Figurez-vous l'enfer de Dante
> Près de l'atelier de Callot[1]).

La période qui va d'‚Eloa' aux ‚Orientales', du premier Cénacle au
second, comprend les années de première et ardente ferveur romantique,
et c'est là que Sainte-Beuve place, parmi les innovations fécondes,
‚Dante et Shakespeare compris à fond'[2]). Le critique et l'interprète
de la jeune école, soit qu'il traçât le ‚Tableau de la poésie au XVIe
siècle', soit qu'il cherchât la définition du classique et du romantique,
en revenait à constater que la France n'avait pas eu et n'avait pas de
Dante[3]), et les autres théoriciens songent de même au génie envié.
Le manifeste et l'oracle des novateurs, la ‚Préface de Cromwell' (1827) —
après que la seconde Préface des ‚Odes', de 1826, avait combattu la
distinction des genres — imagine, avec un respect mêlé de romantisme,
Dante composant son poème, puis écrivant de sa plume de bronze:
Divina Commedia[4]), ou bien rappelle ‚le *Dantem quemdam*' de la chronique italienne. Opposant, à la suite de Chateaubriand, l'art moderne et
chrétien à l'art antique et payen, préférant, à la suite des romantiques,
les étrangers aux classiques français, et le romantisme au classicisme,
inventant enfin sa théorie du sublime et du grotesque, l'auteur de
‚Cromwell' trouve en Dante un exemple illustre. Voici par quels
malentendus, par quel besoin de se chercher des ancêtres, et avec
quelle fantaisie, il rattache les uns aux autres, et tous à sa théorie,
les génies modernes: „C'est au drame que tout vient aboutir dans la
poésie moderne. Le *Paradis perdu* est un drame avant d'être une
épopée. C'est, on le sait, sous la première de ces formes qu'il s'était
présenté d'abord à l'imagination du poëte, et qu'il reste toujours imprimé dans la mémoire du lecteur, tant l'ancienne charpente dramatique est encore saillante sous l'édifice épique de Milton! Lorsque Dante
Alighieri a terminé son redoutable *Enfer*, qu'il en a refermé les portes,
et qu'il ne lui reste plus qu'à nommer son œuvre, l'instinct de son génie
lui fait voir que ce poëme multiforme est une émanation du drame,
non de l'épopée; et sur le frontispice du gigantesque monument, il écrit
de sa plume de bronze: *Divina Commedia*. On voit donc que les deux
seuls poëtes des temps modernes qui soient de la taille de Shakespeare
se rallient à son unité. Ils concourent avec lui à empreindre de la
teinte dramatique toute notre poésie; ils sont comme lui mêlés de

---

1) Voir Petit de Julleville, Hist. de la l. et de la litt. fr., t. VII, p. 186.

2) Portraits contemporains, II, 180 (article sur Musset 1833).

3) Pour cette constatation voir encore Taine, La Fontaine et ses fables,
11e éd., p. 59; de Broglie, Malherbe (1897), et bien d'autres.

4) L'erreur de V. Hugo en ce point a déjà été relevée par Artaud de Montor.

grotesque et de sublime; et, loin de tirer à eux dans ce grand ensemble littéraire qui s'appuie sur Shakespeare, Dante et Milton sont en quelque sorte les deux arcs-boutants de l'édifice dont il est le pilier central, les contre-forts de la voûte dont il est la clef". Il serait superflu de relever les erreurs et les ignorances qui ronflent dans ces phrases: elles montrent bien comment le romantisme se bâtissait une poétique, et quelle place Dante y tenait. Il a le grand mérite d'être à la fois suave et terrible, sublime et grotesque: „Croit-on, dit la ,Préface de Cromwell', que Françoise de Rimini et Béatrix seraient aussi ravissantes chez un poëte qui ne nous enfermerait pas dans la tour de la Faim et ne nous forcerait point à partager le repoussant repas d'Ugolin? Dante n'aurait pas tant de grâce, s'il n'avait pas tant de force" [1]). C'est à Shakespeare que, pour les besoins de sa cause, le nouveau dramaturge retourne complaisamment: ,Un homme, un poëte roi, *poeta soverano*, comme Dante le dit d'Homère, va tout fixer. Les deux génies rivaux unissent leurs doubles flammes, et de cette flamme jaillit Shakspeare'. Mais au moins, si Dante ne paraît pas être lu et connu jusqu'au bout, il occupe un rang extrêmement distingué: nul manifeste d'école ne lui avait encore fait tant d'honneur en France. — L'année suivante, Emile Deschamps, qui se fait dans le second Cénacle et dans la ,Muse française' le défenseur du romantisme et l'introducteur des étrangers, associe le souvenir des grands poètes d'autrefois aux préoccupations du jour: „A moins d'un miracle qui arrive de loin en loin, quelle illusion peut se faire un poète de nos jours, quand le Dante, le Tasse, le Camoëns, Milton, etc., etc., ont été méconnus de leurs contemporains!" Il ne désespère pas de la France, reine des nations, car „au milieu même de ce monde si prosaïque et si superficiel, se trouvent peut-être cinq cents personnes, femmes et hommes dont l'âme est aussi poétique que dans les montagnes de l'Ecosse ou sur les bords de l'Arno" [2]). Il indique seulement ce que les Français ont de plus pressé à faire pour sortir de leur misère classique: ,En vérité, jusqu'à ce qu'il se présente un génie inventeur, les traducteurs doivent avoir la préférence. Les continuateurs français nous donnent tout juste, en moindre qualité, ce que nous avions, depuis longtemps, en immortels chefs-d'œuvre. Au moins les traducteurs nous donneront-ils ce que nous n'avions pas encore'. Sans doute c'est surtout, comme Hugo, au drame qu'il songe; mais le cas du drame est un peu celui de tous les genres, et en ce qui concerne Dante nous allons voir les traducteurs à l'œuvre, avec le propre frère d'Emile Deschamps, Antony.

---

1) Préface de Cromwell (octobre 1827), èd. du Théâtre de V. Hugo, t. I (Paris, Hachette, 1884), p. 22, 29, 30, 26, 64.

2) Article mis comme préface aux ,Etudes françaises et étrangères, (Poésies d'Emile Deschamps, èd. de Bruxelles, 1836, p. 23, 25, 37. 44, 78, 75).

Dans le grand débat engagé, tous les genres se tiennent, et aussi tous les génies étrangers, toutes les sources d'inspiration; et la méconnaissance de Dante rentre dans les tares du classicisme: ‚Il nous est impossible encore de ne pas dire que la plupart de nos prétendus *classiques* ne connaissent ni l'*antique* ni le *moderne*; qu'ils n'aiment ni la Bible, ni Homère, ni Eschyle, ni Horace, ni Shakspeare, ni le Dante‘. Comme, à côté de Racine, le tolérant Emile Deschamps veut mettre Shakspeare, il veut placer Dante à côté de Virgile: ‚Croit-on que Virgile même et Racine soient parfaits? . . . Il y a quelquefois dans leurs ouvrages défaut de force, défaut d'invention, défaut d'originalité, comme les défauts de Shakspeare et de Dante sont le mauvais goût, l'inconvenance et l'irrégularité. Chez les uns, les défauts sont négatifs, et pour ainsi dire d'omission, chez les autres ils sont positifs et en relief: toute la différence est là. Ces quatre hommes n'en sont pas moins quatre poètes divins‘.

Les littératures étrangères et le moyen âge ont pris une grande place dans l'enseignement académique et éloquent: Villemain[1]), à la Sorbonne, enivre de grandes phrases et de notions littéraires un public abondant et curieux, et comme il s'exerce de préférence sur les sujets les plus célèbres, ses leçons restent un témoignage exact de l'enthousiasme redondant de l'époque. Sa mémoire est hantée par la ‚grande et haute figure de Dante‘, ‚le créateur de la poésie moderne‘[2]), ‚ce grand nom de Dante, que l'esprit harassé des landes du moyen âge attend avec impatience‘[3]). Il admire le poète vengeur, le banni mélancolique, l'Homère moderne, simple et sublime, et à tout instant le portrait qu'il en fait reflète l'imagination romantique des auditeurs de la Sorbonne: ‚Ainsi votre pensée se figure cet homme de génie mêlé à ses contemporains et solitaire parmi eux, profondément ulcéré, guelfe par patriotisme, gibelin par vengeance, mais ne flattant pas plus les empereurs qu'il n'épargne les papes, entassant à son gré toutes les puissances de la terre dans ces fournaises qu'il allume . . . Cependant ce banni tournait toujours ses yeux vers Florence‘[4]). ‚Ainsi, caractère fort et passionné, caractère qui sert au génie et lui donne sa forme, vie agitée, errante, malheureuse, comme l'imagination et la théorie cherchent de nos jours à la rêver pour le poète, et comme les vicissitudes du moyen âge la faisaient sans peine, voilà ce que d'abord

---

1) Tullo Massarani, Studii di letteratura e d'arte (Florence, 1873), p. 54 et 55, parle avec admiration de Villemain et de ce qu'il appelle son initiative.

2) Tableau de la littérature au moyen âge, X⁰ leçon (nouv. éd,) Paris, Perrin 1890, t. I, p. 290.

3) Ibid., p. 303.

4) P. 308; cf. encore t. II, p. 3.

nous offre Dante. Je n'essayerai pas aujourd'hui de parler de son ouvrage. J'ai à peine esquissé confusément quelques traits de lui-même; je les laisse dans votre imagination pour qu'elle les achève'[1]). C'est ce que la poésie romantique fera des notions vulgarisées par les études dantesques: et nous verrons les traits de Dante varier selon le poète lyrique qui l'invoque comme ancêtre. Dans la leçon XIe, l'orateur académique disserte sur le poème épique, sur l'âge divin et sur l'âge héroïque des peuples, sur l'aimable simplicité des poètes primitifs, sur l'état de l'Europe au moyen âge, et il ne se défend pas d'une allusion aux ouvrages récents: ,Il y avait là, comme vous le voyez, au milieu du moyen âge, plus de sagesse et de vérité que dans l'écrivain célèbre qui, de nos jours, faisant l'utopie du passé, rêvait une suprématie pontificale dont l'action toujours présente disposerait des couronnes, et préviendrait à la fois les tyrannies et les révolutions'[2]). Villemain admire le triple poème, et les temps sont bien changés depuis Laharpe. ,Ne croyez pas, comme l'a dit légèrement Voltaire, que l'ouvrage de Dante soit un poëme bizarre, où l'on remarque seulement deux ou trois morceaux d'un style naïf. Sans doute le génie, surtout à la naissance des arts, a ses hauts et ses bas, ses élans et ses chutes; mais Dante se soutient par l'éclat de l'expression, et languit rarement. En laissant à part ces épisodes tant de fois admirés, ces extrêmes opposés de la grâce et de l'horreur, Françoise de Rimini, Ugolin, le poëme de Dante est à chaque page rempli d'admirables beautés. Quelque chose de l'art antique s'y mêle, dans le style, aux formes simples d'un style nouveau'[3]). Il analyse le poème entier dans la XIe et surtout la XIIe leçon, citant avec émerveillement la rencontre de Virgile, l'inscription de la porte de l'Enfer, la rencontre des poètes anciens, le début du Purgatoire, l'épisode de Mathilde, celui d'Oderisi, et il s'arrête au passage sur le *poema sacro* et l'espoir du retour à Florence (Parad., XXV), comme ,au testament de cette âme poétique'[4]). Il pense que ,depuis Homère, peintre si admirable des champs et de la vie domestique, il n'y a eu que Dante qui fût à la fois si créateur et si vrai'[5]). Et il conclut par

---

1) T. I, p. 312.

2) P. 342. — Sainte-Beuve a dit (Causeries du lundi, 3e éd., t. XI, p. 206): ,Ces sortes de leçons de M. Villemain étaient comme un nuage électrique et coloré qui passait sur la tête de la jeunesse'; et le critique considère comme un des ,puissants stimulants que reçut l'opinion française sur Dante, dans un temps où Fauriel ne travaillait encore que dans l'ombre, les leçons éloquentes de Villemain dans son cours de la Sorbonne.'

3) P. 335. Villemain songe au caractère poétique des divers pays étrangers; il dit de Dante (p. 324): ,Le génie de ce grand poète n'est pas italien, mais rêveur, triste, exalté: s'il était moins naturel, je le dirais germanique.'

4) P. 357.

5) P. 347.

un couplet au ‚grand poète du moyen âge, ce poète dont les vers
sublimes et naturels ne s'oublieront jamais, tant que vivra la langue
italienne, tant que la poésie sera chérie dans le monde'. Mais en
même temps, il avait remarqué en commençant que ce poète se prêtait
mal à l'imitation: ‚On imite Shakspeare; on fait des tragédies d'après
Shakspeare; et Schiller semble parfois atteindre jusqu'à lui. Je ne
sache pas qu'on ait imité Dante, que ce prophète de poésie ait laissé
son manteau à personne, et que des génies semblables soient nés de
son inspiration'[1]). C'est une observation que devaient vérifier quelques
années plus tard les épopées avortées.

A défaut de l'œuvre, le poète fascine désormais les imaginations.
Le 1er octobre 1828, Chateaubriand, à Forli, se détourne de sa route
pour visiter à Ravenne le tombeau de Dante: ‚En approchant du monument, raconte-t-il[2]), j'ai été saisi de ce frisson d'admiration que donne
une grande renommée, quand le maître de cette renommée a été malheureux. Alfieri, qui avait sur le front *il pallor della morte e la
speranza*, se prosterna sur ce marbre et lui adressa ce sonnet: *O gran
padre Alighieri!* Devant le tombeau je m'appliquais ce vers du
Purgatoire:

> . . . Frate,
> Lo mondo è cieco, e tu vien ben da lui[3]).

Béatrice m'apparaissait; je la voyais telle qu'elle était lorsqu'elle inspirait à son poète le désir *de soupirer et de mourir de pleurs*:

> Di sospirare, e di morir di pianto.

‚O ma pieuse chanson, dit le père des muses modernes, va pleurant
à présent! va retrouver les femmes et les jeunes filles à qui tes sœurs
avaient accoutumé de porter la joie! Et toi, qui es fille de la tristesse,
va-t-en, inconsolée, demeurer avec Béatrice'. Et pourtant le créateur
d'un nouveau monde de poésie oublia Béatrice quand elle eut quitté la
terre! il ne la retrouva, pour l'adorer dans son génie, que quand il
fut détrompé. Béatrice lui en fait le reproche, lorsqu'elle se prépare
à montrer le ciel à son amant: ‚Je l'ai soutenu (Dante), dit-elle aux
puissances du paradis, je l'ai soutenu quelque temps par mon visage
et mes yeux d'enfant; mais quand je fus sur le seuil de mon second
âge et que je changeai de vie, il me quitta et se donna à d'autres' . . .
Je m'en revenais tout ému et ressentant quelque chose de cette com-
motion mêlée de terreur divine que j'éprouvai à Jérusalem, lorsque
mon *cicerone* m'a proposé de me conduire à la maison de lord Byron.
Eh! que me faisaient Childe-Harold et la signora Giuccioli en présence

---

1) P. 313—314.
2) Mémoires d'outre-tombe, éd. Biré, t. V, p. 9 et suiv.
3) Purgat., XVI, 65—66.

de Dante et de Béatrice! Le malheur et les siècles manquent encore à Childe-Harold; qu'il attende l'avenir! Byron a été mal inspiré dans sa prophétie de Dante'.

Chateaubriand a beaucoup appris depuis 1802, et la gloire lui monte au cerveau avec des vers italiens. Il a lu jusqu'au „Paradis', et à propos de son neveu qu'il rencontre sous le froc à Rome en mai 1829, songeant à son patron François et à la pauvreté, il cite longuement le passage du chant sur le soleil d'Assise[1]). Puis tout le romantisme qui est sorti de lui, et qui le salue comme un Homère, presque comme un Dante, suffirait à attirer son attention sur le poète duquel il se rapprocherait volontiers. Un illustrateur de la „Commedia' donna à Paolo et Francesca les traits de Chateaubriand et de madame Récamier.

*   *   *

Vers le même temps Victor Hugo[2]), suivant la manie du jour, avait donné des épigraphes aux „Orientales' (1829), et plusieurs de ces épigraphes sont tirées de Dante, comme encore, deux ans plus tard, dans les „Feuilles d'automne' et dans „Notre-Dame de Paris'[3]). A la vérité, ces épigraphes ont généralement très peu d'à propos chez Hugo, et semblent parfois un naïf étalage d'érudition douteuse; on ne saisit pas, par exemple, le rapport qu'il y a entre „les Djinns' et les grues dont parle le Ve chant de l'Enfer. On remarque seulement que les „Orientales' prennent surtout des passages admirablement descriptifs:

E come i gru van cantando lor lai . . .

et, plus loin (Orient., XXXVI):

Lo giorno se n'andava, e l'aer bruno . . .

---

1) Mémoires d'outre-tombe, V, 228; il parle aussi de Dante ibid., IV, 112, 127, 360; V, 30, VI, 278. — Il dit encore (t. V, p. 15): „A Rimini, je n'ai rencontré ni Françoise, ni l'autre ombre sa compagne, qui au vent semblaient si légères:

E paion si al vento esser leggieri.

2) A. Galletti, L'opera di V. Hugo nella letteratura italiana (Giornale storico della letteratura italiana, 1904, supplem. n° 7); et A. Orvieto, Come V. Hugo parlava di Dante (Il Marzocco, 26 février 1902, Florence).

3) Orientales, XVII, XXV, XXVIII, XXXVI; Feuilles d'automne, XIV, XXV. Notre-Dame de Paris, liv. VIII, chap. IV (Lasciate ogni speranza); liv. XI, chap. II (La creatura bella, bianco vestita). — Galletti, p. 8: „se V. Hugo lesse Dante e l'ammirò altamente, non è certo che l'intendesse sempre e si piegasse a penetrarne l'arte ed il pensiero, invece di trarlo a se, alterandolo e trasformandolo in una sua torbida visione.' — Cf. déjà Farinelli, Giorn. stor. lett. ib., XXIX, p. 142 (rendant compte de H. Oelsner, The influence of Dante); par contre, V. Hugo est mieux traité dans le „Marzocco' du 26 Février 1902.

Victor Hugo chercheur d'épigraphes goûte le pittoresque de Dante; il est plus sentimental dans son choix lors des ‚Feuilles d'automne‘, où, sur une déclaration d'amour datée du 12 septembre 1828, il inscrit les paroles de Francesca:

> Amor, ch'a nullo amato amar perdona . . .

Il sera moitié galant, moitié tragique dans l'épigraphie dantesque de ‚Notre-Dame‘. Gaston Paris s'est malicieusement amusé de l'hispanisme de V. Hugo à propos de la ‚Romance mauresque‘: les connaissances dantesques du chef romantique ont peut-être cela de supérieur, que Rivarol, et bientôt Antony Deschamps, ont fait plus pour Dante qu'Abel Hugo n'avait pu faire pour les Espagnols. La Préface des ‚Orientales‘ se plaint de ce que Boileau soit aux yeux des Français ce que Dante est pour les Italiens, Homère pour les Grecs.

L'année même des ‚Orientales‘, le plus instruit des membres du Cénacle, l'auteur des ‚Poésies de Joseph Delorme‘, payait son tribut d'admiration au vieux poète italien. Le spirituel critique, malgré l'engouement du jour, est peu fait pour l'inspiration dantesque:

> Dante est un puissant Maître, à l'allure hardie,
> Dont j'adore à genoux l'étrange Comédie,

a-t-il dit; mais c'est encore la ‚Vita nuova‘ qu'il a le mieux su goûter de lui, comme il l'avoue; et dans les ‚Consolations‘[1]) (1830), il a para-phrasé la canzone ‚*Donna pietosa e di novella etate*‘: hommage timide et discret bientôt perdu parmi des enthousiasmes plus sonores. La ‚Divine Comédie‘ lui semblait étrange, âpre et ardue:

> J'attends pour y monter notre guide Antony.

C'est à Antony Deschamps aussi qu'il dédie sa paraphrase.

Antony Deschamps! C'était alors l'apôtre du dieu nouveau, et dans les salons de 1828 il avait rapidement acquis le titre de poète dantes-que[2]). Il était fou de cette Italie qu'il avait parcourue, et de son plus grand poète. Lui-même se sentait une mission de traducteur et la confiance de son modèle, auquel il s'adressait en une phraséologie inspirée d'André Chénier:

> O divin exilé! sur un mode nouveau
> Je vais dire aux Français ton antique berceau;
> Veille sur moi du ciel, dans ce monde où nous sommes;
> Car j'ai quitté pour toi le grand troupeau des hommes.
> De ta savante main, Dante, conduis mes pas[3]).

Le sanctuaire était, pour ce prêtre fervent de l'italianisme et surtout de la poésie dantesque, le second Cénacle, celui de 1829 où, près de

---

1) Pièce XVIIIe des ‚Consolations‘, qui parurent en mars 1830.
2) Voir Revue des deux mondes, 1841, t. III, p. 285.
3) A. Deschamps, Etudes sur l'Italie, Prologue: A Dante Alighieri.

Charles Nodier, Hugo trônait, salué par Sainte-Beuve avec les paroles
de Dante à Virgile; où Alexandre Dumas, qui devait visiter Florence,
où Alfred de Vigny, glorieux d',Eloa', où Emile Deschamps et d'autres
échangeaient leurs projets et leurs théories. On y amena Musset, qui
devait raconter les longues soirées de l'Arsenal en des vers brefs et
vifs. Tout le monde connaît cette épître à Charles Nodier sur ,la
boutique romantique'[1]):

> Antony battait avec Dante
> Un andante.

Ce n'était plus simple amusement ou curiosité de philologue; ce n'était
plus même de ces travaux modestes et patients comme la traduction
d'Artaud[2]) rééditée en 1828—1830, ou comme l'édition italienne de
Buttura, publiée et réimprimée à Paris, en 1820 et 1829. Dante était
intimement mêlé au mouvement du jour, à l'inspiration poétique: et
l'andante d'Antony avait dans le Cénacle, et même en dehors du petit
groupe des initiés, des échos bientôt retentissants: étudiée longuement
par Lacretelle dans le Globe (1830), attaquée par les classiques, la traduction nouvelle est un acte romantique. Le traducteur lui-même
montrera par son exemple[3]) combien d'images et d'expressions neuves
le modèle admiré pouvait, suivant la prédiction de Rivarol, fournir
aux jeunes poètes. Comme il entend faire œuvre d'art, et non de
science, il n'a choisi que vingt chants, les plus ,dantesques', pour son
adaptation de la ,Divine Comédie', publiée en 1829 chez Gosselin, ce libraire dont Walter Scott et le romantisme avaient fait la fortune.
Ces vingt chants sont les trois premiers de l'Enfer, le Ve, le XVe,
le XIXe, XXe et XXIe, le XXIIIe, le XXVe, le XXXIIIe, les chants.
I, II, VI, IX, du Purgatoire, V, VI, XV, XVII, et un fragment du
XXVe, du Paradis. On voit là les goûts du romantisme, et les traits
qu'on retiendra: la forêt obscure, Dante et Virgile, l'inscription infernale, Francesca, Brunetto Latini[4]), les papes simoniaques dans les

---

1) Poésies nouvelles.

2) Même si l'on admettait, avec Granier de Cassagnac, que les traducteurs
en vers se servaient fort d'Artaud.

3) Il ne faut pas pourtant, avec M. Chantavoine (Hist. de la langue et litt.
fr. de Petit de Julleville, t. VII, p. 337), dire à propos de la folie d'A. Deschamps, que ,peut-être ce long commerce, cette cohabitation de sa pensée avec
un génie puissant mais étrange ne furent pas sans influence sur l'inquiétude de
son esprit' ,ni voir dans le traducteur le symbole d'un romantisme fiévreux,
dantesque et un peu malade.' — Voir aussi, sur A. Deschamps, la thèse de
l'abbé Lecigne sur ,Brizeux' (Lille, Morel, 1898). — Blaze de Bury (Revue des
deux mondes, 1841, 3e série, p. 560) s'est déjà figuré Antony Deschamps foudroyé
par son dieu.

4) On trouve alors pour ce nom la forme italienne et la française, Brunetto
Latini et Brunet Latin.

fosses brûlantes, les gambades des démons grotesques, les hypocrites
courbés sous une chape de plomb, les étranges métamorphoses des
ombres[1]), Ugolin[2]), les vers suaves et descriptifs du début du Purgatoire et la ceinture de jonc donnée à Dante[3]), Casella[4]), Sordello et
l'allocution enflammée à l'Italie[5]) et à Florence, la vision de l'aigle et
la porte du Purgatoire; Béatrice radieuse et les âmes brillantes, Justi-
nien et les gloires de l'Aigle romaine, Cacciaguida, les mœurs de la Florence patriarcale, l'isolement glorieux promis au grand banni, le sel du
pain étranger et l'escalier d'autrui, l'amertume de l'exil, voilà ce
qu'interprète Antony, et voilà ce qui frappait les romantiques. De tout
cela on trouve assez de traces dans les poésies de Deschamps lui-
même. Il parle de Rossini, par exemple (et Augustin Thierry parle de
Chateaubriand, Sainte-Beuve de Hugo), comme Dante de Virgile — et
de l'Italie comme le XXXIIIe chant de l'Enfer:

> A toi, maître! Seigneur de la sainte harmonie!
> Honneur du beau pays où résonne le si,
> Qui frappant de la main ton cerveau de génie,
> Fis jaillir ce torrent qui nous entraîne ainsi[6]) . . .

Comme il a su goûter ,la douce mélancolie' du Purgatoire (avant
Ozanam), et qu'il considère le Paradis comme ,le chef-d'œuvre de
l'esprit humain', le traducteur poète a naturellement fait une moisson
d'expressions beaucoup plus copieuse que les glanures qu'on retrouve
chez les autres romantiques. L'auteur des ,Satires', et des ,Elégies'
parlera non seulement de la chape de plomb[7]), mais il verra

> les Séraphins du haut du firmament[8]);

il répétera que

> La première vertu des chrétiens, c'est l'amour[9]),

---

1) Sully-Prudhomme reprend encore ce passage en parlant de Hegel et du
panthéisme.

2) A. Deschamps, Etudes sur l'Italie, XIV (p. 194) compare à Ugolin la
mère morte sur le corps de sa fille.

3) Et du jonc consacré mon corps est déjà ceint.

4) Mme de Staël, on l'a vu, rappelait déjà cet épisode en décrivant le goût
des Italiens pour la musique; ce n'est peut-être pas un pur hasard non plus que
Ginguené et Framery aient été, comme Chabanon, des musicologues.

5) Lamartine dit encore (1856) que cette allocution est dans la mémoire
de tous les patriotes; Ed. Rod (Dante, 1891, p. 151) dit aussi que c'est un des
morceaux les plus souvent cités du poème.

6) Etudes sur l'Italie, p. 207; Inferno, II, 140, I, 79, XXXIII, 80. Ce dernier
vers a aussi été traduit par Alfred de Vigny (A Madame Ristori, 2 sept. 1855,
Journal d'un poète, p. 303):
   Fille du beau pays où résonne le si!

7) Elégies, XLI (p. 306).

8) Sat. XI.

9) Ibid.

la vie lui apparaît, comme dans la ‚Commedia‘, sous la forme allégorique d'un voyage vers l'autre monde [1]); et Dante le rassure dans sa foi
troublée: il est déjà de ceux qui, vérifiant dans un nouveau sens le mot
de Rivarol, se font chrétiens avec Dante, intermédiaire de Mozart
à Jésus [2]). La poésie se revêt naturellement à ses yeux des traits de
‚son prince, son auteur‘, il songe qu'

> Homère vécut pauvre et le Dante exilé [3]),

et il parle des bourgeois de 1830 comme le poète parlait des Italiens
du XIIIe siècle. Dans ce temps

> Où l'argent est le Dieu de toutes les familles [4]),

> La vertu ne va pas du tronc dans les rameaux;
> Ainsi le veut celui qui dans le ciel commande,
> Afin que tout mortel en naissant la demande [5]).

Comme Théophile Gautier dans ses épigraphes et ses sonnets, comme
Madame Tastu dans une Etude poétique dédiée à Fauriel (1835), Antony applique à la France les objurgations à l'Italie et à Florence; et
même il lui arrive de reprendre textuellement les formes plus ou moins
libres qu'il avait données aux paroles de Dante. Il avait dit, dans le
chant VI du ‚Purgatoire‘:

> Et toi, crucifié, qui reçus sur la terre
> Par la main des Hébreux un trépas volontaire
>
> . . . .
>
> Tout homme règne ici, plus d'ordre ni de rangs,
> La terre d'Italie est pleine de tyrans!

Dans ses ‚Satires‘ (XI: Jésus-Christ aux nouveaux pharisiens), il
répète:

> O toi, crucifié, qui reçus sur la terre
> Par la main des Hébreux un trépas volontaire
> Pardonne . . . .
> Le monde, hélas! depuis le temps des paraboles,
> N'eut jamais plus besoin de tes saintes paroles.
> Tout homme règne ici, plus d'ordre ni de rangs,

---

1) Notamment Elégies, XLIII (p. 307).

2) Elégies, XLII, XXIV, XLI.

3) El. XXIV.

4) El. LI (p. 310—311). A ses ‚Satires‘ l'auteur avait mis cette épigraphe
tirée de Dante:

> Avete fatto Dio d'oro e d'argento.

5) El. LV (p. 314); l'auteur note lui-même qu'il s'inspire de Dante. — Voir
encore Elégies, IV (p. 274): ‚Quand même cent clairons sonnent à leurs oreilles‘
(Benche suonin d'intorno mille tube. Dante). A. Deschamps dit aussi (p. 245—6)

> Que la mauvaise foi, l'ignorance et l'envie,
> Ces trois chiennes sans yeux, poursuivent le génie.

> Et la terre de France est pleine de tyrans,
> De sectaires, qui vont pressant ton cœur de père . . .

La terre d'Italie devenait la terre de France, et aux tyrans dont elle
était pleine, Antony Deschamps ajoutait ses ennemis personnels. Ainsi
chacun utilise Dante à sa façon, ou le fait prophétiser suivant son
cœur, depuis Byron jusqu'à Victor Hugo[1]). Que de pensées attribuées
à Dante, disait Tiraboschi[2]), et auxquelles Dante n'a jamais
pensé! Beaucoup plus tard Marc Monnier écrira: ,Etrange destinée
que celle du poète! Il était monarchiste et on l'a fait républicain, il
était catholique et on l'a fait protestant, il était virgilien et on l'a fait
romantique, il était pour l'empire allemand et plus que tout autre il
a servi à fonder la nationalité italienne. Tous l'ont traité comme il
avait traité Virgile, en le prenant bon gré mal gré pour guide et en
le forçant de marcher devant eux. Tous lui ont dit: ,Tu es si beau
que ta pensée doit être la nôtre'[3]). Dès 1830 on avait conscience de
cette illusion et de cet enthousiasme, et Lamartine, qui entrait, cette
année-là, à l'Académie, a dit: ,Dante semble le poète de notre époque,
car chaque époque adopte et rajeunit tour à tour quelqu'un de ces
génies immortels qui sont toujours aussi des hommes de circonstance;
elle s'y réfléchit elle-même, elle y retrouve sa propre image et trahit
ainsi sa nature par ses prédilections'.

Le lyrisme romantique se transposait dans le passé, et le poète
du moyen âge, revêtu, par l'imagination de ses admirateurs, des couleurs de 1830, ressemblait comme un frère aîné à ceux qui l'accla-
maient. Comme, à la même époque,

> Toujours Napoléon, éblouissant et sombre,

apparaît dans la poésie, il est bien naturel que les deux préoccupations se soient confondues. On rapproche l'empereur et le poète, Victor
Hugo les unit dans sa propre ambition ou, comme Gautier, dans les
énumérations de grands noms[4]), et si tous n'ont pas, comme le chef
romantique, trouvé beau et enviable

> D'être Napoléon, l'empereur radieux,
> D'être Dante, à son nom rendant les voix muettes,

beaucoup ont mis côte à côte dans leurs vers les deux personnages
surhumains, depuis Monti et Chateaubriand[5]) jusqu'à M. Lucien Paté,

---

1) Voir Sainte-Beuve, Critiques et portraits, III, 244.
2) Storia della letteratura italiana, l. III, c. 2, § XI.
3) Marc Monnier, La Renaissance, de Dante à Luther, p. 79.
4) Th. Gautier, Ambition, sonnet (1844), Poésies, II, p. 86:
     Etre Napoléon, être plus grand encore!
     Que sais-je? être Shakspeare, être Dante, être Dieu!
5) Mémoires d'outre-tombe, IV, p. 113: ,Napoléon . . . demandait la paix
à la vallée de Slane, comme Dante banni demandait la paix au cloître de Corvo';

qui imagine Dante revenant, comme Virgile, pour conduire un poète
‚jusqu'au fleuve de sang où sont les massacreurs de la famille humaine‘,
et trouvant là

> Napoléon encor tout souillé de sa gloire.

Il était bien naturel de flétrir Napoléon avec les termes de Dante, en
ce temps où des poètes réagissaient contre le courant d'exaltation et
de fétichisme bonapartiste qui envahit la poésie et grandit de Manzoni
à Barthélemy et Hugo. Antony Deschamps, dans sa satire IV, datée
d'avril 1831 (un mois avant ‚l'Idole‘ de Barbier) et dédiée à Alfred de
Vigny, reprend l'allégorie du célèbre chant VI du Purgatoire, où l'Italie
est une jument dont l'empereur est le cavalier, dont les lois sont les
rênes et la bride; Antony remplace Albert de Habsbourg par Napoléon,
et l'Italie par le peuple français:

> Napoléon, despote, à la France, sut plaire
>
> . . . .
> C'est [le peuple] un cheval rétif au cavalier timide,
> Et docile à la main qui lui tient haut la bride
>
> . . . .
> Gouvernez . . . .
> Et si votre cheval a l'humeur volontaire,
> Qu'il veuille, en se cabrant, jeter son maître à terre,
> Il faudra, cavaliers, le mater rudement[1]).

Mais, tandis qu'Antony ‚essayait d'infuser dans la poésie pittoresque
une philosophie platonicienne, dantesque‘[2]), un autre poète donna bientôt à l'image du cavalier impérial une forme éclatante, qui est dans
toutes les mémoires: Auguste Barbier. Un peu en dehors du mouvement romantique, mais occupé à décrire le moyen âge dans un roman
historique, et admirateur bientôt célèbre de Dante, il était, raconte-t-il,
tenu au courant de tout ce qui se faisait au Cénacle par son ami
Brizeux, depuis traducteur lui-même, et ami des Deschamps. Il connaissait Dante et l'andante comme s'il avait été déjà alors le compagnon d'Antony: ils firent connaissance plus tard, et il appelle An-

---

IV, p. 127: ‚Tout n'est-il pas terminé avec Napoléon? Aurais-je dû parler
d'autre chose? Quel personnage peut intéresser en dehors de lui? De qui et
de quoi peut-il être question après un pareil homme? Dante a eu seul le droit
de s'associer aux grands poètes qu'il rencontre dans les régions d'une autre vie.
Comment nommer Louis XVIII en place de l'empereur?‘ (livre VII, écrit en 1839).

1) Sat., IV (p. 252 et suiv.). Il reprend la même image, Satires, X. On a
même voulu voir dans la satire d'A. Deschamps la source et comme le brouillon
de la pièce de Barbier: O Corse à cheveux plats . . . (Revue des deux mondes
1841, t. III, p. 285). — Sully Prudhomme (Le Joug) reprendra l'allégorie du
coursier, en pensant à Barbier.

2) Voir Brizeux à propos d'A. Deschamps, Revue des deux mondes, janvier
1833; Sainte-Beuve, Portraits contemporains, II, 180.

tony Deschamps ‚un initiateur supérieur à Victor Hugo‘[1]). C'était sans
doute là une juste reconnaissance de l'auteur de ‚l'Idole‘ envers le
traducteur du VIᵉ chant du Purgatoire et l'auteur de la Satire d'avril 1831;
ce dernier avait ainsi rendu l'allocution de Dante:

> Albert de Germanie, en qui nous espérons,
> Toi qui dus la presser de tes durs éperons,
> Vois comme cette bête est aujourd'hui rétive
> Pour n'avoir pas sué sous une main active . . .

Barbier, remplaçant *Alberto tedesco* par le ‚Corse à cheveux plats‘,
l'empire du moyen âge par la France qui pour champ de course a la
terre, et en donnant à l'image des décors parfois surchargés[2]), et une
ampleur lyrique proportionnée au sujet, interpelle Napoléon et finit par
le maudire comme Dante maudissait Albert de Habsbourg:

> O Corse à cheveux plats[3]), que ta France était belle
> Au grand soleil de Messidor!
> C'était une cavale indomptable et rebelle[4])
> Sans frein d'acier[5]) ni rêne d'or
>
> . . . .
>
> Jamais aucune main n'avait passé sur elle
> Pour la flétrir et l'outrager;
> Jamais ses larges flancs n'avaient porté la selle[6])
> Ou le harnais de l'étranger
>
> . . . .
>
> Tu montas botté sur son dos[7])
>
> . . . .
>
> Quinze ans elle passa, fumante, à toute bride[8]) . . .
> Tu la pressas plus fort de ta cuisse nerveuse . . .
> Tu retournas le mors dans sa bouche baveuse . . .

Les images de Dante n'ont jamais été employées avec un pareil bonheur, dans ce temps où un sonnet célèbre de Théophile Gautier[9]) avait
comme épigraphes un mot de Gérard de Nerval et un passage de

---

1) A. Barbier, Souvenirs personnels et silhouettes contemporaines,
p. 255, 257.
2) Il veut y ajouter l'idée du centaure; dans la première édition il dit:
> Centaure impétueux, tu pris sa chevelure;
> Tu montas botté sur son dos.
Mais, sentant l'incohérence des deux idées, il a corrigé:
> Dompteur audacieux, tu pris sa chevelure.
3) O Alberto Tedesco, che abbandoni . . . (Purg., VI, 97).
4) Indomita e selvaggia (VI, 98).
5) Che val, perchè ti racconciasse il freno . . .
6) La sella è vota (89).
7) E dovresti inforcar li suoi arcioni (99).
8) Poi che ponesti mano alla predella (96).
9) Th. Gautier, Poësies, sonnet VII (éd. Charpentier, 1889, t. I, p. 107).

Dante, et, pour déplorer le malheur des temps, le budget de Louis-Philippe et l'isolement de la poésie, paraphrasait le *Lasciate ogni speranza*. Si le rapprochement entre les „Iambes‘ et le VIe chant du Purgatoire ne semblait pas concluant, il suffirait de relire la célèbre pièce que Barbier consacrait peu après à Dante; car on interpellait Dante alors aussi bien que Napoléon, et nul peut-être, après Jésus, ne s'est attiré autant de prosopopées romantiques que „Dante, vieux Gibelin‘, le „divin exilé‘, la „grande âme immortellement triste‘, le „poète inspiré‘. Auguste Barbier a, cette fois encore, trouvé une note heureuse, et ses vers nous résument les aspects sous lesquels on voyait Dante alors, en même temps qu'ils montrent la préoccupation simultanée des évènements de la révolution française et des troubles de la Florence du XIIIe siècle. D'abord les arts plastiques, comme dans tout le romantisme, se mêlent à la poésie dans l'inspiration:

> Dante, vieux Gibelin! quand je vois en passant
> Le plâtre blanc et mat de ce masque puissant
> Que l'art nous a laissé de ta divine tête,
> Je ne puis m'empêcher de frémir, ô poète!

Dante est le Gibelin par excellence aux yeux de Barbier: est-il en effet un passage plus gibelin que celui du chant VI du Purgatoire, et comment n'y aurait-on pas songé pour parler de Napoléon, puisqu'on songe à Napoléon et à la révolution en parlant de Dante:

> Dante vit comme nous les factions humaines
> Rouler autour de lui leurs fortunes soudaines;
> Il vit les citoyens s'égorger en plein jour,
> Les partis écrasés renaître tour à tour;
> Il vit sur les bûchers s'allumer les victimes;
> Il vit pendant trente ans passer[1]) des flots de crimes,
> Et le mot de patrie à tous les vents jeté[2])
> Sans profit pour le peuple et pour la liberté[3]).

Dante est comme un allié du passé, et les romantiques lui tendraient volontiers la main par dessus les siècles écoulés. Celui dont Villemain admire la mélancolie ardente et passionnée est le symbole de la poésie à la façon nouvelle,

> Tant la main du génie et celle du malheur
> Ont imprimé sur lui le sceau de la douleur.

---

1) Comparez le vers cité plus haut:
> Quinze ans elle passa . . .
Barbier songe en outre à la révolution de Juillet.

2) **A. Deschamps**, Elégies, VI (p. 277):
> Et jetant à tous vents le nom de liberté.

3) Ce langage s'entendait fréquemment au lendemain de la révolution de 1830: „Victor Cousin m'a répété souvent . . . que la révolution (de 1830) avait ébranlé le principe monarchique sans aucun profit pour la liberté‘ (Jules Simon, Victor Cousin, p. 26).

10*

Il est déjà le grand vengeur qu'exaltera l'auteur des ‚Châtiments‘, en le plaçant à côté d'Isaïe, de Tacite et de Juvénal; et le Juvénal de la révolution de Juillet l'admire de tout son cœur:

> Ah! le mépris va bien à la bouche de Dante,
> Car il reçut le jour dans une ville ardente
> Et le pavé natal fut un champ de graviers
> Qui déchira longtemps la plante de ses pieds.

Les fils de René admirent celui en qui ils croient reconnaître le poète de la douleur et du désespoir, et du mépris du monde:

> O Dante Alighieri, poète de Florence,
> Je comprends aujourd'hui ta mortelle souffrance;
> Amant de Béatrice à l'exil condamné,
> Je comprends ton œil cave et ton front décharné,
> Le dégoût qui te prit des choses de ce monde,
> Ce mal de cœur sans fin, cette haine profonde
> Qui te faisant atroce et te fouettant l'humeur,
> Inondèrent de bile et ta plume et ton cœur.

Dante reste le sombre et effrayant poète de l'enfer, et c'est ainsi que se le figurent ceux qui en jugent d'après les romantiques français: c'est ‚Dante à Ravenne‘ que peindra Jean Léon Gérôme. Un jour que je causais de l'influence de Dante avec un vieux philologue allemand, celui-ci me récita les vers suivants:

> . . . Dass Kinder, die dich in Ravenna sahen,
> Als über einen fernen Platz du gingst,
> Und sie die finstre Stirn erblickten, riefen:
> Da ist er, der zurückkehrt aus der Hölle.

Il ne savait plus quel Allemand lyrique avait composé cette tirade finale, qui l'avait frappé autrefois, et qui m'avait un air de vieille connaissance; j'ai retrouvé depuis ces vers; c'est la traduction que L. G. Förster publia, dès 1832, de la pièce de Barbier[1]), ainsi terminée; [tu fis le tableau de sa perversité avec tant d'énergie et tant de vérité]

> Que les petits enfants qui le jour, dans Ravenne,
> Te voyaient traverser quelque place lointaine,
> Disaient, en contemplant ton front livide et vert:
> Voilà, voilà celui qui revient de l'enfer.

Barbier n'a jamais été si bien inspiré que par Dante et Napoléon; il

---

1) Geisselhiebe für die grosse Nation, von August Barbier, aus dem Französischen übersetzt von L. G. Förster, Quedlinburg und Leipzig, G. Basse 1832, p. 88 (Iambes, XIII).

n'est pas sûr que la métaphore du ,lion populaire', employée par l'auteur de ,la Curée', soit originale et ne remonte pas aussi à la ,Commedia'. De même celle du ,vaisseau séculaire' de l'Etat désemparé dans la tourmente de la Terreur, qui remplit la pièce IV des Iambes (janvier 1831). Si, d'après le mot de Musset, ,quatre métaphores ont étouffé Barbier', l'influence dantesque peut revendiquer le quart au moins de cette fugitive inspiration. Leconte de Lisle a appelé Auguste Barbier un mouton revêtu un jour d'une peau de lion: le lion, c'est peut-être Dante[1]. Le jeune poète satirique, qui fit bientôt le voyage d'Italie avec son ami Brizeux, et qui en rapporta ,il Pianto', se souvint plus d'une fois encore du poète toscan, mais jamais avec le même bonheur qu'en 1831. Il avait déjà, dans ,la Tentation, poème', raconté une vision inspirée de la ,Divine Comédie' et peut-être d',Eloa': un esprit le transporte[2] sur le mont Arar et lui offre de lui montrer l'au delà:

> Alors, alors, poète à la bouche de fer,
> Tu pourras bégayer quelques mots de l'enfer,
> Tu pourras, au retour de ton voyage étrange,
> Redire les douleurs du ténébreux archange . . .

Puis l'Esprit lui vante l'Eden, le bonheur

> d'être un beau séraphin,
> D'avoir la face blanche et six ailes d'or fin.

Heureusement, dans l'Esprit, le poète reconnaît Satan, se signe avec terreur, et se retrouve ,comme auparavant errant par la campagne': il termine en enviant le sort des pauvres d'esprit,

> Car toujours la pensée est l'enfer ou la mort.

L'auteur d'un poème visionnaire ainsi avorté a bien fait de ne pas entreprendre de ,divine épopée' ni de ,Comédie de la mort', comme d'autres le feront bientôt. Il n'aura plus de dantesque — et encore pour peu de temps — que l'énergie presque cynique de l'expression; dans ,Desperatio' il trouve le monde épouvantable:

> L'homme enfin ne peut plus parler avec les anges,
> J'ai perdu tous mes saints, mes vierges, mes archanges,
> Tout ce peuple du ciel qu'aux regards des humains,
> Un homme aimé de Dieu, poète aux belles mains,
> Raphaël fit souvent descendre sur ses toiles.

---

1) Sainte-Beuve, Portraits contemporains, II, 182 (art. de 1833 sur Musset): ,Chez M. Barbier, artiste, sinon stoïcien, sectateur de Dante et de Michel-Ange . . . il y avait un idéal de beauté et d'élévation qu'il confrontait violemment avec la cohue de vices qu'un brusque orage avait soulevée'.

2) C'est une fiction pareille qu'A. de Vigny emploie pour peindre Paris, (Paris, élévation, 16 janvier 1834).

Il était donc, déjà alors, préparé au ton lugubre qu'il adopte dans ,Il Pianto' (1833). ,Ce titre italien, disait la ,Revue de Paris' en rendant compte du recueil, en 1833, signifie la Lamentation. Nous croyons devoir le traduire, car tout le monde n'est pas forcé de savoir l'italien. Les lamentations de M. Barbier peuvent très bien se comparer, comme pensée générale, aux Nuits d'Young . . . Le premier chant a pour sujet le Campo-Santo . . . L'auteur procède par longues énumérations, et trouve des vers harmonieux; mais quelques pensées d'une portée plus haute, quelques-unes de ces pensées imprévues qui réveillent si bien l'attention dans la poésie *dantesque*, n'auraient pas été de trop pour corriger la cadence régulière de l'alexandrin . . .' L'apostrophe à la tombe d'Orcagna trouve pourtant grâce aux yeux du grincheux et sot critique; de même ,la lamentation sur l'Italie, qui rappelle les *Prophéties du Dante* de Byron'. Mais H.-C. de Saint-Michel (c'est ainsi que signe le critique) ne croit pas ,que les sonnets de M. Barbier soient dignes d'être cités; pas même celui sur Michel-Ange, ce *vieux tailleur de pierres*, ainsi qu'il l'appelle, et qui, tout *lion fatigué*, tout triste et périssant d'ennui que nous le montre M. Barbier, composait aussi des madrigaux d'amour et même des sonnets *su lo stesso argomento*'[1]). Les niaiseries de M. de Saint-Michel restèrent sans écho, et le sonnet à Michel-Ange est devenu célèbre, et laisse du vieux Buonarotti un médaillon qui rappelle celui de Dante:

> Comme Dante, on dirait que tu n'as jamais ri.

Ce que le maladroit critique préfère dans ,Il Pianto', c'est ,Bianca': ,Nous arrivons à la dernière partie de ce long gémissement, au chant de *Bianca*, et c'est comme une oasis, un bosquet enchanté, qu'on trouverait après avoir traversé la sombre forêt du Dante, *nel mezzo del cammin di nostra vita*. Aux mugissements tristes et solennels qui sortaient des masses du feuillage succèdent le murmure d'une brise plus douce, et parfois le chant du rossignol. Le début de *Bianca* est gracieux; tout ce qui suit sur Venise est mélancolique et tendre. Voilà enfin des vers venus d'Italie, des vers rêvés au bruit des guitares et des barcaroles écoutées sur les eaux'.

C'est dans ce sens que l'Italie est à la mode, et pour la première fois en France cette mode, par hasard, est parallèle à l'influence de Dante. En 1829, les ,Contes d'Espagne et d'Italie' viennent la consacrer; pour Musset Italie est encore la rime à folie, et ce n'est qu'incidemment, et irrévérencieusement parfois, qu'il mentionne le plus grand poète du pays tant fêté, de ce pays que visitent tôt ou tard, comme au XVIe

---

1) Revue de Paris, 1833, t. 10, p. 298. Le critique trouve aussi que Barbier devrait ,laisser à l'Allemagne, à l'Angleterre, leur mysticisme rêveur', et il déplore que Sainte-Beuve s'égare dans les théories du mysticisme!

siècle, tous les novateurs littéraires. Dans ‚Don Paez‘, pour la femme qui attend son amant,

> L'attente d'être heureux devient une souffrance;
> Et l'œil ne sonde plus qu'un gouffre éblouissant,
> Pareil à ceux qu'en songe Alighieri descend [1]).

Dans ‚Les marrons du feu‘, le fou Rafael, qui ressemble à Musset, fait déjà à sa façon des transpositions d'art, et préfère la musique à la poésie en ces termes:

> La poésie,
> Voyez-vous, c'est bien. — Mais la musique, c'est mieux.
> Pardieu! voilà deux airs qui sont délicieux;
> La langue sans gosier n'est rien. — Voyez le Dante,
> Son Séraphin doré ne parle pas, — il chante!
> C'est la musique, moi, qui m'a fait croire en Dieu [2]).

Cette association si naturelle de la poésie dantesque et de la musique avait été tardive à s'accomplir en France. Si, plus de trois siècles auparavant, Josquin Desprez, de Condé, qui dirigea la chapelle de Louis XII à Cambray après avoir passé à la Chapelle Sixtine sous Sixte IV (1471—1484), et si Adrian Villaert (que Rabelais ouït parmi les joyeux musiciens au IVe livre de Pantagruel) avaient pris pour texte des vers de Dante, leurs compositions ne sont pas parvenues au XIXe siècle, si musicien et en même temps si dantophile. Rossini, interprété par Musset grâce à un heureux hasard, Liszt et bien d'autres, sont revenus à une inspiration longtemps muette.

C'est la musique, en effet, qui devait bientôt inspirer à Musset [3]) ‚le Saule‘, et, par là, un souvenir de l'‚Inferno‘. En septembre 1829, il rappelle seulement, de façon irrespectueuse, dans ‚Mardoche‘ (XIII), que

> Dante aimait Béatrix, — Byron la Guiccioli [4]).

Mais dans ‚le Saule‘ (1830), miss Smolen chantant Desdémone, le poète a l'occasion de rappeler les paroles de Francesca, dont Rossini avait orné son ‚Othello‘ (1816), en les mettant dans la bouche du gondolier qui passe le soir sous la fenêtre de Desdémone:

> A l'action, Iago! Cassio meurt sur la place.
> Est-ce un pêcheur qui chante? est-ce le vent qui passe?

---

1) Premières poésies (nouv. éd., Charpentier 1901), p. 26. ‚Italie‘ et ‚folie‘ riment, p. 5 et 53.

2) Ibid., p. 55.

3) Inversement c'est la poésie française dantesque qui inspire la musique dans ‚La vision de Dante‘ de Brunel et ‚A Dante‘ d'E. Deschamps (Bonaventura, Dante e la musica, p. 333).

4) P. 127. De même, p. 138 (Mardoche, XXXIV), il se souvient peut-être du V_e chant de l'Enfer dans la comparaison:

> Comme un pigeon fidèle au toit du colombier.

> Ecoute, moribonde! Il n'est pire douleur
> Qu'un souvenir heureux dans les jours de malheur [1]).

Ce dernier vers, qui était déjà celui de la traduction d'Antony Deschamps [2]), ne faisait pas songer que le même poète, mûri par la douleur, commenterait plus tard les paroles de Françoise avec des accents sublimes.

Les traductions ne ralentissaient pas, et l'année des ‚Iambes‘ avait aussi vu paraître ‚Dante, traduit en vers par stances correspondantes aux tercets textuels sur un texte nouveau quant au choix des variantes et au mode de ponctuation, dédié au Roi par Jos.-Ant. de Gourbillon‘ (Paris, Auffray, 1831): la dédicace en vers (pp. V—VI) continuait une tradition qui remonte, comme on l'a vu, à Bergaigne et à la reine Claude. Gourbillon avait publié depuis sept ans (1824) le manifeste de son ouvrage qui devait comprendre trois volumes, mais ne fut jamais achevé. — Cette révolution de Juillet autour de laquelle bourdonnent tant de vers plus ou moins dantesques, avait permis à Guizot de nommer le savant Fauriel professeur de littératures étrangères à la Sorbonne [3]); cet enseignement était une innovation, et il était confié à un érudit dont on a pu dire que ‚personne n'avait mis en circulation plus d'idées nouvelles‘. Sorti du milieu voltairien, ayant fréquenté ensuite, chez Mme de Staël, les Schlegel et les Humboldt, et suivi les leçons d'un prisonnier anglais, Hamilton, en possession d'une immense érudition, il devient l'ami de Monti, de Berchet, de Manzoni (il traduit en 1823 ‚Carmagnola‘ et ‚Adelchi‘ et parcourt l'Italie avant de recueillir les chants populaires de la Grèce), et ‚il s'initie par Monti et Manzoni aux beautés de Dante, car encore une fois il faut un initiateur quand on aborde Dante à première vue; mais il joignit à ces indications exquises du goût italien tout un

---

1) P. 153. Paul de Musset a raconté, comme on sait, l'origine de cette poésie de son frère, inspirée par la musique de Rossini. — Voir C. Bellaigue, Dante et la musique, compte rendu du livre de Bonaventura, Dante e la musica (Livourne 1904) dans le ‚Journal des savants‘, mai 1905, p. 257. Victor Hugo avait aussi associé Dante à l'idée de la musique: dans les Rayons et les Ombres (XXXV: Que la musique date du seizième siècle), il dit qu'en entendant Palestrina

> on respire un parfum d'encensoirs et de cierges,
> Et l'on croit voir passer un de ces anges-vierges
> Comme en rêvait Giotto, comme Dante en voyait . . .

2)   L'ombre dit: Il n'est pas de douleur plus amère
> Qu'un souvenir heureux dans les jours de malheur.

3) Fauriel initiateur des études dantesques a été jugé par Ozanam, M. Fauriel et son enseignement (1845), étude reproduite dans les Mélanges (Oeuvres complètes d'Ozanam, t. VIII, pp. 95—148), et par Sainte-Beuve, Dante, 11 déc. 1854 (Lundis, XI, 205).

lent accompagnement de preuves, de faits et d'inductions convergentes,
qui remettaient Dante en action et debout au milieu de son siècle, non
plus comme une singularité ni comme une bizarrerie, mais bien au
contraire comme un résumé plein d'harmonie et comme un merveilleux
couronnement'[1]). Dans son cours à la Sorbonne, Fauriel commença
par la poésie provençale: ,M. Fauriel voulait que le souffle de la
Provence eût décidé de la première floraison de la poésie italienne.
Cette conséquence lui sera contestée, mais il lui restera ce mérite qu'à
une époque où les historiens ne connaissaient point de littérature en
Italie, il en a trouvé trois, vivantes, fécondes, assez fortes pour abriter
de leur ombre la littérature naissante qui les devait faire oublier. Le
professeur ne l'avait pas quittée avant d'avoir vu son plus beau fruit,
la *Divine Comédie*. En 1832, il avait expliqué plusieurs chants de
l'Enfer, non seulement à la manière des grammairiens et des philologues, mais par une étude profonde des évènements contemporains,
par les institutions de Florence, par la vie même du poëte. Ceux qui
assistèrent à ces attrayantes explications n'oublieront pas quel jour
nouveau venait dissiper à leurs yeux les obscurités du texte. Mais il
reste un souvenir plus durable des leçons de M. Fauriel de la *Biographie de Dante*[2]), qu'il publia bientôt après. Avec cet art admirable
qu'il eut toujours de se borner et de se contenir, il . . . se renferme
dans l'histoire politique, mais c'est pour s'y établir en maître: on voit
se débrouiller sous sa main ce chaos d'affaires et de factions qui partagent l'Italie à la fin du treizième siècle, la querelle expirante du
sacerdoce et de l'empire, la guerre acharnée des nobles et des plébéiens,
les rivalités des villes, l'intervention des étrangers . . .'[3]). Ces souvenirs laudatifs du meilleur de ses élèves montrent à eux seuls l'action
de Fauriel, et tout ce qu'il révélait aux jeunes gens studieux et inexperts:
,Lorsqu'il commença son cours sur Dante en 1833, raconte un autre audi-
teur, il avait l'intention de se restreindre aux préliminaires les plus
indispensables sur la vie du poète, l'histoire contemporaine de Florence
et l'état de la langue et de la poésie italiennes, telles que Dante les
avait trouvées. Après avoir traité ces sujets en treize ou quatorze
leçons, il aborda la *Divine Comédie* par quelques leçons générales sur
la nature et le but du poème et consacra le reste de l'année à une

---

1) Sainte-Beuve, ibid. — Fauriel, Dante et les origines de la langue
et de la littérature italiennes (Paris, Durand, 1854: cours publié par Mohl),
p. 33, rappelle ce qu'il doit à ses deux illustres amis.

2) Revue des deux mondes, 1834, série III, t. IV, pp. 37—92. ,La Revue
indépendante' publia aussi, en 1843, t. VIII, p. 361 et suiv., les ,Études sur
Dante, Françoise de Rimini; Ugolin', par Fauriel, ,fragments du cours professé
il y a quelques années à la Sorbonne' (p. 361, n. 1).

3) Ozanam, o. c., p. 121.

analyse du livre et à un commentaire sur les passages les plus difficiles. Il avait voulu employer le cours de l'année 1834 à l'achèvement
de ce commentaire; mais ses auditeurs, qui avaient été vivement
frappés par deux leçons qu'il avait faites sur l'état de la langue italienne avant Dante, le prièrent de reprendre ce sujet et de l'exposer
avec plus de développement. M. Fauriel se prêta volontiers à cette
demande, et commença le nouveau cours par seize leçons d'introduction
sur la formation des langues indo-européennes en général et de l'italien
en particulier, ensuite il rentra dans l'explication de Dante qu'il pour-
suivit jusqu'à la fin du cours[1]). Ce cours ne fut publié que vingt
ans après (en 1854) par les soins d'un pieux élève, Jules Mohl: mais
l'enseignement avait porté ses fruits, puisqu'à lui se rattachent des
hommes comme Ozanam et J.-J. Ampère, et Sainte-Beuve a pu parler
de l'*école de Fauriel:* ,sa conversation même, dit encore Mohl, dans
laquelle tant d'hommes distingués ont puisé des idées et des faits,
comme dans une source toujours abondante et accessible à tous, ne
donnait pas la mesure entière de ce qu'il avait fait et préparé'. Dans
ce cours sur Dante conservé par le soin d'un élève, nous voyons
Fauriel faire l'histoire de la fortune du poète et marquer l'importance
de Gravina et de Vico à ce point de vue. Mais la gloire de Dante
est tellement vive vers 1834 qu'elle fait peut-être illusion au savant
maître quand il dit: ,Il y a plus de cinq cents ans que Dante est
mort; et dans cette longue traversée de temps où tant de gloires littéraires ont fait naufrage ou subi de graves déchets, la sienne n'a fait
que redoubler d'éclat. Je suivrai quelques moments le cours de cette
grande renommée poétique à travers les siècles qu'elle a franchis en
grandissant[2]). Le gros volume (540 pages) tiré de ces leçons de
1833—34 expose, suivant tout ce qu'on savait alors, l'état de l'Italie
et de Florence à la fin du XIIIᵉ siècle, la vie de Dante, l'influence
provençale au delà des Alpes, l'histoire de l'école de Sicile et de celle
de Bologne, enfin la Divine Comédie, Françoise, Ugolino, Sordello. ,Les
personnes ne manquent pas, dit-il[3]), qui connaissent des morceaux
renommés de l'Enfer et les citent comme les seuls qui méritent cet
honneur. C'est un préjugé déjà vieux, et avec lequel il serait temps
d'en finir. Il y a sans doute de grandes beautés dans l'Enfer de la
,Divine Comédie', mais les plus grandes sont incontestablement dans
les deux autres parties du poème'. ,Ces recherches de Fauriel — a dit
Sainte-Beuve, contemporain et bon juge —, connues bien des années
avant qu'il les écrivît et même avant qu'il les professât, transpirant
hors du cercle intime où il vivait, communiquées par lui à tous ceux

---

1) Mohl, Préface de ,Dante et les origines . . .' p. IV—V.
2) P. 2.
3) P. 31.

qui l'interrogeaient avec la libéralité du savant généreux et du galant homme, viennent seulement d'être réunies en volume et de paraître dans leur ensemble [c'était en 1854]: on peut dire qu'elles étaient depuis long-temps dans la circulation, et que le niveau du goût en France (je ne parle que de la classe instruite) s'en est ressenti'. De plus, l'étude de Dante est entrée vraiment dans l'enseignement supérieur en France; la tradition se poursuit, de façon intermittente, de Ginguené à M. Geb-hart[1]). Ginguené et Villemain n'accordaient à la ,Commedia' qu'une partie de leurs cours, qui embrassaient de vastes sujets. Fauriel, le premier, a consacré le sien exclusivement à Dante. Il aura des émules, et Lenormant, qui fut chargé en 1835 de suppléer Guizot dans la chaire d'histoire moderne à la Sorbonne, ,demande à l'œuvre de Dante l'histoire contemporaine dans un cours justement applaudi'[2]), dit J.-J. Ampère, qui place ce cours de Lenormant immédiatement après celui de Fauriel.

Dante est si bien étudié que les Français en arrivent à juger sainement par eux-mêmes, et dès 1834 Delécluze, que l'on retrouve plus d'une fois dans la dantographie, peut discuter et réfuter toutes les horreurs que Rossetti venait de découvrir dans la ,Divine Comédie'. Dans la ,Revue des deux mondes' du 15 février 1834, il publie l'article ,Dante était-il hérétique?' à l'occasion de ,Sullo spirito antipapale che produsse la Riforma', qui avait paru deux ans plus tôt à Londres[3]): Aroux n'avait pas encore été affolé par Rossetti et la révolution de 1848. — Les connaissances nouvelles se sont répandues aussi dans l'Est de la France, où on les trouve brillantes plus tard, et en 1833 paraissent à Lunéville ,Trois chants choisis de la Divine Comédie, avec des notes et une notice sur sa vie et ses ouvrages; traduction interlinéaire du 3e chant de l'Enfer, par L. Maggiolo'. Les étrangers viennent à la rescousse, et Schlegel, dont Ozanam citera l',Histoire de la littérature', entretient des trécentistes les lecteurs de la ,Revue des deux mondes'.

Le romantisme triomphait partout, et se manifestait dans des ouvrages et des domaines nouveaux; Michelet commençait, en 1833, son ,Moyen Age', Lamennais lançait en 1834 ses ,Paroles d'un croyant', où l'on s'est plu à retrouver la forme visionnaire[4]) et l'énergie des tercets

1) M. Gebhart parle actuellement (février 1905) de Dante et des sources de la ,Divine Comédie' à la Sorbonne, où il l'a déjà commenté il y a quelques années dans des leçons remarquées (v. Pacheu, De Dante à Verlaine).

2) Ampère, La Grèce, Rome et Dante (6e éd., 1884), p. 233.

3) Delécluze a repris l'examen de ces questions dans son ,Dante et la poésie amoureuse' (Paris, 1854, Amyot), p. 549 et suiv. — Schlegel (Rev. des d. m., 15 août 1836) réfuta aussi Rossetti.

4) Voir surtout Paroles d'un croyant, XIII et XIV. Les ,Paroles' furent écrites en 1833. E. Spuller, Lamennais (1892). p. 249.

dantesques; Musset, dans „Lorenzaccio‘ (1834) peignait Florence qu'il
venait de voir, non sans quelque réminiscence du „poète de Florence‘¹);
Brizeux et Barbier revenus d'Italie se ressentaient de l'art toscan, et
la „Fleur d'or‘, devenant „les Ternaires‘²), ne sera quelque chose qu'après
avoir été remaniée sous l'influence de Dante et des Italiens. On ne
commence pas l'histoire de Philippe le Bel sans citer tout au long les
paroles de Hugues Capet au XXᵉ chant du Purgatoire, cette „plainte
du vieux monde mourant contre le laid jeune monde qui lui succède‘³),
et on retrouve jusque dans les polémiques du jour le souvenir du vieux
Gibelin. Barthélemy, dans sa réplique à la „Réponse à Némésis‘, de
Lamartine, se défend d'être possédé par la rage de l'injure et „poussé
par le démon du Dante‘⁴). Lamartine partant pour l'Orient disait en
s'embarquant à Marseille (1832):

> Ce n'est pas qu'en nos jours la fortune du Dante
> Me fasse de l'exil amer manger le sel,
> Ni que des factions la colère inconstante
>   M'ait brisé le seuil paternel⁵).

Ou bien c'est le souvenir de la „Commedia‘ lue et retenue qu'on trouve
dans les métaphores des poètes: dans „la Coupe et les lèvres‘, Musset
fait dire par le chœur des chevaliers à Frank (1832):

> Pareil à Béatrix au seuil du purgatoire,
> Tes ailes vont s'ouvrir vers des chemins nouveaux⁶).

On aurait pu adresser les mêmes paroles au poète qui devait faire les
„Nuits‘ et le „Souvenir‘, et qui, en attendant, se souvenait à Bade du
Lasciate ogni speranza à propos de la maison de jeu:

> Cette âme, c'est le jeu; mettez bas le chapeau;
> Vous qui venez ici, mettez bas l'espérance⁷).

---

1) Lorenzaccio, I, 4 et 6; III, 1; IV, 3. La complainte de Minuccio, dans
„Carmosine‘, est une adaptation de la Ballade I de la „Vita nova‘.

2) Voir l'étude de Saint-René Taillandier sur Brizeux dans l'édition
Lemerre; t. I, p. 32—33.

3) Michelet, Histoire de France, t. III, chap. 2. Sur „l'état de misère
de la chrétienté‘ exprimé par la „Divine Comédie‘, voir encore (en 1880)
J. Klaczko, Causeries florentines (publiées d'abord Revue des deux mondes,
p. 530).

4) Eh! crois-tu que, poussé par le démon du Dante
    J'embrasse avec plaisir une furie ardente?
    Est-ce une volupté de travailler debout
    Au bord de la fournaise où ma vengeance bout . . .

5) Recueillements poétiques, Epîtres et poésies diverses, IX (Hommage
à l'Académie de Marseille, Adieu), éd. Hachette, p. 257.

6) La coupe et les lèvres, III, I (p. 262).

7) Une bonne fortune, XII (décembre 1834), Poésies nouvelles, p. 34.

Un autre poète, sans idées, sans lyrisme, mais vrai peintre et tout plein

> De nos auteurs chéris, Victor et Sainte-Beuve,
> Et d'Alfred de Musset et d'Antoni Deschamp[1]),

et tout préoccupé de formes et de contours, Théophile Gautier, lui aussi, se sentait l'ambition poétique, et avait notamment écrit en 1831 (publié en 1832) ‚Albertus ou l'âme et le péché, légende théologique, poème'. Ce signor Albertus qui devait succomber à la tentation diabolique

> était un homme d'art,
> Aimant tout à la foi d'un amour fanatique
> La peinture et les vers autant que la musique.
> Il n'eût pas su duquel, de Dante ou de Mozart,
> Dieu lui laissant le choix, il eût souhaité d'être[2]),

et quand ce triste sire jette une lettre au feu,

> Le papier se tordit comme un damné du Dante
> En dardant un jet de gaz bleu[3]).

Mais Gautier ne voit que des décors, et ce qu'il emprunte surtout au poème toscan, c'est une forme métrique, c'est la *terza rima*; il s'en sert déjà dans ‚Ténèbres'[4]) pour déplorer son impuissance:

> Le sable des chemins ne garde pas ta trace,
> L'écho ne redit pas ta chanson, et le mur
> Ne veut pas se charger de ton ombre qui passe.
>
> Pour y graver un nom ton airain est bien dur,
> O Corinthe! et souvent, froide et blanche Carrare,
> Le ciseau ne mord pas sur ton marbre si pur.
>
> Il faut un grand génie avec un bonheur rare
> Pour faire jusqu'au ciel monter son monument,
> Et de ce double don le destin est avare.
>
> Hélas! et le poète est pareil à l'amant,
> Car ils ont tous les deux leur maîtresse idéale,
> Quelque rêve chéri caressé chastement.

Nous retrouverons le peintre rimeur, et sa *terza rima*, et ses connais-

---

1) Th. Gautier, A mon ami Eugène de N. (Poésies, I, p. 68—69).

2) Albertus, LXVIII (Poésies complètes, I, p. 157).

3) Ibid. LXVI.

4) T. I, p. 190—197. Sully-Prudhomme (Oeuvres, t. III, p. 146) a dit à Théophile Gautier:

> Ton âme a donc rejoint le somnolent troupeau
> Des ombres sans désirs, où l'attendait Virgile,
> Toi qui, né pour le jour d'où le trépas t'exile,
> Faisais des voluptés les prêtresses du Beau!

sances du trécentisme, et ses ambitions dantesques. Dans les belles
années du romantisme, la parole est à des génies plus puissants et
à des artistes plus heureux.

En 1835 on voit les traducteurs et les auteurs, les étrangers et
les Français, les artistes et les écrivains, honorer à l'envi le chantre
de cette Francesca, qu'en 1832 déjà Charles Bernard avait chantée,
avec Ugolin, d'après Dante[1]) dans ‚Plus deuil que joie, poésies'. Alfred
de Vigny commençait ainsi ses ‚Souvenirs de servitude militaire': ‚S'il
est vrai, selon le poète catholique, qu'il n'y ait pas de plus grande
peine que de se rappeler un temps heureux dans la misère, il est
aussi vrai que l'âme trouve quelque bonheur à se rappeler, dans un
moment de calme et de liberté, les temps de peine ou d'esclavage[2])'.
En même temps les traductions se multiplient, et Calemard de Lafayette
donne en 1835 le premier volume de ‚La Divine Comédie, traduite en
vers français, avec le texte en regard, une préface et des notes du
traducteur. L'enfer' (texte italien et français, Paris, 1835—1837,
2 volumes), en vers libres, heurtés, abrupts, bravant la césure. Mais le
plus bel hommage à Dante vint encore une fois d'un peintre. Un
Hollandais qui vivait à Paris, et qui devait devenir l'oncle de Renan,
Ary Scheffer, composa le célèbre tableau de Paolo et Francesca, qui
fut exposé au Louvre en 1835[3]). La belle et malheureuse héroïne, blanche
et pâle, et les cheveux au vent, passe, suspendue au cou de son amant,
un peu plus effacé, et devant les regards douloureux de Dante, qu'on
voit à droite du tableau avec son maître, elle apparaît comme elle
était dans l'imagination infiniment mélancolique des poètes romantiques
et comme se la figurait sans doute, quelques années plus tard, l'auteur
de ‚Souvenir'. Fort admiré, notamment par Ampère, le tableau de
Scheffer fut vendu quarante-trois mille francs à la vente du duc
d'Orléans[4]). Refait en 1855 pour Madame Marjolin Scheffer, et, pour
Jos. Gaye, de Tarbes, en une miniature qui fut exposée à Paris

---

1) ‚Plus deuil que joie, poésies', par Charles Bernard Dugrail de la Villette,
Paris 1832: pp. 135—148: Françoise de Rimini, imité de Dante. — Ugolin,
imité de Dante.

2) Il faut ajouter ce passage aux adaptations et commentaires poétiques
du célèbre passage, que F. X. Kraus a rassemblés dans ses Essays, t. II,
p. 337.

3) Th. W. Koch (o. c., t. II, p. 604) songe à identifier avec la première
esquisse du tableau de Scheffer (v. Yriarte, Françoise de Rimini, p. 29) le
tableau de 1821 mentionné par Champlin et Perkins sous le titre ‚The shades
of Francesca da Rimini and her lover appearing to Dante and Virgil'. Voir
les études mentionnées par Koch, ibid., p. 424,425, 604; F. X. Kraus, Dante,
p. 637, 638, 662; l'Alighieri, IV, 262.

4) Burty, Gazette des beaux arts, 1859, p. 59; Kraus, l. c.

en 1855, gravé par Calamatta[1]), il a répandu dans le monde de l'art, notamment chez les écrivains anglais[2]), une vision dantesque qui a occupé tant d'écrivains depuis Silvio Pellico jusqu'à M. Gabriel d'Annunzio, et qui s'accordait à merveille à la poésie française, pleine alors de tristesses passionnées, d'amour infini, de regrets amers et d'éternels sanglots. Tandis qu'Ingres n'avait peint qu'une très humaine aventure, l'époux surprenant Paul et Françoise au moment du baiser qui interrompt la lecture, Ary Scheffer a osé suspendre dans l'air sombre les deux âmes qui vont ensemble, et il a fait passer sur la toile quelque chose de la lugubre éternité des châtiments. La même année Francesca était représentée dans un relief en marbre d'Antoine Etex. Pas plus que Delacroix, Scheffer n'en est resté à son heureuse trouvaille; en 1846 il peignit ‚Dante et Béatrice', ce tableau qui, gravé et reproduit si souvent, inspirait en 1865 les ‚terzine' de Gnoli, et qui circule encore tous les jours sur les cartes illustrées d'Italie. Dante, peint d'après le portrait du Bargello, lève les yeux vers Béatrice, blanche vision tournée vers le ciel: tentative, plus difficile et moins réussie que l'autre, d'exprimer un idéal[3]) d'amour divin qui échappe au pinceau plus encore qu'à la plume. Un autre s'y était déjà essayé, et en 1840 fut exposé au Louvre le tableau de Delaborde représentant l'apparition de Béatrice à Dante d'après le XXXᵉ chant du Pargatoire[4]). Paolo et Francesca, Dante et Béatrice, ce sont deux amours et deux symboles, et Ary Scheffer et Delaborde ne sont pas seuls en France à les concevoir et à les rapprocher. ‚Certes, elle aimait—dit Balzac d'une de ses plus pures héroïnes — comme Laure de Noves aimait Pétrarque, et non comme Francesca da Rimini aimait Paolo: affreuse découverte pour qui rêvait l'union de ces deux sortes d'amour![5])'. ‚Elle me versait, raconte le même roman, des lueurs incessantes et incorruptibles de ce divin amour qui ne satisfait que l'âme. Elle montait à des hauteurs où les ailes diaprées de l'amour qui me fit dévorer ses épaules ne pouvaient me porter; pour arriver près d'elle un homme devait avoir conquis les ailes blanches du séraphin . . . elle devint ce

---

1) Voir, sur la gravure de Calamatta, l'article de la ‚Revue indépendante', 1843, t. VII, p. 158.

2) Poésies de Maitland (1863) et de Parsons (1856).

3) C'est le sens qu'a gardé Béatrice, à juste titre, en France, depuis V. de Laprade jusqu'à cet article ‚Fauriel' de la ‚Grande Encyclopédie', où ‚la république était pour Fauriel un idéal, une Béatrice'.

4) Salon de 1840, Chalamel; L'Illustration, 22 juin 1844. — Quant à la publication allemande ‚Le Paradis du Dante, dessiné au trait par Pierre de Cornelius, directeur de l'Académie des beaux arts à Munic' (Leipzig, Bœrner, 1830), sa rédaction en un français approximatif n'est qu'un signe de la diffusion internationale de la langue française.

5) Balzac, Le lys dans la vallée (édition du centenaire), p. 187.

qu'était la Béatrix du poëte florentin, la Laure sans tache du poëte
vénitien (?), la mère des grandes pensées, la cause inconnue des
résolutions qui sauvent, le soutien de l'avenir, la lumière qui brille
dans l'obscurité comme le lys dans les feuillages sombres'. Ailleurs,
dans ‚Béatrix‘, Balzac montre que l'héroïne dont il profane si mala-
droitement le nom, était l'un des souvenirs littéraires et l'un des
rêves des artistes d'alors: ‚Claude, toujours railleur, prétend que
vous serez *Bice*, et qu'elle sera *Dante*‘[1]). Un musicien allemand alors
en vogue en France, et mêlé à l'histoire qui fait le sujet du roman
de Balzac, traitait bien mal ces prétentions. ‚Ce n'est pas sans malice
que la comtesse d'Agoult[2]) est baptisée par Balzac du nom de
„Béatrix“, allusion mordante à son désir d'être, pour Liszt, ce que la
Béatrice fut pour Dante, rôle qui la préoccupait sans cesse et qui fit
qu'une fois le grand pianiste répondit à une de ses sentences doctorales:
„Bah Dante! Bah Béatrix! Ce sont les Dantes qui créent les Béatrices; les
vraies Béatrices meurent à dix-huit ans“[3]). Liszt lui-même composa
plus tard un ‚Dante‘, comme on sait: mais sa musique en ce point fut
moins goûtée en France que l'artiste ne l'avait été au beau temps de
George Sand et de la comtesse d'Agoult[4]).

*　*　*

Le classicisme était bien fini; et les ‚préjugés littéraires‘ dont
Dante avait été ‚un chapitre‘[5]), étaient désormais dissipés et aban-
donnés.

Mais tant d'épisodes et de décors et de grands noms, Dante et
Béatrice, Paolo et Francesca, Ugolin, les métaphores dantesques, la
terza rima, et les tableaux des artistes romantiques, n'avaient pas
encore donné à la France une ‚Divine Comédie‘. ‚Eloa‘ ne suffisait
pas aux amateurs d'épopée mystique, et le romantisme après son

---

1) Béatrix (même éd.), p. 114—115. Sainte-Beuve dit aussi (Sur un
portrait de Gérard. A Madame Récamier, Critiques et Portraits, t. III, p. 370):

　　C'est elle que plus tard, non plus Grecque naïve,
　　Fleur des palais d'Homère et de l'antique ciel,
　　Mais Béatrix déjà, plus voilée et pensive,
　　Canove ira chercher pour le myrte immortel.

2) On verra plus loin la comtesse d'Agoult (sous le pseudonyme de Daniel
Stern).

3) Wladimir Karénine, George Sand, sa vie et ses œuvres, t. II,
(Paris, 1899), p. 370.

4) Voir C. Bellaigue, Dante et la musique (Revue des deux mondes, 1903).
Dante a aussi inspiré ‚Le Dante, paroles d'A. Desplaces, musique de
P. Scudo‘ (Paris, 18—), et Blau et Godard (Dante, opéra, 1890).

5) Augis, Un chapitre de l'histoire des préjugés littéraires; Dante; (dans
la ‚France littéraire‘, Paris 1835, 4e année, 1e livraison.

triomphe avait encore à tenir la promesse, à réaliser l'espoir des poèmes
universels: c'est à quoi on s'essaie, avec plus ou moins de conscience
et de bonheur, de 1836 à 1840, de „Jocelyn' à la „Divine Epopée', du
„Triomphe de Pétrarque' à „Souvenir'. „La révolution que le christianisme a dû produire dans la poésie, — avait dit Lamartine en 1830
dans son discours de réception à l'Académie —, cette révolution dont
les progrès sont sensibles dans le Dante, dans Milton, dans le Tasse,
dans Pétrarque, dans Athalie, a été lente à agir sur nous: nos cœurs
étaient chrétiens, et nos lèvres étaient païennes . . . elle nous demande
enfin ce que le père de toute poésie moderne a si bien défini: *Il parlar
che nell'anima si sente*[1]). Ce langage de l'âme, toute la poésie lyrique l'a assez parlé: seulement on veut davantage, on veut l'histoire
de l'âme humaine, et de ces poèmes comme les étrangers en ont, qui
chantent toute la destinée. Ces vagues et ambitieux projets hantèrent
bien des esprits, et jusqu'à de pauvres hères dont Jérôme Paturot et
le Durand de Musset sont restés les tristes caricatures; ce Durand,

> Qui dévorait Schiller, Dante, Goethe, Shakspeare,

avoue aussi qu'après tant de lectures étrangères il

> Accoucha lentement d'un poème effroyable[2]).

D'autres, plus grands et plus sages, avaient les mêmes ambitions, et se
sentaient moins inférieurs à leur tâche. Ils réalisaient, ils croyaient
bien surpasser ce que Théophile Gautier, en 1836, disait aux poètes
en des vers remplis de souvenirs dantesques jusque dans leur forme,
la terza rima:

> Faites de la musique avec la voix plaintive
> De la création et de l'humanité,
> De l'homme dans la ville et du flot sur la rive.

> Puis, comme un beau symbole, un grand peintre vanté
> Vous représentera dans une immense toile,
> Sur un char triomphal par un peuple escorté:

> Et vous aurez au front la couronne et l'étoile[3])!

Justement Alfred de Musset, écrivant le *Salon* de peinture pour la
„Revue des deux mondes', s'était arrêté avec complaisance à un Dante
en robe rouge en même temps qu'au „Triomphe de Pétrarque'; et si
c'est „Le Triomphe de Pétrarque' que Gautier célèbre dans les vers

---

1) Discours de réception à l'Académie française (Paris, Didot, 1830), p. 9.
Lamartine cite peut-être ce vers de Pétrarque d'après „Corinne', liv. II, chap. II.

2) Dupont et Durand (juillet 1838) (Poésies nouvelles, p. 152 et 157).

3) Le Triomphe de Pétrarque (Th. Gautier, Poésies, t. I, p. 209—214); le
tableau qui inspira tant de vers est celui de Louis Boulanger.

cités, il commence par une fiction dantesque, se représentant abandonné
en chemin, dans la nuit, par sa dame, son conducteur céleste:

> Béatrix dans les cieux avait fui sans retour,
> Et moi, resté tout seul au seuil du purgatoire,
> Je ne pouvais voler aux lieux d'où vient le jour.
>
> A coup sûr tu n'auras aucune peine à croire
> Quel deuil j'avais au cœur et quel chagrin amer
> D'être ainsi confiné dans la demeure noire.
>
> Sur ma tête pesait la coupole de fer,
> Et je sentais partout, comme une mer glacée,
> Autour de mon essor prendre et se durcir l'air.

Dante se mêle ainsi, dans le romantisme français, à ce Pétrarque qui
l'avait éclipsé au temps de Ronsard, et il est pour beaucoup dans les
grands poèmes dont les Français se sentent l'ambition vers 1836—1840.
Chateaubriand traduisant Milton songeait à tout instant à la gloire
homérique de Dante[1]). Ossian et Walter Scott, Shakespeare et Calderon, Milton et Klopstock, Dante et Goethe[2]), à des titres divers et dans une
inégale mesure, ont fasciné de leur gloire ou peuplé de leurs créations
l'imagination française, et inspirent des projets comparables à ceux
que formait jadis la Pléiade à la pensée des poèmes antiques. Mais
les influences subies par les romantiques ne sont guère aussi profondes
que l'humanisme du XVIᵉ siècle; le vague des connaissances et
l'indépendance du tempérament lyrique font flotter la poésie
étrangère dans un demi-jour d'où elle n'envoie que des rayons troublés
et des ombres fugitives. Le premier qui entreprend un cycle de grands
poèmes, c'est Lamartine, en 1836, avec „Jocelyn, épisode‘. Il sent bien,
dit-il dans son Avertissement (15 janvier 1836) „que le temps des
épopées héroïques est passé. C'est la forme poétique de l'enfance des
peuples‘. Aujourd'hui, „la poésie redevient sacrée par la vérité, comme
elle le fut jadis par la fable; elle redevient religieuse par la raison,
et populaire par la philosophie. L'épopée n'est plus nationale ni
héroïque, elle est bien plus, elle est humanitaire . . . Le sujet s'offrait

---

1) Essai sur la littérature anglaise, dans Oeuvres, 1840, t. V, p. 18
(Descente aux enfers): „Le génie, à qui est-il? à Dante et à Homère‘ pp. 50, 53
(Langue de Shakespeare; langue de Dante), p. 69 (Shakespeare et Dante au
nombre des cinq ou six grands génies dominateurs, comme plus tard chez
Victor Hugo); p. 134 (des renommées universelles).

2) Un plaidoyer romantique, en 1830, disait: „Le romantisme est sorti des
forêts de la Germanie, rude et barbare comme le peuple auquel il appartenait . . .
Dans tous les lieux où la liberté plantait ses drapeaux, le romantisme fixe aussi
son étendard. Il fleurit dans les Etats libres de l'Italie soutenu successivement
par le Dante, Boccace, l'Arioste et le Tasse‘!!! (Nouveautés de la littérature
française, 7ᵉ livraison, Stuttgart, Charles Hoffmann, 1830, p. 163).

de lui-même, il n'y en a pas deux: c'est l'humanité; c'est la destinée de l'homme; ce sont les phases que l'esprit humain doit parcourir pour arriver à ses fins par les voies de Dieu'. Mais le ,fragment d'épopée intime' que donne l'auteur n'a rien de dantesque, si ce n'est l'ambition de fragment d'épopée universelle; il y a trop loin de l'aventure de l'abbé Dumont au voyage du Florentin dans l'autre monde, Lamartine se souvient plus d'Ossian, des brouillards et des monts d'Inistore, et de Faust enivré des filtres de l'école, que de Dante et de Béatrice et des apostrophes véhémentes du Gibelin; et les temps sont trop changés depuis le moyen âge:

Peut-être il était beau, quand Rome reine et mère,
De l'empire du monde évoquant la chimère,
Posait son pied d'airain sur la nuque des rois,
Lançait du Capitole une foudre bénie,
Et tentait d'allonger sa double tyrannie
    Jusqu'où va l'ombre de la croix;

Quand ces pontifes-rois, distributeurs du monde,
Marquaient du doigt les parts sur une mappemonde,
Donnaient ou retiraient les royaumes donnés,
Citaient les fils d'Habsbourg au banc du Janicule,
Et tendaient à baiser la poudre de leur mule
    A leurs esclaves couronnés . . .

Il était beau peut-être, avec Pétrarque ou Dante,
D'allumer son courroux comme une lampe ardente[1]),
De jeter sur l'autel sa sinistre lueur,
Et du temple avili déchirant les saints voiles,
De montrer sa souillure au soleil, aux étoiles,
    Et de crier sur lui: Malheur! . . .

Mais aujourd'hui, grand Dieu! . . .

on peut tout au plus se souvenir de loin en loin d'un grand nom comme celui de Dante en une rime sonore, ou reprendre quelque métaphore du vieux poète toscan popularisée déjà en France:

Lorsque du cavalier la main rude et farouche
Tourmente un mors d'acier et fait saigner la bouche,
L'obéissant coursier peut parfois tressaillir[2]) . . .

---

1) Cette rime de Dante et ardente est assez répandue à l'époque romantique: nous en avons déjà vu des exemples.

2) Ce passage, et les vers qui précèdent, se trouvent dans ,Jocelyn, neuvième époque, Valneige, août 1801' (éd. de Bruxelles et Leipzig,. 1836, t. II, p. 137—138). Notons aussi (sixième époque, t. II, p. 11) une triple répétition, avec l'idée de l'enfer et de l'amour infini:

Une vie avec toi, puis à jamais mourir!
Une vie avec toi, puis l'enfer et ses flammes!
Une vie avec toi, puis la mort à nos âmes!

11*

Lamartine revint, deux ans après, à son œuvre épique avec un nouveau fragment qui était un gros poème, ‚la Chute d'un Ange' (1838). Dans l'intervalle, ses goûts de poésie universelle n'ont pas diminué, et la vogue de Dante n'a fait que progresser. C'est le temps où George Sand, dans ‚Mauprat' (1837) fait comprendre Dante et Homère à un illettré du XVIIIe siècle, où Victor Hugo lit la ‚Divine Comédie', ou du moins où il écrit des vers optimistes intitulés ‚Après une lecture de Dante', dans les ‚Voix intérieures' (1837), XXVII:

> Quand le poète peint l'enfer, il peint sa vie:
> Sa vie, ombre qui fuit, de spectres poursuivie
> — — — — — — — — — — — —
> Oui, c'est bien là la vie, ô poète inspiré!
> Et son chemin brumeux d'obstacles encombré.
> Mais, pour que rien n'y manque, en cette route étroite,
> Vous nous montrez toujours debout à votre droite
> Le génie au front calme, aux yeux pleins de rayons,
> Le Virgile serein qui dit: ‚Continuons' [1].

Les études dantesques vont de pair avec ces graves réflexions d'heureux bourgeois et cette poésie. En 1837, Delécluze écrit ‚Florence et ses vicissitudes', Boullée publie des ‚Fragments d'une traduction de Dante; épisode du comte Ugolin' (qu'on ne paraît guère remarquer, d'ailleurs), et A. Ledreuille donne ‚La Divine Comédie de Dante Alighieri; Enfer, traduction nouvelle en vers libres' (Paris, Fain), avec portrait de Dante. Dans son effort de fidélité littérale, Ledreuille sacrifie le vers classique et même l'élégance de la langue; voici sa traduction de l'inscription de l'Enfer:

> Par moi l'on va dans la cité maudite,
> Par moi l'on va dans l'éternel malheur,
> Par moi l'on va chez la race proscrite.
> Une haute justice inspira mon auteur:
> Ouvrage qu'accomplit la divine puissance,
> La suprême sagesse et le premier amour,
> L'Eternel seul était à ma naissance;
> Je n'aurai pas de dernier jour.
> Vous qui entrez, laissez toute espérance.

La traduction de Ledreuille, objet des réflexions peu compétentes des ‚Blätter zur Kunde der Literatur des Auslands' (30 mai 1838), plus tard d'une note de Fabi Montani (Il Tiberino, 1843), et des facéties de Granier de Cassagnac [2]) (Revue des deux mondes, 1840), ne semble

---

1) Il dit aussi (Voix intérieures, VIII):
      Dante vous eût faite ange et Virgile déesse.
   2) Dans les ‚Blätter, etc.', l'article est intitulé ‚Dante in Frankreich' et est signé Mr. (?); la traduction fut aussi mentionnée ‚Biblioteca italiana',

pas avoir exercé d'action bien sensible: et dès 1838 Mongis publiait une autre traduction de l'Enfer en alexandrins, bientôt rééditée (1842 et 1846). On était déjà en pleine période épique. Edgar Quinet, l'auteur d',Ahasvérus' (1833), qui fréquenta Fauriel et J.-J. Ampère, et célébra éloquemment Dante dans son cours et dans ses œuvres, à propos de Florence (Allemagne et Italie; philosophie et poésie, 1839) et à propos des ,Révolutions d'Italie'[1]) (1848), Edgar Quinet qui devait bientôt enseigner les littératures du Midi de l'Europe au Collège de France, publie son ,Epopée dramatique': ,Napoléon' (1835) et ,Prométhée' (1838), et l'on voit de toutes parts des ambitions poétiques auxquelles, disait Sainte-Beuve, le rameau même de Dante semblerait trop léger. Création, mort, univers, humanité, religion, nul sujet n'est trop vaste pour les aèdes nouveaux. Lamartine a donc l'excuse de son époque[2]) quand il force son talent au point de composer la ,Chute d'un ange', espèce d',Eloa' en deux volumes. ,L'âme humaine et les phases successives par lesquelles Dieu peut lui faire accomplir ses destinées perfectibles, — disait l'Avertissement de la ,Chute d'un ange' —, n'est-ce pas le plus beau thème des chants de la poésie?' Dante devrait, en ce sens, être un excellent modèle, si Lamartine n'était mieux préparé à écrire un roman d'amour qu'une épopée. Effectivement, Daïdha, dans la quatrième vision, est ,dévouée à la tour de la faim', comme Ugolin, et à la fin Cédar, par un souvenir des neuf cercles infernaux, devra parcourir neuf cercles d'épreuves, sauf rémission, car le Dieu de 1838 est infiniment plus indulgent que celui de 1300; de Vigny songeait à libérer tous les damnés, et Alexandre Soumet va le faire.

XCI, 44—45; Bibliothèque universelle, de Genève, XVII, 312—315. L'article de la ,Revue des deux mondes', 1840, XXIV, 458, dit: ,M. Le Dreuille a mis la Divine Comédie en couplets auxquels il ne manque qu'un air'. — Mongis, devenu de Mongis, publiera plus tard une traduction complète de la ,Divine Comédie' (1857); son travail a été apprécié par Lamartine.

1) La fin des pages consacrées à Dante dans cet ouvrage (outre la traduction entière en italien) a été traduite en anglais et en russe (traduction de la ,Divine Comédie' de Longfellow, et traduction de Golovanov). — Sur les leçons de Quinet à la Sorbonne, v. Ferrazzi, Manuale dantesco, II, 672—674.

2) Lamartine écrira plus tard (Traducteurs et commentateurs de Dante, dans Souvenirs et portraits, III, p. 169): ,Il y a dans ce culte (de Dante) une révélation de l'esprit de ce siècle; c'est le symptôme d'une renaissance de la poésie grave et philosophique chez une nation qui a trop longtemps confondu la poésie et la futilité. Le fleuve poétique remonte à sa source pour y retrouver ces eaux qui coulent des hauts lieux'. — ,En 1838 on chantait les vieilles croyances', a dit Ch. Louandre (Revue des deux mondes, 1847, t. IV, p. 520); c'est en effet vers ce temps-là que paraissent, outre les épopées, le ,Poème religieux' d'Alex. Leduc et ,La Réaction religieuse' de M. De Lattre (1837).

L'auteur de la ‚Chute d'un ange‘ a bien songé à rapprocher son œuvre
de celle de Dante, non sans un prudent ‚peut-être‘, et toute la modestie
qui convenait à une telle comparaison. Il disait dans l'Avertissement
de la nouvelle édition: ‚On a conclu que je pourrais bien être moi-
même panthéiste, athée, matérialiste. Lorsque la ‚Divine Comédie‘
parut, peut-être reprocha-t-on au Dante d'être un esprit satanique, parce
qu'il s'était complu à décrire les tortures et à remuer les immondices
de son Enfer. Mais, après l'Enfer, le Dante publia le Purgatoire et
le Ciel, et ces trois mondes merveilleux, s'expliquant et s'éclairant l'un
l'autre, produisirent ce tout harmonieux et sublime où les horreurs des
cercles infernaux, les purifications du séjour d'épreuves et les délices
permanentes du ciel achevèrent sa pensée et justifièrent les prétendues
aberrations de son génie. On sent assez que je ne prétends comparer
ici que les choses et non les hommes. Dante a inscrit son nom en
caractères de feu sur l'imagination des siècles; la pierre de nos sépulcres saura seule les nôtres. Mais l'injustice est la même‘. Que n'eus-
sent-ils mieux connu et compris Dante, tous ces rhapsodes! Ils se
seraient fait moins d'illusions, et ils eussent peut-être été mieux inspirés.

Lamartine ne publia jamais la troisième partie projetée de son
cycle; mais l'histoire de Cédar et de Daïdha était à peine contée, que
Théophile Gautier donnait ‚La Comédie de la Mort‘ (1838). Le titre
est à moitié dantesque, la forme et le sujet s'efforcent d'être de même,
le ‚Portail‘ est fait en fausse ‚terza rima‘, et ces sortes de tercets, que
Victor Hugo a de même employés, au grand regret de Théodore de
Banville, contiennent ici plus d'une réminiscence de la ‚Divine Comédie‘:

> Ne trouve pas étrange, homme du monde, artiste,
> Qui que tu sois, de voir, par un portail si triste,
> S'ouvrir fatalement ce volume nouveau.
>
> Hélas! tout monument qui dresse au ciel son faîte,
> Enfonce autant les pieds qu'il élève la tête.
> Avant de s'élancer tout clocher est caveau.
>
> — — — — — — — — — — — — — — — —
>
> Pâles ombres des morts, j'ai pour vos promenades
> Filé patiemment la pierre en colonnades;
> Dans mon Campo-Santo je vous ai fait un lit!
>
> Vous avez près de vous, pour compagnon fidèle,
> Un ange qui vous fait un rideau de son aile,
> Un oreiller de marbre et des robes de plomb[1]).

Mais les mots laborieux et les tentatives de descriptions couvrent mal
le vide d'idées qui est désolant dans tout Gautier; et dans la première

---

1) Poésies, II, 3 et 4.

partie de son poème, ‚La Vie dans la mort‘, l'entretien, entendu le
jour des Morts, entre un ver et une trépassée, puis la dissertation de
Raphaël, n'expriment que l'horreur de la mort, sans souffle poétique;
il y a loin de là à Dante, et l'auteur l'avoue dans la seconde partie,
‚La mort dans la vie‘:

> A travers les soupirs, les plaintes et le râle
> Poursuivons jusqu'au bout la funèbre spirale
> De ses détours maudits.
> Notre guide n'est pas Virgile le poëte,
> La Béatrix vers nous ne penche pas la tête
> Du fond du paradis[1].

> Pour guide nous avons une vierge au teint pâle . . .

et dans la mort qui est son inspiratrice, l'auteur faisant défiler Faust,
Don Juan et Napoléon, leur fait dire la vanité de la science, de l'amour
et de la gloire:

> En vain de mon talon j'éperonnais le monde,

dit le Corse maudit par Barbier. Le poète conclut d'un air d'importance:

> Me voilà revenu de ce voyage sombre

> Me voilà revenu du pays des fantômes;
> Mais je conserve encor, loin des muets royaumes,
> Le teint pâle des morts[2].

Théophile Gautier, en effet, se sent une peur atroce de perdre par la mort

> Les femmes, les chansons, toutes les belles choses[3].

Pour faire germer dans un cerveau aussi stérile un poème de quarante
pages, il fallait un temps plein d'ambitions épiques et dantesques. De
la ‚Divine Comédie‘, Gautier n'avait osé prendre pour son titre que le
second terme; un poète plus hardi et plus prolixe s'empara du premier,
et intitula fièrement ‚Divine Epopée‘ un énorme poème où il chante le
ciel et l'enfer, et la rédemption des derniers damnés. C'est Alexandre Soumet, que vingt critiques, en prose ou en vers, rapprochèrent
de Dante et de Milton:

> Dante, Milton, Soumet, trinité du génie,
> Unissent leurs splendeurs dans un ciel d'harmonie:
> Les siècles béniront ces élus triomphants[4].

---

1) Ibid., 27.
2) P. 45.
3) P. 48.
4) Alph. Le Flaguais, Revue du Calvados (tous ces jugements sont
reproduits en tête de l'éd. de ‚La Divine Epopée‘, Paris, Delloye, 1841.) —

Il ne fallait certes pas un siècle, il ne fallait même pas beaucoup
d'années pour dissiper l'illusion qui était celle d'Emile Deschamps tout
le premier: ‚Ce gigantesque ouvrage est véritablement l'Epopée de
l'Infini. Il complète la grande époque poétique qui se déroule devant
nous, et il deviendra désormais une de nos gloires, car il faudrait
désespérer de toute littérature en France, s'il ne prenait place, dans
nos bibliothèques, entre le Dante et Milton'. C'est ce que Soumet
croyait, ou espérait lui-même, et il disait bravement, dans sa Préface:
‚Pourquoi le poëte serait-il plus timide que le théosophe et le métaphy-
sicien? En faisant de la muse une initiée mystique, j'ai rouvert pour
elle les régions où le Dante, Milton et Klopstock l'avait déjà conduite.
Car, chose digne d'être remarquée, le merveilleux, qui n'est qu'un acces-
soire dans les épopées antiques, devient, presque toujours, pour le poëte
épique moderne, le sujet même de ses chants. Une religion toute
spiritualiste le commande[1]) . . . Mais en me séparant de toutes les
passions du siècle, je ne me suis pas séparé de toutes ses pensées: j'ai
fait de mon drame mystique un hymne à l'espérance. L'esprit du
moyen âge avait suffi pour remplir les trois abîmes creusés par le
Dante. Le réformateur Milton avait fait de son Satan un factieux
gigantesque armé contre la monarchie du ciel[2]). L'âme
rêveuse de Klopstock avait pleuré avec saint Jean et Marie au pied de
la croix; elle avait conduit, à l'heure suprême, la planète Adamida
devant le soleil, pour qu'il ne vît pas mourir le Sauveur des hommes·
J'ai osé sonder de plus profondes ténèbres!' Il y est malheureusement
resté, et on ne songe plus guère à aller l'y chercher aujourd'hui.
Mais on ne riait pas trop quand le chantre d'une nouvelle Rédemption,
ouvrant son poème, réclamait pour l'écrire la plume de l'aigle foudroyé:

> Viens! viens! Dante suivait, d'un sceau brûlant marqué,
> Le laurier radieux du poëte évoqué;
> Nous, soyons attentifs à la voix infinie
> Qui fait du cœur de l'homme un temple d'harmonie.

Comme Lamartine, Soumet invoquera Dante contre les accusations
d'hétérodoxie, quand Vinet s'inquiétera du caractère religieux de la
‚Divine Epopée': ‚Est-il orthodoxe, ce poëme où Dante a creusé un enfer
pour y plonger ses ennemis et où il a déployé les pavillons du ciel

---

‚Lorsque, en 1840, parut la ‚Divine Epopée' de Soumet, les réclames portaient
en toutes lettres que la naissance de ce chef-d'œuvre du genre épique indem-
nisait la France de l'échec de sa politique orientale en la plaçant par la poésie
à la tête de toutes les nations' (V. de Laprade, cité par E. Biré, V. de
Laprade, sa vie et ses œuvres, p. 353).

1) Ed. citée, p. 7, 11, 14.
2) Mot de Mme de Staël.

pour en couvrir le front de sa maîtresse; ce poëme tout divin dont il
a fait l'exécuteur de ses vengeances et l'apothéose de ses amours[1])?
On se demande vraiment si Soumet a bien compris Dante, pour en
parler ainsi. C'est certainement Milton qu'il préfère, comme il le montre
dans „Le Ciel‘ (chant I), où il rencontre, outre la Trinité, les séraphins
et les chérubins, sainte Cécile, Jeanne d'Arc qu'il devait chanter,
Raphaël qu'il admire, et les gloires du monde:

> Milton! toi qui plus grand, sus, dans ta force ardente,
> Lancer un drame au fond des abîmes de Dante;
> Et peindre en roi puissant son monstre aux dents de fer,
> Satan pétrifié servant d'axe à l'enfer[2]).

Il lui arrive pourtant, pour orner son Ciel, de reprendre quelque souvenir dantesque: le charme de la cité de Dieu, c'est que

> Les lourds manteaux de plomb de nos préjugés blêmes
> Ne vous y pressent plus de leur poids accablant[3]).

Mais il a beau exercer son imagination et inventer des êtres inconnus,
il ne fait que montrer que le paradis est toujours l'écueil des poètes.
Théophile Gautier insista là-dessus en parlant, dans la „Revue des deux
mondes‘, de l'épopée nouvelle, et il donna de cette difficulté des raisons
qu'il mit plus tard en vers:

> Toujours les Paradis ont été monotones.
> La douleur est immense et le plaisir borné,
> Et Dante Alighieri n'a rien imaginé
> Que de longs anges blancs avec des nimbes jaunes[4]).

Quand Victor Hugo, plus tard que les autres et plus judicieusement,
commencera une espèce de cycle épique dans la „Légende des siècles‘,
il reconnaîtra le même éloignement de son époque pour la poésie de
l'extase:

> Les divins paradis, pleins d'une étrange sève,
> Semblent au fond des temps reluire dans le rêve.
> Pour nos yeux obscurcis, sans idéal, sans foi,
> Leur extase aujourd'hui serait presque l'effroi[5]).

L'enfer offre une matière plus féconde, et Soumet le partage comme
Dante:

> Tombe plus désolée et plus incendiaire,
> L'enfer, sans soupirail qui mène à la lumière,

---

1) Ed. citée, p. XXIV (lettre du 21 mai 1841).
2) P. 34.
3) P. 19.
4) Poésies de Th. Gautier, II, p. 195 (La Péri, 1843, donc trois ans
après l'article critique).
5) Légende des siècles, éd. Hetzel, t. I, p. 30 (Sacre de la femme).

> Se creuse, divisé, tout infini qu'il est,
> En neuf parts dont chacune est un enfer complet[1]).

Théophile Gautier lui-même trouve que, dans les ‚treize visions infernales' de Soumet, la première, l'homme qui monte du fond d'un puits le long d'une chaîne dont chaque anneau représente un de ses crimes ‚est une invention digne du poëte florentin'. Le conquérant, le poëte impie, sont des types inspirés à l'auteur par son temps; le damné dont la chair est changée en or, prêtre qui a vendu une hostie à un juif, est un peu plus médiéval, et il est interpellé en conséquence:

> Quel crime à ce tourment t'a condamné? lui dis-je:
> Réponds comme si Dante en ce lieu te parlait[2])!

Un peu plus loin, semblable au Neptune de fer de Versailles, se dresse Robespierre, qui voit tous les jours la hache abattre la tête de son fils. Puis voici deux amants atrocement punis:

> . . . la tête de l'un au cœur de l'autre mord;
> Elle en boit tout le sang et sur ce cœur s'acharne,
> Comme Ugolin après l'ennemi qu'il décharne[3]).

Ce chant III (l'Enfer) se termine par une tirade sur la campagne de Russie, et Soumet, continuellement, mêle les souvenirs récents, l'industrialisme, les tableaux miltoniens et des inventions apocalyptiques, et le tout, Sémida, Idaméel, l'Antéchrist, pour aboutir au salut éternel des réprouvés et de Lucifer en personne. La finale n'est donc pas conforme à la théologie de Dante; l'influence de ce dernier apparaît dans les détails. L'enfer auquel préside Idaméel (chant IV: Idaméel) présente dans Virginia et son amant un pastiche du Ve chant de l',Inferno':

> Mais tout l'enfer s'allume à son premier baiser.
> Le sol fuit . . . Des démons la ronde sépulcrale,
> Orage sulfureux, foudroyante spirale,
> Cortège nuptial envoyé des tombeaux,
> Prête à la douce nuit ses spectres pour flambeaux
> Et berce notre hymen dans une trombe ardente
> Semblable au tourbillon des deux amants du Dante[4]).

Soumet emploie la métaphore du cheval dompté[5]) — par un chef africain —, mais il l'emploie pour parler de l'amour, et quand

> Le vol d'Idaméel cherche Napoléon[6]),

---

1) Divine Epopée, p. 63.
2) P. 79.
3) P. 90.
4) P. 112.
5) P. 155.
6) P. 186.

c'est pour commencer une tirade peu dantesque. Si même, dans le ‚Dernier miracle‘, le ciel est une

Coupole qui frémit radieuse et chantante[1]),

et si

Un saphir plus ardent luit aux célestes voûtes[2]),

Dante n'a pas exercé sur Soumet une influence profonde et féconde, il ne lui a pas appris qu'un grand poème doit être l'expression adéquate de l'époque où il paraît, et il ne lui a pas donné le génie nécessaire pour chanter d'aussi vastes sujets.

Il n'a pas favorisé davantage Saint-René Taillandier, qui, en 1840 également, dans ‚Béatrice, poème‘[3]), s'inspire de Dante et chante son épopée, qu'il dédie à Edgar Quinet. Vivant à une époque qui a le goût du passé, où ‚l'esprit des temps anciens se lève comme ces âmes du Purgatoire qui se levaient sur les pas de Dante‘[4]), Taillandier s'exalte en parlant du Christ, que ses prêtres ‚croient enfermé dans les églises du XIIIe siècle, écoutant les chansons des vierges de Fiesole, ou dans le paradis du saint maître Dante‘[5], et il a voulu peindre dans son poème ‚l'éducation d'un esprit qui cherche ce qu'il faut croire et faire . . . Des jeunes gens étudient ensemble: ils pensent aux temps passés, à la cité d'autrefois: pour la connaître ils appellent à genoux la fille d'un saint maître qui l'a fermée et transportée aux cieux. Ils se promènent avec elle dans la vallée de nos pères: le jour fini, au lieu de retourner dans les cercles du Paradis, elle demeure avec nous pour savoir les doctrines des derniers venus, et unir ainsi les vieux jours aux temps nouveaux. On me demandera de quel droit j'ai fait descendre sur terre l'épouse sacrée de Dante; mais lui me l'a pardonné‘[6]). Dante peut en effet pardonner à l'auteur en faveur de ses bonnes intentions et du grand amour qui lui fait rechercher la ‚Divine Comédie‘, et surtout le Paradis. Dans la première des quatre parties du poème (La veillée), l'auteur raconte ses études et ses entretiens avec ses amis Daniel et Jean. Le pieux Jean parle ardemment de Faust écoutant les cloches de Pâques, et les amis passent à la lecture ‚des maîtres du passé‘:

Je tirai de l'armoire un volume du Dante,
Le cantique où l'on voit dans sa gloire éclatante
Le paradis du Christ et ses graves docteurs[7]).

---

1) P. 437.
2) P. 430.
3) Paris, Gosselin, 1840, 390 p.
4) P. 4.
5) P. 11.
6) P. 19.
7) P. 62.

L'auteur en arrive à invoquer Béatrice,

> L'archange radieux du grand poète Dante,
> L'épouse au rameau d'or du vieil Alighieri[1]),

et pour lui parler il reprend tout à coup le mètre de ,l'Idole':

> O l'épouse du Dante! ô dame bienheureuse!
>   O sainte! est-ce vous que j'entends?
> . . . .
> Dans le temps qu'il allait par les chemins arides
>   De sa noire cité des pleurs,
> Comptant du doigt les morts et les faces livides
>   Sur cette échelle des douleurs,
> Quand il eut bien marché par la route damnée,
>   Sous un ciel de fer ou de plomb,
> Un soir qu'il s'avançait, au bout de sa journée,
>   Morne, las, traînant le talon,
> Votre amant de Florence aperçut votre image
>   Comme une belle fleur des cieux[2]) . . .

C'est l'amant de Béatrice, et c'est l'auteur du Paradis, que Taillandier admire et célèbre, c'est le chantre du monde catholique, de l'idéal platonicien et de tous les beaux rêves auxquels se prête si mal le monde bourgeois de 1840:

> Ah! depuis ce temps-là, les sœurs de notre enfance,
>   Le chœur de nos illusions,
> L'amour des jeunes ans, la belle confiance,
>   L'essaim doré des visions,
> O dame très aimée, ô la plus noble sainte,
>   Toutes nos sœurs suivant vos pas,
> Ensemble ont pris leur vol vers la suprême enceinte
>   Et nous ont laissés seuls, hélas!

Béatrice exauce la longue prière de Taillandier, et elle apparaît aux trois amis: du fond des cieux chrétiens, Dante l'a envoyée à ses admirateurs pour leur servir de guide. Elle leur montre, dans la deuxième partie (intitulée Dante), les lacs de Galilée, Rachel, Lia, Mathilde, sainte Marie, la foule adorant le Christ, et enfin, ,pour clore le mystère', on voit

> Un homme sur le seuil dans une pose austère,

qu'à son chaperon étroit, à son laurier sacré, à sa ceinture de jonc comme à son front pâle tourné vers les étoiles, on reconnaît bientôt pour le maître saint qui revient de l'enfer, et qui, salué avec une sup-

---

1) P. 80.
2) P. 86.

pliante allégresse, promet de conduire au pied du Christ les âmes
éplorées. Le poète traduit son enthousiasme final en *terza rima*:

> Ah! Dante Alighieri, vieux maître florentin,
> Qui des orgues du ciel conduis le saint cantique,
> Et du laurier sacré couvres ton front hautain
>
> . . . .
>
> Dans ton saint paradis, dans ta ville éternelle,
> Sur le parvis sacré des grands théologiens,
> Tu t'es fait, ô poète, une place immortelle.
>
> Tu t'es bâti ton trône au fond des cieux chrétiens,
> Et c'est toi qui toujours penches ton front austère
> Sur les nouveaux venus du haut des jours anciens[1])!

La même inspiration remplit la troisième partie (intitulée: Béatrice),
où Béatrice raconte la visite de trois de ses sœurs des célestes familles,
c'est-à-dire de trois anges chéris des romantiques français: Eloa, Abba-
dona et Marguerite, chacune de ces créatures contant son histoire
d'après de Vigny, Klopstock et Goethe. Hélène et Albertus, Faust et
Jérôme Carmanus, toutes les lectures de Taillandier repassent dans ses
vers, entrecoupées d'allocutions à Dante:

> Ne souffrez pas, ô maître! ô Dante Alighieri!
> Que l'amante immortelle abandonne la fête[2]) . . .

car, à la fin de cette troisième partie, l'homme morne et pâle, coiffé
du chaperon, apparaît encore une fois sur le seuil, pour entendre les
continuelles supplications:

> Ne souffrez pas, ô Dante! ô maître catholique!
> Que les enfants d'Adam, ainsi que des maudits,
> Otent à notre Dieu cette blanche tunique
> Et les chastes rayons de l'amour angélique
> Dont vous l'avez vêtu dans votre paradis!

Dans la quatrième et dernière partie (Le Christ), Béatrice, ,l'Amour
sacré, la Contemplation', regrette un instant de s'être égarée parmi les
hommes, puis Dante vient s'agenouiller auprès d'elle, il interpelle les
,fils des nouvelles races', les cieux s'ouvrent enfin, et le Christ, qui
bénit les hommes, est loué à jamais. Béatrice fait ses adieux au monde
dans le mètre cher à son poète:

> J'ai déserté mon ciel et ses sentiers de flamme,
> J'ai goûté ta science et ton breuvage amer,
> Et j'ai vu l'aiguillon du doute dans mon âme!
> Mais l'épreuve est finie, et, plus belle qu'hier,
> Deux fois sanctifiée, à présent je me lève,
> Nouant mes blancs rayons sur mon front doux et fier!

---

1) P. 187, 197, 199.
2) P. 293.

> Dante, ô mon grand amant! sur cette immense grève,
> Ainsi qu'au paradis le chœur entier des saints,
> J'ai convoqué pour vous, maître, tous les fils d'Eve . . .

Le poète français suit encore un instant des yeux, ‚dans la lumière ardente‘,

> Le rouge chaperon du grand poëte Dante
> Et sainte Béatrice avec le rameau d'or,

puis les visions s'effacent, et dans la chambre où il a lu tant de livres et échangé avec ses amis Daniel et Jean tant de vues romantiques, où Béatrice lui apparut, Saint-René Taillandier voit se lever le jour; et ainsi finit son poème, auquel il ne manque que le souffle du génie, la sobriété de l'expression, et la faveur du public. Dante n'avait pas trouvé un émule digne de lui dans toute cette génération de poètes épiques dont les uns connaissent incomplètement la ‚Divine Comédie‘, et dont les autres sont trop inférieurs à leur tâche. Il inspira bientôt des vers plus heureux à un lyrique passionné.

*   *   *

Si, pour plus d'un rhapsode universel tel que Soumet, Dante reste surtout, comme on l'a vu, l'auteur de Francesca et d'Ugolin, que devait-ce être pour la moyenne des lecteurs, et pour les lyriques qui ne composent pas de grands ouvrages! Car Lamartine, Quinet, Gautier, Soumet et les faiseurs d'épopées ne sont pas seuls en France pendant ces quelques années, et le lyrisme continue à briller avec des poètes qui pensent aussi à la ‚Divine Comédie‘. Tandis que Soumet chantait son épopée laborieuse, l'auteur des ‚Rayons et des Ombres‘ (1840) appelait Dante et Virgile ses divins maîtres[1]), et il les opposait à ce qu'il dénomme la poésie germanique. Il avait, dans une pièce de novembre 1836, comparé les passions, d'après Dante, à des ‚lionnes, louves affamées, tigresses de taches semées‘[2]). Un conteur, Mérimée, dans ‚Colomba‘ (1840), montrait Orso lisant à miss Nevil ‚le chant de l'Enfer où se trouve l'épisode de Francesca da Rimini, et accentuant de son mieux ces sublimes tercets, qui expriment si bien le danger de lire à deux un livre d'amour. A mesure qu'il lisait, Colomba se rapprochait de la table, relevait la tête, qu'elle avait tenue baissée; ses prunelles dilatées brillaient d'un feu extraordinaire: elle rougissait et pâlissait tour à tour, elle s'agitait convulsivement sur sa chaise. Admirable or-

---

1) Il dit encore (ibid.): ‚Un poète complet aurait le culte de la conscience comme Juvénal, . . . le culte de la pensée comme Dante, qui nomme les damnés ‚ceux qui ne pensent plus‘, le gente dolorose ch'anno perduto il ben dell' intelletto‘.

2) Les Voix intérieures, II (Sunt lacrymae rerum, X; à l'occasion de la mort de Charles X); de même, Post-scriptum de ma vie, p. 27.

ganisation italienne, qui, pour comprendre la poésie, n'a pas besoin qu'un pédant lui en démontre les beautés[1])!' Cette scène, que le romancier place aux environs de 1817, serait plus vraie à l'époque où il écrit, car vingt ans après la ,voceratrice' de Pietranera, plus d'un Français[2]) admirait le Ve chant de l'Enfer avec la même passion. ,Une nuit — dit Musset dans le ,Poëte déchu,[3]) —, ou plutôt un matin, car j'avais écrit jusqu'au jour, j'étais assis devant une table, je venais de finir un volume . . . Au dernier chapitre de mon livre se trouvait racontée la mort de deux amants, ébauchée à la hâte, comme le reste, et ce chapitre était devant moi. J'y jetai les yeux machinalement, un étrange souvenir me frappa. Je me levai à demi assoupi, j'allai prendre le poëme de Dante dans ma bibliothèque, et je me mis à relire le récit de Françoise de Rimini. Vous savez que ce passage n'a guère que vingt-cinq vers; je les relus plusieurs fois de suite, jusqu'à ce que le sentiment pénétrât tout entier dans mon âme. Alors, sans faire davantage attention à mes sœurs qui dormaient, je récitai les vers à haute voix. Lorsque j'arrivai au dernier, où le poëte tombe comme un cadavre, je me laissai tomber à terre en pleurant. Vingt-cinq vers, me disais-je, rendent un homme immortel! Pourquoi? Parce que celui qui lit ces vingt-cinq vers, après cinq siècles, s'il a du cœur, tombe à terre et pleure, et qu'une larme est ce qu'il y a de plus vrai, de plus impérissable au monde. Mais ces vingt-cinq vers, où sont-ils? Noyés dans trois poëmes. Ce ne sont pas les seuls beaux, il est vrai, et nul ne peut dire que ce soient les plus beaux; mais ils suffisaient à eux seuls pour préserver le poëte du néant. — Eh bien, qui sait si ce qui les entoure, si ces trois longs poëmes, et tant de pensées, et tant de voyages, et la muse exilée, et l'ingrate patrie, si tout cela n'était pas nécessaire pour que ces vingt-cinq vers se trouvassent dans ce livre qui n'est pas lu tout entier par deux cents personnes par an? C'est donc l'habitude du chagrin et du travail, c'est donc l'infortune, sinon la misère, qui fait jaillir la source; et qu'une goutte en reste, c'est assez, n'est-ce pas?' Cette page montre bien quelle passion un

---

1) Colomba, V.

2) Pour donner un exemple des lectures des jeunes gens à cette époque, citons la lettre du 21 mai 1841 où Emile de Laveleye, alors étudiant à Gand, dit: ,J'ai acheté le Dante (traduction), Ossian, Gilbert, Ronsard, Musset, Lettres d'Héloïse, Camoëns'. Le 23 octobre 1843, voulant étudier l'italien, il demande qu'on lui envoie Dante (Vie d'Emile de Laveleye, dans la Bibliothèque Gilon, Verviers).

3) Fragment cité par Paul de Musset, Biographie d'Alfred de Musset, p. 225 et 226. Voir ibid., p. 238, et U. Mengin, l'Italie des romantiques, 253, 362, 381; Lafoscade, Le théâtre d'Alfred de Musset (Paris, thèse, 1901), p. 129, et n. 1 et 2.

romantique pouvait mettre dans sa lecture, généralement fragmentaire,
de Dante, et ce qu'on admirait dans le triple poème. Car le „poète
déchu‘, qui „s'en allait au Louvre pleurer devant le visage souriant de
la Joconde comme il avait pleuré devant l'ombre de Françoise de
Rimini‘, ce poète qui s'abandonne à la peinture et à la musique, c'est
Alfred de Musset lui-même, qui, ayant appris l'italien de, son précepteur, „a lu Pétrarque étant encore enfant‘, adore les Italiens, et, au
retour de son voyage à Venise, se débarrassant d'une grande partie de
ses livres, a gardé Dante et Pétrarque, l'Arioste et le Tasse[1]). Surtout le „poète déchu‘ pour qui une larme est ce qu'il y a de plus vrai,
de plus impérissable au monde, c'est celui qui a dit la désespérance,
la maladie des enfants du siècle, et qui, dans „Souvenir‘ (1841), va
s'étonner des paroles célèbres qui avaient paru si vraies à Marguerite
de Navarre malheureuse:

> Dante, pourquoi dis-tu qu'il n'est pire misère
> Qu'un souvenir heureux dans les jours de douleur?
> Quel chagrin t'a dicté cette parole amère,
>   Cette offense au malheur?

Lui qui tient les chants désespérés pour les plus beaux, et s'attache
avec passion à la mélancolie et au charme des souvenirs, il ne peut
croire que ces souvenirs heureux aient paru si amers à ce Dante salué
tant de fois comme l'aïeul du romantisme et l'exemple sublime des
poètes malheureux:

> En est-il donc moins vrai que la lumière existe,
> Et faut-il l'oublier du moment qu'il fait nuit?
> Est-ce bien toi, grande âme immortellement triste,
>   Est-ce toi qui l'as dit?
>
> Non, par ce pur flambeau dont la splendeur m'éclaire,
> Ce blasphème vanté ne vient pas de ton cœur.
> Un souvenir heureux est peut-être sur terre
>   Plus vrai que le bonheur.

Non, il n'est pas possible que Dante ait nié à l'avance tout ce qui
fait l'illusion, la vie et la joie des descendants de Werther et de René:

> Eh quoi! l'infortuné qui trouve une étincelle
> Dans la cendre brûlante où dorment ses ennuis,
> Qui saisit cette flamme et qui fixe sur elle
>   Ses regards éblouis;

---

1) L'édition qu'il avait est celle des „Quattro Poeti italiani ... Parigi, Lefèvre et Baudry, 1833‘. Cette édition (1733, dans Lafoscade, p. 129, n. 2,
est sans doute une faute d'impression) fut réimprimée en 1836 et en 1838. La
„Divina Commedia‘, éd. Buttura, publiée à Paris chez Lefèvre dès 1820, séparé-
ment, fut réimprimée en 1840 (en trois volumes) (Paris, Baudry.)

> Dans ce passé perdu quand son âme se noie,
> Sur ce miroir brisé lorsqu'il rêve en pleurant,
> Tu lui dis qu'il se trompe, et que sa faible joie
> N'est qu'un affreux tourment.

Et ces paroles de Dante, on les trouve justement dans l'un des rares chants de son poème qui soient lus de tous, dans l'épisode touchant, mélancolique, presque romantique, de Francesca, et dans la bouche même de cette héroïne malheureuse:

> Et c'est à ta Françoise, à ton ange de gloire,
> Que tu pouvais donner ces mots à prononcer,
> Elle qui s'interrompt, pour conter son histoire,
>
> D'un éternel baiser!
> Qu'est-ce donc, juste Dieu, que la pensée humaine,
> Et qui pourra jamais aimer la vérité,
> S'il n'est joie ou douleur si juste et si certaine
> Dont quelqu'un n'ait douté?

La mélancolie romantique, qui vingt ans plus tôt, dans ‚le Lac‘, s'inspirait de Pétrarque, et qui en 1840 est si grave et si calme dans la ‚Tristesse d'Olympio‘, a donc voulu se reconnaître en Dante, et elle a trouvé sa dernière formule, et la plus passionnée des trois, dans des stances qui sont un salut vibrant à la grande âme immortellement triste. Musset excellait aux cris de douleur; il savait aussi, dans ses comédies enjouées et d'allure italienne, marquer les tons divers de la sentimentalité, et il a, dans ‚Carmosine‘, modulé la complainte de Minuccio à la manière de la première ballade de la ‚Vita nova‘:

> Va dire, Amour, ce qui cause ma peine,
> A mon seigneur, que je m'en vais mourir . . .

‚Mais, — regrette aujourd'hui un critique, — un homme intelligent comme lui, et passionné pour le beau, devait avoir le goût du grand, bien sentir (il aime Dante) que la poésie digne de ce nom naît d'une forte émotion du cœur, mais grandit, se fortifie et s'élève dans une pensée forte, une grande conception générale des choses‘[1]. La langue passionnée de Musset, avec un grand plan dantesque, tout comme Durand,

> Aurait certainement produit un grand ouvrage:

mais, par un fâcheux hasard, cela ne s'est pas rencontré dans ce temps de romantisme et de poésie dantesque, et cela se trouvera encore moins, dans un temps plus récent, avec la poésie scientifique et l'influence de Lucrèce.

Au moins, parmi les belles illusions de la jeunesse d'alors, Dante a eu sa place, et quand plus tard tout le monde, depuis Sainte-Beuve jusqu'à de Laprade, regrettera le temps des poètes, la poésie dantesque sera comptée au nombre des chimères aimées. Victor de Laprade,

---

1) E. Faguet, Dix-neuvième siècle (Musset). — Sur le *Nessun maggior dolore*, voir aussi F. X. Kraus, *Essays* (Berlin, 1901), II, 337; et mon article sur „Dante et les romantiques français" *Revue d'hist. litt. de la France*, 1905, pp. 361—408).

qui lui-même avait composé en 1840 ‚Psyché‘ (encore un poème qui
embrassait l'infini), rappellera aux jeunes gens devenus égoïstes et pes-
simistes qu'ils eurent autrefois les pensées plus fières (‚Hermann; à la
jeunesse‘); et ceux ‚qui se frappaient le front en lisant Lamartine‘
lisaient ou feuilletaient aussi Dante:

> Aux buissons printaniers tout en cueillant des roses
> Vous saviez des hauts lieux gravir l'âpre chemin,
> Et pour vous y conduire, amants des saintes choses,
> Elvire ou Béatrix vous prenait par la main.

Ce qu'était Béatrix, de Laprade l'a montré dans une pièce à laquelle
il donne ce titre, et qu'il écrit, comme il convient, en terza rima:

> Gloire au cœur téméraire épris de l'impossible,
> Qui marche, dans l'amour, au sentier des douleurs,
> Et fuit tout vain plaisir au vulgaire accessible.
>
> . . . .
>
> Les lis du paradis lui prêtent leurs calices.
> Béatrix ouvre un monde à qui la prend pour sœur,
> A qui lutte et se dompte et souffre avec délices,
>
> Et goûte à s'immoler sa plus chère douceur;
> Et, joyeux, s'élançant au delà du visible,
> De la porte du ciel s'approche en ravisseur.
>
> Gloire au cœur téméraire épris de l'impossible!

Victor de Laprade, auteur des ‚Odes et Poèmes‘ (1844), fût, l'année
suivante, chargé par de Salvandy d'une mission littéraire en Italie, et
devint ensuite professeur de littérature française à Lyon. L'histoire et
la critique succèdent aux enthousiasmes juvéniles et romantiques, et à
côté des dithyrambes dantesques et des grands poèmes, il y a place
pour l'étude de Dante: Saint-René Taillandier, l'auteur de ‚Béatrice, poème‘,
écrira en 1856 des articles critiques pour la ‚Revue des deux mondes‘,
et notamment ‚Dante Alighieri et la littérature dantesque en Europe‘.

* * *

En dehors du bruit des admirations profanes et parfois ambitieuses,
la science et l'enseignement de Fauriel[1]) portaient leurs fruits, et Dante
occupait les loisirs et la ferveur jalouse de quelques érudits. Un audi-
teur de Fauriel, Frédéric Ozanam, né à Milan en 1813, et élevé dans

---

1) A côté de Fauriel il ne faut pas oublier, dans l'histoire des études
romanes et de la dantographie, Raynouard, que nous avons vu à propos de
l'édition Biagioli, et qui étudie encore, dans un article du ‚Journal des savants‘
de février 1830, le ‚rétablissement du texte de la ‚Divina Commedia‘, 26ᵉ chant
du Purgatoire, où le troubadour Arnauld Daniel s'exprime en vers provençaux‘.

le monde catholique de Lyon, venait à la ‚Divine Comédie‘ par l'étude
et par la foi: tous les chemins conduisaient alors à cette poésie, suivant le mot d'Ampère répété par Labitte. En 1839, tandis qu'Estelle
d'Aubigny vantait fort Dante et son poème dans son ‚Essai sur la
littérature italienne depuis la chute de l'empire romain jusqu'à nos
jours‘, Ozanam publia ‚Dante et la philosophie catholique au treizième
siècle‘, sa thèse de doctorat à l'Université de Paris, où l'auteur devint
en 1841 suppléant du cours de littératures étrangères. C'est l'Homère
du catholicisme qu'Ozanam admirait en son poète, et il se plaint de
ce que ce poète ait été si mal compris pendant longtemps: ‚L'œuvre
de tant de veilles et de prédilection, à laquelle il sacrifia sa vie et
par laquelle il vainquit la mort, la *Divine Comédie*, ne nous est
arrivée, après six cents ans, qu'en perdant pour nous une partie de
son intérêt philosophique, c'est-à-dire de ce qu'il estimait le plus. Parmi
ceux qu'on appelle les gens instruits, beaucoup ne connaissent du poëme
entier que l'Enfer, et de l'Enfer que l'Inscription de la porte et la mort
d'Ugolin. Et le chantre des douleurs résignées du Purgatoire[1]), celui
qui raconta les triomphantes visions du Paradis, leur apparaît comme
une figure sinistre, comme un épouvantail de plus dans ces ténèbres
fabuleuses du XIIIᵉ siècle, déjà peuplées de tant de fantômes . . . Si
les critiques de nos jours en ont abordé la lecture avec des dispositions
plus sérieuses [que Voltaire], quelques-uns n'y ont découvert qu'une
passion pieusement romanesque, d'autres un manifeste politique écrit
sous la dictée de la vengeance. Pour les uns et pour les autres, les
fréquents passages dogmatiques qui s'y rencontrent ne sont guère que
la végétation parasite d'un esprit trop fécond, et comme la mauvaise
herbe de la science contemporaine qui jetait partout ses racines‘[2]).
Ozanam a ici en vue Ginguené, et entre ce voltairien et le nouveau
dantophile, il y a la différence qu'Ozanam étudie et aime précisément
la philosophie de Dante, de saint Thomas, du moyen âge et de l'Eglise
catholique. Pour lui, comme, de nos jours, pour Léon XIII et pour
beaucoup de catholiques français, le thomisme et les études dantesques
vont de pair, et la renaissance catholique vaudra encore à Dante des

---

1) Ozanam traduisit le Purgatoire: ‚Le Purgatoire, traduction et commentaire avec texte en regard par Ozanam‘, publié par Heinrich (Paris, Lecoffre,
1862) a été plusieurs fois réédité.

2) Dante et la philosophie catholique au treizième siècle, éd. de 1845, p. 5
et 6. Lamartine (Souvenirs et portraits, III, p. 170 et 174) a dit d'Ozanam:
‚Il s'endormait sur le sein de son maître, Dante, et il y faisait de divins songes.
Un de ces songes, mêlés de nuages et de lumière, de merveilleux et de vérité, est
son livre intitulé Dante et la philosophie catholique... Voilà le traducteur qu'il fallait au poète mystique de la philosophie des trois mondes. M. deLamen-
nais avait dans l'esprit l'énergique âpreté du Dante. Ozanam en avait l'onction‘.

admirateurs comme Montalembert[1]) et Louis Veuillot. Le moyen âge est réhabilité jusque dans sa philosophie[2]) si longtemps décriée, et sa lente et confuse histoire, depuis la décadence romaine et les invasions des barbares, apparaît comme la marche triomphale et l'organisation de la civilisation catholique, dont la ‚Divine Comédie‘ est l'expression géniale et le digne couronnement. De ce point de vue, Ozanam examine l'état de la société et de la scolastique au XIIIᵉ siècle, les doctrines philosophiques et politiques de Dante et son orthodoxie, ses premières études, la date de son voyage à Paris, ‚les recherches de M. Victor Leclerc sur Siger de Brabant‘, et les sources poétiques de la ‚Divine Comédie‘. Cet ouvrage, fort bien accueilli partout, notamment par Karl Witte et par Pianciani, traduit en plusieurs langues, souvent réédité, marque une date fort honorable dans la dantographie française, et un aspect nouveau du poème longtemps méconnu: en 1849, à propos de la version allemande de ‚Dante et la philosophie catholique au treizième siècle‘, un certain Lowositz prononça et publia à Königsberg un discours sur ‚Dante und der Katholizismus in Frankreich‘. Cette indigeste dissertation, qui examine le sentiment religieux depuis les druides jusqu'à Port-Royal, jusqu'à Ozanam, et enfin parle un peu de Dante, montre au moins par son existence et par son titre le retentissement et le caractère des nouvelles recherches dantesques. Si l'on n'en est pas encore à se faire chrétien avec Dante, comme disait Rivarol, les catholiques reconnaissent et étudient leur poète, et c'était là une chose nouvelle, non dans la littérature, mais dans la critique française.

A la fin de la même année 1839, où jusqu'aux collégiens chantaient ‚Dante en exil‘[3]), et où les écrivassiers mêlaient Dante à leurs querelles[4]), la ‚Revue des deux mondes‘ et la ‚Revue des revues‘ publiaient ‚le Voyage dantesque‘ de J.-J. Ampère, qui commence par les mêmes

---

1) Voir Lecanuet, Montalembert, t. I, p. 301 et note.

2) Même ces études se rattachaient à Fauriel, dont Ozanam, malgré la différence d'opinions, est l'élève: l'article consacré à la ‚Biographie de Dante‘, de Fauriel, dans ‚l'Indicatore‘ d'octobre-novembre 1835, est même intitulé: ‚Dante considerato filosoficamente‘. — En 1835 (à Rouen), G. H. Bach prend comme thèse de littérature ‚De l'état de l'âme depuis le jour de la mort jusqu'à celui du jugement dernier‘.

3) Jules Laprade, Dante en exil (poème) (Annales de l'école de Sorèze, ou choix de compositions littéraires faites dans cet établissement, Sorèze 1839, t. II, pp. 372—381). — Lodin de Lalaire chantait de même ‚L'exil du Dante‘ dans ‚Les victimes, poésies‘ (Dijon, 1838).

4) Casimir Martin, Epilogue au Dante (dans sa ‚Satire à nos très hauts, très grands et très sublimes pachas littéraires, pp. 46—47). Ce procédé a été employé lors de la révolution de Juillet (comme on l'a vu), après le coup d'Etat du 2 décembre, et le sera encore, contre Guillaume I et la Commune de Paris, après 1871.

plaintes qu'Ozanam: ‚C'est un vrai malheur pour les admirateurs sin-
cères de Dante que la mode se soit emparée de ce grand poète. Il
est cruel pour les vrais dévots de voir l'objet de leur culte profané par
un engouement qui n'est souvent qu'une prétention'. Dans son malheur
de connaître trop bien Dante dans un pays où on le connaît si mal,
Ampère s'écrie même: ‚Oh! le bon temps pour les amis de Dante et de
Shakespeare que celui où tous deux étaient traités de barbares!' C'est
de l'injustice, car si Jean-Jacques Ampère avait vécu en ce temps-
là, il eût peut-être été un voyageur à la manière de Dupaty ou
du président de Brosses, jamais il n'eût écrit un ‚voyage dantesque'.
Et c'eût été dommage, car son travail, traduit en allemand et en italien,
et plusieurs fois réédité[1]), a contribué grandement à répandre en France
le goût de ce poème sur lequel on est mieux informé aujourd'hui, mais
dont il parle fort agréablement, en faisant, selon ses propres termes,
de la ‚critique en voyage'[2]): ‚Dante est un admirable *cicerone* à travers
l'Italie, et l'Italie est un beau commentaire de Dante'[3]). Il commence
par Pise, ‚bien qu'on n'en soit plus, grâce à Dieu, au temps où l'on ne
citait de la *Divine Comédie* que l'épisode d'Ugolin et l'épisode de Françoise de Rimini'. Mêlant à la description des lieux les discussions des
commentateurs, et, le pied sur la fosse d'Ugolin, regardant les orangers
et le ciel, il admire l'art qui console de la vie, puis s'en va retrouver
Dante encore dans les fresques du Campo Santo. Lucques et Pistoia,
Florence et la vallée de l'Arno, Sienne, Pérouse et Assise, Agubbio,
l'Avellano, Rome elle-même, Orvieto et Mantoue, les villes et les
monastères, avec leurs souvenirs antiques et modernes, défilent devant
le voyageur qui les passe en revue avec les paroles de Dante; et le
terme du pèlerinage est le lieu qui rappelle la plus grande gloire du
poème, puis le tombeau du poète lui-même: Rimini vu dans un coucher
de soleil rose, au murmure mélodieux et mélancolique de la mer, près
des montagnes violettes, donne l'émotion suavement douloureuse du
récit de Francesca (que l'auteur traduit à son tour en vers), tandis que
Ravenne, par un ciel morne, comme il convient, et dans un décor
lugubre de forêts et de nuages, présente le tombeau de Dante dans les
lieux prédestinés, sur lesquels plane encore le souvenir de Byron[4]).

---

1) Dans: La Grèce, Rome et Dante, (Paris 1854; avec additions, 1859;
6e éd., Paris, Perrin 1884, pp. 231—348). Les voyages en Italie se multiplient
à cette époque; en 1840 Bapt. Poujoulat publie ‚La Toscane et Rome'.

2) Dante est, naturellement, mêlé à l'italianisme romantique et aux voyages
en Italie: Martin du Tyrac déjà parle abondamment de lui dans ses ‚Epîtres et
vers sur l'Italie' (Paris, 1835).

3) La Grèce, Rome et Dante. 6e éd., p. 234.

4) Ampère se souvient volontiers de Dante en dehors de cet ouvrage; dans
les ‚Portraits de Rome à différents âges' (La Grèce, Rome et Dante, p. 137), il

La traduction ne faisait pas moins de progrès que la critique, et un Italien établi à Paris et un poète français qui a visité l'Italie, rivalisent dans l'interprétation de la „Divine Comédie". Pier Angelo Fiorentino arriva avant Brizeux, le libraire Gosselin devança Charpentier en annonçant dans le „Journal des Débats" du 7 novembre 1840: „En vente aujourd'hui Dante, la Divine Comédie, l'Enfer, le Purgatoire, le Paradis, traduction nouvelle accompagnée de notes par P. Angelo Fiorentino". Charpentier, inquiet, annonça immédiatement la prochaine publication de la traduction faite par Brizeux, l'auteur du „charmant poème de Marie" — traduction qui parut le 5 avril 1841. Fiorentino, qui se fit en France le défenseur de Dante contre Lamartine, a donné une traduction littérale et exacte, et considérée généralement comme la plus fidèle: publiée d'abord dans la „Bibliothèque d'élite", elle a été souvent reproduite; c'est pour elle que Gustave Doré, en 1861, fit ses illustrations, et c'est elle encore qu'on réimprime de nos jours chez Hachette. Lamartine, dans sa réponse fort courtoise à l'épigramme de ce Fiorentino, voulait bien dire que cet Italien „s'était fait naturaliser français par la pureté de son style dans notre langue"[*]): mais le suave polémiste avoue n'avoir lu „que par fragments" cette traduction en prose „qu'on dit excellente", et il en parle, comme de tant d'auteurs, par ouï-dire. C'est un poète qu'on trouve en Brizeux, bien que sa traduction soit en prose, et c'est un catholique breton épris de l'art toscan avec le bonheur de retrouver sa foi dans le plus grand poète du moyen âge. Dès l'époque de Deschamps, il admirait le sens historique de la nouvelle école et la restauration du moyen âge, et il disait: „Dante, homme d'Etat, théologien et poète, qui, dans son épopée mystique, avait reflété si naïvement la pensée du divin Révélateur, Dante, le poète de Jésus-Christ, devait reparaître le premier dans cette évocation du passé"[2]). Dix ans plus tard, en publiant sa laborieuse traduction, il songe avec mélancolie que „presque toutes les idées fondamentales de la *Divine Comédie*, qui devait être le code impérieux de toute vérité, sont aujourd'hui ébranlées ou détruites[3]). Il rend soigneusement son modèle

---

dit: „Une terzine de Dante eût peint la désolation majestueuse de Rome comme on ne la peindra jamais; mais cette terzine, il ne l'a point écrite, et quand il a parlé de Rome, ce n'a été que pour la flétrir".

1) Lamartine, Souvenirs et portraits, III, p. 166. Fiorentino accusait Lamartine de jalousie à l'égard de Dante; Lamartine dit: „Nous ne nous sommes jamais mis, comme poète, au niveau seulement d'un vers du Dante".

2) Revue des deux mondes, 1er janvier 1831 (Poésie d'E. Deschamps).

3) Notice sur Dante, en tête de sa traduction (janvier 1841). Voir aussi „Brizeux, sa vie et ses œuvres", par l'abbé C. Lecigne (Lille, Morel 1898), p. 201 et suiv., et Em. Terrade, Etudes comparées sur Dante et la Divine Comédie (Brizeux poète et traducteur de Dante), Paris, Poussielgue 1904.

tercet par tercet, et explique sa méthode: ‚Fidèle, nous l'espérons, au génie de notre langue, cette traduction s'est efforcée aussi d'être fidèle au génie de l'auteur florentin. Les plis ondoyants de l'ancienne toge s'ajusteraient mal, il semble, à une figure semi-gothique'. Le public français a goûté cette méthode, et la traduction de Brizeux est restée, avec celle de Fiorentino, l'une des plus populaires.

En 1841[1]) aussi Delécluze publiait la première traduction française de la ‚Vie nouvelle', réunie au travail de Brizeux, et Ch. Labitte étudiait dans la ‚Revue des deux mondes' (1er octobre 1841) ‚les biographes et traducteurs de Dante'; l'année suivante (1er septembre 1842) il y donnait cette étude sur ‚la Divine Comédie avant Dante' qui est également jointe à la traduction de Brizeux, et souvent rééditée avec elle. La ‚Revue des deux mondes', on le voit, a joué un rôle actif dans la diffusion des littératures étrangères en général et de Dante en particulier: en 1848 elle examine la ‚Vie de Dante' de Balbo, traduite par la comtesse de Lalaing (Bruxelles, 1844), en 1853 Ampère y parle des poètes franciscains d'après Ozanam, en 1855 Renan y étudiera le livre de Fauriel (Dante et les origines de la langue et de la littérature italienne), en 1856 Saint-René Taillandier examine ‚Dante et la littérature dantesque en Europe', et la tradition se maintient jusqu'à nos jours, où M. Bellaigue y parle de ‚Dante et la musique'.

Le traducteur de Dante était, la même année, l'auteur des ‚Ternaires', et son cas montre bien ce que pouvait l'étude passionnée de l'art toscan sur un poète de second ordre. En effet, la poésie de Brizeux n'a été distinguée, elle n'a été vantée par Sainte-Beuve, que dans la réédition faite après le voyage d'Italie et les études dantesques[2]). Que ces études et ce voyage l'avaient élevé, Brizeux le savait bien lui-même:

De son voyage d'Italie
Toute la vie on se souvient;
C'est comme une douce folie;
On en parle toujours sitôt qu'on en revient[3]).

A la vérité, il est plus virgilien que dantesque, il aime mieux Raphaël que Michel-Ange, la grâce que la force, la douceur des champs que l'âpreté des troubles civils, et il garderait ce goût même aux ‚bords énéens':

---

1) C'est alors que paraît également l'Histoire des langues romanes et de leur littérature depuis leur origine jusqu'au XIVe siècle, de A. Bruce Whyte, traduite de l'anglais par F. G. Eichhoff (Paris 1841) où les pp. 229—337 du vol. III sont consacrées à la Divine Comédie et aux Poésies lyriques de Dante.

2) Voir la notice de Saint-René Taillandier sur Brizeux, reproduite dans l'édition Lemerre des Oeuvres de Brizeux.

3) La fleur d'or, livre 8.

> Virgile le saint maître ici conduisait Dante,
> Tempérant de douceur sa vision ardente [1]).

Puis l'Italie est envahie par le confort moderne, il faut la patience d'Ampère et son imagination pour y suivre Dante ou pour l'y retrouver.

> Gaz, nouveautés, parleurs, sont arrivés de France.
> Le mystère charmant s'est enfui de Florence . . .
> Plus de grave pensée à suivre sur les dalles,
> Comme Dante faisait en traînant ses sandales [2]).

Mais quand on traduit un auteur, comment ne s'en souviendrait-on pas dans ses propres vers? Les „Ternaires‘, par leur mysticisme, dans leur forme parfois et jusque dans leur titre, se rattachent à la conception dantesque de la poésie. Le poète breton voit dans la théologie une divine inspiratrice, et il l'invoque en ces termes:

> Toi qu'un maître appelait Béatrice,
> Viens donc ici vers nous, divine inspiratrice;
> Toi qui parles de Dieu dans la langue du ciel,
> Dans nos discours humains répands un peu de miel [3]).

Il emploie la terza rima dans „le Livre des conseils‘ [4]), il parle comme Dante du „beau fleuve Arno‘ [5]), et il admire le symbole de l'art transmis d'Homère à Virgile et de Virgile à Dante (il enseigna ses théories littéraires à l'Athénée de Marseille en 1833, entre ses deux premiers voyages en Italie):

> Homère l'inventeur au poète romain
> Le transmit; depuis Dante il va de main en main [6]).

Il dit de „Paris la grande ville‘:

> Dût ton cœur se briser, poète, cependant
> Il faudra te plonger au fond du gouffre ardent,
> Comme Dante, il faudra dans cet enfer descendre [7]).

La force lui manquait malheureusement pour faire tout cela, et dans tous ses petits poèmes il n'a pas rencontré l'heureuse inspiration dantesque échue à son ami Auguste Barbier.

Un an après Brizeux, un autre catholique, E. Aroux, ancien député, se rendait coupable, comme il a dit depuis, d'une traduction en vers de la Divine Comédie, Enfer, Purgatoire et Paradis, en deux volumes (1842), „dans laquelle — écrit l'auteur repentant en 1854 — l'inter-

---

1) Poétique nouvelle, chant 3e.
2) La Fleur d'or, Palinodie.
3) Poétique nouvelle, chant 3e.
4) Fleur d'or, livre 8e.
5) Ibid., A un religieux.
6) L'Aleatico.
7) Poétique nouvelle, chant 2e; voir Lecigne, o. c., p. 442.

prétation est d'autant moins fidèle qu'elle suit plus le sens littéral. Cette traduction, j'ai hâte de le confesser, ne vaut pas mieux que toutes celles qui l'ont précédée ou suivie, et cela par le même motif, à savoir que, à l'exemple de leurs auteurs, j'ai traduit ce que je ne comprenais pas[1]). Nous reviendrons à la palinodie du brave Aroux; il avait, dans sa première manière, celle de traducteur admirateur, beaucoup d'émules en son temps. Dante est apparemment lu assez souvent dans le texte, puisqu'on réédite ce texte italien plusieurs fois à Marseille[2]), à Lyon et à Paris, notamment, en 1833, 1838, 1840, 1842, 1843, 1844, 1855. De 1843 à 1846, Sébastien Rhéal, fantaisiste et fumeux esprit, qui revint souvent à Dante, publie une mauvaise traduction des œuvres de Dante avec les illustrations de Flaxmann: ‚La Divine Comédie, illustrée par J. Flaxmann; précédée de la Vie nouvelle, illustrée par Mme Rhéal. Traduction par l'auteur des Divines féeries, avec une introduction et des notes historiques, résumé des meilleurs travaux accomplis jusqu'à ce jour sur Dante et ses écrits', en trois volumes. L'auteur se vante de rendre par sa prose rythmique le rythme de l'original, et il donne encore, à la suite du Paradis, ‚La prophétie du Dante, poëme byronien, traduction libre'. L'auteur reviendra plus d'une fois à Dante, et dès cet ouvrage il parle de ses travaux futurs. Il se réclame, comme on voit, de son ouvrage ‚Les divines féeries de l'Orient et du Nord' (1842) (il aurait aussi bien pu rappeler ses ‚Chants du psalmiste', 1839, 2e éd. 1841, où il avait paraphrasé la ‚Prophétie de Dante' de Byron[3]): ce n'est pas un pur hasard qu'on passe de la féerie à Dante. En 1843, tandis que Mme Allart de Méritens parlait abondamment de Dante dans son ‚Histoire de la république de Florence', ‚Le Monde enchanté, cosmographie et histoire naturelle fantastiques du moyen âge', par Ferdinand Denis, consacre un chapitre (IV) au ‚créateur par excellence du monde fantastique, Dante Alighieri'[4]): ‚à mesure que l'on pénètre dans l'enfer, la fable antique se présente revêtue des formes nouvelles que lui impose cette imagination formidable . . . de même qu'il n'y a pas une seule donnée historique qui échappe au souvenir du Dante, il n'y a pas d'attributions merveilleuses se rattachant à l'histoire naturelle qu'il oublie'. Le vieux poète a en outre de vrais mérites

---

1) Dante hérétique, révolutionnaire et socialiste. Révélations d'un catholique sur le moyen âge, par E. Aroux, ancien député (Paris, Renouard 1854), p. XI.

2) Edition Zuccheroni de l'Inferno (1838). Dante est particulièrement étudié, comme on peut voir, dans le Midi (c'est à Avignon que Sausse-Villiers publie, en 1850, ses ‚Etudes historiques sur Dante Alighieri et son époque').

3) La pièce de Byron fut traduite également par Laroche (dans la traduction Brizeux, 1841), par A. Boissier (Nîmes, 1853), par A. Regnault (Poligny, 1866).

4) P. 96 (Paris, Fournier, 1843); p. 101, 102, 103.

scientifiques, et Denis cite longuement à ce sujet le témoignage de Libri[1]) (un exilé italien fort estimé à Paris en ce temps-là): ‚Tout en considérant la nature en poëte, — dit Libri, cité par Denis, — Dante l'observait en philosophe et son esprit pénétrant a vu et deviné des choses qui n'ont été reproduites que longtemps après par des savants spéciaux. Il faudrait transcrire son poème, si l'on voulait citer tous les passages qui renferment des observations d'histoire naturelle'. On a fait en France, comme on sait, un titre à Gœthe de ses goûts scientifiques. Dante a eu quelque chose d'une faveur pareille, puisque Voltaire s'est intéressé à son astronomie, Ozanam à sa philosophie, et d'autres à ses connaissances historiques ou scientifiques. Mais le moyen âge était trop loin, sa science trop rudimentaire (Brizeux reconnaît lui-même que la physique et la philosophie du moyen âge n'existent plus), et Dante trop éloigné de Galilée et surtout de Laplace, pour que cette source d'intérêt pût lui créer des admirateurs comparables à ceux de Gœthe en ce point, malgré tous les rapprochements que faisait Ozanam avec les théories scientifiques récentes.

Il inspire surtout, par son œuvre ou par certains épisodes, les traducteurs, les artistes et les poètes: en 1844, alors que Sébastien Rhéal n'avait pas encore fini la sienne, une autre traduction, sans nom d'auteur, paraissait chez Prévot à Paris, et il ne se passe plus un lustre sans que l'une ou l'autre soit publiée ou rééditée. Les admirateurs ne vont parfois pas plus loin que le commencement, et un poète de province, H. Vinson, dans ses ‚Etudes et souvenirs, melanges poétiques', (Bordeaux, 1846) se borne à traduire, en terza rima, les trois premiers chants de l'Inferno. Les deux héros dantesques par excellence, Francesca et Ugolin, jouissent naturellement d'une faveur spéciale. En 1844, Charles Malo consacre à ‚l'Enfer du Dante' treize pages de ses ‚Scènes de la vie d'hommes célèbres', Florimond Levol publie à Lyon ‚l'Episode du comte Ugolin, trad. de Dante, avec le texte en regard' (impr. Marle; sans le texte, Lyon, impr. Perrin), et la tour d'Ugolin est assez fameuse pour fournir à Chapelle et Michel le titre d'une comédie qui n'a d'ailleurs aucun rapport avec la victime de l'archevêque Roger: ‚La tour d'Ugolin, ou le mariage par appétit, comédie en deux actes mêlée de chant, par Laurencin (pseud.) et Michel' (Paris, 1845?): déjà Ginguené disait que Francesca et Ugolin étaient pour ceux qui n'avaient pas lu Dante ce que *To be or not be* était pour ceux qui n'avaient pas lu Shakespeare. En 1841, Wibert publiait à Nantes le Ve chant de l'Enfer dans ses ‚Fragments sur l'Italie, accompagnés de morceaux choisis des meil-

---

1) Libri est l'auteur de l'Histoire des siences mathématiques en Italie (Paris, 1838—41), 4 vol.; dans le 2e vol. (pp. 164—190) il étudie ‚Dante, sa vie, ses connaissances scientifiques, commentateurs de la Divine Comédie'.

leurs poètes italiens, traduits ou imités en vers français.' Francesca
est d'ailleurs honorée particulièrement en Italie aussi, et Silvio Pellico,
qui s'était inspiré de Dante, se joint à lui dans la diffusion en France
de l'histoire des deux amants: en 1848 M. Vannoni traduit en français
le drame de S. Pellico, ,Francesca da Rimini', et, en tête, le chant V
de l'Enfer, d'où le dramaturge tirait son épigraphe, et deux ans plus
tard Méri (Victor de Méri de la Canorgue) donnera encore, à Nice,
,Françoise de Rimini, tragédie imitée de Silvio Pellico, suivie de ,Mes
dernières tristesses, poésies nouvelles', accompagnée de deux pages ,A
Silvio Pellico sur la perte de mon manuscrit de Françoise de Rimini'.
Puis l'œuvre de jeunesse de Dante trouve sa part d'admirations et
d'études: Delécluze publie en 1848 ,Dante et la poésie amoureuse',
où, en étudiant un aspect du poète un peu négligé par le romantisme,
il reproduit l'article déjà mentionné, la traduction de la Vie nouvelle,
et donne celle des Correspondances poétiques des fidèles d'amour
et des ,chansons' de Dante. M. F. Fertiault donnait en 1848 les ,Rimes
de Dante, Sonnets, Canzones et ballades, traduction précédée d'une étude
littéraire et suivie de notes et commentaires' (rééd. en 1857), et Ernest
et Edmond Lafond publiaient (1848) des extraits de Dante, Pétrarque,
Michel-Ange et le Tasse, ,Sonnets choisis, traduits en vers et précédés
d'une étude sur chaque poète'. Les ,Poésies' de Jacques de Rodaven
(pseudonyme de A. Letourneux), qui parurent à Riom en 1847, conte-
naient la traduction d'un passage des œuvres mineures de Dante, et du
sonnet d'attribution douteuse: *Un di si venne a me Malinconia*.

Philarète Chasles, qui sera un grand propagateur des littératures
étrangères, étudie, à propos des ,premiers temps du christianisme et du
moyen âge' (1847), ,Dante Alighieri et les platoniciens d'Italie'.

Les artistes continuent à illustrer certains épisodes; à l'exposition
de Paris de 1847, un relief de Triqueti représente Dante et Virgile
parmi les poètes anciens, d'après le IVe chant de l'Enfer, comme dans
la fresque de Delacroix dans la coupole du Palais du Luxembourg.
Déjà en 1836, Edouard de Biefve exposait à Bruxelles son tableau ,Le
comte Ugolin et ses fils dans la tour de Pise'[1]), pendant que Louis
Boulanger exposait à Paris son ,Triomphe de Pétrarque', célébré par les
poètes du temps. Le même Louis Boulanger, peintre attitré du groupe
littéraire de Victor Hugo, unissait bientôt Dante à Pétrarque, et exposait, au Salon de 1840, ,Trois amours poétiques: Béatrix, Laure et
Orsolina'; il a peint aussi la rencontre de Dante et de Virgile[2]). Flandrin peignait ,le Dante accompagné de Virgile offrant des consolations

---

1) L. Alvin, Compte rendu du salon de l'exposition de Bruxelles, 1836,
pp. 353—358.

2) Sujet peint aussi, notamment, par Boyer-Breton.

aux mânes des envieux', Corot à son tour fait un „Dante et Virgile'
(exposé au Salon de 1859), et Devéria, Sorrien[1]), Antoine Etex[2]), Gustave Doré, Meissonier, Gérôme, Yan Dargent (pseudonyme), Albert
Maignan, Auguste Rodin (pour le Musée des arts décoratifs à Paris),
une foule d'artistes français, durant tout le XIX° siècle, soit dans la
gravure, soit dans la peinture, soit, moins heureusement, dans la musique, se sont inspirés de Dante. Le vieux poète qui inspirait jadis
Botticelli, Michel-Ange, Raphaël, a droit de cité dans l'art français; et
il a sa statue à Paris devant le Collège de France.

En 1862 Hipp. Topin écrira même — après avoir cité les éloges
que Lenormand décernait à Ary Scheffer dans le „Correspondant' du 25
juillet 1859: „La peinture, langue universelle, langue qui parle
aux yeux autant qu'à l'imagination, et au cœur, la peinture interprète
de la poésie de Dante, restera seule l'effigie la plus vraie de la pensée
du grand poète, sous le pinceau des artistes de génie. C'est à Michel-
Ange ou à Scheffer seuls qu'il appartenait d'interpréter, d'expliquer
Dante, et de faire revivre à nos yeux les personnages et les scènes de
la Divine Comédie'[3]). Ce n'est certes pas ainsi que l'entendaient tant
d'écrivains zélés, et loin de se laisser exclure, ils auraient probablement jugé qu'ils venaient avant les autres dans le cortège des fidèles
de Dante.

„Dante, disait Ch. Louandre en 1847, a les honneurs d'une véritable
ovation. On trouve en effet, pour ce poète, neuf éditions italiennes,
dont plusieurs en province, dix traductions françaises, et un nombre
vraiment surprenant de commentaires[4]).

Les poètes ne l'abandonnaient pas, et Alfred de Vigny[5]), dans le
recueillement philosophique d'où sortirent „les Destinées', relisait Dante,
que lui eût d'ailleurs rappelé, s'il en eût été besoin, l'amitié de Louis
Ratisbonne; il dira en 1852 à Evariste Boulay-Paty:

> Là, près d'un chêne, assis sous la vigne pendante,
> Des livres préférés j'assemble le conseil;

---

1) A. Bianchieri, Casella, album di letteratura italiana e di canto.

2) Antoine Etex, élève de Dupaty et d'Ingres, avait représenté en 1835
Francesca dans un relief en marbre moins remarqué que le tableau d'Ary Scheffer,
de la même année; il illustra plus tard (1854) la traduction de Séb. Rhéal
(cf. Kraus, Dante, p. 605 et 636).

3) La Divine Comédie de Dante Alighieri; le Paradis, p. 48.

4) Ch. Louandre, Statistique littéraire (Revue des deux mondes, 1847,
t. IV, p. 515).

5) Journal d'un poète, p. 205: „Les vieux académiciens se pressent autour
de ceux qui arrivent et sont dans l'âge de la force, comme les ombres du purgatoire autour d'Enée ou de Dante vivants, effrayés et surpris de la vue d'un
corps réel' (écrit en 1845).

Là, l'*octave* du Tasse et le *tercet* de Dante
Me chantent l'*Angelus* à l'heure du réveil.

De ces deux chants naquit le sonnet séculaire.
J'y pensais, comparant nos Français au Toscan [1]).

C'est sans doute dans des dispositions semblables qu'en 1849, au
Maine-Giraud, il écrit cette préface des „Destinées‘ en reprenant „le
tercet de Dante‘, des métaphores comme „le joug de plomb‘ dont parlait déjà Antony Deschamps, l'ami de Vigny, et enfin ce ton philosophique, grave et lugubre, conforme à ce qu'on entendait alors par
l'esprit dantesque:

Depuis le premier jour de la création,
Les pieds lourds et puissants de chaque Destinée
Pesaient sur chaque tête et sur toute action.

Chaque front se courbait et traçait sa journée,
Comme le front d'un bœuf creuse un sillon profond
Sans dépasser la pierre où sa ligne est bornée.

Ces froides déités liaient le joug de plomb
Sur le crâne et les yeux des hommes leurs esclaves,
Tous errants, sans étoile, en un désert sans fond . . .

La révolution de 1848, dont les événements furent parfois mêlés,
dans un décor allemand, au souvenir de la „Divine Comédie‘[2]), était
venue secouer les poètes avec la France, et bientôt le coup d'Etat
donne au plus grand de tous la fortune de Dante. Tout le monde fit
le rapprochement, et Victor Hugo le fit avec enchantement. Il y avait
longtemps que le poète français était hanté de l'idée de la gloire dantesque, et dès ses débuts il se présentait comme „un pauvre jeune écrivain consciencieux, honnête et courageux, philologue comme Dante‘[3]).

---

1) Journal d'un poëte, p. 302. A la page suivante se trouve: „Un vers de
Dante‘: A Madame Ristori, „Fille du beau pays où résonne le si‘, vers
que Lamartine s'était rappelé dans une lettre italienne qu'il écrivait le 29 mars
1840, probablement à Niccolini (di quel poetico e glorioso paese dove il si suona
lettre conservée à la Bibliothèque nationale de Florence; v. Cenzatti, Lamartine e l'Italia, Livourne, 1903, p. 107, Note 1).
   2) La nuit de Walpurgis, comédie politique du temps présent. Paris, 1849,
pp. 118—169. — Le „Mémorial de la légion polonaise de 1848 créée en Italie
par Adam Mickiewicz; publication faite d'après les papiers de son père, avec
préface et notes par L. Mickiewicz‘ (Paris, 1877) contient des pages (pp. 279—283,
et 441—444) sur Dante et Mickiewicz, et l'adresse inaugurale des conférences
sur Dante par Giovanni Scovazzi (Lausanne, 1839).
   3) Littérature et philosophie mêlées, Préface (cf. L. Bertrand, La fin du
classicisme, p. 403).

L'ambition grandissant avec les années et la gloire, il va ,convoiter la couronne de Dante, faute d'oser aspirer au sceptre de Napoléon[1]).' D'abord, ,quand il était en France', il lisait Dante, du moins il l'assure bien des fois[2]), et après avoir fait ,Après une lecture de Dante', comme nous l'avons vu, il compose une pièce, datée de juillet 1843, ,Ecrit sur un exemplaire de la *Divina Commedia*'[3]), où Dante,

> Vêtu d'un grand manteau comme un consul de Rome,
> Et qui me semblait noir sur la clarté des cieux,

dit avoir été montagne, chêne, lion, puis Dante . . . Et sans doute, pour divaguer ainsi, pas n'est besoin d'avoir lu la ,Divine Comédie', pas plus que pour mettre à tout instant Dante parmi les génies supérieurs ou les grands punisseurs, et pour aimer le bruit des mots:

> Béatrix, Lycoris,
> Dante au Campo Santo, Virgile au Pausilippe[4]).

Il ne faut pas encore de longue étude pour représenter la nature

> Accouplant Rabelais à Dante plein d'ennuis,
> Et l'Ugolin sinistre au Grandgousier difforme[5]).

Mais, si superficielles que fussent les connaissances de Victor Hugo, il s'accomplit dans sa pensée et dans celle des contemporains un fait curieux: Hugo devient un nouveau Dante, grand poète, grand banni, qui va tirer vengeance, par son génie désormais satirique, de ses ennemis triomphants. Victor Hugo ne se sent pas de joie à cette pensée:

> C'est le fier ornement de la guerre civile,
> Que tous ces grands bannis qui vont de ville en ville . . .
> Phidias expulsé rencontre Dante errant.
> Phidias dit: le vrai! Dante répond: le grand! . . .
> Mais nous, pensais-je . . ,
> Nous ne sommes pas faits pour les vastes combats,
> Et comme ces proscrits aux têtes étoilées,
> Pour les rêves profonds près des mers désolées . . .
> Maintenant, ô destin, ô méduse, merci[6]).

Avant que Victor Hugo écrivît ces vers, Théophile Gautier avait dit, dans ,La Presse' du 7 juin 1852: ,Victor Hugo, le plus grand poète de la France, maintenant en exil comme Dante, apprend

---

1) Ern. Dupuy, Victor Hugo. 3e éd., p. 79.

2) Contemplations, liv. 4e, XI (pièce datée de 1846); liv. 5e, XVI; voir aussi liv. 6e, XXIII.

3) Ibid., liv. 3e, I.

4) Ibid., liv. 1er, VIII; voir aussi liv. 1er, V, XXIX, 3e, XX.

5) Ibid., liv. 1er, V.

6) Les quatre vents de l'esprit, Le livre lyrique, XI (Dieu ne frappe qu'en haut, pièce datée du 17 mars 1855).

par expérience combien il est douloureusement vrai le vers du vieux gibelin:

Il est dur de monter par l'escalier d'autrui[1].

Le poète de l'an 1300 et celui de 1852 sont si bien associés dans l'esprit du public, que le gouvernement fit interdire la représentation de „Dante et Béatrice“[2], drame de Henry de Bornier, où l'on aurait vu des allusions à Hugo et aux événements récents! Henry de Bornier imagine, en 1300, Dante conseillé par Brunetto Latini (ressuscité), recherchant à la fois la dignité de prieur et l'amour de Béatrice; il a comme rival, dans les deux tentatives, Simone dei Bardi, qui, devant l'éloquence et la popularité de Dante, lui offre Béatrice à condition de renoncer au priorat. Dante refuse, est nommé prieur, expulse les chefs des factions opposées et laisse la vie à Simon, à la demande de Béatrice, dont le père, Folco Portinari, est le créancier et l'obligé de ce Simon. Heureusement ce pauvre Folco, mourant, et n'ayant donc plus à craindre son créancier Simon, dit à sa fille d'épouser Dante. Mais voilà que les exilés rentrent avec les troupes de Charles de Valois; Simon triomphant dit à Dante: „Béatrice ou la vie!“ et à Béatrice: „Ta main ou la vie de Dante!“ Dante refuse de renoncer à son amour, et il va périr, quand Béatrice, pour le sauver, informe Simon qu'elle consent à l'épouser. Mais elle meurt, les deux rivaux se réconcilient devant son cadavre, et Dante prend le chemin de l'exil. Tout en maltraitant, comme on voit, l'histoire, Henry de Bornier n'a pas été plus heureux que ne l'est, un demi-siècle après lui, M. Sardou dans son „Dante“[3]; et ce drame, qui tombait dans le mélodrame, ne fit pas soupçonner l'auteur futur de „La fille de Roland“. Il témoigne seulement de la popularité de Dante: le vieux Gibelin est presque aussi connu en France, dirait-on, qu'en Italie, où, la même année, avait été publiée une pièce de Paolo Ferrari intitulée „Dante a Verona“. Voici comment le riche Simon parle de son rival dans le drame de Bornier:

Cet homme-là n'est rien, quelques florins à peine,
Il vit péniblement, mais il vit toujours fier,

1) Histoire du romantisme, p. 127. V. Hugo dit de même (Pendant l'exil): „L'amertume de Dante était de monter l'escalier d'autrui: la joie de Charles de Brouckère (le bourgmestre de Bruxelles) était de monter l'escalier du proscrit“.

2) M. Edm. Rostand a rappelé ce drame dans son discours de réception à l'Académie française, où il remplaçait H. de Bornier. Voir C. del Balzo, Dante nel teatro (Nuova Antologia, 1er juin 1903, p. 401). — L'exil de Dante était si populaire en France qu'il est arrivé aux Italiens de traduire ce que les Français en avaient conté (Ch. Alph. Brot, L'esilio di Dante; racconto, versione dal francese, Milan 1841).

3) Ni que P. Couly, dont le manuscrit, „L'exil du Dante, drame“ (1869) n'a pas même été imprimé; ni non plus que Blau et Godard (1890).

Et quand son œil s'allume, on dirait un éclair!
Tenez, quand il parlait à la foule assemblée,
Sous son geste et sa voix, mon âme s'est troublée,
Il semblait regarder tout ce peuple qui bout,
Comme un pilote calme, au gouvernail debout[1]) . . .

On avait parlé de Dante, jadis, en des vers plus harmonieux; et bientôt un plus grand poète, dans les „Châtiments‘, songe à son aïeul de gloire et d'exil:

Caves de Lille! on meurt sous vos plafonds de pierre!
J'ai vu, vu de mes yeux pleurant sous ma paupière
            Râler l'aieul flétri,
La fille aux yeux hagards de ses cheveux vêtue,
Et l'enfant-spectre au sein de la mère-statue!
            O Dante Alghieri[2])!

Le nouveau banni ajoute à sa lyre une corde d'airain, et à ses modèles le nom de Dante. Désormais, et de plus en plus jusqu'à la fin, jusqu'à „l'Année terrible‘ et aux „Quatre vents de l'esprit‘, il sera dans l'admiration des „grands vengeurs, des rêveurs fauves‘,

Les pâles Juvénals, terreur des Césars chauves,
Et ce Dante effrayant devant qui tout s'enfuit,
Fait d'une ombre qu'on sent de marbre dans la nuit[3]).

La satire est maintenant une mission divine, et elle est déjà pour l'auteur des „Châtiments‘ la déesse qu'il décrira en 1870,

            la Némésis chantante qui bondit
Et frappe, et devant qui Tibère est interdit,
La déesse du grand Juvénal, l'âpre muse,
Hébé par la beauté, par la terreur Méduse,
Qui sema dans la nuit ce que Dante y trouva[4]).

Dans l'intervalle Hugo avait fait aussi son épopée, ou du moins ce qui en tient lieu: et faute du chef-d'œuvre tant de fois rêvé, faute de „Divine Comédie‘, les derniers fidèles du romantisme, et les générations plus récentes, en trouvèrent la menue monnaie dans les récits de la „Légende des siècles‘. L'auteur n'y oublie certes pas „Dante et Béatrix‘[5]), ni le sort qui donne

A Dante l'exil triste et sa chape de plomb[6]).

Il préférera à la science déterministe „l'ignorance étoilée‘ de Platon, de Pindare

---

1) Le même Henry de Bornier a chanté aussi, outre Dante, „Paolo et Francesca‘ (Poésies complètes, Paris 1894, pp. 267—70).

2) V. Hugo, Les Châtiments, l. III, IX (Joyeuse vie), Jersey, janvier 1853.

3) Les quatre vents de l'esprit, I, Le livre satirique, I, Inde irae.

4) Ibid., La satire à présent (26 avril 1870); même livre, III.

5) Légende des siècles, XLVII (t. IV, p. 20).

6) T. IV, p. 70 (La colère du bronze).

Et de ce, Dante errant qui baisse factieux
Son œil farouche où tremble une lueur des cieux[2]).

Dans le groupe des Idylles, il en consacre une à Dante: cette idylle
intitulée „Dante‘ n'a d'ailleurs rien de dantesque. Malgré la complaisance
visible avec laquelle l'auteur cite ce grand nom, il emprunte peu de
chose à la „Divine Comédie‘. Tout au plus pourrait-on dire que l'Italie
de Ratbert et d'Elciis est aussi lamentable que celle du Gibelin indigné;
mais dans tous les anachronismes des „Quatre jours d'Elciis‘, où le
contemporain d'Othon III parle des spectres d'Orcagna, Dante n'a pas
trouvé place. Dans Sienne, seulement, le comte Félibien, à son air rêveur,
est pris pour Dante: „les passants des rues,

Voyant ce noir rêveur qui vient on ne sait d'où,
Disent: C'est un génie; et d'autres: C'est un fou.
L'un crie: — Alighieri! c'est lui! c'est l'homme-fée
Qui revient des enfers comme en revint Orphée;
Orphée a vu Pluton, et Dante a vu Satan.
Il arrive de chez les morts; Dante, va-t'en!
L'autre dit: — Ce n'est pas Dante, c'est Jérémie[2]).

Ce n'est pas Dante, mais c'est Victor Hugo qu'on retrouve dans „la
Vision de Dante‘[3]), au dernier volume de la „Légende des siècles‘; et
bien qu'elle ait paru seulement en 1883, c'est à la poésie de l'exil, au
courant byronien (la Prophétie de Dante, de Byron, a été plusieurs fois
traduite et imitée en France) et au coup d'Etat de 1852, que se rattache
cette pièce, où Dante apparaît à Victor Hugo pour flétrir ou maudire
les soldats et les juges, les rois et les empereurs, Napoléon III et le
pape Pie IX. C'est à la poésie de 1853 qu'on peut, malgré trente ans
d'intervalle, joindre les déclarations de Dante, à qui la voix dit après
cinq siècles:

Tu viens de t'éveiller pour finir ton poème
Dans l'an cinquante-trois du siècle dix-neuvième.

Les nuées et la vision du début n'ont guère la netteté et la précision de la „Divine Comédie‘, et Dante n'aurait pas mis vingt-six
pages pour damner un dictateur et un pape. Ce qui est plus dantesque, c'est l'archange, la JUSTICE divine, et la damnation du pape,
„Mastaï, Mastaï, Pie appelé neuvième‘, infidèle à sa mission chrétienne:

Et comme je fuyais, dans la nuée ardente
Une face apparut et me cria: Mon Dante,

---

1) Les grandes lois (Légende des siècles, IV, p. 178—179); p. 180, il veut
croire au bien
Avec Tacite, avec Dante, avec Juvénal.
Dante apparaît encore t. IV, p. 257. — *Contemplations*, l. 3e, I; l. 5e, XVI, etc.
(voir mon article «Dante et les romantiques français», *Rev. hist. litt. de la
Fr.*, 1905, p. 393 et suiv.)
2) Le comte Félibien (Légende des siècles, I, p. 180).
3) Brunel a mis en musique „La vision de Dante‘ (mentionné par A. Bonaventura, Dante e la musica, Livourne, Giusti, 1904, p. 333).

> Prends ce pape qui fit le mal et non le bien,
> Mets-le dans ton enfer, je le mets dans le mien.

Dans le temps que Victor Hugo assigne au réveil de Dante, ‚dans l'an cinquante-trois du siècle dix-neuvième‘, Amédée Pommier publiait ‚L'Enfer‘, poème aujourd'hui bien oublié, que Théophile Gautier a examiné dans une page des ‚Progrès de la poésie française depuis 1830‘: ‚*L'Enfer*, de tous les volumes d'Amédée Pommier, a été le plus remarqué, et c'est en effet une œuvre des plus originales. L'auteur, trouvant qu'on spiritualisait un peu trop l'enfer, l'a épaissi, comme disait madame de Sévigné à propos de la religion, par quelques bons supplices matériels, tels que chaudières bouillantes, jets de plomb fondu, cuillerées de poix liquide, lits de fer rougi, coups de fourche et de lanières à pointes, introduisant les diableries de Callot dans les cercles de Dante. Idée ingénieuse! l'adultère est puni par la satisfaction à perpétuité de sa concupiscence; les amants coupables sont toujours l'un devant l'autre, éternels forçats de l'amour.

> L'éternité du tête-à-tête
> Ne pouvait manquer à l'enfer,

dit le poète en terminant sa strophe par cette chute heureuse et de l'effet le plus piquant. Le mètre employé est une strophe de douze vers composée d'un quatrain et de deux rimes triplées féminines qui s'encadrent entre deux vers masculins‘ [1]). La poésie de l'au delà, l'épopée mystique et l'imitation de Dante tombaient donc de Soumet en Pommier, et la France n'a toujours pas de ‚Divine Comédie.‘ Le grand poète qui veut être l'oracle, le mage de sa nation et de l'humanité, et exprimer dans son œuvre colossale toute la création, toute la société, toute l'histoire, est ramené à Dante par le souvenir de l'exil et de l'âpreté vengeresse. Il y sera ramené encore, en 1864, dans ‚William Shakespeare‘, par le goût de ce qui est énorme et surhumain, et par sa théorie des génies conducteurs, au nombre desquels Dante est naturellement admis entre Homère et Shakespeare [2]), avec des éloges superficiels et incompétents. Il arrive aussi que les ‚Contemplations‘ et même les ‚Chansons des rues et des bois‘, comme déjà les ‚Voix intérieures‘, présentent quelque souvenir ou quelque métaphore dantesque telle que les lionnes, louves et tigresses‘.

*   *   *

Mais les événements qui occasionnèrent la ‚Vision de Dante‘, et la lecture de Rossetti, avaient, apparemment, affolé le traducteur que nous avons rencontré, E. Aroux, car en 1854 il publiait ‚Dante, hérétique, révolutionnaire et socialiste. Révélations d'un catholique sur le moyen âge‘, qu'il dédie à Pie IX par une lettre mise en tête du volume, et

---

1) Histoire du romantisme, p. 313.

2) Cette théorie se trouvait déjà, comme on l'a vu, dans l'‚Essai sur la littérature anglaise‘ que Chateaubriand replaça en tête de sa traduction de Milton.

datée du 4 décembre 1853. Aroux est ,convaincu que Dante Alighieri était, par sa foi et ses doctrines, en dehors de la communion romaine, que, bien plus, il était un de ses adversaires les plus acharnés et les plus dangereux, puisque le Ciel lui avait départi le génie'. S'il s'est décidé à dévoiler tous les artifices et toutes les horreurs des poèmes si peu compris, c'est que le danger était très grand, à cause de la popularité de Dante: ,Lorsque l'attention se reporte, plus vive que jamais, sur le grand Alighieri et sur son poème, dont on annonce chaque jour des traductions nouvelles; lorsque nous l'entendons exalter à l'envi comme un fils respectueux de l'Eglise, comme un poète inspiré par le véritable esprit chrétien, comme un philosophe catholique imbu de la pure doctrine, convenait-il de garder le silence à celui qui apercevait, au travers des plis de son manteau poétique cachant toute une panoplie d'hérésiarque, la haine du catholicisme et la volonté de renverser l'édifice social dont le dogme révélé était le principe conser- vateur[1])?' Aroux examine d'abord l'hérésie au moyen âge, puis il en retrouve toutes les erreurs dans ,cette grande machine poétique dans laquelle tant d'esprits, abusés par le grandiose de la construction et par la magie des couleurs, persistent encore à voir le type de l'art catholique'[2]). La ,Vie nouvelle' en est la clef, ce titre signifie la ,vie nouvelle d'un initié, sa régénération, sa palingénésie'; l'amour, c'est ,le zèle ardent pour la doctrine secrète hostile à Rome catholique', ,Béatrix, disons-le de suite, est une entité métaphysique, elle est l'en- semble des doctrines syncrétiques de la Gnosis et de Manès, repoussées, anathématisées par l'Eglise'[3]). Toutes les formules de la ,Vie nouvelle', tous les symboles de la ,Divine Comédie' sont interprétés — sans que d'ailleurs Aroux ait besoin d'inventer la plupart de ses explications — comme un langage cabalistique des hérétiques révolutionnaires qui dissimulaient leurs pensées pour éviter le sort encouru par les Albigeois et tant d'autres devanciers. Non seulement la panthère, c'est Florence, le lion, c'est la France alliée du Saint-Siège, la louve, c'est Rome[4]),

---

1) Avant-propos, p. X.

2) P. 22.

3) P. 55.

4) Cette interprétation (la plus sensée du livre), antérieure à Aroux, lui a survécu, et est encore assez populaire en France, puisque M. Paul Hervieu disait, le 23 février 1905, à M. Gebhart entrant à l'Académie: ,Lorsque la vénérable terre d'Italie et sa culture antique sont ravagées par une faune que Dante appelle la panthère de Florence, la louve de Rome, la lionne de France, — sans compter l'ours de Germanie — lorsqu'une flore atroce y pousse ses branches en échafauds, gibets et fagots de bûchers . . . votre subtile perception, votre analyse méticuleuse savent déterminer l'importance de chaque cause, la valeur de chaque signe'.

,l'infâme' de Voltaire, mais encore le veltro sera un adepte de la secte, il naîtra à la vie nouvelle entre Feltro et Feltro, c'est-à-dire qu'il sera initié entre deux tentures ou draperies; et Aroux, après bien d'autres, ne laisse pas de trouver bien singulier que *Veltro* soit l'anagramme de *Lutero* (Luther). Quant à Paolo et Francesca, ,ils symbolisent l'union de l'intelligence et de la volonté du poète que l'amour conduit à une même mort, autrement dit à affecter les dehors catholiques'. Toute l'analyse critique de la Divine Comédie est de la même force, de la même ingéniosité. Rossetti, Schlegel, Ozanam, Delécluze, Drouilhet de Sigalas, l'impitoyable inquisiteur discute, invoque ou réfute tout le monde; c'est à l'interprétation de Rossetti qu'il se rallie, et, en catholique conservateur effaré par la révolution de 1848, il trouve que le catholicisme d'Ozanam penche vers le romantisme, que celui de Delécluze est très convenable dans ses doutes et ses demi-approbations au sujet du sens politique de la ,Divine Comédie' exposé par Rossetti. Ce volume de près de cinq cents pages ne calma pas la manie d'Aroux, qui, le 24 avril 1857, lut à l'Académie des Inscriptions et belles-lettres une note sur ,L'hérésie de Dante démontrée par Francesca de Rimini devenue un moyen de propagande vaudoise, et coup d'œil sur les romans du St. Graal', et qui surtout, en 1856, refit sa traduction dans le sens de ses nouvelles théories: ,La comédie, traduite en vers selon la lettre et commentée selon l'esprit; suivie de la Clef du langage symbolique des fidèles d'amour', où il expose encore une fois toutes les hérésies cachées sous le voile des vers étranges. Bien plus, les théories d'Aroux, dès 1854, avaient été discutées en Allemagne, en Angleterre, en Italie, en France, et F. Boissard avait consacré à cette besogne tout un livre, ,Dante révolutionnaire et socialiste, mais non hérétique', publié en 1854 et réédité et augmenté en 1858.

Les études dantesques en France avaient assez d'importance aux yeux des étrangers pour que Blanc, en partie par estime pour elles, publiât en français, à Leipzig en 1852, son ,Vocabolario dantesco, ou Dictionnaire critique et raisonné de la Divine Comédie'.

Elles ont leur place marquée dans l'enseignement supérieur: en 1853 H. Ouvré prenait le *De Monarchia* comme thèse de doctorat à la Sorbonne[1]).

Elles se répandaient aussi en province, et notamment dans le Midi, où J. Sausse-Villiers publie, en 1850, à Avignon, ses ,Etudes historiques sur Dante Alighieri et son époque'. En Belgique, J.-D. Fuss, publiant à Tournai (1854) ,Françoise de Rimini et le comte Ugolin, deux épisodes de l'Enfer de Dante traduits en vers latins, et suivis d'observations du traducteur sur la Divine Comédie', essayait d'expliquer ,la manie qui,

---

1) De Monarchia Dantis Alighierii commentationem historicam scripsit H. Ouvré. Parisiis 1853, 8° pp. 55.

depuis trente à quarante ans, ne cesse d'augmenter la littérature dantesque des siècles antérieurs, que Chasles ose appeler ‚immense et inutile'. Dans une épître latine de 513 vers, et dans son commentaire français, il s'élève contre la ‚dantomanie' et les ‚dantomanes': dantomanes par manque de goût, et dantomanes ‚par un excès d'admiration du moyen âge, et le désir d'y ramener le monde moderne'. ‚L'intérêt, soit historique, soit religieux, soit poétique de la Divine Comédie est immense, comme sa matière — dit Fuss —; mais il fallait l'inconcevable dantomanie réservée au dix-neuvième siècle, pour mettre cet ensemble grandiose, cette création d'un génie du premier ordre, hors de toute comparaison avec l'antiquité et le monde moderne, à l'égard du langage, de la diction, du style, en un mot de l'art de la composition'. Le tardif émule de Lebeau[1]), qui a lu Witte, Wegele et le docteur Ruth, Ozanam et Delécluze, montre au moins, dans sa lourde prose, où en était arrivé le culte de Dante, qui a ses fanatiques. Dante fait naturellement partie de ceux qu'on doit connaître pour avoir un aperçu, si rudimentaire soit-il, des littératures modernes: il est examiné, en trente-cinq pages, par Edouard Mennechet (1794—1845), dans ses ‚Matinées littéraires, cours complet de littérature moderne (1855, 4e édition en 1862). Calemard de Lafayette, dont nous avons rencontré la traduction, étudie en un volume ‚Dante, Michel-Ange et Machiavel', trinité italienne qu'honorent l'admiration ou la curiosité des écrivains romantiques et des critiques. L'éloge de Dante est même assez à la portée de tous pour fournir un sujet de concours littéraire: l'Académie des Jeux floraux accorda ‚une violette réservée' à Maffre de Fontjoye pour son ‚Eloge de Dante Alighieri' (Béziers, 1852), et le Midi n'a pas épuisé le charme de cette matière, puisqu'en 1897 l'Académie des Jeux floraux de Toulouse met encore au concours l'éloge de Dante et donne le prix à M. Benjamin Aloffre, professeur au lycée de Toulouse (dont le travail a été imprimé dans le Recueil de l'Académie[2]).

Quand Ch. Maguin prononça, le 14 novembre 1849, l'éloge funèbre d'Artaud de Montor, on put voir tout le chemin parcouru par les savants et le public depuis les premiers travaux du traducteur, qui était resté fidèle toute sa vie à son culte, et avait encore donné en 1840 sa volumineuse et superficielle ‚Histoire de Dante'. Comme si la dantographie aimait déjà de faire un retour sur elle-même, Ch. Lyell avait

---

1) Voici comment Fuss rend le mot de Francesca:

                 Misero nihil æque,
    Illa refert, triste, ac tempus meminisse beatum:
    Scit tuus hoc doctor.

2) Je dois ce dernier renseignement à une obligeante communication de M. A. Jeanroy, l'éminent professeur de l'Université de Toulouse.

trouvé piquant de réimprimer, en 1847, l'élucubration du P. Hardouin, ,Doutes proposés sur l'âge du Dante'. Ou bien, par un procédé qui semble vieux de plusieurs siècles, et rappelle les méthodes de langues étrangères d'autrefois citant par ci par là un grand écrivain, Dante trouvera place dans un manuel d'italien: L. Sforzosi, dans son ,Guide pratique de la langue italienne'[1]), en l'an de grâce 1858, donne le texte et la traduction des chants XXVI de l'Enfer, X du Purgatoire, XVII du Paradis: ce choix était, comme on voit, une manière de présenter Florence et la Toscane par la voix indignée de leur plus grand poète, et de prendre Dante comme ,cicerone', à la manière de J.-J. Ampère. Mais quelle décadence de la critique en voyage! Ce n'est plus le temps où il était curieux et original de découvrir Cervantes dans Oudin ou Shakespeare dans Boyer; et ce n'est que pour compléter une bibliographie qu'on mentionne Sforzosi après Ampère. De même on a peine à reconnaître Auguste Barbier quand, dans ses petits vers insignifiants, il se souvient de Dante et de l'Enfer à propos des embarras que lui cause la douane toscane.

L'influence italienne est assez forte pour frapper l'attention des critiques et pour donner lieu aux premiers essais de littérature comparée. C'est alors que Rathery et Edmond Arnould étudient, le premier ,l'Influence de l'Italie sur les lettres françaises depuis le XIIIe siècle jusqu'au règne de Louis XIV' (1853), le second ,l'influence de la littérature italienne sur la littérature française', travail composé, dit l'auteur, en 1851, mais publié seulement en 1858, dans ses ,Essais de théorie et d'histoire littéraire', dont le premier a pour épigraphe le vers de Dante (Purg., XII, 67):

> Morti li morti, e i vivi parean vivi.

Les deux études comportent le parallèle traditionnel entre la ,Divine Comédie' et le ,Roman de la Rose', et une profonde admiration de l'Homère italien et de ses vers qui ont ,l'éclat et la solidité du diamant'[2]). Mais l'érudition et la méthode comparative étaient encore trop rudimentaires pour traiter de façon complète de pareils sujets. Les lettrés avaient mieux à faire, en étudiant tout d'abord Dante en lui-même.

---

1) Dante a traîné longtemps dans des ouvrages de cette espèce; on lit encore l'exemple grammatical suivant dans un tout récent manuel allemand (Wie bestehe ich meine Prüfung? Hilfsbücher. Französisch von E. Kaiser. Jacobi und Zocker, Leipzig, p. 80): ,A la suite des discordes civiles qui s'étaient élevées à Florence, Dante fut exilé. Il erra de ville en ville pendant plusieurs années. Il vint à Paris, où il se trouva en proie à la plus profonde misère'.

2) Essais de théorie et d'histoire littéraire, p. 337. C'est aussi l'expression de Lamartine.

Ils y réussissent assez bien, et s'ils n'ont pas tous la passion et la documentation de Colomb de Batines, devenu florentin par amour de son auteur, et écrivant en italien sa ‚Bibliografia dantesca‘, ils ont, depuis quelques années, montré un sens assez judicieux et des connaissances assez étendues pour être appréciés par les Italiens eux-mêmes [1]. Le goût général pour l'Italie, pour ses écrivains, son histoire et son art, les voyages au delà des Alpes et les anecdotes italiennes étaient autant d'occasions de rencontrer Dante: les ‚Curiosités et anecdotes italiennes, par M. Valery [pseudonyme de Pasquin]‘, en 1842, racontaient notamment ‚l'admiration du Tasse pour Dante‘; Alfred Dumesnil, dans ‚L'art italien‘ (Paris 1854), étudie ‚Dante, la passion de l'Italie‘; T. de Puymaigre, dans ‚l'Union des arts‘ (1851), traduit, après Calemard de Lafayette et Lafond, le sonnet de Michel-Ange sur Dante (aussi traduit dans ‚Les beaux arts‘, 2e livraison). Beaucoup d'autres aimeront et étudieront Dante par dessus tout, et indépendamment de l'italianisme.

Les divagations d'Aroux, en effet, n'étaient pas toute la dantographie française. Une critique plus saine et plus sensée admirait dans la ‚Divine Comédie‘ l'art italien et la pensée du moyen âge chrétien, et c'est dans ce sens que Drouilhet de Sigalas écrivait élégamment ‚De l'art en Italie: Dante et la Divine Comédie‘, où il examinait la ‚Vita nuova‘, la biographie du prieur de Florence et de l'exilé, l'Enfer, le Purgatoire, le Paradis, le symbolisme du poème orthodoxe et son action littéraire et artistique. Publié en 1852, l'ouvrage de Sigalas, réédité et traduit en italien dès l'année suivante, et encore loué par M. Massarani [2], était un essai de vulgarisation, et il montre l'intérêt que prenaient les gens du monde aux études dantesques. Cet intérêt se manifeste aussi par diverses traductions, et Aroux avait vraiment de quoi s'alarmer en voyant les auteurs et le public se laisser prendre aux pièges du terrible poème. En 1852, Louis Ratisbonne commençait sa traduction de la ‚Divine Comédie‘ en vers français en donnant ‚L'Enfer‘, plusieurs fois réédité depuis (dans la Bibliothèque contemporaine, chez Lévy), et encore goûté aujourd'hui. ‚Il rappelle, disait Lamartine, la traduction, jusqu'ici inimitable, des *Géorgiques* de Virgile par l'abbé Delille: mais le Dante, poète abrupt, étrange, sauvage et mystique tout ensemble, est mille fois plus inaccessible à la traduction que Virgile. La lumière se réfléchit mieux que les ténèbres dans le miroir de l'esprit humain comme dans le miroir de l'Océan. Le vers de M. Ratisbonne roule, avec un bruit latin, dans

---

1) Gius. Picci, Della letteratura dantesca contemporanea; rivista critica. Milan, Padoue 1846.

2) Gli studi danteschi (Studi di letteratura e d'arte, Florence 1873).

la langue ˙française, les ˙blocs,˙ les rochers et jusqu'au limon de ce
torrent de l'Apennin toscan qu'on entend bruire dans les vers du
Dante ˙¹). Toutes les traductions de Dante devaient sembler trop
littérales à Lamartine, même celles où les nécessités de l'alexandrin
français tempéraient la fidélité du traducteur. Ratisbonne se vantait
de traduire tercet par tercet; mais ce qu'il appelle tercet n'est qu'une
fausse ,terza rima' que nous avons déjà vue: deux rimes plates, plus
un troisième vers qui rime avec le troisième du soi-disant tercet suivant
(*a a b c c b*). ,Le Purgatoire', traduit de même, parut en 1856, et
,Le Paradis' en 1860, où l',Enfer', toujours préféré, en était à sa
troisième édition. En 1853 V. de Saint-Mauris s'était enfin décidé,
après plus de vingt ans, à publier ,La Divine Comédie, traduction
nouvelle, accompagnée de notes et précédée d'un résumé sur les temps
antérieurs au poème et d'une notice sur Dante et sur ses écrits': dans
sa version en prose, il entendait ,restituer à Dante une partie, si faible
fût-elle, de ce qu'il lui semblait avoir perdu sous la paraphrase d'Artaud
de Montor'. En 1854 Séb. Rhéal donnait encore une nouvelle traduction de la ,Divine Comédie' avec introduction, avec des notes de Barré
et des illustrations de A. Etex. C'est à la littéralité que visent
maintenant les traducteurs, entièrement dégagés des préjugés du temps
de Rivarol, et Lamennais, dans ses dernières années ²) (il mourut
en 1854) fit dans le même sens une traduction de la Commedia publiée
après sa mort (1855, 1862 et plusieurs fois depuis). Dans l'exposé de
la vie, de l'époque et de l'œuvre de Dante (laissé inachevé, et que
Forgues, l'éditeur posthume, compléta par l'ouvrage anglais de Simpson
(Londres 1851), Lamennais a encore, un milieu de son récit pathétique
et de ses tableaux, des éclats de romantisme, et il parle de Dante
comme s'il exprimait ses propres sentiments. „Ainsi vécut dans la
souffrance et la pauvreté, et mourut dans l'exil, celui dont le nom ne
devait jamais mourir. Sa destinée rappelle la destinée d'Homère, du
Tasse, de Camoëns, de Milton. Ce n'est pas gratuitement que le génie
est accordé à l'homme, et si l'on savait ce qu'il faut le payer, qui se
sentirait l'âme assez forte pour accepter ce don formidable, et ne
dirait plutôt comme le Christ: Transeat a me! On parle de gloire,

---

1) Traducteurs et commentateurs du Dante (Souvenirs et portraits, t. III, p. 168).
2) Oeuvres posthumes de F. Lamennais, publiées par E. D. Forgues,
La Divine Comédie, Introduction, p. XIX—XX. On a déjà remarqué le caractère romantique de la traduction de Lamennais (Derôme, Editions originales
des romantiques); dès 1856 on s'est étonné de voir ,Lamennais razionalista che
chiosa Dante teologo' (articles parus dans ,La scienza e la fede', Naples, 1856).
Lamennais traducteur a été discuté aussi par Foucher de Careil, par N. Tommaseo,
par Fr. de Sanctis.

mais lequel d'entre eux a su qu'il jouirait de cette gloire, qu'elle
projetterait ses rayons sur la fosse où il descendait plein d'angoisse?
Le vulgaire cherche à cette angoisse je ne sais quelle secrète compen-
sation dans les stériles joies de l'orgueil satisfait. Il ignore que plus
s'élèvent ces grandes âmes, plus elles doutent d'elles-mêmes, plus elles
se sentent loin du splendide exemplaire qu'elles contemplent et qu'elles
ne reproduisent jamais. Elles sont, elles aussi, des victimes saintes de
l'humanité dont le progrès, à divers degrés, est attaché à leur sacri-
fice. Une voix interne, puissante, irrésistible, leur crie: „Va!" et elles
vont; „Monte au calvaire!" et elles montent[1]". Dans la sombre
énergie que connaissait l'auteur des ‚Paroles d'un croyant', et qui
donne à sa traduction un mérite d'originalité et d'œuvre d'art généralement apprécié, on s'est plaint parfois de trop retrouver le mot à mot.
Rapprochant Lamennais, traducteur de Dante, de Chateaubriand,
traducteur de Milton, Lamartine disait: ‚Il est glorieux sans doute pour
l'Italie comme pour l'Angleterre que les deux plus grands prosateurs
français de ce siècle n'aient pas jugé au-dessous de leur talent de
copier ces deux modèles étrangers et d'écrire leur nom sur les piéde-
staux éternels de Milton et de Dante; mais le système de traduction
qu'ils ont adopté l'un et l'autre est, selon nous, un faux système, un
jeu de plume plutôt qu'une fidélité de traducteur. Ils ont voulu, par
une copie servile plutôt que fidèle, rendre le mot par le mot, la phrase
par la phrase, la syllabe par la syllabe. Erreur! ils ont montré en
cela qu'ils ne s'étaient pas rendu compte du génie des langues'[1].
Lamartine en parlait à son aise, et il avait les préjugés de Rivarol
sans avoir ses connaissances. Il avait beau dire, la traduction littérale
était de plus en plus estimée, et Dante et Milton, que Lamartine, de
toute façon, ne parvenait pas à goûter, ont trouvé, surtout par le
romantisme, des admirateurs et des traducteurs parmi les écrivains de
premier ordre. C'est, en effet, un acte romantique que la version de
Lamennais; et la fougue religieuse du célèbre traducteur est de la
même nature que l'exaltation lyrique de 1830. Dans la Collection des
Auteurs célèbres (Flammarion), on n'a repris de Lamennais que l'Enfer —
et c'est ce que les romantiques, on l'a vu, ont surtout aimé —, et cette
version diffère de celle de Rivarol comme le romantisme diffère du
classicisme; elle a moins de périphrases, plus de littéralité, plus
d'audaces, plus d'énergie. Lamennais[2], au surplus, n'a pas manqué de
dire son fait à Voltaire, ‚qui ne savait guère mieux l'italien que le

---

1) L. c., p. 167.

2) Dès 1855 la version de Lamennais (le passage de Francesca) fut discutée par Niccolò Tommaseo, dans la ‚Rivista contemporanea', nov. 1855; à
quoi répliqua G. Ventura en 1856.

grec, et qui a jugé Dante comme il a jugé Homère, sans les connaître; qui d'ailleurs n'eut jamais le sentiment ni de la haute antiquité, ni de tout ce qui sortait du cercle dans lequel les modernes avaient renfermé l'art'. Comme ce cercle étroit est brisé, comme les Français, depuis le romantisme, se piquent de connaître les langues et les littératures étrangères, comme enfin les érudits et les traducteurs viennent à la suite ou au lendemain des mouvements poétiques, les traductions pullulent. C'était, après toutes celles qu'on a déjà rencontrées, et qui se réimprimaient, J.-A. de Mongis, — dont on a déjà vu ‚l'Enfer‘ —, achevant en 1857 son travail, ‚La Divine Comédie, traduite en vers français‘; c'était Hipp. Topin donnant, à différentes reprises, soit en alexandrins ordinaires, soit en terza rima, des fragments du Purgatoire et du Paradis (dans ses Etudes italiennes, 1855), le premier chant de l'Enfer et quatre du Paradis (à Catane, en 1857), et, la même année, le 28e chant du Purgatoire; enfin, plus tard (1862, à Livourne et à Paris) le Paradis en italien et en français (alexandrins en terza rima) avec une volumineuse introduction, des réflexions sur les traductions et les traducteurs de Dante, et des gravures, puis encore, dans ses ‚Mélanges littéraires‘ (1870) et ses ‚Diversités littéraires‘ (1876), l'un ou l'autre fragment. C'était surtout, de 1854[1]) à 1857, J. Mesnard, premier vice-président du Sénat et président à la Cour de Cassation, publiant une traduction en prose, aussi fidèle qu'on peut l'être en restant élégamment français, de l'Enfer, du Purgatoire et du Paradis. La France, moins féconde, en ce point, que l'Angleterre, n'a eu parmi ses admirateurs de Dante ni un Milton, ni, plus tard, un apologiste comme Carlyle, ni enfin un Gladstone: nos Miltons seraient ou Chapelain ou Soumet, notre Carlyle serait Victor Hugo (plus grand, et encore moins informé dans ‚William Shakespeare‘); notre homme d'Etat dantophile, ce serait Mesnard. Que ce grave magistrat fût arrivé à traduire Dante, c'était un grand signe, et Sainte-Beuve le remarqua, le lundi 11 décembre 1854: ‚Ma première pensée en recevant le livre de M. Mesnard et en voyant un magistrat éminent et un homme politique aussi distingué profiter de quelques moments de loisir pour traduire Dante comme autrefois l'on traduisait Horace, ma première pensée a été de me dire qu'il avait dû se passer en France toute une révolution littéraire, et qu'un grand travail s'était fait dans les portions les plus sérieuses de la culture intellectuelle et du goût'[2]). Ce que Mesnard lui-même, Sainte-Beuve à sa suite, et Théophile Gautier en

---

1) C'est en 1854 aussi que Mohl publie le cours de Fauriel, ‚Dante et les origines de la langue et de la littérature italiennes‘, dont il a été question plus haut.

2) Causeries du lundi, t. XI, p. 199.

parlant de Ratisbonne[1]), ont tout d'abord remarqué, c'est le travail, la patience et l'étude qu'il faut pour comprendre Dante et pour le traduire. Et l'on s'en rend compte quand, après les enthousiasmes souvent superficiels, on se met à cette tâche. „Le poème de Dante, dit Sainte-Beuve, c'est l'expression de l'histoire de son temps prise au sens le plus étendu, l'expression non seulement des passions, des haines politiques, des luttes, mais encore de la science, des croyances et des imaginations d'alors. Ce que Vico[2]) avait dit ingénieusement de Dante considéré par lui comme une sorte d'historien idéal, une étude critique et une élaboration attentive de chaque ordre de faits l'ont vérifié rigoureusement et confirmé[3]). Dante appartient donc de droit aux critiques laborieux; le grand public éprouve encore une certaine difficulté à pénétrer dans une poésie aussi compliquée: „S'il nous est donné aujourd'hui, grâce à tant de travaux dont il a été l'objet, de le mieux comprendre dans son esprit, et de le révérer inviolablement dans son ensemble, nous ne saurions abjurer (je parle au moins avec la confiance de sentir comme une certaine classe d'esprits) notre goût intime, nos habitudes naturelles et primitives de raisonnement, de logique, et nos formes plus sobres et plus simples d'imagination; plus il est de son siècle, moins il est du nôtre[4]). Voilà précisément ce que ne se disaient pas les poètes qui avaient célébré „Dante, vieux Gibelin', et la „grande âme immortellement triste'. On se mettra, à l'avenir, à l'étude de Dante, après qu'on l'a admiré et vanté de confiance. Sainte-Beuve, qui préfère, au fond, la grâce et l'élégance à la force, à la rudesse et au symbolisme médiéval, et qui sacrifierait volontiers Dante aux Grecs et aux Latins, et aux classiques français, Sainte-Beuve concède au moins que „les beautés chez Dante sont si grandes, et sont d'un ordre si imprévu, si puissant et si élevé, qu'on ne regrette point, quand on les possède une fois, la peine qu'elles ont coûtée'. Cette peine que se donnent les critiques, les traducteurs et les commentateurs, une certaine partie du public, et de grands écrivains, refusent de la prendre. Tandis qu'en 1856 „la Monarchie universelle et la

---

1) Histoire du romantisme: „En ce siècle hâtif qu'effrayent les longues besognes à moins que ce ne soient d'interminables romans bâclés au jour le jour, il faut un singulier courage et une patience d'enthousiasme extraordinaire pour traduire en vers, avec une fidélité scrupuleuse qui n'exclue pas l'élégance, tout l'Enfer de la Divine Comédie, depuis le premier cercle jusqu'au dernier. Ce courage et cette patience, Ratisbonne les a eus, et tout jeune il s'est joint à ce groupe de Virgile et de Dante pour descendre derrière eux les funèbres spirales'.

2) Il faut remarquer ici que Michelet fut à la fois un admirateur de Dante et le traducteur de Vico.

3) P. 208.

4) P. 213.

Langue vulgaire' sont ,traduits pour la première fois, avec une introduction générale, des notices explicatives et appendices' par Gayet de Césena, dit Sébastian Rhéal, dans son ,Monde dantesque, ou les papes au moyen âge; grande clef historique de la Divina Commedia et de son époque' (ouvrage dont L. Joubert parla dans la ,Revue contemporaine'), tandis que le même auteur, qui avait traduit ,Le banquet, (Convito) et les ,Oeuvres mineures, poésies complètes'[1]), en 1852, revenait en 1857 à ses théories avec ,Le moyen âge dévoilé: le monde, dantesque, première galerie illustrée: les papes de la terre, de l'enfer et du purgatoire', tandis que P. P. Rable, en 1855, donnait son ,Specimen de Dante français-italien en vers imitatifs'. tandis que le comte de Circourt étudie Guido Cavalcanti dans la ,Revue contemporaine' (15 janvier 1855), tandis qu'enfin Dante occupait plus d'érudits que jamais, on s'aperçoit que les exubérances lyriques et admiratives sont passées, et que les auteurs étrangers, les demi-dieux autrefois plus honorés que connus, sont parfois jugés bien froidement. En 1856, où Saint-René Taillandier, dans la ,Revue des deux mondes' du 1ier décembre, étudie avec des tirades romantiques ,Dante Alighieri et la littérature dantesque en Europe', où Eug. Gandar consacre à Dante un discours d'ouverture à la Faculté des lettres de Caen (20 novembre 1856), Lamartine montre combien Dante était loin de lui.

Le concert de louanges que le pays de Voltaire faisait au vieux poète, n'allait pas, en effet, sans note discordante; et un écrivain dont l'art réaliste allait succéder aux enthousiasmes romantiques, se refusait à comprendre Dante: ,J'ai lu dernièrement, écrit Flaubert, tout l'Enfer de Dante (en français); cela a de grandes allures, mais que c'est loin des poètes universels qui n'ont pas chanté, eux, leur haine de village, de caste ou de famille! Pas de plan! Que de répétitions! Un souffle immense par moments, mais Dante est, je crois, comme beaucoup de belles choses. consacrées, Saint-Pierre de Rome, par exemple, qui ne lui ressemble guère, par parenthèse. On n'ose pas dire que ça vous embête. Cette œuvre a été faite pour un temps et non pour tous les temps, elle en porte le cachet; tant pis pour nous qui l'entendons moins; tant pis pour elle qui ne se fait pas comprendre'[2]). Les préventions du styliste réaliste allaient ainsi rejoindre celles des classiques d'autrefois, de Voltaire et de Laharpe. De plus, ce classicisme de goût persiste sous tout le fracas romantique, et Lamartine, novateur par son sentiment lyrique, est resté classique par son éducation litté-

---

1) On a vu que certains passages des œuvres mineures avaient été remarqués depuis longtemps; la canzone: *Gli occhi dolenti*, notamment, qui avait déjà frappé Chabanon, avait été traduite encore, librement, par Mme Désormery, Elégie du Dante (Athénée des arts, 1831, pp. 70—72).

2) G. Flaubert, Correspondance, 2e s. (1850—54), p. 98.

raire, comme Chateaubriand l'était malgré son initiative hardie de
restauration chrétienne. Il le fit bien voir quand, réduit aux travaux
forcés littéraires, et publiant son ‚Cours familier de littérature‘, il consacra, en 1856, un ‚Entretien‘ à ‚Dante‘. Il y garde bien encore des traces
de romantisme, dans la façon très subjective dont il parle du ‚peuple de Florence, ingrat et aveugle comme tous les peuples‘¹), dans la complaisance
avec laquelle il se figure ‚ce sombre proscrit . . . couvant deux choses
immortelles dans son front cave: sa gloire et sa vengeance‘²), dans l'idée
surtout qu'il se fait de la conception dantesque et qu'il expose en des
termes analogues à ceux de la préface de ‚Jocelyn‘ et de la ‚Chute
d'un ange‘: ‚Ce poème, c'était lui! Le poète n'est-il pas toujours le
sujet le plus vivant et le plus intéressant de tout poème? Quels que
soient les innombrables défauts de ce poème épique du Dante dans la
fable, on ne peut nier que ce ne fût, à l'époque où il vivait, et encore
à la nôtre, le seul véritable texte d'une vaste épopée qui restât à chanter
aux hommes. Il y eut dans la conception autant de génie vrai que
dans l'exécution. J'aime à assister, par la pensée, à cette lente conception dans l'esprit de l'exilé de Florence. Je comprends comment il
fut amené par la force et par la justesse de son esprit à chanter le
monde invisible‘. Il n'y avait plus, pense Lamartine, de sujet épique
sur la terre, si ce n'est dans la foi à l'autre monde, et Dante, ‚regardant pour la dernière fois l'inique Florence du haut de l'Apennin‘,
aura puisé son inspiration ‚dans la profondeur de son âme, de sa foi,
de ses amours, de ses haines, de ses vengeances‘³). Mais tout de suite
l'éducation classique de Lamartine reprend le dessus, et voilà la
‚Divine Comédie‘ (c'est le titre du poème de Dante, assure l'auteur des

---

1) Dante, VI (Trois poètes italiens, Paris, 1893, p. 15.) Il arrivait
à tous, on l'a vu, de rapprocher le peuple de France du peuple de Florence, et
Artaud de Montor lui-même coupait court au récit des querelles des Noirs et des
Blancs par cette réflexion: ‚L'expérience que nous ont donnée notre âge et les
affaires nous instruisent assez du sort des nobles et des popolani de tous les
pays‘ (Divine Comédie, 3ᵉ éd., 1866, Introd., p. XIV.) — Saint-René Taillandier
est aussi subjectif dans son article de la ‚Rev. des deux mondes‘ de 1856: ‚Dante
Alighieri et la littérature dantesque en Europe‘.

2) VII (Trois poètes, p. 17—18). ‚Dante dans les impressions de Lamartine‘
a fait l'objet d'une brochure de F. Abate (Messine 1878), qui a pour épigraphe des vers de V. Hugo sur l'envie qui s'attaque à tout, même à Homère
et à Dante; cette brochure, fort incomplète, tourne au réquisitoire. Mᶫᶫᵉ Cenzatti (Alfonso de Lamartine e l'Italia, Livourne, Giusti 1903) a examiné rapidement ce point, pp. 109 et suiv.; mais elle n'a guère recherché l'influence des
poètes italiens dans l'œuvre de Lamartine, comme on l'a remarqué dans le
‚Bulletin italien‘, 1903, nᵒ. 3, et dans le ‚Bulletin bibliographique du Musée
belge‘, 1904.

3) P. 23.

,Entretiens', aussi mal informé que l'auteur de la ,Préface de Cromwell') ,*l'Enfer, le Purgatoire et le Paradis*, classés parmi ces poésies locales, temporaires, qui émanent du génie du lieu, de la nation, de l'époque, et qui s'adressent aux croyances, aux passions de la multitude', bref, ,une chronique rimée de la place du Vieux-Palais à Florence'. ,Il est puni par où il a péché; il a chanté pour le temps; la postérité ne le comprend pas'. Ne voulant pas se donner la fatigue d'étudier Dante à la façon des commentateurs, l'harmonieux poète et critique réduit au style tout le mérite du vieux Toscan, et il reprend le jugement de Voltaire, dont il se réclame expressément: ,Réduisons donc ce poème bizarre à sa vraie valeur, le style. Nous savons bien que nous choquons, en parlant ainsi, toute une école littéraire récente (en France comme en Italie); cette école s'acharne sur le poème du Dante sans parvenir à le comprendre, comme les mangeurs d'opium, en Orient, s'acharnent à regarder le firmament pour y découvrir Dieu. Mais nous avons vécu de longues années en Italie dans la société de ces érudits commentateurs et explicateurs du Dante ... De jeunes Français s'évertuent maintenant à poursuivre ce sens caché qui a lassé les Toscans eux-mêmes. Que le dieu du chaos leur soit propice! Quant à nous, comme Voltaire, nous n'avons trouvé, dans le Dante, qu'un grand inventeur de style, un grand créateur de langue, égaré dans une conception ténébreuse, un immense fragment de poète dans un petit nombre de morceaux gravés plutôt qu'écrits avec le ciseau de ce *Michel-Ange de la poésie*[1]), quelquefois une grossière trivialité qui se dégrade jusqu'au cynisme du mot, une quintessence de théologie scolastique qui s'élève jusqu'à la vaporisation de l'idée; enfin, pour dire notre sentiment d'un seul mot, *un homme plus grand que son poème*[2]).' Juste un siècle après l',Essai sur les mœurs', on dirait d'abord que les grands écrivains, pendant tout ce temps, n'ont rien appris, rien oublié de leurs préventions contre Dante. Lamartine est, semble-t-il, un classique incorrigible; et comme il n'a plus la foi qui illuminait Ozanam, comme le moyen âge est toujours, à ses yeux, la nuit gothique, comme il aime l'élégance classique d'une poésie de salon, la ,Divine Comédie' serait restée pour lui un livre fermé, sans le malheur des temps d'érudition et de pauvreté qui l'amène à lire, à analyser et à dénombrer les cent chants des trois *cantiche* et leurs beaux épisodes, ,en glanant çà et là des vers sublimes'. Après avoir prouvé, comme eût pu le faire Chapelain, que la ,Divine Comédie' n'est pas une épopée, et n'a pas d'ensemble, il examine un à un les tronçons du poème divin. Il admire surtout, naturellement, au

---

1) Lamartine emprunte cette expression à Artaud de Montor.
2) P. 26—27.

IIIe chant ,cette magnifique inscription devenue le proverbe du désespoir'[1]),
au Ve, ,l'élégie tragique' (qu'il cite d'après le travail, retouché, d'Artaud):
,c'est pour ces soixante vers surtout que le poème a survécu. Le poète
de la théologie est mort, celui de l'amour est immortel.' Il admire,
dans le récit d'Ugolin, ,le beau dans la douleur': ,si l'immense poète
n'est pas là, où est-il? Ni Homère, ni Virgile, ni Shakespeare n'ont en
si peu de notes de pareils accents. N'eût-il eu que ces deux scènes,
Dante mériterait d'être nommé à côté d'eux'. Il s'indigne de voir finir
l'*Enfer* par ,une grotesque ascension plus digne de *Gulliver* que de
Virgile', et il passe au Purgatoire. Il disserte sur l'idée du purgatoire
et du pardon divin qui s'étend aux crimes expiés: ,M. de Chateaubriand,
dans son poème chrétien des *Martyrs*, cite l'autorité des Pères de
l'Eglise pour expliquer en ce sens l'éternité des peines et pour effacer
de la porte de l'enfer ce vers infernal du Dante: ABANDONNEZ
TOUTE ESPERANCE, VOUS QUI ENTREZ.' Il dit la popularité de
l'idée du Purgatoire en Italie, et décrit un paysage des montagnes italiennes pour expliquer ,les images si suaves et les vers si féminins' de
la deuxième cantica:

> Dolce color d'oriental zaffiro . . .

Après des ,peintures véritablement homériques, qui éblouissent ou
charment les yeux', l'épisode de Casella et celui de la Pia, il cite longuement l',âpre et sublime imprécation à l'Italie, imprécation devenue
immortelle dans la bouche de tous les patriotes[2])', les premiers tercets
du VIIIe chant, ,aussi suaves que le soir d'été, aussi mélancoliques qu'un
adieu sans retour', ,la description du matin, au neuvième chant[3]), non
moins vive, quoique moins connue', puis il ,retombe bientôt dans les
ténèbres d'un texte obscur et incohérent, où brillent, par moments, quelques vers de diamant comme ceux-ci':

> Orgueilleux chrétiens! Déjà fatigués de vos misères, vous qui, à demi
> privés de la vue de l'intelligence, n'avez foi que dans les pas en arrière, —
> ne savez-vous donc pas que nous ne sommes que des vers de terre nés pour
> devenir l'angélique papillon qui vole invincible au-devant de l'éternelle justice ? ...

---

1) Maxime Ducamp (Mémoires d'un suicidé) représente un écolier en
punition écrivant: Lasciate ogni speranza sur la porte de la chambre où
il est enfermé.

2) L'image du cavalier, que Barbier illustra, se trouvait aussi dans les
,Feuilles d'automne', dans une pièce datée du 18 Mai 1830 (Rêverie d'un passant),
où il est dit aux rois:

> Ne faites point, des coups d'une bride rebelle,
> Cabrer la liberté qui vous porte avec elle.

3) C'est celle que récite Philippe Dechartre devant la comtesse Martin
(A. France, Le lys rouge.)

Ces ‚vers de diamant‘ que Lamartine admirait après Diderot, il
allait s’en souvenir dans ses propres vers. Peu après l’Entretien sur
Dante (en 1857), il composait ‚la Vigne et la Maison‘, un poème
d’inspiration dantesque par le dédoublement de l’homme (dialogue avec
son âme), par la conception de l’amour qui pénètre l’univers et qui est
‚dilaté dans toute créature‘, par la mention du ‚proscrit du foyer‘[1]), par
le cadre du soir tombant, par la pensée célèbre de l’amertume des souvenirs heureux[2]), par l’image, reprise par Polignac déjà, du malade
retourné sur son lit de douleur[3]), enfin et surtout par une expression
qui se ressent de ‚*Vita nuova*‘, et par l’image tant admirée, reprise dans
cette strophe:

> Viens, reconnais la place où t a v i e était n e u v e,
> N’as-tu point de douceur, dis-moi, pauvre âme veuve,
> A remuer ici la cendre des jours morts?
> A revoir ton arbuste et ta demeure vide,
> Comme l’insecte ailé revoit sa chrysalide,
>   Balayure qui fut son corps[4])?

Cette image, qui paraît avoir frappé, dès 1836, Louise Colet, l’auteur
des ‚Fleurs du Midi‘, dans son sonnet ‚La demoiselle‘, a peut-être été
reprise aussi par Victor Hugo dans les ‚Contemplations‘, avec la ‚faculté
verbale‘ et la prolixité coutumière: dans une pièce datée de septembre 1855,
‚les Malheureux‘ (Contemplations, livre 5e, XXVI), on voit passer Caton,
puis Dante exilé, fier et tranquille; puis Savonarole dans le brasier dit:

> La véritable vie est où n’est plus la chair.
> Ne crains pas de mourir. Créature plaintive,
> Ne sens-tu pas en toi comme une aile captive?
> Sous ton crâne, caveau muré, ne sens-tu pas
> Comme un ange enfermé qui sanglote tout bas?
> Qui meurt, grandit. Le corps, époux impur de l’âme
> . . . .
> Traîne un ventre hideux, s’assouvit, mange et dort.
> Mais il vieillit enfin, et lorsque vient la mort,
> L’âme, vers la lumière éclatante et dorée,
> S’envole, de ce monstre horrible délivrée.

---

1) L a m a r t i n e a dit encore (Recueillements poétiques, XI):
>   Et ces exils qui font à tant d’enfants sans mères
>   Des fleuves étrangers boire les eaux amères.

2) L’Ame dit en effet:
>   Des bonheurs disparus se rappeler la place,
>   C’est rouvrir des cercueils pour revoir des trépas!

3)   Quel fardeau te pèse, ô mon âme!
>   Sur ce vieux lit des jours par l’ennui retourné?
De même, déjà, dans ‚Recueillements poétiques‘, XXV.

4) Peut-être Lamartine a-t-il songé aussi à la même image dans ses vers
célèbres sur ‚le papillon‘.

Comme, dans les mêmes ‚Contemplations‘, l'auteur dit:

> Qu'est-ce qu'un papillon? Le déserteur du ver[1]),

et qu'il se représente l'âme

> Envolée à jamais sous les célestes voûtes

et les morts, ‚faits vivants par le sépulcre même‘,

> Et qu'ils étaient pareils à la mouche ouvrière
> Au vol rayonnant, aux pieds d'or[2]),

il serait difficile de dire s'il y a dans tout cela des réminiscences dantesques ou des rencontres fortuites. L'imitation, par contre, est évidente chez Lamartine, à cause de la date de sa critique et de son poème.

L'auteur de l'Entretien continue, après cette image, à parcourir avec Dante le désert de la scolastique, cherchant par ci par là une oasis de poésie. L'une de celles qu'il admire le plus est la rencontre de Béatrice; l'amant d'Elvire a trouvé dans le XXX⁰ chant du ‚Purgatoire‘ une poésie selon son cœur: ‚La sainteté de l'âme béatifiée, le ressentiment amoureux de la femme, la honte silencieuse de l'amant infidèle, la foi du chrétien repentant, la joie du poète qui retrouve sa jeunesse, son innocence et sa vertu dans la première créature qu'il a aimée, y sont fondus dans une telle harmonie de couleurs, de sentiments, de remords, de joie, de larmes, d'adoration, qu'ils rendent à la fois le drame aussi divin qu'humain dans l'âme des deux amants sur les confins des deux mondes. Si Dante avait beaucoup de pareilles inspirations, il aurait réuni à la sauvage rudesse du pinceau de Michel-Ange la suave innocence de la palette du Corrège.‘ Mais en parcourant le Paradis il va jusqu'à la colère contre ‚ces fantasmagories du ciel scolastique‘: ‚Voilà sur quoi s'extasient les fanatiques déchiffreurs de ces quinze chants d'hiéroglyphes!‘ Heureusement ‚un retour de l'esprit du poète vers l'ingrate Florence, au dix-septième chant, ramène enfin à quelque chose d'humain et de réel l'esprit du lecteur. Ces vers seront l'éternelle complainte et l'éternelle consolation des exilés‘[3]). Mais Lamartine ne peut supporter toutes les extases du Paradis, et il s'étonne que tout le monde ne soit pas de son avis: ‚Que l'Italie et la France du XIX⁰ siècle s'extasient à froid sur ces peintures monacales d'un paradis du XIIIᵉ siècle; que le fanatisme du moyen âge compare de telles conceptions et une telle langue aux conceptions élyséennes ou chrétiennes

---

1) Contemplations, liv. 5ᵉ, III, V.

2) Ibid., liv. 3ᵉ, II (pièce datée de 1839.) La pièce I du liv. 3ᵉ est intitulée: ‚Ecrit sur un exemplaire de la Divina Commedia‘.

3) Saint-René Taillandier disait de même (Revue des deux mondes, 1ᵉʳ décembre 1856): ‚Tant que les lois de la suprême justice ne seront pas exécutées sur la terre, la Divine Comédie offrira à ceux qui souffrent de sublimes consolations . . . Dante était seul au milieu des factions qui déchiraient sa patrie . . . Nous aussi nous sommes mal à l'aise dans ce monde . . .‘

d'Homère, de Virgile, du Tasse, de Milton, de Fénelon, de Pétrarque,
de Klopstock[1]) même dans sa *Messiade*, nous ne le comprenons que
dans ceux qui jugent sur parole, et qui ne se sont pas donné, comme
nous, la tâche rude de suivre vers à vers, pendant quatre-vingt-seize (?)
chants, ce rêveur immortel dans cet égarement mystique de son incontestable génie.' — L'information insuffisante de Lamartine n'est pas la
seule cause de son incompréhension. Ce pétrarquiste n'avait pas l'ombre
de sens historique, et d'autre part il n'a jamais rien eu du romantisme
congestionné qui recherchait le mélange du sublime et du grotesque.
Entre un romantisme désormais révolu, — et auquel l'auteur des ‚Méditations' ne tenait que par un sentiment éthéré, — et une époque de
réalisme, d'esprit critique, d'érudition, qui est plus éloignée encore de
son génie vague, élégant, superficiel, Lamartine, en 1856, n'a vraiment
rien qui puisse l'attacher à Dante, aux admirations passées ni aux études
présentes.

Son ‚Dante' suscita dans toute l'Italie une tempête d'indignation
et d'articles irrités comparable à celle qui trente ans plus tôt avait
accueilli le ‚Dernier chant du Pèlerinage d'Harold' et l'apostrophe à
la terre des morts. Il blessait de nouveau, dans le plus grand poète
national, le pays qu'il croyait fort aimer, et auquel sa poésie devait
tant: et les Italiens, dès 1857 et plus d'une fois par la suite, n'épargnèrent pas les reproches et les injures au grand homme déchu. Grands
et petits l'attaquèrent en prose et en vers, Fiorentino défendit en France
son auteur, et Benedetto Castiglia combattit les vues de Lamartine dans
Le Siècle' du 10 décembre 1856.

Les Français s'émurent moins que les compatriotes de Dante. Celui-
ci occupait surtout, de ce côté des Alpes, des érudits et des traducteurs
peu belliqueux.

Puis les temps sont en train de changer. En 1857 mourait le
romantique auteur de ‚Souvenir'; et si de Laprade, qui lui succédera à
l'Académie, a chanté Psyché et rêvé de Béatrice, l'année n'est plus celle
de ‚ces illusions fantastiques, de ces femmes plus grandes que nature,
telles que la Béatrice du Dante, l'Eléonore du Tasse, la Laure de Pétrarque, ou la Victoria Colonna, poëtes, amantes, héroïnes à la fois, figures
qui traversent la terre presque sans la toucher . . .'[2]); ce n'est ni
l'année de Béatrice ni celle d'Elvire: c'est celle de ‚Madame Bovary' et

---

1) Hipp. Topin, en tête de ses ‚Etudes sur la langue italienne' (1855)
faisait un ‚parallèle entre Dante et Klopstock', repris dans sa ‚Divine Comédie
de Dante Alighieri, Le Paradis, traduction nouvelle en vers français (tercet et
triple rime,)' Paris 1862, t. I, p. 49 et suiv.: ‚Dante et Klopstock', ‚météores
intellectuels . . .'

2) Lamartine, Raphaël (éd. Hachette, 1904, p. 127).

des ‚Fleurs du mal‘! Et dans les ‚Fleurs du mal‘ ‚la Béatrice‘ apparaît
en fâcheuse compagnie et en vilaine posture, puisque Baudelaire la voit
dans la troupe obscène des démons railleurs,

> La reine de mon cœur au regard non pareil,
> Qui riait avec eux de ma sombre détresse
> Et leur versait parfois quelque sale caresse[1]).

Des critiques prononcèrent le nom de Dante à propos du cynique
auteur; mais celui-ci ne devait pas suivre le conseil que lui adressait
Emile Deschamps, de se dégager du mal et de ses fleurs malsaines
et puis

> Loin de ce sombre enfer s'en aller, sur son aile,
> Ouvrant les régions de splendeur éternelle,
> Pour aborder enfin, cœur absous et guéri,
> Au Paradis profond du grand Alighieri[2]).

Ce conseil venait trop tard: le temps était passé de l'idéalisme
romantique; l'avenir immédiat était, dans la poésie, à Leconte de Lisle
et à l'impassibilité laborieuse, dans la critique à Taine et au positivisme, partout à l'observation froide et précise, à la critique objective,
à l'érudition.

Chapitre V.
La période de critique et d'érudition
(1857—1905).

Cette nouvelle période est à bien des égards l'héritière de la
précédente. D'abord elle voit s'achever plusieurs œuvres entreprises
dans les années qu'on vient de parcourir[3]), elle voit se rééditer souvent
les principales traductions et les études déjà mentionnées; et ensuite
elle ne fait qu'approfondir des recherches auxquelles on avait déjà
songé. En effet, à la date où nous sommes, les principaux aspects de
l'œuvre de Dante ont été aperçus par la critique, si rapidement, si
superficiellement que ce soit, et dès 1854 Sainte-Beuve pouvait dire:
„Aujourd'hui en France, l'étude critique de la *Divine Comédie*, inépuisable dans le détail, est fixée quant à l'ensemble et a comme donné
son dernier mot“[4]). La vogue de Dante, à première vue, a sensiblement les mêmes caractères qu'autrefois, sauf que Musset est tout à fait

---

1) Fleurs du mal, CXL (La Béatrice), éd. Calmann-Lévy, 1891, p. 318.
2) Ibid., p. 406 (12 août 1857). Emile Verhaeren (Le tombeau de Ch. Baudelaire, 1896) dit aussi que Baudelaire ‚retourna l'œuvre de Dante et mit Satan en
haut et descendit vers Dieu‘.
3) C'est pourquoi nous avons mentionné dans le chapitre précédent des
ouvrages qui, au point de vue strictement chronologique, devraient être rangés
ici (par exemple Sforzosi, qui se rattache à la méthode d'Ampère, si tant est
qu'il se rattache à quelque chose de français).
4) Causeries du lundi, XI, 207—208.

14*

mort, que Barbier ne vit plus que du souvenir de sa gloire de 1831,
que le lyrisme enfin a fait son temps, et avec lui certaines ambitions épiques
et les prosopopées dantesques des grands poètes. A part cela, on
continue à admirer Dante et à faire remarquer cette admiration en
répétant ce que nous avons déjà entendu: „Tel est, tel grandit encore,
dans le monde des imaginations, l'empire de ce poète, semblable
à celui d'Homère, qui créa jadis les types du culte grec. La cause
suprême, légitime, en est sans doute dans la merveille toute-puissante
du langage. Mais comment ne pas s'étonner, aujourd'hui surtout, de
cette sorte d'autorité acquise, comme par un compromis universel, au
fanatique Florentin et à ses visions? . . . A l'œuvre donc, artistes,
rendez-nous au vif, comme le poète, les tragiques spectacles de la
‚Divine Comédie'.“ C'est ainsi que parlait l'Avertissement en tête de
l'édition[1]) de ‚l'Enfer de Dante Alighieri, avec les dessins de Gustave
Doré, traduction française de P.-A. Fiorentino, accompagnée du texte
italien'. Gustave Doré, en effet, en 1861 (l'année de ‚Béatrix ou la
Madone de l'art'[2]) d'Ern. Legouvé), se mit à illustrer la ‚Divine Comédie'. C'est dans l'Enfer qu'il a été, de beaucoup, le plus heureux,
et, dans l'Enfer, ce qu'il a traité avec le plus de complaisance et de
succès, ce sont les épisodes fameux de Francesca et d'Ugolin, à chacun
desquels il consacre plusieurs dessins; ce sont aussi les paysages,
auxquels il a parfois donné un air de désolation lugubre. Il a moins
réussi, dans le Paradis, à concrétiser les visions où le poète s'était
transhumané, et on s'est même plaint que ses figures de saints se
sentent des lieux que fréquentait l'auteur[3]). Quels que puissent être
leurs défauts, les dessins de G. Doré ont contribué puissamment à popu-
lariser en France le poème infernal. Immédiatement ‚Dante et Virgile dans l'enfer de glace' du célèbre dessinateur exercèrent la verve
de Le Guillois dans son ‚Diogène au Salon de 1861, revue en qua-
trains', et Em. Montégut consacra à l'interprétation pittoresque de
Dante' un article dans la ‚Revue des deux mondes' du 15 novembre 1861.
Deux ans plus tôt, le Suisse Ad. Stürzler avait donné ‚L'Enfer de
Dante Alighieri, quarante dessins photographiés par Bertsche et Amand,
première partie, Paris, 1859'. Le vieux poète occupait jusqu'à des
artistes ignorés, comme E. Le Marcis, qui à partir de 1850 consacra sa vie
à illustrer en 80 ébauches, et puis en grandes toiles, le poème dantesque[4]).

---

1) L'édition que j'ai sous les yeux (in-folio) porte la date de 1862; Koch et
Kraus donnent la date de 1861. — Purgatoire et Paradis, 1884.

2) Cette pièce fut jouée par Mme Ristori, celle à qui A. de Vigny avait
adressé ‚Un vers de Dante'.

3) Kraus, o. c., p. 637.

4) G. Rubetti, Un illustratore di Dante ignorato (Natura ed arte, XI,
1902, p. 840—842; B. s. d. it., X, 470).

Si artistes et Suisses continuent leur métier de diffusion dantesque et exotique, les poètes, tout en ayant fort changé d'allures, n'ont pas non plus oublié Dante. Parmi les Parnassiens, plus d'un, comme Théodore de Banville songeant au malheur des poètes, des rêveurs, a vu ‚Dante en exil' [1]), et dans la pièce ‚Les loups', Banville a peint à son tour ‚l'exilé farouche, au front pensif', qui, troublant seul ‚le sinistre chemin' ‚du bruit de son pas surhumain', entre dans la forêt toute blanche sous la neige:

> Son camail écarlate incendiait la neige
> D'un long reflet sanglant, rose, aux lueurs d'éclair,
> Comme si, revenu des cieux et de l'enfer,
> Ce voyageur, portant l'infini dans son âme,
> Au lieu d'ombre, traînait à ses pieds une flamme.

‚L'exilé soucieux' voit dans la clairière un cheval dévoré par des loups. Le coursier vaincu

> Leva vers les grands cieux et roula dans l'azur
> Les yeux, d'où s'enfuyait lentement l'espérance;
> Et Dante, s'écria, l'âme en pleurs: O Florence!

Un Parnassien, André Lemoyne [2]), a raconté, en ‚terza rima', l'arrivée de Dante et d'un autre Toscan à Paris, et la mélancolie de l'exilé qui promène ses regards sur la ville étrangère, et, à la pensée de Florence, laisse échapper une larme qu'il regrette aussitôt: les Noirs seraient trop heureux, là-bas, s'ils le voyaient pleurer!

Ou bien Sully Prudhomme, dans ‚les Epreuves', décrivant la forge où tout hurle, songe que

> dans cet antre, où les jours sont des soirs
> Et les nuits des midis d'une rougeur ardente,
> On croit voir se lever la figure de Dante
> Qui passe, interrogeant d'éternels désespoirs [3]);

et l'auteur du ‚Zénith' saura

> Qu'en trouant les enfers on revoit des étoiles.

Mais l'ambition de Sully Prudhomme est la poésie lucrétienne, et non l'art dantesque, et en général ces petites poésies n'ajoutent pas grand'chose à ce que nous avons vu de dantesque dans le romantisme. Des grands poètes du temps, l'un est en exil et songe, du reste,

---

1) La Vie et la Mort (dans Les Cariatides, 1844; voir, dans le même recueil, ‚O jeune Florentine . . .' (mai 1842), et, dans ‚le Sang de la coupe', les Louanges d'Aurélie (mai 1846).

2) Une larme de Dante. Cette page, reprise dans l'anthologie de Borel, a été publiée d'abord, m'écrit M. A. Lemoyne, dans le premier volume de poésies de l'auteur, qui était donc encore voisin du romantisme.

3) Oeuvres de Sully Prudhomme, éd. Lemerre, t. II, p. 55. A M. Sully Prudhomme, disciple de Lucrèce, il arrive aussi de comparer Hegel et son panthéisme au ‚serpent' et au damné dont Dante a vu l'étrange transformation.

assez à Dante; l'autre, Leconte de Lisle, tourné vers l'antiquité, ne
voit guère dans le moyen âge que barbarie et fanatisme. Dans ‚Le
Nazaréen‘,

> Les âmes, en essaim de colombes mystiques,

sont un bien mince détail paradisiaque. Ce que l'auteur des ‚Poèmes
barbares‘ a peut-être de plus dantesque, c'est la ‚terza rima‘ en laquelle
il écrit ‚La Chasse de l'aigle‘, — où le cheval aveuglé, aussi accablé
que celui des ‚Loups‘ de Banville, fuit ‚dans l'ombre ardente de l'enfer‘,
— ‚la Vigne de Naboth‘, ‚le Barde de Temrah‘, ‚le Jugement de Ko-
mor‘, ‚la Tête du Comte‘. Dans deux ‚poèmes barbares‘, la ‚terza
rima‘ enveloppe un sujet qui fait songer à Dante et à son Enfer:
la ‚Vision de Snorr‘ raconte les tourments vus dans les antres de Hel:

> O mon Seigneur Christus! hors du monde charnel
> Vous m'avez envoyé vers les neuf maisons noires:
> Je me suis enfoncé dans les antres de Hel.
>
> Dans la nuit sans aurore où grincent les mâchoires,
> Quand j'y songe, la peur aux entrailles me mord!
> J'ai vu l'éternité des maux expiatoires.

La classification des lâches, des languissants, des violents et autres
damnés, rappelle presque autant l'enfer dantesque que celui du moyen
âge germanique. C'est à Dante et au Tasse qu'on songe bien plus
encore en lisant la pièce ‚A l'Italie‘:

> Et comme tu disais impérissablement,
> Sur des modes nouveaux, à la terre charmée,
> T'élançant de l'Enfer jusques au firmament,
>
> Des forêts de la Gaule aux sables d'Idumée,
> Les Anges, les damnés et les pieux combats
> Et la tombe d'un Dieu de tes chants embaumée:

mais l'Italie de Dante tient peu de place entre la Rome antique et
l'Italie de 1859 qu'exhorte Leconte de Lisle.

* * *

Elle était à l'ordre du jour, cette Italie où se formait une nouvelle
nation, et Dante avec elle. On ne pouvait plus, comme, trente ans
plus tôt, dans ‚le Dernier Chant du Pèlerinage d'Harold‘, l'appeler la
terre des morts: Marc Monnier examinait, dans un gros volume[1]), la

---

1) Marc Monnier, L'Italie est-elle la terre des morts? 1859; L'Italia è
ella la terra de' morti? 1860. — Marc Monnier présentait alors au public français
tous les aspects de l'Italie, où il habitait: Garibaldi, les brigands du Sud, la
Camorra, les mystères de Naples. — Rappelons aussi E. et J. de Goncourt,
L'Italie d'hier.

question de cette injure, et en même temps les préventions de Lamartine contre le grand poète qui devenait, après six siècles, le prophète national. C'était sous le règne d'un Bonaparte en lequel un visionnaire obscur croyait trouver le *veltro* de Dante, et par ci par là un Italien, généralement dantophile, se faufilait, à Paris, dans l'administration des archives de l'Empire[1]). La satire revêtait volontiers des formes allégoriques, et J. X. Vétu s'inspirait de la „Divine Comédie‘, mais en prose et sans génie, dans „Le nouveau Dante, ou Voyage dans l'autre monde au XIXᵉ siècle‘ (Paris, 1860). Le souvenir de Dante se retrouve un peu partout, — particulièrement dans le domaine scientifique —, depuis la Sorbonne, où un étranger, Karl Hillebrand, prenait comme thèse latine l'épopée chrétienne, Dante, Milton, Klopstock[2]), jusqu'à un journal peu grave, „Le Charivari‘, où M. Henri Rochefort (15 septembre 1860) parlait de „La fête de Dante‘[3]). Edmond Magnier, dans un „ouvrage couronné par l'Académie d'Arras‘, et dont Barbey d'Aurevilly s'inspire dans son article sur Dante[4]), étudiait en Dante l'expression du moyen âge[5]), et on rencontrait l'auteur de la „Divine Comédie‘, le fondateur de la langue italienne, le Gibelin florentin, le prédécesseur de Pétrarque, dans l'„Histoire des Italiens‘ de Cantu, que Lacombe, de 1859 à 1862, traduit sur la 2ₑ édition, „sous les yeux de l'auteur‘. P. Chabaille publie le „Trésor‘ de Brunet Latin dans la „Collection des documents inédits‘ (1863), C. Casati donne, dans la „Bibliothèque de l'Ecole des Chartes‘ (1864), des fragments de la traduction de l'Enfer du manuscrit de Turin; et Karl Hillebrand met comme sous-titre à son livre sur Dino Compagni (1862): „étude historique et littéraire sur l'époque de Dante‘. J. F. Costa, après Ozanam, traduit le Purgatoire: il le fait librement, en terza rima (1864). Ce n'est, par contre, qu'un signe de diffusion internationale de la langue française qu'il faut voir dans „La Divine Comédie, rédigée pour servir à la narration, à la description et à l'illustration de la Galerie dantesque‘ (Rome, 1860)[6]), et dans le

1) Mercuri fut nommé archiviste en 1860, sous Napoléon III, son ancien élève: voir Celani, Dante e dantisti: Filippo Mercuri (Fanfulla della domenica, 12 juin 1904), et Bull. soc. dant. ital., n. s., XI, 268).

2) De sacro apud christianos carmine epico dissertationem, seu Dantis, Miltonis, Klopstockii poetarum collationem facultati litterarum parisiensi proponebat ad doctoris gradum promovendus C. Hillebrand. Parisiis, 1861.

3) La comtesse d'Agoult s'en occupe également („Festa dantesca‘, dans la „Rivista contemporanea‘, juin 1860).

4) Les œuvres et les hommes; littérature étrangère, Paris 1890.

5) Dante et le moyen âge, Paris 1860. Cf. aussi Barbey d'Aurevilly, Les diaboliques.

6) Un abrégé de „la Divine Comédie‘ (contenant la vie de Dante, l'Enfer, I—XXX, le Purgatoire, I—XVII, le Paradis, I—XII) a été aussi publié, sans date, à Paris, chez H. Gautier (32 pages).

,Supplément des commentaires sur la Divine Comédie de Dante Alighieri', de K. H. Schier (Dresde, 1865)[1]. Mais l'intérêt pour la science et la littérature de l'étranger[2]), et notamment de l'Allemagne, comportait un peu de dantophilie; et, de même que les traducteurs de Byron et d'Uhland[3]) mettaient en français des hommages à Dante, les érudits, et même des critiques comme Saint-René Taillandier, connaissent et admirent les travaux de Karl Witte, de Philalethes et de leurs compatriotes. Littré, qui se servira de l'édition Scartazzini, recevra, sur le manuscrit de Vienne contenant la traduction de Dante, une communication de Mme Gomperz, ,admiratrice du poëte florentin' et s'en prévalant; Ampère et Taillandier ne sont pas fâchés de pouvoir parler de leur royal émule, et l'ancien poète de ,Béatrice' est tout disposé à admettre les inventions de Witte faisant de la ,Vie nouvelle' et de la ,Divine Comédie' l'histoire d'une crise philosophique et religieuse et d'une conversion, où la psychologie de Dante se ressent un peu des idées du siècle de Faust. La Faculté de Strasbourg, en laquelle Renan voyait un heureux intermédiaire entre la science allemande et la France, prend, comme la vieille Sorbonne, une part active aux études dantesques. Fr. G. Bergmann, après avoir étudié un commentaire inédit de Dante dans le ,Jahrbuch für romanische und englische Literatur' (1862), examine en français ,Dante et sa Comédie' dans le ,Bulletin de la Société littéraire de Strasbourg' (1863), puis, à l'Université de Strasbourg, consacre à la poésie lyrique et à la poésie didactique de Dante, deux conférences conservées dans la ,Revue des cours littéraires de la France et de l'étranger' (1866), et, dans les ,Mémoires lus à la Sorbonne; histoire' (1866)[4]), explique ,quelques passages faussement interprétés de la Comédie de Dante'. Il revint plus d'une fois à ces études, notamment dans son livre sur ,Dante, sa vie et ses œuvres', dont la deuxième édition, augmentée (Strasbourg, 1881) fut examinée dans la ,Romania'. Paris restait le centre de tout, et M. Alfred

---

1) C'est à Paris que B. Castiglia réédite (1865) sa ,Clef de la divine Comédie du Dante Alighieri'.

2) Même en parlant de littérature catalane on avait l'occasion de rencontrer Dante (voir Cambouliu, Essai sur l'histoire de la littérature catalane, 2e éd., 1858), dans la traduction de Febrer.

3) Poésies d'Uhland, traduites par L. Demonceaux et J. H. Kaltschmidt, Paris 1866, pp. 165—167: Dante. — Byron, La prophétie du Dante sur les destinées de l'Italie, traduction en vers par A. Regnault (Poligny, 1866). — L'Ugolin de Gerstenberg, qu'avait déjà remarqué Mme de Staël, a été aussi traduit en français. — A Sainte-Beuve (Crit. et portr. litt., III, 468) il était jadis arrivé aussi de parler d'après Wordsworth du poète *au sourcil visionnaire*.

4) A la même place, deux ans plus tard, Em. Beaussire donne une ,Etude sur la philosophie de Dante' (Mémoires lus à la Sorbonne; histoire, 1868, pp. 249—263).

Mézières ouvrait, le 5 décembre 1864, son cours de littérature étrangère par une étude sur Dante (reproduite aussi dans la ‚Revue des cours littéraires‘, 1865). L'élégant auteur du beau livre sur Pétrarque savait aussi bien parler de Dante, et c'est à son enseignement que se rattachent, on le rappelait récemment à l'Académie française[1]), les débuts de M. Emile Gebhart, qui bientôt parlait lui-même du poète citoyen qu'il a si aimablement expliqué depuis[2]). En même temps Adolphe Franck dans ses ‚Réformateurs et publicistes‘ (1864), Foucher de Careil dans les ‚Conférences littéraires de la salle Barthélemy‘[3]), présentaient par la plume et par la parole Dante au public français. Peu après son discours d'ouverture, M. Mézières publiait une brochure sur ‚Dante et l'Italie nouvelle‘: c'était en 1865, la grande année où l'Italie en formation se recueillait et s'affirmait en fêtant le sixième centenaire de Dante, et en attirant sur lui l'attention de toute l'Europe.

* * *

A ces littératures étrangères qu'on étudie de plus en plus en France, Victor Hugo exilé se trouvait ramené aussi par ses préoccupations de poésie universelle et par son rôle de patriarche. Et cherchant un génie surhumain où il pût se mirer (c'est ainsi qu'autrefois il avait traité Mirabeau), il s'arrêta à celui qu'il avait déjà invoqué dans la ‚Préface de Cromwell‘, à Shakespeare, que traduisait François Victor Hugo. S'il n'a pas songé à choisir à cette fin Dante qu'il connaissait trop mal et auquel il ressemblait trop peu, il n'a pas négligé de le mettre de son côté, et de le rattacher à sa théorie. Sa théorie, c'est celle des génies qui ont quelque chose de colossal, de prodigieux et de rude, enfin de hugotique: ils marquent les étapes de la civilisation, et forment, d'Homère à Hugo, la plus noble des lignées[4]). Il ne pouvait se dispenser d'y placer celui qui apparaît à tout instant, dans ses poésies, entre Isaïe et Juvénal. Dans ‚William Shakespeare‘ (1e partie, chap. II), Dante, placé au nombre de ces génies qui se transmettent le flambeau de l'humanité, reçoit des éloges ampoulés et maladroits dont l'inexactitude irrite un critique italien d'aujourd'hui[5]): il commence où

1) Discours de M. Paul Hervieu répondant à M. E. Gebhart (23 février 1905). — M. A. Mézières a été élu membre de la Crusca, comme Voltaire, Ginguené, Fauriel, Ozanam et J.-J. Ampère.

2) E. Gebhart, Dante considéré comme citoyen (Revue des cours littéraires de la France et de l'étranger, 26 mai 1866).

3) Conférences au profit des blessés polonais, séance du 24 février.

4) Voici la liste: Homère, Job, Eschyle, Isaïe, Ezéchiel, Lucrèce, Juvénal, saint Jean, saint Paul, Tacite, Dante, Rabelais, Cervantes, Shakespeare. — De Victor Hugo (?) s'inspira plus tard un Anglais, sir Edwin Arnold, Dante and his verses, from the French (dans The secret of death, with some collected poems, Londres 1891).

5) A. Galletti, o. c., p. 8—9. Par contre, M. A. Orvieto (Il Marzocco, 26 février 1902) est plus indulgent.

tout finit, et brume sacrée, cadavre de l'espérance, immense angoisse, sanglots, invisible, poème gouffre, larve, toute une phraséologie congestionnée tient lieu de connaissances précises et de sens critique. Mais Dante était un si grand homme! et comme Victor Hugo en est un autre, il est heureux et fier, lui banni, lui poète, de s'associer en 1865 aux fêtes du centenaire de Dante, et d'écrire au gonfalonier de Florence une lettre dithyrambique. Il dut se réjouir, en 1883, d'en voir reproduire une phrase en tête du „Livre d'or de Victor Hugo‘: ,A un moment donné, un homme a été la conscience d'une nation. En glorifiant cet homme, la nation atteste sa conscience‘. Au reste, les généralisations et les comparaisons du poète français touchent parfois juste, et dans cette lettre de 1865 il rapproche avec bonheur la gloire renaissante de Dante et la régénération de la nouvelle Italie[1]): il est vrai que ce parallèle était assez fréquent chez les Italiens eux-mêmes. Victor Hugo était l'homme des paroles somptueuses et des déclarations de fêtes centenaires; en 1874, il écrit au Comité constitué à Avignon pour le cinquième centenaire de la mort de Pétrarque, une lettre où il compare éloquemment Pétrarque et Dante[2]).

Le centenaire de Dante avait, au surplus, été fêté par toutes les grandes nations[3]), et avait inspiré une quantité de vers, où Voltaire eut sa part de reproches indignés. La France avait fait des progrès étonnants depuis un siècle, et elle participa aux fêtes de Florence: M. Georges Lafenestre les raconta dans la „Revue contemporaine‘[4]), (1865), et C. Hippeau nous a conservé, dans un volume sur „l'Italie en 1865‘, un „souvenir d'une mission à Florence à l'occasion du six centième anniversaire de Dante‘[5]). Mais nul, en France, ne retrouva à cette occasion les accents enflammés de Barbier ni de Musset: et le poète français de la circonstance s'appelle Mongis[6]).

*   *   *

C'est le temps du positivisme, et précisément en 1865, alors que Hughes traduisait en français „Le héros poète: Dante et Shakespeare‘, de Carlyle[7]), l'inventeur ou le codificateur de ces lois déterministes qui indignaient Victor Hugo, Hipp. Taine, donnait la „Philosophie de

---

1) V. Hugo, Actes et paroles, Pendant l'exil, p. 353.

2) Actes et paroles, Après l'exil, I, 317.

3) Voir, notamment, Scartazzini, Dante in Germania.

4) Où il avait parlé, quelques années plus tôt, de la traduction de Ratisbonne, et où il a publié d'abord son poème sur Giotto, „Pasquetta‘, repris dans „les Espérances‘, où Dante paraît à côté de son ami.

5) Caen, 1866, pp. 156.

6) A. Mongis, Dante; strophes à l'occasion du 600e anniversaire de sa naissance célébré à Florence le 18 mai 1865. Paris, 1865, 8o pp. 15.

7) Traduit plus tard encore par M. Izoulet (1888).

l'art', et montrait dans Homère l'idéal naturel, payen et antique, qu'il comparait, opposait et préférait à Dante, expression de l'idéal métaphysique, chrétien, moyenageux. Deux ans plus tôt, Charles Deloncle, dans ses ‚Etudes de poésie et de morale catholiques'[1]), avait dit en parlant de Dante: ‚Cette alliance un peu confuse et souvent vertigineuse des formes poétiques avec les subtilités de la Scolastique et les obscurités du symbolisme, n'allait pas au génie de notre littérature, si porté vers les lignes distinctes et précises, si avide de symétrie et de clarté'. Ce n'est plus ce grief littéraire que Taine a contre Dante; bien au contraire: il l'admire infiniment en tant que poète, il voit en lui l'une des quatre cariatides de l'humanité[2]), il revient de l'Italie où il a goûté l'art dantesque[3]). Seulement Dante, avec ses visions[4]), extases, terreurs et évanouissements, c'est une religion contraire à l'idéal de santé, de nature et de vie que Taine admire encore chez les anciens: et depuis ‚la Philosophie de l'art' jusqu'aux ‚affirmations de la conscience contemporaine' de M. G. Séailles, en passant par Benoît Malon[5]), on voit l'abîme qu'il y a entre le rationalisme moderne, et le catholicisme d'un poète dont presque tous, du reste, admirent la grandeur, et dont Auguste Comte lui-même considérait la lecture comme faisant partie d'un bon régime intellectuel. ‚Le christianisme, dit Taine, est une religion de seconde pousse, qui contredit l'instinct naturel. On peut le comparer à une contraction violente qui a infléchi l'attitude primitive de l'âme humaine ... Pendant quatorze siècles le modèle idéal a été l'anachorète ou le moine. Pour mesurer la puissance d'une pareille idée et la grandeur de la transformation qu'elle impose aux facultés et aux habitudes humaines, lisez tour à tour le grand poème chrétien et le grand poème païen, d'un côté la *Divine Comédie*, de l'autre *l'Odyssée* et *l'Iliade*. Dante a une vision, il est transporté hors de notre petit monde éphémère dans les régions éternelles; il en voit les tortures, les expiations, les félicités; il est troublé d'angoisses et d'horreurs surhumaines; tout ce qu'une imagination furieuse et raffinée de justicier et de bourreau peut inventer, il

1) Revue indépendante, 1863, pp. 720—722.

2) Journal des Goncourt, II, 200 (23 mai 1864, chez Magny): les autres sont Shakespeare, Michel-Ange, Beethoven.

3) Voyage en Italie, 10e éd., t. II, p. 5, 21, 23—24, 105, 117, 123, 125, 131, 170, 172; voir aussi H. Taine, sa vie et sa correspondance (lettre écrite à la même époque, 7 avril 1864, de Florence), t. II, p. 288; il demande, (t. II, p. 291) qu'on lui garde le Dante de feu son ami Wœpke. Voir aussi la lettre du 24 mars 1852 à E. Havet.

4) Voir encore ‚Origines de la France contemporaine', t. I (23e éd.), p. 8, note 2; Napoléon Bonaparte, I, 4, III, 2. — Pacheu, De Dante à Verlaine.

5) Morale sociale, 2e partie, chap. III; M. Pierro, Dante in Francia, p. 36. L'auteur du ‚Jardin d'Epicure' constate encore, en pensant à Dante, la peine que nous avons à nous figurer l'état d'esprit d'un homme de l'an 1300.

le voit, il le subit, il en défaille; puis il monte dans la lumière; son corps n'a plus de poids; il s'envole, involontairement attiré par le sourire d'une dame rayonnante; il entend les âmes qui sont des voix et des mélodies flottantes; il voit des chœurs, une grande rose de lumières vivantes qui sont des vertus et des puissances célestes; les paroles sacrées, les dogmes de la vérité théologique retentissent dans l'éther. Dans ces hauteurs brûlantes où la raison se fond comme une cire, le symbole et l'apparition, entrelacés, effacés l'un par l'autre, aboutissent à l'éblouissement mystique, et le poëme tout entier, infernal ou divin, est un rêve qui commence par le cauchemar, pour finir par le ravissement. Combien plus naturel et plus sain le spectacle que nous présente Homère[1])! Si le penseur déterministe, l'admirateur de l'art grec et de la vie antique se sent de l'éloignement pour le catholicisme visionnaire, il comprend au moins l'importance et le caractère de la ‚Divine Comédie‘, et il ne trouve qu'une œuvre à lui opposer dans les temps modernes: celle que les poètes romantiques et, depuis, la critique, ont plus d'une fois associée à celle de Dante, à savoir ‚Faust‘. ‚Nos deux grandes épopées modernes — dit la ‚Philosophie de l'art‘[2]) — sont l'abrégé des deux grandes époques de l'histoire européenne. L'une montre la façon dont le moyen âge a envisagé la vie, l'autre montre la façon dont nous l'envisageons. L'une et l'autre expriment la plus haute vérité que deux esprits souverains, chacun dans leur temps, aient atteinte. Le poème de Dante est la peinture de l'homme qui, ravi hors de ce monde éphémère, parcourt le monde surnaturel, seul définitif et subsistant; il y monte conduit par deux puissances, l'amour exalté qui est alors le roi de la vie humaine et la théologie exacte qui est alors la reine de la pensée spéculative; son rêve, tour à tour horrible et sublime, est l'hallucination mystique qui semble alors l'état parfait de l'esprit humain. Le poème de Gœthe est la peinture de l'homme qui, promené à travers la science et la vie, s'y meurtrit, s'en dégoûte, erre et tâtonne, s'établit enfin avec résignation dans l'action pratique . . .‘ — Ce parallèle entre Dante et Gœthe[3]), c'est ce qui, précisément à la même époque, occupait la comtesse d'Agoult, déjà rencontrée plus haut dans ses velléités de Béatrice[4]); née à Francfort, d'une mère allemande, elle était toute préparée

1) Philosophie de l'art, sixième partie, II, (3ᵉ éd., t. II, p. 170—171).

2) Septième partie, I, III (t. III, p. 305).

8) Voir encore Alexandre, Souvenirs sur Lamartine, p. 61, où elle est la Béatrix de Ronchaud.

4) Ce parallèle avait été fait plus d'une fois; en 1850, Bazy (Etudes historiques, littéraires et philosophiques sur Marlowe et Gœthe) parle ainsi du second ‚Faust‘: ‚Guidé par une autre Béatrice, par la poésie qui commence sa purification, le héros de Gœthe retrouve la plénitude de la vie dans la foi religieuse. Avec la science . . ., la poésie a donné à Faust cette faculté de se

à comprendre le chantre de Gretchen, et son admiration pour Dante avait.été développée par de fréquents séjours en Italie[1]). Aussi, parlant, en vers, de la statue de Gœthe à Francfort, elle s'est souvenue de la façon dont Dante parle des planètes[2]); et, en prose, elle a, sous le pseudonyme de Daniel Stern, publié dans la ,Revue germanique et française' et dans la ,Revue moderne' (1864—1865), et réuni en volume, des dialogues intitulés ,Dante et Gœthe', assez remarqués depuis, notamment par E. Montégut et Edm. Schérer. ,Ta naissance et ton nom sont italiens, dit-elle dans sa dédicace à Cosima; ton désir ou ta destinée t'ont faite Allemande. Je suis née sur la terre d'Allemagne; mon étoile est au ciel de l'Italie. C'est pourquoi j'ai voulu t'adresser des souvenirs où se mêlent Dante et Gœthe: double culte où nos âmes se rencontrent'. On rencontre assez de fidèles de ce double culte en France, et à force d'honorer les demi-dieux on va jusqu'à faire connaissance avec leurs œuvres: ,Chaque jour, dit M. Littré, (cité par Diotime), Dante prend la main de quelqu'un de nous, comme Virgile prit la sienne, et l'introduit en ces demeures où éclatent la justice et la miséricorde divines[3]). Il est très malaisé, dit le même Diotime[4]), de quitter la *Divine Comédie*, plus malaisé encore d'en parler dignement. Enthousiastes ou critiques, ignorants ou doctes, nous n'arrivons qu'à une compréhension très incomplète de ce monument extraordinaire vers qui l'esprit humain, à mesure qu'il s'en éloigne, se retourne de siècle en siècle, pour le contempler mieux, d'un point de vue nouveau, dans une autre perspective, et qui semble toujours grandir à l'horizon comme pour dominer toujours la scène agrandie'. La scène des cinq dialogues de Daniel Stern est, comme dans la ,Béatrix' de Balzac, l'âpre côte bretonne, ,site véritablement dantesque'[5]), où Diotime songe à l'inscription de l'Enfer en voyant les rochers taillés à pic, et où Elie, Marcel, Viviane, l'écoutent, le questionnent, l'approuvent ou l'interrompent. Diotime a gardé toutes les illusions romantiques sur la poésie et la science en Allemagne, où, notamment, ,on connaît la *Divine Comédie* tout aussi bien, mieux peut-être qu'en Italie'. Qu'on est loin de là en France! pense Diotime. ,Un écrivain satirique a observé que nous

---

transhumaner que Dante fait venir de la grâce' (voir Baldensperger, Gœthe en France, p. 232).

1) L. de Ronchaud (Notice sur Daniel Stern dans l'Anthologie Lemerre).
2)   Le bel astre d'amour qui brille au ciel de Dante
        Montait sur la cité de l'antique empereur.
3) Dante et Gœthe (Paris, Didier, 1866), p. 180.
4) P. 207.
5) E. Chevé (Calme agité, dans Chaos, 1887) parlera aussi du mur ,dantesque' de la Côte de fer.

autres Français, nous voulons tout comprendre de prime abord, et que
ce que nous ne saurions saisir de cette façon cavalière, nous le décla-
rons, sans plus, indigne d'être compris. De là vient que, malgré les
travaux considérables de Fauriel, d'Ozanam, de Villemain, d'Ampère,
malgré les traductions de Rivarol, de Brizeux, de Lamennais, de Ratisbonne, si l'on parle chez nous de la *Divine Comédie*, c'est toujours
exclusivement de l'Enfer, la plus dramatique et la moins obscure des
trois *Cantiques*[1]. Diotime disserte infatigablement sur la ‚Divine Comédie‘ et ‚Faust‘, deux poèmes universels, exprimant l'un et l'autre
toute une civilisation, et formulant tous deux la philosophie de l'amour.
Diotime les compare, les explique l'un par l'autre, et les étudie en
commençant par Dante. Elle décrit le moyen âge toscan, et la vie
du poète exilé: ‚comme de nos jours Lamennais, qui lui était si
semblable par les ardeurs de son âme superbe et toujours trompée,
Dante était ‚las de ce qui se passe et qui nous déchire en passant‘[2].
Elle analyse les œuvres de Dante, essayant de faire ‚entrevoir les
splendeurs poétiques du chant de l'abîme‘[3], et celles du Purgatoire et
du Paradis, qu'elle cite volontiers dans ‚la fort belle traduction‘ que
‚Louis Ratisbonne, aidé des conseils de Manin, a faite avec beaucoup
de soin, et avec un don très rare de souplesse dans l'art des rimes‘[4]:

> Sous ce beau ciel paré comme pour une fête,
> Vingt-quatre beaux vieillards, de lys ceignant leur tête,
> S'avançaient deux à deux en ordre régulier . . .

Elle se préoccupe des rapprochements avec les idées contemporaines;
Marcel trouve du fouriérisme dans les paroles de Charles Martel:

> Si le monde observait pour chaque créature
> Le premier fondement que pose la nature
> Et s'il s'y conformait, il aurait de bon grain . . .

et le même Marcel, qui n'est vraiment pas la forte tête de l'assemblée,
fait observer que Musset, dans certains vers, rend, à sa manière juvé-
nile, le système planétaire et psychologique de Dante:

> J'aime! voilà le mot de la nature entière . . .
> Oh! vous le murmurez dans vos sphères sacrées,
> Etoiles du matin, ce mot triste et charmant . . .

Après s'être étonnée de tous les jugements contradictoires portés sur
ses deux grands hommes, Diotime termine sur le mode lyrique: „Et
toi, noble Alighieri, maître, guide, ‚plus que père‘! Toi qui bénissais

---

1) P. 14.
2) P. 69.
3) P. 151.
4) P. 168, 169, 179.

le pain amer de l'exilé, toi qui montais avec lui, en soutenant ses pas chancelants, le dur escalier d'autrui, toi qui recevais dans tes bras, pour l'emporter dans ton ciel, le martyr sanglant de la liberté, maintenant ramené sur les bords de ton beau fleuve Arno, au doux bercail d'où sont à jamais chassés les loups rapaces, que de repentirs à tes pieds, que de lauriers à ton front, et combien inséparables désormais dans l'âme italienne ta gloire et la gloire de la patrie! . . ."

*   *   *

En réalité, malgré l'exaltation d'une femme savante, Dante est moins une lecture qu'une étude. Madame Michelet disant à un romancier qu'il y a trop peu de livres qu'on puisse lire sans application, et qu'elle a vainement cherché de quoi lire dans toute la bibliothèque de son mari, ‚Michelet s'écrie, avec une charmante bonhomie: ‚Je lui disais: Tiens, prends mon Homère, mon Dante . . . enfin je lui offrais les plus belles choses'[1]). Dante est peu accessible aux dames, à moins qu'elles ne soient aussi savantes que la comtesse d'Agoult, ou que Melle Faure, pour ne pas remonter à Christine et à Marguerite. Il est moins fait pour leur délassement que pour l'occupation studieuse des hommes; et même pour ceux qui le comprennent à peu près, son idéal est trop haut, et trop loin d'une époque revenue des rêves romantiques: ‚Alix, Isabeau et Alison, — dira Théodore de Banville dans son ‚Petit traité de poésie française' (1872), — seront toujours chez nous les bonnes amies du populaire, et il ne pardonnera jamais à Béatrix la dédaigneuse allure de sa silhouette aristocratique, découpée en plein azur'[2]). Populaire, Dante, pas plus que Gœthe, ne peut prétendre à le devenir en France[3]) si l'on entend par popularité celle de ‚la vieille farce gauloise au gros sel', comme parle Banville. Mais entre cette vulgarité et la tour d'ivoire de quelques rares initiés, il y a pour la gloire une place immense, qui est celle des plus grands génies étrangers. Les poètes dantesques, encore une fois, ne sont plus les premiers poètes de France: c'est Théodore Véron, dont ‚les Rabelaisiennes, poésies diverses' (1862) contiennent une poésie ‚Dors Alighieri', c'est Ernest Simonin, l'auteur de ‚Dante et Béatrix, dialogue

---

1) Journal des Goncourt, II, 183 (12 mars 1864). Dans le même Journal est conté un rêve où apparaît un exemplaire de la ‚Divine Comédie' qui était chez Gandar.

2) Édition Lemerre, 1891, p. 289.

3) Il est, d'ailleurs, mis à la portée de toutes les bourses, dans les collections de vulgarisation les plus démocratiques (Bibliothèque nationale à 25 centimes le volume, etc.).

entre ciel et terre' (1866), ce sont, par ci par là, des amateurs obscurs. Parmi les compositeurs, c'est M. Bouillard mettant, avant Ambroise Thomas, Francesca en musique (1866). Le poëte et son œuvre sont souvent présentés au public lettré, pour des fins d'édification ou d'instruction, par A. Mazure (Dante; l'Inferno) dans la ,Revue du monde catholique' (1866), par H. de Charencey parlant du travail de Topin dans la ,Revue indépendante' (1er juin 1864), par Perrens dans son ,Histoire de la littérature italienne' (1867), par de nouveaux traducteurs. Fr. Villain Lami traduit en 1867 l'Enfer en alexandrins. Puis le public français est au courant des événements d'Italie: en 1866 Ernest Breton consacre une notice à la ,découverte des restes du Dante à Ravenne'. La proportion grandit de ceux ,chez qui Dante est tel qu'il fut', suivant la distinction que Topin faisait en 1862 dans la dantographie française entre ,les véritables interprètes' et les autres, tels que ,l'auteur de l'ouvrage: Dante au moyen âge, qui, ayant puisé à des sources apocryphes ou peu limpides, le mutile, le déchire, le tue'[1]). En 1868, Karl Hillebrand, un étranger qui, venu des Universités de Giessen et de Heidelberg, avait soutenu en Sorbonne la thèse latine que nous avons vue, et une thèse française sur Dino Compagni, Hillebrand commençait ses ,Etudes italiennes' (il se proposait toute une série d'études étrangères) par ,La Divine Comédie et le lecteur moderne': ,Il n'y a peut-être jamais eu, disait-il, de génération plus faite pour comprendre et aimer la *Divine Comédie* que la nôtre . . . Le passé n'est pas seul à nous inspirer un intérêt presque passionné: l'étranger ne nous attire pas moins. Peut-être est-ce parce que l'étranger n'a pas cessé encore d'être l'étrange pour nous, et qu'une époque d'effacement comme la nôtre, vivement portée vers tout ce qui est *autre*, croit voir l'originalité partout où elle rencontre l'inaccoutumé, mais c'est certainement aussi parce que cette culture cosmopolite, dont Gœthe prévoyait déjà l'avènement à la fin de sa vie, devient de plus en plus l'apanage de tous les esprits ouverts, libres et vivants de l'Europe'. Cet Allemand de Hillebrand, tout disposé au cosmopolitisme, et tout pénétré du sens historique qu'il considère comme le caractère saillant de son époque, se défend du ,dogmatisme de *l'Art poétique* ou de la *Préface de Cromwell*'. Il veut qu',un esprit à la fois artiste et historique' admire et étudie dans la ,Divine Comédie' ,en même temps le document le plus important de l'histoire du moyen âge et l'œuvre la plus accomplie que ce temps et que la fertile Italie aient produite'. Il fait, d'après ,Daniel Stern dans son beau livre sur

---

1) La Divine Comédie de Dante Alighieri. Le Paradis, traduction nouvelle par Hipp. Topin, t. I (Paris, 1862), p. 44.

Dante et Gœthe', un parallèle entre le poème toscan et le drame allemand; et, si la littérature italienne est plus accessible aux Français que l'allemande, si ,les Alpes sont moins hautes que le Rhin n'est profond', le poème de Dante, par son ancienneté, exige pourtant du lecteur, Hillebrand en prévient le public, une forte volonté et de longues études. Mais le critique ,avoue ne pas mieux comprendre le reproche d'obscurité que tous les autres que font au poème les gens qui ne le connaissent pas'. Il engage ,le lecteur moderne' à apprendre la langue de Dante, à étudier la poésie épique, le moyen âge et Dante lui-même avant de se mettre à la lecture de son poème. Il expose ensuite le ,but et effet de la Divine Comédie', de ce grand poème didactique qui défend les théories du passé, mais qui est l'œuvre du ,premier poète moderne', du premier et inconscient artisan de la Renaissance, et qui est depuis cinquante ans ,la consolation de tous ceux qui ont souffert pour leur patrie', et le lointain fondement de l'Italie nouvelle.

La France, pourtant, en dépit des éloges de M. Tullo Massarani, qui s'adressent d'ailleurs aux travaux des années antérieures, la France ne joue pas le premier rôle dans les études dantesques. Elle n'a pas pour le vieux poète les motifs de reconnaissance nationale des Italiens, ni la patience d'érudition des Allemands (qui au surplus, longtemps avant le gobinisme et les ,Grundlagen des XIX. Jahrhunderts' de Chamberlain, songent à rapprocher le profond génie toscan du génie germanique). Bien plus, l',Histoire littéraire de la France au XIVᵉ siècle', de Victor Leclerc et Renan, représente Dante comme l'organe de la jalousie des autres peuples contre la France. Fauriel et Ozanam[1]) sont morts sans laisser d'héritiers qui les égalent, l'Empire a supprimé depuis longtemps les cours retentissants, où Dante avait trouvé place aux temps de Villemain et de Quinet. Le soin d'étudier Dante et de le vulgariser est parfois laissé, comme on peut voir, à des étrangers ou demi-étrangers, Allemands, bientôt Suisses ou Polonais. En 1869, tel vers de l'Enfer occupe ,l'Intermédiaire des chercheurs et curieux', Couly compose sur Dante un drame qui ne vit jamais ni la scène ni les presses, et H. Dauphin écrit la ,vie de Dante et l'analyse de la Divine Comédie'. La peinture continue à rivaliser avec les lettres: en 1870 Alex. Cabanel peint ,la mort de Francesca de Rimini et de Paolo Malatesta', après avoir peint (1861) le ,Poète florentin'.

*　　*　　*

1) C'est Heinrich (l'historien de la littérature allemande) qui écrivit l'Avertissement à la traduction du Purgatoire d'Ozanam, publiée en 1862 (dont J.-J. Ampère parla dans le ,Journal des débats' du 15 mars 1863), et à laquelle Edm. Schérer consacra une de ses ,Nouvelles études sur la littérature contemporaine', série II, 1865, reprise en 1886 dans ses ,Etudes sur la litt. contemp.'

Après une douzaine d'années où le plus grand nom de la production dantesque en France est celui de Gustave Doré, les événements de 1870 viennent faire crier à la décadence des nations romanes, et sont une étrange désillusion pour ceux qui vivaient dans le culte des étrangers et particulièrement de la rêveuse Allemagne de Mme de Staël. Il arriva que les catastrophes d'Europe et d'Amérique fussent mêlées au souvenir du plus grand poète des races latines: l'auteur de ‚l'Année terrible' reprenait trop volontiers le grand nom de Dante pour s'en dispenser alors, et le comte Séguier, dans son ‚Epilogue de la Divine Comédie: l'enfer, un coin du paradis et incidemment une âme du purgatoire' (Mexico, 1873), où il discute les affaires du Mexique, poursuit ‚un but patriotique et social; la première partie retrace les supplices des grands coupables contemporains; la seconde est l'apothéose des nombreuses victimes faites par Guillaume et par les Communaux'. Cependant, pour étudier les origines de ces nations qu'on disait péricliter, Gaston Paris et M. Paul Meyer fondaient la ‚Romania' (1872), où les études dantesques ont leur place modeste. Six ans plus tôt, ils avaient déjà fondé, en un temps de criticisme, la ‚Revue critique d'histoire et de littérature', qui écarte les amateurs superficiels, examine les ouvrages au point de vue objectif de leur valeur scientifique, et, à l'occasion, s'occupe de ceux qui sont consacrés à Dante et à son temps: c'est là que Gaston Paris examine un ouvrage danois sur la vie et les œuvres de Brunetto Latini (2 juillet 1870), ou (1874) des travaux italiens sur Virgile au moyen âge et sur Dante d'après la tradition. Ce sont surtout les étrangers qui sont appréciés: c'est qu'en effet la ‚Revue critique', à ses débuts, combattait souvent le dilettantisme indigène au nom de méthodes d'abord pratiquées au dehors.

Le prestige des étrangers, quoique singulièrement modifié d'un côté, n'a pas diminué, en ce qui concerne le goût des études littéraires, la passion de l'Italie, la vogue de Dante, auprès des traducteurs, érudits, catholiques ou italianistes. En 1871 la version de l'Enfer de Rivarol est réimprimée avec un avertissement de N. David, et en 1874 A. Jubert en donne une nouvelle, en vers, tandis que R. Alby, à Milan[1]), traduit en faux tercets (aa b cc b) des fragments non destinés, d'ailleurs, à la vente. L'abbé Ed. Daniel, avec un zèle égal au moins à celui des catholiques italiens en 1865, publie en 1873 un ‚Essai sur la Divine Comédie de Dante, ou la plus belle, la plus instructive, la plus morale, la plus orthodoxe et la plus méconnue des épopées, mise

---

1) Il avait déjà publié des notes sur ce sujet en 1871 (Girgenti). — Rudolf Minzloff avait donné (Bulletin du bibliophile et du bibliothécaire, 1870—71, pp. 108—116) une note sur l'Inferno, V, 133 et 134, avec sa traduction allemande du Ve chant.

à la portée de toutes les intelligences et dédiée à la jeunesse catholique de nos écoles'. J. Ortolan s'occupe des ‚Pénalités de l'Enfer de Dante', et de ‚Brunetto Latini apprécié comme le maître de Dante' (1873). Casati continue, cette fois dans les ‚Mémoires de la Société des sciences de Lille' (1872), à donner des fragments du manuscrit de Turin.

L'art est aussi fidèle à Dante et à l'Italie que l'érudition. M. Georges Lafenestre, épris de la Renaissance italienne, aime le séjour de Florence et les grands souvenirs romains et toscans, et dans ses ‚Idylles et chansons' (1874), il voit, sur les ‚Collines toscanes', Dante, ‚las des clameurs serviles',

> S'agenouillant devant son Dieu, son seul recours,
> Et, tourné tout entier vers l'ingrate Florence,
> Sous son crâne d'airain refoulant en silence
> Un orage grondant de haines et d'amour.

Mme Marie Rattazzi, après tant d'autres, interpelle Dante en vers dans sa ‚Cara patria; échos italiens' (Paris, 1873). ‚L'Artiste' d'octobre 1877 publie un sonnet de Francis Pittié sur ‚Béatrice'. M. Stephen Liégeard, qui en 1904 se souviendra de Dante et de Béatrice pour saluer la reine Hélène à Paris, compose tout un poème dont une traduction libre est faite en italien par L. Silva: ‚All' ombra di Dante Alighieri, canto' (Parme, 1878). M. Paul Deroulède, formulant son ‚Credo', se souvient du ‚proverbe du désespoir':

> Je crois en Dieu. Qu'importe à ma prière ardente
> Des criminels joyeux le triomphe apparent!
> Ce cercle de dégoût n'est pas l'enfer du Dante,
> Mon cœur n'a pas perdu l'espérance en entrant.

M. Aubé fait la statue de Dante qu'il expose au Salon de 1879 (en bronze en 1880), et qui se trouve maintenant devant le Collège de France; M. Pierre Charles Comte expose au Salon, et à l'exposition universelle de 1878, son portrait de Dante.

Un grand admirateur de l'Italie, M. Emile Gebhart, s'attache aux études dantesques qu'il a servies depuis, et qu'il sert encore, de toute la grâce de son esprit et du charme de son exposition. Il s'arrête à Dante dans la trilogie de ‚Dante, Savonarole, Michel-Ange' (De l'Italie; essais de critique et d'histoire, 1876), étude qui, reprise parmi les émaux florentins, a eu les honneurs d'une traduction anglaise, puis dans ‚Les origines de la Renaissance en Italie' (1879), et encore dans ‚l'Italie mystique', qui expose ‚le mysticisme, la philosophie morale et la foi de Dante'. Aux lecteurs des revues littéraires, à ses auditeurs de la Sorbonne, ou dans tel discours d'apparat, M. Gebhart a eu souvent l'occasion ou de rap-

---

1) A la même époque paraît ‚L'enfer, Essai philosophique et historique sur les légendes de la vie future' par O. Delepierre (Londres, Trübner, 1876).

peler quelque souvenir de Dante, ou d'expliquer la doctrine qui se cache sous le voile des vers étranges. Il en parlera même, paraît-il, dans le monde, et c'est de lui que se réclamera, comme d'un maître des études dantesques, l'un des personnages du ‚Lys rouge‘, dans la discussion que, dans la villa florentine, des Français soutiennent sur la ‚Divine Comédie‘. La Suisse reste le rendez-vous traditionnel des littératures étrangères: dans la ‚Bibliothèque universelle et revue suisse‘, J. R. Rahn parle des ‚Origines de la Renaissance en Italie‘ (nov. 1873), et plus tard (fév. 1875) M. Paul Stapfer, étudiant ‚le moyen âge et la Renaissance‘, s'arrête à Dante qui exprime l'un et prélude à l'autre. De l'Angleterre à la Sicile, on retrouve la trace du grand poète: Mme Emma Mahul, dans sa ‚Traduction inédite de poëtes siciliens‘ (Livourne 1876) met en français un sonnet d'Agatina Abbate Bianchi, ‚un fiore alla sacra memoria di Dante‘, et la poésie de Gius. de Spuches, ‚Ricorrendo il sesto centenario di Dante‘. A Marseille, Louis Méry fait, à la séance du 17 février 1876 de l'Académie du lieu, une lecture sur 'l'art à Florence du temps de Dante‘. A. de Tréverret, à Bordeaux (1872), parle de la ‚théorie politique de Dante‘ (Revue politique et littéraire, 22 juin 1872); en Belgique Nolet de Brauwere van Steeland entretient les membres de l'Académie royale de Belgique des ‚traducteurs de Dante aux Pays-Bas‘ (1879); dans la ‚Revue des langues romànes‘ (1879) M. Castets consacre des pages rapides à ‚Dante philologue‘ (le ‚De Vulgari Eloquentia‘); il y donnera bientôt le texte d'un sonnet attribué à Dante d'après un manuscrit de Montpellier; il y rendra compte, plus tard, d'une édition italienne; et il parlera du centenaire de Béatrix (1890) à la Faculté des lettres de Montpellier. Jusqu'à Porrentruy on voit naître des poèmes qui, suivant un thème inusable, veulent réveiller ‚le Dante‘, comme s'obstine à dire Auguste Krieg dans ses ‚Poésies‘ (1876). Est-il besoin d'ajouter que Dante, ses œuvres et ses héros les plus fameux ont leur place dans les grands recueils de vulgarisation ou d'érudition[1]), dans l'‚Histoire des littératures étrangères‘ de Bougeaud, dans le Grand Dictionnaire Larousse, dans le ‚Répertoire des sources historiques du moyen âge‘ d'Ulysse Chevalier? Les anciennes traductions trouvent toujours un public pour les acheter, des éditeurs pour les réimprimer, des érudits pour leur mettre une préface, et enfin un artiste pour les illustrer: l'artiste n'est pas toujours un Gustave Doré, et il ne choisit pas toujours une version aussi exacte que celle de Fiorentino. La traduction d'Artaud de Montor est rééditée chez Garnier en 1879, avec une préface par L. Moland et des illustrations de Yan' Dargent (pseudonyme).

---

1) Le passage de l'Enfer: il gran rifiuto (III, 60) a été également examiné, à propos de Célestin V, par les biographes du saint.

Bref, la „Divine Comédie‘ est tellement célèbre que Littré, en mettant l'Enfer en vieux français, a voulu placer l'ancienne langue nationale, trop peu étudiée à son gré, sous l'égide d'un grand nom: „le milieu esthétique dans lequel nous respirons et nous sentons, dit-il, a parmi ses éléments essentiels l'art du moyen âge et la poésie de Dante‘. Il donne des fragments des manuscrits de Vienne et de Turin, ces deux anciennes versions étant venues à sa connaissance par „l'Athenæum français‘ du 7 juin 1856, et il essaie à son tour, en se servant de l'édition Scartazzini, de rendre l'„Inferno‘ dans la langue de Garnier de Pont-Sainte-Maxence:

> En mi chemin de ceste nostre vie
> Me retrovai par une selve oscure;
> Car droite voie ore estoit esmarie . . .

On a vu plus haut déjà ce curieux délassement d'érudit; quoiqu'il ait eu une réédition, ce travail est simplement un signe de l'esprit du temps, sur lequel il n'a pas influé; Littré lui-même rendait hommage à la version de Ratisbonne.

*   *   *

Un Polonais, Julian Klaczko, qui jadis avait, en sa langue, parlé de Dante dans une revue de Varsovie, donna en 1880 dans la „Revue des deux mondes‘, et en un volume[1]), ses „Causeries florentines‘, comprenant „Dante et Michel-Ange‘, „Béatrice et la poésie amoureuse‘, „Dante et le catholicisme‘, „la Tragédie de Dante‘. Pendant l'automne de 1872, des Italiens, deux Français, l'un académicien et l'autre diplomate, et un Polonais, sont assemblés dans la villa de la comtesse Albini, aux environs de Florence, et discutent longuement le vieux poète et son œuvre, la comtesse ayant demandé „pourquoi ce nom de Dante ne manque jamais d'éveiller en nous la pensée d'une douleur immense, incomparable, et nous fait songer à une destinée marquée du sceau de la fatalité‘. A l'académicien qui explique la chose en faisant de Dante „le créateur de notre poésie moderne, ouvrant le cortège de tous ces génies inspirés qui, depuis tant de siècles, ont charmé et consolé notre humanité au prix de leurs propres souffrances‘, la comtesse réplique: „Ah ! oui, la „Tristesse d'Olympio‘, l'ennui immense, inassouvi de René, l'art sacerdoce et l'artiste martyr . . . voilà bien votre poétique moderne à vous, messieurs les Français!‘ Les Italiens disent les choses de beaucoup les plus sensées et les plus abondantes de l'entretien, et ils comparent tout d'abord longuement Dante, symbolique et chrétien, à Michel-Ange, tragique et biblique, et ils examinent en lui

---

1) Traduit plus tard en allemand et en polonais.

le poète, le croyant, le penseur, le politique. Les Français parlent
plus avantageusement du poète amoureux, l'académicien se plaît à
retrouver ce poète dans son œuvre, il s'étend sur la poésie amoureuse
et sur les Provençaux, non sans citer Diez, il admire dans la ‚Divine
Comédie‘ la conception de l'amour comme principe universel: ‚la grande
originalité de Dante, de cet Homère du catholicisme, consiste dans la
puissance d'imagination avec laquelle il s'est emparé de cette idée,
dans le symbolisme aussi profond que poétique dont il l'a revêtue‘. Le
jour de ces belles pensées, ‚le Slave et le Gaulois‘ dissertent à merveille, quoique le Polonais trouve excusable l'erreur de Rossetti et de
ses émules. Le lendemain, c'est par le prince Silvio surtout que sont
exposées les doctrines catholiques de la ‚Divine Comédie‘, poème supérieur à ceux du puritain Milton et du protestant Klopstock; le brillant
causeur, reprenant un article de J. Klaczko, réfute la théorie de
K. Witte. Le quatrième entretien roule sur ‚la tragédie de Dante‘,
c'est-à-dire sur le malheur, le génie et les rêves du grand exilé qui
avait placé son idéal politique dans le monde du passé, vaincu et
abandonné; ‚le théoricien fanatique du cosmopolitisme chrétien‘ est
rangé parmi les de Maistre et les Bonald, et son malheur est celui de
tous les ‚utopistes du passé‘. Le prince Silvio ne veut pas qu'on s'obstine à présenter Dante comme l'Homère du monde gothique: ‚la *Divine
Comédie,* dit-il, n'est ni l'*Iliade* du moyen âge ni la *Théogonie* du
catholicisme: c'est un poème moral et politique, une exhortation, éclat-
tante, isaïenne, à l'adresse de la génération contemporaine, la
génération du grand jubilé‘. Et le prince Silvio d'admirer le mot
de Michelet sur la diatribe de Hugues Capet au XXe chant du ‚Purgatoire‘.

Les Italiens que fait parler Klaczko ne sont peut-être pas toujours
les portraits exacts des érudits patriotes qui n'ont cessé de cultiver
Dante avec amour et étude: et il est bien étonnant qu'un savant homme
comme le commandeur Francesco avance ‚que le créateur des ‚Pro-
phètes‘ et du ‚Moïse‘, malgré son admiration ardente et toujours si
hautement professée pour le chantre de la ‚Divine Comédie‘, ne lui ait
cependant consacré aucun travail de son ciseau ni de son pinceau‘.
Mais les Français dépeints dans les ‚Causeries‘ donnent une idée plus
exacte de la vogue de Dante dans leur patrie. On y admire surtout
de la ‚Divine Comédie‘ les décors éclatants[1]): et cela paraît vrai parce
que les ‚Causeries florentines‘ le disent, et encore plus peut-être parce
que ces ‚Causeries florentines‘ sont écrites, pour la ‚Revue des deux
mondes‘, par un étranger. L'académicien de Klaczko, qui, ayant étu-

---

1) Ugolin, notamment, garde sa popularité (Gilbert Duprez même s'en
souvient dans ses ‚Joyeusetés d'un chanteur dramatique‘).

dié autre chose que les décors, se complaît à reconnaître la personnalité du poète, aurait pu dire ce que Gélis disait peu après à M. Sylvestre Bonnard, membre de l'Institut: ,Qu'admirons-nous dans la ,Divine Comédie', sinon la grande âme de Dante[1])?'

Cet ouvrage, plein d'ailleurs de connaissances et d'observations agréables, et bientôt couronné par l'Académie française, avait mis au moins les lecteurs de la grande revue au courant des principales questions dantesques; examiné dans la ,Revue critique' par M. Ch. Joret (qui avait, à la même place, rendu compte des ,Origines de la Renaissance en Italie' de M. Gebhart), et par T. de Puymaigre dans le ,Polybiblion' (revue qui, par la plume T. de Puymaigre, ou de M. Formont, juge aussi les travaux sur Dante), il occasionna deux longs articles de M. Marc Monnier (demi-étranger lui-même) dans la ,Bibliothèque universelle et revue suisse'[2]) (1881). Ce dernier auteur, dans le même recueil, parlait bientôt (1883) de ,la Béatrice de Dante', puis, dans un gros volume, ,la Renaissance de Dante à Luther, histoire générale de la littérature moderne'[3]) (1884), il s'arrêtait longuement à celui qui ouvre cette littérature moderne, et s'étonnait de toutes les fausses interprétations protestantes, romantiques et patriotiques, dont il avait été l'objet.

Ce n'est vraiment pas un hasard isolé que l'apparition de tel ou tel étranger dans la dantographie française: la ,Revue chrétienne' de 1880 donnait deux articles résumés d'un travail hollandais, ,Dante Alighieri', de Gunning, mis en français par ,Mlle L. V. H. de Zwolle en Hollande'; plus tard un savant belge, M. Paul Mansion, entreprend (1887) la traduction[4]) de l'ouvrage allemand du théologien catholique Hettinger, ,la Divine Comédie de Dante, sa caractéristique, son idée, fondamentale'; M. Gebhart lui-même ne dédaignera pas de donner une traduction et une préface (1894) aux ,Promenades en Italie' de Gregorovius. Les étrangers se mêlent et se croisent dans l'érudition contemporaine comme jadis dans la poésie romantique, et il arrive aux Italiens d'être présentés par d'autres étrangers.

Non pas qu'il manque de Français pour s'y intéresser directement. C. Nisard étudie la question de savoir si Brunetto Latini est l'auteur du Pataffio (1880), F. A. Aulard traduit les poésies de Leopardi, et notamment celle du monument de Dante[5]) (1880), Em. Montégut donne

---

1) A. France, Le crime de Sylvestre Bonnard, 46e éd., p. 313.

2) Dante Alighieri à propos d'un livre récent.

3) En allemand à Nördlingen en 1888 (compte rendu ,Deutsche Litteratur-zeitung', 1er février 1890). Articles de A. de Gubernatis, Nuova Antologia, 1er septembre 1884, et de F. Torraca, Rivista critica della letteratura italiana, nov. 1884.

4) Magasin littéraire et scientifique, Gand, 1887, pp. 89.

5) Traduite encore par Aug. Lacaussade (1889).

ses ‚Poètes et artistes de l'Italie' (1881), où il reprend son article sur
l'illustration de Gustave Doré, et où il examine le Purgatoire de Dante,
puis, dans ses ‚Types littéraires' (1882), parle de Dante et Gœthe ‚à
l'occasion des dialogues de Daniel Stern', comme fait aussi Edm. Schérer
en rééditant en 1886 des ‚Etudes sur la littérature contemporaine'.
Mais la spécialisation de plus en plus étroite des études historiques et
littéraires n'est peut-être pas favorable à l'éclosion de ces grands ouvrages qu'on osait entreprendre au temps de Ginguené ou même d'Ozanam.
Dante se trouve réduit à la portion congrue dans l'érudition française,
quand, par exemple, un mythographe parcourt toutes les littératures et
établit des parallèles entre les passages de la ‚Divine Comédie' et les
mythes orientaux, comme Eug. Lévêque dans ses ‚Mythes et légendes
de l'Inde et de la Perse dans Aristophane, Platon, Aristote, Virgile,
Ovide, Tite-Live, Dante, Boccace, Arioste, Rabelais, Perrault, La Fontaine' (1880), ou bien quand Aug. Jundt, à la rentrée des cours de la
Faculté de théologie protestante de Paris, le 3 novembre 1886, consacre
sa leçon à ‚l'apocalypse mystique du moyen âge et la Matelda de
Dante'. Remarquons encore que la ‚Revue internationale' (1883), qui se
ressent de la diffusion internationale du français[1]), donne une note de
Giuliani sur la ‚Divine Comédie' et le duomo de Florence, ou (1884) la
traduction d'un sonnet de Dante par F. Antony. Enfin A. Boyer, dans
la ‚Revue contemporaine' (25 février 1885) se mêle de publier et de
traduire ce qu'il appelle ‚deux chants inédits de l'Enfer', et s'attire la
juste colère d'un critique espagnol[2]). Dante est un si grand événement
qu'il peut servir de point de départ à toute une époque: de même que
Marc Monnier allait ‚de Dante à Luther', Lefebvre Saint-Ogan étudie,
en un volume, ‚de Dante à l'Arétin: la société italienne de la Renaissance' (1889).

                    *
              *   *

Entre toutes les créations de Dante, c'est Francesca qui reste à
jamais l'enfant gâté des artistes et des écrivains, depuis Louise Labé
jusqu'à Marion Crawford et à Aug. Rodin[3]). La musique, l'érudition, le drame
et la poésie, autrefois la peinture et bientôt encore la sculpture, sont également séduites par cette figure. On donne à l'Opéra, le 1er avril 1882,

---

1) C'est le même fait, déjà remarqué, qu'on retrouve dans la note de Meltzl
von Lemnitz, Les trois L du Dante; nouvel essai d'un commentaire sur le chant
I de la Divine Comédie, lettre à la princesse Dora d'Istria (1882, 2e éd.
Clausembourg 1884), et dans l'article de Saszvary, Dante en Hongrie (Revue
internationale, 10 septembre 1887).

2) A. Fernandez Merino, Un escándalo literario; dos cantos apócrifos
del Dante (Barcelona, 1885).

3) Sur Rodin, voir plus bas. Il commence bientôt à travailler à la Porte
de l'Enfer (Monkhouse, Portfolio, 1887, vol. XVIII, p. 7—12).

‚Françoise de Rimini‘, opéra en cinq actes d'AmbroiseThomas; mais le compositeur a été moins bien inspiré par Dante qu'il ne l'avait été par Gœthe, et sa ‚Françoise‘ n'eut pas de succès. — La même année, J. Demogeot publie ‚Francesca da Rimini, drame en cinq actes et en vers, étude sur Dante et Silvio Pellico‘, et l'année suivante Charles Yriarte suit ‚Françoise de Rimini dans la légende et dans l'histoire‘. Dans son petit volume, où il reproduit des vignettes et dessins inédits d'Ingres et d'Ary Scheffer, il étudie les familles de Paolo et de Francesca, et avant de rechercher le lieu du meurtre, traduit et commente le fameux épisode. Non seulement il dit, en citant Ampère, que ‚la poésie humaine n'a rien de plus simple et de plus profond, de plus pathétique et de plus calme, de plus chaste et de plus abandonné que ce récit‘, mais encore il conclut que Dante (il a le tort de dire encore *le* Dante) ‚reste le grand historien devant la postérité‘. Il n'est pas trop enthousiaste des dernières productions dramatiques et musicales inspirées par le fameux récit: ‚J'aime mieux, dit-il[1]), le récit de Boccace, même comme sujet d'opéra, que l'invention qui vient de fournir à M. Ambroise Thomas l'occasion d'écrire une nouvelle partition. Tout était dans l'histoire, la guerre, l'amour, le drame, le décor; tout ce qui peut fournir un sujet heureux et mouvementé. Mais le droit des poètes est incontestable, à la condition qu'ils aient du génie‘. M. Charles Fuster crut qu'il avait bien le droit de publier un sonnet, ‚Francesca da Rimini‘, dans la ‚Revue internationale‘ (1888), et Boyer d'Agen se crut non moins autorisé à publier, outre une traduction des cinq premiers chants de la ‚Divine Comédie‘, ‚la Vision de Dante, poème‘, dont il orna ses ‚Fleurs noires‘ (2e édition, 1889), tout comme Victor Hugo sa ‚Légende des siècles‘. Achille Des Rieux rehaussait de même son ‚Chant du paria‘ (1880) de deux poèmes dantesques, ‚Dans les jungles‘ et ‚La malédiction du Dante‘. M. Collière paraphrasera à sa façon, comme on va voir, le *Lasciate ogni speranza*. Jusqu'en Amérique, les poètes chantaient Dante[2]); et à H. Topin, qui publiait infatigablement des fragments de traduction de l'Enfer (Livourne, 1882), il était arrivé de donner la version française d'un des innombrables sonnets italiens en l'honneur de Dante Alighieri, celui de Carlo Lozzi.

Après Francesca, ou plutôt au-dessus d'elle, dans des régions moins accessibles à la popularité, vient Béatrice. Elle fournira bien encore, comme au temps de V. de Laprade, quelque métaphore platonicienne:

---

1) P. 140. L'ouvrage d'Yriarte fut examiné dans ‚Le musée artistique et littéraire‘, t. III (1883) (Lear, pseud.). — Yriarte a eu encore l'occasion de parler de Dante dans un autre ouvrage, Un condottiere au XVe siècle, Rimini (Paris, Rotschild 1882).

2) A. Richard, Dante (dans Nobile, trad., Miscellaneous poems translated into English prose, Montreal, 1884, pp. 26—29).

un poète belge, M. Fernand Séverin, donnera le nom de Béatrice pour titre à un de ses ‚Poèmes ingénus':

> Que l'ineffable enfant soit votre Béatrice,
> O mon âme toujours errante, et toi, mon cœur,
> L'âtre réconfortant, la lampe protectrice,
> Et le guide et le but, aux sentiers de l'erreur[1]).

Mais elle est aussi étudiée au point de vue historique et critique: M. Maxime Formont groupe en une brochure ‚Les inspiratrices: Vittoria Colonna, Béatrix, Catherine d'Atayde' (Troyes, 1889), en attendant d'étudier ‚le véritable génie de Dante' (Revue de la Société des études historiques, Amiens 1891)[2]).

Le sud se ressentait encore une fois du voisinage de l'Italie: M. Prompt examine ‚la philosophie amoureuse de Dante' dans le ‚Bulletin de la société niçoise des sciences naturelles, historiques et géographiques' (1886), et à Nice aussi il donne (1889) en italien, sur les *malebolge,* une étude qui avait été lue en français à l'Académie de Marseille.

C'était sous le pontificat d'un pape dantophile[3]), fondateur d'une chaire dantesque, et dans un temps où l'enseignement de la ‚Divine Comédie' se développait en Italie. On s'en apercevait au dehors: et notamment A. Kannengiesser le remarquait dans sa brochure sur ‚L'Eglise, Léon XIII, et les lettres classiques' (Rixheim, 1887); U. Schiff, étudiant ‚l'université de Florence' dans la ‚Revue internationale de l'enseignement' (1887), rappelait les origines de la chaire dantesque et reproduisait la pétition du 21 août 1373. Celle-ci fut mise en français dans un article de la ‚Revue Bleue' de M. J. de Bernières: ‚Boccace commentateur du Dante'.

On voit aussi paraître des traductions nouvelles: une, posthume, de H. Dauphin, est publiée, avec notice, à Amiens, en 1886. Le grand poème était aussi présenté à petite dose: B. Melzi donnait le premier chant de l'Enfer avec la traduction française (1886 et 1892): son travail fait partie de la collection Hachette.

Les Français, enfin, entendent si souvent parler de Dante qu'il ne se passe plus dix ans sans que cette vogue frappe l'un ou l'autre critique; l'année de la ‚Vision de Dante' (1883), à l'Académie des sciences, belles-lettres et arts de Rouen, M. Ch. de Beaurepaire, recevant

---

1) Poèmes ingénus, 3e partie, XIV (La Béatrice, 1891).

2) Aussi Société des études historiques. Pages d'histoire, Paris 1892.

3) Ce goût de Léon XIII pour Dante a été souvent mentionné ou étudié, notamment par M. André Michel, Tombeaux de papes (Journal des débats, 14 juillet 1903), et par M. E. Terrade, Dante et Léon XIII, dans ses ‚Etudes comparées sur Dante et la Divine Comédie', Poussielgue, 1904.

M. l'abbé Vacandard qui venait de parler de saint Bernard dans la
‚Divine Comédie‘, entretenait la docte assemblée ‚de la récente admiration des Français pour Dante‘.

Les compositeurs et les auteurs dramatiques n'ont pas renoncé à
un sujet aussi illustre, malgré les échecs de H. de Bornier, de Liszt,
de Molbech et d'autres. En 1890, Dante, opéra en quatre actes; paroles
de E. Blau, musique de B. Godard‘, est représenté à l'Opéra-Comique,
avec l'insuccès qu'il méritait, paraît-il.

L'affabulation de M. Ed. Blau rappelle celle de H. de Bornier par
certains noms. ‚Sur la place de la seigneurie de Florence, Guelfes et
Gibelins s'invectivent. C'est jour d'élections et le peuple va nommer
tout à l'heure un nouveau gonfalonier. Dante paraît: il a vingt ans,
il vient de promener à travers l'Italie ses premiers rêves de poète et
le souvenir de Béatrice. A ses concitoyens qui ne respirent que la
haine, il parle de printemps, de ciel bleu et d'amour. On l'écoute et
les querelles s'apaisent. La première main qui se tend au jeune homme
est celle de son ami, Siméone Bardi, et cette main, Bardi l'annonce à
Dante, va bientôt s'unir à celle de Béatrice. Mais Béatrice ne s'était
résignée à l'amour de Bardi que croyant Dante oublieux et pour jamais
disparu. En le revoyant fidèle, elle repousse ce qui, dans tout opéra,
s'appelle un hymen odieux. Sur ces entrefaites, Dante est nommé
gonfalonier de Florence, et conseillé, enhardi par la voix de Béatrice
elle-même, il accepte le pouvoir. Ce pouvoir, Siméone jaloux ne manque pas de l'arracher bientôt à son rival. Livré à ses ennemis politiques et à leur allié le roi de France, qu'ils ont appelé en Italie, Dante
est proscrit et Béatrice contrainte, pour le sauver, de jurer qu'elle
prendra le voile. Le troisième acte est consacré à un abrégé de la
‚Divine Comédie‘ sous forme de rêve. Dante exilé, errant dans toute
l'Italie, s'est endormi un soir auprès du tombeau de Virgile, et Virgile,
pour le consoler, lui apparaît et peuple son sommeil de toutes les
visions futures: l'Enfer, le Paradis et Béatrice au plus haut des cieux.
Au quatrième acte, Béatrice est au couvent, mais si faible, si languis-
sante, qu'elle n'a pu encore prononcer ses vœux. Siméone, pris de
remords, ramène lui-même Dante à Béatrice, qu'il délie de son serment.
Trop tard, hélas! Béatrice expire dans les bras du poète; elle ne sera
jamais que l'héroïne surnaturelle du poème. Voilà comment on a ac-
commodé et fondu ensemble pour le théâtre de l'Opéra-Comique, la
‚Vita nuova‘ et la ‚Divine Comédie[1]‘), et voilà comment M. C. Bellaigue
résume cette œuvre de ‚pauvre musique, œuvre inutile et imprudente‘,
‚qui a notamment le tort de méconnaître l'esprit de la ‚Vita nuova‘. —
Une autre musicienne, moins ambitieuse, Mlle Aug. Holmès, composait

---

1) Revue des deux mondes, 1890, t. XCIX, p. 698—703.

la même année les vers et la musique d'un hymne à la paix en l'honneur
de la Béatrice de Dante.

*   *

*

L'année 1890, en effet, n'est pas seulement l'année de l'opéra de
Blau et Godard: c'est surtout celle du centenaire de Béatrice, fêté par
les poètes provençaux avec presque autant d'enthousiasme que par les
Italiens à Florence. „La revue félibréenne' de 1890 a publié toute une
série de poésies provençales „à Béatrix', avec traduction: T., R. A. et
J. Roumanille, M. T. de Baroncelli, X. de Fourvières, L. de Berluc-
Pérussis, F. Gras, W. C. Bonaparte-Wyse, A. Mouzin, L. Astruc,
G. Canton, M. Raimbault, L. Ripert, J. Vernay, C. Boy, E. de Mougins-
Roquefort, y sont allés de leurs vers provençaux, et l'„Armana marsihés[1])
pèr l'annado 1891' a reproduit une ode provençale de Toumas Roux
sur Dante, qui a été lue à Florence lors du centenaire. A. de Gagnaud
lance, à Porchères di Provenza „A Beatrice dei latini', „pel sesto centenario di Beatrice solennizato a Firenze', un sonnet en provençal avec
traduction en prose italienne et lettre préliminaire, „La Nouvelle
Revue' du 15 mai 1890, par la plume de H. Montecorboli, a parlé des
fêtes du centenaire de Béatrice à Florence, et ces fêtes du centenaire
ouvrent avantageusement une période de quinze années où la production
dantesque a été assez abondante, sinon brillante, en France, chez les
critiques et érudits et chez les catholiques, et où elle a parfois intéressé
le grand public; on y rencontre même un romancier, un poète philologue
et un grand artiste, MM. A. France, P. de Nolhac et Aug. Rodin.

Dès 1890, H. Planet, dans son „Dante, étude religieuse et littéraire
sur la Divine Comédie' (388 pages), recherche dans le poème du moyen
âge ces doctrines que le néo-thomisme essaie d'adapter à la philosophie
moderne[2]). Le thomisme et les études dantesques, suivant la pensée de
Léon XIII, progressent parallèlement chez plusieurs catholiques français.
H. Planet a lu attentivement son auteur, et le cite abondamment, dans
la traduction de Fiorentino, à laquelle il croit devoir faire quelques
retouches aux passages obscurs. Un Suisse, M. Ed. Rod, dans la
„Revue des deux mondes' du 15 décembre 1890, étudie „la biographie
de Dante'[3]); il avait eu l'occasion, en parlant du „mouvement littéraire
en Italie' dans la „Bibliothèque universelle et revue suisse' (1890), de
rencontrer différentes publications dantesques (il parlera encore des
„idées politiques de Dante' dans le même recueil, en 1892), et c'est lui

---

1) Marseille, 1890 (2 pages); dans l'almanach marseillais. p. 24—25.

2) Peu après (1893), la „Revue des sciences ecclésiastiques, (mars 1893,
Amiens) publie un article de A. Chollet sur „Dante et l'exemplarisme divin'.

3) En partie traduite en anglais (Public opinion, 24 janvier 1891). — M. Henry
Cochin a consacré à Dante une conférence à la Société bibliographique (Bulletin
de la Société, juillet 1891).

qui fut chargé d'écrire le „Dante‘ de la collection des classiques populaires éditée par Lecène et Oudin. Cet ouvrage de vulgarisation rudimentaire expose, avec assez de scepticisme, la vie de Dante (en ad-
mettant toutefois le séjour à Paris), et analyse rapidement les opera
minora [1]) et, longuement, la „Divine Comédie‘, avec d'abondantes citations
(en français). L'auteur voit dans ce poème, s'il ne le fait pas assez
voir dans son exposé, „l'œuvre la plus haute, la plus parfaite,
la plus proche de l'absolu qu'ait produite le génie humain‘, et
„l'état d'âme d'une des époques les plus attrayantes de l'histoire‘; car,
selon lui, comme selon les meilleurs critiques de nos jours, c'est une
erreur capitale de „saluer la „Divine Comédie‘ comme le premier en
date des poèmes modernes, comme la première manifestation de l'esprit
de la Renaissance: la „Divine Comédie‘ appartient d'un bout à l'autre
au moyen âge‘[2]). Peut-être le professeur de Genève se ressent-il trop
des études et admirations dantesques de l'Italie voisine, quand il termine par cette observation: „l'histoire de la gloire de Dante demeure
intimement liée à celle de l'esprit moderne: elle a subi des éclipses,
qui ont toujours correspondu à des périodes de misère littéraire[1]); et
toujours elle s'est relevée plus brillante, chaque fois qu'on s'est repris
d'amour pour cette suprême manifestation du génie humain, la poésie‘.
Cela est certes plus vrai de l'Italie que de la France, où les grands
écrivains du grand siècle ne doivent rien à Dante. Mais à part
cette finale lyrique, on peut remarquer que Dante est, pour l'écrivain
vulgarisateur, l'expression du moyen âge, et non plus ce premier
moderne, cet ancêtre commode et ce frère aîné si souvent salué par
les romantiques et encore par Daniel Stern. C'est à ce titre scientifique qu'on l'étudie désormais, à part le point de vue religieux. C'est
la même préoccupation objective, et malheureusement parfois une certaine
insuffisance d'exécution, qu'on retrouve jusque dans les ouvrages
étrangers qu'on traduit en France, dans le travail anglais de J. A. Symonds, „Dante, son temps, son œuvre, son génie; étude littéraire et
critique‘, traduit par Mlle C. Augis (Nouvelle bibliothèque littéraire, 1891).
Cet essai, réédité à l'usage du grand public anglais, est trop peu docu-
menté et se sent trop du ton du journalisme: il n'a pas suffi à
suppléer au „Dante‘ de M. Rod, mais il se présente aussi comme
un essai de critique littéraire et historique. Tel est le point de
vue de la dantographie contemporaine, et M. Jeanroy[4]) (de qui on

1) M. Jeanroy (Revue critique, 21 septembre 1891) a reproché à M. Rod,
entre autres détails, de dire opere minore.

2) P. 233 (Conclusion).

3) Pacheu, de Dante à Verlaine, a protesté contre cette affirmation.

4) L'éminent romaniste de Toulouse avait rendu compte, dans la „Revue
critique‘, des ouvrages de Ed. Rod et de Symonds (traduction Augis).

attendrait volontiers un bon ,*Dante*‘) l'a bien marqué dans son judicieux article ,Dante‘ de la ,Grande Encyclopédie‘, excellent exposé de ce qu'on sait du poète et de ce qu'on pense de son œuvre: ,Dante n'a été à aucun degré, comme on l'a dit souvent, l'initiateur de la pensée moderne; en religion, en philosophie, en politique, il partage toutes les idées de ses contemporains. Ce n'est point comme penseur, c'est comme artiste qu'il ouvre un âge nouveau; son originalité est tout entière, non pas même dans le choix de ses sujets, mais dans cet extraordinaire tempérament poétique, qui lui a fait trouver, pour les idées les plus rebelles, les formes les plus variées et les plus parfaites, créer, phénomène unique dans l'histoire, une langue littéraire qui a à peine changé depuis, et retrouver, comme par intuition, l'art des anciens. Ce qui constitue pour la critique le grand mérite de son œuvre capitale, c'est précisément que nous y saisissons tout l'homme du XIVe siècle, avec ses passions, ses idées, ses préjugés, mais que toutes ces choses sont ressenties par un des esprits les plus droits et les plus élevés, traduites par un des artistes les mieux doués que l'humanité ait jamais produits‘.

On étudie ainsi l'homme du passé, et le passé dans son œuvre, sans plus songer à s'y retrouver soi-même, et sans vouloir l'imiter: il appartient à la critique, à l'histoire. Adieu donc les épigones français de Dante; si quelqu'un voulait encore entreprendre un poème universel, son modèle serait Lucrèce¹), son idéal serait la science, et, par dessus tout le romantisme, il irait se rattacher à Chénier, l'auteur de l',Hermès‘. Si l'on fait encore quelque pastiche de Dante, c'est avec une suprême ironie, comme M. Anatole France dans ,l'Humaine Tragédie‘²). Le spirituel et érudit conteur, auquel Farinata degli Uberti, messer Guido Cavalcanti, tous les héros toscans de Dante ou de Boccace sont également familiers, a raconté, sous un titre qui est l'antithèse de la ,Divine Comédie‘, la vie, la tentation diabolique, les tribulations et les aventures de Fra Giovanni, disciple de saint François qui professait la pauvreté dans la ville de Viterbe, et qui succomba finalement aux embûches de Satan, ce grand logicien. L'esprit dantesque et le disque de Newton se fusionnant dans le récit, Giovanni, qui a appris que la Vérité est blanche, voit en songe une roue immense de diverses couleurs:

---

1) Ce que Théophile Gautier disait, à propos de Ratisbonne, que traduire Dante en vers était le meilleur exercice poétique, Sully Prudhomme le dit de la traduction de Lucrèce.

2) Dans ,le Puits de Sainte Claire‘ (15e éd., 1900, p. 135—244). — Croirait-on que Zola a eu lui-même des espèces d'ambitions dantesques? C'est ce qui ressort d'un témoignage de Paul Alexis, Etude sur Emile Zola (1882): à trois poèmes, *Rodolpho*, *l'Aérienne*, *Paolo*, le jeune Zola donna un titre général, *l'Amoureuse Comédie* (Catulle Mendès, Dictionnaire bibliographique et critique des principaux poètes français du XIXe siècle, p. 313). — Pour M. Anatole France, rappelons aussi 'Clio‘.

‚celui seul contempla de ses yeux mortels une roue plus splendide, qui, conduit par une dame, entra vêtu de chair au Saint Paradis'. Les figures, les banderoles et les inscriptions dont la roue est couverte sont de couleurs très variées: mais cette roue se mettant à tourner très vite, elle paraît toute blanche. ‚Et elle passait en éclat l'astre limpide où le Florentin vit dans la rosée Béatrice'. Dans ‚l'Humaine Tragédie' et dans d'autres récits du même auteur, on voit plus d'une image dantesque, ‚lieu muet de toute lumière', ‚la ville de Sienne étant comme le malade qui cherche en vain une bonne place sur son lit et croit, en se retournant, tromper la douleur', ‚une hôtellerie de douleur et une maison de joie'. M. Anatole France sait adopter tous les tons, et le style des versets de l'Ecriture se mêle aux formes dantesques, le tout sur un fond d'ironie; nous verrons comment il a su faire parler de Dante les héros du ‚Lys rouge'.

La poésie, elle, ne produit plus guère d'‚humaine tragédie', ni de ‚comédie de la mort', ni de ‚divine épopée'. Le symbolisme, toutefois, n'était pas pour nuire au prestige de la ‚Divine Comédie': et les symbolistes n'ont pas manqué de se réclamer de celui qu'ils ont parfois appelé le plus grand des poètes de tous les temps, et dont l'œuvre est un symbole[1]). Mais quelle différence de l'un à l'autre! et que l'aïeul si malencontreusement invoqué eût vite dit de ses faux disciples qu'ils avaient perdu ‚il ben dell' intelletto'! Toutefois, le préraphaélitisme, le goût des primitifs, des poses hiératiques, des formes schématiques et des sentiments confus et visionnaires, le besoin d'étrangeté, attiraient un certain nombre d'esprits vers les origines italiennes, et la ‚Vita nuova' jouissait d'une quasi-popularité[2]). M. Pierre de Nolhac, le savant auteur de ‚Pétrarque et l'humanisme'[3]) (1892), et en même temps délicat poète, épris de la Renaissance et de l'Italie, écrit des vers ‚A Dante — En lisant la Vita nuova'[4]). — Puis l'auteur de la ‚Divine Comédie' conservant son immense réputation, il arrive encore à quelque amateur de l'invoquer comme autrefois: M. Raoul de la Grasserie, dans ‚Les Etrangères, poésies' (1896) a six pages intitulées ‚Le Dante'[5]), qui

---

1) Voir Jules Huret, Enquête sur l'évolution littéraire, p. 399; L. Betz, Heine in Frankreich, Zürich 1894, p. 415. — En 1903 encore M. Jourdain étudie ‚le symbolisme dans la *Divine Comédie*' (thèse de Paris).

2) Le nom de ‚Vie nouvelle' a même été adopté, il y a cinq ou six ans, par une revue littéraire belge.

3) Son admiration pour Pétrarque n'exclut pas, même dans cet ouvrage, une non moins vive admiration pour le plus grand poète italien, qui reste Dante.

4) Paysages de France et d'Italie, Paris 1894.

5) P. 130—135. — Les ‚Poésies complètes' de H. de Bornier (Paris, 1894) contiennent (pp. 267—270), comme on l'a déjà vu, ‚Dante' et ‚Paolo et Francesca'. — Mentionnons aussi un travail d'amateur non mis dans le commerce:

commencent par la prosopopée traditionnelle: O Dante . . ., analysent rapidement le triple poème, Francesca, la fournaise, Béatrice, le Paradis clair, et vantent fort l'ensemble:

> Ton chant italien est devenu si doux,
> Maître, que Dante enfin a dépassé Virgile,
> On t'écoute debout, on t'écoute à genoux . . .

Heredia a aussi écrit de beaux vers[1]) après avoir entendu réciter la ‚Commedia‘ par un artiste italien.

De plus, la terza rima est devenue l'un des mètres connus, sinon usuels, des poètes français: Verlaine, Heredia, A. France, Jules Lemaître, Henri de Régnier, Emile Michelet, J. Ajalbert, Rodolphe Darzens, Ephraïm Mikaël, L. Tailhade et d'autres l'ont employée, parfois dans des sujets d'extase ou de rêve visionnaire ou d'horreur qui peuvent sembler dantesques. „Dantesque“, c'est en effet presque synonyme d'horreur et d'épouvante, c'est, d'après les dictionnaires, ce „qui rappelle l'énergie sombre et grandiose de Dante“, et le poète du Purgatoire et du Paradis a beau avoir rencontré Ozanam et Ratisbonne et des critiques catholiques: il reste malgré tout, encore une fois, le poète infernal pour ceux qui ne savent que son nom, ou qu'un mot de lui. Le *Lasciate ogni speranza* est aujourd'hui en France le mot le plus populaire de Dante; c'est le seul passage de la ‚Divine Comédie‘ qui ait pris place dans la liste des „locutions latines et étrangères“ du dictionnaire Larousse, et c'est celui que paraphrasent parfois encore les poètes. Dans *La Mort de l'Espoir* (1888), M. Marcel Collière, exprimant un pessimisme et un renoncement complet à la manière du Vigny du *Mont des Oliviers*, M. Marcel Collière, en son âme dont „toutes les clartés ont sombré tour à tour“, avait conçu un apologue intitulé *Lasciate ogni speranza*, où Lucifer exprime à Dante l'orgueil des „calmes douleurs“ et du désespoir définitif:

> Lorsque au fond du dernier et du plus morne cercle
> Le Dante contempla l'éternel Foudroyé,
> Que le vivant enfer, pesant comme un couvercle,
> Murait dans les débris de son rêve broyé,
>
> Il crut avoir touché le fond de l'épouvante,
> Et sentit chanceler la haine du maudit,
> Qu'ébranlait dans son cœur la pitié décevante:
> Or, son trouble muet, Lucifer l'entendit.
>
> Il tint le voyageur fasciné par la crainte
> De ses fulgurants yeux incapables de pleurs:

G. Carboni, Dante Alighieri, avec une lettre-préface de E. Condamine de Latour, dessins de Pauline Testard, Paris 1891, 8o, pp. 32 + (1).

1) Reproduits notamment dans C. Morel, Une illustration de l'Enfer de Dante.

„Hôte errant de l'enfer, garde pour toi ta plainte,
Homme, ne gémis pas sur mes calmes douleurs

. . . .

Nous ne connaissons plus le mirage du rêve,
Ni pour sortir un jour de l'enfer primitif
La porte du mensonge ouverte sur la grève,
Et nous avons l'orgueil d'un deuil définitif.

. . . .

Votre misère est plus intime et plus profonde:
Car, innocents d'espoir, de prière ou de vœu,
Dans le crime immuable et surhumain du monde,
Les damnés ne sont pas les complices de Dieu!"

*   *

*

Mais dans un temps où les poètes eux-mêmes sont philologues, Dante occupe bien plus l'érudition que la poésie. Du moment qu'on ne voit plus dans le grand poème que la relique d'une époque curieuse, l'habileté de l'artiste et les traces de l'histoire, on va rechercher patiemment les détails précis qui le concernent, et l'on s'amusera à énumérer les manières dont les générations successives l'ont jugé. Le goût d'histoire et d'érudition de notre époque rend ainsi au vieux poète, chez les étrangers, ces commentateurs et ces lecteurs que lui avait valus jadis, chez lui, la ferveur nationale et poétique. La plupart des travaux dont il est l'objet relèvent de la philologie et non de l'histoire de la littérature, et il n'en sort pas un bel ouvrage d'ensemble: la France n'a ni son Kraus ni même son Scartazzini. Mais elle a des savants consciencieux, qui remplissent des tâches utiles. Tandis que Micocci, Barbi et d'autres[1]), en Italie, étudiaient la vogue de Dante, et que G. Chatenet s'occupait du même sujet, en même temps que de ,Dante et son époque', dans ses ,Etudes sur les poètes italiens, Dante, Pétrarque, Alfieri et Foscolo, et sur le poète sicilien Giovanni Meli, avec la traduction en vers français des plus belles parties de leurs œuvres' (1892), M. Lucien Auvray dressait un excellent et précieux catalogue raisonné des ,Manuscrits de Dante des bibliothèques de France'[2]), ce qui est le meilleur travail préparatoire de l'histoire de la vogue dantesque. MM. Maignien et Prompt publient à Venise le manuscrit de Grenoble du ,Traité de l'éloquence vulgaire' (1892), dont M. Pio Rajna donne peu après (1896) une édition définitive, qui est devenue classique. M. Prompt, qui a disséminé, à Nice ou dans les revues italiennes, une foule d'études sur Dante, en arrive à rappeler le P. Hardouin en soutenant que le ,De Monarchia'

---

1) M. Paolo Bellezza, un peu plus tard, étudie la manière dont les étrangers, et les Italiens, citent Dante (plaisanterie sur le pain de Florence)
2) Bibliothèque des écoles françaises d'Athènes et de Rome, 56 (1892). — M. Auvray a encore signalé depuis ,un nouveau manuscrit de la Divine Comé die' (Giornale stor. d. lett. ital., 1896) acquis par la Bibliothèque nationale.

n'est pas de Dante, mais est l'œuvre criminelle de quelque misérable.
— A Fribourg, le Père Berthier étudie Dante et Béatrice, et travaille
à son édition de la ‚Divine Comédie‘ (à partir de 1892). Le poème
italien est publié aussi, en 1894, (éd. Poletto) à Tournay (Desclée,
Lefebvre et Cⁱᵉ), avec une épître dédicatoire à Léon XIII. A l'Université de Fribourg se rattachent les travaux de M. C. Morel, ‚Une illustration de l'Enfer de Dante; miniatures du XVᵉ siècle, reproduction
en phototypie et description‘ du ms. 2017, fonds italien, de la
Bibliothèque nationale de Paris, et du ms. 32 de la Bibliothèque
communale d'Imola (1896, thèse), et l'importante publication, ‚Les plus
anciennes traductions françaises de la Divine Comédie‘ (1897), que nous
avons eu l'occasion de rencontrer dans les premiers chapitres. — C'est
au Midi, par contre, qu'appartiennent les travaux de M. Eug. Bouvy[1])
et de M. Hauvette[2]), la ‚Revue des langues romanes‘ et le ‚Bulletin
italien‘ qui, organe des études italiennes, a récemment parlé, à propos
d'une découverte italienne, d'un portrait contesté du poète. Le savant
professeur de Grenoble a même parlé de ‚Dante dans la renaissance
française‘ aux Italiens, à Milan, et il collabore au ‚Bullettino della società
dantesca italiana‘ aussi bien qu'à la ‚Revue critique‘ ou au ‚Journal des
savants‘, où il a annoncé l'ouvrage de M. Flamini sur Dante. A côté
de la conférence de M. Hauvette à Milan, il faut placer celle de M.
Paul Sabatier, dans la même ville, sur ‚Saint François et le mouvement
religieux au XIIIᵉ siècle‘ (1900)[3]): comme Ozanam et comme Renan,
l'historien du mouvement franciscain unit la lecture de Dante à l'admiration du soleil d'Assise.

La série des traducteurs de Dante n'est pas close non plus, et M.
Durand-Fardel, qui dans les conférences de la Société d'études italiennes
(réunies pas C. Guerard, 1895), dans ‚la Nouvelle Revue‘ (1893 et 1894)[4]),

---

1) La critique dantesque au XVIIIᵉ siècle: Dante et Vico (Annales de la Faculté des lettres de Bordeaux, 1892); — La critique dantesque au XVIIIᵉ siècle:
Voltaire et les polémiques italiennes sur Dante (Revue des Universités du Midi,
1895), repris dans ‚Voltaire et l'Italie‘ (Paris, 1898); Voltaire et la langue
italienne (Revue des langues romanes, 1896); — compte rendu de Oelsner,
Dante in Frankreich (Rev. des lettres franç. et étrang.).

2) On a déjà vu plus haut le travail de M. Hauvette, qui avait paru
d'abord en français dans le recueil de la Faculté de Grenoble (à propos de
l'étude d'Oelsner). — Le Bull. ital. a publié des notes de MM. Hauvette, Paget
Toynbee, Morel-Fatio, Eug. Bouvy.

3) Arte, scienza e fede ai giorni di Dante, Conferenze dantesche tenute
a cura del Comitato Milanese della Società dantesca italiana nel MDCCCC
(Milan, Hœpli, 1902), pp. 143—176. — En Italie M. Biadego étudie ‚Dante e gli
Scaligeri‘ (Arch. veneto, 1900, et: Discorsi e profili letterari, Milan 1903).

4) En 1894, Léon Gautier (Portraits du XIXᵉ siècle, t. II) rappelait encore ce qu'avait fait Ozanam pour les études dantesques.

dans la ‚Revue Bleue‘ (1897), ou en brochure (1896), avait examiné, avec assez de verve et d’imagination, ‚l’amour dans la Divine Comédie‘, ‚Dante Alighieri‘, ‚une vue du Paradis de la Divine Comédie‘, ‚la jeunesse de Dante‘, ‚la personne de Dante dans la Divine Comédie‘, M. Durand-Fardel publie une traduction de l’œuvre de Dante qu’il donne comme un essai de vulgarisation: ‚Est-ce un abrégé, une analyse, une adaptation? Il y a un peu de tout cela, mais ce n’est pas absolument cela. C’est plutôt une transcription, comme ce que fait un musicien pour approprier au piano une œuvre symphonique‘. C’est le même dilettantisme qu’il apporte dans sa traduction de la ‚Vie nouvelle‘ (1898), et c’est le dilettantisme et la vulgarisation superficielle qu’on retrouve trop souvent dans la dantographie. M. Raymond Le Bourdellès présente à la fois, en un petit volume, ‚Dante Alighieri, Pétrarque, le Tasse, Machiavel‘ (1899), en ‚introduction à la lecture de leurs œuvres‘: il en consacre presque la moitié à ‚Dante Alighieri, sa vie, son génie littéraire, ses erreurs politiques‘. La librairie Hachette réimprime même, en 1893 (l’année de la 2e édition de ‚l’Italie mystique‘), les dissertations de Lamartine sur Dante, Pétrarque, le Tasse (Trois poètes italiens), comme si quarante années d’études n’avaient rien ôté de leur valeur à des idées contestées dès le début!

Pendant ces dernières années, c’est un Anglais, c’est M. Paget Toynbee, qui parle le plus souvent de Dante dans la ‚Romania‘, et l’Angleterre paraît devancer la France dans la dantographie. On peut le voir, et on peut voir ce que pensent du vieux poète les gens du monde vers 1894, en lisant ‚le Lys rouge‘. Dans le roman d’Anatole France, Vivian Bell en sait beaucoup plus long que la comtesse Martin[1]), comme autrefois miss Nevil pouvait sourire de l’ignorance de Colomba. Vivian Bell paraphrase dans ses vers la doctrine de la ‚Vita nuova‘:

Amore e’l cor gentil sono una cosa[2]),

et la comtesse Martin, qui ne soupçonne d’ailleurs pas la source des vers d’*Yseult la Blonde*, „se demande, avec une ironie légère et très douce, si miss Bell a aimé“. A Florence, le poète Choulette[3]), le sculpteur Dechartre, la grande dame française, un prince italien et Vivian Bell discutant la ‚Divine Comédie‘, donnent des études

---

1) Elle lui reproche, avec une fausse colère, de ne pas honorer ‚le père, le maître digne de toutes louanges, le dieu fleuve‘. Elle ne manque pas de rappeler la pitié du citoyen de Florence portant les cierges allumés devant le buste de Dante, anecdote citée encore dans l’article ‚Renaissance‘ de la Grande Encyclopédie, dans le même recueil où M. Jeanroy (article Dante) en dit le caractère légendaire.

2) Amour et gentil cœur sont une même chose. (Le lys rouge, p. 4).

3) Choulette paraît bien être Verlaine.

dantesques en France une idée aussi complète et aussi exacte que
‚Dante et Gœthe‘ en 1864 et les ‚Causeries florentines‘ en 1880;
la scène[1]) a l'avantage d'être beaucoup plus courte, et de pouvoir être citée presque en entier. (Philippe Dechartre venait de modeler
pour miss Bell la maquette en cire d'une petite Béatrice). ‚Vivian
examina la maquette que Dechartre avait laissée sur la table. — Oh!
c'est bien ainsi qu'était Béatrice, j'en suis sûr. Et savez-vous, M.
Dechartre, qu'il y a de méchants hommes qui disent que Béatrice n'a
pas existé. — Choulette déclara qu'il était du nombre de ces méchants.
Il ne croyait pas que Béatrice eût plus de réalité que ces autres dames
par lesquelles les vieux poètes d'amour représentaient quelque idée
scolastique d'une ridicule subtilité. Impatient des louanges égarées
qu'il ne recevait pas, jaloux de Dante, comme de tout l'univers, très fin
lettré d'ailleurs, il crut trouver le défaut de l'armure et frappa: Je
soupçonne, dit-il, que la jeune sœur des anges n'a jamais vécu que
dans l'imagination sèche de l'altissime poète. Encore y semble-t-elle
une pure allégorie, ou plutôt un exercice de calcul et un thème d'astrologie. Dante qui, entre nous, était un bon docteur de Bologne et avait
beaucoup de lunes dans la tête, sous son bonnet pointu, Dante croyait
à la vertu des nombres. Ce géomètre enflammé rêvait sur des chiffres,
et sa Béatrice est une fleur d'arithmétique, voilà tout! Et il alluma
sa pipe. Vivian se récria: — Oh! ne parlez pas ainsi, M. Choulette.
Vous me faites de la peine, et si notre ami M. Gebhart vous entendait,
il serait très fâché contre vous. Pour vous punir, le prince Albertinelli
va vous lire la cantique dans laquelle Béatrice explique les taches de
la lune. Prenez la ‚Divine Comédie‘, Eusebio. C'est ce livre blanc que
vous voyez sur la table. Ouvrez-le et lisez. Pendant la lecture sous
la lampe, Dechartre, assis sur le canapé auprès de la comtesse Martin,
parlait tout bas de Dante avec enthousiasme, comme du plus sculpteur
des poètes . . .'[2]).

Dechartre était un sage, car c'est un sculpteur qui, dans le
même temps, en France, faisait le plus d'honneur à Dante.
Auguste Rodin, dans le ‚Baiser‘ (1898, groupe de marbre com-

---

1) Le lys rouge, p. 182, 186—188. — Dechartre récite aussi, le
matin, les vers de la ‚Commedia‘: Nell' ora che comincia i tristi lai . . . (Purg.
IX, 13 et suiv.), devant la comtesse Martin, qui ne connaît guère que Métastase,
poète favori de son maître d'italien, et qui avouera que ‚Dante, trop sombre,
ne l'attire guère‘.

2) Il est arrivé à M. Anatole France, dans plus d'un autre roman, et dans
des nouvelles médiévales, de se souvenir de Dante et de ses expressions originales, ou de montrer la préoccupation des études dantesques: l'abbé Guitrel,
dans ‚L'anneau d'améthyste‘, fait allusion au grand poète catholique. Voir surtout ‚Clio‘.

mandé par l'Etat), représentait Paolo et Francesca, et il était occupé à un grand ensemble auquel il a consacré vingt ans: la „Porte de l'Enfer', commandée par l'Etat pour le Musée des arts décoratifs, et où le sculpteur a mis une foule de damnés, en bas-relief deux visages contractés retenant leurs larmes, des satyres, des femmes, des centaures, et en haut un penseur assis qui médite, sous un groupe de trois hommes désolés. Rodin s'inspire de Baudelaire en même temps que de Dante, et comme l'auteur des „Fleurs du mal' fut un grand admirateur de Delacroix, il est curieux de voir, par Delacroix, Baudelaire et Rodin, l'influence dantesque rejaillir de poète en artiste, et inversement.

* * *

Comme si Dante devait rester à jamais, en France, particulièrement intéressant au point de vue de l'art[1]), c'est „Dante et la musique' qu'étudie M. Camille Bellaigue dans la 'Revue des deux mondes' (1903) et dont il parle tout récemment encore dans le „Journal des savants' (1905) à propos du livre de M. Bonaventura. M. Bellaigue s'inspire de l'idée formulée déjà par Carlyle: „Le poème de Dante est un chant. C'est Tieck qui l'appelle un mystique et insondable chant, et tel est littéralement son carcactère". Le savant musicographe trouve à la cadence de la „Divine Comédie' la mélancolie qu'éprouvait Emile Montégut en étudiant le „Purgatoire'. Il revient plus tard, à la suite de son confrère italien, au caractère musical du chef-d'œuvre poétique, et aux compositions qui s'en sont inspirées.

Est-il besoin de rappeler encore que l'Italie et l'étranger en général sont trop rapprochés de nous, par la rapide information des périodiques, pour que les études dantesques n'attirent pas de temps à autre l'attention du public? Depuis l'austère *Romania* jusqu'aux journaux quotidiens[2]), en passant par la jeune et vivante *Revue latine* de M. Faguet, une foule d'organes présentent les événements et productions d'outre-monts, qu'il s'agisse de la publication du *Giornale dantesco*, ou d'un livre nouveau, ou de la *Francesca da Rimini* de M. G. d'Annunzio. Faut-il répéter aussi que le français garde assez de son antique prestige pour servir à formuler dans des congrès internationaux quelque observation relative à Dante[3]), ou même à commettre une histoire de la littérature

---

1) La Gazette des beaux-arts, 1903, vol. XXX, 313—317, publie aussi quelques pages sur „Un nouveau portrait de Dante' (Johanna de Jongh).

2) „Le petit Temps' du 2 décembre 1896, par exemple, a parlé de Dante à propos de la question d'élever un nouveau monument à Ravenne.

3) M. de Gubernatis, au Congrès international des orientalistes tenu à Genève en 1894, a émis l'hypothèse du „type indien de Lucifer chez le Dante'; en français a été faite une communication sur le *gran rifiuto* au Congrès international de 1900 à Paris, et une „note sur la genèse des quatre épopées chrétiennes' au Congrès international des sciences historiques de 1903 à Rome (Dr. Hallberg, dans, 'Atti del Congresso, etc.', vol. IV, Rome 1904, p. 57—60).

italienne comme celle de T. Zanardelli[1])? Dans le français écrit au
dehors, nous voyons ‚la Béatrice de Dante‘ occuper Th. de la Rive
(Genève, 1901), et jusque dans la ‚Revue Canadienne‘ de février 1902
le tableau d'Ary Scheffer donne lieu à un article de Jean B. Lagacé,
‚Dante et Béatrix‘.

Que l'amante immaculée occupe divers auteurs, c'est le signe d'un
état d'esprit avantageusement représenté en France même, où M. H. Godefroy
traduit encore les poésies lyriques et la *Vie nouvelle* (1902). La comtesse
Martin, Dieu merci, n'est pas restée le type unique de la grande dame
française à cet égard. En 1902 Melle Lucie Faure réunit en un volume
divers articles sur ‚Les femmes dans l'œuvre de Dante‘, et son ouvrage
est accueilli avec faveur[2]). Elle y rappelle, d'après Ozanam, les conceptions philosophiques du poète catholique; elle évoque la poésie italienne de la fin du XIIIe siècle; appliquant à l'interprétation dantesque
le mot d'Amiel, elle voit dans „la forêt sauvage“ „un état d'âme“, et
elle passe en revue les figures gracieuses, attendries, mystérieuses ou
symbolisées, tous les fantômes d'amour qui ont passé dans le cœur et
dans la mémoire de l'enfant de Florence et du banni errant. L'héroïne
de la *Vita nuova* devenant l'inspiratrice théologique du *Paradiso*, étudier
l'amour de Dante c'est aborder aussitôt sa doctrine, et par son œuvre
Melle Faure se rapproche d'un groupe d'admirateurs de Dante assez
nombreux en ces derniers temps: le groupe catholique.

„Le grand poète chrétien, celui que le moyen âge appelait par
excellence *theologus*, me semble, dit M. Henry Cochin, appartenir à
l'histoire de l'Eglise catholique autant qu'à celle des Belles-Lettres[3])“.
C'est ainsi que l'entendent beaucoup de religieux, le Frère Prêcheur
Berthier, le Père Jésuite Pacheu, les abbés Chollet et Planet, et plus
récemment encore des prêtres et des catholiques fervents. M. P. Fontaine,
dans ‚l'Université Catholique‘ (1900—1902), parle de Dante d'après
Ozanam et Ampère, M. Ch. Huit présente dans les ‚Annales de philosophie chrétienne‘ (1901) la traduction de la ‚Divine Comédie‘ par A.
de Margerie. M. de la Rousselière consacre un énorme volume à
‚La poésie du ciel; le Paradis de Dante Alighieri, traduction inédite;
symbolisme, art chrétien, histoire‘ (1901); MM. A. Auriol et L. Couture
entretiennent du moyen âge italien, de Dante et de la ‚Divine Comédie‘
les lecteurs de la ‚Revue du clergé français‘ (1901) et du ‚Bulletin de
littérature ecclésiastique‘ (1902). M. E. Terrade réunit en un volume

---

1) Saint-Gilles 1895.

2) Voir le feuilleton de M. Gebhart (Journal des débats, 13 août 1902);
article de M. E. Daudet (Figaro, 12 août 1902); Bull. soc. dant. ital., 1903, n. s.,
X, 348—349.

3) Revue d'histoire et de littérature religieuses, t. I (1900), N° 1 (Henry
Cochin, L'âge de Dante).

(1904) des études comparées sur Dante et la ‚Divine Comédie‘, causeries
de vulgarisation édifiante sur des sujets comme ‚Dante et Léon XIII‘,
‚Dante et Brizeux‘, les femmes dans l'œuvre de Dante (d'après Melle Faure).
Tout récemment encore, M. A. Leclère étudie avec soin ‚le mysticisme
catholique et l'âme de Dante‘[1]). La solidité d'information et l'originalité de ces travaux n'égalent malheureusement pas toujours les
bonnes intentions dont ils s'inspirent, et on s'est plaint d'y trouver
plus de ‚grand amour‘ que de ‚longue étude[2]). Ces auteurs n'ont
pas tous la science et le talent de M. Godefroid Kurth, qui représente
brillamment le même mouvement en Belgique[3]). L'auteur des ‚Origines
de la civilisation moderne‘ a refait le chemin parcouru par Ozanam,
de la formation de la civilisation chrétienne à son plus grand chef-
d'œuvre poétique: ‚Dante, écrit-il, est le plus grand des poètes catholiques, et sa *Divine Comédie* est le plus grand de tous les poèmes qu'on
a écrits‘[4]). Définissant l'esthétique du triple poème (qu'il confronte
avec *Faust*), il se rend compte de tout ce qui nous en sépare aujourd'
hui, et de la longue initiation nécessaire au lecteur: ‚Jamais œuvre ne
porta si profondément l'empreinte et de son auteur et de son milieu;
jamais auteur et jamais milieu n'ont été moins semblables à ceux
d'aujourd'hui‘. L'éloquent professeur de littératures étrangères de l'Université de Liège sait excellemment exposer l'idéal esthétique du poème
qui est ‚une vue catholique sur la destinée du genre humain‘.

Des mêmes tendances relève une traduction en vers français de la
‚Divine Comédie‘ pour laquelle les revues spéciales se sont montrées
fort cruelles, celle de M. Am. de Margerie (1900), ancien professeur de
philosophie, peu poète et nullement philologue. Il est facile de relever
de nombreux défauts dans cette traduction, qui a du moins pour excuse
les difficultés de l'entreprise: ces difficultés paraissaient déjà insurmontables à Sismondi; comment le traducteur en vers pourrait-il en
triompher en un temps de philologie et de précision littérale?

Si des vulgarisateurs comme M. Fontaine en sont encore à Ampère
et à Ozanam, le demi-siècle d'érudition italienne, allemande, anglaise,
et même française, n'est pas resté sans fruits pour tous les esprits, et
l'on peut même dire que le public, indirectement, s'en ressent heureusement dans la conception sommaire qu'il se fait de Dante. Cette conception est plus proche de la vérité que celle du public romantique,
par exemple; et Victor Hugo lui-même, dans sa longue vie, paraît avoir
fait, comme Chateaubriand, des progrès dans l'intelligence générale,

1) Annales de philosophie chrétienne, LXXVI, 1905.
2) H. Hauvette, Bull. soc. dant. ital., X, p. 462 et suiv.
3) Je reviendrai prochainement sur ce sujet dans mon ‚Dante en Belgique‘.
4) G. Kurth, La Divine Comédie (Durendal, revue d'art et de littérature,
Bruxelles 1902).

sinon dans la connaissance précise de Dante; le ‚Post-scriptum de ma
vie‘[1]) a presque l'air de faire une correction posthume aux éloges
incomplets des ‚Contemplations‘ et de ‚William Shakespeare‘: ‚Quand
Dante, quittant l'enfer, entre et monte dans le paradis [et le purgatoire?],
le refroidissement qu'éprouvent les lecteurs n'est pas autre chose que
l'augmentation de distance entre Dante et eux. C'est la comète qui
s'éloigne. La chaleur diminue. Dante est plus haut, plus avant, plus
au fond, plus loin de l'homme, plus près de l'absolu. Schlegel un jour,
considérant tous ces génies, a posé cette question: Sont-ce vraiment
des hommes, ces hommes-ci? — Oui, ce sont des hommes; c'est leur
misère et c'est leur gloire . . .‘

Que Dante est homme, c'est ce que savent et montrent les auteurs
dramatiques: H. de Bornier, Blau et Godard ont laissé des émules.
En 1903 MM. Victorien Sardou et Emile Moreau composent un grand
drame en quatre actes, qui est joué à Londres par Sir Henry Irving[1]).
Ce drame est intitulé ‚Le Dante‘[2]): cette faute de l'article paraît incorrigible, et le décret de M. Leygues sur la réforme de l'orthographe
est venu l'autoriser, en conférant à Dante le droit de barbarisme. La
pièce nouvelle dramatise à sa façon la légende de Dante et l'épisode
de la Pia, non sans fantaisie: car Dante a tout simplement eu de la
Pia une fille nommée Gemma, que Nello della Pietra a fait enfermer
au couvent de Sainte-Claire, après avoir fait périr la Pia dans une
villa pestilentielle des Maremmes. Gemma, fiancée à son cher Bernardino, a été délivrée par les amis de Dante et Dante lui-même, le terrible
exilé. Mais Dante ne sait plus où est sa fille, quand Béatrice, à la
tombe de laquelle il est allé, lui apparaît et lui annonce non seulement
l'Enfer et Virgile, mais aussi la cachette de Gemma et de Bernardino,
prisonniers du Saint-Office dans les cachots du pape Clément V, à
Avignon. Les prisonniers vont être envoyés au bûcher quand Dante
arrive chez Clément V et épouvante ce bandit papal en lui annonçant
la mort prochaine et les tourments infernaux qui lui sont réservés:
Dante vient en effet de l'Enfer, et Clément V est beaucoup plus effrayé
que le pape de ‚l'Eau de Jouvence‘, de Renan, ne l'était par les récits
de ‚ce diable de Florentin‘. Clément pardonne aux condamnés, puis
s'affaisse à la minute prédite par Dante. Cette invention de l'auteur
de ‚la Sorcière‘ n'a pas été plus heureuse que tant d'autres, et le grand
et tragique exilé est une matière rebelle jusqu'ici à la dramaturgie.

---

1) P. 84 (voir aussi 50, 80, 82—83).
2) Voir le Figaro, 28 juin 1903, et C. del Balzo, Dante nel teatro (Nuova
Antologia 1903), Dante by MM. Sardou and Moreau, rendered into English
by Laurence Irving. — Michel Delines, Dante dramatisé (Revue universelle,
1er août 1903); Paul Souday, Théâtre.

C'est un acteur anglais[1]) qui fit le court succès du *Dante* de M. Sardou; c'est Paris qui avait vu Mme Sarah Bernhardt créer la *Francesca da Rimini* de M. Francis Marion Crawford. Ce drame en cinq actes dont un prologue, représenté au Théâtre Sarah Bernhardt le 22 avril 1902, fut écrit en anglais sur le désir de la grande tragédienne, „avant que fussent annoncées diverses pièces sur le même sujet"[2]), et fut reçu par Mme Sarah Bernhardt sous sa forme anglaise, mais parut pour la première fois devant le public dans la version de M. Marcel Schwob. Ce drame dédié „à Madame Sarah Bernhardt qui par sa magie créatrice a réincarné après six cents ans l'âme de Francesca *che piange e dice*", se flatte d'être „fondé sur les événements réels et les dates historiques sans souci des traditions poétiques", et l'auteur a visité le château de Verrucchio; mais il se ressent naturellement de l'épisode de Dante, reproduit avec d'autres textes en tête du volume. Et Francesca et Paolo se racontent encore, après quatorze ans d'amour coupable, la scène mémorable[3]):

Francesca.

. . . Mais mon intention était innocente . . . je ne songeais point à mal .. jusqu'à ce jour . . . il y a quatorze ans . . .

Paolo.

Le premier jour de bonheur . . .

Francesca.

Dans nos existences à tous deux . . . C'était le plein midi. Des rais éclatants filaient, comme des flèches, entre les volets mi-clos — dehors, une paix profonde — et nous lisions le bien-aimé livre de Lancelot où il est raconté comment Amour mit son cœur en servage. Nous étions tout seuls . . . nous ne songions point à mal . . . et pourtant, parfois, à la dérobée, les mots que nous lisions nous faisaient lever les yeux l'un vers l'autre, et tes joues devenaient très pâles . . .

Paolo.

Tu étais blanche comme une morte.

Francesca, *montrant une page du livre.*

Voici la page qui fut victorieuse dans la bataille d'amour. Quand nous lûmes comment un si grand amant mit un baiser au sourire désiré de Guenièvre . . . (*Elle sourit*).

Paolo.

Ainsi (*Il l'embrasse*).

Francesca.

Comme tes lèvres tressaillent! Je me rappelle — tu étais tout tremblant.

Paolo, *très doucement.*

Le livre ne fut que notre messager complaisant, notre confident d'amour.

---

1) Irving, l'interprétateur de Shakespeare. A propos de sa mort, on vient de rappeler son rôle important (voir notamment le *Journal des débats* du 15 octobre 1905).

2) Francis Marion Crawford, *Francesca da Rimini*, traduit par Marcel Schwob, Paris, Charpentier et Fasquelle, 3e mille, 1902, p. IX (Préface datée de Paris, 31 mars 1902).

3) Acte premier, scène VI.

Francesca.

Ce jour-là nous ne lûmes pas plus avant.

Paolo, *après une pause.*

Pas plus avant.

Que ce soit M. Crawford ou G. d'Annunzio, il est téméraire de reprendre des sujets auxquels un génie supérieur donna une forme définitive.

Et le vieux poète, que donne-t-il à notre littérature à l'heure présente? Peu de chose, semble-t-il, en dehors de ce que nous avons rappelé. Que, dans „Le Maître de la Mer‘ de M. Melchior de Vogüé, Millicent cite son cher poète, *come i gru van cantando lor lai*, que le même M. de Vogüé se soit souvenu de Dante à Ravenne; que M. Pierre Loti trouve à quelque Hindou un profil de Dante; qu'un journaliste rappelle „cette *luxure de sang* dont parle le Dante‘[1]); que M. Camille Lemonnier trouve au pays des houilleurs la désolation et la stérilité des cercles de l'*Inferno*, que des voyageurs érudits aient cité, en décrivant Naples, le „saphir oriental‘ et les „lieux privés de toute lumière‘[2]); que par ci par là éclosent des allusions et citations qu'il serait trop long d'énumérer[3]); que même on réimprime chez Hachette la traduction de Fiorentino, tous ces menus détails d'une vogue persistante ne font que reproduire des tendances et des états d'esprit qu'on a essayé de définir plus haut. Ce que Dante est pour nous, chacun de nous le sent bien sans chercher les images dantesques de nos auteurs; assez de voix nous le répètent, depuis M. Klaczko jusqu'au religieux M. Pacheu[4]), jusqu'au professeur M. Julien Luchaire[5]); et M. Formont n'osait-il pas écrire: „La France, nation latine, ignore à peu près Dante‘[6])? Cette formule est évidemment trop catégorique et trop vaste; encore faut-il remarquer qu'elle a pu être prononcée.

Aujourd'hui, en dehors d'une curiosité universelle comme celle de

---

1) Le Journal, 23 juin 1903 (article de M. Jules Claretie).

2) G.-B. de Lagrèze, Pompéi, les Catacombes, l'Alhambra (3e éd. 1889), p. 4 et 9. La Tour de la Faim de Pise est également proverbiale (dans „l'Immortel‘ de Daudet, Astier fils voit la maison étaler sa façade de Tour de la Faim).

3) Fr. Mistral a cru retrouver aussi dans un coin de sa Provence l'architecture de l'Enfer de Dante.

4) „Nous nous contentons trop en France d'en vénérer les abords . . .‘ (De Dante à Verlaine, p. 66). — M. J. Auffray (Revue hebdomadaire, 24 nov. 1900) a parlé des traductions de la D. C., et M. T. Delmont (Revue de Lille, 1901) de „Dante et la France‘.

5) „Peu de gens lisent Dante, Boccace, Tasse, Machiavel, Alfieri, Leopardi dans leur langue, c'est-à-dire peu de gens les lisent véritablement‘ (Leçon d'ouverture du cours de langue et de littérature italienne à l'Université de Lyon, Rev. internat. de l'enseign., 15 mars 1902).

6) L'Instruction publique (Pacheu, Les études dantesques en France, article des Etudes religieuses, 15 février 1894, repris dans „De Dante à Verlaine, études d'idéalistes et mystiques‘, Plon et Nourrit 1897).

M. Anatole France[1]), ou d'une foi fervente comme celle de M. de Margerie
et d'autres, deux grands chemins pourraient encore conduire à Dante:
le chemin de l'Italie même, pour laquelle les Français partent tous les
jours d'un cœur plus léger, et celui de la philologie romane, comme
elle s'appelle en de grands ouvrages qui prennent parfois pour égide
le *De vulgari eloquentia*[2]).

L'Italie! il est difficile de la voir ou de l'étudier sans rencontrer
son plus grand poète national, mêlé partout à son histoire et à ses
arts: et jusqu'à l'Exposition de Liège, à laquelle elle participe en ce
moment, les Dantes et les Béatrices frappent tout d'abord parmi les
marbres de Carrare. Le Français, si distraitement qu'il voyage, aperçoit
au moins la même statue dans toutes les grandes villes transalpines,
il voit à Florence la maison et le portrait de Dante, quand il ne va
pas entendre une lecture dantesque à Orsanmichele; il voit la Pise
d'Ugolin et le tombeau de Ravenne, visité par tant d'hommes illustres;
et s'il n'y a plus d'Ampère pour refaire le pèlerinage studieux du poète,
tout esprit cultivé rencontre et reconnaît sur les lieux, comme Taine
dans son ‚Voyage en Italie‘, et comme l'auteur du ‚Puits de Sainte-Claire‘,
les idées et le souvenir du poète médiéval. M. Paul Bourget, dans ses
Sensations d'Italie, a mieux senti les peintres que les poètes, et il cite
plus volontiers le *Multa renascentur* d'Horace que les tercets dantesques;
mais pour peu qu'on apprenne à connaître la société italienne, on y
rencontrera vite un *dantista*[3]), et on remarquera, au moins, ces études
qui tiennent une si grande place dans la vie intellectuelle au delà des
Alpes. On sait la place aussi qu'elles ont dans le beau volume consacré
à *l'Italie*[4]) par M. René Bazin et divers écrivains. Si l'on compare
les „impressions" ou „sensations" ou „récits de voyages" ou même les
„guides de voyageurs" consacrés aujourd'hui à l'Italie, à tous les voyages
en Italie que M. d'Ancona a groupés à la suite de son édition du

---

1) Pour A. France, qu'on se rappelle le début du ‚Livre de mon ami‘, et
qu'on revoie Le puits de Sainte-Claire, p. 30, 36, 37, 66, 67, 72, et passim; Le
jardin d'Epicure, 129, 130, 224, 226; ibid., p. 108—9: „Ne pouvant concevoir la
beauté indépendante du temps et de l'espace, je ne commence à me plaire aux
œuvres de l'esprit qu'au moment où j'en découvre les attaches avec la vie, et
c'est le point de jointure qui m'attire. Les grossières poteries d'Hissarlik m'ont fait
mieux aimer l'Iliade; et je goûte mieux la Divine Comédie pour ce que je sais
de la vie florentine au XIIIᵉ siècle».

2) La première édition du Grundriss der romanischen Philologie de Gröber
portait une épigraphe tirée du De vulgari eloquentia.

3) Un critique d'art qui était au Congrés historique de 1903 à Rome, m'y
raconta son étonnement quand des Italiens (qui lui parlaient français) lui présentèrent un confrère „savant critique et bon dantiste". Notre critique finit par
comprendre que son interlocuteur s'occupait non des dents, mais de Dante.

4) Article de M. Ch. Dejob.

Journal de Montaigne, on pourra mesurer le terrain que Dante a gagné depuis la Renaissance. On peut reprocher aux chemins de fer et aux inventions modernes de gâter quelque paysage toscan, comme d'aucuns regrettent de ne plus voir à leur aise la place de la Seigneurie au clair de lune: les moyens de communication plus rapides n'en ont pas moins rapproché les diverses littératures, et il n'est auteur qui n'en bénéficie. Même les distances ne sont pas encore abolies de Florence à Lyon et à Paris, puisque c'est le Sud de la France qui aujourd'hui encore cultive l'italien[1]) avec un soin spécial, de Grenoble et de Montpellier jusqu'à Bordeaux. — Au-dessus des voyages en Italie, qui peuvent n'être que des tours de noces ou des distractions, il faut placer l'accord des deux grandes nations, qui va se consolidant. Ce n'est pas, à la vérité, Dante qui en profite le plus; ce n'est pas sa statue que Paris a reçue en échange de celle de Victor Hugo, inaugurée à Rome; et c'est un Pétrarque qu'on a offert là-bas à M. Loubet[2]), sans doute parce que c'était alors le sixième centenaire du poëte de Laure. Mais quand le roi et la reine d'Italie firent à Paris leur voyage triomphal, les poëtes, sans avoir tous l'érudition de M. de Nolhac, devaient bien se souvenir du plus illustre de leurs ancêtres, et M. Stéphen Liégeard disait de la reine Hélène, après le soir de gala à l'Opéra[3]):

> Quand soudain, ce soir-là, parut la jeune Reine
> Nimbant ses noirs cheveux des feux du diamant,
> On crut voir se lever, dans sa beauté sereine,
> Une étoile nouvelle, orgueil du firmament.
>
> Homère éternisa sa royale marraine:
> Qui va d'un tel laurier fleurir ce front charmant?
> Béatrice sourit, mais, nous fermant l'arène,
> Elle tend le luth d'or à son divin amant.
>
> Soit donc! Eveille-toi du long sommeil, ô Dante!
> Enferme sa splendeur en une strophe ardente! . . .

---

1) M. J. Luchaire, en ouvrant à Lyon son cours de littérature italienne, disait: „Montpellier, Grenoble, Aix, Bordeaux ont voulu successivement un enseignement d'italien; Paris, dernièrement, a doublé le sien" (Revue internationale de l'enseignement, 15 mars 1902). M. Luchaire rapprochait les rapports politiques meilleurs et l'établissement de communications matérielles (ligne téléphonique Paris, Lyon, Milan) du développement des études italiennes dans ces dernières années.

2) Dans l'édition des *Triomphes* qu'on lui offrit, et qui est illustrée par MM. Venturi et Leoni, les figures de Dante et de Béatrice ont été exécutées d'après les dessins de Botticelli pour l'illustration du Paradis (Journal des débats, 27 avril 1904). — A propos du sixième centenaire de Pétrarque (fêté en 1904 à la Sorbonne), M. Gebhart rappelait, et la France voulait bien oublier, que Pétrarque avait haï la France presque autant que Dante lui-même'.

3) Le Figaro, 23 octobre 1903.

Qu'il aurait peine à reconnaître, si vraiment il s'éveillait, le monde italien et français, et les chefs d'Etats allant amicalement des bords de la Seine à ceux du Tibre! Il verrait que rien ne reste de tout ce qu'il avait contemplé, aimé et souhaité, rien si ce n'est le bruit de sa gloire immortelle et l'honneur de son beau style.

Quant à la philologie romane, elle a trouvé une si riche matière dans le moyen âge français et provençal qu'elle n'a guère été occupée par le plus grand monument de son vaste domaine. Sans doute Gaston Paris, à propos de la légende de Tannhäuser ou dans d'autres travaux, aimait à citer les beaux vers de Dante; il appréciait dans les poésies de Marguerite de Navarre l'influence dantesque, si rare dans toute notre littérature; et c'est peut-être le poète scolastique qui attira son attention sur Siger de Brabant. Mais il n'a pas cultivé les études dantesques autant que son ami et émule italien Pio Rajna. M. Louis Havet, et surtout M. Joseph Bédier dans son éloquente leçon inaugurale, ont repris des paroles de Dante pour parler du maître vénéré des romanistes[1]); mais celui-ci n'a pas suggéré de grand ouvrage dantesque: ce Fauriel n'a pas suscité d'Ozanam. La philologie romane, certes, ne néglige pas le poète souverain, et M. Morel-Fatio à Paris, M. Jeanroy à Toulouse, M. Doutrepont à Liège, M. Bouvy à Bordeaux, et d'autres professeurs de philologie dans les universités de langue française, expliquent parfois la *Divine Comédie*. Mais M. A. Jeanroy qui connaît si bien Dante, MM. Antoine Thomas et Dejob qui savent si parfaitement l'italien, se sont tournés vers des études plus nationales ou plus modernes; il arrive même à M. Dejob de trouver que l'Homère chrétien sommeille, ou plutôt fait sommeiller, dans son Paradis[2]). Et Dante est moins étudié par les romanistes que par M. Emile Gebhart, sorti de l'Ecole d'Athènes[3]), et chez qui „la Grèce, Rome et Dante" s'allient, comme autrefois chez Ampère, en une harmonieuse trilogie. On connaît assez, et nous ne retracerons pas ici, les progrès tout récents des études italiennes en France, la Société qui les cultive à Paris, l'enseignement académique; ce n'est pas Dante qui en est le centre, encore qu'il s'y mêle nécessairement; et peut-être le Pétrarque de MM. Mézières, de Nolhac, Cochin, est-il plus proche de nous que le Dante d'Ozanam.

---

1) C'est à sa mémoire encore que M. A. Farinelli va dédier son prochain ouvrage.

2) Ch. Dejob, De l'influence du concile de Trente sur la littérature et les beaux arts chez les peuples catholiques (Paris, Thorin 1884), p. I: „Dante ne nous rend que trop souvent, par le récit de son voyage à travers le Purgatoire et le Ciel, le sommeil que la sublime horreur de son Enfer avait chassé de nos yeux".

3) A son retour d'Athènes M. Gebhart alla enseigner les littératures étrangères à la Faculté des lettres de Nancy, comme M. P. Hervieu le rappelait à l'Académie française dans le discours cité.

Quel est l'avenir de l'influence et des études dantesques? Autant vaudrait demander quelle sera la littérature future, dans quelle mesure elle s'inspirera de la poésie italienne et du moyen âge chrétien. Tout au moins semble-t-il certain que Dante restera à jamais une immense réputation — quand même il ne serait pas autre chose chez nous —; et en ces jours de rêves millénaires on peut bien, sans décrire autrement les Français de l'an 2300, dire qu'ils suffiront à donner un démenti aux doutes du vieux poète sur sa propre gloire: nulle modestie sans doute ne sera contredite par les siècles comme celle de Dante se faisant dire par Oderisi:

> Che voce avrai tu più, se vecchia scindi
> Da te la carne, che se fossi morto
> Innanzi che lasciassi il pappo e il dindi,
> *Pria che passin mill' anni?* . . .

Conclusion.

Une monographie, a-t-on dit, n'a de sens que par rapport à un ensemble, et l'ensemble, c'est ici la littérature française avec les influences étrangères qu'elle a subies. A ce point de vue, Dante est bien l'écrivain le plus isolé dans sa gloire, et il a fait, selon sa parole, son parti à lui-même: il se détache des Italiens, bien plus complètement que, par exemple, Shakespeare des Anglais. Si l'on essayait de définir la stratification des apports étrangers dans la littérature moderne en France, on pourrait classer chronologiquement l'élégance voluptueuse de l'Italie, l'imagination dramatique et picaresque de l'Espagne, la philosophie, la science et l'esprit énergiquement réaliste de l'Angleterre, le cosmopolitisme romantique, à base germanique, du XIXe siècle: et la *Défense et illustration de la langue française*, le *Cid*, les *Lettres anglaises* ou *philosophiques*, le livre *De l'Allemagne*, marqueraient l'ouverture des diverses époques. De ces époques, nulle ne s'identifie parfaitement avec les phases de l'influence dantesque, sauf peut-être la dernière: le XIXe siècle, plein de cosmopolitisme et de germanisme, est favorable à tous les étrangers, Dante compris, et c'est sans doute pourquoi il a trouvé plus d'une fois ‚germanique' le poète toscan, si profondément latin. Bien mieux, au plus fort de l'italianisme, Dante reste sans action sur la littérature française, et l'on dirait volontiers qu'il eût pu, à l'étranger, se passer de sa patrie, si un poète pouvait se passer d'une langue nationale. Le seul auteur dont l'influence soit à peu près parallèle à celle de Dante, serait Shakespeare. Il ne peut être question, évidemment, d'évaluer l'action indirecte du fondateur de la poésie italienne[1]), à qui les italianisants de tous les temps et de tous les pays, en dernière analyse, sont quelque peu redevables, même quand ils ne sont rien moins que dantesques: à ce compte, de qui ne relèverions-nous pas?

Dans les mouvements de concentration et d'expansion de la littérature française, dans la fécondation alternative et réciproque par les emprunts intellectuels de l'Italie et de la France, Dante n'a pas joué le rôle déterminant: tout au plus, quand la littérature italienne, comme Francesca, se perdait en lisant des ouvrages français, le retour au grand poète national pouvait-il être le signal d'une heureuse réaction. Dante, qui fondait la grande poésie dans son pays, montre assez quelle était encore, de son temps, l'influence internationale de la France; deux siècles plus tard, les rôles sont intervertis, et c'est l'Italie qui se répand dans le monde; mais c'est une Italie bien différente de celle de la *Commedia*; cette terre de la Renaissance se transforme à son tour pour adopter un classicisme définitivement élaboré à Paris, puis voilà que toute la poésie italienne, mais surtout celle de Dante, repasse un instant les Alpes et trouve une France ouverte à toutes les invasions; aujourd'hui elle en est à un reflux, les lettres italiennes empruntent aux lettres françaises bien plus qu'elles ne leur donnent. On ne voit pas que Dante ait réglé ces mouvements d'aller et de retour: l'action d'un Pétrarque, par exemple, peut-être même d'un Arioste, fut bien autrement décisive. Même la „fortune" de Dante en France n'est, bien longtemps, qu'une malchance obstinée: quand la foi profonde et le symbolisme chrétien permettraient aux Français une intelligence aisée du poème mystique, c'est Jean de Meung qui a la vogue; quand les Italiens sont à la mode, on ne parle plus que de pétrarquiser; quand le moyen âge et plus tard „l'éclatante folie" des brillants étrangers sont à jamais évanouis, c'est pour faire place à l'esthétique de Boileau, puis à la raison de Voltaire, c'est-à-dire à tout ce qui éloignait de Dante. Celui-ci n'avait vraiment pas écrit pour la *gente francesca*, qui goûtait les lectures faciles et l'esprit voltairien.

Il y a un mouvement littéraire auquel l'influence dantesque correspond plus exactement qu'à tel ou tel exotisme: c'est la curiosité, l'admiration et l'étude du moyen âge, de son art (on sait si Dante a été traité de gothique), de son histoire et de ses légendes. „Voix de dix siècles muets", Dante, grâce à sa beauté supérieure, a devancé et surpassé la popularité et l'influence de l'époque qu'il incarne aux yeux

---

1) Ni même celle de l'amant de Béatrice sur la formation de ce qu'on appellera le pétrarquisme; „l'amour de Dante pour Béatrice Portinari, prétendaient les de Goncourt (*L'Italie d'hier*, p. 127), a fait éclore un genre de poésie ignoré des anciens, une espèce de cantique laïque sur la religion de l'amour".

de la postérité. Malgré des illusions parfois tapageuses, l'influence dantesque est intimement liée à l'influence médiévale, tout comme la poésie homérique à l'humanisme. Représentant de tout un monde, Dante, qui s'est mis en outre tout entier dans son poème, apparaît donc, même rien que dans son influence en France, comme un phénomène unique dans l'histoire des littératures.

A le prendre ainsi, dans son isolement splendide, Dante, et sa vogue en France, nous montrent non seulement ,comment l'homme s'éternise', mais surtout comment les Français jugent les auteurs étrangers, et les modernes les œuvres du passé: quels sont les moyens de propagation des chefs-d'œuvre exotiques; quelle est l'action du premier de ces chefs-d'œuvre sur l'art et la littérature?

Les Français n'avaient aucun motif de gratitude particulière envers Dante, bien au contraire, comme le montrent déjà l'histoire du cardinal de Poyet et l'anecdote de François I; ils lui reconnaissaient tout au plus, dans les premiers siècles, le mérite d'avoir osé écrire en son idiome vulgaire à une époque de latinité, et d'avoir fondé une langue étrangère qu'ils appréciaient. Dans son œuvre, ils ont cru parfois, pendant la Réforme, voir des attaques contre la papauté; ils ont regretté de ne pas y trouver une épopée régulière à l'époque classique; la curiosité du XVIIIe siècle y a rencontré un sujet original de discussions et un exercice suggestif de traduction; le goût affadi des contemporains de Ducis et de Delille a pu y chercher un frisson d'horreur; le romantisme s'est exalté à la pensée du poète vengeur et du poème infernal, dans lesquels il se mire et, comme dans l'univers, ne retrouve que lui-même; puis la critique des uns ou le catholicisme des autres s'est complu à examiner l'image du XIVe siècle toscan ou l'épopée catholique. C'est dire qu'au fond, quand nous reconstruisons l'état d'esprit des hommes du passé, nous ne saisissons bien que les sentiments dont nous sommes nous-mêmes capables. Depuis l'incrédule classique pour qui Dante n'est qu'un fou, jusqu'aux éloges complaisamment accordés aux grands étrangers au XIXe siècle, depuis le poète lyrique jusqu'à l'érudit le plus rassis, la figure donnée aux hommes d'autrefois et d'autres pays a toujours passé par le prisme de la sensibilité contemporaine: et pour s'assurer de ce subjectivisme mouvant, il n'était sans doute pas besoin de vérifier les jugements français sur Dante.

En dehors des passions de chaque époque, du besoin perpétuel des penseurs et des artistes, surtout des novateurs, de se créer, de se découvrir des ancêtres, l'un des facteurs les plus importants de la popularité des écrivains étrangers est l'arrivée en France des compatriotes de ces écrivains. .Que n'a pas fait, vers 1750, un Grimm, et, au siècle suivant, un Heine pour l'influence allemande, ou même le passage d'écrivains anglais à Paris, au XVIIIe siècle, pour l'anglomanie? L'italianisme introduit par cette voie a bien d'autres proportions: sous Charles V déjà, sous François I et ses successeurs, grâce aussi à Catherine, puis à Marie de Médicis, ce sont des invasions successives d'Italiens. Et quels habiles gens c'étaient! Cicerone accompli, l'Italien a fait souvent à l'étranger, pour sa propre littérature, ce qu'il fait tous les jours chez lui pour ses monuments et ses musées. Dante a été un article d'exportation. Les premiers succès et les meilleurs hommages, il les doit, en France, à ses compatriotes établis de ce côté des Alpes, ou en relations avec des Français, et cela depuis Christine de Pisan jusqu'à Mme de Staël qu'instruit Monti, jusqu'à Ratisbonne qu'aide Manin. Les luttes continuelles des factions et des princes d'Italie chassaient souvent des exilés qui firent à plusieurs reprises pour leur ingrate patrie ce que les victimes de la révocation de l'Edit de Nantes, par exemple, firent pour la littérature française en Allemagne: la gloire du grand banni florentin fut bien des fois servie, au dehors, par d'autres bannis, depuis Corbinelli jusqu'à Ugo Foscolo.

A côté des Italiens en France, les Français en Italie. Qu'ils y aillent en guerriers ou en diplomates, ou en artistes apprentis, musiciens de la Chapelle Sixtine comme Josquin Desprez ou peintres comme Justus de Gand, ou qu'ils partent simplement en touristes; soldats de François I ou émissaires de Napoléon, poètes de la Pléiade ou du romantisme, tous y ont eu, à des degrés divers, des impressions nouvelles de beauté, et parfois la révélation de l'art. Des lettrés y ont appris, des Italiens, à lire Dante, si pas toujours à l'aimer: de Brosses et Ginguené, Artaud et Lamartine, pour ne pas remonter plus haut, montrent quels effets différents le même milieu et les mêmes études produisaient sur les divers voyageurs. En général on pourrait remarquer que grâce à la beauté du pays et du ciel, les voyages ont contribué à développer l'influence italienne plus que toute autre.

Mais dans chaque génération attribuant à un vieux poète ses propres préoccupations et ses propres rêves, dans la façon même dont les romantiques se font un allié de chaque étranger contre le classicisme déclinant, dans l'influence des Italiens séjournant en France, dans la répercussion des guerres, de la politique, des voyages, sur les goûts littéraires, il n'y a rien encore qui soit particulier à Dante, ou que nous ne sachions d'ailleurs.

Qu'il ait inspiré les beaux-arts autant et mieux que la poésie, et que dans l'histoire de son influence on voie alterner ou se mêler peinture, sculpture, musique et lettres, c'est un phénomène qu'on trouve aussi bien dans l'influence homérique ou même shakespearienne. Une originalité de Dante en ce point est peut-être dans l'expression tragique de ses traits émaciés: on dirait que, pour jouer le rôle de sombre inspirateur, il avait jusqu'au physique de l'emploi, et c'est après avoir

vu son buste que Barbier l'apostrophe. L'action de la *Divine Comédie*
elle-même a été féconde pour l'art français, puisqu'on lui doit des chefs-
d'œuvre de Delacroix, d'Ary Scheffer et de Rodin, et une certaine partie
de l'œuvre d'Ingres et aussi de Gustave Doré.

Et la littérature, que doit-elle à Dante? Sans lui nous n'aurions
pas les dernières poésies de Marguerite de Navarre — il est vrai qu'on
a mis trois siècles et demi à s'en apercevoir —, nous n'aurions pas de
Chemin de long estude, de *Panhypocrisiade,* de *Comédie de la mort,* de
Divine Epopée, de *Béatrice* — de même que sans *Iliade* nous n'aurions
ni *Franciade* ni *Pucelle* ni *Henriade.* Et cela semble peut-être un malheur dont on se consolerait aisément, car Dante est un Homère qui n'a
pas eu son Virgile, la Renaissance ayant séparé la pensée moderne de
ses premières origines. — Mais l'influence des grandes œuvres vaut mieux
que les pastiches dont elles sont l'objet; c'est un stimulant dont il n'est
pas toujours facile de mesurer l'énergie, mais qui détermine ou active
le mouvement poétique. La France moderne, à laquelle on a reproché
de confondre la poésie avec la frivolité, et de n'avoir pas la tête épique, avait particulièrement besoin, sinon de modèles, du moins de grands
exemples, antiques ou étrangers. Dante était l'un des meilleurs témoignages pour rappeler la possibilité, l'existence et la gloire d'une poésie
grave, mystique, universelle, pour montrer ce que pouvait le christianisme dans un domaine que la Renaissance lui avait interdit, pour dire
enfin qu'il y avait sous un ciel étranger plus de poésie que n'en expliquait la timide raison des Arts Poétiques.

Ce besoin de fécondation étrangère, la France l'a éprouvé plus d'une
fois; elle en est devenue consciente surtout au XIXᵉ siècle, c'est-à-dire
à une époque d'individualisme, où l'on aime à sentir dans tout poème
le poète. Dante se prêtait heureusement à cette tendance, et il y a
trouvé une bonne part de sa popularité et de son action poétique. Sans
Dante, nous n'aurions pas non plus les meilleurs vers de Barbier, il
nous manquerait de belles strophes de *Souvenir,* la *Vision de Dante* et
quantité de moindres vers.

Outre leur action sur un genre littéraire, et l'exemple de leur œuvre
et de leur vie, les poètes donnent l'éclat et la durée de la beauté à la
conception du monde qu'ils ont chantée: c'est ce que Dante a fait dans
une certaine mesure pour le catholicisme. Il l'aurait sans doute fait
davantage, s'il avait été mieux étudié, plus approfondi en France, où
l'on n'aime pas de se donner la peine qu'exige le poème symbolique,
et où l'on se contente des beautés que signale Chateaubriand. Mais
une conception poétique du monde ne va pas sans tout un cortège
d'images et de créations, d'expressions et de détails. La poésie homérique a donné, entre autres choses, aux modernes l'Aurore au doigt de
rose, la déesse qui naît de la mer, le palmier de Délos, le sourire en

larmes d'Andromaque. Dante a fourni un pareil contingent. Sans lui
nos poètes et prosateurs eussent peut-être moins parlé du chemin de la
vie (ils chanteraient davantage, d'après Lucrèce, le banquet de la vie);
sans lui ils ignoreraient l'inscription de l'Enfer devenue ,le proverbe du
désespoir', les passions comparées à des bêtes fauves, et la forêt obscure, l'amertume sans égale des souvenirs heureux, les manteaux de
plomb, le papillon angélique de notre âme, la ceinture de joncs du
voyageur, la douce couleur du saphir oriental, l'arc de la parole, ils
sauraient moins bien comment on peut saluer son guide, seigneur et
maître, admirer le ,poète souverain', flétrir un cavalier impérial, ou une
terre pleine de tyrans, *non donna di provincie . . .*, ils ignoreraient
surtout combien a de sel le pain de l'étranger, combien il est dur de
monter l'escalier d'autrui, de faire son parti à soi-même, ou de regretter
en exil la ville natale, le bercail d'où l'on est chassé; ils n'auraient pas
Paolo et Francesca dans la série des couples immortels, ils n'auraient
pas Ugolin dans sa tour, ils n'auraient pas l'apparition de Béatrice
descendue du ciel, et ils ne sauraient pas à quel point le poète peut se
transhumaner et incarner dans un symbole humain la doctrine qui se
cache sous le voile des vers étranges. Les fleurs touchées par le froid
de la nuit, les grues qui vont chantant leur lai, et bien d'autres images,
ils les connaîtraient sans doute, soit par l'intuition de la nature, soit
par d'autres poètes, et ils ont découvert Dante à une époque où métaphores et comparaisons existaient à profusion partout. En plus d'un
point, toutefois, on a indubitablement reconnu un emprunt dantesque,
et nous avons vu même le vieux poète verser la lumière de ses expressions sur *la Vigne et la Maison* de son blasphémateur.

Et puis, si le poète du moyen âge semble parfois en dehors de ce
que les Français modernes appellent poésie, si l'art dantesque et son
influence se mêlent, chez Antony Deschamps, chez Musset, comme chez
Carlyle, à l'idée de la musique, si Dante plane sur le désordre romantique des genres et des arts confondus, c'est qu'apparemment la poésie
visionnaire, parfois hallucinée, d'un âge de foi était bien faite pour
secouer l'imagination trop réglée des Français, pour la transporter, loin
des pensées raisonnables et même des choses intelligibles, dans la région
nuageuse des rêves illimités, des extases infinies, au delà du monde
sensible, au delà de la littérature.

Les quelques exemples rappelés indiquent suffisamment quelle
moisson abondante et originale Dante fournissait aux poètes français,
comme les en prévenait Rivarol. A ce point de vue, ce n'est pas seulement à Shakespeare, c'est aussi bien à la poésie homérique ou à la
poésie biblique qu'on pourrait le comparer. Or, l'influence homérique
a eu à son service, depuis plus de trois siècles, tous les régents d'Europe auprès de millions d'écoliers; l'influence biblique a partagé la

fortune, bien autrement brillante, du christianisme chez tous les peuples modernes. Dante a exercé une influence fugitive, modeste et restreinte, mais qu'on admirera si l'on songe aux conditions défavorables dans lesquelles il se trouvait à cet égard.

Que produirait-il si, par suite d'une vaste transformation de l'enseignement, la société moderne, comme la Grèce antique, faisait apprendre ses propres origines à la jeunesse, c'est-à-dire si l'on étudiait dans les classes le moyen âge chrétien et non plus l'antiquité payenne; les langues du moyen âge (le latin et les langues modernes) et non plus le grec; la *Divine Comédie* et non plus l'*Iliade*? L'exemple de l'Italie, où Dante est entré dans l'enseignement secondaire, ne permet pas de conclure à ce que donnerait en France une réforme, purement hypothétique. Mais si les nations romanes, et particulièrement la France, au lieu de parler elles-mêmes de leur décadence, entreprenaient un ,risorgimento' intellectuel, si elles prenaient conscience de leurs origines et de leur solidarité en mettant, comme les Germains, un orgueil de race dans leurs goûts littéraires, on se figure aisément Dante devenant le patron de ce mouvement latin, comme de tant d'autres moins conformes à son génie. Alors il serait en France au moins ce que Shakespeare est en Allemagne, par exemple, à peu près nationalisé, et le grand classique non indigène. Cela, il le paraît peut-être de nom, dès à présent; il faudrait qu'il le fût de fait, et que, sans en parler davantage, on l'étudiât plus longuement.

Additions, corrections, citations.

On voudra bien, en ce qui concerne l'impression, tenir compte de la difficulté d'un texte français pour des typographes étrangers. D'autre part, au cours de la trop lente impression de ce travail, l'italianisme, Dante et sa vogue en France ont été l'objet de publications, dont la plus importante pour notre sujet est *Dante nell' opere di Christine de Pisan* (Aus romanischen Sprachen u. Lit., recueil offert à M. H. Morf, 1905) de M. Farinelli; cette savante étude, que l'auteur a bien voulu m'envoyer, m'est parvenue trop tard pour pouvoir être mentionnée et avantageusement utilisée en son lieu. Au reste, l'histoire des relations littéraires italico-françaises restera longtemps encore une toile de Pénélope, à laquelle il ne faut pas craindre de rapporter et de rattacher des fils brisés ou perdus.

Page 2, ligne 30. Sur l'Arioste en France vient de paraître tout un volume Th. Roth, *Der Einfluss von Ariost's Orlando Furioso auf das französische Theater* (Münchener Beitr. z. rom. u. engl. Phil., XXXIV), dont nous parlerons ailleurs, et qui a l'occasion de mentionner de ci de là l'influence de Dante, d'après M. Oelsner. M. Roth rattache son auteur à l'italianisme en général: c'est une méthode qui s'appliquerait moins bien à Dante qu'à l'Arioste, comme on a pu voir. — Quant à l'histoire de l'italianisme dans son ensemble, M. A. Moretti et M. C. del Balzo ont, comme on sait, osé l'aborder dans des ouvrages que nous n'avons pas à apprécier ici, et sur lesquels on connaît déjà le jugement de MM. Hauvette, Dejob, Farinelli. Nous avons le plus possible évité de «mettre tout dans tout», nous n'avons pas rappelé tout ce qui touche de près ou de loin à Marguerite de Navarre, par exemple, ou aux sources miltoniennes de Vigny (étudiées par M. E. Dupuy et M. Schultz-Gora). Il est inutile d'encombrer de références parasites des notes comme celles-ci, destinées à servir à une œuvre plus grande; et l'on pourrait multiplier fastidieusement les mentions de Dante et l'emploi de certaines images chez les écrivains de second et de troisième ordre.

Page 5, ligne 9. — Dante était si peu la source unique de la mauvaise réputation de Cahors que Claude Fauchet, commentant Deguilleville à ce propos, ne parle même pas de Dante:

Le dit Guilleville, parlant aussi d'avarice et de gens qui lors estoient diffamez d'usure:

> Tu doi savoir que nee fu
> U val de l'infernal palu,
> Li Satanas m'y engendra
> Et d'iluec il m'aporta
> A Cahors, ou il me nourri,
> Dont Caoursine dite sui.
> Aucuns m'apellent Convoitise,
> Et aucun(e)s autres Avarise.

Quant à ce qu'il dit qu'elle fut appellee Caoursine à cause de Cahors, ce ne fut pour l'avarice du pape Jehan XXII, eslu pape l'an MCCCXIIII et nai en la dite ville, auquel apres sa mort il fut trouvé deux millions d'escus contans; car il appert par de vielz memoires de la Chambre des Comptes de poursuites faites contre des usuriers ja nommez Cahoursins avant qu'on eut descouvert le grant tresor de ce pape. Tellement qu'il fault dire que ceux de la ville de Cahors estant plus coustumiers d'exercer une usure alors excessive en diffamerent leur ville.

(E. Langlois, Quelques dissertations inédites de Claude Fauchet, Etudes romanes dédiées à Gaston Paris, Paris, Bouillon 1891, p. 102.)

Page 6, ligne 5. Hans Kelsen, *Die Staatslehre des Dante Alighieri* (Wiener Staatswissenschaftliche Studien, hsgg. v. E. Bernatzik u. Eug. v. Philippovich, B. VI, Heft 3) p. 143—145, d'après C. Cipolla, *Il trattato «De Monarchia» di Dante Alighieri e l'opuscolo «De potestate regia et papali» di Giovanni da Parigi* (Memorie dell' Accademia di Torino, ser. II, 42, 1892), ne considère pas comme impossibles des rapports entre les publicistes français du XIVe siècle et Dante: mais le dominicain Jean de Paris, qui mourut au commencement du XIVe siècle (1306?) a-t-il eu le temps de connaître son contemporain toscan? La chose est plus que douteuse; de même pour Pierre Dubois (voir déjà F. X. Kraus, *Dante*, p. 680).

Page 6, avant-dernière ligne. En 1407. C'est en 1401 qu'il faut lire, comme M. Farinelli (Dante nell' opere di Chr. d. P.) le fait remarquer d'après un travail de M. Piaget qui n'aurait pas dû m'échapper, «Chronologie des épîtres sur le Roman de la Rose» (Etudes romanes dédiées à Gaston Paris, 1891, p. 115). Christine présenta les *Fais et bonnes mœurs du roy Charles V* au duc de Berry le 1er janvier 1405.

Page 7, ligne 6. *lire*: Elle s'est souvenue.

Page 9, avant-dernière ligne. *lire*: presque cinq siècles, *au lieu de*: presque quatre siècles. — M. Farinelli fait remarquer (Aus rom. Spr. u. Lit., p. 137, n. 1) qu'en 1549 Jean Chaperon publia à Paris une version en prose du ‚Chemin de long estude‘ de Christine.

Page 13, ligne 25. Entre 1330 et 1355. M. Farinelli, d'après les travaux de Stürzinger, Tobler, etc., place entre 1355 et 1358 le *Pèlerinage de l'âme*, qui, plus que le *Pèlerinage de vie humaine*, fait songer à Dante; il conclut d'ailleurs aussi que Guillaume de Deguilleville ignore Dante.

Page 14. Aimé Champollion-Figeac (*Louis et Charles ducs d'Orléans, leur influence sur les arts, la littérature et l'esprit de leur siècle d'après les documents originaux et les peintures des manuscrits*, Paris 1844, p. 238) exagérait la vogue de Dante en disant:

«Un travail attentif, dressé dans cette vue (de savoir les ouvrages en vogue à la fin du XIVe siècle), nous fait connaître que les ouvrages les plus habituellement reproduits alors étaient d'abord le texte français de la Bible ou de ses commentateurs, les Missels et surtout les livres de prières qui à eux seuls comptent pour moitié dans le nombre total des livres écrits au XIVe siècle . . . . Les Livres de saint Augustin le disputent à ceux d'Aristote; les Légendes dorées rivalisent avec l'Image du monde, Godefroy de Bouillon, Guillaume de Tyr, Lancelot du Lac, les Propriétés des choses, le roman de Merlin, Boccace et le Dante, le saint Graal, le Tristan, le Miroir historial et le Traité du Jeu des Echecs».

Page 20. Arthur Tilley, The literature of the French Renaissance, t. I (Cambridge 1904), p. 45—46, remarque encore, en rappelant les trois copies de la traduction de Bergaigne (dédiées à la reine Claude, au chancelier Du Prat, à l'amiral Bonnivet), le peu de succès de Dante durant cette période.

Page 20, note 3 dernière ligne. — M. Farinelli m'écrit que la seule restriction qu'il fasse aux conclusions de M. Camus est celle qui résulte de l'inventaire de 1496 relevé par M. Vossler.

Page 21, note 2. *lire* Parturier *au lieu de* Pasturier.

Page 23, ligne 10. *lire* même *au lieu de* mème.

Page 28, ligne 6. *lire*: tel, *au lieu de*: telle.

    „ 28 „ 11 „ mot que *au lieu de*: mo tque.

    „ 28, note 1: les œuvres poétiques de P. du M. ont été éditées récemment par M. Laumonier.

    „ 35, ligne 13: Pierre Forget *au lieu de* Piero.

    „ 36 „ 17 „ Qui ne peux *au lieu de*: Qui ne peut.

Page 38, supprimer la note 1.

Page 51. «L'influence de G. B. Marino sur la littérature française dans la première moitié du XVIIe siècle» a été étudiée par M. Ch. W. Cabeen (thèse de Grenoble, article de M. Hauvette, Bulletin italien, V, 1).

Page 55. Le passage de la grammaire italienne de Port-Royal est peu connu; en voici le texte:

Nouvelle méthode pour apprendre facilement et en peu de temps la langue italienne, A Paris, chez Pierre le Petit, MDCLX (par le sieur D. T., dit le Privilège du Roy), p. IV—V (Préface où il est parlé de la décadence de la Langue Latine, et de la naissance de l'Italienne):

«DANTE son disciple[1]) vécut jusqu'en 1321. Le mesme Villani assure que jusques à luy, il ne s'estoit trouvé personne qui eust écrit avec plus de noblesse et de majesté, ny en vers, ny en prose. Il a esté un des premiers qui a eü la gloire d'entreprendre en ces derniers siecles de faire des Poëmes Heroïques; et il y a si heureusement reüssi, qu'il est encore aujourd'huy admiré de tous les sçavans; et qu'il ne s'est encore trouvé personne, dit le Chevalier Salviati, qui l'ait pu passer en ce genre, tant il est propre dans ses mots et dans ses expressions. Quoy que le sujet extraordinaire qu'il avoit choisi de parler de l'Enfer, du Purgatoire et du Paradis, l'ait souvent obligé de se servir de mots et de façons de parler un peu singulieres. Mais une des choses des plus estimables dans ce Poëte, est que son Ouvrage est aussi pur pour les mœurs que pour le langage».

«PETRARQUE... s'il n'a pas esté si exact que Dante dans la propriété des mots, il l'a passé de beaucoup par les expressions relevées et hardies, dont il a enrichy ses ouvrages».

Page 67, ligne 12. Il serait, naturellement, trop facile de multiplier des exemples de voyageurs, moins illustres ou moins caractéristiques que de Brosses, qui ont mentionné Dante (M. Imbert nous apportera sans doute assez d'éclaircissements à ce sujet). Le *Voyage d'un Français en Italie fait dans les années 1765 et 1766* (Venise et Paris, 1769, t. II, p. 373 et 405) dit, par exemple: «Tout le monde sçait que Florence a donné les premiers maîtres et les premiers restaurateurs des sciences, des belles-lettres et des arts, le Dante pour la poësie, Machiavel pour la politique, etc.» (chap. XVI); et le chapitre XVII, De la poësie et des poëtes italiens, commence ainsi:

«La poësie italienne s'est formée comme la langue même en Toscane; un des premiers modèles dans ce genre fut Dante Alighieri, né en 1265 et mort en 1321. Le Dante est un poëte sublime, mais difficile; nous avons de lui trois poëmes: *Inferno* en 24 chants, *Purgatorio* en 33 chants, *Paradiso* en 34 chants, qui forment un volume de la grosseur d'un Virgile, son enfer étoit une satyre des Florentins, de leur gouvernement et de leurs chefs, sous des noms feints et des allégories ingénieuses; ce fut-là probablement la cause de son exil, autant que son attachement au parti des Gibelins ou des Empereurs; c'est la cause aussi de la difficulté que l'on trouve à l'entendre; mais l'admiration qu'on a toujours eu pour ses écrits a fait établir dans l'Université de Florence une chaire dont l'objet est l'interprétation des ouvrages du Dante; elle a produit un grand nombre de commentaires, tels que ceux de Gelli, Giambullari, Bonsi, Rinuccini, Buonanni, Talentoni, Mazzoni, Vellutelli, les prolégomènes de Landini sur le Dante, etc. mais il nous manque en françois une traduction du Dante; il n'y a qu'une vieille version en vers françois, qui n'est point propre à en donner une idée, et je regrette la traduction qu'en avoit faite M. le Comte Colbert d'Estouteville, petit-fils du grand Colbert, qui n'a jamais été imprimée.

M. Floncelle, célèbre à Paris par ses connaissances dans l'érudition italienne et par une bibliothèque unique dans ce genre, conserve deux portraits fort anciens du Dante et de Pétrarque qui passent pour être d'une parfaite ressemblance.»

---

1) Disciple de Brunetto.

Le même ouvrage (chap. XV, p. 366) discutait, à propos de l'amour illicite à Florence, les mots de l'épitaphe célèbre: *Pravi (parvi) Florentia mater amoris*[1]).

La troisième édition (Voyage en Italie . . . par **M.** de la Lande, Genève 1790, chap. XXII, t. II, p. 351), reproduisant la même notice, remplace les mots sur Colbert d'Estouteville par ceux-ci:

«. . . il nous manquoit en françois une traduction du Dante; il vient d'en paroître une en 1783».

— Le 23 octobre 1755, l'abbé Barthélemy écrivait également: «Nous voici enfin à Florence, la patrie du Dante et de Michel-Ange; Florence, la capitale des arts dans leur renaissance . . .» (*Voyage en Italie de M. l'abbé Barthélemy imprimé sur ses lettres originales au comte de Caylus*, publié par A. Sérieys, 2e éd., Paris, an X, p. 25).

— Par contre, le *Voyage historique d'Italie* (La Haye, 1729, t. I, p. 563: lettre de Florence du 26 mars 1719) disait: «Les Florentins s'imaginent être les premiers hommes du monde pour ce qui regarde les lettres, et cette présomption n'est fondée que sur ce que Florence, ou son territoire, a donné la naissance à Pétrarque, Dante, Boccace, Policien, Ficin, Palmero, et à plusieurs autres hommes illustres».

— Autant ces «voyages d'Italie» (c'était tout un genre littéraire) sont intéressants au point de vue de l'italianisme en général, autant ils paraissent peu avoir agi sur la vogue de Dante en France à l'époque classique. — Au contraire la préoccupation dantesque est frappante dans le beau volume que M. Gebhart vient de consacrer à *Florence* (collection Laurens).

Page 68, note 1, ligne 2. *lire* la traduction *au lieu de* le —.

Page 71, ligne 19. *lire* de Guy *au lieu de* da Guy.

Page 73, ligne 19. *lire*: déroger, *au lieu de*: transgresser.

Page 76, ligne 10. *lire*: chevalier *au lieu de*: chavalier.

Page 78, ligne 36. *lire* très *au lieu de* tres.

Page 81, ligne 10. *lire* remplaçât *au lieu de* remplacât.

Page 83, note 2. *lire* Cromwell *au lieu de* Cromwel.

Page 91 ligne 3. *lire* malheureuses *au lieu de* malheuresuses.

Page 96, ligne 22. L'erreur, l'anachronisme, de George Sand se trouve aussi bien dans Renan, *L'abbesse de Jouarre*, acte II, scène 2, où d'Arcy dit à Julie: «Vous croyez entrer plus grande dans l'éternité avec votre attitude inflexible. Erreur, croyez-moi. Si j'étais Dante, je ferais, dans mon Enfer, le cercle des orgueilleuses, qui ont vu dans le mépris des hommes une grandeur. La vertu altière chez la femme est un vice . . .» — Vraiment ni d'Arcy ni Renan n'étaient Dante!

---

1) Le *Voyage d'Italie de Monsieur Misson, 5e éd., contenant les remarques que Monsieur Addisson a faites dans son voyage d'Italie*, t. I, p. 295 (5e éd., Utrecht 1722) dit aussi à Ravenne: «Nous avons vu le tombeau du poëte Dantes, dans le Cloître des Franciscains Conventuels: j'en ay copié l'épitaphe, principalement à cause de la curiosité des rimes: *Jura Monarchiae*, etc.» — Une note mise à «poëte Dantes» dit au bas de la page: «Dante Dalighieri Florentin, homme de qualité et de grand mérite, mourut dans son exil à Ravenne, l'an 1321, et le 56e de son âge. Il fut banni, ou obligé de s'enfuir, parce qu'il étoit dans le parti des Blancs, ou Gibelins.»

Page 97, note 3. Voici le passage de l'Essai de l'abbé Daniel, p. 10, note (Pacheu, p. 11, n. 1): «Avant de monter à l'échafaud, le roi-martyr a voulu la lire, et n'a pas craint de faire demander à la Librairie Nationale la traduction de Grangier, dédiée à Henri IV, son aïeul. On a trouvé à la page 624 du *Paradis* la bande d'un journal de l'époque, qui portait le nom du citoyen Tronchet. C'est sans doute là que l'infortuné descendant de saint Louis, appelé par les bourreaux de la Commune de Paris, a fini sa lecture, pour dire avec un calme héroïque: Les voilà qui approchent».

La crainte de l'enfer a été remarquée chez Louis XVI, par le dernier historien de la révolution française, M. Aulard.

Page 102. Un journal italien, la *Domenica*, paraissait à Paris; dans son no. 33, du 12 février 1804, il disait vertement son fait à Rivarol: «Il sentimento è «profondo quanto la satira è amara. Gli scelerati medisimi sdegnano la com-«pagnia di persone senza carattere. Rivarol, non sapendo che si usava tal-«volta *alcuna* per *nessuna* (veggasi il v. 9 del canto XII.) tradusse così[1]): «*Et l'abîme leur refusa ses profondes retraites, de peur que les coupables ne* «*se glorifiassent d'avoir de tels compagnons de leurs peines. È* appunto il con-«trario». (note reproduite dans l'édition Buttura, 1838, p. 197).

Page 105, ligne 30: *lire* dat *au lieu de* dant.

Page 113. Ilda Morosini, Lettres inédites de Mme de Staël à Vincenzo Monti (*Giorn. stor. d. lett. it.*, 1905, vol. XLVI, p. 54), donne une lettre du 27 décembre 1815 où Mme de Staël écrit de Pise à son ami: «Je ne puis pas vous dire que Pise soit aussi amusant que Milan, ni les poëtes Toscans aussi aimables que celui que nous aimons tant dans la famille. Je donnerois toute la ville de Pise, la tour y compris, pour un de vos accès de fureur».

Page 123. Mentionnons encore les conférences que Buttura donna en français sur Dante à l'Athénée royal en 1816, et que Buttura lui-même rappelle dans les «considérations» dont il fait suivre l'Inferno dans son édition (*Collezione dei quattro primi poeti italiani*, t. I, *La Divina Commedia di Dante Alighieri*, Paris Lefèvre, 1838, p. 197).

Page 125, note 2, *lire*: Ary Scheffer, *au lieu de*: Any.

Page 132, ligne 15, *lire*: le parrain, *au lieu de*: la parraine.

Page 179. L'enseignement d'Ozanam à la Sorbonne fut fort remarqué, et c'est par là que F. Cobourg commence son commentaire franc-maçonnique de «la Divine Comédie expliquée selon les rites maçonniques, sur les traductions de MM. Fiorentino, Brizeux et Mesnard» (sur les feuillets intercalés dans un exemplaire de la traduction Mesnard); il écrit dans la préface, datée de janvier 1848: «Dans les premiers beaux jours du printemps de 1845, conduit par le hasard à la Sorbonne, le même hasard me fit assister à la première séance du cours de M. Ozanam» (Bibliothèque de l'Arsenal 6331—6333, L. Auvray, *Les manuscrits de Dante des bibliothèques de France*, p. 156). M. Auvray, à qui nous exprimons ici nos remerciments chaleureux, a bien voulu nous communiquer l'analyse de ce curieux document, et la copie des passages les plus saillants: «Je connaissais bien, dit Cobourg, le nom de Dante, «mais jamais son œuvre ne s'était ouverte sous ma main, et quelques-uns, «peut-être, m'avaient dit que cette œuvre incompréhensible ne pouvait con-

---

1) Inferno, III, 40—42.

«venir qu'à ceux versés dans l'idiôme original, où les réelles beautés se
«trouvent surtout dans l'expression et la grâce que la plus parfaite traduction
«ne peut presque jamais rendre. J'entrai dans le modeste amphithéâtre, tant
«illustré cependant par d'éminents et célèbres professeurs. J'écoutai … puis,
«tout à coup, au plus à la vingtième ligne, je me dis à moi-même: «Mais,
«j'ai parcouru ce chemin; j'ai traversé la forêt obscure; vu la panthère agile;
«contemplé la limite que jamais ne franchit homme vivant!» Ainsi s'éveillaient
«au souvenir de belles et fraternelles soirées, les instructions reçues, que
«j'écoutais renouvelées dans les éloquentes paroles de l'intéressant et jeune
«professeur. Bientôt je sortis, et bientôt enfermé, je lisais le poëme, hélas!
«dans une traduction seulement, et mon ravissement allait croissant, car à
«chaque nouvelle strophe, je voyais m'apparaître une lueur nouvelle. Mon
«travail prenait une forme … — J'achevai enfin, et fus heureux, après
«plus d'une année passée à ce travail, qui, je le crois, doit intéresser vivement
«tous les initiés au maçonnisme …» — Cobourg voit dans les épisodes de
la *D. C.* les différentes épreuves du «récipiendaire» et les divers moments
d'une cérémonie maçonnique. «En entrant dans ce que le Poëte nomme
le chemin rude et sauvage, le récipiendaire est arrivé au seuil de la Loge,
«où va s'ouvrir *la voie douloureuse*, en lui faisant subir, par similitude, les
«plus rudes épreuves de la vie». Au chant IV, *Homère*. — Le souverain
armé du glaive; le vénérable, *portant la parole. — Horace*. Le premier
«surveillant. — *Lucain*. Orateur. — Ils se partagent le nom de *frère* avec
«Virgile, proclamé par l'unanimité des batteries, soit à l'ouverture des travaux,
«soit à la réception des ff.: visiteurs, à qui tous les *honneurs* sont rendus
«par ce mot *quatre* fois répété». — Au chant IV du Purgatoire, «le Soleil
«est toujours désigné pour le vénérable, qui explique au Récipiendaire la
«fraternité de tous les hommes.» — Cobourg, qui paraît, d'après ce qu'il dit
de la faveur de ses frères, un maçon assez considéré, Cobourg «a la croyance
entière d'avoir pu pénétrer le mystère caché dans le sublime ouvrage …
Chercher une pensée de haine ou voir un but vengeur dans cette œuvre
consacrée entièrement aux mystères des loges maçonniques, qui, du temps
d'Alighieri, semblent avoir été d'une grande importance; vouloir, dis-je, y
parcourir des routes connues et frayées, serait une grave erreur!» — Toutefois
Cobourg n'admit pas les théories d'Aroux, et dans une note datée de septembre 1857, et intitulée «Dante hérétique», il écrit: «Après avoir lu le livre
«où Dante est déclaré hérétique, révolutionnaire et socialiste, je me suis pris
«d'une véritable compassion pour un auteur dont les recherches ont, sans
«doute, un but honorable, mais où, peut-être, un esprit partial a pu, sans le
«vouloir, mêler beaucoup d'exagération. Puis, je me suis souvenu que pour
«accuser Alighieri d'hérésie, en faire un Albigeois ou tout autre sectaire, il
«était au moins nécessaire de bien établir que, son Poëme ne dépassant pas
«le degré de Rose-Croix, cette accusation tombait d'elle-même … Dante,
«écrivant son poëme, ne se croyait pas séparé de l'orthodoxie catholique,
«mais seulement en opposition avec la cour avignonnaise …»

*　　*　　*

C'est à Ozanam aussi que Henri Prat renvoie ses auditrices dans la leçon
qu'il consacre à la D. C. (Etudes littéraires. Moyen âge, Paris, Didot 1847; 12e
leçon: Sources poétiques de la D. C.; 13e leçon: La D. C.).

Page 186. Ajoutons encore que le ms. 711 de la bibliothèque de Clermont-Ferrant présente dans ses derniers feuillets une traduction en français et en patois d'Ambert (Puy-de-Dôme), du chant XXXIII de *l'Enfer*, par M. Madur du Lac, traduction datée de 1841 (L. Auvray, *Les manuscrits de Dante des bibliothèques de France*, p. 139, d'après le *Catalogue général des manuscrits des Bibliothèques publiques de France*, série in-8°, Départements, t. XIV, 1890, p. 188).

Page 195. Dante fut aussi commenté selon les rites maçonniques par F. Cobourg (voir ci-dessus, p. 265).

Page 197. J'avais lu erronément 1897 pour 1847, et Aloffre pour Alaffre: c'est en 1847 que Benjamin Alaffre obtint une «églantine réservée» pour son «Eloge de Dante Alighieri» (Toulouse, Douladoure, 1847, in-8°, 100 p.).

Page 208. L'image de la chrysalide devenant papillon, ou l'idée de s'envoler vers l'au delà, est fort répandue chez les écrivains du XIXe siècle, et l'on ne peut pas toujours en voir la source directe dans Dante. Fr. Sarcey lui-même disait (Préface mise aux poésies de J. Duchange, Le Dégoût, 1897): «Allez, mon ami, ouvrez vos ailes, et sans vous laisser arrêter ni retarder par nos inquiétudes, filez d'un vol rapide vers les régions mystérieuses où se lève le soleil de la poésie nouvelle».

Page 213. De même encore Sully Prudhomme «voyait des lions debout dans son chemin».

Page 247, note 3. Mentionnons encore l'article de M. Fromm danz ‚l'Univers' du 17 janvier 1894, ‚le Dante dans les Flandres'.

Page 253, ligne 13. — Le *Giorn. stor. d. lett. it.* (qui, p. 277, mentionne avec bienveillance le travail de A. Leclère sur *Le mysticisme catholique et l'âme de Dante*, Ann. de philos. chrét., 1905) a remarqué à propos de la *Bibliographie des travaux de G. Paris* par Bédier et Roques: «Le rubriche riguardanti la letteratura italiana e Dante sono piuttosto povere» (*G. st.*, t. 45, p. 474).

Table des noms cités.

Abate (F.) 205.
Abeken 102.
Abert (Hermann) 9.
Addison 70, 264.
Agoult (comtesse d') 160, 215, 220—224.
Agresta (A.) 7.
Agrippa (Cornelius) 44.
Ajalbert 240.
Alaffre (Benjamin) 197,267.
Alain Chartier: voir Chartier.
Alamanni (Luigi) 19, 32, 33.
Alby (R.) 226.
Alexandre 220.
Alexis (Paul) 238.
Alione d'Asti 13.

Allievo (Tito) 88.
Amand 212.
Amiel 246.
Ampère (J.-J.) 2, 154, 155, 158, 179, 211, 216, 255, 266.
Ancona (A. d') 3, 68, 251.
Angoulême (comte d') 20.
Anne de Bavière 35.
Annunzio (Gabr. d') 159,245.
Antony (F.) 232.
Arioste (l') 2, 48, 255, 260.
Arnauld de Villeneuve 5.
Arnauld 130.
Arnold (Erwin) 217.
Arnould (E.) 198.
Aroux 71, 184, 195, 266.

Artaud de Montor 86, 97, 99, 100, 117—120, 123, 141, 197, 228.
Astruc 236.
Aubé 227.
Aubigné (Agrippa d') 39, 40.
Aubigny (Est. d') 179.
Augis 160.
Augis (C.) 237.
Aulard (F.A.) 231, 265.
Auriol (A.) 246.
Auvray (L.) 16, 19, 21, 56, 63, 241, 265, 266.
Avignon (pape d') 4.

Bach 180.
Baïf 33, 34, 35.

Baillet 35, 55, 56, 61.
Balbo 183.
Baldensperger 2, 221.
Balzac (H. de) 159, 160, 221.
Balzo (B. del) v. Del Balzo.
Banville (Th. de) 213, 223.
Barbey d'Aurevilly 215.
Barbi (Mich.) 2, 29, 73, 241.
Barbier (Aug.) 145, 147, 148, 149, 150, 156, 184, 198.
Baretti 82.
Bargello (le) 50.
Barletta (Gabriel de) 30.
Baroncelli 236.
Barthélemy 145, 156.
Barthélemy (abbé) 264.
Batines (Colomb de) v. Colomb.
Bauchart 35.
Baudelaire (Ch.) 211.
Baudier (Michel) 58.
Bayle (P.) 44, 54, 64—66.
Bazin (René) 251.
Bazy 220.
Beaumarchais 84.
Beaurepaire (Ch. de) 103, 234.
Beaussire (Em.) 216.
Beck (Fr.) 7.
Becker (Phil.-Aug.) 14, 17.
Beethoven 219.
Bellaigue 183, 235, 245.
Bellarmine 41, 42, 56.
Bellay (J. du) 32.
Bellezza 241.
Berchet 152.
Bergaigne 20, 21, 46, 47.
Bergmann (Fr. G.) 216.
Berluc-Pérussis (de) 236.
Bernard (Aug.) 19.
Bernard (Ch.) 158.
Bernhardt (Sarah) 249.
Bertaut (Jean) 36, 262.
Berthier 242, 246.
Bertrand (Louis) 93, 103, 189.

Bertrand de Poyet 4, 5.
Bertsche 212.
Berville 92, 94.
Bettinelli 76, 77.
Betz (L.-P.) 2.
Beuchot 99.
Biagioli 124, 178.
Biefve (Ed. de) 187.
Bisticci (Vespasiano de') 49.
Bitaubé 89.
Blanc 196.
Blau 191, 235.
Blaze de Bury 141.
Blennerhassett (lady) 89, 112, 114.
Boccace 2, 5, 6, 11.
Boccalini 33, 57.
Boèce 7, 9.
Boileau 54, 64, 87.
Boissard 49.
Boissier 135.
Bonaparte-Wyse (W. C.) 236.
Bonaventura 245.
Bonnefon (P.) 37.
Bornier (H. de) 191.
Bossuet 55.
Botticelli 49, 188.
Bouché 58.
Bougeaud 228.
Bouillard 224.
Boulanger 187.
Boulay-Paty 188.
Bouvy (Eug.) 10, 42, 71, 72, 73, 242, 253.
Boy 236.
Boyer (A.) 232.
Brandes 127.
Breton (Ernest) 224.
Bridel (Louis) 101, 110.
Brizeux 91, 145, 156, 152, 222.
Broglie (de) 38, 134.
Brosses (de), 67, 100, 181, 263.
Brot (Ch. Alph.) 191.
Bruce-Whyte 183.
Brunetière 1, 13, 54, 55, 101, 141.

Bry (Th. de) 49.
Buffon 94.
Bullart 44, 56, 59, 60.
Buttura 141.
Byron 138, 139, 150, 181, 216.

Cabanel (Alex.) 225.
Calemard: v. Lafayette.
Callot (Jacques) 50, 134, 194.
Cambouliu 216.
Campana (collection) 49.
Camus (J.) 2, 20, 21.
Canton (G.) 236.
Cantu 215.
Capelli 73, 81.
Carboni 240.
Carion de Nizas 110.
Carlyle 218, 245.
Carnot (L.) 108.
Casati 215, 227.
Castets 228.
Castiglia (Ben.) 210, 216.
Catherine de Médicis 34, 38.
Caussade (de) 39.
Cenzatti 189.
Cervantes 2.
Cesena: v. Rhéal.
Chabaille (P.) 215.
Chabanon 79, 85, 86, 142.
Chamard (H.) 28, 33.
Chamberlain 225.
Champollion-Figeac 24, 262.
Chantavoine 141.
Chapelain 51, 52, 53, 58, 60, 82, 104.
Chapelle 186.
Charencey (H. de) 224.
Charles VIII 16. Charles IX 39.
Charles de Guyenne 16.
Charpentier 182.
Chartier (Alain) 10, 42.
Chasles (Philarète) 187, 197.
Chateaubriand 54, 87, 90, 91, 92, 96, 101, 103—107,

111, 115, 117, 127, 134, 138, 139, 142, 144, 162, 201.
Chatenet 241.
Chaucer 14.
Chênedollé 85, 92, 100, 107, 114, 122, 133.
Chénier (André) 123, 140.
Chénier (Marie-Joseph) 96.
Chevalier (Ulysse) 228.
Chevé 221.
Chollet (A.) 236, 246.
Christine de Pisan 6—10, 12.
Chuquet 133.
Cian (V.) 13.
Claude (la reine) 20, 21.
Clément (Louis) 34.
Cobourg (F.) 265.
Cocchi (Antoine) 81.
Cochin (H.) 236, 246, 253.
Coëffeteau 42.
Colbert 56.
Colbert d'Estouteville 76, v. Estouteville.
Colet (Louise) 208.
Colletet 35, 52.
Collière (M.) 233, 240.
Colomb de Batines 199.
Côme de Médicis 50.
Comte (Aug.) 219.
Comte (Pierre Charles) 227.
Condamine de Latour 240.
Condorcet 97.
Cook 33.
Coppée (Denis) 51.
Corbinelli 34—35, 36, 54, 55, 56, 64.
Corbinelli (petit-fils) 64.
Corot 188.
Cortaud 32.
Cosima (Wagner) 221.
Costa 215.
Couly (P.) 191, 225.
Couture 246.
Crawford (Francis Marion) 249.
Crescimbeni 3.
Cubières 93.

Daniel 97, 226, 264.
Daniel Stern: v. Agoult.
Dargent (Yan) 188; v. Yan.
Darzens (Rod.) 240.
Darmesteter (A.) 39.
Dati (Carlo) 62.
Dauphin (H.) 225, 234.
Deffant (marquise du) 80.
Deguilleville (Guillaume de) 13.
Dejob (Ch.) 37, 68, 101, 112, 115, 251, 253.
Delacroix 187.
Delamathe (Brait) 129.
Delaporte 54.
De la Rive 246.
Del Balzo (C.) 7, 21, 33, 51, 191, 260.
Delécluze 155, 183, 187.
Delille 79, 107, 111.
Deloncle 219.
Demogeot (J.) 233.
Demonceau 216.
Denina 102.
Denis (F.) 185, 186.
Deroulède (Paul) 227.
Deschamps (Antony) 91, 125, 133, 135, 140, 142—144, 145, 152.
Deschamps (Emile) 124, 133, 135, 141, 182.
Despois 93.
De Sanctis (Fr.) 200.
Desportes 48.
Desprez (Josquin) 50.
Des Rieux (Achille) 233.
Dévéria 188.
Diderot 79, 84.
Dolce 96.
Dolet (E.) 6, 22, 23.
Dorat 33, 34.
Doré (Gustave) 182, 188, 212.
Dorez (L.) 19.
Dorison 132.
Douen (O.) 22.
Doutrepont 253.
Drouilhet de Sigalas 196, 199.

Du Bartas 38, 39.
Ducamp (Maxime) 129.
Ducis 79, 83, 86, 89, 115.
Dumas (Al.) 128, 129, 130, 141.
Dumesnil 199.
Dupaty 111, 181, 188.
Duperron 42.
Duplessis-Mornay 42, 43.
Dupuy (E.) 130, 190, 261.
Durand-Fardel 242.
Du Verdier 19.

Eichhoff 183.
Esménard 79, 108, 109, 110.
Estienne (H.) 38.
Estouteville (d') 85, 97—99.
Etex (A.) 188, 200.
Etoile (P. de l') 46.
Exmes (Prévost d') 85, 99.

Faguet 100, 117, 177, 245.
Fantin des Odoards 102.
Farinelli 23, 24, 95, 139, 253, 260—262.
Faure (Mlle.) 223, 246.
Fauriel 2, 137, 152, 154, 155, 178.
Ferrari (L.) 73.
Ferrazzi 37.
Ferrière (de la) 24.
Fertiault 187.
Fiorentino 182, 210, 212.
Flamini 38.
Flandrin 187.
Flaxman 185.
Fœrster 148.
Folengo 29.
Fontaine 246.
Fontenelle 58.
Fontjoye: v. Maffre
Foppens 51.
Forget (Pierre) 35.
Forgues 200.
Forli (Melozzo de) 49.
Formont 231, 234, 250.
Foscolo (Ugo) 124.
Foucher de Careil 200, 217.
Fourvières (de) 236.

Framery 93, 95, 142.
France (An.) 1, 231, 238, 239, 240, 243, 251.
Franck (Ad.) 217.
François I 16, 18, 19, 20, 23.
François de Sales 36.
Fréron 76.
Fuss 196—197.
Fuster (Ch.) 233.

Gagnaud (A. de) 236.
Gaillard 44.
Galletti 139, 217.
Gandar 204.
Ganser 116.
Gautier (Paul) 112.
Gautier (Th.) 91, 106, 127, 128, 143, 144, 146, 157, 161, 166, 190, 194.
Gebhart (E.) 73, 155, 217, 227, 228, 231, 244, 253, 264.
Génin 19.
Geoffroy 117, 119.
Geofroy Tory: v. Tory.
Gérôme (J.-L.) 148, 188.
Gerstenberg 216.
Gesner (Conrad) 42, 49.
Ginguené 100—104, 121, 142, 155, 179.
Giuliani 232.
Gnoli 159.
Gobineau 225.
Godard 191, 235.
Godefroy 246.
Goethe 39, 127, 186, 220.
Gomperz (Mme.) 216.
Goncourt (de) 214, 219, 223, 255.
Gosselin 182.
Goujet 71.
Gourbillon (J.-A. de) 152.
Gower 14.
Graeser 42.
Grangier 44, 47, 48, 49, 52, 56, 57, 97.
Granier de Cassagnac 118, 119, 141.
Gras (F.) 236.

Grasserie (R. de la) 239.
Greene (Robert) 30.
Grente (G.) 36.
Guizot (Fr.) 38, 120, 155.
Gunning 231.
Guy Patin 56—57.

Hardouin 71—72.
Harvey (G.) 39.
Hatzfeld 39.
Hauvette 2, 11, 12, 19, 37.
Havet (E.) 219.
Havet (L.) 253.
Heinrich 179, 225.
Hélène (la reine) 227.
Henri IV. 44, 48.
Heredia 240.
Hervieu (P.) 217.
Hettinger 231.
Hillebrand (K.) 215, 224, 225.
Hippeau (C.) 218.
Holmès (Aug.) 235.
Hortis (de) 12.
Hughes 218.
Hugo (François Victor) 217.
Hugo (Victor) 3, 39, 83, 88, 90, 91, 124, 130, 134, 139, 140, 144, 145, 164, 189—194, 209, 217—219, 226, 247.
Huit 246.
Humboldt 152.
Huszar 63.

Imbert (Gaet.) 52, 56, 263.
Ingres 188, 233.
Irving 248.
Izoulet 218.

Jaucourt (de) 76.
Jean XXII 4, 5, 261.
Jean de Meung 6, 9, 11.
Jean Scott: voir Scott.
Jeanroy (A.) 29, 237, 238, 197—267, 253.
Joret (Ch.) 231.
Jou (Th. de) 47.
Joubert 101.

Jourdain 239.
Jubert 226.
Jullien 124.
Jundt (Aug.) 232.
Jusserand 2, 54, 115.
Justus de Gand 49.

Kaltschmidt (J. H.) 216, n. 3.
Kannengiesser 234.
Kervyn de Lettenhove 5.
Klaczko (Julian) 229.
Koch (Th. W.) 2, 212, n. 1.
Kœppel 33.
Kraus (F. X.) 50, 125, 129, 177, 212, 247.
Krieg (Aug.) 228.
Kuhns 2.
Kurth (God.) 131, 247.

Labé (Louise) 30.
Labitte (Ch.) 13, 28, 179, 183.
La Bruyère 50.
Lacombe 215.
Lacretelle 141.
La Croix du Maine 19.
Lacurne de Sainte-Palaye 68, 80.
Lafayette (Calemard de) 158, 199.
Lafenestre (G.) 49, 218, 227.
Lafond 187, 199.
La Fontaine 55.
Lagacé 246.
La Harpe 79, 87, 88, 89, 99, 101, 104, 119.
Lalaing (comtesse de) 183.
Lalaire (Lodin de) 180.
Lamartine (Alph. de) 2, 4, 54, 82, 88, 93, 96, 115, 119, 126, 142, 144, 156, 161, 179, 204—210.
Lamennais 155, 200, 222.
Lami (Fr. Villain) 224.
Lancelot 55, 71.
Langlart 76.
Lanson 39, 83, 130.
Laplace 186.

Laprade (Jules) 180.
Laprade (Victor de) 177, 210.
Laroche 185.
Larousse 228.
Latouche-Loisi 70.
Laurencin 186.
Laurent de Premierfait: v. Premierfait.
Lebeau (Ch.) 70, 79, 197.
Le Bourdellès 243.
Lebreton 13, 89, 90, 95, 98.
Lecigne 141, 182.
Leclerc (J. Victor) 14, 126, 180, 225.
Leclère (A.) 247, 267.
Leconte de Lisle 149, 211, 214.
Lecoy de la Marche 15.
Ledreuille 164.
Lefebvre Saint-Ogan 232.
Lefèvre de la Boderie (Guy) 43, 44, 70, 71.
Lefèvre (Jules) 115, 132, 133.
Lefranc (Abel) 21, 24, 25, 27.
Lefranc (Martin) 14.
Legouvé (Ern.) 212.
Le Guillois 212.
Le Hardy (Phil.) 64.
Lemaire de Belges (Jean) 17.
Lemaître (J.) 240.
Le Marcis (E.) 212.
Lemercier (N.) 124.
Lemoyne (André) 213.
Lemerre 183.
Lenormant 155. 188.
Léon XIII 234, 236.
Leval 186.
Lévêque (Eug.) 232.
Leygues 248.
Libri 186.
Liégeard 227, 252.
Littré (Em.) 12, 13, 216, 221, 229.
Lombardi 97.
Louandre (Ch.) 127, 188.
Loubet 252.
Louvre (musée du) 49.
Lowositz 180.

Luchaire (Julien) 250.
Lucrèce 34, 66, 67, 177, 213, 238.
Lyell (Ch.) 197.

Mabillon 62.
Macé (René) 19.
Madura du Lac 267.
Maffre de Fontjoye 197.
Maggiolo 155.
Magliabecchi 62.
Magnier (Edm.) 215.
Magnin (Ch.) 197.
Magny (Constantin de) 70.
Maignan 188.
Maignien 241.
Maistre (Jos. de) 125.
Mahul (Emma) 228.
Maizières (Philippe de) 13.
Malherbe 40.
Malo 186.
Malon (Benoît) 219.
Mansion (Paul) 231.
Manzoni 113, 145, 152.
Marchesi 2, 33.
Margerie (A. de) 3, 247.
Marguerite de Navarre 21, 23—28, 29, 30, 46.
Marguerite de Valois 35.
Marie de Provence 35.
Marino 40, 50—51.
Marini 80.
Marmontel 81.
Marot (Cl.) 21, 22.
Martin 180.
Martinelli 80, 83.
Masse 123.
Massarani 136, 199, 225.
Masson (Jean-Papyre) 35, 56, 57.
Mattiucci 73.
Mazarin 56.
Mazure (A.) 224.
Mazzoni 62.
Médicis (cardinal de) 62.
Meissonier 188.
Meister 95.
Melozzo de Forli 49.
Melzi (B.) 234.

Ménage 52, 62—63.
Mendès (C.) 238.
Mengin (U.) 103, 127.
Ménippée (Satire) 45.
Mennechet 197.
Mennung 58.
Mercuri 215.
Méri 187.
Méry (Louis) 228.
Mérimée 174.
Méritens (Mme. Allart de) 185.
Mesnard 202.
Meyer (Paul) 13, 15, 220.
Mézières (Alfred) 217.
Michault (Pierre) 13.
Michel 186.
Michel-Ange 50.
Michelet (Em.) 240.
Michelet (J.) 28, 155, 233.
Michiels 124.
Mickiewicz 189.
Micocci 2.
Mikaël (Ephraïm) 240.
Milton 2, 39, 69—70.
Minuti 18.
Minzloff (Rud.) 226.
Mohl (Jules) 154.
Moland (L.) 228.
Molière 56.
Molino 36.
Mongis 202, 218.
Monnier (Marc) 101, 144, 214, 231.
Montalembert 180.
Montaigne 36, 37, 55.
Montchrestien 40, 41, 46.
Montégut (E.) 212, 221, 232, 245.
Montesquieu 66, 90, 99.
Montfaucon 62.
Monti 101, 111, 144, 152, 265.
Moore 5.
Moreau 248.
Morel 16, 19, 20, 134, 242.
Morel-Fatio 242, 253.
Moréri 44, 56, 58.
Moroni 5.

Morosini (Ilda) 265.

Mougins (de) 236.

Moutonnet de Clairfons 44, 86, 87, 88, 94, 99.

Mouzin (A.) 236.

Müntz (Eug.) 50.

Muret 37, 53.

Musset (A. de) 84, 141, 149, 150, 151, 156, 161, 175, 177, 211, 218, 222.

Napoléon I. 97.

Napoléon III. 215.

Naudé (Gabriel) 36, 56—57.

Necker (Mme) 72.

Nerval (Gérard de) 146.

Niccolini 189.

Nisard (C.) 231.

Nisard (D.) 34.

Nodier (Charles) 133.

Nolet de Brauwere van Steeland 228.

Nolhac (P. de) 239, 252, 253.

Nostradamus 54.

Noue (Odet de la) 38.

Oelsner 2, 5, 7, 9, 13, 14, 34, 35, 41—45, 46, 52, 58, 58, 59, 62, 71, 73, 83, 95, 96.

Oresme (Nicolas) 6.

Ornano 54.

Ortolan (J.) 227.

Orvieto (A.) 139, 217.

Ouvré 196.

Ozanam 2, 154, 155, 178, 196, 225.

Pacheu 3, 97, 103, 219, 237, 250.

Paléologue 131.

Palgrave 33.

Panciroli 54.

Papanti 50.

Parigi (Giulio) 50.

Paris (Gaston) 13, 25, 140, 226, 253.

Parnassiens (les) 213.

Parturier 21, 262.

Pascal 55.

Pasquier (Estienne) 20, 41, 44.

Passeroni 63.

Paté (Lucien) 144.

Patin: voir Guy Patin.

Peiresc 58.

Peletier du Mans 28.

Pellico (Silvio) 159, 187.

Périès 130.

Perrens 224.

Perrin 186.

Perrot 41, 42.

Petit de Julleville 39, 103, 134.

Pétrarque 5, 6, 12, 34, 36, 177, 187, 219.

Pianciani 180.

Pino della Tosa 5.

Philalethes 216.

Philippe le Long 5.

Philippe de Maizières 13.

Picci 199.

Pie IX 194.

Pierro (M.) 219.

Pisan: v. Christine

Pisani (Thomas) 9.

Pittié (Fr.) 227.

Planet 236, 246.

Plumptre 33.

Poccetti (Bern.) 50.

Polenta (O. da) 5.

Polignac (de) 66, 70.

Pommereul 76.

Pommier (A.) 194.

Pompadour 35.

Port-Royal 55, 69, 71, 262—263.

Possevin (Ant.) 36, 56.

Poujoulat 181.

Poyet (Bertrand de) 4, 5.

Prat 266.

Prati 54.

Prato 81.

Prault (Marcel) 79.

Prévot 186.

Premierfait (Laurent de) 11, 12, 25.

Prompt 234, 241.

Püschel (R.) 7, 8.

Puymaigre (T. de) 199, 231.

Quinet (E.) 165.

Rabelais 28—29, 217.

Rable 204.

Racine (Jean) 55, 64.

Racine (Louis) 55, 63, 68—69, 70.

Rahn (J. R.) 228.

Raimbault 236.

Rajna (Pio) 34, 241, 253.

Raoul de Houdan 13.

Raphaël 50.

Rapin 53, 60.

Rathery 32, 198.

Ratisbonne 4, 188, 218, 222.

Rattazzi (Marie) 227.

Raynouard 58, 124, 178.

Réaume 39.

Redi (Fr.) 62.

Regnault (A.) 185, 216.

Régnier (H. de) 240.

Reiffenberg (de) 132.

Renan (E.) 14, 43, 183, 216, 225, 248, 264.

René d'Anjou 15.

Rhéal (Séb.) 5, 185, 200, 204.

Richard 233.

Richelet 63.

Ripert 236.

Ristori (Mme) 212.

Rivarol 3, 55, 83, 85, 89—96, 100, 106, 116, 141, 143, 226, 265.

Rive: v. De la Rive (246).

Rivet (André) 43.

Rocafort 54.

Rochefort (Henri) 215.

Rocher 186.

Rod (Ed.) 63, 101, 132, 142, 236, 237.

Rodaven (J. de) 187.

Rodin (Aug.) 188, 244—245.

Romania (revue) 216, 245.

Ronchaud 220, 221.

Ronsard 33.

Rossetti 155, 196.
Rossini 84, 142.
Rostand (Edm.) 191.
Rothelin 66.
Roumanille 236.
Rousseau 94.
Rousselière (de la) 246.
Roux 236.
Rubetti (G.) 212.
Ruffi (A. de) 58.

Sabatier 242.
Sade (abbé de) 98.
Saint-Gelais (Octavien de) 18.
Saint-Mauris (V. de) 99, 200.
Saint-Michel (de) 150.
Sainte-Beuve 2, 52, 55, 131, 134, 137, 141, 142, 144, 145, 154, 177, 211.
Salimbeni 50.
Sallior 93, 94, 98, 99.
Salvandy (de) 178.
Samfiresco 62.
Sand (George) 96, 126, 160, 164, 264.
Sanvisenti 2.
Sarasin 52, 58.
Sardou 191, 248.
Sarpi 64.
Sausse-Villiers 185, 196.
Savj-Lopez 2, 10.
Scartazzini 2, 41, 216, 218, 229.
Scève (Maurice) 30.
Schack 55.
Scheffer (Ary) 188.
Schérer (E.) 221, 225.
Schier (K. H.) 216.
Schlegel 114, 120, 152, 155, 196.
Schulz-Gora 131, 261.
Schwob (Marcel) 249.
Scott (Jean) 5.
Scott (Walter) 141.
Scovazzi (G.) 189.
Séailles (G.) 219.
Séguier 56.
Séguier (comte) 226.

Sénèque 9.
Séverin (F.) 234.
Sévigné (Mme de) 64.
Sforzosi 189, 211.
Shakespeare 1, 2, 181.
Sibilet (Thomas) 32.
Sigalas: v. Drouilhet.
Silva (L.) 227.
Simonin (E.) 224.
Simpson 200.
Sismondi 79, 103, 114, 120—122.
Sorrien 188.
Soumet (Alex.) 133, 167 à 170.
Sponde 43.
Staël (Mme de) 92, 96—98, 101, 102, 112—115, 120, 142, 152, 216.
Stapfer (Paul) 228.
Stendhal 63, 132.
Stengel (E.) 20.
Stern: voir Agoult.
Sterne 84.
Stradan 50.
Stürzler (Ad.) 212.
Suchier (Herm.) 14.
Sully Prudhomme 142, 213.
Symonds 237.

Tailhade (L.) 240.
Taillandier (Saint-René) 2, 96, 171—174, 178, 204, 209.
Taine (H.) 91, 96, 134, 211, 218, 219.
Talairat (de) 79, 117.
Targny (de) 63.
Tarver 129, 130.
Tasse (le) 37, 40.
Tastu (Mme) 143.
Teleen 2.
Terrade (Em.) 182, 246—247.
Terrasson 123.
Texte (J.) 2.
Teza 108.
Thibaut de Champagne 71.
Thierry (Augustin) 142.
Thiers 127, 128.

Thomas (Ambroise) 224, 233.
Thomas 72.
Thomassin (Ph.) 50.
Tiraboschi 144.
Tissot 123.
Tommaseo 201.
Topin (Hipp.) 101, 112, 188, 202, 224, 233.
Torre 73, 77.
Tory (Geofroy) 6, 19.
Tosa (Pino della) 5.
Tournes (de) 30.
Toynbee (Paget) 15, 45, 129, 243.
Tréverret (A. de) 228.
Triqueti 187.
Trousse (Phil. Le Hardy de la) 64.
Tyrac (Martin du) 181.

Uhland 216.
Urbain 42, 43.
Urbin (palais d') 49.

Vacandard 235.
Vaissette (dom) 44, 58.
Valery 199.
Van der Goes 50.
Vannoni 187.
Ventura 201.
Venturi 97.
Verhaeren 211.
Verlaine 240, 243.
Vernade (Louis de la) 16.
Vernay 236.
Véron (Théodore) 223.
Vétu (J. X.) 215.
Veuillot (Louis) 180.
Vianey (J.) 36.
Victor Emmanuel III 252.
Vigny (A. de) 129—133, 142, 145, 188.
Villaert (Adrian) 50.
Villemain 136, 137, 147, 155.
Villon 14, 44.
Vinezac (J. de) 79, 84, 117.
Vinson (H.) 186.
Virgile 6, 7, 11, 184.

Vogüé (M. de) 250.
Volkmann 50.
Vollmöller (K.) 5.
Voltaire 72—83, 85, 88, 89, 93, 94, 105, 119, 179, 186, 201, 206.
Vossler (K.) 20.

Watelet 79.
Wibert 183.
Witte (Karl) 180, 216, 230.

Yan' Dargent 228.
Yriarte (Ch.) 125, 233.

Zaccaria 74.
Zacchetti 2, 73.
Zanardelli 246.
Zingarelli 82.
Zola (E.) 238.
Zuccaro 50.
Zuccheroni 185.

Table des matières.

Seite

Introduction 1

Chapitre I. Avant la Renaissance.

1. Le XIVᵉ siècle: Bertrand de Poyet 4
2. Le XVᵉ siècle: Christine de Pisan, Alain Chartier, Laurent de Premierfait, Martin Lefranc 10
3. La découverte de l'Italie; les premiers traducteurs 16
4. Marguerite de Navarre et son groupe 22
5. Transformation de la littérature française; Peletier du Mans 28

Chapitre II. La Renaissance.

1. Lyon et la Provence 29
2. La Pléiade 32
3. Erudits italiens et français; Corbinelli; Muret 34
4. La Réforme 38
5. Grangier 47
6. Artistes 49
7. Marino 50

Capitre III. L'époque classique.

A. Le XVIIᵉ siècle.
1. Théoriciens 52
2. Poètes; Port-Royal 54
3. Erudits et bibliothécaires; un traducteur 56
B. Le XVIIIᵉ siècle.
1. Bayle, Polignac, de Brosses 64
2. Poètes religieux; curieux; amateurs 68
3. Voltaire 72
4. Progrès de Dante: allusions, biographes et traducteurs; Rivarol 83
C. La fin du classicisme: Ginguené, Chateaubriand, Mme de Staël, Sismondi, Chênedollé, Ingres 102

Chapitre IV. L'époque romantique.

1. De la *Barque de Dante* au second Cénacle: *Eloa*; les manifestes romantiques; Villemain 127
2. Du Cénacle aux épopées: Antony Deschamps; Aug. Barbier; poètes romantiques. — Fauriel. — Ary Scheffer 139
3. Les épopées: Lamartine, Th. Gautier, Soumet, Saint-René Taillandier . . 160
4. *Souvenir*; célébrité de Francesca et de Béatrice 174
5. Ozanam; professeurs, voyageurs, traducteurs, commentateurs 178
6. Victor Hugo exilé 189
7. Théoriciens et amateurs. Derniers romantiques. Le désenchantement . . 194

Seite

Chapitre V. La période de critique et d'érudition.

1. Illustrations. Allusions des poètes parnassiens 211
2. Erudits étrangers et français 214
3. Le sixième centenaire de Dante 217
4. Positivisme et critique: Taine; Daniel Stern 218
5. Menus travaux jusqu'à Littré 223
6. Des *Causeries florentines* au centenaire de Béatrix 229
7. Le point de vue actuel; curiosité; art et catholicisme; Italie et philologie
    romane 236

Conclusion 254
Additions, corrections, citations 260
Table des noms cités 268
Table des matières 275

Du même auteur:

Petit manuel et morceaux célèbres de la littérature française.
(Halle, Verlag des Waisenhauses, 1905.)   M. 3.—.

Malherbe et ses sources, par A. Counson. (Liège, Vaillant-
Carmanne, 1904.)   frs. 6.—.

**Aucassin et Nicolette, texte critique accompagné de paradigmes et d'un
lexique,** par Hermann Suchier, 5e éd. traduite en français
par A. Counson. (Paderborn et Paris, 1903.)   frs. 3.25.

**Tables générales de la Grammaire des langues romanes de Meyer-
Lübke,** par A. et G. Doutrepont et Counson. (Paris,
Welter, 1904—1905.) 1e livrais.   frs. 10.—.

Toponymie de Francorchamps (sous presse; Liège, Vaillant-
Carmanne, 1905.)

www.ingramcontent.com/pod-product-compliance
Lightning Source LLC
Chambersburg PA
CBHW071815020726
47502CB00004B/1120